本书为国家社会科学青年基金项目 13CZW070 的结项成果
本书由国家社科基金和苏州大学优势学科资助出版

THE TRACES OF TRADITION
The Modern Inheritance of Classical Chapter Novels

传统的踪迹
古典章回小说的现代承继

张 蕾 ◎著

图书在版编目(CIP)数据

传统的踪迹:古典章回小说的现代承继/张蕾著.—北京:北京大学出版社,2024.5
ISBN 978-7-301-34195-7

Ⅰ.①传… Ⅱ.①张… Ⅲ.①章回小说—小说研究—中国 Ⅳ.①I207.4

中国国家版本馆 CIP 数据核字(2023)第 125713 号

书　　　名	传统的踪迹：古典章回小说的现代承继 CHUANTONG DE ZONGJI：GUDIAN ZHANGHUI XIAOSHUO DE XIANDAI CHENGJI
著作责任者	张　蕾　著
责 任 编 辑	魏冬峰
标 准 书 号	ISBN 978-7-301-34195-7
出 版 发 行	北京大学出版社
地　　　址	北京市海淀区成府路 205 号　100871
网　　　址	http://www.pup.cn　　新浪微博:@北京大学出版社
电 子 邮 箱	zpup@pup.cn
电　　　话	邮购部 010-62752015　发行部 010-62750672 编辑部 010-62750673
印　刷　者	涿州市星河印刷有限公司
经　销　者	新华书店
	965 毫米×1300 毫米　16 开本　27.5 印张　316 千字 2024 年 5 月第 1 版　2024 年 5 月第 1 次印刷
定　　　价	148.00 元

未经许可,不得以任何方式复制或抄袭本书之部分或全部内容。
版权所有,侵权必究
举报电话:010-62752024　电子邮箱:fd@pup.cn
图书如有印装质量问题,请与出版部联系,电话:010-62756370

目 录

1	导 论
25	**第一章　《三国演义》的现代演化**
28	第一节　"演义"的文化动力及现代境遇
35	第二节　据正史、采小说、寓春秋
43	第三节　"别有所感"与无正史可据
54	第四节　历史小说的现代性
66	**第二章　《水浒传》之后的英雄与武侠**
67	第一节　"英雄传奇"和"武侠小说"
75	第二节　从《水浒别传》到《水浒新传》
88	第三节　"武侠小说在下层社会"
99	第四节　英雄何处不相逢
111	**第三章　《西游记》的魅影**
113	第一节　现代语境中的《西游记》和《真西游记》
120	第二节　"云山雾沼"里的"八十一梦"
132	第三节　神魔与武侠的合辙
144	第四节　"游记",结构小说的方式
158	**第四章　《金瓶梅》与现代世情书**
161	第一节　晚明与晚清
175	第二节　世情、黑幕与社会

| 188 | 第三节 "思无邪" |
| 199 | 第四节 北方的通俗小说 |

212	**第五章 《儒林外史》的波澜**
215	第一节 社会、讽刺与结构
222	第二节 故事集缀型小说
229	第三节 新小说的示范
240	第四节 街谈巷议与现实主义

251	**第六章 《红楼梦》的伟大传统**
253	第一节 传统的生成
267	第二节 《红楼梦》的"重写"和"仿作"
283	第三节 "邻有幼女"的往事
296	第四节 "民国《红楼梦》"

314	**第七章 《花月痕》之"痕"**
317	第一节 考证文章与近事小说
323	第二节 "鸳鸯蝴蝶派"的缘起
334	第三节 抒情叙事传统的现代显现
348	第四节 文人的狎邪游

365	**第八章 《儿女英雄传》的新传统**
366	第一节 "儿女"和"英雄"同体
375	第二节 "女侠"之诞生
388	第三节 "英雄肝胆·儿女心肠"
397	第四节 "儿女情长,英雄气短"

| 411 | **结　语** |

| 422 | **参考文献** |

| 432 | **后　记** |

导　论

中国现代小说的成型受到诸多因素的影响,现代小说的形态也不只鲁迅的《呐喊》、茅盾的《子夜》。如果说西洋小说是新文学小说的主要借鉴资源,那么从中国古典小说发展而来的现代通俗小说受传统的影响更为显著。可以在张恨水《金粉世家》、向恺然《近代侠义英雄传》中看到《红楼梦》《水浒传》等古典章回小说留下的印迹。

章回小说代表了中国古代小说的创作成就,其独特的形态体现出中国小说的最大特点。晚清以来的现代通俗小说继承了章回小说的传统,在故事、文体、结构、语言等方面,可以清晰见出两者之间的血脉联系。范伯群说:现代通俗小说是"在内容上以传统心理机制为核心的,在形式上继承中国古代小说传统为模式的文人创作或经文人加工再创造的作品"[1]。这一概

---

[1]　范伯群主编:《中国近现代通俗文学史》(上卷),南京:江苏教育出版社2000年4月版,第18页。

念认定了现代通俗小说与传统的紧密关联,并使之成为当然之论。但是现代通俗小说到底如何承续传统,古今小说如何对接转化,以往研究没有给出应有论述。本书将对这一学术界存而不论的问题进行专门研究,着重探讨古典章回小说与现代通俗小说之间的关系,在传统与现代、承继与变革、影响与焦虑之间,做出细察与剖析。

一、中国现代小说的传统渊源

中国现代通俗小说多以章回体来叙事,就形式而言,与古代章回小说可谓一脉相承。通俗文学的研究者都认同现代通俗小说是直接由传统小说发展而来的。范伯群说:"知识精英文学侧重于'借鉴革新';而中国现代通俗文学则侧重'继承改良'。它主要还是继承中国古典小说中志怪、传奇、话本、讲史、神魔、人情、讽刺、狭邪、侠义等小说门类,随着时代的进展而加以改良和发展,并进行新的探索与开拓。"①讲史、神魔、人情等小说都是古代章回小说的基本题材类型,现代通俗小说"继承改良"了中国古代小说传统,与新文学"借鉴革新"西方文学正好成为现代文学的两个维度。关于新文学与西方文学的关系,无论是个别作家还是文学潮流,学术界已收获了较多研究成果,而通俗文学与传统小说之间有哪些具体联系,则缺乏相关论述。

就此问题,张赣生在《民国通俗小说论稿》中也谈道:"从传统的承继来看,民国的通俗小说又被一些人称为'旧派小说'或'旧体小说',它与新文艺小说两者间壁垒分明,仅此已足够说明民国通俗小说还在根本上保持着中国小说艺术的传统特色。"②现代通俗小说继承传统的观点已毋庸置疑,但张赣生的研究尚显笼统,对于如何"承继",也没有专门论述。倒是一些研究清末民初小说的论著对这一问题有所述及。陈平原在《中国小说叙事模式的转变》中指出:"在

---

① 范伯群:《中国现代通俗文学史(插图本)》,北京:北京大学出版社2007年1月版,第1—2页。
② 张赣生:《民国通俗小说论稿》,重庆:重庆出版社1991年5月版,第23—24页。

东西方文化碰撞与交汇中演进的中国小说,既不可能完全固守传统,也不可能被西方小说同化,而是在诸多个平行四边形合力作用下蹒跚前进。起码我们可以指认出如下四种作用于20世纪初中国小说演进的'力':(一)中国古典小说表现技巧的继承;(二)西洋小说表现技巧的移植;(三)传统文体之渗入小说;(四)西洋诗文的熏陶。对中国小说叙事模式的转变影响最大的,除了西洋小说技巧的移植外,当推各种传统文体之渗入小说。"①中国小说的现代变革受到中外文学的共同推动,《中国小说叙事模式的转变》上编谈"西方小说的启迪",下编谈"传统文学"的影响,后者是陈平原在论述清末民初小说时见人之所未见。但其所论仍着重在"变",对"中国古典小说表现技巧的继承"论述不多,"传统文体之渗入小说"导致小说叙事模式的变化则是论述重点。

同样的研究思路在米列娜《从传统到现代——19至20世纪转折时期的中国小说》②、王德威《被压抑的现代性——晚清小说新论》③、袁进《中国文学的近代变革》④、韩南《中国近代小说的兴起》等书中得到了贯彻。这些论著都突出了现代小说发生之初在新的时代语境中所呈现的新貌。作为古代小说研究专家,韩南把中国小说的现代变革又往前追溯,认为:"19世纪的创作颇为繁荣,而且某些变化对20世纪来说具有超前的意义。"⑤古代与现代在韩南的论述中被融合在一起,传承之于变革,似乎不易分清。而在王德威主

---

① 陈平原:《中国小说叙事模式的转变》,北京:北京大学出版社2003年7月版,第146页。
② 米列娜编,伍晓明译:《从传统到现代——19至20世纪转折时期的中国小说》,北京:北京大学出版社1991年10月版。
③ 〔美〕王德威著,宋伟杰译:《被压抑的现代性——晚清小说新论》,北京:北京大学出版社2005年5月版。
④ 袁进:《中国文学的近代变革》,桂林:广西师范大学出版社2006年6月版。
⑤ 〔美〕韩南著,徐侠译:《中国近代小说的兴起(增订本)》,上海:上海教育出版社2010年12月版,第1页。

编的《新编中国现代文学史》①中论述现代的时间又被大幅度向前推移,1635年的晚明成为又一个起点,但这部文学史著论述的角度依然不在于古代蕴蓄现代或现代推陈古代。研究者论道:"四百多年这么一个时段使我们认识到:中西文学发生交流从而促进发展变革的时段,是摆脱了以往历史的兴亡治乱政治秩序之影响的,不是因为某种政治动机或策略驱动才发生的,它有更本质性的动力存在。这种处于中西文化交流视野中的'中国现代文学史',也就因为时段的拉长,而自然地开拓了一个更为恒久稳定的状态。"②四百年被纳入西方或世界历史中的中国文学才是《新编中国现代文学史》的基本研究视点。

  如果还是把清末民初作为传统至现代最为关键的转捩时期,那么研究者突出这一时期小说的变化当然是认识文学史进程的关键,可是变化过程中有所不变的部分便有意无意地被忽略了。梁启超在《论小说与群治之关系》中突出"新小说",但"新"的是小说之内容,而非小说之文体。"小说之为体,其易入人也既如彼,其为用之易感人也又如此,故人类之普通性,嗜他文终不如其嗜小说,此殆心理学自然之作用,非人力之所得而易也。"③小说之体需要利用,传统小说的章回文体自然为清末民初小说所沿袭。研究者理解《论小说与群治之关系》一文往往专注于"新小说"之功用,而忽略了"小说之为体"本身的传统性质。清末民初小说续用传统小说体式,保留了"不变"的外在形式,这是不应该被疏忽的。

  现代通俗小说起始于晚清,清末民初小说研究者的研究范域正是现代通俗小说的起始阶段。现代通俗小说与传统的纠结较之1918年《狂人日记》以后的新文学小说要紧密得多。现代文学研究

---

① Edited by David Der-Wei Wang(〔美〕王德威主编):*A New Literary History of Modern China*(《新编中国现代文学史》),Harvard University Press,2017(哈佛大学出版社2017年版)。

② 张治:《长达四百年的"现代中国文学史"》,《汉语言文学研究》2018年第2期。

③ 梁启超:《论小说与群治之关系》,《新小说》第1号,1902年11月。

界虽然对现代通俗小说与传统的联系论述甚少,但对新文学和传统之关系却早有所见。20世纪30年代周作人在《中国新文学的源流》中就指出晚明公安派、竟陵派"和民国以来的这次文学革命运动,很有些相像的地方。两次的主张和趋势,几乎都很相同。更奇怪的是,有许多作品也都很相似"。"从此,也更可见出明末和现今两次文学运动的趋向是相同的了。"①这是为新文学的历史合理性寻找依据,却因此梳理了文学进程的历史流变。50年代王瑶写《鲁迅对于中国文学遗产的态度和他所受中国古典文学的影响》②,80年代写《中国现代文学与古典文学的历史联系》《"五四"时期对中国传统文学的价值重估》等文都专门论述了现代文学与传统之间不可割断的联系。"现代文学中的外来影响是自觉追求的,而民族传统则是自然形成的,它的发展方向就是使外来的因素取得民族化的特点,并使民族传统与现代化的要求相适应。"③"在谈到对传统文学的价值重估时,我们不能不注意到一个基本事实,即当时对传统文学重估最热忱的倡导者,如我们一再提到的鲁迅、胡适、郑振铎等人,同时也是现代新文学的主要创造者;这就说明二者之间所存在的深刻联系。他们在传统文学中所发现和肯定的价值特点,也正是体现在他们所创造的新文学作品中的基本特征。"④新文学作家大都吸取了异域文化的营养,在文学革命期间,"旧文学""旧文化"被打倒。后来的研究者谈论新文学,主要关注的便是新文学和西方的关系。王瑶的研究则成为当代探讨新文学和传统文学关系的先导,在"西方"维度之外,重新引入了中国现代文学研究的"传统"视角。当代研究

---

① 周作人讲校,邓恭三记录:《中国新文学的源流》,北平:人文书店1932年9月版,第52页。
② 王瑶:《鲁迅对于中国文学遗产的态度和他所受中国古典文学的影响》,《小说》第4卷第3期,1950年10月。
③ 王瑶:《中国现代文学与古典文学的历史联系》,香港《新亚生活》第13卷第8、9期,1986年4、5月,王瑶著,孙玉石编选:《王瑶文选》,北京:北京大学出版社2010年8月版,第234—235页。
④ 王瑶:《"五四"时期对中国传统文学的价值重估》,《中国社会科学》1989年第3期。

者遵循和拓展这一思路,获得了较多收获。

方锡德的著作《中国现代小说与文学传统》《文学变革与文学传统》①在学界是第一次系统论述现代文学和传统的问题。书中指出:"尽管每一时代的杰出作家都会背离文学传统中的某些成分,同时也为传统增加一些新的内容;但文学发展史却证明,文学传统中的那些基础部分,仍然千百年地支撑着民族文学的高楼大厦。它像河床与堤岸一样,承载着也导引着民族文学历史的长河及其流向。因此,片面夸大文学传统的'开放性'特征,把传统解释为'从来都意味着再创造','不可避免地成为一种创新',实际上等于消解了传统的稳定性特征,从而也就实际上否定了传统的存在。这同那种把传统解释成'永恒法则',从而否定了传统的缓慢变异性的说法一样,都没有全面反映文学传统自身的基本特征。"②文学传统的基本特征使现代文学呈现出继承和变革的两面,这也是现代文学和传统的基本关系。方锡德从现代小说入手,论述了"发愤精神""史传意识""抒情风貌""意境美感""白话文体"等文学传统如何融入到现代小说中。和陈平原《中国小说叙事模式的转变》讨论现代小说和传统文体的关系一样,方锡德也是讨论现代小说和传统文学的关系,而非仅是和古代小说的关系。由此可见,现代小说或新文学小说受古代小说影响,并不十分突出。研究者谈论新文学小说和传统的关系,也多从大处着眼,而不仅局限于小说。如《论巴金小说的传统文化意识》③、《论"五四"现代小说结构与传统的关系》④等论文,《汹涌

---

① 方锡德:《文学变革与文学传统》,北京:北京大学出版社2003年5月版。
② 方锡德:《中国现代小说与文学传统》,北京:北京大学出版社1992年6月版,第45页。
③ 潘显一:《论巴金小说的传统文化意识》,《文艺研究》1992年第2期。
④ 杨洪承:《论"五四"现代小说结构与传统的关系》,《江苏社会科学》2007年第2期。

的潜流——传统文化与现代文学》①《传统文化与现代中国文学名家》②等著作都把传统文化或文学作为一个整体来谈其与现代文学、现代小说的关系,而专门论述古代小说与现代文学关系的研究则比较少。这是由文学史的史实决定的。

然而,之所以会产生这样的研究状况,还因为上述研究基本把现代小说等同于新文学小说,没有把现代通俗小说纳入研究视野。但对新文学小说与传统的研究,毕竟开发了现代文学研究领域的一个重要方向,值得进一步深化探索。作为中国现代小说的重要部分,晚清以来的现代通俗小说与传统文学、传统小说的联系更为显著。现代文学界虽然缺乏相关论述,但在古代小说研究领域,却可见出一些线索。石麟的《章回小说通论》③、陈美林等的《章回小说史》、刘晓军的《章回小说文体研究》④等著作梳理了从古代至清末民初章回小说的发展变化过程。《章回小说史》论现代通俗小说家道:"善于写章回体的大多是传统型的文人,他们与当时现实很难融合,章回小说从小说形式到体裁传统培育了他们的文学趣味和创作倾向。他们熟悉而且感兴趣的是旧式章回小说,所以下笔不能自已,自然会走上模仿、靠拢传统的创作道路。虽然洋房代替了闺房,汽车代替了轿子,电话代替了情诗,但才子佳人的情调却未变。"⑤以研究古代小说的视野谈现代文学未必能十分确切,但由古及今,考察现代通俗小说与传统章回小说的关系,却又顺理成章。

---

① 刘保昌:《汹涌的潜流——传统文化与现代文学》,武汉:湖北人民出版社2010年12月版。
② 李钧主编:《传统文化与现代中国文学名家》,济南:山东大学出版社2014年11月版。
③ 石麟:《章回小说通论》,郑州:中州古籍出版社1994年9月版。
④ 刘晓军:《章回小说文体研究》,上海:华东师范大学出版社2011年9月版。
⑤ 陈美林、冯保善、李忠明:《章回小说史》,杭州:浙江古籍出版社1998年12月版,第202页。

齐裕焜与陈惠琴的《中国讽刺小说史》①、陈颖的《中国英雄侠义小说通史》②、游友基的《中国社会小说通史》③等以题材分类来研究小说史的著作就是运用了由古及今、打通古今界限的研究方法，并难能可贵地把雅俗文学同归于现代部分来论述。例如《中国讽刺小说史》既谈论了李伯元的《官场现形记》、程瞻庐的《茶寮小史》，也谈论了鲁迅的《阿Q正传》、老舍的《猫城记》，在这些现代小说之前是对古代讽刺小说的顺时梳理。这样的研究，能够为同类题材小说铺叙历史，可是对每一时期小说的论述却相对独立，并不以古今小说传承演化为视角，古今小说的关系依然隔膜。

现代小说如何"继承改良"古代小说传统，这一问题既是对小说史的必要梳理，也是探讨古今关系的有效途径，更是考察现代小说特征的重要视角，而对这一问题的研究仍然值得深入发掘。作为现代小说的"继承改良"派，现代通俗小说与古代小说，特别是古代章回小说的联系十分明显。《老残游记》《金粉世家》《卧虎藏龙》这些优秀的作品都用章回体写成，在形式方面就与传统一脉相承。同时这些作品又处在受西方文学浸染中的现代文坛，现代通俗小说如何在西学东渐的历史语境中发扬《红楼梦》《水浒传》等古典章回小说的伟大传统，又如何生成其现代性特征，这便是本书的重点所在。

二、"第一流小说"的选定

古典章回小说在现代的接受、流播构成了现代通俗小说创作的重要语境。晚清《新小说》《小说林》《月月小说》等杂志都刊有对古代小说的评论。如认为："《儿女英雄传》《花月痕》两书，一则自承与《红楼梦》争胜，一则暗点从《红楼梦》脱胎。今观其所叙事，颇与

---

① 齐裕焜、陈惠琴：《中国讽刺小说史》，沈阳：辽宁人民出版社1993年5月版。
② 陈颖：《中国英雄侠义小说通史》，南京：江苏教育出版社1998年10月版。
③ 游友基：《中国社会小说通史》，南京：江苏教育出版社1999年12月版。

公拈'误'之一字诀,似有悟入。是亦知欲为情书布局,不从误处生情,情便不深,文便不曲矣。"①这是从小说的承续联系、结构情感来谈。"《水浒传》《儒林外史》我国尽人皆知之良小说也。其佳处,即写社会中,殆无一完全人物,非阅历世情,冷眼旁观,不易得此真相。视寻常小说,写其主人公,必若天人者,实有圣凡之别,不仅上下床也。"②这是对小说艺术价值的评论。"今试问萃新小说数十种,能有一焉,如《水浒传》《三国演义》影响之大者乎?曰:无有也。萃西洋小说数十种,问有一焉,能如《金瓶梅》《红楼梦》册数之众者乎?曰:无有也。且西人小说所言者举一人一事,而吾国小说所言者,率数人数事,此吾国小说界之足以自豪者也。"③晚清文学家常以西例律中国小说,发现两者的不同乃至中国小说的短处。而文学理论家王钟麒认为古典小说《水浒传》《三国演义》《金瓶梅》《红楼梦》的影响要高出西洋小说和晚清中国的"新小说",可以见出时人对古典小说的看重。

晚清人论古典小说,常提及的是《水浒传》《红楼梦》《儒林外史》等作品。这些作品可以看成是最早被现代文学家遴选出的有价值的古代小说文本。民初文人在报章杂志的评论中,继续发表对这些小说的阅读体会。如姚鹓雏在《稗乘谭隽》中说:"《儒林外史》如倪迂水墨,萧疏跌宕,结构却极谨严。渲染皴擦,无法不用,却无一毫痕迹,神品也。《石头记》《水浒传》浅绛青绿,各极其致。拟之画品,当在仲圭、叔明之间,决为能品。"④把小说比之于画,也是一种品第。吕思勉在民初最长的一篇论小说的文章中把小说分为"武事小说""写情小说""神怪小说""传奇小说""社会小说""历史小说""科学小说""冒险小说""侦探小说"等几种类型,并以古代小说为例作说明。文中说道:"儿女英雄,为小说之二大原素,实亦人类天

---

① 昭琴:《小说丛话》,《新小说》第 2 年第 12 号,1906 年 1 月。
② 《觚荞漫笔》,《小说林》1907 年第 5 期。
③ 天僇生(王钟麒):《中国历代小说史论》,《月月小说》第 1 卷第 11 号,1907 年。
④ 鹓雏:《稗乘谭隽》,《春声》1916 年第 1 期。

生性质之正负二面也。此种小说,其最著者为《水浒传》。此外则《七侠五义》等,亦当属之,然无宗旨,无条理,自郐不足论矣。凡历史小说,如《三国演义》《东周列国志》等,其大部分亦带此种性质。"①"最著者"即为一种评价,而列举之小说也成为一种代表。对古典小说的遴选,就在这样的评论中被生成。

当然,在这些古典小说被现代人选出之前,李卓吾、金圣叹、毛宗岗、张竹坡等古代批评家已在众多小说或文学作品中把它们挑选出来作为"才子书"加以品味,出现在现代人视野中的古代小说文本已经过了古代批评家以及历史时间的筛选。因此,现代人的选择不是毫无根基的。然而,在现代人眼中呈现出的这些作品毕竟与古人看来的已有很大不同。胡适在文学革命期间写的著名文章《建设的文学革命论》中说道:"提倡新文学的人,尽可不必问今日中国有无标准国语。我们尽可努力去做白话的文学。我们可尽量采用《水浒》《西游记》《儒林外史》《红楼梦》的白话……这样做去,决不愁语言文字不够用,也决不用愁没有标准白话。"他认为这些古典章回小说是"模范的白话文学"。② 文学革命从语言入手,这一成功策略让新文学的诞生势如破竹,同时也把胡适引向对新文学生成依据的考证。新文学并非全然是接受西方的横空之物,还是中国文学进化的自然阶段。在胡适自信地谈论白话文学的时候,他已对传统章回小说有了一番考察。

《新青年》第3、第4卷刊有胡适、钱玄同、陈独秀的一些通信,信中内容多有涉及小说的。第3卷第1号的《通信》中,钱玄同说:"小说之有价值者,不过施耐庵之《水浒》、曹雪芹之《红楼梦》、吴敬梓之《儒林外史》三书耳。今世小说惟李伯元之《官场现形记》、吴趼人之《二十年目睹之怪现状》、曾孟朴之《孽海花》三书为有价值。曼殊上人思想高洁,所为小说,描写人生真处,足为新文学之始基乎。"③

---

① 成(吕思勉):《小说丛话》,《中华小说界》1914年第5期。
② 胡适:《建设的文学革命论》,《新青年》第4卷第4期,1918年。
③ 钱玄同:《通信》,《新青年》第3卷第1号,1917年3月。

钱玄同认为古代小说中《水浒传》《红楼梦》《儒林外史》三部是"有价值"的。胡适提出了不同意见。认为:"神怪不经之谈,在文学中自有一种位置。其功用在于启发读者之理想。如《西游记》一书,全属无中生有,读之使人忘倦。其妙处在于荒唐而有情思,诙谐而有庄意。"胡适对《西游记》十分欣赏,认为其艺术成就要高出《封神演义》等神魔小说。所以他"以为吾国第一流小说,古人惟《水浒》《西游》《儒林外史》《红楼梦》四部,今人惟李伯元吴趼人两家,其他皆第二流以下耳"。①把古代小说分为"第一流""第二流",是一种明确的经典遴选。胡适在文学革命期间,已威名卓著,他对小说的取舍观点是被重视的。钱玄同写信答复胡适,表示对胡适的一些看法很赞同,认可《西游记》当列为"第一流"小说,但不认为《三国演义》是一部好作品,并提出:"故若抛弃一切世俗见解,专用文学的眼光去观察,则《金瓶梅》之位置,固亦在第一流也。"②陈独秀论《金瓶梅》,和钱玄同的看法一致,认为:"此书描写恶社会,真如禹鼎铸奸,无微不至。《红楼梦》全脱胎于《金瓶梅》,而文章清健自然,远不及也。乃以其描写淫态而弃之耶,则《水浒》《红楼》又焉能免。"③《金瓶梅》和《三国演义》是通信中较有争议的两部作品。胡适认可《三国演义》,认为其有"大魔力",但否定了《金瓶梅》。在答钱玄同的信中,胡适说道:"先生与独秀先生所论《金瓶梅》诸语,我殊不敢赞成。我以为今日中国人所谓男女情爱,尚全是兽性的肉欲。今日一面正宜力排《金瓶梅》一类之书,一面积极译著高尚的言情之作,五十年后,或稍有转移风气之希望。此种书即以文学的眼光观之,亦殊无价值。何则?文学之一要素,在于'美感'。请问先生读《金瓶梅》,作何美感?"④在现代文学家中,胡适对古典章回小说有专深研究,他详实考证过《红楼梦》《水浒传》《西游记》《三国演义》诸书,却未对《金瓶梅》有专门研究,可见其兴趣所好。面对胡适"请问先生"

---

① 胡适:《通信》,《新青年》第3卷第4号,1917年6月。
② 钱玄同:《通信》,《新青年》第3卷第6号,1917年8月。
③ 陈独秀:《通信》,《新青年》第3卷第4号,1917年6月。
④ 胡适:《通信》,《新青年》第4卷第1号,1918年1月。

"作何美感"的提问,钱玄同在回信中答道:"不但《金瓶梅》流弊甚大,就是《红楼》《水浒》,亦非青年所宜读"①,虽然同意了胡适对《金瓶梅》的看法,却一并把古典小说都否定了。

　　文学革命期间,胡适、钱玄同等人关于古典小说的通信讨论,可以说奠定了古典小说在现代的地位和命运。胡适选出的四部"第一流小说"几乎成为一种权威认定。在此之后,解弢的《小说话》、张冥飞、蒋箸超等人著的《古今小说评林》二书,对古典章回小说的等第座次也有争论。《小说话》的排序为:"甲等三种:第一《红楼梦》,第二《水浒传》,第三《儒林外史》。乙等八种:《西游记》《封神演义》《金瓶梅》《品花宝鉴》《隋唐演义》《七侠五义》《儿女英雄传》《镜花缘》。丙等二种:《花月痕》《荡寇志》。"解弢说之所以要排等第是为了"联合海内小说名家,组织一小说审定会","俾后之阅者,知所注意,不致为无价值之作,枉耗其心目之力,而后之作者,亦有所矜式。是固有功于世之举也"。② 大致说出了选目的意义。《古今小说评林》针对《小说话》的排序提出了不同意见:"《隋唐演义》《七侠五义》《儿女英雄传》《花月痕》《荡寇志》诸书,其价值且不及《东周列国志》,犹得于审定会占一席地,《三国》竟致不第,亦未免好为奇论矣。……至以《金瓶梅》之荒谬,而堂堂列之于乙等第三,吾不知彼之所谓小说审定会者,将以端阅者之趋向乎?抑以歧阅者之趋向乎?"③争议所在依然是《三国演义》《金瓶梅》二书。《古今小说评林》认为:"《三国演义》为历史小说之最佳者。"④又认为:"《金瓶梅》一书,丑秽不可言状,其命意,其布局,其措词,毫无可取。而世人乃目为四大奇书之一,此可见世上并够得上看小说书之人而亦无

---

① 钱玄同:《通信》,《新青年》第4卷第1号,1918年1月。
② 解弢:《小说话》,上海:中华书局1919年1月版,第108、107页。
③ 张冥飞、蒋箸超等:《古今小说评林》,上海:民权出版部1919年5月版,第138—139页。
④ 同上书,第53页。

之也。可哀也已。"①《古今小说评林》的看法与胡适一致,《红楼梦》《水浒传》《儒林外史》《西游记》四书排在古典小说前几位,《三国演义》是好作品,而《金瓶梅》被否定了。

在"后之阅者,知所注意""后之作者,亦有所矜式"的认识下,各家出版社开始印行这些被遴选出的古典小说文本。较早的且具品牌效应的是上海亚东图书馆1920年推出的"加新式标点符号分段的"长篇章回小说。这套书由汪原放句读,到1922年年底《水浒传》已出至四版,《儒林外史》1948年出至十六版,可见出畅销程度。《西游记》《红楼梦》《儒林外史》《三国演义》等其他章回小说也陆续发行。不仅新式标点的使用使古代小说能在形式上达到现代的普及标准,而且文本前胡适、陈独秀、钱玄同等名家序言更使这套书富有了学术含量,显示出精心策划的痕迹与五四时代的神情。陈独秀1920年写的《〈水浒〉新叙》说:"'赤日炎炎似火烧,田中禾黍半枯焦。农夫心内如汤煮,公子王孙把扇摇。'这四句诗就是施耐庵做《水浒传》的本旨。"②评述间含着自如自得自信的意味。

亚东图书馆为这一系列古典章回小说制作的广告很可注意。《儒林外史》的广告语是:"国语的文学"③,《红楼梦》的广告语是:"打破从前种种穿凿附会的'红学',创造科学方法的《红楼梦》研究!"④《三国演义》的广告语是:"五百年来,无数的失学国民从这部书里得着了无数的常识与智慧……学会了看书写信作文的技能……学得了做人与应世的本领。"⑤这些广告语都与胡适相关。从选取"第一流小说",把古典章回小说作为白话写作的范本,到具体的

---

① 张冥飞、蒋箸超等:《古今小说评林》,上海:民权出版部1919年5月版,第55页。
② 陈独秀:《〈水浒〉新叙》,《水浒》,上海:亚东图书馆1922年12月版,第1页。
③ 汪原放句读:《儒林外史》,上海:亚东图书馆1920年8月版,书中广告。
④ 汪原放句读:《红楼梦》,上海:亚东图书馆1921年5月版,书中广告。
⑤ 汪原放句读:《三国演义》,上海:亚东图书馆1922年5月版,书中广告。

考证研究，胡适的倾心关注影响到了古典章回小说在现代的普及传播。胡适的参与策划也推动了亚东版小说的刊行。亚东图书馆的老板是安徽绩溪人汪孟邹，胡适同乡，两人早有交往。胡适的《尝试集》《胡适文存》等都由亚东出版。而亚东版的《水浒》把胡适的《〈水浒传〉考证》《〈水浒传〉后考》放在小说正文之前。同样，亚东1927年版《红楼梦》刊有胡适《重印乾隆壬子（一七九二）本红楼梦序》《红楼梦考证（改定稿）》，《儒林外史》刊有胡适《吴敬梓传》《吴敬梓年谱》等。这些考证文章开一代学风，随着小说的推行而播散轰动，同时这些小说也因主流学界、文化界的推举而被广为阅读。这是出版社和文化人之间的成功合作。

1935年，开明书店另辟蹊径，出版了《红楼梦》（茅盾叙订）、《水浒》（宋云彬叙订）、《三国演义》（周振甫叙订）三部小说的"洁本"。体例上删去章回体回目，由编者另拟段落标题，进行缩编。之所以如此做法是因为：

> 作为中等学生国文科课外读物的文艺书籍，不但要估量它的文艺价值，同时还要估量它的教育价值。有许多好书，因为有一些不适宜于青年的部分，从教育的观点看来，是应该排斥到学校的门外头去的。然而青年不看这种好书究竟是一种精神上的损失。为此，我们就打算出版洁本旧小说。所选的是《水浒》《三国志》《红楼梦》等具有普遍性的作品，经过专家订定，把其中不适宜于青年的部分逐一删去，使它成为并不缺乏教育价值的东西。又由订定者撰作序文，对于各书本身既有公允的批评，对于阅读方法又作详细的指导。读者阅读这种本子，在理解与欣赏上自然比较阅读他种本子便当得多了。①

经过20世纪20年代的倡导和施行，在古籍整理已成规模的30年代，有必要开始反思。因为针对的读者是中学生，开明书店的"洁本

---

① 开明书店为这套"洁本小说"印行的广告。见《水浒》附页，上海：开明书店1935年11月初版。

小说"既看到了古典小说的价值,又发现了其中"不适宜于青年的部分",将之剔除,表现出一种评判眼光。茅盾在他写的洁本《导言》中说:"乾隆初年《红楼梦》'出世'以后,虽然那时的文人惊赏它的新奇,传抄不已,虽然有不少人续作,然而没有一个人依了《红楼梦》的'写实的精神'来描写当时的世态。所以《红楼梦》本身所开始的中国小说发达史上的新阶段,不幸也就'及身而终'了。"①《水浒》的《导言》说:"《水浒传》的文句都是'大众化'的……如果'大众文学'这个名称可以成立的话,则《水浒传》便是大众文学里面的第一部好书。"②《三国演义》的《导言》说:"《三国志演义》在过去的力量固然很大,但到现在为止,它似乎是依旧保持着它的最通俗最有兴趣而比较醇正的历史小说的地位,它所包含的故事依旧是妇孺皆知的被传诵着。它依旧不失为少年学生的课外读物。"③话语之间流露出几分时代语境下的感念,但所作评价在现今看来依然公允。由此可体会到,当时无论是学人还是出版界对于古典小说的慎重态度。

从亚东图书馆和开明书店的出版情况看,《三国演义》虽然在评论界颇有争议,在出版界却很受青睐。它的刊行阅读,影响到了现代文坛的创作。《金瓶梅》未被列在亚东和开明的出版书目中,但得到了《世界文库》的推行。《世界文库》月刊由郑振铎主编,1935年5月上海生活书店发行,此刊前半部分为中国古典诗文、戏曲、小说,后半部分为翻译的西方小说、散文。每一期都是中西、古今并置,且总把中国古代作品放在前面。即便不能就此论定刊物之偏好或用心,但多少可以感觉到五四期间对于传统和西洋的态度,在此得到平衡与修复。在《世界文库》上连载的古代章回小说有《金瓶梅词话》《斩鬼传》《唐钟馗平鬼传》等。《金瓶梅词话》从第一期就开始

---

① 茅盾:《导言》,茅盾叙订:《红楼梦》,上海:开明书店1935年7月版,第4—5页。
② 宋云彬:《导言》,宋云彬叙订:《水浒》,上海:开明书店1935年11月版,第8页。
③ 周振甫:《导言》,周振甫叙订:《三国演义》,上海:开明书店1935年7月版,第1页。

连载,配有插图。郑振铎对《金瓶梅》颇有研究,写过《谈〈金瓶梅词话〉》等文,认为:"如果除净了一切的秽亵的章节,它仍不失为一部第一流的小说,其伟大似更过于《水浒》《西游》《三国》之流,更不足和它相提并论。在《金瓶梅》里所反映的是一个真实的中国的社会;这社会到了现在,似还不曾成为过去。要在文学里看出中国社会的潜伏的黑暗面来,《金瓶梅》是一部最可靠的研究资料。"①郑振铎对《金瓶梅》评价很高,所以在他主编的《世界文库》第一期就连载这篇小说,可谓弥补出版传媒界的遗憾。从选择作品和排版形式可以看出,《世界文库》不在通行于市的《水浒传》《红楼梦》《儒林外史》中凑热闹,而是端出自己的"名著"来对话世界,以呈现中国古典小说的多样面貌。

《世界文库》之外,中央书店、上海杂志公司等多家出版社都刊印有《金瓶梅》,而被评定为"第一流小说"的《红楼梦》《水浒传》《儒林外史》《西游记》及被广泛印行的《三国演义》则成为现代人阅读古典小说的基本读物。另外,上海亚东图书馆出版的《儿女英雄传》,也是一部被胡适推崇的章回小说,商务印书馆出版的《花月痕》则引领了现代文人小说的情感结构。这八部经典的章回小说构成了现代小说创作的古代传统,对现代通俗小说而言,影响重大。

三、"掺杂着防御机制的文学之爱"

中国现代通俗作家是《红楼梦》《水浒传》等古典章回小说的阅读者、爱好者乃至精通者。姚鹓雏写有《稗乘谭隽》《小说阐微》《小说杂咏》《说部摭谈》《饮粉庑笔语》等文论,对古典小说有会心评述。张恨水不但从小阅读古典小说,还"发了个愿心,要作一部《中国小说史》"②。1927 年范烟桥的《中国小说史》出版。"去今两年之冬,天奇寒,不出户,以架皮说部为遣,默念此总总者,虽历数千百

---

① 郭源新:《谈〈金瓶梅词话〉》,《文学》第 1 卷第 1 期,1933 年。
② 张恨水:《写作生涯回忆》,北平《新民报》1949 年 1 月 1 日至 2 月 15 日,张占国、魏守忠编:《张恨水研究资料》,天津:天津人民出版社 1986 年 10 月版,第 49 页。

十年,较圣经贤传为不可磨灭,其间非有精微伟大之力不至此,乃思探索其源流沿革,察其变化递遭之迹象,以著其绩,于是有《中国小说史》之作。"①从1925年冬天开始写作至1927年夏天完稿,中间时写时辍,"核实计之,殆费一百五十余日"②。对于一部小说史来说,这个写作时间不算长。如果不是熟稔于心、深谙就里,是不会以如此速度和较高质量完成写作的。《中国小说史》的出版后于鲁迅、胡适、郑振铎的小说史研究,所以范烟桥在他的书中经常会引述到这几家的观点。不仅如此,《中国小说史》的一个显明特点是辑录诸家言说,较少作者的自家评判。胡寄尘说:此书的"价值,是能够网罗极丰富极丰富的材料,给我们,我们读了这书,不得不感谢烟桥先生的厚惠"③。对古典小说的研究,潜移默化地影响了创作。范烟桥所作"三言体"④小说就是他"耽读旧小说,寝馈其中已年深日久"⑤的结果。现代通俗小说家对古典小说的好尚,自然会在他们的创作中得到显现。

就文本而言,现代通俗小说对古典小说的承续主要表现在文体形式、叙事语法、故事选材、情感思想等方面。章回体的运用是通俗小说从古代至现代发展演变的标识。章回小说有其叙事成规,"楔子"的导入、全知叙事艺术、以白话为主的说书话语等,现代通俗小说沿袭了这套成规也有所变化。故事选材方面,才子佳人、英雄儿女、神魔演义等,都可以用来归类古代和现代的通俗小说题材。这些题材的情感思想也是贯通的,不仅是娱乐消闲,也要有功于世道

---

① 范烟桥:《引》,《中国小说史》,苏州:苏州秋叶社1927年12月版。
② 同上。
③ 胡寄尘:《中国小说史·序一》,范烟桥:《中国小说史》,苏州:苏州秋叶社1927年12月版。
④ 在范烟桥所作《陆青天祝寿紫花布》(《珊瑚》第3卷第11期,1933年)题下注出是"三言体"。所谓"三言体"指的是冯梦龙编撰的《喻世明言》等三部话本小说。范烟桥的短篇小说模仿了古代话本短篇的写法。
⑤ 芮和师:《集创作与史评于一身的多面手——范烟桥评传》,汤哲声编校:《演述江湖帮会秘史的说书人——姚民哀》,南京:南京出版社1994年10月版,第226页。

人心。《海上繁华梦》作者《自序》道:"因作是书,如释氏之现身说法,冀当世阅者或有所悟,勿负作者一片婆心。是则《繁华梦》之成,殆亦有功于世道人心,而不仅摹写花天酒地,快一时之意、博过眼之欢者欤?"①这种说教古今小说可谓一以贯之。

在现代通俗小说和古典小说之间,题材类型可以相似,故事内容可以借鉴,人物描写可以参照,结构体例也可以沿袭。比较典型的现象是,古典小说在现代通俗小说文本中现身,或用来和所叙故事相参照,或直接抒发议论以阐明观点。这就是一种互文性写作,"它专注的是文本渐次吸收外部材料的过程"②。这种互文性写作不仅表明两种文本之间的影响继承关系,对现代通俗小说而言,也表现出对古典小说的批评和反抗。正是在影响继承和批评反抗中间,现代通俗小说才具有了自身价值。

姚鹓雏小说代表作《龙套人语》1929年连载于《时报》,记叙了姚鹓雏"十年白下幕府时的见闻"③,是一部当之无愧的"外史"。小说第一回开篇就提到《儒林外史》对"河房风月"的叙述:

> 在去今六七年前的今日,那时南中名胜,一片秦淮,还在军阀铁蹄之下。说什么"珠香玉笑""水软山温",简直成了浊水淤渠,无穷荒秽。若是拿《板桥杂记》《儒林外史》中所铺张的"河房风月""旧院笙歌"来对照一下,那才要叫人笑掉了牙呢。咳!究竟是古时的人善于说谎,还是今人之不自爱惜?……可以把《西游记》的猪八戒偏说是个卫玠、潘安;《水浒传》里的哑道童,硬派他个苏秦、张仪。真是死的变成活的,香的变成臭的。那小小秦淮河,名不副实,还成什么一回事呢!在下眼里只见到

---

① 孙玉声:《自序》,海上漱石生:《海上繁华梦》,上海:上海古籍出版社1991年5月版,第4页。
② 〔法〕蒂费纳·萨莫瓦约著,邵炜译:《互文性研究》,天津:天津人民出版社2003年1月版,第135页。
③ 范伯群:《序言》,《姚鹓雏文集》(小说卷上),上海:上海古籍出版社2008年4月版,第5页。

现在的秦淮河,那就只可冤枉《板桥杂记》《儒林外史》作者一下子,加他一个"文人好事"的罪名罢了。①

《龙套人语》开篇于秦淮河畔,于是提到之前对秦淮河的著名描述,《板桥杂记》《儒林外史》便进入追溯的视野。《儒林外史》第二十四回有一段对秦淮河的描写,水调画船,甚是动人,但这样的情景到20世纪初大为不同。《龙套人语》第一回描述了秦淮河的灯油水腻:"每当夕阳西下,画船成阵,酒香汗气蒸腾如雾之间,那一股非兰非麝的水味儿,也就乘间发射。风过处,端的使人肠胃翻身,五脏神也要溜之大吉……可是与《儒林外史》上所说的'河房里焚的龙涎、沉速,香雾一齐喷出来,和河里的月色烟光,合成一片'有些不同。"②《儒林外史》第二十四回中的语句被《龙套人语》直接移入,和小说叙述情形作对比,旧时南京城动人的景色,到了《龙套人语》的时代,早已情味不再。小说开头对秦淮河的丑恶描写,暗喻小说所叙人物故事不会是光彩鲜亮的。《儒林外史》如果还存有文人士风的话,至《龙套人语》文人不再是书斋中的儒者,在朋党倾轧、污浊不堪的乱世,只能留下一片"埋骨空山气不平"③的怨恨。

《龙套人语》最后一回,刊录了一份"东南文坛点将录",用《水浒传》人物来品第对照小说中重要人物。但小说没有提到《水浒传》而又强调了《儒林外史》:"恰好在下这部小说信手拈来,拉杂已极,正苦没有一个结束,何妨把他抄在下面,便如《儒林外史》终卷的一张赐进士榜一般。小说家言,总归是陈陈相因,在下自然也未能免俗。"④开篇结尾点明《儒林外史》,结构布局乃至构思用意都仿照《儒林外史》,《儒林外史》对姚鹓雏小说创作的影响十分显然。"小说家言,总归是陈陈相因",这不是托辞于因袭,而是感念于传统。

---

① 龙公:《龙套人语》,上海:竞智图书馆1930年2月版,第1—2页。
② 同上书,第5、6页。
③ 《龙套人语》第二十三回回末诗,龙公:《龙套人语》,上海:竞智图书馆1930年2月版,第390页。
④ 龙公:《龙套人语》,上海:竞智图书馆1930年2月版,第392页。

在现代通俗小说家身上,传统的力量显得格外深厚。

F. R. 利维斯在其名著《伟大的传统》中论述简·奥斯丁道:"假使她所师承的影响没有包含某种可以担当传统之名的东西,她便不可能发现自己,找到真正的方向;但她与传统的关系却是创造性的。她不单为后来者创立了传统,她的成就,对我们而言,还有一个追溯的效用:自她回追上溯,我们在先前过去里看见,且因为她才看见了,其间蕴藏着怎样的潜能和意味,历历昭彰,以至在我们眼里,正是她创立了我们看见传承至她的那个传统。她的作品,一如所有创作大家所为,让过去有了意义。"①简·奥斯丁不仅构成了英国文学的伟大传统,她的创作也使过去的传统显出了价值。在继承传统之时,后代作家成为了传统的一部分,而传统正是在被承续的过程中,才有意义。换而言之,传统是当下性的。T. S. 艾略特对传统的这一涵义有更充分的阐释:

> 如果传统的方式仅限于追随前一代,或仅限于盲目地或胆怯地墨守前一代成功的方法,"传统"自然是不足称道了。我们见过许多这样单纯的潮流很快便消失在沙里了;新颖总比重复好。传统是具有广泛得多的意义的东西。它不是继承得到的,你如要得到它,你必须用很大的劳力。首先,它含有历史的意识,我们可以说这对于任何想在二十五岁以上还要继续作诗人的人,差不多是不可缺少的;历史的意识又含有一种领悟,不但要理解过去的过去性,而且还要理解过去的现存性,历史的意识不但使人写作时有他自己那一代的背景,而且还要感到从荷马以来欧洲整个的文学及其本国整个的文学有一个同时的存在,组成一个同时的局面。这个历史的意识是对于永久的意识,也是对于暂时的意识,也是对于永久和暂时结合起来的意识。就是这个意识使一个作家成为传统性的。同时也就是这个

---

① 〔英〕F. R. 利维斯著,袁伟译:《伟大的传统》,北京:生活·读书·新知三联书店 2002 年 1 月版,第 8 页。

意识使一个作家最敏锐地意识到自己在时间中的地位，自己和当代的关系。①

"过去的过去性"和"过去的现存性"是传统的两面。对于传统的继承不"仅限于盲目地或胆怯地墨守前一代成功的方法"，更在于认清传统"和当代的关系"。这一思路，构成了本书考察现代通俗小说与传统章回小说的理论背景。《儒林外史》的价值不仅存在于吴敬梓创作的那个时代，更存在于姚鹓雏小说《龙套人语》对它的引述、比照和评判中。章回小说传统与现代通俗小说叙事"组成一个同时的局面"。

由此讨论传统与现代的关系，存在着两种基本现象——接受和抗拒。哈罗德·布鲁姆的两部书《影响的焦虑》和《影响的剖析》专门论述了这一问题的复杂性。布鲁姆说："文学影响理论的真谛恰恰是其无可抗拒的焦虑：莎士比亚不会允许你们去埋葬他，去回避他，去取代他。我们几乎毫无例外地——而且往往在并未欣赏过莎士比亚戏剧的舞台演出或阅读过剧本的情况下——已经内化了、吸收了莎士比亚戏剧的力量。"②所以影响是无处不在、潜移默化、"无可抗拒"的。当意识到影响的时候，接受还是抵抗，构成了折磨现时作家的焦虑。优秀的作家往往不甘于受影响挟制，于是布鲁姆说："'影响'乃是一个隐喻，暗示着一个关系矩阵——意象关系、时间关系、精神关系、心理关系，它们在本质上归根结底是自卫性的。""影响的焦虑来自一种复杂的强烈误读行为"。③"自卫"和"误读"都是对影响的抵抗方式，而传统的强大力量正由此显现。布鲁姆"把影响定义为掺杂着防御机制的文学之爱。这里的防御机制在每个诗

---

① 〔英〕托·斯·艾略特撰，卞之琳译：《传统与个人才能》，〔英〕托·斯·艾略特著，卞之琳、李赋宁等译：《传统与个人才能：艾略特文集·论文》，上海：上海译文出版社2012年6月版，第2—3页。
② 〔美〕哈罗德·布鲁姆著，徐文博译：《影响的焦虑——一种诗歌理论》，南京：江苏教育出版社2006年2月版，第9页。
③ 同上书，第14页。

人身上都有不同的体现,但爱仍然占了绝对优势,这一点对我们理解伟大文学的运作是非常关键的"①。伟大文学赢得了现时作家的"爱",尽管作家们要竭力突破传统,彰显个人才能,但前提是他们首先肯定了传统的价值。这一看似悖反的定义,道出了现时作家及其作品面对伟大传统的真实状况。

面对《红楼梦》《水浒传》的伟大传统,现代通俗小说家的焦虑是如何利用这一传统来维系他们的创作,并且适应现代的需要。接受还是抗拒,不是简单的问题。梁启超在谈论古代小说时说:"中土小说,虽列之于九流,然自虞初以来,佳制盖鲜。述英雄则规画《水浒》,道男女则步武《红楼》,综其大较,不出诲盗诲淫两端,陈陈相因,涂涂递附,故大方之家,每不屑道焉。"②梁启超把古代小说概括为"诲盗诲淫"加以否定,并提倡写作"政治小说"。梁启超以其创作的《新中国未来记》作为"政治小说"的代表,但在这部未完篇的五回作品中,第四回"榆关题壁美人远游"出现了一位在客寓题壁和韵的女子,颇能引发对以后故事的阅读期待。第五回黄、李两位主人公取道上海,在上海著名的张园见识了娼女和纨绔少年之间的嬉笑,而两次张园集会,一次是政治演说,一次是品花开榜,颇有狭邪小说的风味。梁启超要完全否定传统小说的"诲盗诲淫",与之撇清关系,似乎是不可能的,写起小说来"诲盗诲淫"就在笔端。严复、夏曾佑称此为"公性情":"故政与教者,并公性情之所生,而非能生夫公性情也。何谓公性情?一曰英雄,一曰男女。"③这种"公性情"落实到小说中,即梁启超所谓"述英雄则规画《水浒》,道男女则步武《红楼》",《红楼梦》和《水浒传》成为传统小说"男女""英雄"两大题材的代表。晚清人对此已有充分认识:"我国小说,汗牛充栋,而其尤

---

① 〔美〕哈罗德·布鲁姆著,金雯译:《影响的剖析:文学作为生活方式》,南京:译林出版社2016年10月版,第10页。
② 任公:《译印政治小说序》,《清议报》1898年第1期。
③ 几道、别士:《本馆附印说部缘起》,《国闻报》1897年10月16日—11月18日,陈平原、夏晓虹主编:《二十世纪中国小说理论资料(1897年—1916年)》(第一卷),北京:北京大学出版社1989年3月版,第2页。

者,莫如《水浒传》《红楼梦》二书。《红楼》善道儿女事,而婉转悱恻,柔人肝肠,读其书者,非入于厌世,即入于乐天,几将曰英雄气短,儿女情长矣。是书也,予不取之。《水浒》以武侠胜,于我国民气,大有关系,今社会中,尚有余赐焉。"①不管如何取舍,现代小说都存在类似的题材书写,只不过换用了另一些称谓,如"言情""武侠"等。梁启超所否定的"海盗海淫"倒可以成为看待古今小说流变的线索。

本书书名借用德里达在论文字与书写时提出的"踪迹"概念。"从一开始,在它们初次印象的那个'当下在场'中,它们就借助重复与抹去、可辨认与不可辨认这个双重力量被建构起来。"②在解构主义的视角中,"踪迹"或"印迹"(trace)与差异、延异等概念一样是不确定、不在场的。"踪迹"是被涂抹的,不具有本源性质。用"踪迹"概念来看传统与现代之间的关系,便不必以一种固化的观念来观照两者的影响或被影响。《红楼梦》《水浒传》等书并不是仅仅影响了某部现代小说,它们作为传统的一部分或整体的代表,在现代作品中留下了"踪迹",并被不断涂抹与再书写。"掺杂着防御机制的文学之爱"能较为形象地为"传统的踪迹"作出一定的解释。

依循这一思路,本书分为八章,以八部古典章回小说在现代被接受的状况为基础,在它们和现代通俗小说"组成一个同时的局面"中,探讨两者之间的"踪迹"或存在的"掺杂着防御机制的文学之爱"。本书依照鲁迅《中国小说史略》为八部古典章回小说排序,章节安排大致按这些古典小说的刊印问世时间为序。第一章论述《三国演义》在清末民初小说《痛史》《历朝通俗演义》等作品中留下了印迹,而现代通俗小说叙述历史又希图突破"演义"样版,传统"演义"如何转化为现代"历史小说"是值得深究的问题。第二章论述《水浒传》和现代"武侠小说"之间的区别联系,《水浒别传》《水浒新

---

① 卧虎浪士:《〈女娲石〉叙》,海天独啸子:《女娲石》,上海:东亚编辑局1904年7月版。
② 〔法〕雅克·德里达著,张宁译:《书写与差异》,北京:生活·读书·新知三联书店2001年9月版,第407页。

传》二书得到了《水浒传》的真传,而《近代侠义英雄传》等作品的"英雄传"写法隐喻了现代人对"英雄何处不相逢"的期待。第三章论述《西游记》人物在现代作品中的复活,神魔的奇幻令武侠小说赢得别样魅力,而"游记"则启迪了现代通俗小说的故事写法。第四章论述《金瓶梅》与现代"世情书"之间的关联,无论是晚清狭邪、谴责小说,还是民初以后的黑幕、社会小说,都能体现出"世情书"的传统,而由"情色"写"陆沉",则是理解这些作品的思想线索。第五章论述《儒林外史》的特殊结构为现代"故事集缀型"章回小说的兴起提供了重要参照,而这种结构正是"故事"的讲述方式和现实人生际遇的写照。第六章论述《红楼梦》的伟大传统在"重写"和"仿作"的潮流中留下了明显的痕迹,民初小说《广陵潮》、张恨水代表作《金粉世家》都承续了《红楼梦》的家族叙事传统,且有新的寄寓。第七章论述受到《红楼梦》影响的《花月痕》成为民初"鸳鸯蝴蝶派"小说的先导,其抒情叙事引领了现代小说的抒情传统。第八章论述《儿女英雄传》把"儿女""英雄"纳入一部小说的写法开启了现代小说叙写通俗故事的新局面,女侠的胆识和英雄的情长,破除了"言情"和"武侠"的界限,现代通俗小说至此展现出艺术的高度。这八部古典章回小说于现代通俗小说都有"踪迹"可寻,"伟大的传统"与"影响的焦虑"成就了现代通俗小说的基本形态。

可备注意的是,八部古典章回小说中,《水浒传》《红楼梦》可构成一个主导结构。在《水浒传》的主线上有《三国演义》《西游记》把历史、神魔和英雄故事相融合;在《红楼梦》的主线上则有《金瓶梅》《花月痕》对世情与抒情作深发,而《儒林外史》突出了世道人情故事的结构设计。最后,《儿女英雄传》把传统小说的两大题材收为一体,上半部借鉴《水浒传》,下半部摹拟《红楼梦》,可作为一种结果和新的开始。

第一章
《三国演义》的现代演化

《三国演义》也称《三国志通俗演义》或《三国志演义》,是中国历史演义中流传最广,影响最为深远的一部作品。

魏、蜀、吴三国历史,史著有晋人陈寿编撰的《三国志》,南朝宋人裴松之的注释为之补充了大量的历史材料。裴松之博引群书,所作注释文字几乎与正文相当(据统计,陈寿《三国志》正文36万余字,裴松之注文达32万余字)。东晋习凿齿的《汉晋春秋》也是一部纪述三国的史书。陈、裴、习的著述构成三国历史叙事的正史。后来论者所谓《三国演义》的"据正史"之"正史",主要指的就是这些历史著述。从三国时期结束到元末明初《三国演义》出现,经历了千余年。千余年间,三国的历史故事和传说不绝于野史、笔记,唐诗、宋词、元曲中三国人物及故事亦常常可见。宋人孟元老《东京梦华录》卷五"京瓦伎艺"记载,北宋"说话"

中也已经有专门"说三分"的著名艺人。① 现存元代《三分事略》《三国志平话》,可能就是流传的说话人的底本。至于戏曲,更是常常搬演三国故事,现存金院本、元杂剧有关三国的剧目尚有四十余种之多。这些都说明,魏晋南北朝以降,三国的故事在社会中流传甚广而久,这一过程中经历了长期丰富复杂的精英文化和通俗文化的互动交流,形成了相互影响而又不同的三国故事的叙事传统。丰厚的叙事文化土壤,不仅成为罗贯中建构《三国志通俗演义》的坚实基础,并且为其获得巨大成功提供了条件。

元末明初,《三国志通俗演义》问世后,传抄、印刷版本甚多。一般认为庸愚子(蒋大器)于弘治甲寅年(1494)作序,嘉庆壬午年(1522)刊行的《三国志通俗演义》是现存最早的本子。"到了清朝,最流行的是毛宗岗批评本。此书一出,以前所有各本全被压倒而告消影匿迹。而且,毛本之后也没有再加以改订者,因此毛本就成为三国志故事发展的最后形式。"②进入现代,1922年上海亚东书局出版了一套新式标点本《三国演义》,采用的是清代毛宗岗父子评改的《三国演义》,不过却删除了毛氏父子的评点。1949年以后,最初由作家出版社以毛本为底本,整理了《三国演义》,于1953年初版印行。1954年起,人民文学出版社在此基础上参照嘉靖壬午本等版本校订,陆续印行新版。这个版本普及最广,影响最大。

《三国演义》一百二十回,所叙历史时间跨度长,其间王朝更迭,政治集团起起落落,大事件接踵而至,人物众多,命运奇诡(据统计小说里有名有姓的人物一千多人,见诸史书者七百余人),难以概论。杨尔曾说道:"一代肇兴,必有一代之史,而有信史,有野史,好事者聚取而演之,以通俗谕人,名曰演义。盖自罗贯中《水浒传》《三

---

① (宋)孟元老:《东京梦华录》,朱一玄、刘毓忱编:《三国演义资料汇编》,天津:百花文艺出版社1983年10月版,第114页。
② 小川环树撰,胡天民译《〈三国演义〉的演变》,《三国演义学刊》第1辑,成都:四川省社会科学院出版社1985年7月版,第327页。

国传》始也。"①将信史、野史、演义三个概念相提并论，意味着演义作为一种独立文体，"聚取"正史、野史"而演之"，在明代已成一种认识。明代高儒进一步概括了《三国演义》的创作方法，十分言简意赅："据正史，采小说，证文辞，通好尚，非俗非虚，易观易入，非史氏苍古之文，去瞽传诙谐之气，陈叙百年，该括万事。"②所指"正史"与"小说"，实则体现了中国传统的精英阶层和大众社会对于历史的不同记忆，"演义"居于二者往复的交流之间，在文体上包罗万象，兼备众体，在风格上调和雅俗。而于《三国演义》的结构，清代毛宗岗的"总起总结"和"六起六结"颇能提纲挈领，指陈特点：

> 《三国》一书，总起总结之中，又有六起六结。其叙献帝，则以董卓废立为一起，以曹丕篡夺为一结；其叙西蜀，则以成都称帝为一起，而以绵竹出降为一结；其叙刘、关、张三人，则以桃园结义为一起，而以白帝托孤为一结；其叙诸葛亮，则以三顾草庐为一起，而以六出祁山为一结；其叙魏国，则以黄初改元为一起，而以司马受禅为一结；其叙东吴，则以孙坚匿玺为一起，而以孙皓衔璧为一结。凡此数段文字，联络交互于其间，或此方起而彼已结，或此未结而彼又起，读之不见其断续之迹，而按之则自有章法之可知也。③

从东汉灵帝建宁二年（169）起，一直到晋武帝太康元年（280）吴亡止，三国故事前后百余年。在魏、蜀、吴三国鼎立到三家归晋的主线之中，《三国演义》包含有兴亡更迭、枭雄起落、权谋筹运等关目，体现出中国小说叙事艺术的精华，并深刻影响了现代历史小说的创作。

---

① （明）雉衡山人（杨尔曾）：《东西两晋演义序》，朱一玄、刘毓忱编：《三国演义资料汇编》，天津：百花文艺出版社1983年10月版，第207页。
② （明）高儒：《百川书志》，朱一玄、刘毓忱编：《三国演义资料汇编》，天津：百花文艺出版社1983年10月版，第227页。
③ 罗贯中：《三国演义》（毛宗岗批评本），长沙：岳麓书社2006年6月版，第4页。

第一节 "演义"的文化动力及现代境遇

正史(信史)、野史之外,有演义。在中国文化传统中,历史、历史叙事(包括虚构的历史叙事,比如演义、历史小说)历来深受重视。这与中国独特的历史文化有关。

中国传统文化典籍有"经史子集"四部之分。"经史子集"不仅仅是目录学的分类体系,史部也不是一开始就有的。崔述说:"夫经史者,自汉以后分别而言之耳。三代以上所谓经者,即当日之史也。《尚书》,史也,《春秋》,史也,经与史恐未可分也。"①直到《隋书·经籍志》,史书始真正成为独立的门类,并且固定下来。经、史原为一体,后来被称为"经"的与被归为"子"的,在先秦汉初,也并不截然区分。将先秦部分典籍奉为"经",那是汉代之事。后人有"六经皆史"之说,一方面是说"六经"中包含了许多先代的历史材料,另一方面更是说"六经"中包含了丰富的史学思想。"经"蕴含了中国特有的天人观、历史观,蕴含了君民、德刑、礼乐、经世、人伦等内容。正因为在起源上经、史一体,决定了历史叙事在中国传统文化典籍中独特而崇高的地位。

《汉书·艺文志》的《诸子略》有言:"道家者流,盖出于史官,历记成败存亡祸福古今之道。"②《史记》云:"老子者,楚苦县厉乡曲仁里人也",又云:"周守藏室之史也。"③这是说道家与史的深刻关系。"成败存亡祸福古今之道",是论变化之大道,说明的是天地社会的消息盈虚,是《老子》的核心理念,也是后世历史叙事的根本特征。《史记·太史公自序》论"六家之要旨"道:

---

① (清)崔述:《洙泗考信余录》(卷三),《崔东壁遗书》,上海:上海古籍版社 1983 年 6 月版,第 395 页。
② 《汉书·艺文志》,班固撰,颜师古注:《汉书》(第六册卷三十),北京:中华书局 1962 年 6 月版,第 1732 页。
③ 《史记·老子韩非列传》,司马迁:《史记》(第七册卷六三),北京:中华书局 1982 年 11 月版,第 2139 页。

才之吉凶,知邦家之休戚,以至寒暑、灾祥、褒贬、予夺,无一而不笔之者,有义存焉。"①但是,如孔子的春秋大义,一字之中寓褒贬,所谓春秋笔法,又不是一般人能够了解的。一般人看不懂历史书中的微言大义,古代历史典籍不能为一般人所欣赏。《三国演义》的评论者都有这样一致的看法:

> 客问于余曰:"刘先主、曹操、孙权各据汉地为三国,史已志其颠末,传世久矣。复有所谓《三国志通俗演义》者,不几近于赘乎?"余曰:"否,史氏所志,事详而文古,义微而旨深,非通儒夙学,展卷间,鲜不便思困睡。故好事者,以俗近语,檃括成编,欲天下之人,入耳而通其事,因事而悟其义,因义而兴乎感,不得研精覃思,知正统必当扶,窃位必当诛,忠孝节义必当师,奸贪谀佞必当去;是是非非,了然于心目之下,裨益风教,广且大焉,何病其赘耶?"客仰而大谑曰:"有是哉!子之不我诬也,是可谓羽翼信史而不违者矣。简帙浩瀚,善本甚艰,请寿诸梓,公之四方,可乎?"余不揣谫陋,原作者之意,缀俚语四十韵于卷端,庶几歌咏而有所得欤?於戏!牛溲马勃,良医所珍,孰谓稗官小说,不足为世道重轻哉?②

《三国演义》是个丰富的存在,单一的"羽翼信史"并不能道尽其意义与影响。毛氏父子评点《三国演义》,代表着"奇书"观、"才子书"观念的登场。《三国志演义序》托名金圣叹,极称《三国演义》为"第一才子书",以为毛氏评本张目:"或曰:凡自周、秦而上,汉、唐而下,依史以演者,无不与《三国》相仿,何独奇乎《三国》?曰:三国者,乃古今争天下之一大奇局,而演《三国》者,又古今为小说之一大

---

① (明)蒋大器:《三国志通俗演义序》,朱一玄、刘毓忱编:《三国演义资料汇编》,天津:百花文艺出版社1983年10月版,第269页。
② (明)张尚德:《三国志通俗演义引》,朱一玄、刘毓忱编:《三国演义资料汇编》,天津:百花文艺出版社1983年10月版,第271页。

第一章 《三国演义》的现代演化

易大传:"天下一致而百虑,同归而殊涂。"夫阴阳、儒、名、法、道德,此务为治者也,直所从言之异路,有省不省耳。窃观阴阳之术,大祥而众忌讳,使人拘而多所畏;然其序四时之大顺,不可失也。儒者博而寡要,劳而少功,是以其事难尽从;然其序君臣父子之礼,列夫妇长幼之别,不可易也。墨者俭而难遵,是以其事不可遍循;然其彊本节用,不可废也。法家严而少恩;然其正君臣上下之分,不可改矣。名家使人俭而善失真;然其正名实,不可不察也。道家使人精神专一,动合无形,赡足万物。其为术也,因阴阳之大顺,采儒墨之善,撮名法之要,与时迁移,应物变化,立俗施事,无所不宜,指约而易操,事少而功多。儒者则不然。以为人主天下之仪表也,主倡而臣和,主先而臣随。如此则主劳而臣逸。至于大道之要,去健羡,绌聪明,释此而任术。夫神大用则竭,形大劳则敝。形神骚动,欲与天地长久,非所闻也。①

在对六家的评论中,司马迁显然独是道家,认为道家尽得诸家之长。《史记》深刻领会了诸子中包含"成败存亡祸福古今之道",所谓"究天人之际,通古今之变"②,正是这一观念的另一表述。在明于此的基础上,"成一家之言"正是司马迁提出的历史叙事的理想。这一理想乃成为羽翼正史之演义的文化动力。

历史演义的作者和评论家强调演义的羽翼正史,并不是仅强调演义的历史知识的可靠性,而是更强调演义与历史一样是合于"经"的。蒋大器在为《三国演义》作序时,首先谈论的正是历史"岂徒纪历代之事",历史的意义在于它包含了历史的正义,蕴含了"立万万世至公至正之大法,合天理,正彝伦,而乱臣贼子惧":"夫史非独纪历代之事,盖欲昭往昔之盛衰,鉴君臣之善恶,载政事之得失,观人

---

① 司马迁:《史记·太史公自序》,司马迁著,张大可辑评:《百家汇评本〈史记〉》(下),武汉:长江出版社2007年10月版,第896—897页。
② 司马迁:《报任少卿书》,班固撰,颜师古注:《司马迁列传》,《汉书》(第9册),北京:中华书局1962年6月版,第2735页。

奇手也。"①毛氏《读三国志法》从故事人物到布局语言，对"奇"有详尽解释②，构成了中国演义叙事的传统，也成为中国现代历史叙事的文化基因，成为始终隐现的美学仪轨。

晚清，首先触动现代人的是传统说部对于中国社会影响之巨："今使执涂人而问之曰：'而知曹操乎？而知刘备乎？而知阿斗乎？而知诸葛亮乎？'必金对曰：'知之。'……又问以'曹操、刘备、阿斗、诸葛亮为何如人？'则将应之曰：'曹操奸臣，诸葛亮忠臣，刘备英主，阿斗昏君。'……异哉！何观于贩夫市贾、田夫野老、妇人孺子之类，指天画地，演说古今，喜则流涎吻外，怒则植发如竿，悲与怨则俯首顿足，泣浪浪下沾衣襟，其精神意态，若俱有尼山、天台之能事也，是可怪矣！是可怪矣！"③晚清人已有这样的认识：说部、演义、戏曲，因喜闻乐见而"易传"。"有五易传之故者，稗史小说是矣，所谓《三国演义》《水浒传》《长生殿》《西厢》《四梦》之类是也。"④这些通俗作品深入人心，人心遂被这些作品塑造。

严复、夏曾佑进一步分析了人心、历史与小说之间的关系："有人身所作之史，有人心所构之史，而今日人心之营构，即为他日人身之所作。则小说者又为正史之根矣。若因其虚而薄之，则古之号为经史者，岂尽实哉！岂尽实哉！"⑤小说"为正史之根"，而古代经史，难道就是完全真实的吗？虚与实，在现代知识人看来，不存在清晰的界线。小说与历史本就具有一种同构性，在"人身""人心"的"营构"过程中，小说能够起到作用。晚清人把目光投向小说，首先是翻译外国小说，但很快发现翻译小说无法深入大众人心。"近世翻译

---

① （清）金人瑞：《三国志演义序》，朱一玄、刘毓忱编：《三国演义资料汇编》，天津：百花文艺出版社1983年10月版，第291、293页。
② （清）毛宗岗：《读三国志法》，朱一玄、刘毓忱：《三国演义资料汇编》，天津：百花文艺出版社1983年10月版，第293—309页。
③ 几道、别士：《本馆附印说部缘起》，《国闻报》1897年10月—11月，陈平原、夏晓虹编：《二十世纪中国小说理论资料（1897年—1916年）》，北京：北京大学出版社1989年3月版，第1页。
④ 同上书，第11页。
⑤ 同上书，第12页。

欧美之书甚行,然著书与市稿者,大抵实行拜金主义,苟焉为之,事势既殊,体裁亦异,执他人之药方,以治己之病,其合焉者寡矣。今试问萃新小说数十种,能有一焉如《水浒传》《三国演义》影响之大者乎？曰:无有也。"①晚清以来,很多新知识人都努力通过翻译和创作,来祛除传统之毒。在创作方面,借用旧说部的形式来传播新思想、新观念,则成为小说写作的一条途径。

晚清民国的知识人,对《三国演义》颇多否定。或者谓其"哲理无存"②,或者嫌其"文词鄙陋不足称"③,或者觉得其在叙事方面不足道。"《三国演义》,旧日颇占势力。吾谓斯书正犯历史小说两大忌:一直演正史,二虚造事实。至其演野史之一部分,乃将他人所记载者,演为白话而已,非自能发明一二事。故其书除文字稍可观外,无一能合乎小说之律。"④这里的"小说之律"指的是欧美近代小说的美学规范。以欧美文学、小说作参照,评论中国传统小说,每每得出否定结论。比如王国维断言:"《三国演义》无纯文学之资格",虽然他并不完全否定这部小说:"然其叙关壮缪之释曹操,则非大文学家不办。"⑤集中体现这种态度的是鲁迅和胡适。

鲁迅在《中国小说史略》中指出:"罗贯中本《三国志演义》……据旧史即难于抒写,杂虚辞复易滋混淆……至于写人,亦颇有失,以致欲显刘备之长厚而似伪,状诸葛之多智而近妖;惟于关羽,特多好语,义勇之概,时时如见矣……又如曹操赤壁之败,孔明知操命不当尽,乃故使羽扼华容道,俾得纵之,而又故以军法相要,使立军令状而去,此叙孔明止见狡狯,而羽之气概则凛然,与元刊本平话,相去远矣。"⑥鲁迅对于《三国演义》的看法深受章学诚观点的影响,以史

---

① 天僇生:《中国历代小说史论》,《月月小说》第1卷第11号,1907年。
② 林文聪:《新小说丛祝词》,《新小说丛》第1期,1908年1月。
③ 天僇生:《中国三大家小说论赞》,《月月小说》第2年第2期,1908年。
④ 解弢:《小说话》,上海:中华书局1919年1月版,第89页。
⑤ 王国维:《文学小言》,《教育世界》第139期,1906年。
⑥ 鲁迅:《中国小说史略》,《鲁迅全集》(第9卷),北京:人民文学出版社2005年11月版,第135—136页。

书作参照,囿于虚实问题。章学诚在《丙辰札记》中评论《三国演义》说:"凡演义之书,如《列国志》《东西汉》《说唐》及《南北宋》,多纪实事,《西游》《金瓶》之类,全凭虚构,皆无伤也。惟《三国演义》,则七分实事,三分虚构,以致观者,往往为所惑乱……故演义之属,虽无当于著述之伦,然流俗耳目渐染,实有益于劝惩。但须实则概从其实,虚则明著寓言,不可虚实错杂如《三国》之淆人耳。"①要么全部有历史根据,要么全部是虚构,"七分实事,三分虚构"容易造成虚实不分的混乱。

在《中国小说的历史的变迁》中,鲁迅进一步明确总结了《三国演义》三方面的缺点:"若论其书之优劣,则论者以为其缺点有三:(一) 容易招人误会。因为中间所叙的事情,有七分是实的,三分是虚的;惟其实多虚少,所以人们或不免并信虚者为真……(二) 描写过实。写好的人,简直一点坏处都没有,而写不好的人,又是一点好处都没有……(三) 文章和主意不能符合——这就是说作者所表现的和作者所想象的,不能一致。如他要写曹操的奸,而结果倒好像是豪爽多智;要写孔明之智,而结果倒像狡猾……后来做历史小说的很多……都没有一种跟得住《三国演义》。所以人都喜欢看它;将来也仍旧能保持其相当价值的。"②尽管有严重的"缺点",但"人都喜欢看"《三国演义》,原因何在?作为独特而又独立文体的"演义",在鲁迅的讨论中没有得到充分关注。鲁迅所总结的缺点,抑或就是"演义"的特点。

胡适对《三国演义》也有诸多批评,认为:《三国演义》"只可算是一部很有势力的通俗历史讲义,不能算是一部有文学价值的书"。"第一,《三国演义》拘守历史的故事太严,而想象力太少,创造力太薄弱。""第二,《三国演义》的作者,修改者,最后写定者都是平凡的陋儒,不是有天才的文学家,也不是高超的思想家。"并认为:"《三国

---

① 章学诚:《丙辰札记》,朱一玄、刘毓忱编:《三国演义资料汇编》,天津:百花文艺出版社1983年10月版,第692页。
② 鲁迅:《中国小说的历史的变迁》,《鲁迅全集》(第9卷),北京:人民文学出版社2005年11月版,第333—334页。

演义》最不会剪裁,他的本领在于搜罗一切竹头木屑,破烂铜铁,不肯遗漏一点。因为不肯剪裁,故此书不成为文学的作品。"①胡适明确将《三国演义》看成是"通俗历史讲义",排斥于"文学的作品"之外,与鲁迅的观点基本一致。

当然对《三国演义》也有肯定的看法。蒋箸超就特别注意到《三国演义》含有的文化意识:"然其博搜古籍,串穿联缀,有波澜,有变化,亦奇作也。且《水浒》、《三国》,作者实有微旨存乎其间……《三国志》之汉贼,则通鉴之失,已昭昭矣,必表而出之,不嫌习人闻见乎?吾以为作者排元之决心,不在南山、圣叹下也。"②将《三国演义》放在元、明易代的背景下,认为表现了"排元之决心",显示了民初革命党人的视点。更多评论者从叙事艺术着眼,肯定《三国演义》的叙事成就。觚庵论道:"余谓小说可分为两大派:一为记述派,综其事实而记之,开合起伏,映带点缀,使人目不暇给,凡历史、军事、侦探、科学等小说皆归此派。我国以《三国志》为独绝,而《秘密使者》《无名之英雄》诸书,亦会得此旨者。"③觚庵的评论不是以西方小说为参照系,而是肯定《三国演义》"独绝"的重要地位,这样的眼光与"以西例律中国小说"自是不同。对叙事笔法等的肯定,还可见出对毛宗岗评论的继承,如说:"《三国志演义》尤好纵谈兵略,不压权谋,笔致雪亮,引针伏线,起落分明。"④对小说叙事的肯定,与对文学性的否定构成了似是而非的矛盾。鲁迅、胡适实际上否定的是《三国演义》"羽翼信史"的传统文化规范,否定了"演义"的传统特质,而对《三国演义》叙事成就的肯定,则是从小说方面重新确立其地位。

---

① 胡适:《三国志演义序》,《三国演义》,上海:亚东图书馆1922年5月版,第9、10、11页。
② 冥飞、箸超、玄父、海鸣、太冷生:《古今小说评林》,上海:民权出版部1919年5月版,第122页。
③ 觚庵:《觚庵漫笔》,朱一玄、刘毓忱编:《三国演义资料汇编》,天津:百花文艺出版社1983年10月版,第506页。
④ 邱炜萲:《菽园赘谈》,朱一玄、刘毓忱编:《三国演义资料汇编》,天津:百花文艺出版社1983年10月版,第504页。

现代文学家对《三国演义》的评论，一方面深化了对作品的认识，另一方面将《三国演义》纳入现代视野，诠释出丰富的意涵，滋养着晚清以降的通俗小说创作。

第二节　据正史、采小说、寓春秋

《三国演义》拥有众多现代读者，影响广泛。"小时候读《三国演义》"，"觉得他很可敬"。①"我开始和文学作品接近的时候，我毫不费力的就找到一套《三国演义》。我相信《三国演义》，《水浒传》一类的书是大多数人接近文学的渡桥。"②"书堆报纸堆里过了半生，自然常逢到许多很爱读的书。但是如过眼云烟"，"惟有幼年时代最爱好的几部书，却在脑子里留下不可磨灭的趣味。""幼年时代对我最有影响的书，无有过于《三国志演义》的了。"③趣味故事、盖世英雄、传奇历史，年少时的耳濡目染，无形间成为一种常识，乃至日后撰述，常会引《三国演义》入小说。"知道他近来看三国演义很为着魔，所以要拿诸葛武侯自比了"④，"她戴着一副老花眼镜，睡在安乐椅上看三国演义"⑤……现代小说故事与《三国演义》的互文，可见出《三国演义》成为了一种交流常识。而《三国演义》对现代小说的影响，更在于"演义"体的历史叙事。

以"演义"写历史，是通俗小说的一大标识。现代作家写"演义"的不乏其人。丁寅生《孔子演义》、吴趼人《两晋演义》、张恂子《隋宫两朝演义》、李伯通《唐宫历史演义》、许慕羲《元宫十四朝演义》、许啸天《明宫十六朝演义》、陆士谔《清史演义》等都有"应一般民众

---

① 将离：《书感》，《鲁迅风》第5期，1939年2月8日。
② 冯乃超：《我的文艺生活》，《大众文艺》第2卷第5、6期合刊，1930年。
③ 陈清晨：《三国演义与我的幼年》，《青年界》第8卷第1号，1935年6月。
④ 苔狂：《儿戏》，《小说世界》第6卷第3期，1924年4月。
⑤ 蒋用宏：《啮脐》，《小说世界》第9卷第8期，1925年2月。

历史的欲求"①而作的意图。赵苕狂序《隋宫两朝演义》说道:"小说非才子不能为也,演义尤非才子不能为也。故金圣叹既以三国西厢水浒各书,评为才子之书,又以三国志演义一书,评为第一才子之书。盖依据史事,杂取裨官小说之言,演之为演义。其前后既须贯串一气,中间又须脉络贯通,而其穿插又须入情入理。故虽经纬万端,至其一经一纬,既须有所依据,有所出处,不能如郢书燕说之空中楼阁,羌无故实。然而正史所载者,既一人而一传,裨官所录者,复一鳞与半爪。乃欲以正史各人之传纪,裨官鳞爪之记录,冶之于一炉,融会而贯通,不其戛戛乎难哉。是故寻常小说非才子不能为,而于演义,尤非才子不能为。此金圣叹之所以以三国志演义一书,评为第一才子之书也。"②赵苕狂不仅称赞写《隋宫两朝演义》的张恂子是才子,而且也对"演义"的写法作出了具体说明。"演义"一要"依据史事",二要"杂取稗官小说之言",三要把前两者"冶之于一炉,融会而贯通",既要"有所依据",又要有"脉络"和"穿插",成为"演义",实属不易。这和明代高儒所说"据正史,采小说"是一个意思。这是对"演义"写作的要求,并非所有的"演义"都能符合这一要求。

继承《三国演义》传统,用"演义"写小说的现代作家首推蔡东藩。蔡东藩以一己之力,在十年中编撰了《历朝通俗演义》,叙述从上古至中华民国的中华全史。其撰写出版的时间顺序为:《清史通俗演义》(1916年7月)、《西太后演义》(1919年5月)、《二十四史通俗演义》(吕安世原著,蔡东藩1919年春增补清史部分,改名为《中华全史演义》由上海大东书局初版)、《元史通俗演义》(1920年1月)、《明史通俗演义》(1920年9月)、《民国通俗演义》(1921年1月)、《宋史通俗演义》(1922年1月)、《唐史通俗演义》(1922年9

---

① 许啸天:《自序》,许啸天:《明宫十六朝演义》,上海:时远书局1927年3月版,第8页。
② 赵苕狂:《赵序》,张恂子:《隋宫两朝演义》,上海:硕望书店1929年10月版,第1页。

月)、《五代史通俗演义》(1923年3月)、《南北史通俗演义》(1924年1月)、《两晋通俗演义》(1924年9月)、《前汉通俗演义》(1925年10月)、《后汉通俗演义》(1927年9月)。其中,《民国通俗演义》前120回由蔡东藩撰著,后40回由许廑父续写。

《历朝通俗演义》自出版以来,便受到广泛欢迎,蔡东藩是"中国近现代历史小说史上'正史演义'创作的集大成者"①,他继承"演义"传统,最突出的表现便在于:据正史,采小说,并在文字中笔寓春秋。在《清史通俗演义》的序言中,蔡东藩说:"革命功成,私史杂出,排斥清廷无遗力;甚且撷拾宫闱事,横肆讥议。""夫使清室而果无失德也,则垂至亿万斯年可矣,何至鄂军一起,清社即墟?然苟如近时之燕书郢说,则罪且浮于秦政隋炀,秦隋不数载即亡,宁于满清而独永命,顾传至二百数十年之久欤?……乌有不问是非,不辨善恶,并置政教掌故于不谭,而徒采媟亵鄙俚诸琐词,羼杂成编,即诩诩然自称史笔乎?以此为史,微论其穿凿失真也,即果有文足征,有献可考,亦无当于大雅;劝善惩恶不足,鹥奸导淫有余矣。"②蔡东藩编撰演义,首先是因为不满于流行的私家杂录,想矫之。这就决定了他编撰演义要据正史。同时,有感于民国初年的复辟思想,认为:"鉴清者但以为若翁华胄,夙无秽闻,南面称尊,非我莫属;而攀鳞附翼者,且麕集其旁,争欲借佐命之功,博封王之赏,几何不易君主为民主,而仍返前清旧辙也。"③于是,他潜心编撰《清史通俗演义》,为前朝撰史,以史为鉴。"几经搜讨,几经考证,巨政固期覈实,琐录亦必求真;至关于帝王专制之魔力,尤再三致意,悬为炯戒……非敢妄拟史咸,以之供普通社会之眼光,或亦国家思想之一助云尔。"④不仅"巨政",即重要历史事件,于史有据,而且"琐录",即野史笔记的内

---

① 范伯群主编:《中国近现代通俗文学史》(下卷),南京:江苏教育出版社2000年4月版,第80页。
② 蔡东藩:《自序》,蔡东藩:《清史通俗演义》(第1册),上海:会文堂新记书局1935年8月版,第1页。
③ 同上。
④ 同上书,第1—2页。

容,也要求真,这便是据正史、采小说的具体内容。"搜讨""考证""覈实""求真",都讲究言必有据,而寓春秋的观念思想,则要措意于"帝王专制之魔力",为当世"悬为炯戒"。

"据正史"首先表现在《清史通俗演义》从清朝发迹、七恨誓师、一直到孙中山就任临时大总统,一百回,凡举清朝历史上的大事件,均有叙述,并含有"寓春秋"的"劝惩"目的。《清史通俗演义》叙述清取代明,重点不在清的崛起,而在明的失误。明的失误表现于多方面:治边策略轻慢,用人不当,举措乖张,孙承宗驻守宁远,迭被罢免,袁崇焕靖边被间下狱……诸事纷繁,背后有明帝昏庸,宦官弄权。这许多正史上的大事,被一一叙述。就演义小说而言,作者在取舍方面,侧重的是明之守将的智慧或愚蠢,忠勇或贪生,其欲表扬忠烈,使乱臣贼子丑行昭彰的劝惩之心甚明。据正史,其实头绪甚多,蔡东藩颇能减头绪,往往有一石数鸟之效。如写袁崇焕结局就是通过清太宗来写,用清的担忧和欣喜,反衬袁之作用和地位,并表现清廷之昏庸糊涂。在线索上,则免去分支,紧扣清、明征战胜败主线。

采小说,是结合野史笔记,虚实一体,使叙史更有声色。洪承畴降清是一重大事件,于正史有征。而洪承畴降清的过程,蔡东藩的演义则采取野史内容。据史载,洪承畴被俘之初,确实坚决不降,因被感动遂归顺清朝,明朝的腐败无能、积重难返或许也是他降清的心理动机。不过,蔡东藩叙述他降清,却是因为"好色":

> 原来洪承畴人本刚正,只是有一桩好色的奇癖。这日……进来了一个青年美妇,袅袅婷婷的走近前来,顿觉一种异香,扑入鼻中。承畴不由的抬头一望,但见这美妇真是绝色……承畴暗讶不已,正在胡思乱想,那美妇樱口半开,瓠犀微启,轻轻的呼出将军二字。承畴欲答不可,不答又不忍,也轻轻的应了一声。这一声相应,引出那美妇问长道短,先把那承畴被掳的情形,问了一遍。承畴约略相告。随后美妇又问起承畴家眷,知承畴上有老母,下有妻妾子女,他却佯作悽惶的情状,一双俏

眼,含泪两眶,顿令承畴思家心动,不由的酸楚起来。那美妇又设词劝慰,随即提起玉壶,令承畴喝饮。承畴此时,已觉口渴,又被他美色所迷,便张开嘴喝了数口,把味一辨,乃是参汤。美妇知已入彀,索性与他畅说道:"我是清朝皇帝的妃子,特怜将军而来。将军今日死,于国无益,于家有害。"承畴道:"除死以外,尚有何法?难道真个降清不成?"……看官!你道这美妇是何人?便是那太宗最宠爱的庄妃。①

这段庄妃劝降情节于史无证,于情理也不合,庄妃不可能独自去见洪承畴,史载洪承畴生活上严守儒家道德,并不风流冶游。作者根据的乃是《清秘史》之类的野史:

乃问其降人:有可以饵承畴者否?则以好色对。虏遂大喜。饰美女数辈往侍,终不效。时虏妃博尔济吉特氏……极殊丽,为虏中冠。乃遣之,妃密贮人葠汁,效侍婢妆以入奉洪。洪终闭目面壁,泣不已。妃强劝之,亦不顾。既而,妃又劝曰:将军纵不食,独不可稍饮,而后就义耶?语次情态婉娈世嬺,意致悽愁,且以壶承其唇,洪不得已,沾饮焉。逾时,竟不死。妃又进焉,洪连饮之,愈不能死,而精神加充焉。如是者数日。妃多方劝慰,迭进饮馔,洪渐甘之。未几,意转,遂饮啖如初。由是妃益日夜进劝,并反复喻以利害,洪计始决降于虏。南史氏曰:吾读满州史,承畴陷虏在二月十八,是日,盖辛酉也,而其降时则五月癸酉耳,相距七十三日。为承畴者岂真碌碌一无所为乎?矢死哭泣,勺饮不入,洪氏之天良,固未昧也。胡姬娈惑,丧我督师,虽变计之失,抑亦建虏之自亡愧耻,于明室何辱哉!②

"南史氏"表明,洪承畴虽然有变计之失,更暴露了"建虏之自亡愧

---

① 蔡东藩:《清史通俗演义》(第1册),上海:会文堂新记书局1935年8月版,第60—61页。
② 有妫血胤(陈去病):《清秘史》,《五笔编记·清秘史·司道职名册·多尔衮摄政日记·满州实录》,台北:广文书局印行1976年8月版,第41—42页。

耻"。正如刘师培为《清秘史》作《叙》所说:"今《清秘史》一书,仿古人别史之体,虽掇拾遗闻,间多未备,然胡庭秽迹,赖以彰闻。则世之奉房酋为神圣者,观此亦可自反矣。"①在晚清民族主义革命潮流中,搜罗社会上流传的各种清朝丑闻,打破对于王朝的迷信,唤起反清革命情绪,自是题中应有之义。蔡东藩择取野史予以演义,可以说上承《三国演义》,既有"采小说"之趣味,同时达到了"寓春秋"的目的。

据正史不是照录史事,作者于重要人物的重要关目处,采取小说化写法,于史的简略处用想象渲染铺排。《清史通俗演义》第二十一回写吴三桂诛杀南明桂王,设计了两场人物对话。吴三桂与桂王对话,一自称"清",一偏称之"大明平西伯",于一问一答之中,竭尽讽刺挖苦之能事。另一场对话,与爱星阿商议处置桂王的法子时,爱星阿主张献俘京城,而吴三桂则主张就地处决。爱星阿系满人,尚不欲就地处死永历,反是吴三桂不同意。这是以满人与汉人对比,以满人与故明臣对比,显示吴三桂为洗清自己而残忍诛杀故主。小说把吴三桂叛清的过程叙述得一波三折,将吴三桂的狡诈、伪善、毒辣表现得淋漓尽致。

在蔡东藩看来,明亡清兴,有其重要关节:"翦灭明宗之策,尸之者洪承畴,成之者吴三桂。二人旧为明臣,何无香火情乃尔?"②批评叛臣的不忠不义不孝不仁,蕴含历史的正义,即劝惩之旨,春秋之义。同时,叙述清之专制,与时代潮流一致,是抨击批判的。蔡东藩特别强调专制之毒:"冢嗣被黜,名士沉冤,皆专制之焰使然。惟专制故,天下始羡皇帝之尊严……惟专制故,天下始怨皇帝之刻毒,一语失检,罪及妻孥,祸延宗族,生固难免,死且戮尸……不能逃千秋

---

① 光汉子(刘师培):《清秘史叙》,《五笔编记·清秘史·司道职名册·多尔衮摄政日记·满州实录》,台北:广文书局印行1976年8月版,第3页。
② 蔡东藩:《清史通俗演义》(第1册),上海:会文堂新记书局1935年8月版,第127页。

万世之讥。"①

在演义史事时,蔡东藩未必信正史记载。康熙遗嘱是历史上一大疑案,《清史通俗演义》在叙述遗嘱事时,不予坐实,留下想象空间:"惟圣祖欲立皇十四子允禵,皇四子窜改御书,将十字改为于字,此则故父老皆能言之,似不为无因。但证诸史录,亦不尽相符。作者折衷文献,语有分寸。"②此外,蔡东藩还对正史中不可信的内容作校正。《清史通俗演义》第一回根据《东华录》叙述了清祖天女产子等事,这只是个传说,蔡东藩虽然采用了,却作了特别处理。一是去掉了生而能言、天女飞升的传奇内容;二是去掉了天女临去时口授天命的情节;三是在叙述中先声明"这个人物,说是天女所生,真正奇事!小子尚不敢凭空捏造,是从史籍上翻阅得来"③,表明自己的怀疑态度。对照蔡东藩的演义与蒋良骐《东华录》、王先谦《东华录》的相关记述,可见蔡东藩对正史内容有其选择和判断。在叙写传说之后,回评中申明:"成为帝王,败即寇贼,何神之有?我国史乘,于历代开国之初,必溯其如何祯祥?如何奇异?真是谬论。是回叙天女产子,朱果呈祥等事,皆隐隐指为荒诞,足以辟除世人一般迷信,不得以稗官小说目之。"④这就由清史而推及对历史上王朝起源神话的批判。

蔡东藩在写作《清史通俗演义》及《历朝通俗演义》时,明显以《三国演义》为范本,不仅遵循《三国演义》的叙事原则,而且具体故事内容,如宫闱密谋、干政乱权等都显示出《三国演义》的影响。《清史通俗演义》第七回写明将耿仲明、孔有德二人为报袁崇焕杀义父毛文龙之仇,投降满人,献计避开袁崇焕防地,绕道进攻大明。此段

---

① 蔡东藩:《清史通俗演义》(第2册),上海:会文堂新记书局1935年8月版,第182页。
② 同上书,第196页。
③ 蔡东藩:《清史通俗演义》(第1册),上海:会文堂新记书局1935年8月版,第2页。
④ 同上书,第5页。

文字后评点道:这个情节"仿佛《三国演义》中,张松献益州地图"①。当然,张松是谋出身,孔、耿二人是为报仇,但因此一献而牵动大局,是一样的。还是第七回,范文程使反间计灭袁崇焕。袁崇焕被间是事件,但写得如叙事者亲见一般,则来自《三国演义》,尤其是偷听一节,几乎仿照《三国演义》的写法。就在袁崇焕被间事件之后,评点文字指出:"陈平间范增,周瑜弄蒋干,都是这般计策"②。

第八回写人物:

> 且说大凌城守将,便是祖大寿、何可纲二人……只大寿有一兄弟名叫大弼,曾官副总兵……夜率死士百二十人,易服辫发,缒城而下,来袭满营。适值太宗未寝,在帐中阅视文书,大弼执着大刀,当先入帐,把大刀左右乱劈,斫倒满侍卫两员。太宗见大弼入帐行凶,忙拔腰下佩剑,挡住大弼的大刀。当下交战数合,太宗力不逮大弼,渐渐退后。大弼手下的死士,亦陆续入帐,太宗正在着忙,亏得阿济格等带领侍卫十员,赶来护驾。一场酣斗,满侍卫中,尚有一人被斫断半臂。至满军越来越众,大弼始呼啸一声,冲围而出。③

这段人物叙写后,评点指出:"甘宁百骑劫曹营,祖大弼可谓媲美。"④祖大弼夜袭故事可与《三国演义》中甘宁劫曹营的故事对照来读。《三国演义》是蔡东藩叙写历史故事的范本,其叙事法则、人物故事,都给蔡东藩的创作以极大启示,乃至成为现代通俗小说构造宏大"演义"叙事的依傍。

---

① 蔡东藩:《清史通俗演义》(第1册),上海:会文堂新记书局1935年8月版,第36页。
② 同上书,第40页。
③ 同上书,第44页。
④ 同上书,第45页。

第三节 "别有所感"与无正史可据

《三国演义》对后来的"演义"写作影响巨大,但晚清以来的"演义"小说不乏突破陈规、另有发挥的例子,并不是完全模仿《三国演义》,这也是现代通俗小说的价值所在。比较极端的做法是推翻另写。例如芷香《新三国演义》中吕布貂蝉"乘自备飞机'飞貂'号飞到上海"①,是用原书人物写现代故事。林秀冥《乌鹊南飞——三国新编之一》中"爱史氏"与陈寿、罗贯中、毛宗岗等人谈《三国演义》、谈历史、谈西方历史小说作家。② 诸葛先生《新三国演义》写的是"情场战史"③,《〈三国演义〉的演义》写的是"民间故事"④,还有"滑稽小说"《三国演义》⑤等。这类对《三国演义》的翻新或完全重写,表现出现代人与传统经典之间既接受又对抗的关系,重写是建立在熟知的基础上的。

在完全重写和以《三国演义》为范本的《历朝通俗演义》之间,还有的现代小说对传统的"演义"规范作出了调整。比较常见的做法是以古写今,这是对"寓春秋"的进一步引申。"寓春秋"是把对史事或人物的评价含在记述文字之中,而以古写今的手法是藉历史来映照现实,不仅是演义历史,更对历史别有寄托。邱菽园评吴趼人《痛史》道:"《痛史》,如宋儒为诗,号击壤派。"⑥所谓"击壤派"得名于宋代邵雍的《伊川击壤集》。明人朱国桢《涌幢小品》说:"佛语衍为寒山诗,儒语衍为《击壤集》,此圣人平易近人,觉世唤醒之妙用。"⑦

---

① 芷香:《新三国演义》,《海报》1943 年 1 月 25 日。
② 林秀冥:《乌鹊南飞——三国新编之一》,《人道》创刊号,1948 年 1 月。
③ 诸葛先生:《新三国演义》,《社会日报》1933 年 5 月 13 日。
④ 泰山老人:《〈三国演义〉的演义》,《时代漫画》第 38 期,1937 年 5 月。
⑤ 沧隐:《三国演义》,《娱闲录》第 11 册,1914 年。
⑥ 邱菽园:《新小说品》,转引自卢叔度:《我佛山人文集·前言》(第 1 卷长篇社会小说),广州:花城出版社 1988 年 8 月版,第 21 页。
⑦ 朱国桢:《涌幢小品》,司马朝军编:《四库全书总目精华》,武汉:武汉大学出版社 2008 年 5 月版,第 732 页。

《击壤集》的特点是"平易近人""觉世唤醒",借用诗的形式,宣传儒学观念。钱钟书说得更加清楚:"宋诗人篇什往往'以诗为道学',道学家则'好以语录、讲义押韵'成诗;尧夫《击壤》,蔚然成风会。"①意为将具体的文艺形式用作传达观念的工具。邱菽园说吴趼人的《痛史》是"击壤派",指《痛史》虽写历史,其实并不措意于历史事实、历史人物的准确可信,而是把历史叙事作为传达自己意图的符号,将讲述历史作为传达反清、维新的载体。吴趼人在《两晋演义序》中谈《痛史》,表示不会再像《痛史》那样写,而要做"发明正史事实为宗旨"的"历史小说":"吾将一变其诙诡之方针,而为历史小说矣,爱我者乞有以教我也。旋得吾益友蒋子紫侪来函,勖我曰:'撰历史小说者,当以发明正史事实为宗旨,以借古鉴今为诱导;不可过涉虚诞,与正史相刺谬,尤不可张冠李戴,以别朝之事实,牵率羼入,贻误阅者。'云云。末一语,盖蒋子以余所撰《痛史》而发也。余之撰《痛史》,因别有所感故尔尔。即微蒋子勉言,余且不复为,今而后尤当服膺斯言矣。"②吴趼人明确交代《痛史》是"别有所感"而作的。

《痛史》共二十七回,最初连载于《新小说》第一年第 8 号(1903 年 10 月)至第二年第 12 号(1906 年 1 月),发表时署名我佛山人,标明"历史小说"。小说虽然未完成,却称得上是一部以严肃态度精心创作的长篇历史演义,是吴趼人写的第一部历史题材小说,主要叙述的是南宋末年的历史故事。

《痛史》与《三国演义》具有明显的互文关系。《痛史》第九回写众义士在仙霞岭相遇,彼此见解主张一致,遂结盟:"当下商量要起个会名。宗礼道:'我们就学《三国演义》上周瑜的"群英会"如何?……'说得众人都笑起来。"③第 10 回宗仁、胡仇初到仙霞岭,参观仙霞岭地形时,金奎介绍山上的布置,再次提到《三国演义》:"宗、

---

① 钱钟书:《谈艺录(补订本)》,北京:中华书局 1999 年 10 月版,第 545 页。
② 我佛山人:《两晋演义序》,《月月小说》第 1 号,1906 年 11 月。
③ 我佛山人著,王俊年校点:《痛史》,《我佛山人文集》(第 5 卷 中长篇历史小说),广州:花城出版社 1988 年 8 月版,第 91—92 页。

胡二人沿路看时,原来遍山都是树木,而且那树木种得东一丛,西一丛,处处留着一条路,路路可通,真是五花八门,倘不是有人引着,是要走迷的。金奎道:'这山上树木很多,这都是岳兄指点着移种的。这是按着"八阵图"的布置;虽然不似《三国演义》说那鱼腹浦的"八阵图"的荒唐,然而生人走了进来,可是认不得出路呢!'"①无论是"群英会"还是"八阵图",都成了《三国演义》的遗产,成了一种可以自然比附的常识。小说第十八回便是对"火烧赤壁"这一常识的"防范":

> 却说李恒败了回去,与张弘范商议道:"宋家兵船,俱用铁缆相连。此时虽交正月,北风尚大,我们何不学周瑜战赤壁故事,用火攻之法呢?"弘范又从其议。下令准备五十号旧战船,满载干柴、茅草、硝磺等引火之物,扯满风帆。另用十号大船拖带,驶近宋兵水寨,一齐放火,拖船即便驶回。那火船顺着风,直撞过来。谁知世杰出海时,早就防备火攻,那战舰外层,一律都用灰和泥涂满,不露一点木在外面,容易烧它不着。看见鞑兵放火船来攻,便传令放倒船桅,把来船拒住。五十号火船,相离在二三丈之外,便不能近,所以一场大火,只烧了几百根船桅。②

战争中的攻守双方似乎都熟读了《三国演义》火烧赤壁故事,前车之鉴,可用可防。至于写战阵中绝粮道、赚城池、诈降、埋伏等,都可以明显见出《三国演义》中军事智谋的运用。

《三国演义》的叙事体例对《痛史》的影响主要表现在"起结"方面。毛宗岗总结《三国演义》有"总起总结"和"六起六结"。王朝兴衰、事件过程、人物命运"联络交互于其间,或此方起而彼已结,或此

---

① 我佛山人著,王俊年校点:《痛史》,《我佛山人文集》(第5卷 中长篇历史小说),广州:花城出版社1988年8月版,第102页。
② 同上书,第176—177页。

未结而彼又起,读之不见其断续之迹,而按之则自有章法之可知也"①。王朝兴衰的"正史"提供的是一个叙事大框架,需要"小说艺术"游刃其间。《痛史》第一回至第五回度宗驾崩,遗命贾似道带兵出征,贾似道兵败逃跑被革职,第六回贾似道死,是一起一结。这一个段落是以贾似道通敌弄权卖国为中心,然后转向樊城襄阳等地的攻守战(第三回至第五回)。在这一部分里,忠臣、权奸,死节将士、偷生降将,每每相互对照。第七回三个重要人物先后登场:文天祥、谢枋得、张世杰,张世杰在第一起结中已经出现,这即是似断还续的结构经营。文天祥与张世杰在后文的南逃小王朝故事中构成两条线索,第十回文天祥登坛拜为大元帅,张世杰拜将,此后二人的叙事时而交汇,时而明暗互补,终于一战死,一被俘就义。这是人物的起结。演义之体就是要将大事本末和人物列传妥为安排,穿插连络,成为一个艺术整体。

虽然受《三国演义》影响明显,《痛史》终究是一部具有现代性质的小说,表现出了自身特色。《痛史》的"别有所感"是什么？阿英在《晚清小说史》中指出:"吴趼人写作这部小说时……是如书中人张世杰说的话一样:'我实在恨这班畜生,时时都想痛骂打他一番,我骂他畜生还嫌轻,不知要骂他是个什么才好呢！'这真的是吴趼人对于宋代当时人物的愤慨么？是在宋代的一些卖国汉奸以外,兼咒诅那些清朝的汉奸的。是对鸦片战争到八国联军几十年事件愤慨的总发泄,总暴露。"②吴趼人的"愤慨"源于他对于历史趋势和中国面临危机的认识。《痛史》第一回开宗明义,先描绘一个万国争竞,"优胜劣败"的世界:"鸿钧既判,两仪遂分。大地之上,列为五洲；每洲之中,万国并立。五洲之说,古时虽未曾发明,然国度是一向有的。既有了国度,就有竞争；优胜劣败,取乱侮亡,自不必说。"③在竞争

---

① 毛宗岗:《读三国志法》,罗贯中:《三国演义》(毛宗岗批评本),长沙:岳麓书社2006年6月版,第4页。
② 阿英:《晚清小说史》,上海:商务印书馆1937年5月版,第231页。
③ 我佛山人著,王俊年校点:《痛史》,《我佛山人文集》(第5卷 中长篇历史小说),广州:花城出版社1988年8月版,第3页。

中,何以自存?吴趼人认为首先是国人要有爱国心:"但是各国之人,苟能各认定其祖国,生为某国之人,即死为某国之鬼,任凭敌人如何强暴,如何笼络,我总不肯昧了良心,忘了根本,去媚外人。如此,则虽敌人十二分强盛,总不能灭我之国。"①但吴趼人觉得中国人太无血性:"我是恼着我们中国人没有血性的太多,往往把自己祖国的江山甘心双手去奉与敌人,还要带了敌人去杀戮自己同国的人,非但绝无一点恻隐羞恶之心,而且还自以为荣耀。""所以我要将这些人的事迹记些出来,也是借古鉴今的意思。"②这一"别有所感"的意图,决定了《痛史》的写法。

小说从南宋摇摇欲坠写起,由王朝末路展开叙事,目的在于突显危难之际朝廷人物的忠奸。吴趼人为了表达惩奸除恶的"历史正义",不惜违背历史事实。奸臣贾似道被革职后,《宋史·奸臣传》记载:"福王与芮素恨似道,募有能杀似道者使送之贬所。有县尉郑虎臣欣然请行……八月,似道至漳州木绵庵,虎臣屡讽之自杀,不听,曰:'太皇许我不死,有诏即死。'虎臣曰:'吾为天下杀似道,虽死何憾?'拉杀之。"③贾似道死于郑虎臣之手,于史有据,只是吴趼人似不解恨。《痛史》第六回中贾似道也死于郑虎臣之手,却是被郑虎臣推入粪缸而死,这是吴趼人特意虚构的。私刑处死贾似道后,据史载,郑虎臣亦被逮,瘐毙狱中。但果真如此叙述,似不足以申张正义,所以吴趼人给郑虎臣另外安排了结局:"于是等到更深时,悄悄地开了山门,牵出马来,扳鞍踏蹬,加上一鞭去了。"④这是对历史人物结局的改写。对于这一改写,吴趼人振振有词:"看官记着,下文方有得交代,他还建了许多事业呢。据正史上说起来,是陈宜中到

---

① 我佛山人著,王俊年校点:《痛史》,《我佛山人文集》(第5卷 中长篇历史小说),广州:花城出版社1988年8月版,第3页。
② 同上书,第3、4页。
③ 《宋史·列传第233·奸臣传·贾似道》,《二十五史》(第8册),上海:上海古籍出版社、上海书店1986年12月版,第6733页。
④ 我佛山人著,王俊年校点:《痛史》,《我佛山人文集》(第5卷 中长篇历史小说),广州:花城出版社1988年8月版,第59页。

漳州去,把他拿住了,在狱中瘐毙了他,算抵贾似道的命的。但照这样说起来,没有趣味,我这衍义书也用不着做,看官们只去看正史就得了。"①对"衍义书"的辩护实际上是吴趼人不拘"演义"规范的说辞。

据元史,《痛史》中贯穿前后的重要人物之一张弘范,其父张柔在元太祖十三年(1218)率兵与蒙古军战于狼牙岭,兵败被俘,降于蒙古。元太宗十年(1238),张柔49岁时,张弘范出生,金朝已经亡国四年了,所以不能说张弘范是金朝的臣民。而在吴趼人笔下,张弘范的身世是这样的:"内中单表这张弘范,他本是大中华易州定兴人,从小就跟他父亲张柔,从金朝投降了蒙古,慢慢地他就忘记了自家是个中国人,却死心塌地地去事那蒙古的甚么'成吉思',并且还要仇视自家的中国人,见了中国人,大有灭此朝食之概。"②就张弘范个人历史而言,他生于元,长于元,成就于元,就是元朝人,他效忠于元未见得有历史的悖谬。但是,在中国历史上的朝代征伐易代之际,历史的合法性非常脆弱,而种族是最容易被操作的符号。在现实的政治斗争中,清朝统治260余年,晚清之际,作为清朝人的维新、革命志士要反对清朝,其合法性从何而来?革命理论家会从制度文化的层面去解释,而在现实政治运动层面,"驱除鞑虏,恢复中华"这个口号,一诉诸历史,二诉诸种族。正因此,张弘范被贴上了卖祖求荣的标签,他的下场,在《痛史》第十八回有浓墨重彩的描写:

> 张弘范在家,整备筵席,邀请同僚宴饮。饮到兴酣时,弘范扬扬得意道:"我们身经百战,灭了宋室,不知皇上几时举行图形紫光阁盛典?"此时博罗已醉,听说便道:"你想图形紫光阁么?只怕紫光阁上,没有你的位置呢!"弘范愕然问道:"何以见得?"博罗道:"皇上屡次同我谈起,说你们中国人性情反复,不可重用,更不可过于宠幸。养中国人犹如养狗一般,出猎时用

---

① 我佛山人著,王俊年校点:《痛史》,《我佛山人文集》(第5卷 中长篇历史小说),广州:花城出版社1988年8月版,第59—60页。
② 同上书,第23页。

着他;及至猎了野味,却万万不拿野味给狗吃,只好由它去吃屎,还要处处提防它疯起来要咬人。从前打仗时用中国人,就如放狗打猎。此刻太平无事了,要把你们中国人提防着,怕你们造反呢!你想还可望得图形的异数么?"弘范呆了半晌道:"丞相此话是真的么?"博罗呵呵大笑道:"是你们中国人反复无常自取的,如何不真?"弘范听了气得咬牙切齿,大叫一声,口吐鲜血,往后便倒。①

小说借人物之口,实在是痛斥清朝的汉人官僚。小说的这一情节不合史实。在历史上,张弘范是"瘴疠疾作",生病期间,元主极为重视,而病殁时可谓备极哀荣:"十月,入朝……未几,瘴疠疾作,帝命尚医诊视,遣近臣临议用药,敕卫士监门,止杂人毋扰其病。病甚……端坐而卒。年四十三。赠银青荣禄大夫、平章政事,谥武略。"②为了严华夷之辨,讲忠奸之分,尊汉家正统,恢复华夏中原,《痛史》以观念驱遣史事,实为"别有所感"的。

《痛史》中最具有虚构性的部分是宗仁、胡仇为给三宫请安而北行,及由此串连起的仙霞岭故事。仙霞岭地理险要,在历史上是重要关卡,小说叙述金奎占山为王,并把仙霞岭发展为反元的基地,则全出于想象。宗仁、胡仇二人向北行进,路经仙霞岭,与金奎相遇,并识见谢枋得。由谢枋得规划,仙霞岭义士展开斗争。此后重要人物如狄琪、郑虎臣等,或者往返于仙霞岭,或者聚义于仙霞岭,最后约同山东、浙江、广东几路英雄起事,也都以仙霞岭为中心。由此《水浒传》的影响渐趋显著。小说第二十七回,山东起事失败,元兵集结攻打仙霞岭,小说至此而止,没有写完。大约从《三国演义》向《水浒传》的笔法转换间,吴趼人无所措手了。

以古写今是对演义体小说"据正史、采小说、寓春秋"这一规范

---

① 我佛山人著,王俊年校点:《痛史》,《我佛山人文集》(第5卷 中长篇历史小说),广州:花城出版社1988年8月版,第184页。
② 《元史·列传第四十三·张弘范》,《二十五史》(第9册),上海:上海古籍出版社、上海书店1986年12月版,第7660页。

的调整和发挥。当正史不足以表达作者写史的主观意图时,不妨虚构创作。但前提是,《痛史》这类小说是有正史可依的,虚构创作是为了寄托现实感慨。另一种情况是无正史可据,例如晚清人演义晚清历史,民国人演义民国历史。为前代修史,是中国史书写作的惯例,而要演义当代历史,主要依靠的是"采小说"或参考报刊新闻的方法。许啸天《民国春秋演义》、蔷薇园主《五四历史演义》、陆律西《中华民国史演义》、杨尘因《新华春梦记》、杜惜冰《中国抗战史演义》等,都是演义当下历史。其中,黄世仲《洪秀全演义》可为代表。

《洪秀全演义》最初连载于1905年香港《有所谓报》和1906年《香港少年报》。1908年香港《中国日报》印行单行本。书前有章炳麟1906年9月的序言,还有作者的自序和《例言》22条。①《洪秀全演义》从朝廷悖乱落笔,然后叙钱江、冯云山、洪秀全等人结义,太平天国运动的酝酿发动,金田起义,起义军出广西,进两湖,定都天京,北伐,西征……一直到第五十四回李昭寿投降胜保,天国式微止。据1906年6月6日《香港少年报》的《本社要告》说《洪秀全演义》"全书约六十回"②,但是现今能见到的是五十四回本。作者黄世仲,字小配,广东番禺人。他于1905年加入同盟会,参加了许多实际的革命运动,辛亥革命成功后却被广东代理都督陈炯明以私购军火等三项罪名,假手胡汉民枪决,遂成疑案。黄世仲太早去世,他的文学活动和革命活动都没有得到深入研究和充分评价。黄世仲写作《洪秀全演义》时,与其说他是一位小说家,不如说是一位革命者,《洪秀全演义》是他革命实践的一部分。

《洪秀全演义》叙述太平天国历史,在清末,尚无正史可据。据黄世仲自序,此书材料来源于两方面,一方面是亲历者的口头叙述:"童时与高曾祖父老谭论洪朝,每有所闻,辄笔记之。洎夫乙未之

---

① 王俊年:《〈洪秀全演义〉校点后记》,黄世仲著,王俊年校点:《洪秀全演义》,长沙:湖南人民出版社1981年5月版,第583页。

② 同上书,第587页。另黄世仲生平创作资料参见方志强编著:《小说家黄世仲大传:生平·作品·研究集》,香港:夏菲尔国际出版公司1999年3月版。

秋,识□山上人于羊垣某寺中,适是年广州光复党人起义,相与谈论时局,遂述及洪朝往事,如数家珍,并嘱为之书。余诺焉。而叩之,则上人固洪朝侍王幕府也,积是所闻既伙。"①另一方面,是书面材料。黄世仲提到了三种史料:"而今也文明东渡,民族主义既明,如《太平天国战史》、《杨辅清福州供词》及日人《满清纪事》诸书,相继出现……爰搜集旧闻,并师诸说及流风余韵之犹存者,悉记之,经三年而是书乃成。"②《太平天国战史》并不是一般的历史著作,前后两编,书页标明"编纂者、译者:汉公""孙文逸仙先生序文""白浪庵滔天宫崎赠语""天囚题词"。汉公就是刘成禺(1876—1953),此书是刘成禺根据孙中山的指示而编成。

刘成禺在《世载堂杂忆》中说:"《太平天国战史》之作,孙先生获得英、美、日本所著原刻及官书多种,授仆纂述……《太平天国战史》书成,凡十六卷。十五、六两卷未印,一、二卷印于东京,孙先生序,白浪滔天题词。"③孙文为《太平天国战史》作序,在序言的最后一节说:"汉公是编,可谓扬皇汉之武功,举从前秽史,一澄清其奸,俾读者识太平朝之所以异于朱明,汉家谋恢复者不可谓无人。洪门诸君子手此一编,亦足征高曾矩矱之遗,当世守其志而勿替也。予亦有光荣焉。"④孙中山说此书的目的有:一,洗刷清廷和社会上关于太平天国的秽史;二,指明太平天国的民主革命性质,异于朱家之明王朝;三,重新阐释洪门的历史精神传统。这三方面合起来,构成孙中山借改写历史,建立本土革命历史话语谱系的策略。在具体革命实践中,此书之编成又是孙中山与洪门致公堂关联的一大环节,联

---

① 黄世仲:《自序》,黄世仲著,王俊年校点:《洪秀全演义》,长沙:湖南人民出版社1981年5月版,第9页。

② 同上。

③ 刘成禺:《世载堂杂忆·太平天国佚史》,吉林:辽宁教育出版社1997年版,第23—24页。

④ 据汉公(刘成禺)编著:《太平天国战史》前编,日本东京:祖国杂志社初版,此处引文据中华书局黄帝纪元4609年9月印刷,明治44年12月版(公元1911年),第1页。《太平天国战史》的初版,今天已经很难见到,能见到的就是中华书局1911年版。据各方情况推测,初版时间应为1904年。

手洪门共同革命,在思想意识方面纳洪门于革命话语谱系,改写或重建洪门历史精神传统,这些活动完全不能以历史学的成果进行评论了。因此,刘成禺虽然参阅了大量史料,但在史料的选择上革命立场是决定性因素。据刘成禺在《太平天国战史》前编中开列的书单,他编成此书,参考了英法文书籍:《太平王 Tai Pin Won 传》《美人林利 Ling Lie 从军日记》《参谋法人哈托 Ha-térè 太平战略》《英人么斯满 Mo Se Mon 从军谈》《越伊子书》等五种,日文书籍:《清国近时乱记》《太平战记》《满清纪事》《英清战史》《太阳杂志》《东方革命史》《清国史》等七种,中国方面的材料则有:《刘状元文集》《墨壶金话》《李秀成供词真本》《太平实录残本》《杨辅清福州供词》《南都新录》《忠王随征日录》《金陵围城记》,还有清代官书:《湘军志》《湘军记》《平定粤匪纪略》《平稔记》《平浙记》《吴中寇平记》,及当时的奏疏等。① 可以看出,《洪秀全演义》所据史料,在当时是比较充分的。黄世仲忠实地接受了刘成禺《太平天国战史》中的思想,"惟是书全从种族着想,故书法以天国纪元为首,与《通鉴》不同"②。《洪秀全演义》立意叙太平天国为正式汉家政权,上接汉家传统,下启现代新中国之机,开了演义为革命服务的先河。

　　作为演义,《洪秀全演义》深受《三国演义》的启发和影响。冯自由在《革命逸史》中说:"世仲所著《洪秀全演义》……撮拾太平天国遗事轶闻及故老传说,效《三国演义》体编演而成……出版后风行海内外,南洋美洲各地华侨几于家喻户晓,且有编作戏剧者,其发挥种

---

① 刘成禺回忆中对于外国人所著书的情况说得更为具体:"时仆年未三十,不足言著书,弟杂凑美人 Tapin Rebellion 一书,凡七百页;英人吟唎著《太平天国》二巨册,书凡二千页,插图百余幅(书中有忠王题字。吟唎,太平军洋将也,徐家汇图书馆现藏此书);日本海军大佐曾根俊虎著《满清纪事》(曾少年曾助太平军,纂战史时,在东京,尚及接谈,乃孙先生至友也)。"刘成禺:《世载堂杂忆·太平天国佚史》,吉林:辽宁教育出版社1997年版,第23—24页。《世载堂杂忆》乃刘成禺70岁时(1946年)所作。其回忆说明关于《满清纪事》为汉人假托的猜测没有根据。

② 黄世仲:《例言》,黄世仲著,王俊年校点:《洪秀全演义》,长沙:湖南人民出版社1981年5月版,第10页。

族观念之影响,可谓至深且巨。"①杨世骥《文苑谈往》具体指明了作品的依傍:"其线索大抵本诸《太平天国战史》,而效仿《三国演义》的体例,加以穿插组织。"②在结构布局方面,《三国演义》从十常侍之乱写起,表现的是王朝之衰败必由其上层内部悖乱而起。小说结构的背后,是中国政治的天道观。《洪秀全演义》则从丞相穆彰阿惑主致使道光帝踢死太子写起(这是典型的据民间传说而展开的演义,穆彰阿的惑主谗言也完全是曹操离间叔父故事的活用)。在太平天国前寻一开端,建立一叙事因果链,有许多选择,黄世仲选择朝廷内部悖乱为开端,显示的是朝廷合法性的自我缺失,说明作者深谙《三国演义》开端建立因果链的叙事结构。

《洪秀全演义》的情节模仿《三国演义》的也不在少数。模仿"桃园三结义"的第二回,写洪秀全、钱江、冯云山、洪仁达、洪仁发五人结义。但是,这当中包括了钱江、冯云山与洪秀全说天下大势、说起事方略,这是将三顾茅庐中诸葛亮说天下三分的情节与桃园三结义的情节化而为一,不是呆板的模仿。第十二回"洪秀全议弃桂林郡 钱东平智败向提台"写冯云山中枪而亡,"时人有诗赞道":"山川英秀自钟灵,辜负雄才应运生。大厦甫营梁已折,将军欲去树先崩。坡怀落凤悲庞统,谷过盘蛇吊孔明。回首当年星陨处,东南隐隐有哀声。"此诗是将冯云山与庞统、诸葛孔明相提并论,唤起读者对《三国演义》的联想,造成奇妙的互文效果。

尽管深受《三国演义》影响,《洪秀全演义》却无法遵守演义"据正史"的基本规范。就现代通俗小说而言,"演义"不可挽回地衰落了,因为演义产生的历史文化条件已经不存在了。演义要据正史,采小说,对于"正史"而言,中国传统的正史叙事是二十四史的体例,纪、表、列传等等。到了现代,历史的书写体例已被欧美写作模式取代,《清史稿》之后,不再有传统体例的史书问世,这是一方面的文化

---

① 冯自由:《〈洪秀全演义〉作者黄世仲》,冯自由:《革命逸史》(上),北京:金城出版社2014年9月版,第192页。
② 杨世骥:《文苑谈往·黄世仲》,《新中华》12月号,1943年12月。

条件的消失。另一方面是私史的渐趋消失。在古代中国,与正史相辅相成的是个人的野史、杂志、笔记,这些构成了中国伟大的私史传统,这一私史传统,是演义产生的必要条件,所谓"采小说",即是"采私史"。现代民族国家诞生后,历史撰述已被学科化,私史写作越来越少。就此,"演义"终究融入了"历史小说"的叙事中。

第四节 历史小说的现代性

吴趼人论《三国演义》道:"故《三国演义》出,而脍炙人口","人见其风行也,遂竞学为之,然每下愈况,动以附会为能,转使历史真象,隐而不彰;而一般无稽之言,徒乱人耳目"。"况其章回之分剖未明,叙事之不成片段,均失小说体裁,此尤蒙所窃不解者也。"①吴趼人认为《三国演义》之后的小说"每下愈况",原因是失真和胡说,即"演义"之体渐趋涣散,而"历史小说"由此而兴。

管达如在《说小说》中已把《三国演义》看成"历史的"小说。他论道:"此派小说,其所叙述事实之大体,以历史为根据,而又以己意,捏造种种之事实,以辅佐其趣味者也。其所述之事实,大抵真者一而伪者九,若《三国演义》,其代表也。小说之作,所以发表理想;叙述历史,本非正旨。然一事实之详细情形,史家往往以格于文体故,不能备载,即载之亦终不能如小说之详。苟得身历其事者,本所闻见,著为一书,则不特情景逼真,在文学上易成佳构,并可作野史读矣。又历代正史,多有仅据官书,反不如私家记载之得实者。苟得好读杂史之人,刺取一时代之遗闻轶事,经纬组织,若成一书,使览者读此一编,如毕读多种之野史,则于学问亦未始无益。而惜乎能符此两种宗旨者,绝不可得见,而徒造为荒诞不经之言,以淆乱史实,是则有损而无益也。"②与一般认为《三国演义》拘于历史的看法不同,管达如把《三国演义》看成小说,"真者一而伪者九",对"历史

---

① 我佛山人:《两晋演义序》,《月月小说》第 1 号,1906 年 11 月。
② 管达如:《说小说》,《小说月报》第 3 年第 7 期,1912 年 10 月。

的"小说在"真实"和"虚构"之间的关联作出了衡量。

这一衡量被郑振铎直接用于辨析"演义"和"历史小说"这两者的概念。在《三国志演义的演化》一文中郑振铎说道:"历史小说的趋势是愈走愈向'历史'走去的。到了后来,便简直成了用文言式的白话写出的历史的复本、副本了,不过不用纪传编年诸体而用'章回体'罢了。""而领导了这班卫护'历史'的小说作家们向前走去的,便是罗贯中。演义到了此后,便成了名副其实的历史小说了。而此后的演义,便有了两歧的趋势。一方面文人学士拉了她向历史走,一方面民众拉了她向'英雄传说'一条路上去。其结果,演义的发展,便有了绝不相同的二型。一是愈趋愈文的'按鉴重编'的历史故事。一是愈趋愈野,更扩大了,更添加了许多附会的传说进去的通俗演义,若《说唐传》之类。"①在罗贯中的《三国演义》之前,"演义"类小说中的无稽之谈甚多,所以郑振铎说罗贯中是"领导了这班卫护'历史'的小说作家们向前走去","历史小说"比"演义"更趋于历史。"演义"如果趋向历史,那就成为"历史小说",如果有"许多附会",那就还是"通俗演义"。且不论"演义"和"历史小说"何者更趋历史,须知,"历史小说"的概念并不是古已有之。清末西方文类理论的介入,导致了话语指称的变革。以"历史小说"代"演义",不仅能以是否趋于历史来衡量,也有新的小说观念在起作用。郑振铎谈《三国演义》与"历史小说"不无体现出背后的观念变革。

晚清已呈现出这种观念革新,吴趼人就以"历史小说"称《三国演义》。他在《历史小说总序》一文中说:"是故等是魏、蜀、吴故事,而陈寿《三国志》,读之者寡;至如《三国演义》,则自士夫迄于舆台,盖靡不手一篇者矣。惜哉! 历代史籍,无演义以为之辅翼也。吾于是发大誓愿,编撰历史小说,使今日读小说者,明日读正史如见故人;昨日读正史而不得入者,今日读小说而如身亲其境。"②吴趼人直

---

① 郑振铎:《三国志演义的演化》,《小说月报》第 20 卷第 10 号,1929 年 10 月。

② 吴沃尧:《历史小说总序》,《月月小说》第 1 年第 1 号,1906 年 11 月。

接以"历史小说"代换"演义"的称谓,而较少有"虚实"问题的干预。民初张冥飞等人在《古今小说评林》中综合前代评论,也充分肯定了《三国演义》的"历史小说"成就:"《三国演义》为历史小说之最佳者。盖三国时人才最盛,材料较各朝各代为佳,占天然之优胜故也。"①作为"历史小说",《三国演义》自有其不可动摇的地位。

1906年,吴趼人在《月月小说》创刊号上发表《历史小说总序》一文,可以看成是现代"历史小说"观念的总起。吴趼人是《月月小说》的总撰述,《历史小说总序》显现出吴趼人对"历史小说"的特别关注,也代表了《月月小说》乃至晚清文坛对"历史小说"的看重。《月月小说序》中道:"是故吾发大誓愿,将遍撰译历史小说,以为教科之助。历史云者,非徒记其事实之谓也,旌善惩恶之意实寓焉。旧史之繁重,读之固不易矣,而新辑教科书,又适嫌其略。吾于是欲持此小说,窃分教员一席焉。他日吾穷十年累百月而幸得杀青也,读者不终岁而可以毕业,即吾今日之月出如干页也,读者亦收月有记忆之功。是则吾不敢以雕虫小技,妄自菲薄者也。"②这篇发刊词突出的小说门类即是"历史小说"。《月月小说序》虽没有注出写作者,但可以肯定文中的"吾"应为吴趼人。此文之后便是"历史小说"栏下的《历史小说总序》和吴趼人《两晋演义》的连载。在《两晋演义序》中吴趼人道:"然《月月小说》者,月月为之。使尽为诡谲之词,毋亦徒取憎于社会耳。无已,则寓教育于闲谈,使读者于消闲遣兴之中,仍可获益于消遣之际,如是者其为历史小说乎。历史小说之最足动人者,为《三国演义》,读至篇终,鲜有不怅然以不知晋以后事为憾者。吾请继《三国演义》以为《两晋演义》。"③吴趼人撰《两晋演义》是直接为《三国演义》续之后的历史,即使小说仍以"演义"名之,但吴趼人把它们都归于"历史小说"。

"历史小说"之名代表了一种新的文类观念,其所指与传统的

---

① 冥飞、箸超、玄父、海鸣、太冷生:《古今小说评林》,上海:民权出版部1919年5月版,第53页。
② 《月月小说序》,《月月小说》第1年第1号,1906年11月。
③ 我佛山人:《两晋演义序》,《月月小说》第1号,1906年11月。

"演义"在很大程度是重合的。《两晋演义》刊载时,标明"甲部历史小说第一种"①,可见吴趼人是要把《两晋演义》作为"历史小说"写作的范本,虽然它和《三国演义》有明显的承继联系。在《月月小说》创刊号上,另一部小说《美国独立史别裁》标明为"乙部历史小说第一种"②刊载,这是一部翻译小说,以"章"标目,和传统"演义"体式不同。很可见出这是《月月小说序》提出的"撰译历史小说"的具体实践。"历史小说"概念很方便地把中西、著译的内容和形式连接了起来。

郁达夫在《历史小说论》中把历史小说的"成立径路"分为两种:"第一种是我们当读历史的时候,找到了题材,把我们现代人的生活内容,灌注到古代人身上去的方法。所以这一种历史小说,与考古学家所做的报告不同,是有血有肉的,在现代人的读者面前跃动着的历史。""第二种历史小说,是小说家在现实生活里,得到了暗示,若把这题材率直的写出来,反觉实感不深,或有种种不便的时候,就把这中心思想,藏在心头,向历史上去找出与此相像的事实来,使它可以如实地表现出这一个实感,同时又可免掉种种现实的不便的方法。""当这一个时候,你若想做一部鼓吹革命的小说,最好莫如借了法国或俄国革命前的史实,来托付你的感情思想的全部。"③第一种历史小说的做法可以吴趼人《两晋演义》为例,虽为"演义"却"灌注"了现代人的历史观念,第二种做法类似于吴趼人《痛史》的"别有所感",《美国独立史别裁》等翻译小说也属于第二种,对西方历史小说的翻译可为中国现代革命获取借镜。

《历史小说总序》明确提出了"历史小说"观念,不过在此之前,关于"历史小说"的实践已经开始。刊载《痛史》的《新小说》作为清末第一份小说杂志,在其创刊号上就设有"历史小说"的分类。"历史小说"紧跟着发刊词性质的《论小说与群治之关系》,其中刊载了

---

① 我佛山人:《两晋演义》,《月月小说》第1年第1号,1906年11月。
② 清河译:《美国独立史别裁》,《月月小说》第1年第1号,1906年11月。
③ 郁达夫:《历史小说论》,《创造月刊》第1卷第2期,1926年4月。

两部长篇:雨尘子的《洪水祸》,叙述法国资产阶级革命时期的政治改革故事;岭南羽衣女士的《东欧女豪杰》,叙述苏菲亚等俄国虚无党人的革命故事。在"历史小说"之后才是梁启超特别推崇的"政治小说","科学小说""哲理小说"更在其后。① 为何"历史小说"被梁启超放在如此重要的位置?"从刊登情况来看,《新小说》对'历史小说'和'政治小说'的界限划分不是非常严格。《洪水祸》和《东欧女豪杰》也都讲述政治革命故事。""'政治小说'的来源本身就和各国的历史变革息息相关",《洪水祸》等小说"能够充分反映梁启超提倡政治小说的初衷"。② 同时,"历史小说"概念不及"政治小说"时新激进,于启蒙读者方面,它不妨可以成为"政治小说"的先导。所以梁启超、吴趼人看重"历史小说",实在是有所寄寓的。

"历史小说"在清末小说界被置于显要地位,还可从另一份著名的小说杂志《小说林》看出来。1907年《小说林》创刊号,首先刊载的是两篇"论说",接着是"社会小说"栏,刊登了两回《孽海花》。③ 有意思的是,在正文里,《孽海花》不被标为"社会小说",而被标为"历史小说"。1905年《孽海花》前二十回由小说林社刊印,即被标为"历史小说"。④《小说林》杂志从第二十一回开始刊载《孽海花》,沿用了"历史小说"的归属。之所以目录中称"社会小说"可能是因为小说所记述的也是晚清故事,发生时间离作者曾朴并不遥远。小说主人公原型洪钧是同治年间的状元,是曾朴长一辈的人物,和曾朴相识并多有往来。可以说,小说记述的是作者同时代的故事,因此称"社会小说"也合适。鲁迅把《孽海花》归为"谴责小说",论其"杂叙清季三十年间遗闻逸事"⑤,和《官场现形记》等"谴责小说"一

---

① 见《新小说》第1号,1902年11月。
② 张蕾:《新小说与旧体裁:〈新小说〉著译作品论》,《中国现代文学研究丛刊》2015年第4期。
③ 见《小说林》第1期,1907年2月。
④ 东亚病夫:《孽海花》,上海:小说林社1905年2月版。
⑤ 鲁迅:《中国小说史略》,《鲁迅全集》(第9卷),北京:人民文学出版社2005年11月版,第299页。

样,写的都是同时代故事。之所以可称"历史小说"主要原因是小说的人物故事具有现实依据,不是完全虚构。1916年出版的《孽海花》附有署名"强作解人"对小说做的"阐旨兼考证",把小说和现实相对应。① 清末,《孽海花》完成至二十五回。此后曾朴修改了之前的写作,并续至三十五回。1928年,当曾朴为《孽海花》单行本写《修改后要说的几句话》时,《孽海花》的时代确实可以作"历史"看了。在《修改后要说的几句话》中,曾朴写道:"这书还是我二十二年前""一时兴到之作。那时社会的思潮,个人的观念,完全和现时不同。我不自量的奋勇继续,想完成自己未了的工作。"② 作为前朝故事,即便才过去二十多年,《孽海花》确实可为"历史小说"了。

曾朴谈《孽海花》的内容道:"这书主干的意义,只为我看着这三十年,是我中国由旧到新的一个大转关。一方面文化的推移,一方面政治的变动,可惊可喜的现象,都在这一时期内飞也似的进行。我就想把这些现象,合拢了他的侧影或远景和相连系的一些细事,收摄在我笔头的摄影机上,叫他自然地一幕一幕的展现。印象上不啻目击了大事的全景一般。"③ 文化和政治是《孽海花》叙写30年晚清史的主要内容,作为历史小说的《孽海花》和梁启超、吴趼人等人推崇"历史小说"的意图是一致的。《小说林》把《孽海花》列为连载的首篇小说,也是突出了其中的政治文化价值。

此外,对于翻译了《马哥王后佚史》《血婚哀史》等历史小说的著名翻译家曾朴来说,《孽海花》的写作也受到了西方历史小说的影响。在《血婚哀史》的"译者附识"中,曾朴言道:"以显理四世及查尔斯妹马奇公主,为书中之线索,兼写当时暗主骄后、权臣悍卒,种种奇瑰之行,秘密之谋,情节复杂,局段谨严。翔实似《三国演义》,

---

① 强作解人:《孽海花人名索隐表》《孽海花二十四回中人物故事考证》、《孽海花二十四回中人物故事考证续》,东亚病夫:《孽海花》,上海:望云山房1916年9月版,第87—143页。

② 东亚病夫:《修改后要说的几句话》,《孽海花》(第1编),上海:真美善书店1928年1月版,第8页。

③ 同上书,第6页。

调侃如《儒林外史》,细腻如《红楼梦》,豪迈似《水浒传》,实泰西小说中淹有中国说部之长者杰构也。亟译之,以饷读者。"①西方小说可以有中国小说的长处,中国小说也可汲取西方小说的优势。《孽海花》叙述金雯青出使西方的详细经历,描述傅彩云放诞绮丽的生活情致,均为之前的中国小说所少见,是谓借鉴了西方小说对历史的叙写。从《三国演义》之"演义"到融合中西说部之长的"历史小说",其间的演变,《孽海花》是一大关节。

至民初,明显体现出中西特征的"历史小说"当推德龄《清宫二年记》(*Two Years in the Forbidden City*, New York: Moffat, Yard and Company, 1911)。与《孽海花》类似,这也是历史变革之际出现的一部作品。德龄用英文写作,小说在纽约出版,共20章,中译本分7次连载于1913年《东方杂志》,由陈冷汰、陈贻先翻译,1914年商务印书馆出版单行本,1915年再刊印时,封面上标明"历史小说"②。德龄是清末外交官裕庚之女,早年随父出使英法等国,受西式教育,通英法文。回国后在慈禧身边任事,后嫁美国人T. C. White,赴美生活,用英文写清宫故事,被译介入中国,引起较大反响。1930年代曾短期回国,1944年在国外车祸身亡。《清宫二年记》是德龄写清宫故事的第一部作品,以第一人称叙事。民初的中译本用浅近文言,讲述"余"近身侍奉慈禧两年的故事。从1903年3月随父回国入宫到1905年3月出宫至上海,两年的宫廷生活被"余"认为是"闺女时最乐之日也"③,因此小说所描述的慈禧和对慈禧通常的历史概括并不完全一致。译者在引言中说道:"其中所载,一得之身历目睹之余,日常琐碎,纤悉必录。宫闱情景,历历如绘。不独阅之极饶趣味,而隐微之中,亦可以觇废兴之故焉。至于一支一节,足备掌故之资者,更复不鲜。间尝窃叹昔在帝制之世,宫府隔绝,吾民之视皇宫,若瑶池琼岛之可望而不可即。虽或传闻一二,亦惝恍而莫得其

---

① 法国大仲马著,病夫译:《血婚哀史卷一》,《时报》1912年9月16日。
② 德菱女士:《清宫二年记》,上海:商务印书馆1915年10月版。
③ 冷汰、贻先译:《清宫二年记》,《东方杂志》第10卷第7号,1914年1月。

真。今得是书,一旦尽披露于前,不亦快欤。"①德龄以亲历者的身份回忆了已逝去的清宫故事,与一般历史小说不同,《清宫二年记》是一部个人记忆,诠释了个人之于历史的关联。

"余"和母亲、妹妹被慈禧召进宫,成为最得慈禧宠爱的女官。小说详细叙述了慈禧的日常生活故事,慈禧的脾气心境在"余"的感受中变得生动而真实。如第十三章叙慈禧照相事:

"碰着我发气的时候,或有事烦恼,我装扮观音,气就平些。心里坦然,自己觉得我是个慈悲的面貌。我要装扮起来,照一个像,时常看看,可以勉励我永远为慈悲和悦的像。"抵岸雨止,步入太后卧室,地尚湿。太后性质甚奇,爱在雨中走路。若非下大雨,并不用伞。伺候余等之太监,皆带雨伞,但太后既不用,余等自然亦不好用。凡事皆然。②

慈禧喜欢拍照,喜欢在雨中步行,这些都是"余"所见的日常慈禧。慈禧扮成观音照相,"勉励"自己"永远为慈悲和悦",这也是"余"感受到的慈禧性情。慈禧在"余"的叙述中不是专横的独裁者,而是有喜怒哀愁,心怀善良,甚且博闻强识的女王。"余"对慈禧的好感渗透于字里行间。

小说第二章交代,"余"到宫中,并不只想当个宫眷,而是"当设法劝太后回心转意,使中国变法自强","当尽余之心力而为之"。③所以,在清宫的二年,"余"除了侍奉慈禧,当慈禧的御用翻译外,也在尽力说服慈禧"变法自强"。"余"引导慈禧接受照相技术,就是引入西法的一个例子。还是第十三章,再谈"西法":

---

① 《清宫二年记》引言,未加标题,署"陈贻先识"。泠汰、贻先译:《清宫二年记》,《东方杂志》第10卷第1号,1913年7月。
② 泠汰、贻先译:《清宫二年记》,《东方杂志》第10卷第5号,1913年11月。
③ 泠汰、贻先译:《清宫二年记》,《东方杂志》第10卷第1号,1913年7月。

> 余志在使太后审知西法之美。太后并非顽固,常与余言欲将余等所陈,与大臣商量行之。有一事可以证明。一日余以在巴黎时所见之海军大操像片,与太后看,太后甚为动心,说也可以叫中国照这样做。后即以此事商之大臣,彼等乃用其稽延之惯技,答言须缓图之,不可急遽。读者诸君,当知太后即心思改革,亦不能一人独断,必须与大臣商量,而为大臣者,亦并不显然反对。但言事宜缓图,为时甚长,而天下事遂堕废于无形矣。①

慈禧在"余"的影响下"心思改革",她并不顽固,可是势不遂愿。小说所叙大量情节是关于"西法"的,如招待外国使臣、欧洲服装、西洋画像、外国药品、巴黎家具等,都为慈禧接受。清末"新政"便在这种宫廷日常变化中徐徐展开。

比较《孽海花》对慈禧"扰乱江山"②的描述,《清宫二年记》叙写了"另一个"慈禧。而在蔡东藩《清史通俗演义》《西太后演义》这类演义小说中,所叙德龄和慈禧故事,与《清宫二年记》或有相似之处,但不同的地方也很明显。《清史通俗演义》对慈禧的叙述主要在于执政方面,第91回和第92回叙述德龄进宫至日俄交战之事,这两回对慈禧日常生活有所涉及。第92回回末附言道:"慈禧后之喜谀好奢,曾见近今印行之《清宫五年》记,原书即德菱女士所著。本回节录一二,而慈禧后之性情举止,已可概见。"③蔡东藩在写《清史通俗演义》时,《清宫二年记》中译本已刊出,它成了蔡东藩"采小说"的一个来源。德龄给慈禧当翻译、慈禧接见公使夫人、慈禧的珠宝等,这些《清史通俗演义》都采自《清宫二年记》,但叙述有所不同,

---

① 冷汰、贻先译:《清宫二年记》,《东方杂志》第10卷第5号,1913年11月。

② 曾朴:《孽海花》,苗怀明主编:《曾朴全集》(第1卷),扬州:广陵书社2018年11月版,第288页。

③ 蔡东藩:《清史通俗演义》(第4册),上海:会文堂新记书局1935年5月版,第639页。

不如《清宫二年记》细致有味。如第九十二回叙克姑娘给慈禧画像事,仅用两节,"每日临绘一小时,绘至两星期才罢"①。画像一事在《清宫二年记》中有非常详细的叙述,且此事时间跨度很长,并非"两星期才罢"。第十二章末《清宫二年记》开始叙画像之事是1903年5月,直到第十九章密司卡尔完成画作已是1904年4月19日,小说明确交代了这一时间。其间叙述乞巧、中秋、元旦、正月、花朝等节庆故事,日俄战争等国事,也谈论了密司卡尔的家事、住处安排、酬谢事宜等。画像之事持续将近一年,和《清史通俗演义》的记述很不相同。

如果说画像事就《清史通俗演义》而言仅是很微末的细节,概要叙写很平常,那么在《西太后演义》中仍有相似处理,便值得更加关注。蔡东藩《西太后演义》是继《清史通俗演义》后写的另一部小说,1919年初版,时间上早于《历朝通俗演义》的第二部《元史通俗演义》。《西太后演义》详细演述了慈禧的一生,对于这位主人公,叙述者的评价与一般看法不同。小说第一回论道:

> 前歌谁嗣?后诵孰杀?一片诽谤声,喧腾全国,甚且肆口讥评,捏词诬蔑,说得慈禧一钱不值,且目为中国罪人。其实往时的称颂未免过情,晚来的谤毁也不无太甚。倘使慈禧太后今日尚存,吾华的革命恐没有这般迅速,就令推位让国,也要弄得筋尽力疲,那里肯不战而退呢。看官不信,试想慈禧自西安回銮,途中并没有出险情事,到京后,依然手握大权,莫敢指斥。由辛丑至戊申,其间又经过八年,并没有损动分毫。到了光绪宴驾,宣统入嗣,宫中仍肃静无哗。及至自己病剧,犹且从容不迫,嘱咐得井井有条,自王公以下,统恪承遗训,安而行之。若非慈禧平日有强忍果毅的手段,笼罩得住,难道有这样镇静么?②

---

① 蔡东藩:《清史通俗演义》(第4册),上海:会文堂新记书局1935年5月版,第637页。
② 古越东帆:《西太后演义》(第1册),上海:上海会文堂书局1921年10月版,第3—4页。

《西太后演义》对慈禧的评价不是否定的,"强忍果毅"和《清宫二年记》中"余"对慈禧的印象相似,因此这两部小说塑造的慈禧形象可以放在一起对读。

《西太后演义》共四十回,第三十三回"二慧女随母入宫"至第三十七回"划战域中立布条规"与《清宫二年记》的内容相合,《西太后演义》对德龄故事的叙写比《清史通俗演义》要详细,但对密司卡尔画像事叙述得仍很简略。第三十六回末慈禧接见密司卡尔,第三十七回开首画像就完成。"却说克女士应召入绘,为西太后画油像,形容态度,很是相似。约数日即已告成,呈诸西太后。"①"约数日"似乎比《清史通俗演义》中的"两星期"还要短。可见画像事在蔡东藩的笔下不值多费笔墨,但却是贯穿《清宫二年记》后半部的主要事件。从中或可见出小说记述历史的差歧。画像事到底如何,虽然蔡东藩所记草率,但德龄的个人记述也不可全信。可以辨析的是"演义"和"历史小说"的区别。"演义"多行动叙写,少细致描摹,众多事件只是呈现经过轮廓,这是《三国演义》而来的叙事传统。"历史小说"就不同了,它是现代小说,融合了西方小说的叙事特征。作为深受西方文化影响的德龄,在西方语境中写下《清宫二年记》,其对历史的个人性叙述必然突破演义的规范传统。

清末民初的"历史小说"和"演义"同时演述着历史故事,但"演义"的写法因现代观念的介入而渐趋势弱,"历史小说"替代"演义"并非只是概念的更迭,更有着历史观念和叙事方法的变更。20世纪30年代通俗文学家秦瘦鸥翻译德龄《御香缥缈录》②《瀛台泣血记》③时,历史小说已是一种成熟的创作形态。1948年顾秋心再译

---

① 古越东帆:《西太后演义》(第4册),上海:上海会文堂书局1921年10月版,第70页。
② 秦瘦鸥译:《御香缥缈录》,《申报》1934年4月1日开始连载,有容龄《序》和秦瘦鸥《介绍原著者——清德龄公主》,上海:申报馆1936年3月版,上海:春江书局1940年1月版,上海:百新书店1945年4月版。
③ 秦瘦鸥译:《瀛台泣血记》,《新闻夜报》1937年2月14日开始连载,上海:春江书局1940年5月版,上海:百新书店1945年1月版。

《清宫二年记》,书的封面上印有"清宫中的生活写照"[①]几字,对小说内容作了大致说明。顾秋心的译本和陈冷汰、陈贻先的译本最大的不同是前者完全是现代白话,而不是半文半白的语言。小说最后叙道:"在上海我交到了许多朋友,觉得在宫中二年的生活,仍不能铲除我在欧洲的一切习惯,我本来生长在外国,在外国读书,遇见了我的丈夫后,益发使我注定为美国人了。然而回视宫中二年跟太后一处的生活,仍然使我神往,这是我少年时代最快乐最有为的时期。"[②]可以说,顾秋心版《清宫二年记》是一部以第一人称回忆叙事来装置历史的现代小说。

[①] 德龄女士原作,顾秋心译述:《清宫二年记》,上海:百新书店 1948 年 3 月版。

[②] 同上书,第 154 页。

第二章
《水浒传》之后的英雄与武侠

《水浒传》产生于元末明初,其"问世标志着章回小说文体的产生,完成了从作为口头讲唱文学的话本向作为案头之作的章回小说的蜕变,初步确立了章回小说文体的轨范并成为后世小说模仿的对象"①。一般认为,《水浒传》是由施耐庵集撰、罗贯中编辑整理的,是先有了一系列民间流传的水浒故事,再经文人加工而成。《水浒传》的古代版本很多,大致可归为"繁本"和"简本"两个系统,其中明末清初金圣叹删改评点的七十回本十分著名,还有百回本、百二十回本、百十回本等。

由于版本众多,《水浒传》所叙故事也因版本不同而长短有别。胡适综合不同版本,把《水浒传》故事分

---

① 刘晓军:《章回小说文体研究》,上海:华东师范大学出版社2011年9月版,第116页。

为六个部分:"第一部分,自张天师祈禳瘟疫到梁山泊发现石碣天文——即今本《水浒传》七十一回的全部。""第二部分,自宋江、柴进等上东京看灯,到梁山泊全伙受招安——即今《征四寇》的第一回到十一回。""第三部分,自宋江等奉诏征辽,到征辽凯旋时——即今《征四寇》的第十二回到十七回。""第四部分,自宋江奉诏征田虎,到宋江平了田虎回京——即今《征四寇》第十八回到二十八回。""第五部分,自追叙'高俅恩报柳世雄'起,到宋江讨平王庆回京——即今《征四寇》的第二十九回到四十回。""第六部分,自宋江请征方腊,到宋江、李逵、吴用、花荣死后宋徽宗梦游梁山泊——即《征四寇》的第四十一回到第四十九回。"①总括言之,《水浒传》叙述了以宋江为首的一百零八位英雄好汉聚义梁山泊除暴安良和受招安后忠义报国的故事。后人评价这部小说,多因其宣传封建"忠义"思想而有所贬抑,但小说叙述的一个个生动的英雄故事却不因思想陈旧而落伍于时代。每个时代都是需要英雄的。处于乱世的晚清民国,需要更多的英雄传奇。"林教头风雪山神庙""吴用智取生辰纲""武松醉打蒋门神"……这些故事让芸芸百姓津津乐道乃至乐此不疲。《水浒传》不仅被现代学者经典化,也影响到了现代小说的创作。张恨水、姚民哀、向恺然等现代通俗小说家更是从不同方面承续了《水浒传》的叙事传统,创造出了现代人需要的小说门类——武侠小说。

第一节 "英雄传奇"和"武侠小说"

《水浒传》成书后就备受关注。晚清民国年间《水浒传》被看成是最优秀的传统小说之一,进而成为现代小说创作的借鉴资源。关于《水浒传》的接受问题,高日晖的博士论文《〈水浒传〉接受史研究》有专门论述,其中第三章和第四章谈论了晚清民国年间的接受

---

① 胡适:《〈水浒传〉后考》,《胡适文存》(一集),上海:亚东图书馆1921年12月版,第774、775、776、777、778页。着重号为原文所加。

情况,包括戏曲、话剧、电影等对水浒故事的改写。① 在此侧重讨论《水浒传》如何从一部"英雄传奇"变身为现代"武侠小说"的主要源头。

晚清人谈《水浒传》,一种以梁启超为代表,用"海盗"眼光来看待它,"述英雄则规画《水浒》,道男女则步武《红楼》,综其大较,不出海盗海淫两端"②。一种则用西方视野对它作新的解读。如定一道:"吾观水浒诸豪,尚不拘于世俗而独倡民主民权之萌芽,使后世倡其说者,可援水浒以为证,岂不谓之智乎。"③也有说:"《水浒传》者,理想之独立小说也。"④更有说:"《水浒传》者,祖国之第一小说也;施耐庵者,世界小说家之鼻祖也。"它是"社会小说""政治小说""军事小说""伦理小说""冒险小说"。"要之,讲公德之权舆也,谈宪政之滥觞也,虽宣圣、亚圣、墨翟、耶稣、释迦、边沁、亚里士多德诸学说,亦谁有过于此者乎?"⑤因所见不同,被晚清人看重的《水浒传》可以归入多种题材类型,但基本都能认可它叙写了"英雄"故事。如说"《水浒》写英雄,《石头记》写儿女,均能描摹尽致,工力悉敌"⑥。"自有《水浒传》出,而世慕为杀人寻仇之英雄好汉者多。"⑦"海盗"之说只是从反面表述了《水浒传》写英雄故事的题材。更可注意的是,此时还出现了"武侠"的提法。如说:"《水浒》以武侠胜,

---

① 高日晖:《〈水浒传〉接受史研究》,复旦大学 2003 年博士论文。
② 任公:《译印政治小说序》,《清议报》1898 年第 1 册。
③ 定一:《小说丛话》,《新小说》第 2 年第 3 号(原第 15 号),1905 年 4 月。
④ 《著〈水浒传〉之施耐庵与施耐庵之著〈水浒传〉》,《中外小说林》第 2 年第 8 期,1908 年。
⑤ 燕南尚生:《〈新评水浒传〉叙》,《新评水浒传》,保定:直隶官书局 1908 年版。
⑥ 眷秋:《小说杂评》,《雅言》1912 年第 1 期。
⑦ 邱炜萲:《五百洞天挥麈》,阿英:《晚清文学丛钞·小说戏曲研究卷·客云庐小说话卷二》,朱一玄编:《明清小说资料选编》(上册),天津:南开大学出版社 2012 年 5 月版,第 328 页。

于我国民气,大有关系,今社会中,尚有余赐焉。"①"水浒一书,为中国小说中铮铮者,遗武侠之模范,使社会受其余赐,实施耐庵之功也。"②已经把《水浒传》的特征用"武侠"来概括,并认为它可形成一种"武侠"传统,为后来者示范。

"英雄"和"武侠"两个概念颇为不同。晚清人认为"英雄"是超出于普通人的卓越人物。"其人若生,小则为帝王,大则为教主,使天下之民,身心归命,不敢自私;其人已往,则金石以象之,竹素以纪之,歌舞以陈之,其身心归命、不敢自私者,犹其人之生也。"③英雄人物领袖群伦,是为人不为己的,是不朽的。用英国文学家卡莱尔的话说:"英雄"是"体现天赋创见、豪迈刚毅和英勇崇高品德的永不熄灭的光源"④,是历史的推进者。"武侠"概念则包括武艺技能和行侠仗义的品格两方面。谈到"武侠",通常都会溯源到韩非子《五蠹》和《史记·游侠列传》中对"侠"的描述。传统中国文化比较看重"侠"的品格,"其言必信,其行必果,已诺必诚,不爱其躯,赴士之厄困"⑤,强调的是一种精神德行,而并不太看重是否具有高超武艺。到1904年梁启超出版《中国之武士道》一书,武艺才从振兴民族国家的角度被唤起。叶洪生认为,"武侠"是在20世纪初"辗转由旅日文人、学者相继采用,传回中国"。⑥ 民国初年,钱基博谈《武侠丛谈》一书的编写旨趣道:"乃世之柄兵者不察,不自知崇固有之国粹,

---

① 卧虎浪士:《女娲石叙》,海天独啸子:《女娲石》,东亚编辑局1905年版。
② 定一:《小说丛话》,《新小说》第2年第3号(原第15号),1905年4月。
③ 几道、别士(严复、夏曾佑):《本馆附印说部缘起》,《国闻报》1897年10月16日—11月18日。
④ 〔英〕托马斯·卡莱尔:《论英雄、英雄崇拜和历史上的英雄业绩》,周祖达译,北京:商务印书馆2005年3月版,第2页。
⑤ 司马迁:《史记·游侠列传》,许嘉璐主编,安平秋分史主编:《二十四史全译 史记 第二册》,北京:同心出版社2012年12月版,第1485页。
⑥ 叶洪生:《论剑:武侠小说谈艺录》,上海:学林出版社1997年1月版,第9页。

徒思敩步邯郸,冀欲丐他人余沥以自润溉,是其舍己田而他芸。虽谓之大惑不解,不为过也。"①正因有感于日本等国的尚武之风,也就反求诸己,重拾中国的"武侠"传统。

无论是"英雄"还是"武侠",《水浒传》都能在现代的阐释氛围中被置于突出位置。它既塑造出了能够领袖群伦的为人不为己的英雄形象,同时这些英雄形象运用他们高超的武艺本领传达出了侠义精神。现代学者对《水浒传》的研究也首先是基于这种认识。胡适在他一系列的学术文章如《〈水浒传〉考证》《〈水浒传〉后考》《百二十回本〈忠义水浒传〉序》等文中对《水浒传》一书的来龙去脉下了一番十足的考证功夫,并在考证过程中表达了自己的感想。他说:"到了明朝中叶,'施耐庵'又用这个原百回本作底本,加上高超的新见解,加上四百年来逐渐成熟的文学技术,加上他自己的伟大创造力,把那草创的山寨推翻,把那些僵硬无生气的水浒人物一齐毁去;于是重兴水浒,再造梁山,画出十来个永不会磨灭的英雄人物,造成一部永不会磨灭的奇书。这部七十回的《水浒传》不但是集四百年水浒故事的大成,并且是中国白话文学完全成立的一个大纪元。"②胡适的研究主要在于考证那些"英雄人物"故事如何集结成一部大书,以及《水浒传》的各种版本源流。鲁迅的研究思路和胡适相类,关注水浒故事的形成和版本异同。水浒故事可在《宋史》中找到痕迹,因此鲁迅把《水浒传》放在"讲史"的门类中。在胡适、鲁迅等人的研究基础上,郑振铎的《水浒传》研究显得更加细致完备。在《水浒传的演化》一文的开端,郑振铎就作出了他著名的评断:

> 《水浒传》是中国英雄传奇中最古的著作,也是她们之中最杰出的一部代表作,却又是矫矫不群,与一切的英雄传奇都没有什么联络的关系。她的来历,一切的英雄传奇的来历是很不

---

① 钱基博:《跋》,泠风编:《武侠丛谈》(上册),商务印书馆 1916 年 10 月版,第 1—2 页。
② 胡适:《〈水浒传〉考证》,《胡适文存》(一集),上海:亚东图书馆 1921 年 12 月版,第 760 页。

相同的。初期的中国英雄传奇,大都是由历史小说分化而来的。然而这个最早期的英雄传奇《水浒传》,却是与最早期历史小说并行发展起来的。她们之间并没有什么关联。《水浒传》并不是什么历史小说的片段,如《英烈传》,也不是由她们演化而来的,如《说唐传》,她一开头便是一个完整的民间的英雄传说。经过了好几个时代的演化、增加、润饰,最后乃成了中国小说中最伟大的作品之一。①

郑振铎把《水浒传》归为"英雄传奇"。"英雄传奇"和历史演义是有关联的,所以鲁迅会把《水浒传》看成是"讲史"。但郑振铎更突出了作为"英雄传奇"的《水浒传》的"传说"性质,它是民间流传的水浒英雄故事"演化、增加、润饰"的结果。后来学者在研究古典章回小说类型时,也会分出"英雄传奇"一类,把《水浒传》《禅真逸史》《说岳全传》等书归入其中,并认为《水浒传》是"英雄传奇"的"发端"②。

　　类型研究是章回小说研究的常用方法。鲁迅的《中国小说史略》就是典型的类型研究成果。"类型研究把一部作品和其他相似作品放在一起考察,不是为了说明一切都古已有之,以学者的博学抹杀作家的才气,而是用更敏锐的眼光更准确的语言,辨别并论述真正的艺术创新。""在小说类型研究中,'传统'体现为这一类型的基本叙事语法(或曰文学成规)。了解'传统'不等于了解'创新',可只有在'传统'这一特定背景对照下,'创新'才可能被理解。"③《水浒传》作为"英雄传奇"小说的代表,既能体现"英雄传奇"小说的"基本叙事语法",也有它的创新价值。郑振铎正是在这点上,突

---

①　郑振铎:《水浒传的演化》,《郑振铎全集》(第4卷),石家庄:花山文艺出版社1998年11月版,第89页。

②　石麟:《章回小说通论》,郑州:中州古籍出版社1994年9月版,第27页。

③　陈平原:《千古文人侠客梦》(增订本),北京:北京大学出版社2010年1月版,第168页。

出了《水浒传》"矫矫不群"的性质。而《水浒传》之后的小说,特别是20世纪武侠小说,也是在"创新"的一面和《水浒传》相区别,虽然它们的传统可以追溯到古代"英雄传奇"。

陈平原用"唐宋豪侠小说""清代侠义小说""20世纪武侠小说"来概括相似类型小说的传统和流变,而没有单列出的"英雄传奇"正处在"唐宋豪侠小说"和"清代侠义小说"之间。陈平原说:"从唐代豪侠小说中的侠,到清代侠义小说中的侠,最大的转变是打斗本领的人间化与思想感情的世俗化。除说书人需要适合市民听众的口味外,很大原因是中间隔着《水浒传》《杨家将》《隋史遗文》《水浒后传》《说岳全传》等一大批英雄传奇。英雄发迹之后率领千军万马冲锋陷阵,此前则可能流落江湖,或本身就是绿林好汉,故其打斗方式与思想感情影响后世的侠义小说,一点也不奇怪。"①"发迹之后"和"此前"是陈平原对"英雄"和"侠义"作出的区分。他解释道:"侠客锄强扶弱,是为平人间之不平;英雄夺关斩将,是为解国家之危难——两者动武的目的不同。侠客'不轨于正义',隐身江湖,至多作为'道统'的补充;英雄维护现存体制,出将入相,本身就代表'道统'——两者动武的效果不同。侠客仗剑行侠,浪迹天涯,擅长单打、步战、使短兵器、打巧仗;英雄带兵打仗,运筹帷幄,注重阵战、马战、用长兵器、打大仗——两者动武的方式也不一样。后者或许就蕴涵着'朴刀杆棒'与'士马金鼓'的主要区别。"②《水浒传》被归入"英雄传奇"主要是因为小说从第四十七回"宋公明一打祝家庄"开始,就有大量两军对垒的场面描写,七十一回之后叙述招安过程和招安以后的一系列征战,战争场面的描写就更多了。但小说前半部分叙述鲁智深、林冲、杨志、宋江、武松、李逵、石秀等人故事,都属于个人历险,倾向于"侠"的一面。这部分"侠"的一面对后来小说,"清代侠义"和"20世纪武侠"都产生了影响。后来研究者在论述武

---

① 陈平原:《千古文人侠客梦》(增订本),北京:北京大学出版社2010年1月版,第46页。
② 同上书,第42页。

侠小说时突出《水浒传》的影响,主要就看重了其中"侠"的部分,而相对忽略了英雄征战的叙述。例如有学者道:"《水浒传》的出现,将武侠小说创作推向了一个新的高峰。《水浒传》继承了中华民族传统的侠义精神,写了众多的极富个性的侠客,展示了一个极为丰富的侠的世界。《水浒传》首倡'忠义',是武侠小说发展的一个重要转折点,它无论在思想内容上,还是在写作技巧上都影响了后世的武侠小说创作,在中国武侠小说史上,有着不可低估的地位。《水浒传》还写了绿林豪侠的穷途末路,表现出侠在强大的专制皇权和传统的文化心理面前的渺小、失败,是武侠小说史上的空前的悲剧之作,具有很高的审美价值和认识价值。"①《水浒传》的侠义精神和英雄失意,都对后来的武侠小说创作有深远影响。它传达出的"忠义"观念也对"清代侠义小说"如《三侠五义》产生影响。而在《水浒传》中占有重要位置的英雄征战的壮阔叙述,并不被后来的武侠小说所强调。

多数研究者都会用"武侠小说"来涵盖从古至今有关侠义故事的叙事文本。如徐斯年《侠的踪迹——中国武侠小说史论》、罗立群《中国武侠小说史》乃至叶洪生《论剑:武侠小说谈艺录》等,都把"武侠小说"概括为一个类型作历史研究,而《水浒传》在其中处于突出位置。叶洪生道:"元、明间水浒故事流行而后各种繁简不同版本的《水浒传》相继问世,方始树立白话武侠典型。姑不论其作者属谁,此书兼具'银字儿''说公案''说铁骑儿'三种小说性质;再加上'讲史',一炉共冶,九转丹成,遂开我国长篇武侠章回小说之先河。"②所以《水浒传》成为"武侠小说"的源头是后世学者在梳理小说史的时候对《水浒传》的定位。被强调的个人行侠和被忽略的英雄征战使《水浒传》由"英雄传奇"变身为"武侠小说"。

但"武侠小说"概念并非古已有之。据叶洪生的研究,"武侠"是

---

① 罗立群:《中国武侠小说史》,沈阳:辽宁人民出版社1990年10月版,第15页。
② 叶洪生:《论剑:武侠小说谈艺录》,上海:学林出版社1997年1月版,第17页。

从日本引进的概念。梁启超在日本横滨办《新小说》杂志,其中《小说丛话》栏目有评"水浒一书,为中国小说中铮铮者,遗武侠之模范"的说法,"可能是中国刊物首次借用'武侠'这个外来语以颂扬《水浒传》之滥觞"①。而据马幼垣的考察,"最早标明为'武侠小说'者,厥为林纾在《小说大观》第三期(1915年12月)发表的短篇小说《傅眉史》,一次刊完"②。此后"武侠小说"的称法遂行于世。可以回到本节开头晚清人论《水浒传》,以"英雄"论之,是沿袭了传统的提法,以"武侠"论之,则是运用了新引进的概念。所以陈平原只用"武侠"来概括20世纪的此类小说,用"豪侠""侠义"来指称唐宋、清代小说,而非用"武侠"一统贯之,是极富历史感的,同时也还原了《水浒传》作为"英雄传奇"的历史位置。

20世纪"武侠小说"继承了清代"侠义小说"和之前以《水浒传》为代表的"英雄传奇"的传统。研究现代武侠小说的学者认为:"近现代武侠小说的兴起与对于中国传统侠义小说尤其是《水浒传》的重新评价是相辅相成的。"③即把现代武侠小说直接和《水浒传》相接续。《水浒传》在晚清被关注,至被胡适、鲁迅、郑振铎等学者作考证研究,它对现代的价值不仅是学术上的,也是思想艺术上的。《水浒传》传达的"忠义"思想,如果滤掉为统治者效命的意思,其对精忠报国的倡导,正合现代救亡的思想主潮。而水浒英雄劫富济贫、正气凛然的精神,又是现代市民社会需要的。所以《水浒传》能够成为现代武侠小说的主要源头,从故事题材到叙事手法,都对现代武侠小说产生了深远影响。

---

① 叶洪生:《论剑:武侠小说谈艺录》,上海:学林出版社1997年1月版,第9页。

② 马幼垣:《水浒传与中国武侠小说的传统》,"国际中国武侠小说研讨会"(香港中文大学,1987年)论文,转自叶洪生:《论剑:武侠小说谈艺录》,上海:学林出版社1997年1月版,第10页。

③ 范伯群主编:《中国近现代通俗文学史》(上卷),南京:江苏教育出版社2000年4月版,第452页。

第二节 从《水浒别传》到《水浒新传》

《水浒传》影响后世小说创作,最明显的表现是续书。鲁迅对此论道:"清初,流寇悉平,遗民未忘旧君,遂渐念草泽英雄之为明宣力者,故陈忱作《后水浒传》,则使李俊去国而王于暹罗(见第十五篇)。历康熙至乾隆百三十余年,威力广被,人民慑服,即士人亦无贰心,故道光时俞万春作《结水浒传》,则使一百八人无一幸免(亦见第十五篇),然此尚为僚佐之见也。《三侠五义》为市井细民写心,乃似较有《水浒》余韵,然亦仅其外貌,而非精神。"①清代陈忱《水浒后传》和俞万春《荡寇志》是《水浒传》续书中较为著名的两部,但都没有很好延续《水浒传》的精神,甚至是"反水浒"的。鲁迅认为《水浒传》精神所及至《三侠五义》渐趋衰微。

晚清藉"水浒"之名写作的小说有:陈景韩(或包天笑)《新水浒之一节》(《时报》1904)、包天笑《新水浒之一斑》(《时报》1906)、西冷冬青《新水浒》(彪蒙书室 1907、中华学社 1909)、泖浦四太郎《新水浒》(《申报》1908)、陆士谔《新水浒》(改良小说社 1909、1910)等。② 阿英称这类小说为"拟旧小说"。他说:"晚清又流行着所谓'拟旧小说',产生的特别的多。大都是袭用旧的书名与人物名,而写新的事。甚至一部旧小说,有好几个人去'拟'。"③一些学者也称它们为"翻新小说"④。《水浒传》等古典小说在晚清用新的眼光被重新评价,《新水浒》等小说也可被看成是用新眼光作了重新续写。

---

① 鲁迅:《中国小说史略》,《鲁迅全集》(第9卷),北京:人民文学出版社 2005 年 11 月版,第 287 页。
② 据吴泽泉:《晚清翻新小说考证》(《中国社会科学院研究生院学报》2009 年第 1 期)文末附表。
③ 阿英:《晚清小说史》,上海:商务印书馆 1937 年 5 月版,第 269 页。
④ 如欧阳健:《晚清"翻新"小说综论》(《社会科学研究》1997 年第 5 期)、吴泽泉:《晚清翻新小说考证》(《中国社会科学院研究生院学报》2009 年第 1 期)、王鑫:《陈景韩"新水浒"系列"游戏"与晚清翻新小说的繁荣》(《浙江海洋学院学报》2012 年第 4 期)等。

这些小说和评价在晚清掀起了一股对古典小说接受的热潮,融合了变革时代的观念印迹。陆士谔序《新水浒》道:"世而知我,则吾书或足以回天;世不我知,则吾身腾骂于万口。谅吾者必曰:言者无罪,闻者足戒;骂吾者必曰:颠倒黑白,信口雌黄。然吾国民程度之有合于立宪国民与否,我正可于吾书验之。"①藉故书写新事,过去的人物被放在晚清社会时局之中,虽有作者的显明意图寄寓其间,但不免产生滑稽效果,颇有物是人非之感。乃至阿英会说:"窥其内容,实无一足观者。"②

晚清的"拟旧""翻新"小说价值并不高,在其落潮之后,程善之写有《残水浒》、姜鸿飞写有《水浒中传》,均乏善可称,能够续写《水浒传》并能弘扬《水浒传》精神的作品当推张恨水的《水浒别传》和《水浒新传》。《水浒别传》1933年至1934年连载于《北平晨报》,《水浒新传》1943年在重庆出版。两部小说所叙故事不同,但和晚清"拟旧""翻新"类小说相比,能看成是严格意义上的续书,行文语气也和《水浒传》一脉相承。这两部小说是张恨水作品中比较特殊的两部,不太为研究者重视,却可从中发掘出惯写社会言情小说的张恨水另一面的英雄气度。

张恨水谈《水浒别传》的创作道:"这样的忙法,有了一年,而北平《新晨报》又改组。主持人全是极好的熟友,没法子,我给写了一篇《水浒别传》。这书是我研究《水浒》后,一时高兴之作,写的是'打渔杀家'那段故事。文字也学《水浒》口气。这原是试试的性质,终于这篇《水浒别传》,有点成就,引着我在抗战期间,写了一篇六七十万字的《水浒新传》。"③《水浒别传》和《水浒新传》所叙故事虽然不同,但在创作上是有一些关联的。因为《水浒别传》发表后颇受关

---

① 陆士谔:《新水浒序》,《水浒系列小说集成》,哈尔滨:黑龙江人民出版社1997年8月版。
② 阿英:《晚清小说史》,上海:商务印书馆1937年5月版,第270页。
③ 张恨水:《写作生涯回忆》,北平《新民报》1949年1月1日至2月15日,《张恨水散文全集·写作生涯回忆》,长春:时代文艺出版社2015年8月版,第41页。

注,才鼓励了张恨水在抗战时期再续《水浒传》。更重要的是,张恨水对《水浒传》颇有研究,一部《水浒别传》并不能完全抒发他的研究心得,于是又写了一部更为可观的《水浒新传》,方才酣畅。这也正是张恨水不续其他古典小说,专为《水浒传》作续的原因。

张恨水喜好中国传统小说,不但从小阅读,耳濡目染,后来"收买旧书,尤其是中国的旧小说",成为他的一种"消遣"。① 张恨水说:

> 我读书有两个嗜好。一是考据一类的东西,一是历史。为了这两个嗜好的混合,我像苦修的和尚,发了愿心,要作一部《中国小说史》。要写这种书,不是在北平的几家大图书馆里,可以搜罗到材料的。自始中国小说的价值,就没有打入"四部""四库"的范围。这要到那些民间野史和断简残编上去找。为此,我就得去多转旧书摊子。于是我只要有工夫就揣些钱在身上,东西南北城,四处去找破旧书店。北京是个文艺宝库,只要你肯下功夫,总不会白费力的。所以单就《水浒》而论,我就收到了七八种不同的版本。例如百二十四回本的,胡适先生说,很少,几乎是海内孤本了,我在琉璃厂买到一部,后来又在安庆买到两部,可见民间的蓄藏,很深厚的呀。②

因为时代、经济等各种原因,《中国小说史》没有写成。他 30 年代初发表于《晨报》的《小说考微》以及不少关于小说的单篇文章,都可以被看作是他研究中国小说的心得。而在搜集小说史资料的过程中,《水浒传》的版本资料他获得不少,甚至用所搜集资料可以反驳胡适"孤本"的说法。胡适是《水浒传》研究大家,张恨水论及胡适,足见他自己对《水浒传》研究也是下了功夫的。

---

① 张恨水:《写作生涯回忆》,北平《新民报》1949 年 1 月 1 日至 2 月 15 日,《张恨水散文全集·写作生涯回忆》,长春:时代文艺出版社 2015 年 8 月版,第 37 页。

② 同上书,第 38 页。

张恨水写有《水浒地理正误》等文,对《水浒传》做过一些考证研究,而更突出的研究成果是1944年4月在重庆出版的《〈水浒〉人物论赞》。此书分为"天罡篇"(33篇)、"地煞篇"(23篇)、"外篇"(32篇),另有两则附篇,一共90篇文字,最后三篇评论了《荡寇志》、罗贯中、施耐庵和金圣叹,其余是对水浒人物的评论。这些评论文字不是写于一个时期。较早的写于1927年和1928年间,发表在北平的《世界晚报》上。张恨水说:"以言原意,实在补白,无可取也。后读者觉其饶有趣味,迭函商榷,予乃赓续为之。旋因予辞职,稿始中止,然亦约可得三十篇矣。"①写《〈水浒〉人物论赞》原是为报纸"补白",这不是张恨水的自谦。但也是因为他对《水浒传》颇有心得,对水浒人物十分熟悉,才会想到用水浒"论赞"去补白。所以写出来"读者觉其饶有趣味"。1930年,张恨水辞去《世界日报》和《世界晚报》职务,"论赞"写作暂停。1936年,他在南京和张友鸾创办《南京人报》,重新刊载了之前写的《〈水浒〉人物论赞》,并新添写了十余篇。1943年,万象周刊社编辑刘自勤在重庆找到了《南京人报》合订本,和张恨水商量要出《〈水浒〉人物论赞》单行本。"予因去岁作《水浒新传》,读《水浒》又数过,涉笔之余,颇多新意,遂允其议,再增写半数共得九十篇。因人物分类,列为天罡、地煞、外编三部。虽取材小说,卑之毋甚高论。但就技巧言,贡献于学作文言青年或不无小补云尔。"②《〈水浒〉人物论赞》用文言写成,张恨水希望它对青年人学写文言文有所助益。更重要的是,"论赞"的写作伴随着张恨水展转于北平、南京、重庆三地的人生经历,开始写于《水浒别传》之前,在《水浒新传》成书之后方结束。可以说,从20年代末至40年代中期,张恨水都心系《水浒传》,并有所成就。

因为《〈水浒〉人物论赞》各篇写于不同时间,张恨水对《水浒传》和其中人物的研究看法会有所变化。如对宋江的评价就从否定

---

① 张恨水:《序》,《〈水浒〉人物论赞》,重庆万象书屋1944年4月版,《张恨水散文全集·写作生涯回忆》,长春:时代文艺出版社2015年8月版,第173页。

② 同上。

变为基本肯定。"反赵犹可置之成王败寇之列,而实欲反赵,犹口言忠义,以待招安欺众兄弟为己用,其罪不可胜诛矣。虽然,宋之意,始赂盗,继为盗,亦欲由盗取径而富贵耳。富贵可求,古今中外,人固无所不乐为也。"①后人评宋江,多就其人品而有所贬抑。张恨水贬宋江,是从"由盗取径而富贵"的角度,是很别致的。这是他对宋江较早的看法,作为附篇置于《〈水浒〉人物论赞》第一篇之后。第一篇评宋江的文字是在重庆写作的,笔调有了翻转。"世之读《水浒》而论宋江者,辄谓其口仁义而行盗跖,此诚不无事实。自金圣叹改宋本出,故于宋传加以微词,而其证益著,顾于一事以辩之,则宋实受张叔夜之击而降之矣。夫张氏,汉族之忠臣也,亦当时之英雄也。宋以反对贪污始,而以归顺忠烈终。以收罗草莽始,而以被英雄收罗终。分明朱温、黄巢所不能者,而宋能之,其人未可全非也。"②可见,张恨水后来对宋江颇有好感,"反对贪污""归顺忠烈"这一形象在小说中有直接体现。

《水浒别传》的写作先于《水浒新传》,是张恨水第一次为《水浒传》作续书。此时的张恨水对《水浒传》已有研究,应朋友之邀,写了这部小说。但写续书不是件容易的事,张恨水谈道:

> 我这部书,为什么又叫《水浒别传》呢?这也有两个原因:其一,是不敢攀援古人的正传、续传、后传;其二,我的书中主人翁乃是《水浒》以外的萧恩。他不过认识梁山人物,书里因之有些《水浒》人物作陪衬,所以在这里不正式写《水浒》人物。《水浒》的是非,我书里都不管,我只注意我书中主人翁的言语与行动。别者,有别于正传、续传、后传也。我这部书虽是借着《后水浒》一线根源,但是也差不多另起炉灶。所以尽管没法子写得像《水浒》,也不至于有佛头著粪的大罪,也并不是用狗尾去

---

① 张恨水:《〈水浒〉人物论赞》,重庆万象书屋1944年4月版,《张恨水散文全集·写作生涯回忆》,长春:时代文艺出版社2015年8月版,第176—177页。

② 同上书,第175页。

续貂。①

借一点因由,"另起炉灶",这样就能和《水浒传》相区别,即使写得不好,读者也不能以《水浒传》的标准来要求《水浒别传》了。所以张恨水写《水浒别传》是较为小心翼翼的,不敢与传统经典相牾。

陈忱《水浒后传》谈到了李俊等人故事,特别是第九回"混江龙赏雪受祥符 巴山蛇截湖征重税"和《水浒别传》的核心故事有些相似,张恨水说两者是有"一线根源"的。而"另起炉灶"则是对京剧《打渔杀家》的借用。张恨水说:"我常看到《打渔杀家》这出戏,觉得很有意味,写豪杰之落魄,官吏之敲诈,都不是平常编旧剧的人所能梦想得到。戏里的萧氏父女,我们并不知道出自何书。可是混江龙李俊,这是很熟的《水浒》人物,而且道白里面有个花荣之子花逢春,更可以证明这戏与《水浒》有关。我为这个,曾下一番考证功夫。"②张恨水考证的结论是:《打渔杀家》这出戏由《水浒后传》里的故事而来;《打渔杀家》应是京剧《庆顶珠》中的一部分。张恨水的考证结论成为后来的一种普遍认识,他的研究也成为小说《水浒别传》的由来。张恨水说:"有这样现存的假设故事,写上一段,岂不可以减小若干布局命意之苦?好在小说我总是要做,于是我就不踌躇地来利用这个故事。"③

《打渔杀家》的主人公是靠打渔为生的萧恩。女儿萧桂英和花荣之子花逢春定亲,婚姻信物是一颗庆顶珠。萧恩交不上渔税,被当地恶霸强逼,恼羞成怒,杀死了恶霸。萧桂英和花逢春最终团圆。张恨水喜欢看戏,对《打渔杀家》尤为熟稔。他写过《〈打渔杀家〉之两谬点》④,谈戏词问题。张恨水认为萧恩是戏剧故事新增添的人物,在《水浒传》《水浒后传》《荡寇志》等水浒小说中都找不到,所以

---

① 张恨水:《序》,《水浒别传》,《水浒系列小说集成》,哈尔滨:黑龙江人民出版社1997年8月版,第253—254页。
② 同上书,第254页。
③ 同上。
④ 张恨水:《〈打渔杀家〉之两谬点》,《世界日报》1927年4月6日。

《水浒别传》借用《打渔杀家》故事,以萧恩为主人公,相对于水浒小说就是"另起炉灶"的。但有一说认为:萧恩就是隐居埋名的阮小七。《水浒别传》没有用这个说法,小说中只有李俊、童威、童猛是《水浒传》一百零八位英雄中的人物,其他相关人物则被笼统地称为"梁山旧人"。

《水浒别传》开篇叙道:"却说大宋宣和七年,徽宗在位,虽然蔡京、童贯依然掌着大权,政治没有起色,但喜得田虎、方腊、王庆次第削平,梁山众英雄死的死,散的散,并没有什么人敢和朝廷为难。"这是对《水浒传》百回本、百十回本、百十五回本或百二十四回本等本子的接续,张恨水收藏有这些版本。这些版本结尾,"梁山众英雄死的死,散的散",因此《水浒别传》就基本抛开《水浒传》故事,别开一天地。小说第二回借"梁山旧人"何清的足迹,把小说故事引向江南。

> 这日,半空里烟雾似的细雨,随风飘荡,并没有一些雨点声。这太湖风景端的和梁山水泊不同,只看一片汪洋的大水,远处和天相接,那水里头断断续续高出许多山峰。山半腰里雾气腾腾,出来的云气和天混合成了一片,有时在云雾里露出一片山影来,如图画一般的秀丽。何清顺着水边,走到了一个湖汊所在,这里有二三百户人家,背了湖汊的岸,列成街道。有两家水阁子在水面上架楼成屋,敞了窗户。在河岸这边,看到水阁子里列了许多座头,正是卖酒的人家。渡过一条板桥,见那水阁子前面,左是柜房,右是厨灶,却有妇人靠了柜台做女缝。心里便想着,江南这地方,事事都和北地不同。

烟雨江南,太湖人家,这种景致在《水浒传》里是找不到的,《水浒传》也很少有这样恬静的风景描写。这是张恨水的水浒故事不同于《水浒传》的地方,虽然在语言行文方面,和《水浒传》声气相接。

萧恩和女儿萧桂英就生活在一个小渔村里,因抗渔税,被逼杀了丁子燮一家。小说第十三回"下山虎黑夜杀仇家"对萧氏父女潜入丁宅杀人复仇的叙述和《水浒传》里武松"血溅鸳鸯楼"类似,都是手起刀落的豪爽,体现出"武侠"气概。萧恩父女的侠客行为,激怒州府吕志俅,李俊等人便和萧恩父女杀入常州城。第十八回"闹州署亲手刃贪官",萧恩杀死吕志俅虽是痛快淋漓,却也血腥味十足。

> 只一声,刀朝下落,吕州尉成了两个半个,那上半段还在萧恩手上揪住,索性两手抓定,血淋淋地,用力向井中直摔下去。当萧恩杀吕志俅时,旁边有几个男女看着,都吓呆了。这时见吕志俅被杀投井了,才醒悟过来,抬腿便要逃走。萧恩用刀尖指着那些人道:"有谁敢逃走的,先吃我这刀。"那些人看着,团着舌头道:"我们走,不走。"萧恩冷笑道:"你这班狗男女,仗了吕志俅势力,无恶不作,今天也是你们恶贯满盈,哼!回去罢。"他这般说时,便是提了刀向前,将那些男女,一阵乱砍!霎时,血花飞溅,全都了结了。

这段叙述很得《水浒传》真传。很难想象这是出自贯写儿女故事的张恨水之手。小说第十七、十八两回能够充分显示出张恨水的雄健笔力。这两回叙述众英雄常州城之战,用了《水浒传》后半部"英雄传奇"的写法。可以说,《水浒别传》的两个高潮,第十三回的"杀仇家"和第十七、十八回的"闹州署"正好体现出"武侠小说"和"英雄传奇"的特色。

小说共二十回。第十九回写萧恩之死,是英雄末路。第二十回何清护送萧桂英到潼关和花逢春团聚,夫妇两一同为国征战去了。小说结尾诗云:"英雄亦儿女,一事足千秋。"张恨水还是为他的故事加上了些儿女情长的意味,这在《水浒传》里是没有的。固然这也是得自于《打渔杀家》,但张恨水却别有怀抱。他说:"《庆顶珠》的故事,应该在宣和七年到靖康建炎之间,那也正是权奸在位,内忧外患,国亡无日的当儿,假使真有那样一件事,真有那样几位英雄,我们再闭眼想想现在的中华民国,那岂不是可以用借镜一照的吗?"[①]

---

① 张恨水:《序》,《水浒别传》,《水浒系列小说集成》,哈尔滨:黑龙江人民出版社1997年8月版,第255页。

张恨水为《水浒别传》写《序》，署明的日期是"东三省亡后一年"，足可见他抒发"内忧外患，国亡无日"感叹的现实所指。所以《水浒别传》的写作可谓是"借古讽今"，并不仅仅是他研究《水浒传》的一种成果，也有心系现实的寄托。

七八年之后，张恨水写作《水浒新传》，表意就更加明晰。《水浒新传》写于重庆，但最初连载于上海《新闻报》。1941年底，上海全部沦陷，《水浒新传》停止刊载。这时张恨水已写出小说的四十七回。1942年，张恨水听说上海某家小报请人续写《水浒新传》，张恨水怕被人篡改原意，就自己把小说写完，共六十八回，1943年在重庆出版了单行本。在小说《自序》中，张恨水谈了写作用意：

> 我感到要在上海发表小说，又非谈抗战不可，倒是相当困难。到了1940年，我就改变办法，打算写一本历史小说。而在这本小说里，我要描写中国男儿在反侵略战争中奋勇抗战的英雄形象。这样对于上海读者，也许略有影响，并且可以逃避敌伪的麻烦。考量的结果，觉得北宋末年的情形，最合乎选用。其初，我想选岳飞韩世忠两个作为主角，作一部长篇。却以手边缺乏参考书，而又以《说岳》一书在前，又重复而不易讨好未敢下笔。后来将两本宋史胡乱翻了一翻，翻到张叔夜传，灵机一动，觉得大可利用此人作线索，将梁山一百八人参与勤王之战来作结束。宋江是张叔夜部下，随张抗战，在逻辑上也很讲得通。《水浒传》又是深入民间的文学作品，描写宋江抗战，既可引起读者的兴趣，而现成的故事，也不怕敌伪向报馆挑眼。这个主意决定了，我就写信向《新闻报》编辑人商量。他们正有欲言不敢的痛苦，对我这种写法，非常满意，复信促我快写快寄。不久，我就在重庆开始写《水浒新传》了。①

所以《水浒新传》的写作用意十分明确，是为了抗战而写的。如果说

---

① 张恨水:《自序》，《水浒新传》，太原:北岳文艺出版社1993年1月版，第1—2页。

《水浒别传》还因为写了萧恩自刎、李俊遁海显得感叹有余反抗不足,那么《水浒新传》则是一部全力抗争的作品。借水浒英雄的抗金来鼓舞中国人民的抗日,极富有时代价值。

小说从"梁山泊众头领,在忠义堂上宣誓,结为一百零八名生死兄弟"(第一回)开始述起,把《水浒传》七十回之后征辽、征方腊和征田虎、征王庆的故事都舍弃,重写梁山众英雄受招安的经过和全体抗金故事。所以《水浒新传》当得上是《水浒传》的续书,却和《水浒后传》《荡寇志》等续书全然不同,开了一片新境界。

张叔夜是《水浒新传》里的一个重要人物。他智勇双全,招安并收编了梁山泊全班人马。而在《水浒传》七十回后,张叔夜只是一个太守,协助宿太尉招安了梁山。张恨水对张叔夜的看重在他《〈水浒〉人物论赞》评宋江的时候也表现了出来。他说:"宋江一生笼纳英雄自负,而张更能笼纳之,诚哉,非常之人,有非常之功也,惜读《宋史》与《水浒》者,皆未能思及此耳。梁山人物,蔡京高俅促成之,而张叔夜成全之,此不得时之英雄,终有赖于得时之英雄欤?世多谈龙者,而鲜谈降龙之罗汉,多谈狮者,亦鲜谈獒狮之狮奴,吾于张叔夜识宋江矣。又于宋江,更识张叔夜矣。"[1]张恨水在重庆写了这段评论,这和同一时期写的小说《水浒新传》可以对照读。小说第十回"张叔夜计退梁山兵"张叔夜正式出场,第十一回和第十二回,他战胜卢俊义,并说服卢俊义,全伙招安了梁山泊。此后,梁山英雄便在张叔夜麾下抗击金兵。

小说主要故事围绕两次保卫都城东京展开。第一次解了东京之围,第二次东京陷落,众英雄大都殉难。小说叙述宋江和李逵服毒自尽之事,和《水浒传》异曲同工。《水浒传》写宋江之死是奸臣赐毒,《水浒新传》是汉奸逼迫。《水浒新传》对英雄之死的叙述相对于《水浒传》更是悲壮有余。第二十六回"风雪遮天舍生献计 战袍染血复命成仁"写朱武和石秀为回营报信,风雪杀场,几乎流尽最后一

---

[1] 张恨水:《〈水浒〉人物论赞》,重庆万象书屋1944年4月版,《张恨水散文全集·写作生涯回忆》,长春:时代文艺出版社2015年8月版,第176页。

滴血,不辱使命。第五十二回"请诏书耿南仲进谗 闻潮音鲁智深坐化"写鲁智深之死甚是感人。

> 又过了一日,智深却睡在床上未起。史进走到床前,握了他手道:"师兄十分病了,待我向镇上请个医生来。"智深道:"洒家一生不省得生病,理他怎地?"正说时,半空中一阵哗哗啦啦之声。智深突地由床上跳下来,大吼一声,拿了枕头边那柄六十二斤重的水磨镔铁禅杖在手,起身就向外走。史进挽了他一只手臂道:"师兄哪里去?"智深道:"你听,兀的不是金兵,和我军马厮杀声音?"史进道:"师兄错也,这是海潮音。"智深哪里肯听?拖了史进,奔出茅庵外来。向前一看,哪里有金兵,海湾子外,海阔天空,几片白云,在蔚蓝色长空里飞奔。那西来风,卷了茅庵前十几棵老松树,枝叶像波涛一般声音汹涌。智深将禅杖拄在地上,站着又吼了一声,就在拦门那凳子上坐下。史进看时他直挺了身子,却低了头,闭了眼,另一手扶在大腿上。史进道:"师兄且进去将息。"智深并不言语,史进连道了几声,他依然不言语。手牵他时,却似生铁铸的,动也不动。史进大惊,摸他鼻孔时,一点气息也无,竟是坐化了。史进走下台阶,向他拜了四拜,唱个喏道:"师兄端的是个罗汉转世,怎等爽快地去了!愿师兄早升天国。"说毕,流下泪来。

鲁智深为解东京之围,舍身忘死,立下大功。但奸臣当道,众英雄为朝廷不容,鲁智深便想回归佛地,史进伴送他离开。来到登州,在面海山脚收拾出一所荒废的茅庵,鲁智深觉得这就是他的落脚之地了。没过几日,便在此坐化。可以对比《水浒传》对鲁智深之死的描述。百回本《水浒传》的第九十九回"鲁智深浙江坐化 宋公明衣锦还乡"中叙道:

> 且说鲁智深自与武松在寺中一处歇马听候,看见城外江山秀丽,景物非常,心中欢喜。是夜月白风清,水天共碧。二人正在僧房里睡,至半夜,忽听得江上潮声雷响。鲁智深是关西汉

子,不曾省得浙江潮信,只道是战鼓响,贼人生发,跳将起来,摸了禅杖,大喝着便抢出来。众僧吃了一惊,都来问道:"师父何为如此?赶出何处去?"鲁智深道:"洒家听得战鼓响,待要出去厮杀。"众僧都笑将起来,道:"师父错听了,不是战鼓响,乃是钱塘江潮信响。"鲁智深见说,吃了一惊,问道:"师父,怎地唤做潮信响?"寺内众僧推开窗,指着那潮头叫鲁智深看,说道:"这潮信日夜两番来,并不违时刻。今朝是八月十五日,合当三更子时潮来。因不失信,谓之潮信。"鲁智深看了,从此心中忽然大悟,拍掌笑道:"俺师父智真长老,曾嘱付与洒家四句偈言,道是:'逢夏而擒',俺在万松林里厮杀,活捉了个夏侯成;'遇腊而执',俺生擒方腊。今日正应了:'听潮而圆,见信而寂。'俺想既逢潮信,合当圆寂。众和尚,俺家问你,如何唤做圆寂?"寺内众僧答道:"你是出家人,还不省得?佛门中圆寂便是死。"鲁智深笑道:"既然死乃唤做圆寂,洒家今已必当圆寂。烦与俺烧桶汤来,洒家沐浴。"寺内众僧,都只道他说耍,又见他这般性格,不敢不依他。只得唤道人烧汤来与鲁智深洗浴,换了一身御赐的僧衣,便叫部下军校:"去报宋公明先锋哥哥,来看洒家。"又问寺内众僧处,讨纸笔写下一篇颂子。去法堂上,捉把禅椅,当中坐了。焚起一炉好香,放了那张纸在禅床上,自叠起两只脚,左脚搭在右脚,自然天性腾空。比及宋公明见报,急引众头领来看时,鲁智深已自坐在禅椅上不动了。①

《水浒传》中,鲁智深死于征剿方腊全胜之后,宋江率残余英雄进京受赏之前。鲁智深生擒方腊,军功已了。而进京受赏,却不是梁山英雄都愿意的。燕青、李俊等人都另寻出路去了。鲁智深之死可以看成是功成身退的一种表示。同样是坐化,《水浒传》的描述显得隆盛热闹很多,鲁智深周围有宋江众人的看护、有名川大寺的超度,还

---

① 施耐庵、罗贯中:《水浒传》,北京:人民文学出版社1990年8月版,第751页。

有十刹禅师的诵经收殓。而《水浒新传》的描述则显得悲凉寂寞。虽然《水浒新传》对《水浒传》有所因袭借鉴，但张恨水的笔力同样雄健，在情感投射方面甚至超越了《水浒传》。

张恨水写《水浒新传》是心怀一部《水浒传》的。他为《水浒新传》写了十五条《凡例》，其中十四条谈及《水浒传》，另一条表明时间是依据《宋史》。由《凡例》可知，《水浒新传》接续《水浒传》而来，不脱原书精神，却处处体现出张恨水的创造。如《凡例》中一条道："笔者写小说，好以细腻出之。《水浒》文如柳柳州，却佳在简炼，笔者一变故态，学之不像，自在意中。唯涉笔成趣有时略加小动作及风景描写，推敲以后，亦不删去。因此虽原传所寡有，但颇可增文字姿势，在不伤原传精神情形下，似不妨听其存在。"①古代章回小说叙述有余描述不足，张恨水在他的章回小说创作中，有意加上"小动作及风景描写"，提升了小说的艺术感觉。就上引鲁智深之死的段落来看，"小动作及风景描写"确实渲染了氛围描画了人物，更能动人。

《凡例》另一条云："古代战争，虽有斗将一法，然不常用。中国旧小说所叙战斗，恒以将为主，《水浒》未能例外。其实两军胜败，决于数将百十回之交锋，实无是理。此种错误，不宜再蹈，故本篇力避此种叙述。"②《水浒传》写两军对垒场面，基本以将领对战决胜负，张恨水认为这是不合理的。《水浒新传》写战争虽突出将领，更表现众人，众英雄全力抗金才是小说的主旨。《水浒新传》汲取了《水浒传》"英雄传奇"的精神，着笔于英雄征战，对战争场景的描述宏阔激烈，可以说，是一部名副其实的"英雄传奇"。在现代小说中，张恨水的《水浒新传》直接继承了《水浒传》传统，显得难能可贵和不可多得。

---

① 张恨水：《凡例》，《水浒新传》，太原：北岳文艺出版社1993年1月版，第2页。
② 同上书，第2—3页。

第三节 "武侠小说在下层社会"

《水浒传》对现代通俗小说的影响主要在于"武侠小说"。武侠小说是现代通俗小说的一个重要门类。范烟桥说:"民国以后,随着小说的兴盛,武侠小说也风起云涌,几乎占了小说出版数量的大部分。因为这类小说以情节曲折紧张,描写人物的奇事异能来引人入胜,并且内容也总是彰侠义、惩顽恶,投合人心,故能拥有大量读者。"①武侠小说是现代通俗小说的大宗。民初武侠小说有林纾《傅眉史》《技击馀闻》、叶小凤《古戍寒笳记》《蒙边鸣筑记》等,和民初《玉梨魂》等言情小说相比,品质和影响都相对逊色。20 年代平江不肖生《江湖奇侠传》和《近代侠义英雄传》问世,在社会上掀起一股武侠热潮。郑逸梅描述当时的阅读情形道:"东方图书馆中,备有不肖生《江湖奇侠传》,阅的人多,不久便书页破烂,字迹模糊,不能再阅了,由馆中再备一部,但是不久又破烂模糊了。所以直到'一二八'之役,这部书已购到十有四次,武侠小说的吸引力,多么可惊咧。"②平江不肖生是南方著名的武侠小说家,和他同时期的还有姚民哀、顾明道及北方的赵焕亭等。30 年代初,还珠楼主《蜀山剑侠传》开始连载,又一股武侠热潮为平津文坛所主导,"北派五大家"各显身手,其影响直至 50 年代以后的台港小说。

对于武侠小说的风行,当时的文学家发表了不少意见,表明批评态度。张恨水《武侠小说在下层社会》、郑逸梅《武侠小说的通病》、郑振铎《论武侠小说》、瞿秋白《吉诃德的时代》、沈雁冰《封建的小市民文艺》等文都从社会影响角度对武侠小说进行批判。郑振铎在《论武侠小说》一文中举例说道:"《时报》的本埠新闻上,曾屡

---

① 范烟桥:《民国旧派小说史略》,魏绍昌编:《鸳鸯蝴蝶派研究资料》,上海:上海文艺出版社 1984 年 7 月版,第 312—313 页。
② 郑逸梅:《武侠小说的通病》,郑逸梅:《小品大观》,校经山房 1935 年 8 月版,芮和师、范伯群等编:《鸳鸯蝴蝶派文学资料》(上),福州:福建人民出版社 1984 年 8 月版,第 135 页。

见不一见的刊载着少男少女们弃家访道的故事。前年记着法租界某成衣铺学徒三名入山学道之事;去年三月中,则有白克路之国华学校学生叶光源等五人欲到峨嵋山学道之事。同年五月四日的报上,又载着西门唐湾小学女生周霞珠等三人,联袂出门拟赴昆仑山访道事。《时报》记者以为这些都是中了武侠小说及电影之迷。"①这些"弃家访道的故事"常见于报纸新闻,是武侠小说造成不良社会影响的有力实据,不得不引起有识者的恐慌感。郑振铎把这类事件上升到了民族问题的高度:不仅是小学生、青壮年人也深受武侠小说影响。武侠小说"使强者盲动以自贼,弱者不动以待变的。他们使本来落伍退化的民族,更退化了,更无知了,更晏安于意外的收获了。他们滋养着我们自五四时代以来便努力在打倒的一切鄙劣的民族性!"②强者看武侠小说,跃跃欲试,自己就成了强盗。"不知有多少热血的青年,有为的壮士,在不知不识之中,断送于这样方式的'暴动'与'自卫'之中。"③弱者看武侠小说,便期待着有英雄"路见不平,拔刀相助"。"他们各自坐着,垂下了一双手。为什么?因为:'济贫自有飞仙剑,尔且安心做奴才。'"④读了武侠小说,不是做强盗,就是做奴才,民族便无可救了。这即是郑振铎等人反对武侠小说的根本原因。

但武侠小说没有因此被禁止,读者市场的要求让武侠小说层出不穷。何以如此?英雄崇拜之心在当时无助的民众那里不可免。而武侠小说不仅满足了他们的阅读期待,还能造就种种超人技艺,这在笃信神怪的民众社会里,正能获得发挥的空间。郑振铎气愤地说道:"武侠小说的作者们,你们在想要收入并不甚高额的酬报,而躺在烟榻上,眯着欲睡的双眼,于弥漫的烟气里,冥构着剑客们的双剑,如何的成为一道两道白光,而由口中吐出,如何的在空中互斗不

---

① 郑振铎:《论武侠小说》,郑振铎:《海燕》,上海:新中国书局1932年7月版,第11—12页。
② 同上书,第13页。
③ 同上书,第10页。
④ 瞿秋白:《吉诃德的时代》,《北斗》第1卷第2期,1931年10月。

解之时,也曾想到过他们出版的影响么?"①口吐白光、飞剑杀人等出神入化的"武艺"成了以《江湖奇侠传》为代表的武侠小说常用的引人入胜之法,仿佛"一碗迷魂汤"②,让读者神魂颠倒,于是出现"弃家访道"的行为。郑逸梅把武侠小说涉及神怪的写法,追述至了《水浒传》。他说:"我国的旧小说汗牛充栋,但是十之六七属于武侠方面。武侠小说的里头,往往涉于神怪一流,就是最著名的《水浒传》中,也未免有戴宗的神行法、入云龙公孙胜的种种技术,其他各种小说,更属推波助澜。"③《水浒传》虽写英雄故事,但不乏掺杂神怪叙述。第一回"张天师祈禳瘟疫 洪太尉误走妖魔"就明显带有神怪的味道。小说中公孙胜、樊瑞等人都会做法。第五十四回"入云龙斗法破高廉"中叙道:

> 高廉在马上见了,大怒,急去马鞍前鞴取下那面聚兽铜牌,把剑去击。那里敲得三下,只见神兵队里,卷起一阵黄砂来,罩的天昏地暗,日色无光。喊声起处,豺狼虎豹怪兽毒虫,就这黄砂内卷将出来。众军恰待都走,公孙胜在马上早掣出那一把松文古定剑来,指着敌军,口中念念有词,喝声道:"疾!"只见一道金光射去,那伙怪兽毒虫,都就黄砂中乱纷纷坠于阵前。众军人看时,却都是白纸剪的虎豹走兽,黄砂尽皆荡散不起。宋江看了,鞭梢一指,大小三军一齐掩杀过去。但见人亡马倒,旗鼓交横。高廉急把神兵退走入城。宋江军马赶到城下,城上急拽起吊桥,闭上城门,擂木砲石,如雨般打将下来。宋江叫且鸣金,收聚军马下寨,整点人数,各获大胜。回帐称谢公孙先生神功道德,随即赏劳三军。

---

① 郑振铎:《论武侠小说》,郑振铎:《海燕》,上海:新中国书局1932年7月版,第13页。
② 沈雁冰:《封建的小市民文艺》,《东方杂志》第30卷第3号,1933年2月。
③ 郑逸梅:《武侠小说的通病》,郑逸梅:《小品大观》,校经山房1935年8月版,芮和师、范伯群等编:《鸳鸯蝴蝶派文学资料》(上),福州:福建人民出版社1984年8月版,第135页。

两军交战夹有神魔斗法,这在《水浒传》中虽不常见,但增添了这部小说的"传奇"性质。这种写法,对后来的武侠小说颇有启发。当然,武侠入于神怪,主要还是受到《西游记》等古代神魔小说的影响。

武侠小说的非现实写法,迷惑着思想古拙的读者,他们对小说中的描述信以为真,不免会闹出事端。张恨水等作家反对"口吐白光及飞剑斩人头"①的写法,但对武侠小说创作并不全然否定,因为武侠小说有其产生的社会基础。张恨水说道:

> 于是乎,农村社会,被迫着只有走上两条路:其一是各村筑堡自守,但必须一方面敷衍奴才,一方面与盗匪妥协;其二是干脆去当强盗,整个村子化巢穴。大地主当寨主,佃农和自耕农当喽罗。这样,中国变成了寸步难行的国家(至少黄河两岸,淮河两岸是如此),大路上到处是黑店,商人搬运货物,没有人保镖,休想走。亲民之官,如知府知县,装着一概不知。上面的人更是不管,一切听其自然。文学史上,不是告诉我们,这个时代,由考据到一切文艺(除了谈理学的文艺,因为那包有民族思想问题在内),都在勃兴中吗?而社会却是黑暗到如此。这可见庙堂文艺和人民不关痛痒到什么程度了。②

张恨水此话不是姑妄之言,而是有他自身的经验作证明。社会动荡,民生凋敝,群盗纷起,如此现实,难免会有讲述侠盗故事的小说产生。《水浒传》的成形又何尝不与此相关。《水浒传》的社会现实色彩十分明显。除讲述英雄末路、被逼梁山的故事外,对世俗社会的描述是小说真实性的重要构成部分。这种真实性正是张恨水等作家分外看重的。张恨水"客串"过《剑胆琴心》《中原豪侠传》等武侠小说的写作,讲述武术家的技击才能,不写剑仙神道,有意纠偏当

---

① 张恨水:《写作生涯回忆》,北平《新民报》1949 年 1 月 1 日至 2 月 15 日,《张恨水散文全集·写作生涯回忆》,长春:时代文艺出版社 2015 年 8 月版,第 39 页。

② 张恨水:《武侠小说在下层社会》,《新华日报》1945 年 7 月 1 日。

时流行的"飞剑斩人头"故事,写作姿态十分明显。

《剑胆琴心》在叙事过程中,常常会停顿下来对传说中的高超武艺作出现实解释,飞檐走壁、"铁布衫""一苇渡江"等,都并非不切实际。例如小说对"飞剑"解释道:

> 柴竞早就听见老前辈说,武术中有一个剑侠神仙,古人所谓聂隐娘、空空儿、黄衫客、昆仑奴那些人,飞出剑去,可以斩人头,自己总疑惑那是稗官小说无稽之谈。不过中国人对于剑术,三代以后,就讲求起来,至少也有二千年以上的历史。上自文人墨客,琴剑并称,播之诗文传记;下至匹夫匹妇,街谈巷议,谈到剑侠,就眉飞色舞。若说剑术这一道,并没有那回事,又有些不对,自己学了十年以上的武术,就是没有得到一个深明剑术的老师,引为莫大的憾事。现在看朱怀亮这一回舞剑,对于老前辈所传,才恍然大悟:原来所谓飞剑,并不是把剑飞了出去,不过是舞得迅速,看不出手法罢了。古人又曾提到什么剑声,心想剑不是乐器,哪里来的声音,现在听得这种呼呼的剑风响,也就明白什么叫做剑声了。看到这里,只见那剑光向上一举,冲起有一丈多高,往下一落,就平地只高有二尺。这才看见朱怀亮蹲着两腿,右手把下向上一举,身子一转,左手掌伸出中食二指,比着剑诀,由右胁下伸出面前,轻轻的将剑向下一落,人就站定了。(第二回)①

借用小说人物的所见所思,消解历来对"剑仙"或"飞剑"神乎其神的想象,《剑胆琴心》很成功地将武侠小说拉回了现实。小说中人物的争斗都是拳来脚去的武艺展示,很少奇幻之谈。但张恨水对自己的写作并不满意。他说:"我对武侠小说的主张,兜了个圈子说回来,还是不超现实的社会小说。因此,我生平就只反串了两次,而这两次都决不成功。好在是反串,不成功也无所谓。倘若真有人能写一

---

① 张恨水:《剑胆琴心》,北京:国际文化出版公司2013年7月版,第20页。

部社会里层的游侠小说,这范围必定牵涉得很广,不但涉及军事政治,并会涉及社会经济,这要写出来,定是石破天惊,震世骇俗的大著作,岂但震撼文坛而已哉?我越想这事情越伟大,只是谢以仆病未能。"①一部好的武侠小说就是"社会小说",就是"社会里层的游侠小说",应该能反映出"军事政治"和"社会经济"来,不是脱离现实的凭空悬想。张恨水所说的"游侠",在司马迁《史记·游侠列传》中有过经典表述。但是"到了火器盛行于国内以后,技击已无所用之,游侠者流,社会每个角落,诚然还是有,而靠他一点技击本领,已不能横行江湖了。所以真要写游侠小说的话,四川的袍哥,两淮的帮会,倒真有奇奇怪怪及可歌可泣的故事。但还是那话:'侠以武犯禁'非文人可以接触,纵然可以接触,也不敢写。"②武侠小说涉及一个历史时间的问题。当"火器盛行"的时候,武功已无用武之地,所以武侠小说作者都会自觉不自觉地把故事背景推向过去。而要写现实意义上的武侠小说,那就要到"四川的袍哥,两淮的帮会"中去寻找题材。《剑胆琴心》不乏对这类题材的叙述。如第二十二回介绍四川"哥郎会",之后两回描述"红毛番子的老巢",张恨水所谓"社会里层的游侠小说",大体指的就是这些社会秘密组织和帮会侠盗。但对于一般作者而言,"社会里层"的秘密组织不太好写。"因为越知道详细,越不能下笔,怕得罪了人。若以圈子外的人去描写为小说,那是会让人笑掉牙的。因之社会上真的游侠,没人会写,没人敢写,而写出来的,就全不是那么回事。"③张恨水应属于"圈子外的人",所以他认为自己"反串"写武侠小说"决不成功"。而其他一些武侠小说家,就只能靠旧闻掌故来敷陈剑仙侠盗的故事,缺少了现实感觉。

就江湖帮会而言,《水浒传》的梁山聚义即带有明显的帮会性

---

① 张恨水:《写作生涯回忆》,北平《新民报》1949 年 1 月 1 日至 2 月 15 日,张占国、魏守忠编:《张恨水研究资料》,天津:天津人民出版社 1986 年 10 月版,第 51—52 页。

② 同上书,第 51 页。

③ 同上。

质。有学者论道:"帮派意识有着强烈的倾向性,这种倾向性甚至影响他们正确地判断极普通的是非曲直。它表现在一切皆以自己帮派为标准,认为自己的帮派永远是无懈可击的。帮派中的成员习惯作单线思考,从道德上说,自以为是,从力量上说,认为自己是所向无敌的。例如《水浒》中写了许多剪径打劫、杀人放火的绿林豪强,但只对与梁山有关的诸山头的人们加以肯定,对于其他山头,如生铁佛崔道成、飞天夜叉丘小乙、王庆、田虎等等都持否定态度,其根子在于他们与说书人所肯定的梁山不属于一个帮派系统。另外在《水浒》前七十回中处处以梁山聚义为正义的坐标,以对未来梁山上的天罡地煞的态度为界线,有利的就肯定,不利的就否定。这实际上也是一种帮派意识。"①梁山泊聚义的帮派性质及梁山好汉"剪径打劫、杀人放火"的绿林行为,对于喜好这类故事的中国民众来说是一种鼓动。清代天地会、小刀会、青红帮,民国以后各地的帮会组织和猖獗的土匪活动,成了现代武侠小说孕育的现实土壤。

侠客的个体性和帮会的组织性本是相区别的存在,但帮会的吸引力和侠客的投身相靠使两者能聚合起来,正如《水浒传》里众英雄上梁山的故事。有研究者谈道:

> 武侠进入宗门帮派是中国下层社会发展的结果,也是武侠在自身发展过程中逐步世俗化、大众化的产物。虽然有些朝代的上层统治者也崇尚武风,但他们终究不可能让武侠长期堂而皇之地位于正统社会和上层社会之列。况且,过多的上层人物和富家风流子弟等介入武侠,也使得武侠中的一些有识之士难以容忍武侠的庸俗化,为了保持武侠的情操和气节,一些武侠主动投身民间,在一个相对清净的环境中寻找自我的发展空间。与此同时,各种秘密宗教的巨大融摄力、武林的集群力、绿林的号召力,也促使武侠进入这些宗门帮派当中。于是,武侠就成为彻底大众化的中国民间文化的一种承载体,他自身的武技、

---

① 王学泰:《中国游民》,上海:上海远东出版社2012年6月版,第35页。

武德、气质、风骨等深受这些秘密组织的影响,同时也以自己特立独行的武风侠骨反作用于各种宗门帮派的精神气质。①

侠客和帮会的聚合,既是"大众化的中国民间文化"一种表现,也是一种现实。对之的叙述和反映正是张恨水认为的现代武侠小说应有的写作范域。在现代武侠小说作家中,擅于写这方面题材的有姚民哀《四海群龙记》、郑证因《鹰爪王》、朱贞木《七杀碑》、吴公雄《青红帮演义》等。在帮会中突出侠客倜傥超群的个性,把侠客纳入帮会组织来叙写政治世态。武侠小说研究者一般用"党会"来概括这类写作。

叶洪生说:"所谓'党会小说'即以革命党及秘密帮会活动为小说内容,而描写其组织形态、江湖勾当与反清运动之关系者。"②"党会小说"不必一定写反清,但与政治革命多少有些牵连,因为帮会本身就是民间政治的产物。现代写"党会小说"的代表者当首推姚民哀。他是"第一个从实践上基本解决了'党会'和'武侠'结合的问题,推出了轰动一时的成果"③。姚民哀的代表作有《山东响马传》《四海群龙记》《箬帽山王》《江湖豪侠传》等,纪实色彩较强,是他亲身探入帮会组织调查的成果。他的作品属于张恨水所说"越知道详细,越不能下笔,怕得罪了人"的反面,实在是深入了"社会里层",虽不能说"是石破天惊,震世骇俗的大著作",但在现代武侠小说中十分难得。

姚民哀是评弹艺人,惯走码头,结交各色人物。他曾任职花旗公司,借出差机会搜集党会资料。他说:"从民国十年秋天起,北游京津,东至吉黑,西入潼关,南越闽粤。至民国十三年川汉倦游止,共经了""二十个省界以来,有了一种心得,觉得无论作文做事,毕竟

---

① 易剑东:《武侠》,广州:南方日报出版社2002年2月版,第109页。
② 叶洪生:《论剑:武侠小说谈艺录》,上海:学林出版社1997年1月版,第30页。
③ 范伯群主编:《中国近现代通俗文学史》(上卷),南京:江苏教育出版社2000年4月版,第559页。

还是从诚实两个字上着手,容易感动人家"。"拿了一枝秃笔将我所见闻的社会秘密因果,夹叙夹议的写出来","所以这门会党说部的专述,可算是我近来的恩物"。① 姚民哀有意识地走南闯北,不惜金钱,"随时在江湖上,跟此中人物交结,留心探访各党秘史轶闻,摸明白里头的真正门槛"②,所以小说材料得来不易,能带读者进入一个社会下层的秘密世界,故事人物富有纪实感。例如《龙驹走血记》中,充斥了党会各种黑话切口与行当规矩,非熟悉党会事务者,断不能通晓个中含义。小说第二章,叙述帮会头目于大明子过寿,各路兄弟纷来庆贺,集中展现了小说人物之间的关系,而礼仪行规也被姚民哀描摹得头头是道。其中一段道:

> 当下由侯七领头,直到安龙山安龙泉畔夫子庙前,约摸离开四五丈路,早又有人上前伺候着诸人下马。苏二便把手一指道:"庙门口又有一个茶碗阵在那里,照此看来分明是于老三自己'告帮',现在我上前代表众位'问讯',若是于老三'告帮',哪怕血海干系,我也要答应下,众位有义气的,请伸左手赞成;如果不以为然,这种事不好勉强人家的,也请表示吧。"苏二这句话说完,大家都将左手伸了起来,苏二便抢先去问讯。

这里"告帮""问讯"都是切口,"茶碗阵"是仪式,被姚民哀融合到故事叙述中,极具真实感,真切保留了党会组织存在与活动的生动形态。

姚民哀的党会小说与《水浒传》的关联,不仅在于党会帮派承续了"英雄传奇"的兄弟结义、占山为王,还在于姚民哀是比较自觉地把《水浒传》作为他小说创作的一种参照。典型表现是他较早写出的一部作品《山东响马传》。这部小说 1923 年开始连载于《侦探世

---

① 姚民哀:《我之恩物》(十之五),《红玫瑰》第 3 卷第 14 期,1927 年 11 月。

② 姚民哀:《箬帽山王·本书开场的重要报告》,《红玫瑰》第 6 卷第 1 期,1930 年 3 月。

界》，共分六节，1924年出版单行本时改为十六回。小说故事来源于一则时事新闻。1923年5月，山东抱犊崮匪首孙美瑶袭击一列火车，制造了轰动一时的"临城劫车案"。姚民哀根据这一新闻，加上他的履历经验，写出了孙美瑶之兄孙美珠落草为寇的故事。徐斯年论道："已被新闻媒介传播得家喻户晓的抱犊崮案及其复杂背景，很难纳入姚民哀所熟谙的《水浒传》式传奇性文体（例如，抱犊崮匪部中包括一批从法国归来的华工，其中有些人能用法语和外国人进行谈判）；思想文化素养的局限，又使姚民哀无力创立纪实文体，而当时对于此案新闻报道的开放程度，也使纪实文几乎失去了存在的必要。所以当姚民哀把'孙美珠传'写成一篇'现代宋江传'或'现代卢俊义传'时，人们强烈地感受到了'现在'与'水浒时代'之间的'时间差'，远远满足不了心理上的期待。"①且不论这一评价指出了《山东响马传》艺术性的不足，单就与《水浒传》之间的联系而言，《山东响马传》确实以《水浒传》中英雄落草的经历作了小说的主体。

  小说运用了嵌套式的结构。外叙述层讲的是"我"下乡调查烟叶，坐了赶脚史的车。一路上赶脚史给"我"讲述了不少绿林故事，还发表了一篇"匪患总论"，并且真遇上了剪径盗匪，幸好是有惊无险。赶脚史阅历丰富，对山东匪患的情形十分清楚，"我"从赶脚史口中得到不少帮会盗匪的信息。第六回"途中寂寞"，我询问赶脚史"白庄姓孙的话，他便详详细细、一一二二讲出来。他讲得非常细到，很有研究，便不觉路远，不过我记这一节，却要变更体裁，把他装头装脚，做成一篇短篇小说的格局，使读书诸君换换眼光了"。从第六回到第十五回，叙述孙美珠携家落草故事，是小说主体内容，用第三人称讲述。第十五回结尾处用几句话概述出了"临城劫车案"的始末。"但是贾金彪存心要报前仇，究竟被他买通了赵成志，把美珠骗到兖州，枭首示众。那抱犊峪的总柜便归美瑶执掌，要替兄报仇，才闹出去年临城那件惊天动地大绑票的案子。其中详细情形，当时

---

① 范伯群主编：《中国近现代通俗文学史》（上卷），南京：江苏教育出版社2000年4月版，第540页。

各报上,早已沸沸扬扬的登载,诸位想来都已知道,我也不赘述了。"孙美瑶替兄报仇,才闹出"临城劫车案"。小说对此事只用几句话作了交代,是不想和时事新闻重复的意思。小说主体部分用白庄大户孙美珠被迫入伙的原委曲折故事详尽说明了"临城劫车案"的前由。第十六回返回至外叙述层,《山东响马传》在《侦探世界》连载不及一半,"我"收到"泰安分公司总理刘小辫子的一封来信","叙述到我做这篇小说问题"。"赶脚史本玲珑空子,与各帮英雄好汉皆有交情,依理不会失风,究其失风之理由,因开武班子之当家者,责其不应家帮外教,往往在隔教之人面前放龙。近且有形之笔墨,将线上情形榻成黑头,与弟们买卖上很有阻碍,故劈之以灭其口。"这段文字充满江湖切口。赶脚史泄露了帮会秘密,使《山东响马传》得以刊出,帮会中人因此杀害了赶脚史。小说第十六回交代了人物结局,也印证了张恨水说的"因为越知道详细,越不能下笔,怕得罪了人"。姚民哀写党会小说因其真实性,所以风险存焉,这也是他小说可贵的理由。

《山东响马传》的嵌套结构和行文语言,使小说带有新文学笔法,读来颇有意味。而具体叙述过程中,时时提及《水浒传》,又使小说故事不脱通俗情调。在故事情节、人物描述、环境介绍等方面《山东响马传》都会引用《水浒传》,《水浒传》成了这部小说的"前文本",两者可作互文参照。现引几处例子:

>大约把蹦山抱犊峪两处山崖当做他水浒内的梁山泊,隋唐里边的瓦岗寨一般看待。里头的人才,别省的不用说,单说我们本省的胶州一路,以前薄子明在博山,吴大洲在周庄,纵横一时,声势浩大……(第五回)

>"兄弟就是恭请虎驾的专使,还带一纸盟书在此。大哥要是不答应呢,莫怪我们抄袭吴学究相邀卢员外的法儿,也许要大闹大名府哩。"一面说着,一面在破大褂里取出那张盟书,授给美珠。此刻美珠如遭了青天霹雳,真觉得进退两难。答应吧,真是辱没祖先;不答应吧,惟恐他们真的串起大名府来,愈

加不上算。(第七回)

　　因此上我们屡次会议,想举一个替大众担负责任的头儿,像梁山上的宋三爷那么一位执管总柜钱粮,实在我们自己伙伴里头,拣不出这样一位竖大拇指的角色。(第八回)

第一例引用"梁山泊"是用来说明地理环境。《水浒传》里的水泊梁山在山东,《山东响马传》的故事也发生在山东,因为环境险要,这一带成了历来土匪聚集之地。第七回土匪代表请孙美珠上山,以《水浒传》吴用智赚卢俊义的故事相要挟,孙美珠如不同意落草,就要像卢俊义一样被逼无退路。孙美珠开始婉拒,最终只得无可奈何上山入伙。这是故事情节的引用。第八回土匪代表游说孙美珠,请他上山任匪首,相当于《水浒传》里的宋公明。这是人物形象的类比。《山东响马传》多处引用《水浒传》,说明《水浒传》确实可以成为党会武侠小说的传统资源,同时也说明《水浒传》故事深入人心。

赵苕狂为《山东响马传》作序道:"吾友姚子民哀,有心人也。道出山东,博加咨访,其于匪乱之原因,匪党之状况,抱犊崮之形势,以及孙氏昆仲之历史,探本索源,了如指掌。因有是书之作。余受而读之,觉其刀光血影,跃跃纸上,不啻重温《水浒传》也。"① 作家姚民哀因为熟悉《水浒传》,才会在他的小说中信手拈来。读者、评论者因为熟悉《水浒传》,才会在阅读小说时因有《水浒传》作比照,更容易理解小说所指。党会人物因为熟悉《水浒传》,才会把《水浒传》英雄聚义故事作为他们行为的模范,言谈举止间都会带有英雄豪气,或者快意恩仇、或者壮志难酬。这些都是现代武侠小说产生的因由。《水浒传》的影响于是有了现实做根基。

第四节　英雄何处不相逢

不仅党会小说得自《水浒传》影响甚深,其他武侠小说也在不同

---

　　① 赵苕狂:《序》,姚民哀:《山东响马传》,上海:世界书局1929年6月版,第1页。

程度上受此书影响。范烟桥评文公直《碧血丹心大侠传》道:"书中主要活动的人物,是一班武术名家及其弟子和山林豪侠、社会上各种出身的勇武之士等一百多人,性情面貌技艺各异,并讲究布局笔法,写作技巧较高,可说是接受了《水浒》的影响的。"①另有学者评赵焕亭的武侠小说"以'非神化'的观点写英雄,实乃《水浒传》《七侠五义》已经创立的可贵传统"②。现代武侠小说与《水浒传》的渊源联系不可谓不密切。

现代武侠小说常会在叙事过程中提及《水浒传》。例如王度庐《卧虎藏龙》第十回中一段说道:"玉娇龙进了屋一看,一通联的五间屋子很是宽大,裱糊得也相当干净,陈设桌椅不少,可是没有什么华贵的东西。最奇异的是迎面有一幅横匾,上书'忠义草堂',这名称很怪。在左边墙壁上有一幅大画,画笔粗劣,走近了去看,原来是'梁山泊忠义堂'的全景。玉娇龙小时看过《水浒传》,记得那部书的一开篇就有木刻的一幅图,这就是照着那幅图放大了描下来的。"主人公走进一座宅子,见到屋内陈设联想到《水浒传》。故事推进,原来宅子的主人正是贼首。《水浒传》和盗贼联系起来,《水浒传》故事极大影响了绿林中人,水浒英雄的打家劫舍,成了后世绿林中人崇尚的行为模型。

《水浒传》可成为现代小说故事自然的互文部分,除此之外,小说中叙述者评述也会连及《水浒传》。张恨水《中原豪侠传》第一回叙道:"那是十月小阳天气。太阳在天空上照着,又没有什么风,一不飞黄沙,二不冷。汴梁城里的大相国寺,下午一点多钟,正正集合着中下等社会的人,开始热闹。提起这个大相国寺,大有来头,在宋朝就建筑了的。所以《水浒传》上提到鲁智深上东京,就投奔的是这里。到了后来,成了一个平民市场,颇有点像北平的天桥,南京夫子庙。"这是对场景地点的叙述,谈到大相国寺,叙述者就随即点出了

---

① 范烟桥:《民国旧派小说史略》,魏绍昌编:《鸳鸯蝴蝶派研究资料》(上卷),上海:上海文艺出版社1984年7月版,第314页。
② 范伯群主编:《中国近现代通俗文学史》(上卷),南京:江苏教育出版社2000年4月版,第474页。

《水浒传》。《水浒传》第六回开场诗曰:"萍踪浪迹入东京,行尽山林数十程。古刹今番经劫火,中原从此动刀兵。相国寺中重挂搭,种蔬园内且经营。自古白云无去住,几多变化任纵横。"这首诗道出了鲁智深和相国寺的一段因缘。关于相国寺最著名的故事,应当就属《水浒传》中鲁智深的这段了。鲁智深大闹五台山,只能离开文殊院,投奔东京相国寺。相国寺住持忌惮鲁智深,让他看管菜园。鲁智深与相国寺的怨仇就此种下。《中原豪侠传》的叙述者看似不经意地提及这个典故,却把整部小说的叙事宗旨和《水浒传》联系了起来,都叙述了英雄豪杰的义勇行为。

  《中原豪侠传》第一回主人公秦平生在汴梁相国寺的平民市场结识了江湖人物郁必来,由此展开了江湖豪杰的革命故事。《水浒传》鲁智深在东京相国寺看守菜园,结识了禁军教头林冲,由此引出众英雄上梁山的故事。《水浒传》写众英雄上梁山,把每个主要人物入伙梁山的前史都写得有声有色。鲁智深、林冲等人的故事都可以独立成篇,每个英雄故事的连接依靠人物之间的遇合。鲁智深在东京结识林冲,然后就引出"林教头风雪山神庙""林冲雪夜上梁山"的林冲正传。林冲落草,剪径杨志,遂引出杨志的故事。较有特色的是武松的出场。宋江杀了阎婆惜,投奔在柴进庄院,柴进摆酒,宋江喝醉,遇见武松。小说第二十二回叙道:

> 宋江已有八分酒,脚步趄了,只顾踏去。那廊下有一个大汉,因害疟疾,当不住那寒冷,把一锨火在那里向。宋江仰着脸,只顾踏将去,正跐着火锨柄上,把那火锨里炭火,都掀在那汉脸上。那汉吃了一惊,——惊出一身汗来,自此疟疾好了——那汉气将起来,把宋江劈胸揪住,大喝道:"你是甚么鸟人,敢来消遣我!"宋江也吃一惊,正分说不得。那个提灯笼的庄客慌忙叫道:"不得无礼!这位是大官人的亲戚客官。"那汉道:"客官,客官!我初来时也是客官,也曾相待的厚。如今却听庄客搬口,便疏慢了我。正是人无千日好,花无摘下红。"却待要打宋江,那庄客撒了灯笼,便向前来劝。正劝不开,只见两三碗灯

笼,飞也似来。柴大官人亲赶到说:"我接不着押司,如何却在这里闹?"那庄客便把跐了火锹的事说一遍。柴进笑道:"大汉,你不认的这位奢遮的押司?"那汉道:"奢遮,奢遮!他敢比不得郓城宋押司少些儿!"柴进大笑道:"大汉,你认的宋押司么?"那汉道:"我虽不曾认的,江湖上久闻他是个及时雨宋公明。且又仗义疏财,扶危济困,是个天下闻名的好汉。"柴进问道:"如何见的他是天下闻名的好汉?"那汉道:"却才不说了,他便是真大丈夫,有头有尾,有始有终。我如今只等病好时,便去投奔他。"柴进道:"你要见他么?"那汉道:"我可知要见他哩。"柴进便道:"大汉,远便十万八千,近便在面前。"柴进指着宋江便道:"此位便是及时雨宋公明。"那汉道:"真个也不是?"宋江道:"小可便是宋江。"那汉定睛看了看,纳头便拜,说道:"我不是梦里么?与兄长相见!"宋江道:"何故如此错爱?"那汉道:"却才甚是无礼,万乞恕罪! 有眼不识泰山!"跪在地下,那里肯起来。宋江慌忙扶住道:"足下高姓大名?"

  柴进指着那汉,说出他姓名,叫甚讳字。有分教:山中猛虎,见时魄散魂离;林下强人,撞着心惊胆裂。正是:说开星月无光彩,道破江山水倒流。①

这段相遇,在宋江是误打误撞,在武松是由怒而喜。武松出场,小说先不急于道出武松姓名,而是布下阅读的期待。及至后文,景阳冈打虎、醉打蒋门神、血溅鸳鸯楼等情节,把武松的故事铺展得痛快淋漓。《水浒传》七十回之前,基本叙述的是各路英雄的个人事迹,英雄故事之间具有相对的独立性。这个结构和后来的《儒林外史》相似,但《儒林外史》是文人独创的作品,《水浒传》则显示出了累积成书的痕迹。石昌渝说:"《水浒传》聚合了说书中各个英雄的故事,从而造成小说结构呈现联缀体的形态。鲁智深、林冲、武松、杨雄、石

---

① 施耐庵、罗贯中:《水浒传》,北京:人民文学出版社 1990 年 8 月版,第 163 页。

秀等等,他们的故事都可以自成单元。"①这是《水浒传》结构的主要特色。

《水浒传》的结构对现代武侠小说也产生了影响。赵焕亭的《奇侠精忠传》《英雄走国记》等作品就存在类似的结构。研究者论析道:"赵焕亭的长篇小说,从总体倾向看,是珠花式结构,但是,游离中心的笔墨不在少数,这与作者有意识地'抻长'篇幅,一味讲趣味等有关,也与其小说的独特写法有关。""这类游离于结构中心之外的故事,往往是作者广泛搜罗的笔记、野史、轶闻,在写作中不时将其凑进书中,既为了奇趣,更为了抻长篇幅,以博取酬资。"②把"笔记、野史、轶闻"罗致于书,和《水浒传》把戏曲、说书、《大宋宣和遗事》等历史文本改编进小说不无相似之处,都使小说故事有了来源,既在一定程度上解决了素材问题,又使小说不致完全沦为作者向壁虚构的产物。姚民哀就把他搜集党会秘闻的小说和《水浒传》作了比较:"因为在下一不能缀珠成串,拼为《水浒》般一类大著作,又不愿鸡零狗碎,胡诌若干短篇用掉它。掐指一算,拢总尚有五十多位秘党男女英俊,多干过吊民伐罪,与现在革命工作上,略有关系的事实,足堪一记的。故便剿袭五十三参正法眼藏的皮毛佛典,预定做一种分得开,拼得拢,连环格局的武侠会党社会说部。"③"五十多位秘党"人物故事,没有像《水浒传》一样都"拼"在一起,也没有被写成一个个短篇,而是用系列长篇小说的形式,使每部作品都有一个侧重点。姚民哀深知《水浒传》艺术上的特色,他曾夸赞说:"描写小说中人物,非学问经验,两具深富者,不可造次。……自古迄今,舍宋施清吴二人之外,其他作手,虽有寸长,终逊二子。"④《水浒传》写

---

① 石昌渝:《中国小说源流论》,北京:生活·读书·新知三联书店 1994年2月版,第330页。

② 范伯群主编:《中国近现代通俗文学史》(上卷),南京:江苏教育出版社 2000年4月版,第606、607页。

③ 姚民哀:《箬帽山王·本书开场的重要报告》,《红玫瑰》第6卷第1期,1930年3月。

④ 姚民哀:《小说浪漫谭》,《红玫瑰》第5卷第6期,1929年4月。

人生龙活虎,个个形象鲜明,姚民哀用一个"拼"字,点出了水浒人物在小说中的结构关系。在充分借鉴《水浒传》写人传统的同时,姚民哀的小说化解了《水浒传》的结构,"连环格局"可谓是出新。

能得《水浒传》结构承传的武侠小说除赵焕亭、姚民哀等人的作品外,还当推平江不肖生的《近代侠义英雄传》。同为"传",同是为"英雄"纪传,这部记述众英雄故事的小说在各方面都和《水浒传》十分相近,被认为是民国武侠小说的"奠基之作",是"屹立于武侠小说之林的一块醒目的里程碑"①。

《近代侠义英雄传》的开篇就提到了《水浒传》。小说第一回叙道:

> 曾读过《水浒传》的先生们,当读那一百零八人绰号的时候,读了"摸着天"和"云里金刚"这两个绰号,必知道杜迁、宋万二人的身量是很高的,"矮脚虎"王英是很矮的,"白面郎君"郑天寿是很漂亮的,"美髯公"朱仝,"紫髯伯"皇甫端,是胡须生得很好的。这种绰号,就是就其形象的取义。……如今在下所写的大刀王五,是和梁山泊上的大刀关胜一样的。不论《水浒传》上所写大刀关胜的写法,是一样一样的都模仿着《三国演义》上所写的关云长。关云长使的是青龙偃月刀,关胜使的也是青龙偃月刀。青龙偃月刀是马上临阵的兵器,长大是不待言,所以人称为大刀关胜。……但王五何以又得了这大刀的绰号呢?原来北道上称单刀,也称大刀,《水浒》上既有个现成的大刀关胜,一般人便也顺口称大刀王五了,其实就是单刀王五。

大刀王五是《近代侠义英雄传》一开始的主人公。小说介绍这位主人公,先谈绰号,而《水浒传》众英雄的绰号是最具特色的。"大刀王五"的绰号和《水浒传》里的"大刀关胜"很有些联系,在人物叙写方面,《近代侠义英雄传》可谓直袭《水浒传》。

---

① 范伯群:《论民国武侠小说奠基作〈近代侠义英雄传〉》,《西南大学学报》2011年第1期。

大刀王五是小说一开始的主人公,小说第五回,王五到天津,才引出了真正贯穿小说的人物霍元甲。霍元甲在小说中的地位与宋江在《水浒传》中的地位相似。宋江也非一开始就出现在小说中。《水浒传》先写王进故事,然后由王进引出史进,由史进引出鲁智深,由鲁智深引出林冲……直到小说第十八回"美髯公智稳插翅虎 宋公明私放晁天王"宋江才正式登场。在叙述以宋江为首的英雄故事的时候,又有武松、花荣、李逵、杨雄、石秀等人的故事穿插其间。《近代侠义英雄传》的结构与此相仿。小说以霍元甲和外国大力士的擂台比武为主线,其中穿插了大量英雄豪杰的故事。金禄堂、罗大鹤、言永福、陈广泰、孙福全等人的故事在小说中都用大篇幅作了详尽曲折的叙述。这些人物故事和《水浒传》一样,大都是先在独立的,然后被作者结集到一部小说中。

当20年代《近代侠义英雄传》连载于《侦探世界》的时候,向恺然同时发表了一些单篇的武侠人物故事。《孙禄堂》《秦鹤歧》《杨登云》《鬎福生》《快婿断指》《李存义殉技之讹传》等文以"拳术珍闻"的名目在《红玫瑰》等杂志刊发。《李存义殉技之讹传》一文道:"第二十四期《侦探世界》当中,在下做了一篇拳术家李存义之死,是说李先生死在一个姓杨的手里。当在下做那篇文字时候,因耳里所听的,是那么一种事实……后来一位拳术家朋友告诉向恺然,此非事实,李存义死于痢病,而非被人伤至死。"①可见,向恺然写的这类人物故事都有一定的真实性,不像他的另一部名篇《江湖奇侠传》那样更多奇幻色彩。《江湖奇侠传》发表于《红杂志》和《红玫瑰》,当向恺然在写李存义等人故事和《近代侠义英雄传》的时候,《江湖奇侠传》正在连载。这两部小说虽然一部"崇奇"一部"尚实",但在结构上颇为相似,都是用诸多相对独立的故事集缀而成。例如"火烧红莲寺""张汶祥刺马"均是《江湖奇侠传》里的经典故事段落。赵苕狂评向恺然小说道:"不肖生地写小说,素来是大刀阔斧的:每每

---

① 向恺然:《李存义殉技之讹传》,《红玫瑰》第6期,1924年9月6日。

一笔远放开去,放得几乎使别人代为急煞;他却写写意意地收了过来。"①这种笔法应该是写《江湖奇侠传》和《近代侠义英雄传》的时候,向恺然运用得十分顺手的。

  向恺然写的单篇武侠人物故事和《近代侠义英雄传》中的英雄故事很有些联系。"有的是主人公的名字换掉了,但情节相似;有的如第53、54回(岳麓版)'秦鹤歧八代传家学'、'杀强盗掌心留纪念'作为短篇发表时,题名就叫《秦鹤歧》,而第65至68回的'黄石屏初试金针术'等情节作为短篇发表时题名《神针》。在发表《神针》的下期刊物上,居然还登出了黄石屏的传人在上海行医的地址,以表示此乃真有真事真功夫的纪实之作。"②这种"纪实性"正和《水浒传》的现实色彩相承续。向恺然用现实笔法写《近代侠义英雄传》,是因为他熟悉这类武侠人物故事。他研究武术,拜师习武,创办国术训练所,发表有《我研究拳脚之实地练习》《拳术传薪录》《我个人对于提倡拳术之意见》《拳术见闻录》等表达了他对于武术和习武的看法。他把自己的武学经验诉诸笔端,行文之中的一招一式显示出真正的武侠风范。小说第十三回写霍元甲和李富东比试武艺:

  李富东一步紧似一步,霍俊清也一步紧似一步。穿长袍的毕竟吃亏,转折略笨了些儿,被霍俊清抢了上风,步步逼紧过来,李富东只得步步往后退。霍俊清的弹腿,在当时可称得盖世无双,见李富东后退,就乘势飞起一腿。李富东知道不好,急使出霸王卸甲的身手,竭力向后一挫,原打算挫七八尺远近,好将长袍卸下,重整精神和霍俊清斗个你死我活的。没想到已向后退了好几步。背后有个土坑相离不过五六尺,这一退用力过猛,下盘抵住了土坑,没有消步的余地,上盘便收勒不住,仰面一交,跌倒在土坑上面,土坑承受不起,同时塌下半边。还亏得

---

 ① 苕狂:《写在〈江湖怪侠〉之前》,《红玫瑰》第6卷第1期,1930年3月11日。
 ② 范伯群主编:《中国近现代通俗文学史》(上卷),南京:江苏教育出版社2000年4月版,第530—531页。

李富东的工夫老到,跃起得快,不曾陷进土坑的缺口里,若在旁人陷了下去,怕不碰得骨断筋折吗!但是,李富东虽然跃了起来,无奈上了年纪的人,禁不起这般的蹉跌,已跌得心虚胆怯,勇气全无,不能再动手了。

　　霍俊清见他一跃而起,以为尚不肯罢休,仍逼紧过去。李富东只得拱手喊道:"罢了!名不虚传,固是少年豪杰!"霍俊清这才停了步,也拱手谢罪道:"冲撞了老前辈。"王老头哈哈大笑道:"好一场恶斗。我的眼睛走运,这个土坑倒运。"说得李富东、霍俊清都笑了。

这段比武,全是实写,人物的身法步法毫无奇幻成分,也只有精通武艺之人才能作这样周至的描述。这段文字很能代表《近代侠义英雄传》的写实风格。小说主人公霍元甲的"迷踪艺"名至实归,可谓称霸当时的武林。

《近代侠义英雄传》以霍元甲和外国人比武为主轴,串联起众多英雄故事。小说共七十五回,上半部分主要叙述霍元甲声名在外,各路英雄慕名拜访,进而引出众英雄故事。至小说第四十回"求名师示勇天津道 访力士订约春申江"霍元甲为了和外国大力士比武,来到上海,此后主要叙述霍元甲结识各路英雄。英雄的故事一个接一个,小说笔力便不断向外延宕。如第五十五回,霍元甲请吴鉴泉邀好手同去上海参与中外比武之事,吴鉴泉就想到了李禄宾和孙福全。由此二人引出陈乐天,接着又引出韩春圃,然后又叙述杨露禅、郝为真,再回到孙福全打败日本人坂田,吴鉴泉访到孙福全,邀他去上海,这才又回到霍元甲处。一个大圈子兜过来,叙及了好几位英雄的故事。这些英雄故事连缀在一起,正如《水浒传》一样是缘于人物之间的遇合。第五十六回,孙福全、李禄宾在吉林打败盖三省之后,他们住的客栈里发生了一件事——饭怎么也蒸不熟,原来是住在孙、李二人对房的陈乐天所为。小说写陈乐天出场道:

　　朱伯益带着茶房朝十四号房间走去,孙福全觉得不同去看看,心里甚是放不下,跟着到十四号房门外。只见房门仍紧紧关着,里面毫无动静,朱伯益举起两个指头轻轻在门上弹了几下,发出极和悦的声音喊道:"陈爷醒来么?请开门呢!"这般喊了两声,即听得里面有人答应了。不一会,房门呀的一声开了。孙福全看开门人的服装形象,正是那茶房口里的陈乐天,开了房门,仍转身到房里去了,也没看唤门的是谁,好像连望也没望朱伯益一眼。……孙福全独在一旁,留神看的明白,更不由得不注意陈乐天这人。看陈乐天的容貌服装,虽和那茶房说出来的不差什么,不过茶房的眼力有限,只能看得出表面的形象,为人的胸襟学问,不是他当茶房的人所能看得出来的。孙福全原是一个读书人,见识经验都比一般人强。他仔细看这陈乐天,觉得就专论形象,也有异人之处,两只长而秀的眼睛,虽不见他睁开来看人,只是最奇的,他视线所到之处,就从侧面望去,也看得出仿佛有两线亮光也似的影子,与在日光中用两面镜子向暗处照着的一般,不过没有那么显明罢了。加以陈乐天低头下视的时候居多,所以射出来的光影,不容易给人看见。

陈乐天衣衫褴褛,深藏不露,孙福全却看出他是高人异能。陈乐天出场由孙福全眼里写来,正如武松出场全由宋江惹出,人物之间的偶然遇合便能顺带出一个惊世的英雄来。这就是小说结构人物故事的方法,这种结构意味着"英雄何处不相逢"的人世想象和期盼。

  在游走行事间遇着高手,或出手较量、或切磋传艺,恩怨情仇一并产生,这便是江湖。武侠小说营造的江湖世界让各路英雄多了遇逢的机会,也让英雄辈出成了江湖世界的主要特征。江湖世界作为一种"亚社会"文化,通过党会或者霍元甲这样的知名人物得以显现。而在一般读者的心目中却想把它放大,在生活的不经意间得遇高人,是一件让人无限憧憬的事。武侠小说运用"英雄何处不相逢"的结构,把这种可能性变为一种常态。就《近代侠义英雄传》而言,众英雄造访霍元甲和霍元甲拜访众英雄的故事让江湖世界的狭路相逢多少有了现实的合理性。主动上门要求比武,比不经意的遇逢多了些现实的目的,少了些虚幻的传奇。而在《近代侠义英雄传》

中,这种行为意识主要通过"打擂台"来展现。

陈平原说:"最能体现侠客打斗手段的伦理化与打斗场面的表演化的,是武侠小说中屡见不鲜的'打擂台'。台上比武,本来就带有表演性质,目的是'显些本领给人家看'……武侠小说中的'江湖世界',实际上就是个'大擂台'。人世间的一切纷争,最后都简化为'大擂台'上的打斗比武。不管是才子佳人、王侯将相,抑或是平民百姓、和尚道士,都醉心于习武,希望在擂台上一显身手,成为'天下武功第一'。而好人坏人正派邪派的区别,很大成分在于其对待'比赛规则'的态度。将不同利益集团之间的生死搏斗还原为双方头领的擂台比武,将决定斗争胜负的诸多因素归结为各自武功的高低;而妙参造化的武学最高境界既然包含着对天道及人道的真正领悟,邪派高手由于心术不正而永远无法达到,因此,武侠小说很容易演变成为宣讲'邪不压正'、'正义必定战胜强权'之类古老格言的'成年人的童话'。"①不像其他武侠小说那样,擂台比武只是故事情节的一部分,《近代侠义英雄传》中的"打擂台"是小说的核心情节,作为不世出英雄的霍元甲,他的价值就是为了在擂台上打败外国大力士。小说中,外国大力士遭遇霍元甲或其他中国英雄,总是败北,这当然还是属于"成年人的童话",但《近代侠义英雄传》却因此传达出了另一番慷慨激昂的意义。

小说最后一回,霍元甲擂台获胜之后,和小说中人有一段对话:

> 霍元甲叹道:"承诸公的盛情,兄弟非常感激……我常自恨生的时候太晚了,倘生在数十年以前,带兵官都凭着一刀一枪立功疆场,我们中国与外国打起仗来,不是我自己夸口,就凭着我这一点儿本领,在十万大军之中,取大将首级,如探囊取物。现在打仗全用枪炮,能在几里以外把人打死,纵有飞天的本领,也无处使用,下了半辈子苦工夫,才练成这一点能耐,却不能为

---

① 陈平原:《千古文人侠客梦》(增订本),北京:北京大学出版社2010年1月版,第130—131页。

国家建功立业,哪怕打尽中国没有敌手,又有什么用处!"

  座中有一个姓马的说道:"霍先生说现在枪炮厉害,能在几里以外把人打死,事实确是不错。不过枪炮虽然厉害,也还得有人去使用它,若使用枪炮的人,体力不强,不耐久战,枪炮也有失去效力的时候。枪炮是外国发明的,我们中国虽是赶不上,但假使全国的人,体格都强壮会武艺,枪炮就比较外国人差些,到了最后五分钟决胜负的时候,必是体格强壮会武艺的占便宜。……我中国枪炮既不如人,倘若又没有强壮的体格,和善于肉搏的武艺,万一和外国人打起仗来,岂不更是没有打胜仗的希望吗?……自从霍先生到上海来摆设擂台,我们就确认我国的拳术,有提倡的价值及提倡的必要。"

《近代侠义英雄传》的故事大致发生在戊戌变法前后十年,即1888年至1908年间,外国入侵,国家危难,中国志士在寻求救国之路。小说开首对"谭嗣同从容就义"(第四回回目)的叙述就奠定了全书的爱国基调。作为武术高人的霍元甲用打擂台的方式来极力声明中国人并非是"东亚病夫"。小说结尾,霍元甲为首创办"精武体育会",清晰道出了小说提倡中国武术、强身健体、抵御外敌的宗旨。但霍元甲终究不免有感慨:驰战疆场,建功立业是古来英雄的理想,《水浒传》中众英雄受招安就是为了实现这样的理想,但在霍元甲的时代,却有些英雄无用武之地的怅惘。可以说,《近代侠义英雄传》继承了《水浒传》的忠义思想和英雄姿态,最终也以英雄含恨而亡结尾。对《水浒传》而言,以武侠小说形态现身的《近代侠义英雄传》乃是一种现代回响。

第三章
《西游记》的魅影

如果说《水浒传》是一部英雄传奇,那么《西游记》则属于"神魔小说"。鲁迅概括这类小说的源起道:"历来三教之争,都无解决,互相容受,乃曰'同源',所谓义利邪正善恶是非真妄诸端,皆混而又析之,统于二元,虽无专名,谓之神魔,盖可赅括矣。"①神魔小说也是中国古代小说的大宗,兴盛于明代中晚期。明清神魔小说中《封神演义》《绿野仙踪》《斩鬼传》《女仙外史》《何典》等都十分著名,并受到了现代学者的关注,但这些小说在现代的影响都不能与《西游记》相比。张冥飞《古今小说评林》中说道:"及《西游记》出,始有长篇白话之神怪小说,其诙诡荒唐,乃臻极地。后有作者,若《封神传》诸书,笔墨沾滞,迥不及其洒脱,思想

---

① 鲁迅:《中国小说史略》,《鲁迅全集》(第9卷),北京:人民文学出版社2005年11月版,第160页。

幻渺,不能出其范围矣。"①《西游记》引领了神魔小说的叙事风尚,是继《三国演义》《水浒传》之后最优秀的章回小说之一。

《西游记》的版本没有《水浒传》复杂,明代吴承恩撰写的百回本以世德堂刊本为最早也最著名。《西游记》家喻户晓,主要是因为故事的驰骋想象和人物的形象特出。《西游记》故事除了八十一难的取经故事外,还有两个部分。胡适说:"《西游记》的中心故事虽然是玄奘的取经,但是著者的想象力真不小!他得了玄奘的故事的暗示,采取了金元戏剧的材料(?),加上他自己的想象力,居然造出一部大神话来!这部书的结构,在中国旧小说之中,要算最精密的了。他的结构共分作三个部分":"第一部分:齐天大圣的传。(第一回至第七回)第二部分:取经的因缘与取经的人。(第八回至第十二回)第三部分:八十一难的经历。(第十三回至第一百回)。"②这三部分都有各自的来源,而把"齐天大圣的传"放在小说的开始,就突出了孙悟空的形象,使他而非唐僧成了小说的真正主角。林庚说:《西游记》"颠倒了《取经诗话》及《西游记杂剧》中原来有关唐僧和孙悟空的两部分内容,而开门见山地写到了孙悟空奇异的身世和大闹天宫的壮举","给了他全面表现和充分施展的机会,从一开始就为孙悟空树立起一个英雄好汉的形象。这便是《西游记》总体构思上的新的考虑与安排"。③ 吴承恩《西游记》对之前各种"西游记"故事作了改动和创造,突出孙悟空形象是小说《西游记》最重要的特点。这一不朽的经典形象不仅为普通百姓口耳相传,也融入了现代小说的文本之中。

---

① 冥飞:《古今小说评林》,上海:民权出版部1919年5月版,朱一玄编:《西游记资料汇编》,天津:南开大学出版社2002年12月版,第375页。
② 胡适:《〈西游记〉考证》,《胡适文存》(二集卷四),上海:亚东图书馆1924年11月版,第92页。着重号为原文所加。
③ 林庚:《〈西游记〉漫话》,北京:北京出版社2011年2月版,第43—44页。

第一节　现代语境中的《西游记》和《真西游记》

《西游记》对现代通俗小说创作的影响是和对它的接受理解相关联的。晚清人用西方眼光看中国传统小说,《西游记》便被赋予了独特的解释。如说:"《西游记》之暗证医理,亦不可谓非科学小说也。"①"理想为实行之母,斯言信哉。周桂生屡为余言:《封神榜》之千里眼、顺风耳,即今之测远镜、电话机。《西游记》之哪吒风火轮,即今之自行车云云。近闻西人之研究催眠术者,谓术至精时,可以役使魂灵,魂行之速,与电等云。果尔,则孙行者之筋斗云,一翻身可达十万八千里者,实为之母矣。我为之母,而西人为子。谓他人父,谓他人母,固可耻,此谓他人子,毋亦赧颜乎。"②从"神魔"变为"科学",这是晚清人的新眼光,要为传统小说寻找存在的现代依据,《西游记》因此被聚光于传统小说的突出位置。然而这种理解不免带有虚张声势的随意性,并不为后来的现代学者所延纳。

对《西游记》认识的清晰化是在现代学者的研究讨论中逐步实现的。胡适、鲁迅、郑振铎、孙楷第、陈寅恪、赵景深等学者大致从故事来源、作者考证、意义阐释三方面对《西游记》作出了着实研究。《西游记》故事主要来源于唐代玄奘历经艰险西行取经之事。唐代慧立所作《慈恩三藏法师传》对此有详细记载。胡适在《〈西游记〉考证》一文中说道:"这个故事是中国佛教史上一件极伟大的故事;所以这个故事的传播,和一切大故事的传播一样,渐渐的把详细节目都丢开了,都'神话化'过了。况且玄奘本是一个伟大的宗教家,他的游记里有许多事实,如沙漠幻景及鬼火之类,虽然都可有理性的解释,在他自己和别的信徒的眼里自然都是'灵异',都是'神迹'。后来佛教徒与民间随时逐渐加添一点枝叶,用奇异动人的神

---

① 侠人:《小说丛话》,《新小说》第 2 年第 1 号,1905 年 2 月。
② 趼:《小说丛话》,《新小说》第 2 年第 7 号,1905 年 8 月。

话来代换平常的事实,这个取经的大故事,不久就完全神话化了。"①参与"神话化"过程的文本有《独异志》《新唐语》《大唐三藏取经诗话》《唐三藏西天取经》等。鲁迅《中国小说史略》突出了杨志和《西游记传》与吴承恩《西游记》之间的关系,郑振铎认为:"《永乐大典》本《西游记》之为吴承恩本的祖源,却是无可疑的。"②孙楷第《吴昌龄与杂剧西游记》则辨析了杨景言(又名杨景贤)的杂剧《西游记》的真伪。

在百回本《西游记》的来源中,孙悟空形象被较多讨论。鲁迅说:"我以为《西游记》中的孙悟空正类无支祁。但北大教授胡适之先生则以为是由印度传来的","胡适之先生仿佛并以为李公佐就受了印度传说的影响,这是我现在还不能说然否的话"。③ 唐代李公佐所撰传奇《李汤》中写了一个像猿猴似的怪兽,李公佐说这怪兽叫"无支祁"。胡适受鲁迅启发,考订"无支祁"的来历,认为:"猴行者的故事确曾从无支祈的神话里得着一点暗示,也未可知","但我总疑心这个神通广大的猴子不是国货,乃是一件从印度进口的。也许连无支祁的神话也是受了印度影响而仿造的"。胡适在印度纪事诗《拉麻传》中找得"哈奴曼"这一形象,"大概可以算是齐大大圣的背影了"。④ 把《西游记》和印度神话故事联系起来的还有陈寅恪。他在《〈西游记〉玄奘弟子故事之演变》一文中论述了孙悟空等人形象在佛教典籍中的渊源。总之,无论是取经故事还是孙悟空形象,都有来源,取经故事还有史实的根据,不是吴承恩的创造。所以《西游记》和《水浒传》一样,是一部世代累积型的作品,但与元末明初的

---

① 胡适:《〈西游记〉考证》,《胡适文存》(二集卷四),上海:亚东图书馆 1924 年 11 月版,第 58—59 页。
② 郑振铎:《西游记的演化》,《郑振铎全集》(第 4 卷),石家庄:花山文艺出版社 1998 年 11 月版,第 251 页。
③ 鲁迅:《中国小说的历史的变迁》,《鲁迅全集》(第 9 卷),北京:人民文学出版社 2005 年 11 月版,第 327—328 页。
④ 胡适:《〈西游记〉考证》,《胡适文存》(二集卷四),上海:亚东图书馆 1924 年 11 月版,第 75 页。着重号为原文所加。

《水浒传》又不太一样。"（一）许多作品在明代中晚期一经写定，便成定本，成为版本史上的最佳版本，并在后世流传，如《西游记》、《封神演义》、《北宋志传》、《新列国志》等；（二）作品中不仅表现出鲜明的时代色彩，更具有强烈的主体意识，明显打上了写定者所处时代的印记，并体现了创作者独特的艺术构思，表露了作者的创作情绪。"①吴承恩不仅写定了《西游记》，还赋予了小说不朽的生命价值。而吴承恩在现代学界也是一个被讨论的问题。

否定吴承恩是《西游记》作者的，当推俞平伯《驳〈跋销释真空宝卷〉》中的观点。但胡适、鲁迅、郑振铎、赵景深等学者都认为吴承恩就是《西游记》的写定者。赵景深在1935年写出《〈西游记〉作者吴承恩年谱》考证了从1500年至1582年吴承恩的生平经历。1570年，吴承恩71岁，"约在此时，始作《西游记》"。"据郑振铎《西游记的演化》（载《佝偻集》）从版本上考订，断定吴承恩《西游记》为嘉隆间所作，此说甚可信。""《西游记》之作，在归田以后，此时终日无事，无处消磨时间，正可借《西游记》玩世不恭一下。"②吴承恩是《西游记》的作者，基本成了后来的常识。在赵景深所引郑振铎《西游记的演化》中，郑振铎不但肯定了吴承恩的作者地位，还对吴承恩的功绩大加赞叹。"《西游记》之能成为今本的式样，吴氏确是一位'造物主'。他的地位，实远在罗贯中、冯梦龙之上。吴氏以他的思想与灵魂，贯串到整部的《西游记》之中。而他的技术，又是那么纯熟、高超；他的风度又是那么幽默可喜。我们于孙行者、猪八戒乃至群魔的言谈、行动里，可找出多少的明代士大夫的见解与风度来！""吴氏书的地位，其殆为诸改作小说的最高峰乎？"③凡认为吴承恩是《西游记》写定者的学者基本都和郑振铎的看法一致，吴承恩以他高超

---

① 陈美林、冯保善、李忠明著：《章回小说史》，杭州：浙江古籍出版社1998年12月版，第107页。

② 赵景深：《〈西游记〉作者吴承恩年谱》，赵景深：《中国小说丛考》，济南：齐鲁书社1980年10月版，第259、260页。

③ 郑振铎：《西游记的演化》，《郑振铎全集》（第4卷），石家庄：花山文艺出版社1998年11月版，第255—256页。

的技术把《西游记》写成了一部杰作。《西游记》不仅是一部世代累积型的小说,更是吴承恩个人创造的成果。明代中晚期,个人独创小说兴起,《西游记》在这样的氛围中必也突显出了写作者的智慧和才能。

《西游记》故事上天入地、邀仙斗魔、参佛说道,它的意义是什么?明清两代论者大都以"证道"观念赋予《西游记》,著名的李卓吾评本则以"心学"统摄小说。现代学者基本否定了之前的认识,把《西游记》看成是一部游戏之作。胡适说道:

> 因为这几百年来读《西游记》的人都太聪明了,都不肯领略那极浅极明白的滑稽意味和玩世精神,都要妄想透过纸背去寻那"微言大义",遂把一部《西游记》罩上了儒释道三教的袍子;因此,我不能不用我的笨眼光,指出《西游记》有了几百年逐渐演化的历史;指出这部书起于民间的传说和神话,并无"微言大义"可说;指出现在的《西游记》小说的作者是一位"放浪诗酒,复善谐谑"的大文豪做的,我们看他的诗,晓得他确有"斩鬼"的清兴,而决无"金丹"的道心;指出这部《西游记》至多不过是一部很有趣味的滑稽小说,神话小说;他并没有什么微妙的意思,他至多不过有一点爱骂人的玩世主义。这点玩世主义也是很明白的;他并不隐藏,我们也不用深求。①

胡适的评价,鲁迅在《中国小说史略》中给予了呼应。这一评价切合普通人读《西游记》的心理感受,也道出了作家写通俗小说的初衷。《西游记》就"是一部很有趣味的滑稽小说",读来轻松消闲,生趣盎然。

《西游记》的可爱之处吸引了学者胡适,以致胡适重写了《西游记》的第八十一难。《西游记》第九十九回"九九数完魔灭尽 三三行满道归根",观音菩萨见唐僧师徒还少受一难,老鼋就将他们翻入通

---

① 胡适:《〈西游记〉考证》,《胡适文存》(二集卷四),上海:亚东图书馆 1924 年 11 月版,第 105—106 页。着重号为原文所加。

天河中。之后师徒四人来到陈家庄受奉拜,趁深夜无人潜行离开。胡适认为这一回"未免太寒伧了,应该大大的改作,才衬得住一部大书"。"前几天,偶然高兴,写了这一篇,把《西游记》的第八十一难,完全改作过了。自第九十九回'菩萨将难簿目过了一遍'起,到第一百回'却说八大金刚使第二阵香风,把他四众,一日送回东土'为止,中间足足改换了六千多字。"①这篇改作的回目为"观音点簿添一难 唐僧割肉度群魔",叙述唐僧师徒从云端落下,进到三兽塔。唐僧在塔里打坐入定,取经路上被打死的妖魔鬼怪都来索命,唐僧割肉以飨鬼魂,圆成最后一难。这篇文字最初发表于1934年的《学文月刊》,收入《胡适文存》第四集第三卷。胡适改作这一回,大约是因为原书写最后一难太轻,他的改作把取经路上遇见的主要妖魔清理了一遍,起到收尾功效。此回中,唐僧向三位徒弟讲述了"玉兔烧身"的故事,这是如来成佛的因缘。唐僧割肉是效法如来,却不免写得鲜血淋漓。

  唐僧写完,将度牒裹在袈裟里,脱下紧身衣服,抽出十七年不曾用过的戒刀,坐在石磴上,从左腿上割下一块肉来,用刀尖挑了,递与靠近身旁的鬼魂,笑道:"这是唐僧肉。可惜不多,请你们每人吃一口罢。"一个小妖接过去,咬了一口,传递给第二人。这时唐僧又割下第二块肉来了。这些山妖水怪,被唐僧的大慈悲感动了,倒也讲点礼数,每人只咬一小口,不争多论少,也不争肥较瘦;吃了肉的都慢慢散开去,让没吃肉的挤近前来。唐僧一块一块的割去,血流下石磴,石磴面前成了血池。一些鱼精鳖怪,便跟着老鳜婆,在血池里喝血。盘丝洞里干儿子,——蜜蜂、蚂蜂、虫卢蜂、班毛、牛蝱、抹蜡、蜻蜓,——也都飞来吸血。

  唐僧把身上割得下的肉都割剔下来了,看看只剩得一个头

---

① 胡适:《〈西游记〉的第八十一难》,《胡适文存》(四集卷三),合肥:黄山书社1996年12月版,第296页。

颅,一支右手还不曾开割。说也奇怪,唐僧看见这几万饿鬼吃得起劲,嚼得有味,他心里只觉得快活,毫不觉得痛苦。①

就笔法看来,胡适的改作不如原书自然浑成。有学者论道:"胡适在最后一难大肆铺陈,详则详矣,试图把八十一难搞得整齐划一,反倒冲淡了作品结束之际如来授经,唐僧大功告成而又不敢居功自傲的理想构思。凡此种种,皆说明了胡适增改文字备受冷落、复遭湮没的命运。"②胡适改写《西游记》虽然没有成功,但作为学者型作家,胡适在推动《西游记》的现代接受过程中,功不可没。

另一位现代学者型作家对《西游记》的重写更值得关注。这就是胡寄尘的《真西游记》。胡寄尘既是学者又是通俗文学家,他编辑过通俗文学期刊《小说世界》,发表过作品,也研究小说。如果说胡适重写《西游记》第九十九回,是研究《西游记》入迷的结果,那么胡寄尘重写整部《西游记》也是他的一种研究心得。在《中国小说研究》《中国小说的起源及其演变》等著作中,胡寄尘对中国小说的考察可算是十分系统的,《西游记》当然在他的研究系统之中。如《中国小说的起源及其演变》中谈中国小说由短篇到长篇的一种演变趋势:"把短篇的全体部分都扩充起来,使短篇成为长篇。例如由《宣和遗事》的一部分扩充而成《水浒传》,根据《三藏取经诗话》而作《西游记》都是。"③胡适、鲁迅等学者都具体论述过《大唐三藏取经诗话》和《西游记》之间的密切联系。"猴行者"出现在《大唐三藏取经诗话》中,"这部书确是《西游记》的祖宗。"④根据之前的研究成果,胡寄尘把《西游记》纳入中国小说的演变类型中作分析,胡适等

---

① 胡适:《〈西游记〉的第八十一难》,《胡适文存》(四集卷三),合肥:黄山书社1996年12月版,第303页。
② 竺洪波:《四百年〈西游记〉学术史》,上海:复旦大学出版社2006年12月版,第150页。
③ 胡怀琛:《中国小说的起源及其演变》,南京:正中书局1934年8月版,第57页。
④ 胡适:《〈西游记〉考证》,《胡适文存》(二集卷四),上海:亚东图书馆1924年11月版,第63页。着重号为原文所加。

人的考证成了他研究中国小说演变规律的基础。所以胡寄尘对于《西游记》的故事来源是十分清楚的，他写《真西游记》就是以《西游记》研究的成果来重写《西游记》。

小说《真西游记》共二十六回，胡寄尘为小说写有一篇《序例》，表明写作因由。"原有《西游记》及《三藏取经诗话》两书，流传甚广，几乎妇孺皆知。虽亦恢奇可喜，然多凭空结撰，绝非事实。彼托名为玄奘之事，当为玄奘所不许也。今此书一以《三藏法师传》为本，与原有《西游记》凭空结撰者不同，故称《真西游记》。""取材除《三藏法师传》而外，以《大唐西域记》为多。其他如《南海寄归传》等，间亦采及。"①有感于《西游记》的"凭空结撰"，胡寄尘想恢复小说的本源故事，真正以玄奘为主人公，写他不畏艰险、意志坚定的取经历程。无论是《三藏法师传》还是《大唐西域记》，都记述了唐僧取经之事和西行见闻，是保存取经故事最详实的历史文本。《南海寄归传》是唐代僧人义净所著，义净效法玄奘取经，由海道至印度求佛。《南海寄归传》也是记述行旅参佛的文本。所以《真西游记》中没有孙悟空、猪八戒，没有上天入地的奇幻描写，只是以小说体式"还原"了高僧亦是凡人的玄奘故事，当得上一个"真"字。

小说第一回讲述清末民初有一个叫狄宝的孩子喜欢读《西游记》。他先生就"把自己家藏的《大唐西域记》及《三藏法师传》齐拿出来，将玄奘的事原原本本，讲出给他听"。受先生启发，狄宝"愿做一个小说家，将中国历史中有价值的故事，一件一件用小说的体裁写出来"。《真西游记》就是狄宝写出的书。小说第一回的写法依循了章回小说写作的惯例，交代小说正文故事的来源。这一交代非常清楚，《真西游记》是根据《三藏法师传》和《大唐西域记》写成，或者说是对此二书的演绎。小说第二十六回有个收尾：

且说玄奘取经，冒万险，蒙万难，一意孤行，百折不返，卒能

---

① 胡寄尘：《真西游记序例》，《真西游记》，上海：佛学书局1933年9月版，第1页。

> 行到西方,取回经典。其诚心、其毅力、其胆略,真是可泣可歌,千古无两。因此宋朝人将他取经故事演为《三藏取经诗话》。明朝人又把他演成《西游记》。通俗文字,流传易广,于是家弦户诵,虽妇孺亦皆知唐僧之名。惟此两书所言,过于荒诞,而以《西游》为尤甚。凭空造出孙悟空与猪八戒,及种种神怪妖魔之名,因为通人所不取,而使玄奘取经真相,埋没无闻,岂不可叹。今此书乃本诸《西域记》及《三藏法师传》而演成,虽语多通俗,而事求有征,间加粉饰,亦不出情理之外。草创既成,题名为《真西游记》。优劣如何,且听读者评论罢了。

这个收尾概述了从唐僧取经到《西游记》的演变过程,道出了《真西游记》的写作目的。鉴于《西游记》的"荒诞",感于玄奘事迹的"埋没无闻",于是写出《真西游记》以明"真相"。可以见出,《真西游记》的写作和现代学界对《西游记》的考证研究密切相关。

小说第二回叙述玄奘身世和取经事由,之后西行路漫漫,经五万余里,历十七载,其间的困苦和执着,是小说的主体内容。《西游记》里唐僧取经走了十万八千里,历经十四年,两相比较,《真西游记》的记述依据历史文本,且更显得旅程的艰苦卓绝。玄奘西游,不仅遭逢各种艰险,还要面对由国君至百姓的阻拦。小说把"反对者"置于一个显著位置,玄奘的孤独更显出义无反顾的勇气和伟大。这与《西游记》中唐僧的怯懦和无用形成极大对照。《真西游记》真正突显了玄奘高僧的佛法力量。但就小说叙事而言,《真西游记》是无法企及《西游记》的。想象被现实拘束,叙事的拘谨和局促让《真西游记》缺少一种酣畅的表达。和胡适一样,胡寄尘重写《西游记》,并不能遮掩住《西游记》无与伦比的光彩,而这种重写,本身就是影响之下的产物,要摆脱经典的魅影,并不是容易的事情。

第二节 "云山雾沼"里的"八十一梦"

《西游记》影响现代通俗小说,主要体现在三个方面:人物故事、神魔想象和游记体例。晚清受《西游记》影响的"拟旧""翻新"小说借用《西游记》的人物故事来表达一种新的视界,如陈冷血的《新西游记》(有正书局1909年)、静啸斋主人的《新西游记》(小说进步社1909年)、吴趼人的《无理取闹之西游记》(《月月小说》第12号)等都属此类。阿英对这类小说评价较低,说:"陈冷血,他的力量,也不是不够写几部好小说出来的,却偏偏不此之图,要写什么《新西游记》,虽其目的在以科学解释迷信,其效果实质上是不会有的。"①晚清新小说家以新思想重构旧小说,出发点未始不好,但写法终究有些不伦不类,就文学性而言,是不足称的。不过,这种写作思路对后来的小说家却不无影响。

40年代张恨水的《八十一梦》和耿小的的《云山雾沼》《新云山雾沼》就在一定程度上沿用了晚清小说"拟旧""翻新"的思路,借用《西游记》人物故事进行再度创作。但《八十一梦》《云山雾沼》的文学成就明显高于晚清的《新西游记》。如果说晚清小说家企图让旧小说适应新思想,那么到40年代,因为时代语境的限制,重述《西游记》人物故事以达到讽刺警醒的目的,就在深度上超越了40年前的"拟旧"之风。

张恨水《八十一梦》1939年12月1日至1941年4月25日连载于重庆《新民报》副刊《最后关头》,1942年3月重庆新民报社出版单行本。据考察,"这个初印本一上市,就呈畅销局面:仅1942年在重庆便印了四版——3月初版、5月再版、9月三版、12月四版。翻过年来,一年没有加印。1944年4月印了第五版。同时这个'新民报社十四梦本'《八十一梦》还在上海、南京等地被翻印,印数相当大,统计起来很困难,也无人统计。"延安也有翻印本。② 可见《八十一梦》非常受欢迎。

张恨水于1938年1月来到重庆,加入在重庆复刊的《新民报》,

---

① 阿英:《晚清小说史》,上海:商务印书馆1937年5月版,第270—271页。
② 龚明德:《张恨水〈八十一梦〉版本略说》,《池州学院学报》2011年第1期。

主编副刊《最后关头》①,开始了他在大后方的抗战生活。张恨水为重庆《新民报》写的第一部小说是《疯狂》,这是一部失败之作,40天后,《八十一梦》开始连载,大获成功,成为张恨水的代表作之一。《新民报》经理陈铭德为《八十一梦》单行本写了序言,盛赞这部小说:"《八十一梦》是恨水先生作品中一个新阶段。这个新阶段,冲破了旧时代旧小说之藩篱,展开了一个新局面。寓意之深远,含蓄之蕴藉,寄情之豪迈,每一个读者,必当和我一样,起了共鸣,起了同感。是抗战声中砭石,也是建国途上的南针。""恨水先生担负了他写作的责任,理想境界已达到极端圆熟之点。""只有恨水先生才能写得出《八十一梦》,只有《八十一梦》才是恨水先生杰作中的杰作。"②之所以说《八十一梦》是张恨水创作的"新阶段",不仅是因为这是张恨水大后方生活成功创作的开始,也因为它"冲破了旧时代旧小说之藩篱",和张恨水之前的章回小说写作有了明显不同,更表现出张恨水"写作的责任"。但只由小说的形式和表意来看这种"冲破"并不完全,这里要探讨的还是《八十一梦》和"旧小说"代表《西游记》之间的显在关联。

就小说构思而言,张恨水有一番说明:"在《疯狂》写得我无法完篇的时候,我觉得用平常的手法写小说,而又要替人民呼吁,那是不可能的事。因之,我使出了中国文人的老套,'寓言十九托之于梦'。这梦,也没有八十一个,我只写了十几个梦而已。"③"寓言十九"语出《庄子》,《庄子》中有写梦的故事,并且"中国的稗官家言,用梦来作书的,那就多了。人人皆知的《红楼梦》自不必说,像演义里的《布夷梦》、《兰花梦》、《海上繁华梦》、《青楼梦》,院本里的《蝴蝶梦》,

---

① 1941年10月9日《最后关头》因言论激烈,不得不停办。张恨水于1941年12月1日开辟《上下古今谈》专栏,发表杂文,以古讽今,也引起很大反响。
② 陈铭德:《序言》,张恨水:《八十一梦》,太原:北岳文艺出版社1993年8月版,第3页。
③ 张恨水:《写作生涯回忆》,张占国、魏守忠编:《张恨水研究资料》,天津:天津人民出版社1986年10月版,第74页。

《南柯梦》……太多太多,一时记不清,写不完"①,所以张恨水会说这是"中国文人的老套"。小说共由十四个梦组成,还有一个"楔子"和"尾声"。这十四个梦就是十四个故事,独立成篇,中间用第一人称"我"串联,是"我"做了这些梦,经历了梦中之事,并把这些梦记录了下来。张恨水说:"既是梦,就不嫌荒唐,我就放开手来,将神仙鬼物,一齐写在书里。书中的主人翁,就是我。我作一个梦,写一个梦,各梦自成一段落,互不相涉,免了做社会小说那种硬性熔化许多故事于一炉的办法。这很偷巧,而看的人也很干脆的得一个印象。"②张恨水20年代创作的《春明外史》等社会小说,就是运用"熔化许多故事于一炉"的写法,较费功夫,而《八十一梦》自成段落的写法是很方便的。梦原本就荒唐无羁,梦与梦之间不必有多少关联性,以梦构成小说,既讨巧又有深意。这种写法和《西游记》的结构不无相似之处。唐僧师徒取经路上的磨难也都是"自成一段落,互不相涉"的,《八十一梦》虽以"梦"构成小说,终究难摆脱传统长篇小说结构的"老套"。

与《西游记》的关联还在于"梦"中故事是写"神仙鬼物"。《八十一梦》多次引用到古代文本,这些文本基本可归为一类。如第十梦"狗头国之一瞥"开首道:"小时读《山海经》,总觉得过于荒唐。后来看《镜花缘》小说,作者居然根据《山海经》大游其另一世界,便有些疑信参半了。"③第四十八梦"在钟馗帐下"中道:"看过钟馗《斩鬼传》这部小说的人,自然都会知道钟馗所统率的这一部神兵,在这神字上是玄妙得令人不可捉摸的,我也不在这时去捉摸他们一些什么,只有听候钟元帅的话,教我干什么,我就干什么。"④《山海经》《镜花缘》《斩鬼传》等作品都写的是"神仙鬼物",《斩鬼传》等可归

---

① 张恨水:《八十一梦》的"尾声",太原:北岳文艺出版社1993年8月版,第279页。

② 张恨水:《写作生涯回忆》,张占国、魏守忠编:《张恨水研究资料》,天津:天津人民出版社1986年10月版,第74页。

③ 张恨水:《八十一梦》,太原:北岳文艺出版社1993年8月版,第36页。

④ 同上书,第124页。

入"神魔小说"的序列。而《八十一梦》与神魔小说代表作《西游记》的关联更为紧密。第三十六梦"天堂之游"开篇叙道:"我想起来,仿佛八九岁的时候,瞒着先生看《西游记》,我学会了驾云,多年没有使用这道术,现在竟是不招自来了。"①《西游记》的驰骋想象把"我"引到了天上:"守南天门是几位天君,在《封神榜》《西游记》上早已得着这消息了,怎么变成了督办?且随着这位西崽走去,看督办却是何人?……他生了一副黑脸,长嘴,大耳朵,肚皮挺了起来,正是戏台上大闹高家庄的猪八戒。"②"我"在"天堂"不仅遇见了猪八戒,还见到了伯夷、叔齐、子路、孔明、墨子、李师师、西门庆、潘金莲、济癫和尚、牛魔王、红孩儿、龙女等人物,这些真实或者虚构的人物带着他们各自的故事背景汇集在同一个文本里,上天入地,往来古今,显得热闹非凡,意味纷呈。《八十一梦》像《西游记》一样,纵横不羁,张恨水用他的才华驾驭着他的阅读经验,把一个作家的想象力发挥到了极致。

与《西游记》相仿佛,称《八十一梦》是一部"游戏之作"未为不可,但当时人多少能看出小说的现实所指。在"天堂之游"一梦中有一则潘金莲打警察的故事,"当时在重庆读者中引起轰动,原因是""正影射了当时现实中孔祥熙的二女儿因驾车冲红灯,被交通警察拦下,她就愤而打警察的事件"③。所以《八十一梦》讽刺了官僚政治。张伍回忆道:"陈独秀先生当时住在江津,他是安徽怀宁人,和我家是邻县,可说是小同乡,所以和父亲常有往来,他看了《八十一梦》后,担心地说:张恨水骂别人不要紧,骂了三尊菩萨,恐怕要惹麻烦!"④麻烦确实很大,张恨水被威胁要关进息烽集中营,很可以想见"寓言十九"所含之意。

---

① 张恨水:《八十一梦》,太原:北岳文艺出版社1993年8月版,第97页。
② 同上书,第98—99页。
③ 高建平:《张恨水的生活和创作》,北京:文津出版社2002年4月版,第190页。
④ 张伍:《雪泥印痕:我的父亲张恨水》,北京:团结出版社2006年9月版,第151页。

很多研究者认为,《八十一梦》只写了十四梦,是因为国民党当局的威胁,张恨水只能收笔,张恨水自己也如此承认。但就小说整体而言,这十四个梦已很能说明问题,批判讽刺的力度已很强烈。若果然写完八十一个荒唐无羁的故事,难免令人产生雷同之感。张恨水到底是一个现实的作家。小说"尾声"说道:"八十一是九的一个积数,假如人生不能得到十全的事,得着九乘九的一个得数,也算个小结果,这正也足以自豪了。本来在中国社会上,老早就把八十一这个数目,当了一个不能再扩充结果的形容词。所以有这么一句话:'九九八十一,穷人没饭吃'。人生大事,莫过于吃饭,更莫过于穷人吃饭。九九八十一,既可以作穷人吃饭的形容词,正也可以作我那梦境中的形容词。读者若以为这话过于含混,那也就只好由他去了。"①抗战时期,有太多的人生死疲劳、流离失所,张恨水站在"穷人"立场,为他们写作,却又难以直言,于是就有了这样一部用来匡世的奇书。"八十一"不是确数,而只是一个"形容词",在张恨水的写作计划之初,也并非一定要写出八十一个"梦"来,但张恨水却要以"八十一"来命名小说,因为这个数字"在中国社会上"是有意义的。"八十一"最经典的来源当然是《西游记》里的"八十一难"。《西游记》第九十九回列出了"八十一难"具体名目。观音见少了一难,还要补上。说:"佛门中'九九'归真。"②所以"八十一"是一个具有重要意义的数字:历经八十一难,才可取到真经;做了八十一个梦,才能使一部小说完满。不过《八十一梦》写了"十四"个梦,似乎也不是随意得的数字,并不就如小说"楔子"所言是被老鼠咬下所剩。《西游记》唐僧师徒取经用了十四年,第九十八回有一个算法,十四年就是五千零四十八日,正是"一藏之数"③,唐僧取来的真经也是五千零四十八卷,合一藏之数。所以"十四"在《西游记》中和

---

① 张恨水:《八十一梦》的"尾声",太原:北岳文艺出版社 1993 年 8 月版,第 278 页。

② 吴承恩:《西游记》(李卓吾评本),上海:上海古籍出版社 1994 年 12 月版,第 1333 页。

③ 同上书,第 1326 页。

"八十一"一样,是有意义的数字,《八十一梦》写了十四梦,不可谓不受到《西游记》的启发。

《八十一梦》中"我是孙悟空"一梦更是由《西游记》中的"一难"脱胎而来。《西游记》第三十二回至第三十五回叙述了平顶山降二魔的故事。平顶山金角大王、银角大王有五件法宝,本事很大,捉住了唐僧师徒。孙悟空逃出来,变作小妖去请二魔的母亲,在路上把"老奶奶"打死,骗取法宝解救唐僧。原来此二魔是太上老君身边的金银二童,最终被老君带回。这一难在"八十一难"中占的篇幅比较长,情节一波三折,叙述生动有趣,孙悟空变化多端、神通机智的形象突出鲜明。在第九十九回中这场劫难被分成两难来概括,"平顶山逢魔二十四难"和"莲花洞高悬二十五难",给读者留下了深刻印象。《八十一梦》把《西游记》的这段故事作了变形,产生了不同效果。"我是孙悟空"一梦开首叙道:

> 常是听到无常识的人说,我们有了孙猴子的法术就好了,他拔一根毫毛,就可以变成一架飞机,拔一根毫毛,也可以变成一尊大炮。有了十万八千根毫毛,一半变飞机,一半变大炮,将日本鬼子,打得粉碎。我听了这些话,先觉得颇是无识得可笑,继而想着是无识得可怜,最后我便想到是无识得可哀。而且还有人驳以先那个人说,既有孙悟空那种千变万化的本领,何必变什么飞机大炮,把那金棍棒向东洋一搅,把那小小岛国,用地震法给它震碎,岂不更简单明了?我想,人之知识程度不齐,在二十世纪,还有把西游记的神话,当了解决国际战争的妙策的,这决不是个笑话,实在是个问题,也许,那还是社会上一个严重问题呢。①

《八十一梦》的写作背景是抗战,要用《西游记》里的孙悟空来抗战,并不是张恨水的异想天开,而是当时市民阶层确有的一种感想。于是张恨水借用孙悟空这个深入人心的形象来作了他梦境的主人公。

---

① 张恨水:《八十一梦》,太原:北岳文艺出版社 1993 年 8 月版,第 205 页。

在这个梦里"我"化身成为孙悟空,先和金面、银面、铜面三个妖怪斗法,三妖用金银铜气炼成的雾把孙悟空困住,伯夷叔齐送来薇蕨,化解雾阵。金、银、铜三个妖怪,出自《西游记》金角大王、银角大王的形象,张恨水把妖魔形象寓意化,要用清廉抵制金钱的意思十分明显。三妖败走,引来通天大仙。这个老妖来源于金角大王、银角大王的母亲形象。《西游记》对这个老妖描述道:"雪鬓蓬松,星光幌亮。脸皮红润皱纹多,牙齿稀疏神气壮。貌似菊花霜里色,形如松树雨余颜。头缠白练攒丝髻,耳坠黄金嵌宝环。"①在《八十一梦》里这一形象被如此具化:"虽然是老太婆,周身找不出一点老人的慈祥气。她的头发像千缕银丝,纷披下来,罩着一只黄金色的骷髅脸。虽然那像霍桑先生所写黄金指里的金子公主,可是她那脸上的乱柴皱裂纹,已记上她的年岁,她身披黄袍,足踏黄靴,金光射人。而两只专看黄白的乌眼珠,却在骷髅上滴溜溜乱转。"②形象的脱胎来源十分明显,而《八十一梦》的通天老妖更突出了《西游记》中"耳坠黄金嵌宝环"的"黄金"气象。孙悟空敌不过通天老妖,天神们也奈何老妖不得。孙悟空最终败北。小说写道:"有一只无可比拟的大手向地面缩了去。那手上,每个手指上,套有黄金白金赤金钻石宝石的戒指。"③孙悟空抵抗不过老妖的遮天巨手。在《西游记》中,再厉害的妖怪,总会被神通广大的孙悟空在嬉闹间打败,而在《八十一梦》里,孙大圣失败了。很明显,小说具有现实的讽刺力量。孙悟空本领再大也战胜不了"钱可通神"的现实。这一主题意志在《八十一梦》的其他"梦"里也是多有贯彻的。

《八十一梦》"我是孙悟空"的故事用现实讽刺的笔调改写了《西游记》。虽然也有滑稽,也有异彩纷呈的想象,却因为现实的压力没有《西游记》那样轻松和协调。这或许就是"梦魇"的沉重。这种沉重感在40年代刊出的两部以《西游记》人物形象为主人公的小

---

① 吴承恩:《西游记》(李卓吾评本),上海:上海古籍出版社1994年12月版,第448页。
② 张恨水:《八十一梦》,太原:北岳文艺出版社1993年8月版,第222页。
③ 同上书,第224页。

说中别有一番呈现。

耿小的《云山雾沼》《新云山雾沼》出版时被冠以"乐趣滑稽 游戏小说"①的头衔,可以看作是得《西游记》的真传。耿小的是三四十年代北方的一位通俗小说家,擅长写滑稽有趣的作品。张赣生说他的小说"机智、俏皮,谐而不俗"②。耿小的接受过新式教育,又喜读旧小说,对《西游记》是烂熟于心的。胡适说《西游记》"至多不过是一部很有趣味的滑稽小说",鲁迅说《西游记》作者"'复善谐剧',故虽述变幻恍忽之事,亦每杂解颐之言,使神魔皆有人情,精魅亦通世故,而玩世不恭之意寓焉"③。《西游记》的"滑稽""谐剧""玩世"与耿小的的趣味甚相合。耿小的写有《论幽默》《讽刺与滑稽》等文,对写作滑稽小说有清醒的理论认识。《云山雾沼》《新云山雾沼》虽与晚清"拟旧"之风相类,但更多承袭了《西游记》的滑稽面貌而趣味横生。

《云山雾沼》六回,《新云山雾沼》六回,两部小说是前后接续的,可以看作是一个整体。小说主人公是《西游记》里的孙悟空、猪八戒和沙和尚,他们取经修正果之后,又被派往人间,探勘人世间发生的种种事情。他们上天入地,历经种种,最后"天上地下人间,三全其美,各自相安,一直到了几万万年"④。《云山雾沼》第一回"行者八戒沙僧再降世"叙述人类威胁到天庭的统治,行者、八戒、沙僧再降人间考其究竟。他们扮作学生,在学校大显身手,成了焦点人物。第二回"八戒大闹游泳池"叙述猪八戒游泳大出风头,受到女孩追捧。孙悟空在纪念会上表演魔术,令人不可思议。第三回"孙行者活擒绑票匪"中行者八戒沙僧三人戏弄了三个好色之徒。回到学校,参加学校组织的香山旅行,路上惩治了绑票的匪徒。第四回"沙

---

① 见上海励力出版社1948年10月出版的《云山雾沼》和《新云山雾沼》。
② 张赣生:《民国通俗小说论稿》,重庆:重庆出版社1991年5月版,第320页。
③ 鲁迅:《中国小说史略》,《鲁迅全集》(第9卷),北京:人民文学出版社2005年11月版,第171页。
④ 耿小的:《新云山雾沼》,上海:励力出版社1948年10月版,第102页。

和尚溜冰花样翻新"叙述孙悟空三人的事迹引起了科学家研究的好奇。沙僧溜冰惊倒众人,他们还参加了学校的化装表演。第五回"孙行者大战金刚与人猿泰山"叙述行者三人来到西方国家,又来到非洲,征服了大金刚,遇见了人猿泰山。人猿泰山驯化了金刚。第六回"三圣又折回东土"叙述孙悟空三人经水路回国,与龙王聊天,遇到沉水自杀的人,行者遂至阴间,见到许多不平,打算调查一番。《新云山雾沼》第一回"孙行者遍游七十二地狱"叙述行者三人游历阴间,发现阴间的生活和阳间竟很相似,并遇见张飞、李逵等人,谈论人生世相。他们决定把所见报告天庭。第二回"八戒吓走扶乩人"叙述天庭要组织内阁,重振一番,行者等又来到人间调查。看到扶乩,戏弄了一番。他们还帮助一个女人令丈夫回心转意。第三回"逛天桥大圣批八字"叙述行者等人逛天桥,见到各种消遣玩意儿,行者还充当了回占卜算命人。行者和八戒回到城隍庙,不见沙僧回来,很着急。第四回"寻沙僧行者入火星"叙述孙悟空不见沙僧,跑到天上,误到火星,发现火星人已经非常先进了,行者多有感悟。他离开火星,在宇宙中艰难寻找回地球的路。第五回"回故土三圣得团圆"写孙悟空在宇宙中形单影只数十年,终于返回天庭。又到尘间。火星和地球有了联络,水星人企图毁灭地球,孙悟空帅天兵天将取得了胜利。第六回"开辟新天地"叙述天庭又开辟出一层新天,并派十八罗汉等人查清重整地狱,从此天地人三界太平万年。

《西游记》主人公孙悟空在《云山雾沼》《新云山雾沼》中依然还是主人公,他和猪八戒的鲜明形象在耿小的的笔下很突出。如同《西游记》一样,孙悟空和猪八戒是制造叙事效果的好搭档。沙僧则较逊色,在《新云山雾沼》第三回以后几乎没了踪影,这和他在《西游记》中的位置相仿佛。而《西游记》中懦弱的唐僧在《云山雾沼》《新云山雾沼》中是没有的。孙悟空在《云山雾沼》中行使了探险的功能,猪八戒则继续发挥他滑稽的本性,这对耿小的的小说都是有用的。这也是《西游记》作用于《云山雾沼》的第一层表现。几个人物从大唐时代来到1947年的民国社会,他们把所见所闻和《西游记》故事联系比照,有"穿越"的意味,但更多的是对现时的挑衅、戏弄和感喟。这是《西游记》在《云山雾沼》中的第二层表现。第三层表现是小说直接提到《西游记》。《云山雾沼》第二回道:"将来他们又来一套西游记,这西游比那大唐国的西游热闹非凡,不过这仍是后话,后话当然得放在后边说。"①这"后话"在《云山雾沼》中指的是第五回主人公游历西方国家和非洲的情形,在《新云山雾沼》中当指宇宙火星之游。《新云山雾沼》第一回孙悟空、猪八戒在阴间游历:"来到一条街非常热闹,颇像北京的天桥儿。也有练把势卖艺的,也有唱大鼓的,也有说评书的,那说的正说着西游记,说到孙猴儿八戒,八戒吓了一跳道:'哥啊,这个人好像认识俺们。咱们快跑吧。'行者道:'这是讲故事的,不要紧。咱们听听。'"②《西游记》是世俗的消闲品,不仅说明《西游记》的深入人心,也是耿小的选择《西游记》人物作他小说主人公的原因。他的小说可以藉《西游记》显得通俗有趣,可亲可近。《新云山雾沼》第二回行者三人听河南坠子《高老庄》,"沙和尚道:'二哥的名气可大了去了,听说耿小的在立言画刊作云山雾沼,也把二哥写在里头。'八戒道:'那天我得找找耿小的去。'"③小说中人谈小说和小说作者,是一种越界叙事,而这里纯粹是打趣,是游戏笔调。《西游记》和《云山雾沼》成了可以相互指涉的文本。

《云山雾沼》《新云山雾沼》的前半部分基本叙述了世俗情态,主人公游戏人间,因不调和产生滑稽,因滑稽蕴含讥诮。后半部分上天入地,驰骋想象,也得自《西游记》的启发。《云山雾沼》第六回、《新云山雾沼》第一回和第六回都叙述了游地府,与《西游记》第十回"唐太宗地府还魂"所述情景较相似,而讲述天庭之事也由《西游记》而来。《新云山雾沼》后半部分叙述孙悟空宇宙历险是全书出彩的篇章,同样是驰骋想象,更带有了科学与科幻的意味。

> 星与星之间,是那样远的距离,而宇宙间竟有那样数不过来

---

① 耿小的:《云山雾沼》,上海:励力出版社1948年10月版,第31页。
② 耿小的:《新云山雾沼》,上海:励力出版社1948年10月版,第8—9页。
③ 同上书,第28页。

的星,这宇宙有多么大呢?他连天庭都找不着了,在地球上看,把仙界叫天庭,现在看起来,天庭也不过是一个小部分罢了,行者就在空中折筋斗,虽然找不着实地有些着急,但是他到现在才知道宇宙之伟观。他觉得地球上的人类过于无聊,多么渺小呀!他想想这回回到地球上,非得劝他们一下不可,把自己所见的报告他们一番,告诉他们火星上的伟观,把地球也整理起来,息了斗争。自己究属是地球上的人,不能被别的星球压下去。后来又一想,自己若是火星住长了,不也就算是火星人了吗?况且宇宙间这么多的星球,自己算哪个星球的人都可,不必一定住在地球上。这样想起来,他觉得人类的斗争,起因多是因为有"你""我"之分,因为有"我",这才有斗争。火星上的人类,把"我"字打消了,所以才能和平无争,如果把这个意思推广到宇宙,各星球上的人,能够互相往来,这是多么写意的事呢。行者一边走一边看,他也看不出是昼是夜来。①

孙悟空在宇宙中翻筋头,怎么也找不到地球。小说的这段描述如梦魔般压抑和荒诞,游离了"滑稽"趣味,包含了现代人的科学发现,也有奇幻的憧憬。孙悟空在他的宇宙历险中遇见了火星人,很有一番感慨和认识。这便是小说的题旨所在。小说开篇,孙悟空等人下凡界是因为地球上的争斗扰乱了天界,他们刚下界就遇到了飞机和大炮。火星人给孙悟空放映的人类历史,就是战争史。孙悟空在宇宙中望见地球"仿佛云山雾沼的样子"②,这是小说中唯一一处点明小说标题意思的所在。"云山雾沼"即是宇宙间这个渺小不清的硝烟笼罩着的地球。宇宙历险让孙悟空深深感悟到人类的"无聊"和"渺小",人类的争斗是"因为有'我'",也就是有私利,有私利就有斗争。要和平就应无"我"。孙悟空的想法就是隐含作者的想法,也就是耿小的的想法。

---

① 耿小的:《新云山雾沼》,上海:励力出版社 1948 年 10 月版,第 55 页。
② 同上书,第 60 页。

在战火纷飞的40年代，耿小的把他的个人体悟放置到滑稽的作品中，用家喻户晓的可爱人物来演绎现实的丑陋故事。和《八十一梦》一样，《西游记》的人物故事是取悦世俗读者的一种手段，用现实来"化古"，是小说的真正趣味。

第三节　神魔与武侠的合辙

孙悟空是《西游记》中最令读者感兴趣的人物，孙悟空的形象既是不朽的经典，也是中国百姓老少皆宜的文化常识。后世文学作品对《西游记》的效法，首先也是突出了孙悟空的形象。不仅《八十一梦》《云山雾沼》《新云山雾沼》等现代小说直接把翻天覆地的孙悟空挪用过来，现代武侠小说也常会用到猿猴形象。《西游记》描画孙悟空，十分突出他跳浪不羁的"猴性"。特别是在众神口中，孙悟空常被称为"猴子"。如第三十一回"猪八戒义激猴王　孙行者智降妖怪"中"天师笑道：'那个猴子，还是这等村俗。替他收了怪神，也倒不谢天恩，却就就唱喏而退。'玉帝道：'只得他无事，落得天上清平是幸。'"[1]正因为《西游记》处处描画出孙悟空的猴性，才使得这一形象异常活泼可爱。可以说，现代武侠小说对猿猴形象的偏爱源于"孙猴子"。

朱贞木《罗刹夫人》就把"罗刹峪"描述成为类似于花果山的神奇境界。"这种原始古木，远看蔚然成林，逼近一看，行列非常疏远，每树距离总在十余丈以外，仅四面挺生的牛腰巨枝，互相交搭。有许多大大小小的各色猿猴，此逃彼逐，嬉戏其间。有几只像身边一类的金毛巨猿，利用林内垂空藤萝，秋千一般悠来悠去，一悠便是几丈远，随着悠荡之势双爪一松，一个悬空筋头，又挂在另一树上的长藤上，随势悠入树林深处，活像飞鸟游鱼一般。最奇林内飞的、跳的各种禽兽，自在游行，绝不避人。有时一只异鸟飞来，便停在我们

---

[1]　吴承恩：《西游记》（李卓吾评本），上海：上海古籍出版社1994年12月版，第411页。

肩上,把罗素素喜得关不拢嘴。我们异境当前,好像这个身子已经到了另一世界,也许这就是仙境了。"①小说主人公罗刹夫人的仆役就是形似金刚的人猿,它们抬着罗刹夫人可以举步如飞。张恨水《剑胆琴心》中也有对猴子灵性的叙述:"忽听得扑通一声,溅得水花乱飞。回头看时,却又是那个猴子,站在石壁崖上,手上拿着一块石头,正要向下抛下来了。韩广达心里想:先烦了这猴子引导,才得爬上这山来,不能把恶意对待它了。因对着这猴子点点头道:'先蒙你把我引上山来,你能再把我引上去吗?'那猴子看了一看,又跳了几跳,就在石崖上拿了一根粗藤,向下一抛。恰好站在下面的人,伸手可以握住了藤条。正要两脚起势,向上跳去,那根藤条却只管向上抽动,不用得自己费力,竟一截一截让那猴子拉上石壁来了。到了石壁上,猴子又不见了。"②这猴子是住在山上的得道高人铁先生使唤的。武侠小说中的高人一般都居于人迹罕至的山林中,山林里有猿猴,猿猴出没,意味着高人现身,这种情境关联让武侠小说显出了奇妙的超人效果。

除此之外,平江不肖生在《江湖奇侠传》中也道出了武侠小说喜述猴子的原因:"这种猴子,比一切野兽都生得灵巧,只略略的畏惧虎豹,除虎豹之外,甚么野兽也不能奈何他。就是虎豹,也不过仗着声威,使他们不敢尝试,虎豹走这山里经过的时候,稍为敛迹些。有一时半刻的工夫,在树上的不敢下来,在岩里的不敢出来。虎豹一走过山头,即时就回复原状了。从来也不见虎豹咬死了猴子,倒是猴子在无意中,卒然遇了虎豹,没有树可上,没有岩可钻,被虎豹逼得发急的时候,有将虎豹的肾囊抓破,虎豹立刻丧命的。"③这段对于猴子"比一切野兽都生得灵巧"的解释基本是写实的。在猴子与虎

---

① 朱贞木:《罗刹夫人》,上海:上海文化出版社 2008 年 3 月版,第 96—97 页。
② 张恨水:《剑胆琴心》,北京:国际文化出版公司 2013 年 7 月版,第 282 页。
③ 平江不肖生:《江湖奇侠传》(上),长沙:岳麓书社 2009 年 8 月版,第 458 页。

豹的较量中,平江不肖生肯定了猴子的能耐。《西游记》中孙悟空有降龙伏虎的本领,猴子的灵活机巧可以胜过虎豹的凶猛,这便是武侠小说喜欢写猴子的重要原因。在一定程度上,灵巧机智是习武之人修成正果的必要禀赋。

武侠小说一般总是把猿猴当动物来写,但在还珠楼主的《蜀山剑侠传》中有一只猿猴和人几乎是一样的。它叫袁星,是一只母猩猿,会说人话,生活在剑仙们居住的凝碧崖中,是年轻的剑仙李英琼的徒弟。小说第九十五章有一段文字写袁星和剑仙裘芷仙在凝碧崖探奇,颇有意思:

> 芷仙知道这里是洞天福地,洞中决不会藏什么猛兽怪异之类,再加袁星已首先进去,便随在它身后往前行走了数十步。洞内寒气袭人,涛声震耳,到处都是光滑滑的白玉一般的石壁,什么都没有。及至走到尽头,忽然不见了袁星。正在奇怪,猛听袁星在下面高叫道:"姑娘快下来,我在这里呢!"芷仙低头一看,原来洞壁西边角上,还有一个三尺多宽的深沟,沟下面有两三层三尺高下的台阶。下面银涛滚滚,声如雷鸣,也不知从什么地方发来的泉水。便跟着下去一看,石阶尽处,又现出一条石梁,折向西南,有一眼五六尺高的小洞。才将身钻了过去,便觉一股寒气扑面侵来。抬头一看,玉龙似的一条大瀑布,从对面石壁缝中倒挂下去,也看不清下面潭水有多深。只见下面瀑布落处,白涛山起,浪花飞舞,幻起一片银光,再映着山谷回音,如同万马奔腾,龙吟虎啸,声势非常骇人。再看自己存身之处,仅只是不到尺许宽的一根石梁,下临绝壑,背倚危节,稍一失足,便不堪设想。正有些惊心骇目,袁星又在前面呼唤。芷仙好奇心盛,仗着近来胆力、轻功都有了根底,不怕失足,屏气凝神,跟着过去,谁知前面越走越亮。把这十余丈长的一条独石梁走完,折向南面,忽然面前现出一片石坪,迎面两间石屋。信步走了过去,里面竟和太元洞中诸石室一样,石床丹灶,色色俱全。猛见石壁上有光亮闪动,袁星忙唤芷仙道:"姑娘留神,石

壁里面定然藏有宝贝哩！我是畜类，未得祖师传授，不敢去拿，姑娘何不跪下祷告祷告？"芷仙闻言，一时福至心灵，果然将身跪下默祝道："弟子裘芷仙误被妖人摄去，多蒙教祖妙一真人接引，收归门下。只是仙缘浅薄，资质平凡，将来难成正果。适才听袁星说石中藏有宝物，弟子肉眼难识，想系以前本洞仙师所留。如蒙仙师怜念弟子一番向道苦心，使宝物现出，赐予弟子，弟子从此当努力向道，尽心为善，以答仙恩。"说罢，站起身，刚要过去，咪咪几声过去，石壁忽然中分，石穴中现出两长一短三柄宝剑插在那里。①

两柄长剑归属袁星，袁星遂成了得道的猴子。这段叙述袁星得剑的经过，和《西游记》中水帘洞的发现如出一辙，瀑布、石室都是奇幻之境。可以说，袁星能说会道、持剑修行的形象来自孙悟空。

花果山水帘洞里的孙悟空可以称为"魔"。《西游记》第三回述道，和美猴王孙悟空日常酬酢往来的有"牛魔王、蛟魔王、鹏魔王、狮驼王、猕猴王、禺狨王"②，这些"魔王"和孙悟空称兄道弟，但如在取经路上出现，就成了妖魔。而大闹天宫时期的孙悟空在天神们的口中则被称为"妖猴"。取经之路是孙悟空由"魔"变"神"的修为。所以，"神"与"魔"在孙悟空身上是合二为一的。鲁迅说《西游记》是"神魔小说"，这在小说主人公孙悟空、猪八戒、沙和尚身上都表现得十分明显。

"神魔小说"的传统至现代衰微了。因为科学观念的渐趋发达，现代人对宇宙自然有了理性认识，对"神魔"的想象与幻想成为科学嘲笑的对象。但传统文化的源流、思维方式的积习、信仰兴味的偏好使现代市民读者依然对"神魔"无法释怀，于是武侠小说充当起了延续"神魔小说"传统的责任。"武侠"与"神魔"的结合并不牵强。

---

① 还珠楼主：《蜀山剑侠传》（卷二），石家庄：花山文艺出版社2015年4月版，第191页。
② 吴承恩：《西游记》（李卓吾评本），上海：上海古籍出版社1994年12月版，第36页。

在《西游记》《封神演义》等神魔小说中,神与魔打斗的场景是小说重要的构成部分。如《西游记》第六十一回描述孙悟空和牛魔王斗法:"齐天孙大圣,混世泼牛王。只为芭蕉扇,相逢各骋强。粗心大圣将人骗,大胆牛王把扇诓。这一个金箍棒起无情义,那一个霜刃青锋有智量。大圣施威喷彩雾,牛王放泼吐毫光。齐斗勇,两不良,咬牙剉齿气昂昂。播土扬尘天地暗,飞砂走石鬼神藏。"①《西游记》中的打斗场景大都以韵文出之,声色俱佳,可读性强,是小说的华彩笔墨。这种笔墨对后世武侠小说的写作有很大影响。作为"神魔小说"的《西游记》已含有"武侠"因子,而武侠小说之所以能吸引读者,是因为小说主人公具有超常的武艺,超常的武艺突破一定限度就与"神魔"相通了。"武侠"与"神魔"的结合遂成为神魔小说至现代的一种流变。

徐文滢在《民国以来的章回小说》中谈及这个问题:"民国后同于《济公传》《西游记》之类的神怪小说是很少的。除了社会人情黑幕以外,几乎只见梦呓样的侠义小说的潮水。然而一道白光一枝飞剑和火轮车阴阳镜有什么分别呢?崆峒派昆仑派和元始天尊通天教主也没有什么两样吧。我想称这样的侠义小说为'神怪小说',以示别于其他专述技击拳术的真正侠义小说。这类小说的开创者是《留东外史》的作者不肖生""最著名的《江湖奇侠传》(即《火烧红莲寺》)几乎是妇孺皆知的,这广大的势力和影响可以叫努力了二十余年的新文艺气沮"。"不少人摹仿着《江湖奇侠传》,不少作品捏造着剑侠的派别的斗争,可是已不再有一部作品值得提出了。最近天津有一作家写着《蜀山剑侠》和《青城十九侠》,荒唐的故事更百十倍地出现,给予民间的兴趣恐很难有那样巨大了罢。"②徐文滢认为武侠小说中的白光飞剑和古代神魔小说中的"火轮车阴阳镜"没有本质区别,所以也把这类武侠小说称为"神怪小说"。"神怪"只是"神

---

① 吴承恩:《西游记》(李卓吾评本),上海:上海古籍出版社1994年12月版,第816页。

② 徐文滢:《民国以来的章回小说》,《万象》第1年第6期,1941年12月。

魔"的别称而已。由此可见《西游记》等小说的流波所及。

诚如徐文滢所言,平江不肖生的《江湖奇侠传》是这类"神魔"武侠小说的"开创者",继之而起的最著名作品是还珠楼主的《蜀山剑侠传》。这两部小说被多数研究者列入了"神魔"之属。如《中国近现代通俗文学史》论《江湖奇侠传》道:"中国读者有接受神怪小说的传统习惯,如《封神榜》和《西游记》就脍炙人口。向恺然将武侠小说神魔化,从《留东外史》的'崇恶'发展到《江湖奇侠传》的'崇奇'。《江湖奇侠传》能展开想象的翅膀,异想开天地'崇奇',也为武侠小说开一奇葩。"①论《蜀山剑侠传》道:"作为出世武侠小说的杰出代表,还珠楼主的小说充满奇思玄想,虽也有一些现实的内容,但所占比例甚小,基本上可归入神魔小说一类。神魔小说中国古已有之。《西游记》《封神演义》等从历史题材中演绎故事","与这些作品相比,还珠楼主的小说则完全脱离正史,远离尘世,作品中人物活动的环境不是世外桃源便是仙佛世界,抑或是鬼怪天地,作者凭玄想以酣畅的笔墨,写出了神魔之间波谲云诡的激烈斗争,场面火爆,气势宏伟"。②把《江湖奇侠传》和《蜀山剑侠传》归入"神魔"一类,在论述中总会牵连到《西游记》。作为神魔小说的经典之作,《西游记》的奇幻想象与神魔斗法均成为这类现代武侠小说的创作资源。

《江湖奇侠传》掀起了20年代武侠小说的热潮,最重要的原因是小说把武侠"神魔化"了,突破了清末侠义公案小说的创作模式,也摆脱了民初武侠的"幼稚"。小说1923年1月开始连载于《红杂志》第22期,后连载于《红玫瑰》,由世界书局分集出版单行本,共160回,前106回为平江不肖生所著,107回开始为赵苕狂(署名"走肖生")续写。这部小说是应邀而作的。包天笑曾邀不肖生为《星期》撰写《留东外史补》和《猎人偶记》,"后来为世界书局的老板沈子方所知道了,他问我道:'你从何处掘出了这个宝藏者。'于是他极

---

① 范伯群主编:《中国近现代通俗文学史》(上卷),南京:江苏教育出版社2000年4月版,第525页。

② 同上书,第638页。

力去挖取向恺然给世界书局写小说,稿资特别丰厚。但是他不要像《留东外史》那种材料,而要他写剑仙侠士之类的一流传奇小说。这不能不说是一种生意眼,那个时候,上海的所谓言情小说、恋爱小说,人家已经看得腻了,势必要换换口味,好比江南菜太甜,换换湖南的辣味也佳。以向君的多材多艺,于是《江湖奇侠传》一集、二集……层出不穷,开上海武侠小说的先河。"①《红杂志》和《红玫瑰》的发行者都是上海世界书局,所以《江湖奇侠传》是为世界书局聘写的。世界书局需要"剑仙侠士之类"的稿子,于是《江湖奇侠传》就成了"剑仙侠士之类"的小说。小说具有开"先河"的价值,引起巨大轰动。《红玫瑰》编辑者之一赵苕狂在《红玫瑰》第 6 卷第 1 期中写道:"当不肖生之《江湖奇侠传》在本志停刊后,便有不少的读者,时常写信来,要求他续写下去。——当然,这是一个十分动人的说部,值得读者们这般地注意的!"②赵苕狂为此写了《江湖怪侠》,其中也有赵家坪水陆码头、吕宣良等,和《江湖奇侠传》略似。平江不肖生由上海回湖南,赵苕狂续写《江湖奇侠传》也在情理之中。

"剑仙侠士"是《江湖奇侠传》塑造的主要人物,也是小说令人着迷的所在。剑仙们具有超人武艺,不仅可以御风飞行,还能驾持剑光。如第二十五回写尼姑了因与人论剑:"了因见那道金光出手,也急将右手一抬,胁下即时射出一道白光来,宛如拿空之龙,一掣就把金光绕住。金光短,白光长,金光看看抵敌不住了。那汉子索性把金光收回。"③不需摩拳擦掌,单凭放光就可决出胜负,这样的武艺已超出凡人可以练就的程度而出神入化了。张恨水等人概括当时武

---

① 包天笑:《钏影楼回忆录》,香港:大华出版社 1971 年 6 月版,第 383—384 页。
② 苕狂:《写在〈江湖怪侠〉之前》,《红玫瑰》第 6 卷第 1 期,1930 年 3 月 11 日。
③ 平江不肖生:《江湖奇侠传》(上),长沙:岳麓书社 2009 年 8 月版,第 178 页。

侠小说"口吐白光及飞剑斩人头"①的写法,即由《江湖奇侠传》引领出来。这种写法在当时迷惑了不少读者的心,以致很受批评。但《江湖奇侠传》在20年代武侠小说中的地位是不可取代的。

不肖生十分清楚自己所写的是"无稽之谈",他在小说中时常对此作出明确的提醒。如第二十三回写万清和练飞剑:

> 他要练的东西,据说就是妖魔左道所用的阴阳童子剑。那剑并不是钢铁铸成的,系用桃木削成剑形。练的时候,每日子午二时,蘸着童男女的血,在剑上画符一道,咒喋一番。经过百日之后,功行圆满,这木剑便能随心所欲,飞行杀人于数十里之外。比剑侠所练的剑,效力更大。不过所用的童男女必须有根基,有灵慧的,练成之后,方能随心所欲。童男女笨滞不灵敏的,将来练成的剑,也笨滞不灵敏。这种说法,本是无稽之谈,只因全部奇侠传中,比这样更无稽的很多,这里也就不能因他无稽不写了。②

指出所写的是"无稽之谈",就希望小说读者不要轻信。这是难能可贵的,因为通俗小说家总是愿意读者喜欢而沉迷自己的作品,由此名利双收。不肖生在写作过程中能提醒读者跳出故事,反观小说,确实可以见出他的气度来。这说明《江湖奇侠传》不可被当成一般的武侠小说来看待。尽管是"无稽之谈",但小说"不能因他无稽不写",这又可以见出《江湖奇侠传》的价值取向。正是这些无稽的故事,才使小说异常引人入胜。正如《西游记》,明知妖魔鬼怪是荒唐,除妖降魔的故事却让人欲罢不能。

如果说万清和练飞剑是"妖魔左道所用",那么仅此《江湖奇侠

---

① 张恨水:《写作生涯回忆》,北平《新民报》1949年1月1日至2月15日,《张恨水散文全集·写作生涯回忆》,长春:时代文艺出版社2015年8月版,第39页。

② 平江不肖生:《江湖奇侠传》(上),长沙:岳麓书社2009年8月版,第167页。

传》写"魔"并不突出。物色童男女的故事在《西游记》中可以找出类似的来,但《西游记》中这样的故事背后总有妖魔在兴风作怪。万清和还够不上"魔"的级别。相对于"魔",《江湖奇侠传》更着眼于"奇",人物的神通除了可以光来剑去外,奇门遁甲是小说着墨的重点。如第二十五回唐采九被人腿上摸了几下,就能举步如飞;第二十七回周敦秉被人背上拍了一下,就中了致命的七星针;第三十四回欧阳后成心里一动念,就死了两个人。如此奇异的故事,恐怕只能用《西游记》神通变化的思维才可领受。但《江湖奇侠传》不是完全脱离现实的虚妄之作,小说叙述的最著名故事"火烧红莲寺""张汶祥刺马"即可证明小说的现实根据。正如《西游记》,虽然营造了一个神魔世界,但神魔也通世俗人情。《江湖奇侠传》提炼了世俗故事的传奇成分,它把传奇放大,并作了细致入微的生动叙写。

向一学回忆《江湖奇侠传》的创作道:"书中所写'乌云盖雪'宝马、'人皮面具'、夜行衣等等,以及民间故事传说,武林中的技击奇闻掌故,无不有其来历。"[1]即便故事的来历是故老传闻、野史笔记,不一定可靠可信,但《江湖奇侠传》并不完全天马行空,恣肆无忌,这就使它与十年后在天津问世的《蜀山剑侠传》有了区别。

还珠楼主的《蜀山剑侠传》是民国武侠小说中的鸿篇巨制。小说1932年7月在天津《天风报》连载,至1948年9月出版第50集,共309回,未写完。此外还有《蜀山剑侠后传》《峨眉七矮》《青城十九侠》《蜀山剑侠新传》《柳湖侠隐》等等都可归入还珠楼主庞大的"蜀山系列"。有学者认为:"还珠楼主及其代表作《蜀山》完整演绎了整个'后不肖生'时代的武侠逻辑。"[2]也就是说,三四十年代的《蜀山剑侠传》最明显地延续了《江湖奇侠传》的写作趣向。《蜀山剑侠传》第一回至第四十回"大破慈云寺"的故事基本脱胎于"火烧红莲寺",可以看成是还珠楼主的一种"学步"。但越往后写,还珠楼

---

[1] 向一学:《回忆父亲一生》,平江不肖生:《江湖奇侠传》(下),长沙:岳麓书社2009年8月版,第620页。

[2] 韩云波:《还珠楼主〈蜀山剑侠传〉与民国武侠的'后不肖生'时代》,《西南大学学报》2014年第2期。

主的笔力越纵横驰骋、挥洒自如,《江湖奇侠传》中飞剑、尸解、遁光等光怪陆离之事在《蜀山剑侠传》中变得寻常无奇。如果说《江湖奇侠传》还不能摆脱世俗传奇的性质,那么《蜀山剑侠传》则抛撇了现实,构造出了真正的神魔世界,把《江湖奇侠传》的匪夷所思升级扩大了百十倍。

"神"与"魔"在《蜀山剑侠传》中主要表现为剑仙和妖邪的对抗。剑仙中还包括袁星、神雕、仙鹤、芝人、芝马等动植物,妖邪中包括各种奇形怪物。李英琼求仙过程中遇到的怪物是这样的:"一个长大的骷髅,两眼通红,浑身绿毛,白骨嶙峋,并且伸出两只鸟爪般的长手,在她身后做出欲扑的架势。"①小说的主体故事是晚辈剑仙在长辈剑仙的帮助带领下克服各种魔邪,求仙得道,而无论仙、魔,都会面临天劫。第二百一十回开始叙述凝碧崖开府盛事,这是小说的一个归结点,众剑仙合力规划宏图大业。之后剑仙们各负使命,光大仙道,铲除妖魔。小说用大量笔墨叙述神魔对抗,加上魔与魔之间的恶斗,剑仙之间的恩怨,这些情节场景使小说总处在绮丽缤纷、迷离奇伟的叙述中。其中一段道:

> 两下里才一交接,池鲁便觉自己的剑本质太差,私心还在妄想收取,又另放起两道剑光。刚飞出手,忽听敌人一声清叱,立有三道白光飞出,惊鸿电掣,晃眼便将池鲁所放暗赤色的剑绞住。同时三女再用手一指,三阳剑三道彩虹忽然会合,穿入剑光丛中,迎着头一道赤光,只一压一绞之际,立时满天星火迸射如雨,绞成粉碎。总算池鲁知机,见势不佳,又急又痛心,一面忙运玄功,奋力将下余两剑强收回来。一面飞身逃走,回手扬处,飞起一串梭形碧焰,直朝三女打去。三女不知池鲁是华山派门下数得出的健者,所用法宝均极厉害,误认碧焰是华山派所炼阴雷魔焰,匆促之间忘了使用护身法宝,意欲用太乙神雷

---

① 还珠楼主:《蜀山剑侠传》(卷一),石家庄:花山文艺出版社 2015 年 4 月版,第 232 页。

破他。尚幸久经大敌,俱都谨慎,一面扬手发雷,一面收回剑光将身护住,以防万一。满拟神雷可以震散妖焰,三手扬处,神雷刚刚发出,猛听空中大喝:"三位姐姐不可造次,此乃烈火老妖的幽灵碧焰梭。"声到人到,一圈五色彩光围着一个黄衣少女,手里好似持着一个玉瓶,瓶口放出五色宝气,其疾如电,由斜刺里飞将过来,长鲸吸海般照在那一串梭形碧焰之上,彩气往回一卷,便全收去。这时碧焰与三女剑光不过略微挨着一些,三女便觉周身冷战了一下,方觉不妙,来人已将它收去。同时妖人池鲁骤出不意,见状大惊,情急之下,扬手又是几丝红、黑、绿三色针光飞出。哪知敌人瓶口宝气到处,依旧石沉大海。连失重宝,不由胆战心寒。敌人周身彩光围绕,只看出是个女子,连相貌身材全看不出,从来未听说过,更不知是何路数,如此厉害。师传重宝已失,敌人个个厉害,彼众我寡,哪里还敢再延下去。吓得一纵妖遁,在满天雷火光霞中化为一溜绿火,一闪而逝。①

神魔空中斗法,不仅剑光异彩,而且各自亮出法宝,诚所谓一物降一物。这很可联系到《西游记》中孙悟空与众妖魔打斗的场景,基本模式是打斗不成亮出宝物或绝招,能降宝物或绝招者便能制胜。《西游记》中的宝物如幌金绳、芭蕉扇之类并非是神乎其神之物,而《蜀山剑侠传》中的太乙神雷、幽灵碧焰梭、九子母天魔等却是令人想象而不可及的。

叶洪生谈到《蜀山剑侠传》和《西游记》的联系时也举了一个例子。《西游记》第二回,祖师对孙悟空讲"三灾",即"天降雷灾打你""天降火灾烧你""又降风灾吹你",还珠楼主把这"'三灾'内容演化为'乾天真火'、'巽地风雷'及'有无相天魔';再以异类修仙者天狐宝相夫人之丹成为引,曲曲描写'天劫三灾'于某一特定时空内次第

---

① 还珠楼主:《蜀山剑侠传》(卷五),石家庄:花山文艺出版社 2015 年 4 月版,第 147—148 页。

来袭的主、客观形势及天狐御劫、'魔由心生'之种种奇幻情节。堪称'持之有故,言之成理'!"相比于《西游记》,"还珠的陈义最高,构思奇绝"。① 可以说,《蜀山剑侠传》继承和借鉴了《西游记》的神魔笔法,而其神魔想象比《西游记》更加汪洋恣肆。在评论还珠楼主的最著名文章《还珠楼主论》中,徐国桢说道:"还珠楼主的神怪小说完全脱离正史,完全用他自己的玄想为主,海阔天空,无奇不有,随意所之,怪不堪言。用神怪的范围作比较,《封神》《西游》犹属小神怪,《蜀山》《青城》才是大神怪。看过《蜀山》《青城》,觉得《西游》《封神》笔墨的运用不够肆畅,玄想的幅度不够广远,法宝阵势的应用和布置不够新奇;总而言之,有些拘谨的感觉。同时可也觉得,《蜀山》《青城》不无大不拘谨之感,不免有些芜乱。"②就神魔叙事而言,《蜀山剑侠传》的"肆畅"与"新奇"的确超过了《西游记》。如果说《西游记》的神魔世界处处影射讥讽了现实,那么《蜀山剑侠传》则完全构造出了一个与现实无涉的自足世界,剑仙神魔只在他们的世界中各展神通。这种毫无拘束的写法徐国桢认为"不免有些芜乱",这也是《蜀山剑侠传》的弊病所在。

还珠楼主在讲述某一事件,哪怕是很小的一桩事,都会从不同人物不同角度入手反复叙述。例如第一百四十回叙述齐霞儿收明娘为徒的经过,先用全知视角叙述事件,再从参与者金姥姥的角度讲述一遍,接着从当事者明娘的角度讲述一遍,又从齐霞儿的角度讲述一遍,虽然十分周全,可以见出人物对事件的想法来,但未免冗赘拖沓,"不免有些芜乱"。这就使小说篇幅太长,以致头绪太多,作者自己都无法把捉,不能终篇。《西游记》乃至《江湖奇侠传》叙事都干净利落,没有这样的弊病。因为"芜乱",小说也就没有明确的立意。《西游记》的题旨也不甚分明,特别是《西游记》对儒释道的杂糅和讥消也影响到《江湖奇侠传》《蜀山剑侠传》等武侠小说在处理儒

---

① 叶洪生:《论剑:武侠小说谈艺录》,上海:学林出版社 1997 年 1 月版,第 125 页。

② 徐国桢:《还珠楼主论》,上海:正气书局 1949 年 2 版,第 14 页。

释道问题时,态度不明了。但《西游记》终究是一部可爱的小说。林庚说:"《西游记》之所以成功,正是因其在神话的古老躯壳上诞生了童话的艺术生命,这就是一个创造性的全新的开始。"①《西游记》的活泼滑稽,令牛鬼蛇神们也不尽显得面目可憎,而武侠小说虽然被称为"成人的童话",却很少拥有《西游记》的可爱之处。《蜀山剑侠传》尽管纵横恣肆,但妖魔的可怕,争斗的残酷,全无活泼轻松之感。作为"中国神魔小说自《西游记》之后的又一个高峰"②,《蜀山剑侠传》有其生成的独到处,却摇撼不了《西游记》的经典地位。

第四节 "游记",结构小说的方式

《西游记》是神魔小说的经典之作,它的结构方式对后来的神魔小说也有所影响。唐僧师徒西天取经,一路历经磨难。小说主体部分叙述的是取经路上的一系列遭遇,恰如小说标题所表明的,这是一部"游记"。夏志清说:"虽然,与《三国》《水浒》一样,《西游记》人物众多、情节繁复,但旅程的设计却决定它必然始终以取经者为注意目标,而他们在路上所遇到的各种神祇、妖怪和凡人却只是次要的。"③小说的主体部分是"旅程",旅行者经受的遭遇是他们能否取得成功的考验。所以取经者是"注意目标",是贯穿故事始终的线索,而旅程就成了小说的结构方式。有学者对《西游记》的结构作出了很高的评价:"小说史上,《三国演义》《水浒传》固然都是极好的作品,但以结构线索意识和角色地位意识论,《西游记》似乎又进了一步。成熟的长篇小说,总以一人一事贯穿之,构筑一个生气贯注的整体。这一点上,《西游记》堪称古典小说的一种范式,借助游踪结构,'西天取经'这一主体事件,以及取经者这一主角群体贯穿了

---

① 林庚:《〈西游记〉漫话》,北京:北京出版社 2011 年 2 月版,第 137 页。
② 倪斯霆:《旧人旧事旧小说》,上海:上海远东出版社 2010 年 3 月版,第 217 页。
③ 〔美〕夏志清著,胡益民等译:《中国古典小说史论》,南昌:江西人民出版社 2001 年 9 月版,第 119 页。

小说始终。"①像《西游记》这样,用行旅者的游踪作为小说主体的作品,就属于"游记"体小说。

《西游记》是中国古代游记体小说的典型代表。属于这一类型的古代小说还有《三宝太监西洋记》《东游记》《镜花缘》等,有意思的是,古代这类游记体小说都与"神魔"相关。究其原因,有学者认为:"神魔小说和游历小说'意气相投',它们都醉心于在小说中不停地穿插、铺排各种奇事,以满足长期处于封闭状态的市民读者急切了解外部世界的热望。"②神魔小说需要构筑一个方外之境,主人公只有出走,离开世俗世界,才有可能与神魔相遇。所以"游记"可以成为神魔题材的文本架构。另一方面,中国古代的游记体小说缺乏现实性,主人公出游总会遇见奇人怪事,这与古人安土重迁的生活方式不无关系。因为安守本分,所以对迁徙不定的生活难免抵触,想象中的外面的世界总是危机四伏,游记体小说也就成了记述历险而非日常的一种文体。中国古代的游记体小说并不发达,"自《西游记》开山之后,这一路小说的声势,主要是数量上给人的印象,质量却渐次差了"。③《镜花缘》较为著名,可惜"游记"结构没有贯穿始终。

晚清以后的游记体小说渐趋远离了神魔叙事,但以《西游记》为代表的游记文体的一些基本特征还是影响了后来的小说。例如《西游记》记述的八十一难故事是相对独立的,每个故事之间没有多少联系,全靠唐僧师徒的游历来整合进小说。所以游记体小说具有很大的包容度,可以把原本不相关的人事通过主人公的行踪纳入小说,而平日无缘接触的人事,也可以通过主人公的出游来遇获。这是小说叙事的一种便利方式,利用主人公游历的简单线索就可以结构众多故事。游历即便不能遇见神魔,也可以亲历不同于以往的经

---

① 杨星映主编:《中西小说文体比较》,北京:中国社会科学出版社 2008 年 1 月版,第 273 页。
② 同上书,第 270 页。
③ 同上书,第 271 页。

验。这就是游记体小说特有的陌生化效果。这种效果可以获取对于外界的全新感受,给主人公和读者打开一片新的天地,或许人生就此改变。所以游记体小说本身就具有了超出"游记"的一般意义。《西游记》并不是仅仅要叙述八十一难故事而成书的。明代袁于令题辞《西游记》道:"文不幻不文,幻不极不幻。是知天下极幻之事,乃极真之事;极幻之理,乃极真之理。故言真不如言幻,言佛不如言魔。魔非他,即我也。我化为佛,未佛皆魔。魔与佛力齐而位逼,丝发之微,关头匪细。摧挫之极,心性不惊。此《西游》之所以作也。"①唐僧师徒的取经之旅不仅是取得真经必须要行走那些路,更是对心性的考验。"摧挫之极,心性不惊",是人生的境界。游记体小说中主人公的旅途多少与人生之路相关。巴赫金对此论道:"小说首先一个特点,是人的生活道路(指其基本的转折关头)同他的实际的空间旅程即他的流浪,融合到了一起。这里把'人生道路'这个隐喻变成了现实。"②旅途与人生道路之间的隐喻关系,使游记体小说获得了意义的纵深度。

撇开神魔的纠缠,游记体小说的诸种特点在晚清以后有了更充分的展现。晚清游记体小说如《老残游记》《上海游骖录》《邻女语》等都不再叙述神魔之事,而把眼光投注于现实社会。主人公的行旅是展开现实真面目的有效方式。晚清社会处在风雨飘摇和剧烈变革之中,谴责小说的兴起与这种时代社会的关系甚大。鲁迅说:"其在小说,则揭发伏藏,显其弊恶,而于时政,严加纠弹,或更扩充,并及风俗。"③晚清小说创作的现实性成为一种时代风尚,几乎侵没了稍前侠义公案小说的声势。作为游记体小说典型代表的《老残游

---

① 幔亭过客:《题辞》,吴承恩:《西游记》(李卓吾评本),上海:上海古籍出版社1994年12月版,第1页。

② 巴赫金:《小说的时间形式和时空体形式——历史诗学概述》,钱中文主编:《巴赫金全集》(第3卷),石家庄:河北教育出版社1998年6月版,第313页。

③ 鲁迅:《中国小说史略》,《鲁迅全集》(第9卷),北京:人民文学出版社2005年11月版,第291页。

记》就被鲁迅纳入谴责小说重点论述。而《二十年目睹之怪现状》《孽海花》等著名的谴责小说也包含了"游记"的叙事成分,游记体小说《上海游骖录》《邻女语》等也可以归入谴责小说的类型。可以说,"游记"是谴责小说乐于选用的一种结构方式,用来"揭发伏藏,显其""风俗"。另一方面,现实的震惊体验令晚清人不再昏沉而愿意睁眼看世界。"战乱引起的迁徙,以及出使、留学、通商、劳工输出引起的海外游历",都能使人生发生改变。晚清各种游记兴盛,著名的有梁启超《新大陆游记》、林针《西海纪游草》等。游记是真正的写实述感之作,游记体小说则是作家用故事的形式来记录变迁的人生。小说的主人公"可能是自愿四处游荡(如《老残游记》中的老残),也可能是被迫背井离乡(如《上海游骖录》中的辜望延);但有一点是相同的,那就是作家借助于'旅行者'的眼光来发现新事物,并获得一种颇有诱惑力的陌生感和新鲜感"①。所以游记体小说至晚清基本蜕去神魔的幻相,代之以"陌生"和"新鲜"的现实感受。

　　刘鹗《老残游记》是现代游记体小说中最著名的作品。像《西游记》一样,刘鹗用"游记"来为自己的小说命名,显示出清晰的文体意识。小说主人公老残是个江湖郎中,这一特别身份使他的行游成了顺理成章之事,老残到济南、东昌、泰山等处的经历见闻构成了小说的主体内容。对清官的独到看法、对酷刑的细致讲述、对断案的实地躬亲,显示出小说的谴责功能,而对世态风景前无古人的描画,则提高了小说的艺术品质。小说前三回铺展出典型的游记结构。开首处交代山东风景,然后叙道:"却说那年有个游客,名叫老残"②,引出主人公。"游客"的身份使主人公老残成为一名旁观者或见证人,小说并不主要叙述老残的故事,而把叙事焦点放在"游记"的"见闻录"上。第二回是小说的著名篇章,叙述老残到济南明湖居听鼓书。

---

① 陈平原:《中国现代小说的起点——清末民初小说研究》,北京:北京大学出版社 2005 年 9 月版,第 236 页。
② 刘鹗:《老残游记》,上海:上海古籍出版社 1991 年 10 月版,第 1 页。

> 看了一会儿,回转身来,看那大门里面楹柱上有副对联,写的是"四面荷花三面柳,一城山色半城湖",暗暗点头道:"真正不错!"进了大门,正面便是铁公享堂,朝东便是一个荷池。绕着曲折的回廊,到了荷池东面,就是个圆门。圆门东边有三间旧房,有个破匾,上题"古水仙祠"四个字。祠前一副破旧对联,写的是"一盏寒泉荐秋菊,三更画船穿藕花"。过了水仙祠,仍旧上了船,荡到历下亭的后面。两边荷叶荷花将船夹住,那荷叶初枯,擦的船嗤嗤价响;那水鸟被人惊起,格格价飞;那已老的莲蓬,不断的绷到船窗里面来。老残随手摘了几个莲蓬,一面吃着,一面船已到了鹊华桥畔了。①

这是较为典型的叙述风景名胜的游记体例,不失古代游记散文的风致。刘鹗自评第二、第三回道:"第二卷前半,可当《大明湖记》读;此卷前半,可当《济南名泉记》读。"②刘鹗有意识地用游记体例写小说,足见他的创造性。游记散文的笔法使主人公老残一路游来,现出传统文人的格调趣味,不同于一般的江湖郎中。

《老残游记》的风景叙述由于"游记体"而十分出众。胡适说:"《老残游记》在中国文学史上的最大贡献却不在于作者的思想,而在于作者描写风景人物的能力。古来作小说的人在描写人物的方面还有很肯用气力的;但描写风景的能力在旧小说里简直没有。""《西游记》与《红楼梦》描写风景也都只是用几句烂调的四字句,全无深刻的描写。""《老残游记》最擅长的是描写的技术;无论写人写景,作者都不肯用套语烂调,总想熔铸新词,作实地的描画。在这一点上,这部书可算是前无古人了。"③《老残游记》风景描写的出众和小说的游记体例关系密切。主人公游历所见的风景带有一种新鲜

---

① 刘鹗:《老残游记》,上海:上海古籍出版社 1991 年 10 月版,第 8 页。
② 参见陈平原:《中国现代小说的起点——清末民初小说研究》,北京:北京大学出版社 2005 年 9 月版,第 247 页注释。
③ 胡适:《〈老残游记〉序》,《胡适文存》(三集),上海:亚东图书馆 1930 年 10 月版,第 814、816 页。着重号为原文所加。

感受,老残的趣味格调又使所见风景带上了脱俗的情味。相比于《西游记》,《老残游记》的风景描写切实得多。《西游记》中的风景多见于唐僧师徒跋山涉水的经历。胡适认为"只是用几句烂调的四字句",实为用诗词来替代白话的描述。例如第五十六回"神狂诛草寇 道昧放心猿"开首处叙道:

一路无词,又早是朱明时节,但见那:

熏风时送野兰香,濯雨才晴新竹凉。艾叶满山无客采,蒲花盈涧自争芳。海榴娇艳游蜂乱,溪柳阴浓黄雀狂。长路那能包角黍,龙舟应吊汨罗江。

他师徒们行赏端阳之景,虚度中天之节。忽又见一座高山阻路,长老勒马回头叫道:"悟空,前面有山,恐又生妖怪,是必谨防。"行者等道:"师父放心。我等皈命投诚,怕甚妖怪!"长老闻言甚喜,加鞭催骏马,放辔趲飞龙。须臾,上了山崖。举头观看,真个是:

顶巅松柏接云青,石壁荆榛挂野藤。万丈崖巍,千层悬削。万丈崖巍峰岭峻,千层悬削壑崖深。苍苔碧藓铺阴石,古桧高槐结大林。林深处,听幽禽,巧声目见睆实堪吟。涧内水流如泻玉,路旁花落似堆金。山势恶,不堪行,十步全无半步平。狐狸麋鹿成双遇,白鹿玄猿作对迎。忽闻虎啸惊人胆,鹤鸣振耳透天庭。黄梅红杏堪供食,野草闲花不识名。

四众进山,缓行良久,过了山头,下西坡,乃是一段平阳之地。猪八戒卖弄精神,教沙和尚挑了担子,他双手举钯,上前赶马。那马更不惧他,凭那呆子嗒嗒答答的赶,只是缓行不紧。①

《西游记》写风景基本用的是韵文,这是古代以诗文入小说来叙写风

---

① 吴承恩:《西游记》(李卓吾评本),上海:上海古籍出版社1994年12月版,第749—750页。

景的一个特点。多用诗文韵文不仅能产生胡适所说的"套语烂调",缺乏新鲜感受,也使风景和白话体的故事之间有了距离。《西游记》中的风景不参与故事意义的构成,只表明人物活动的场景。《老残游记》则不仅于此。

《老残游记》第十二回"寒风冻塞黄河水　暖气催成白雪辞"是小说中另一处描写风景的经典篇章:

> 老残洗完了脸,把行李铺好,把房门锁上,也出来步到河堤上看,见那黄河从西南上下来,到此却正是个湾子,过此便向正东去了。河面不甚宽,两岸相距不到二里。若以此刻河水而论,也不过百把丈宽的光景,只是面前的冰,插的重重叠叠的,高出水面有七八寸厚。再望上游走了一二百步,只见那上流的冰,还一块块的漫漫价来,到此地,被前头的拦住,走不动就站住了。那后来的冰赶上他,只挤得"嗤嗤"价响。后冰被这溜水逼的紧了,就窜到前冰上头去;前冰被压,就渐渐低下去了。看那河身不过百十丈宽,当中大溜约莫不过二三十丈,两边俱是平水。这平水之上早已有冰结满,冰面却是平的,被吹来的尘土盖住,却像沙滩一般。中间的一道大溜,却仍然奔腾澎湃,有声有势,将那走不过去的冰挤的两边乱窜。那两边平水上的冰,被当中乱冰挤破了,往岸上跑,那冰能挤到岸上有五六尺远。许多碎冰被挤的站起来,像个小插屏似的。看了有点把钟工夫,这一截子的冰又挤死不动了。老残复行往下游走去,过了原来的地方,再往下走,只见有两只船。船上有十来个人都拿着水杵打冰,望前打些时,又望后打。河的对岸,也有两只船,也是这么打。看看天色渐渐昏了,打算回店。再看那堤土柳树,一棵一棵的影子,都已照在地下,一丝一丝的摇动,原来月光已经放出光亮来了。
>
> ……抬起头来,看那南面的山,一条雪白,映着月光分外好看。一层一层的山岭,却不大分辨得出,又有几片白云夹在里面,所以看不出是云是山。及至定神看去,方才看出那是云、那

是山来。虽然云也是白的,山也是白的,云也有亮光,山也有亮光,只因为月在云上,云在月下,所以云的亮光是从背面透过来的。那山却不然,山上的亮光是由月光照到山上,被那山上的雪反射过来,所以光是两样子的。然只就稍近的地方如此,那山往东去,越望越远,渐渐的天也是白的,山也是白的,云也是白的,就分辨不出甚么来了。①

黄河之冰与黄河之月,不仅是单纯的风景描写,也饱含着观看者老残的家国之思。这段月夜看河的经历与黄河治水是相关的,从"奔腾澎湃,有声有势"的文字中可以看出作者刘鹗对黄河的情感。小说"原评"道:"止水结冰是何情状?流水结冰是何情状?小河结冰是何情状?大河结冰是何情状?河南黄河结冰是何情状?山东黄河结冰是何情状?须知前一卷所写是山东黄河结冰。"这样精准的描画在胡适看来是实地观察的结果,也即是一种写实的艺术。胡适十分推崇河光雪月的这段文字,也是因为其细致刻画完全是由现实的观察得来,形成的意境具体而美丽,不是套语滥调可以营造出来的。阿英说胡适的评价是恰当的,只是《老残游记》可以达到如此程度的关键原因在于"刘铁云头脑科学化"②。

"科学"在五四以及现代史上包含有尊重现实的意思,表现在文学上即要求用"现实主义"来反映社会人生。以谴责小说的眼光来看《老残游记》,并不与"现实主义"相抵触。正因为对于现实太了解,才会产生谴责的情绪。只是《老残游记》在谴责方面比《官场现形记》和《二十年目睹之怪现状》更多文人气息,谴责的方式也不太相同,且有自己的主张在里面。延续了这样一种现实的游记体小说写法的代表作品还有张恨水的《燕归来》。张恨水在三四十年代写过好几部记述主人公游历的作品,如《蜀道难》《一路福星》《平沪通车》等,而《燕归来》与《西游记》有更为明显的关联。

---

① 刘鹗:《老残游记》,上海:上海古籍出版社1991年10月版,第69—70页。
② 阿英:《晚清小说史》,上海:商务印书馆1937年5月版,第41页。

《燕归来》1934年连载于《新闻报》,是张恨水小说中的上乘之作。如果说《西游记》的本源故事是玄奘历经艰险西行取经,那么《燕归来》就是张恨水游历西北之后的成果。感同时人开发西北的想法,张恨水于1934年5月开始了他的西北旅行。这段旅行由北平至郑州到洛阳抵潼关,再由潼关至西安,由西安到平凉最后到兰州。这次西北之行,据张恨水说是"意在调查西北民生疾苦,写入稗官"①,所以和玄奘取经一样,是有目的的,不仅是游山玩水。西北之行开阔了张恨水的视野,也使他的思想"起了极大的变迁"②。西北萧瑟的风情和西北人惨淡的生活远远超出张恨水的想象。张恨水说:"文字是生活和思想的反映,所以在西北之行以后,我不讳言我的思想完全变了。文字自然也变了。"③西北之行可以说是张恨水写作的一个转折点,之前《金粉世家》等小说中的"金粉之气"在张恨水三四十年代的作品中渐趋消散,对于痛苦的世俗人生的叙写成了张恨水着笔的所在。直接由这次西北之行产生的文字,有散文《西游小记》④和两部小说《小西天》与《燕归来》。同属记游体例,《西游小记》和《燕归来》可以对照来读。《燕归来》用人物故事串联起了《西游小记》中一处处的行旅见闻。

　　张恨水谈《燕归来》道:"我为了要描写西北那些惨状,曾用一种倒叙法,将十九年的灾情写出。将一个逃难的女孩子为主干,数年之间,来回两次西北,书名是《燕归来》。这书发表于《新闻报》,后在上海出版,天津也有人盗印。敌伪时代,曾拍电影,听说被日本人

---

① 张恨水:《西游小记》,张恨水:《北京人随笔》,长春:时代文艺出版社2015年8月版,第37页。
② 张恨水:《写作生涯回忆》,北平《新民报》1949年1月1日至2月15日,张占国、魏守忠编:《张恨水研究资料》,天津:天津人民出版社1986年10月版,第63页。
③ 张恨水:《写作生涯回忆》,北平《新民报》1949年1月1日至2月15日,张占国、魏守忠编:《张恨水研究资料》,天津:天津人民出版社1986年10月版,第63页。
④ 张恨水散文《西游小记》1934年9月至1935年7月发表于上海《旅行杂志》第8卷第9号至第9卷第7号上。

禁止。"①《燕归来》的女主人公杨燕秋是甘肃人,儿时西北灾荒,难民无数。燕秋一家一路逃难,亲人分散,燕秋卖身救父母,辗转到南京,遇见一位好心的司长,收为义女,逐渐长成,在学校成了被追捧的校花。义父母死后,燕秋决定回西北,寻找她的亲生父母和两位哥哥。西北之行的故事由此展开。小说第一回至第六回,叙述的是西北之行的因由。第一回写燕秋义父死了,引出燕秋的身世。第二回至第五回,燕秋向她的几位同学即她的追求者们诉说身世。第五回至第六回,燕秋请四位追求者伴送她回西北,其中一位石耐劳移情别恋,临阵告退,其他三位男友伍健生、费昌年、高一虹陪同燕秋踏上西北之旅。第二回至第五回是长篇的倒叙,在小说里的位置很突出。"西北那些惨状"被叙述得淋漓尽致,同时第一人称的回忆性叙述和小说总体的第三人称叙事之间构成张力。叙事主体和声音的转换让西北成为焦点,主人公的身世成了牵扯小说叙事行为的动力。第七回至小说最后第四十二回,叙述的是西北之行的旅程经过。旅程行经路线和张恨水的西北之行是一致的。以燕秋为中心的一行四人从南京到兰州,沿途的山川风景和历史遗迹借由主人公的言行视角被生动地记述下来。主人公之间的关系也因长途跋涉逐渐改变。燕秋的三位追随者也是情敌,他们伴随燕秋西行出于共同的目的。但发现燕秋对他们一视同仁,以友谊相待,便渐生不满。高一虹是第一个离去的,他在西安半途而返,舍燕秋而寻郎珠去了。费、伍二人伴燕秋到达兰州。费昌年不告而别,伍健生终于尽了朋友之义,在小说结尾处离开兰州。健生早在潼关便感到追求无望,心生归意,可他却是最后一个离开燕秋的,一路的心理曲折可想而知。燕秋找到二哥,留在家乡,和新结识的程力行工程师渐生爱意。

  作为一部典型的游记体小说,《燕归来》和《西游记》之间的关联是十分明显的。三人相伴一人西行的游记结构,在《西游记》中是师

---

① 张恨水:《写作生涯回忆》,北平《新民报》1949年1月1日至2月15日,张占国、魏守忠编:《张恨水研究资料》,天津:天津人民出版社1986年10月版,第63页。

徒取经,在《燕归来》中是男女相随。张恨水显然受到《西游记》故事结构的启发,把自身的西行经历用"三个和一个"的人物关系来演绎出来。男女相悦自然比师徒帮护更能适合现代的情境。《西游记》中虽然三位徒弟辅佐唐僧走完了全部行程,但中间不时有猪八戒的"散伙"之意和孙悟空的被逐而离。《燕归来》把这种旅行者之间的不和关系放大了,男友们的失望而别增强了小说的故事性,人物情感因此得以更细腻的描摹。"西游"是两部小说主人公共同的旅行方向,张恨水把他写这段经历的散文命名为"西游小记",很可以见出他创作背后《西游记》的影子。"取经"是唐僧的目的,建设西北是燕秋的目的,在三位追随者的帮助下,他们的目的最终达成。燕秋留在家乡,和建设西北的工程师程力行连理相伴,必会有一番作为。

除了整体结构相似外,《燕归来》在具体叙述中就提到了《西游记》。小说第二十六回郊县县长孙执诚对主人公一行说道:"可以看看这里的农村,同时看看西游记上说的花果山水帘洞。"费昌年笑着说:"那是小说上瞎说的,哪里会真有这么一个地方?"孙执诚答道:"唯其是小说上瞎说过了,后人就附会着成立这两处名胜,这当然是不足一观。"①这段讨论小说真实性的对话很值得玩味。《西游记》是小说,所以小说里写的花果山水帘洞都是虚构的,现实中不会有这样的地方。如果有,那就是"附会"的。而孙执诚、费昌年都是小说中的人物,他们在讨论小说的虚构问题,这本身也是虚构的。所以借虚构小说的人物来讨论另一部虚构小说的真实性,是很荒诞的事情。但张恨水这样写,是把《燕归来》当成了一部真实的叙事作品。至少和神魔小说《西游记》相比,《燕归来》是写实的。在散文《西游小记》中,就有一节写"猇猇愁祀孙悟空",一节写"花果山水帘洞大佛寺"②,可以作为《燕归来》的现实性解读。《燕归来》第二十六回叙述花果山之游道:

---

① 张恨水:《燕归来》,北京:国际文化出版公司2013年7月版,第276页。
② 张恨水:《西游小记》,张恨水:《北京人随笔》,长春:时代文艺出版社2015年8月版,第59、101页。

健生、昌年立刻兴奋起来,站在车上看。马振邦笑着向路边一个山嘴子指着道:"你二位相信这地方,能生长出一个齐天大圣来吗?"看时,是一个谷口,正对了这汽车路,谷口东边是一个山头,也不过上十丈高,突出了一大部分石头,这石头也是和别个山上的石头一样,并不怎样的结实。因为在那颜色上略带了一些土色,可以看得出来。随着这山石上下凹凸不平的所在,凿了长的方的半圆的窟窿,可是顶大的,也只好刚刚进去一个人,这谈不上什么石刻。在那些窟窿上下的所在,有几颗碗来粗树干的小树,还有两块布写的横幅,被风雨所侵,也都变成了灰白色挂在山石上,当了一种庙里的匾额。健生道:"这当然是后人附会的,但是后人也附会的不大高明,像孙猴子这种妖怪,应当在深山大泽里潜修出来,那山不是人不能到,也是人很不容易上去的所在。这比屋略微高一些的山头,妖人也藏不住。"执诚笑道:"花果山不好,水帘洞或者不错。由这山里进去约莫两里路,要不要进去看一看?"昌年向马振邦笑道:"马先生进去过没有?"他笑道:"若是各位不嫌我扫兴的话,我就实说,那里的山头,当然是和这里一样。虽然有一道泉水,有水的日子很少。有水,也并不是由洞门口挂着流下来,像一幅门帘子,是另外流着一道水沟。来回五六里的走着,那是太不合算。"他这样的说了,其余的客人,也同声相和。昌年笑道:"既是这么着,就不必耽误行程了,我们走了吧。"①

就《西游小记》记述,张恨水看了"花果山"没有去"水帘洞",小说《燕归来》叙述的情形和散文一致。但小说比散文读来更有味,众人的谈论化解了风景的扫兴,或者说人物故事让萧瑟的西北风情富有了生气和意味。《燕归来》的好处就是主人公一路参与、讨论、评点了风景名胜的好与坏,让游记充分显出人文关怀。这在《西游记》是

---

① 张恨水:《燕归来》,北京:国际文化出版公司 2013 年 7 月版,第 278—279 页。

完全没有的。

《燕归来》直接谈论了《西游记》,也游历了《西游记》提到的地方。《燕归来》第十八回,燕秋一行人游历慈恩寺。高一虹说道:"据传说,唐朝的新进士都在这里题名,又有人说,不一定是得了进士就在这里题名,不过曲江饮宴之后,进士们喜欢在这里题名罢了。所以雁塔题名,就是古时读书人一种荣耀。也可以想到这慈恩寺的雁塔,是以前曲江的风景之一。想当年的曲江,必定水流到这庙前来。"①高一虹的议论也是张恨水的议论,西行景观加上人文历史故事,既使小说充满兴味,也见出主人公或者作者的才学来。《燕归来》的叙事是思齐古人的。慈恩寺的历史与唐朝进士有关,《西游记》对慈恩寺的历史也有一段交代。第一百回,唐太宗请唐僧讲经,传令"把真经各虔捧几卷,同朕到雁塔寺,请御弟谈经去来"。唐僧方诵经,被八大金刚召回,腾空西去。《西游记》叙道:"太宗与多官拜毕,即选高僧,就于雁塔寺里修建水陆大会,看诵《大藏真经》,超脱幽冥业鬼,普施善庆,将誊录过经文传播天下,不提。"②这是对西天取经功德圆满的交代,也与第九回至第十一回"唐太宗地府还魂"(第十回回目)叙述取经因由的文字遥相映照。雁塔寺传经与慈恩寺题名,都是联系了名胜之地与历史故事的叙说。《燕归来》的主人公们游历《西游记》中的名胜之地,流露出对古来故事与历史的追慕与感怀。

《燕归来》是现代小说中受《西游记》影响最深的一部作品。虽然蜕去了"神魔"外衣,却和《西游记》有种"神似",表现出现代人对《西游记》接受的可能性。但同样是游记体小说,张恨水对这种文体有了更自觉的意识。他说:"我的游历,向来是不着重游山玩水。因为山水是静的东西,在人生过程中,除了大遭难,很少有变迁。唐宋人看了那山水,作下了一篇游记,可能现在去看,还是那样,你再写

---

① 张恨水:《燕归来》,北京:国际文化出版公司2013年7月版,第190页。
② 吴承恩:《西游记》(李卓吾评本),上海:上海古籍出版社1994年12月版,第1348、1349页。

一遍,也不见得有什么新鲜。何况那里的山水名胜,也不断的有人记载。我的游历,是要看动的,看活的,看和国计民生有关系的。我写出来,当然也是如此。这种见解,也许因为我是个新闻记者的关系,新闻记者是不写静的、死的事物的。"[1]《燕归来》的主人公在西北游山玩水的同时,稽考人文历史,领受现实疮痍。燕秋西行是要回乡寻亲和建设家园的,小说的游记带有明显的人情冷暖和现实关怀。《西游记》唐僧师徒神魔式的取经遭遇虽也处处隐射现实,讥讽人世,但小说毕竟缺乏对游记本身的自觉。山水对唐僧师徒而言只是一种遭遇,并不是用来玩赏的,并且虚拟或虚构的山水也使游记丧失兴味。由这点看来,现代游记体小说真正落实了"游"的地理图景,行走在现实山水间,人物故事的曲折情致,让山水成了活物,成了小说故事意义的结构性部分。相比于《西游记》,这是《燕归来》等小说"现代性"的所在。

---

[1] 张恨水:《写作生涯回忆》,北平《新民报》1949年1月1日至2月15日,张占国、魏守忠编:《张恨水研究资料》,天津:天津人民出版社1986年10月版,第61—62页。

第四章
《金瓶梅》与现代世情书

在中国章回小说从《三国演义》《水浒传》等世代累积型创作向文人独立创作的转变过程中,《金瓶梅》是一部标志性的作品。《金瓶梅》一百回,初刻于明朝万历年间,作者兰陵笑笑生。笑笑生为何人?学界已提出五十多位可能的作者,至今尚无定论。不管作者生平如何,不能影响《金瓶梅》成为世间"第一奇书"。谢颐《批评第一奇书金瓶梅叙》道:"故悬鉴燃犀,遂使雪月风花、瓶罄篦梳、陈茎落叶诸精灵等物,妆娇逞态,以欺世于数百年间,一旦潜形无地,蜂蝶留名,杏梅争色,竹坡其碧眼胡乎!"①清初康熙年间,彭城张竹坡评本《皋鹤堂批评第一奇书金瓶梅》刻印,这是后来流传最广的版本。谢颐为这一版本作序,盛赞张竹坡为留

---

① 谢颐:《批评第一奇书金瓶梅叙》,黄霖编:《金瓶梅资料汇编》,北京:中华书局1987年3月版,第4页。

存、诠释《金瓶梅》作出了重要贡献。

张竹坡评本以明代崇祯年间的《新刻绣像批评金瓶梅》为底本,但小说文字与"绣像本"有所不同。《金瓶梅》主要有两种版本,一种是万历年间的《新刻金瓶梅词话》,一种是崇祯年间的《新刻绣像批评金瓶梅》,现存《金瓶梅》均从"词话本"或"绣像本"而来。学界一般认为:"崇祯本是以万历词话本为底本进行改写的,词话本刊印在前,崇祯本刊印在后。崇祯本与词话本是母子关系,而不是兄弟关系。"①田晓菲提出了不同的看法:"既然在这两大版本系统中,无论词话本还是绣像本的初刻本都已不存在了(更不用提最原始的手抄本),词话本系统版本和绣像本系统版本以及原始手抄本之间的相互关系,似乎还不是可以截然下定论的。"②"词话本"和"绣像本"存在诸多不同,正如《金瓶梅》作者之谜一样,这两个版本系统之间的关系没有定论,对两者的评价喜好也见仁见智。田晓菲认为:"它们之间最突出的差别是词话本偏向于儒家'文以载道'的教化思想:在这一思想框架中,《金瓶梅》的故事被当做一个典型的道德寓言,警告世人贪淫与贪财的恶果;而绣像本所强调的,则是尘世万物之痛苦与空虚,并在这种富有佛教精神的思想背景之下,唤醒读者对生命——生与死本身的反省,从而对自己、对自己的同类,产生同情与慈悲。"③鉴于版本流传程度和小说主旨,本章所讨论的《金瓶梅》选用"绣像本"和张竹坡评本。

《金瓶梅》讲述了西门庆及其妻妾的故事。小说内容多涉性事,故被目为"秽书"。不过历来喜爱《金瓶梅》者多有辩词。如东吴弄珠客序《金瓶梅》道:"盖为世戒,非为世劝也。余尝曰:读《金瓶梅》而生怜悯心者,菩萨也;生畏惧心者,君子也;生欢喜心者,小人也;

---

① 王汝梅:《前言》,闫昭典、王汝梅、孙言诚、赵炳南校点:《新刻绣像批评金瓶梅(会校本·重订版)》,香港:三联书店有限公司2011年10月版,第11页。

② 田晓菲:《前言》,田晓菲:《秋水堂论金瓶梅》,天津:天津人民出版社2014年1月版,第5页。

③ 同上书,第6页。

生效法心者,乃禽兽耳。"①张竹坡谈《金瓶梅》读法时说:"凡人谓《金瓶》是淫书者,想必伊止知看其淫处也。若我看此书,纯是一部史公文字。"又说:"作《金瓶梅》者,必曾于患难穷愁,人情世故,一一经历过,入世最深,方能为众脚色摹神也。"②即使是辩词,但只要读过《金瓶梅》,无论是"词话本"还是"绣像本",都可知《金瓶梅》的容量远超那些性事描写。"淫书"是古代性禁忌的产物,对当今用正常心态看待性的读者而言,《金瓶梅》的特别处不在"淫"而在"奇"。

在《中国小说史略》中,鲁迅把《金瓶梅》归为"明之人情小说",不过在具体论述时,以"世情书"称《金瓶梅》。"诸'世情书'中,《金瓶梅》最有名。""作者之于世情,盖诚极洞达,凡所形容,或条畅,或曲折,或刻露而尽相,或幽伏而含讥,或一时并写两面,使之相形,变幻之情,随在显见,同时说部,无以上之,故世以为非王世贞不能作。至谓此书之作,专以写市井间淫夫荡妇,则与本文殊不符,缘西门庆故称世家,为缙绅,不惟交通权贵,即士类亦与周旋,著此一家,即骂尽诸色,盖非独描摹下流言行,加以笔伐而已。"③鲁迅的观点非常明确,以"淫书"或"秽书"看待《金瓶梅》,"则与本文殊不符"。在《中国小说的历史的变迁》中,鲁迅把明朝小说分为"两大主潮:一、讲神魔之争的;二、讲世情的"。"讲世情的小说""大概都叙述些风流放纵的事情,间于悲欢离合之中,写炎凉的世态。其最著名的,是《金瓶梅》"。④ 无论"人情"还是"世情",都与张竹坡所说"人情世故""入世最深"等语相承。"世情书"更能概括《金瓶梅》的主要内容及其对"炎凉的世态"的写照,而在现代通俗小说的创作中,"世情书"

---

① 东吴弄珠客:《金瓶梅序》,闫昭典、王汝梅、孙言诚、赵炳南校点:《新刻绣像批评金瓶梅(会校本·重订版)》,香港:三联书店有限公司2011年10月版,第1页。

② 张竹坡:《批评第一奇书〈金瓶梅〉读法》,王汝梅、李昭恂、于凤树校点:《张竹坡批评第一奇书 金瓶梅》(上),济南:齐鲁书社1987年1月版,第42页。

③ 鲁迅:《中国小说史略》,《鲁迅全集》(第9卷),北京:人民文学出版社2005年11月版,第187页。

④ 鲁迅:《中国小说的历史的变迁》,《鲁迅全集》(第9卷),北京:人民文学出版社2005年11月版,第337、340页。

乃一大宗。

第一节　晚明与晚清

《金瓶梅》从《水浒传》中武松、潘金莲、西门庆的人物故事分化出来。第一回"西门庆热结十兄弟　武二郎冷遇亲哥嫂"到第八十七回"王婆子贪财忘祸　武都头杀嫂祭兄",①和《水浒传》潘金莲故事的起结相照应,但其中大部分内容是写潘金莲嫁与西门庆那几年的生活。八十七回之后,陈敬济、庞春梅埋葬、祭奠潘金莲及之后的故事,均与《水浒传》无关。但既然是从《水浒传》分化出来的,小说故事发生的时间便和《水浒传》一致。《金瓶梅》第一回即交代故事发生在"大宋徽宗皇帝政和年间",地点在"山东省东平府清河县",②第一百回金兵南下,掳去徽、钦二帝,靖康之变,高宗称帝,南宋偏安,《金瓶梅》在此结尾。所以《金瓶梅》叙述的是北宋末十年左右的故事,而《金瓶梅》的研究者都认为小说其实是借北宋故事写晚明社会。

欣欣子给《金瓶梅词话》作序,开首即言:"窃谓兰陵笑笑生作《金瓶梅传》,寄意于时俗,盖有谓也。"③已指出《金瓶梅》写作的现实意义。明人谢肇淛在《金瓶梅跋》中对小说内容作了一个概述:"其中朝野之政务,官私之晋接,闺闼之媟语,市里之猥谈,与夫势交利合之态,心输背笑之局,桑中濮上之期,尊罍枕席之语,驵侩之机械意智,粉黛之自媚争妍,狎客之从谀逢迎,奴怡之稽唇淬语,穷极境象,駴意快心。"④这一概述直指晚明社会。宁宗一称《金瓶梅》为

---

①　《金瓶梅》"词话本"第一回回目是"景阳冈武松打虎　潘金莲嫌夫卖风月",第八十七回回目是"王婆子贪财受报　武都头杀嫂祭兄"。
②　王汝梅、李昭恂、于凤树校点:《张竹坡批评第一奇书　金瓶梅》(上),济南:齐鲁书社1987年1月版,第13页。
③　欣欣子:《金瓶梅词话序》,黄霖编:《金瓶梅资料汇编》,北京:中华书局1987年3月版,第1页。
④　谢肇淛:《金瓶梅跋》,黄霖编:《金瓶梅资料汇编》,北京:中华书局1987年3月版,第3—4页。

"堕落时代的一面镜子":"小说集中反映的社会生活则是正德以后到万历中期,特别是嘉靖年间的社会现实状态。这一时期,也正是明王朝急遽地走向衰落,世风浇漓的时期。社会矛盾的激化,统治集团的腐败无能,特别是武宗的荒淫、世宗的昏聩、神宗的怠荒,使朝政完全陷入了不可收拾的局面。《金瓶梅》真实地深刻地反映了这个时代的方方面面。"①晚明社会昏乱,却成就了王阳明、李卓吾等晚明思想家。晚明思想之于传统的叛逆性及其本身的真诚性,是《金瓶梅》成为"奇书"的根本原因,也是后来五四思想家把中国现代性的源头追溯至晚明的依据。

1932年春,周作人到辅仁大学演讲,把明后期公安派、竟陵派的文学和新文学相比较,认为"他们对于中国文学变迁的看法,较诸现代谈文学的人或者还更要清楚一点",并且判定:"明末和现今两次文学运动的趋向是相同的了。"②周作人把中国新文学的源头追溯到晚明,公安派"独抒性灵,不拘格套"的主张和新文学相通。后来的研究者依此把中国现代文学的起源与晚明勾连起来。在王德威主编的《新编中国现代文学史》中,李奭学撰写的第一章"现代中国'文学'的多重缘起"便论及了晚明思想与文学。李奭学把生活于明朝嘉靖至天启年间的思想家杨廷筠作为晚明文学观念新变的重要代表,杨廷筠与西方传教士多有往来,并信奉天主教。李奭学认为,晚明袁宏道、徐渭、冯梦龙等人"都对长久以来备受排挤的小说与戏曲文类做出巨大贡献,因此可被视为文学现代化的先驱。就某种程度而言,他们的创新也反映社会的变动,这与皇权中衰,城市经济勃兴,西方教会文化东来,以及儒家思想的激进个人主义转向都有关系"③。晚明社会昏乱与新思想的发动带来了文学新变,如果说周作

---

① 宁宗一:《〈金瓶梅〉十二讲》,北京:北京出版社2016年2月版,第46页。

② 周作人讲校,邓恭三记录:《中国新文学的源流》,北平:人文书店1932年9月版,第43、52页。

③ 王德威主编:《哈佛新编中国现代文学史(上)》,台北:麦田出版2021年2月版,第58页。

人是在新文学和晚明文学之间建立起了联系,那么后来的研究者则更看重整个现代文学的传统渊源。当把中国现代文学的发生从新文学前移至晚清,晚清与晚明之间便获得了相关联的视点。

在周作人的论述中,晚明与晚清已有交集。周作人认为公安派与竟陵派文学在晚清学者俞樾那里"复活了过来",特别是俞樾"将小说当作文学看",①可见出新的文学性情。李奭学在论及杨廷筠之后,直接谈论晚清文学的新变,也可见出关于现代文学发生的总体思路。陈平原在"晚明与晚清国际学术研讨会"上的发言中道:"从晚明看晚清,或者反过来,从晚清看晚明,不难发现,二者之间存在着某种潜在的'对话'关系。""如果说30年代发现了'五四与晚明',80年代注重"五四与晚清",那么,今天想努力发掘的,是同样很有学术生长点的'晚明与晚清'。"②晚明与晚清有诸多方面的可比性,1911年《申报·自由谈》有《明清末造之比较》一文,罗列了两个时代的种种相类处。③"对于晚清而言,晚明历史更多成为了'现在中国写照'"④,成为了可以相互镜鉴的对象。由此,晚明小说《金瓶梅》与晚清小说之间便具有了实在的关联。

晚清人并不把《金瓶梅》当淫书看。狄楚青道:"《金瓶梅》一书,作者抱无穷冤抑,无限深痛,而又处黑暗之时代,无可与言,无从发泄,不得已藉小说以鸣之。其描写当时之社会情状,略见一斑,然与《水浒传》不同。《水浒》多正笔,《金瓶》多侧笔;《水浒》多明写,《金瓶》多暗刺;《水浒》多快语,《金瓶》多痛语;《水浒》明白畅快,《金瓶》隐抑悽恻;《水浒》抱奇愤,《金瓶》抱奇冤。处境不同,故下笔亦不同。且其中短简小曲,往往隽韵绝伦,有非宋词元曲所能及

---

① 周作人讲校,邓恭三记录:《中国新文学的源流》,北平:人文书店1932年9月版,第88、89页。
② 陈平原:《从"议程表"说起——在"晚明与晚清国际学术研讨会"开幕式上的发言》,陈平原、王德威、商伟编:《晚明与晚清:历史传承与文化创新》,武汉:湖北教育出版社2002年3月版,第617页。
③ 甬上子枚:《明清末造之比较》,《申报·自由谈》1911年12月30日。
④ 秦燕春:《清末民初的晚明想象》,北京:北京大学出版社2008年12月版,第53页。

者。又可征当时小人女子之情状,人心思想之程度,真正一社会小说,不得以淫书目之。"①王钟麒道:"读小说数十百种,有好有不好,其好而能至者,厥惟施耐庵、王弇州、曹雪芹三氏所著之小说。""天下有过人之才人,遭际浊世,把弥天之怨,不得不流而为厌世主义,又从而摹绘之,使并世者之恶德,不能少自讳匿者。""轻薄小儿,以其善写淫媟也宝之,而此书遂为老师宿儒所诟病,亦不察之甚矣。"②狄楚青、王钟麒等都是晚清著名文人、评论家,王钟麒虽然把《金瓶梅》作者认成王世贞,但认为《金瓶梅》是作者"遭际浊世"而发的"弥天之怨",不能不说是切中肯綮之语。晚清文人不把《金瓶梅》看成淫书,为其平反,可当得《金瓶梅》知音,而这实在也因为晚清文人同《金瓶梅》作者一样"处黑暗之时代",都抱有"无穷冤抑,无限深痛"。同样的现实感受,自然产生一种设身处地的悲悯。

《金瓶梅》第一百回金兵南下,"但见:烟尘四野,日蔽黄沙。封豕长蛇,互相吞噬;龙争虎斗,各自争强。皂帜红旗,布满郊野;男啼女哭,万户惊惶"③。这一时情世态的宏大描述是之前小说所有人物故事的底色。格非在分析这一回时,用"陆沉"二字来概括:"《金瓶梅》将亡国之变的'陆沉',作为全书收结的最后一个悲剧性的动力,可谓得天独厚,力透纸背。"④在"陆沉"的末世背景下来看《金瓶梅》,西门庆的贪淫、潘金莲的娇纵、李瓶儿的执迷,这些小说中的人事便不难得到理解。"陆沉"在晚清是同样的时代创痛。晚清《国粹学报》《复报》所刊诗文多发"陆沉"之感慨。如《悲余生》云:"莽莽谁为国四封,东门牵犬亦难容。陆沉人物讥挥麈,世乱功名讬赁春。"⑤《正气集》云:"起神州之陆沉者,何莫非一息之正气有以维系

---

① 平子:《小说丛话》,《新小说》第 8 号,1903 年 10 月。
② 天僇生:《中国三大家小说论赞》,《月月小说》第 2 卷第 2 期,1908 年。
③ 王汝梅、李昭恂、于凤树校点:《张竹坡批评第一奇书 金瓶梅》(下),济南:齐鲁书社 1987 年 1 月版,第 1571 页。
④ 格非:《雪隐鹭鸶——〈金瓶梅〉的声色与虚无》,南京:译林出版社 2014 年 8 月版,第 335 页。
⑤ 《悲余生》,《国粹学报》第 1 卷第 5 期,1905 年。

之哉。"①并由此频频回顾晚明人物事迹,如邓实《明末四先生学说》中有"中原涂炭,神州陆沉"②之感,陈去病《明遗民录叙》中有"则神洲纵陆沉而人兽其倘堪判乎"③之叹。祭张苍水、怀瞿式耜,都不免"坐看神州已陆沉"的悲哀。④ 以"神州陆沉"来看晚明与晚清这两个时代,相似之处不言而喻。

1915年,梁启超发表《告小说家》,文中道:"近十年来,社会风习,一落千丈,何一非所谓新小说者阶之厉?循此横流,更阅数年,中国殆不陆沉焉不止也。"梁启超把社会风气的败坏归于小说,认为再如此下去,必然"陆沉"。那么到底是什么样的小说让梁启超下如此激烈的断语呢?梁启超说道:"其什九则诲盗与诲淫而已,或则尖酸轻薄毫无取义之游戏文也。于以煽诱举国青年子弟,使其桀黠者濡染于险诐钩距、作奸犯科,而摹拟某种侦探小说中之节目;其柔靡者浸淫于目成魂与、逾墙钻穴,而自比于某种艳情小说之主人翁。于是其思想习于污贱龌龊,其行谊习于邪曲放荡,其言论习于诡随尖刻。"梁启超把"近十年"的小说总结为"诲盗与诲淫",可见他在1902年提出的"新小说"主张在后来的创作实践中没有按其意图被实现,依然和他在1898年《译印政治小说序》中所总结的传统小说的弊病一样。无疑这令梁启超十分悲愤,甚至说出"因果报应"的话:"公等若犹是好作为妖言以迎合社会,直接坑陷全国青年子弟使堕无间地狱,而间接戕贼吾国性使万劫不复,则天地无私,其必将有以报公等。"⑤愤激之情溢于言表。梁启超把小说与"陆沉"直接联系起来,败坏的小说会害人误国。不仅小说可以导致"陆沉","陆

---

① 邓实:《正气集》,《国粹学报》第2卷第1期,1906年。
② 邓实:《明末四先生学说》,《国粹学报》第2卷第3期,1906年。
③ 陈去病:《明遗民录叙》,《国粹学报》第3卷第3期,1907年。
④ 东阳令史子孙:《张苍水二百二十六年周忌祭发文》有"置中原于不问,视神州之陆沉"等语。《复报》第9期,1907年。瞿式耜:《浩气吟》云:"岩疆四载尽臣心,坐看神州已陆沉。职守殉城身岂易,恩期勇死报应深。"《国粹学报》第2卷第5期,1906年。
⑤ 梁启超:《告小说家》,《中华小说界》第2卷第1期,1915年。

沉"何尝不在小说上得到反响。1904年徐念慈发表连载小说《情天债》，第三回回目即为"黑暗现象中原陆沉"①，通过小说描述黑暗社会的陆沉景象。如说晚清小说界革命没有实现梁启超的期待目标，那是因为在很大程度上晚清小说无法逃离陆沉时代的影响。梁启超批评晚清小说的那些话，正与否定《金瓶梅》者相合。

《金瓶梅》与晚清小说确实可相互对照，特别是在狭邪小说方面尤为突出。晚清狭邪小说兴盛，鲁迅说："若以狭邪中人物事故为全书主干，且组织成长篇至数十回者，盖始见于《品花宝鉴》。"②《品花宝鉴》有1852年刊本，写世家公子与男伶同性恋爱的故事。《金瓶梅》中西门庆私狎书童、温葵轩强占画童的事，已为后来小说的这类描述开了头。不仅如此，《品花宝鉴》还直接提到《金瓶梅》。小说第三十四回，李元茂醉酒在魏聘才住宿的宏济寺中，醒来看见"靠着窗一张书案，摆著两套小书，元茂看书套签子上写著《金瓶梅》"③。魏聘才吸鸦片、宿娼妓，在外招摇撞骗。当李元茂看见书案上《金瓶梅》的时候，魏聘才正在做一桩买卖官缺的生意，而寺庙中的唐和尚也是这桩生意的中间人。代表着"酒色财气"的《金瓶梅》在此处无疑是点睛之笔。

《品花宝鉴》中有一座怡园，是小说主人公，那些世家子弟与男伶相会游乐的所在。小说对怡园的描写颇似《红楼梦》中的大观园，但也可追溯到西门庆家的大花园。西门庆的花园中有卷棚、有假山、有山洞、有翡翠轩、有葡萄架，都是欢宴享乐之所在。在《品花宝鉴》的怡园之后，狭邪小说中较著名的庭园还有《海上花列传》的一笠园。一笠园中文人风雅，艳妓群集，是《海上花列传》诸人物闲情娱心的所在，和花园之外的妓家故事成一对照。如果说一笠园多得大观园的承续，是《金瓶梅》以后写男女情事的象征性场所，那么《海上花列传》写妓家故事则可以直接追溯到《金瓶梅》中的相关描述。

---

① 东海觉我:《情天债》第三回,《女子世界》第3期,1904年。
② 鲁迅:《中国小说史略》,《鲁迅全集》(第9卷),北京:人民文学出版社2005年11月版,第264页。
③ 陈森:《品花宝鉴》,北京:中华书局2004年7月版,第339页。

西门庆的第二房妻子李娇儿便是从勾栏中娶回的,西门庆与十兄弟饮酒作乐多在院中(青楼)。小说第十一回李桂姐出场,被西门庆相中,桂姐是李娇儿的侄女,拜西门庆正妻吴月娘为干娘,至此常在西门庆家中出入。西门庆对李桂姐由热而冷,其间经过贯穿于《金瓶梅》的主体故事之中。李桂姐之外,还有吴银儿、郑爱月儿、齐香儿、韩金钏儿等一众院中女子。《金瓶梅》写西门庆等人与院中女子饮酒作乐的场景,多情态,少色相,与西门庆和其他妇人之间行乐的直露描写颇为不同。这或许也是《海上花列传》虽专叙妓家生活,却不涉淫事的来由。

  《金瓶梅》中的食与色往往是连在一起的。《金瓶梅》的饮食叙写十分著名。"中国古代小说中,写饮食,特别是写饮酒出色的在《三国》《水浒》等名著中时见精彩的片段","但总的说来,还不那么普遍与细致。唯有《红楼梦》,可与《金瓶梅》旗鼓相当"。①《金瓶梅》中的大小各色宴饮,是小说叙事很重要的构成部分,不仅描画出晚明社会迷醉的生活,小说人物也在各种酒席间尽显声色。小说第二十回"傻帮闲趋奉闹华筵"写应伯爵、吴大舅等人吃会亲酒,第三十一回"西门庆开宴为欢"写刘公公、薛公公、周守备等人到西门庆家吃满月酒,第四十九回"请巡按屈体求荣"写西门庆招待蔡御史,不仅有"珍馐果品",而且有董娇儿、韩金钏儿作陪,"于是月下与二妓携手,恍若刘阮之入天台"。② 酒色觥筹,几乎成了《海上花列传》的主要故事场景,小说人物的结交、捧场、消遣、谈生意、讲人情、闹别扭等,均可发生在筵席之上。吃不完的一场又一场筵席成了小说日常叙事的主导。《海上花列传》第三回洪善卿先在西棋盘街陆秀宝家吃酒:

  陆秀宝上前筛了一巡酒,朴斋举杯让客,大家道谢而饮。第

---

 ① 黄霖:《黄霖讲〈金瓶梅〉》,上海:东方出版中心2017年6月版,第196页。
 ② 王汝梅、李昭恂、于凤树校点:《张竹坡批评第一奇书 金瓶梅》(上),济南:齐鲁社1987年1月版,第719、722页。

一道菜照例上的是鱼翅,赵朴斋待要奉敬,大家拦说:"勿客气,随意好。"朴斋从直遵命,只说得一声"请"。鱼翅以后,方是小碗。陆秀林已换了出局衣裳过来,杨家姆报说:"上先生哉。"秀林、秀宝也并没有唱大曲,只有两个乌师坐在帘子外吹弹了一套。

及至乌师下去,叫的局也陆续到了。张小村叫的马桂生,也是个不会唱的。孙素兰一到,即问袁三宝:"阿曾唱?"袁三宝的娘姨会意,回说:"耐咪先唱末哉。"孙素兰和准琵琶,唱一支开片,一段京调。庄荔甫先鼓起兴致,叫拿大杯来摆庄。杨家姆去间壁房里取过三只鸡缸杯,列在荔甫面前。荔甫说:"我先摆十杯。"吴松桥听说,揎袖攘臂,和荔甫豁起拳来。孙素兰唱毕,即替吴松桥代酒,代了两杯,又要存两杯,说:"倪要转局去,对勿住。"①

孙素兰是长三女子,在妓女等级中比陆秀宝、袁三宝等人都高,因此来了就唱,唱完喝两杯酒即走,架势很足。孙素兰走后,洪善卿收到另一位姗姗来迟的长三妓女周双珠带来的请客票,让他去尚仁里林素芬家喝酒。洪善卿到林素芬家,继续摆庄喝酒,酒席散后,洪善卿继续到四马路东公和里蒋月琴家吃酒。一晚上,三个妓女家三台酒,洪善卿等人始终兴致勃勃,不感觉吃撑喝晕。虽然小说详写前两台酒,第三台酒一笔带过,但只此已见出醉生梦死的生活。这种生活就是晚清一班人物的生命史。

张爱玲用白话文翻译吴语小说《海上花列传》之后,写了一篇较长的跋文,文中谈到《金瓶梅》至《海上花列传》的小说线索。张爱玲道:"《水浒传》被腰斩,《金瓶梅》是禁书,《红楼梦》没写完,《海上花》没人知道。此外就只有《三国演义》《西游记》《儒林外史》是完整普及的。三本书倒有两本是历史神话传说,缺少格雷亨·葛林

---

① 韩邦庆:《海上花列传》,北京:人民文学出版社2006年12月版,第22—23页。

(Greene)所谓'通常的人生的回声'。似乎实在太贫乏了点。"①格雷亨·葛林(今译格雷厄姆·格林 Graham Greene)是20世纪英国著名文学家,张爱玲以现代眼光打量中国小说,把《海上花列传》与《金瓶梅》放在了"通常的人生的回声"的脉络中。不仅如此,张爱玲还说:"《金瓶梅》《红楼梦》一脉相传,尽管长江大河滔滔汩汩,而能放能收,含蓄的地方非常含蓄,以致引起后世许多误解与争论。《海上花》承继了这传统而走极端,是否太隐晦了?"②《金瓶梅》《红楼梦》需要后人不断阐释,《海上花列传》同样需要,张爱玲认为这部小说"太隐晦",以致被埋没了。隐晦在哪里?正像《金瓶梅》不能被简单目为淫书一样,《海上花列传》也不能只被看成是写青楼故事的小说。

晚清狭邪小说,《海上花列传》之外,著名的还有《海上繁华梦》《九尾龟》等。《九尾龟》写晚清妓家故事多涉床第之事,比《海上花列传》要大胆些,但远不及《金瓶梅》直接。1916年作为《神州日报》附送品的《神州画报》开始连载《九尾龟》,1917年1月27日,成舍我在《民国日报》上发表《小说杂评(二)》开始批评《九尾龟》,称其为诲淫之书,张春帆在《神州日报》发表回应文字。《民国日报》开设"九尾龟之公论"专栏,多人撰文参与到批评《九尾龟》的声浪中。1917年2月11日,《民国日报》刊载成舍我《九尾龟之公论》一文结束了这场争论,而《九尾龟》并没有因此停止连载,之后《民国日报》对《九尾龟》的评价有所反拨。研究者称:这"是中国现代文学史上较早(甚至可以说是最早)以报纸副刊为平台进行的文学论争"③。1917年正是文学革命发端之时,创刊于上海的《民国日报》对《九尾龟》的批评,不啻为对清末民初文学的一种挑战。但成舍我并不完全属于新文学家,其时《民国日报》主编叶楚伧则是一位通俗文学

---

① 张爱玲:《国语本〈海上花〉译后记》,张爱玲注译,韩子云原著:《海上花落》,上海:上海古籍出版社1995年8月版,第633页。
② 同上书,第645—646页。
③ 张瑜:《由"推襟送抱"引发的文战:成舍我、张春帆关于〈九尾龟〉的论争》,《中国现代文学研究丛刊》2015年第4期。

家,二者对《九尾龟》的否定,足见《九尾龟》名声确实不佳,可却很受欢迎。这情形类似于《金瓶梅》,《九尾龟》主人公章秋谷也是一位类似于西门庆的人物。

蒋瑞藻在《小说考证》中评《九尾龟》道:"书中以章秋谷为全部重要人物,描写其性情之豪侠,举动之阔绰,气概之高迈。文章则咳吐珠玉,勇力则叱咤风云。至于猎艳寻芳,陶情适性,则又风流跌宕,旖旎缠绵,有杜牧之闲情,擅冬郎之绮语。是盖宇宙间独一无二之全才,亦即张君以之自况也。"①蒋瑞藻认为章秋谷是小说作者张春帆的"自况",不无道理。不过,如撇开小说对家境优渥的章秋谷那些赞赏的描述,单看他在清末花界"四大金刚""十二花神"之中"猎艳寻芳",经验丰富、手段老练、伎俩高超、游刃有余,无论多狠辣的女子,只要他稍出手,就能被他征服,真犹如西门庆再世。这种极致的猎色游戏,晚清《九尾龟》堪与晚明《金瓶梅》相呼应。但同样,作者张春帆写"色",不无用意。

狭邪小说之外,张春帆还写武侠小说、黑幕小说等,其中《政海》和《宦海》也是他的代表作。《政海》揭露民初政局黑幕,《宦海》则写晚清官场内幕,与谴责小说同属一类。以纠弹时弊的笔力来写作狭邪小说的张春帆,不能仅仅被看成是一位只知风月的作家。狭邪小说的背后是对现实昏天黑地的叹息。狭邪小说在晚清兴起与谴责小说在晚清繁盛,都可说是一时代文学的表征。

《金瓶梅》与晚清谴责小说不无渊源。《金瓶梅》通过西门庆从大商人或员外进驻官场的过程,清晰呈现出晚明官场的内幕。一次次上京城买通蔡太师管家翟谦,走太师蔡京门路,得到提刑副千户的官职,再从副千户升到正千户。西门庆在清河县成为可以翻云覆雨的一霸,除了雄厚的资财外,背后正是有京城关系作靠山。他通过财帛、酒色、姻亲,与各路官员往来合作。小说第四十七回写苗青

---

① 蒋瑞藻著,蒋逸人整理:《小说考证》下,杭州:浙江古籍出版社2016年版,第342—343页。

一案,实是借西门庆"枉法受赃"①来揭露官场黑暗,正义无门的现实。第三十回"蔡太师覃恩锡爵"道:"朝中卖官鬻狱,贿赂公行,悬秤升官,指方补价。夤缘钻刺者,骤升美任;贤能廉直者,经岁不除。以致风俗颓败,赃官污吏,遍满天下,役烦赋兴,民穷盗起,天下骚然。不因奸佞居台辅,合是中原血染人。"②这种状况在晚清张春帆《宦海》、李伯元《官场现形记》、欧阳钜源《负曝闲谈》等小说中都有更集中的展现。《官场现形记》第六十回叙甄阁学的大儿子是"捐纳出身",当了道台。小儿子也"捐了一个主事,签分刑部当差"。③ 在晚清谴责小说中,"捐官"是一个平常行为,比《金瓶梅》写西门庆行贿蔡太师得到提刑副千户官职还要公开得多。徐一士评考《负曝闲谈》道:"'捐官'这个词,通用已久","'捐'输私财于政府,政府授之以'官'","'捐赀得官'简称为'捐官'"。④ 当官不是选贤任能,而是公开买卖。"输私财于政府",这个"政府"在具体操作层面就是"卖官的官"。这些官员滥用职权,中饱私囊,而在他们背后支持他们的也即是那个混沌的"政府"。如此时代,不"陆沉"也得乎?《官场现形记》第六十回,甄阁学的哥哥病中一梦,梦到"遍山遍地,都是这班畜生的世界,又实在跳不出去"⑤,是明显的托梦喻世的写法。"畜生的世界"便是现实的世界。

鲁迅称"谴责小说"是"揭发伏藏,显其弊恶,而于时政,严加纠弹,或更扩充,并及风俗"。⑥ 晚清谴责小说不仅写官场,更写现实社

---

① 《金瓶梅》"绣像本"第四十七回回目"苗青贪财害主 西门枉法受赃"。
② 王汝梅、李昭恂、于凤树校点:《张竹坡批评第一奇书 金瓶梅》(上),济南:齐鲁书社1987年1月版,第453页。
③ 李伯元著,冷时峻校点:《官场现形记》,上海:上海古籍出版社2011年8月版,第733页。
④ 蘧园著,徐一士评考,司马丁标点:《负曝闲谈》第四回"评考",《负曝闲谈·文明小史》,北京:中国文联出版公司1996年5月版,第22页。
⑤ 李伯元著,冷时峻校点:《官场现形记》,上海:上海古籍出版社2011年8月版,第737页。
⑥ 鲁迅:《中国小说史略》,《鲁迅全集》(第9卷),北京:人民文学出版社2005年11月版,第291页。

会。"或更扩充,并及风俗"指的是谴责小说故事内容的广度。鲁迅称《金瓶梅》为"世情书",也揭示了其广博。谴责小说家吴趼人谈《金瓶梅》道:"《金瓶梅》《肉蒲团》,此著名之淫书也,然其实皆惩淫之作,此非独著者之自负如此,即善读者亦能知此意,固非余一人之私言也。顾世人每每指为淫书,官府且从而禁之,亦可见善读书者之难其人矣。推是意也,吾敢谓今之译本侦探小说,皆诲盗之书。夫侦探小说,明明为惩盗之书也,顾何以谓之诲盗?夫仁者见之谓之仁,智者见之谓之智,若《金瓶梅》《肉蒲团》,淫者见之谓之淫,侦探小说,则盗者见之谓之盗耳。呜呼!是岂独不善读书而已耶,毋亦道德缺乏之过耶!社会如是,捉笔为小说者,当如何其慎之又慎也。"①吴趼人明确认为不可把《金瓶梅》当淫书来读。如果觉得《金瓶梅》只是一部淫书,那么这样的读者不仅"不善读书",他们的道德更是有亏的。在《九命奇冤》中,吴趼人便借人物之口,用讥讽的笔调来写"淫书论":"殷成道:'姊夫,你还埋怨我不看书呢!我前回从家乡带来的一部大板《金瓶梅》,你又拿来烧了,说是什么银书。你单怕我在银书上看了银子下来发了财,是不是呢?我此刻倒送金子给你,好不好呢?'"②小说人物殷成是江西人,他从明清刻书业较为发达的江西带了部《金瓶梅》到姐夫黄知县任职的广东番禺,黄知县把《金瓶梅》烧了,因为是"银书"。殷成是个无业混混,他带着《金瓶梅》大约就是因为其"淫书"的名声,黄知县烧书是担心小舅子不学好。可殷成又把"淫书"混成"银书",不管是否故意,"淫"与"银"不无关系。西门庆即是一个好色的财主,而殷成是想收受贿赂来逼迫姐夫黄知县断案。在《九命奇冤》中,吴趼人一方面借机嘲讽了"淫书论",另一方面把《金瓶梅》与钱财、断案、市井混混等联系起来,而这些也是《金瓶梅》较多触及的内容。

吴趼人最著名的谴责小说《二十年目睹之怪现状》叙述主人公

---

① 趼:《杂说》,《月月小说》第 1 卷第 8 期,1907 年。
② 吴趼人:《九命奇冤》,《中国近代小说大系 痛史 九命奇冤 上海游骖录 云南野乘等》,南昌:江西人民出版社 1988 年 10 月版,第 386 页。

"我"二十年的经历与见闻。鲁迅把《二十年目睹之怪现状》归为"谴责小说",是因为这部小说确实揭露了晚清社会的种种弊端,并予以批判,不过小说1903年在《新小说》杂志发表的时候,不是被归为"谴责小说"而是被赋予了"社会小说"的属类。"社会小说"写作社会故事,与"世情书"或者"人情小说"所涉内容大体重合。由世道冷暖看人情厚薄,这便是"社会小说"的界域。深知《金瓶梅》的吴趼人在写作《二十年目睹之怪现状》的时候,亦能充分描绘出世道人情。小说第十九回,叙"我"和族长叔公借轩的一番接洽:

> 我悄悄的把借轩邀到书房里,让他坐下,说道:"今日众位叔兄弟侄难得齐集,我的意思,要烦叔公趁此议定了修祠堂的事,不知可好?"借轩绉着眉道:"议是未尝不可以议得,但是怎么个议法呢?"我道:"只要请叔公出个主意。"借轩道:"怎么个主意呢?"我看他神情不对,连忙走到我自己卧房,取了二十元钱出来,轻轻的递给他道:"做侄孙的虽说是出门一次,却不曾挣着甚钱回来,这一点点,不成敬意的,请叔公买杯酒吃。"借轩接在手里,颠了一颠,笑容可掬的说道:"这个怎好生受你的?"我道:"只可惜做侄孙的不曾发得财,不然,这点东西也不好意思拿出来呢。只求叔公今日就议定这件事,就感激不尽了!"借轩道:"你的意思肯出多少呢?"我道:"只凭叔公吩咐就是了。"①

"我"和借轩的这一番接洽足以描绘人物见钱眼开的虚伪嘴脸。"我"十五岁时父亲病逝,开始出门谋生。借轩把"我"骗回家乡,纠合族人逼迫"我"掏钱修宗祠。不仅如此,借轩还暗地和父亲生前好友云岫勾结,骗取"我"家田产。作为长辈的借轩理应招抚年少孤子,可处处图谋坑害,人伦传统中的亲族之情已然消解。

《二十年目睹之怪现状》叙述了人情凉薄、友朋互欺、官贪吏污、

---

① 吴趼人著,宋世嘉标点:《二十年目睹之怪现状》,上海:上海古籍出版社1997年7月版,第90页。

男盗女娼、秩序失范等负面故事。用作者吴趼人在书中的话来形容即是:"只因我出来应世的二十年中,回头想来,所遇见的只有三种东西:第一种是蛇虫鼠蚁,第二种是豺狼虎豹,第三种是魑魅魍魉。"①这些"东西"均是丑恶的化身,吴趼人用这些词汇来形容主人公的"应世"经历,即已明示出谴责之意。王德威认为:"对谴责小说而言,丑怪的形式折射了现实中无时或已的混沌。""当一个价值系统行将崩溃之际,甚至作家用来攻讦社会之荒诞的影射与谴责的叙事模式也必然有自噬其身的危险。"②晚清谴责小说是陆沉时代的典型产物,它们指示出这个时代的各种"怪现状",并以一种"狂欢"的形态不停泛滥。巴赫金把拉伯雷小说中"恶棍的欢乐"或"肮脏的堕落"等形象与广场狂欢节联系在一起,认为这类形象构成了狂欢的整体。"这个整体就是一出伴随旧事物灭亡新世界诞生的诙谐剧。""在参与这个整体时每一个这样的形象都具有深刻的双重性,它与生命、死亡、分娩有着最为本质的关系。"③陆沉时代的狂欢,丑恶泛滥,既是极致的终结,也孕育着生机。这便是巴赫金所说的"深刻的双重性"。《金瓶梅》结尾,一切"狂欢"在永福寺中被归结,南宋开国,月娘归家。而晚清谴责小说家及狭邪小说家混迹于这样的时代,要么如《二十年目睹之怪现状》中的"我"一样,在小说结尾处返回家乡,不再出世,要么如《官场现形记》所言"实在跳不出去"。这两种情况下,都能写出一部书,正同《金瓶梅》,既能从外部视角打量陆沉时的光怪景象,又能沉陷其中,狂欢不已。

---

① 吴趼人著,宋世嘉标点:《二十年目睹之怪现状》,上海:上海古籍出版社1997年7月版,第4页。

② 〔美〕王德威著,宋伟杰译:《被压抑的现代性——晚清小说新论》,北京:北京大学出版社2005年5月版,第216、219页。

③ 〔苏联〕巴赫金著,李兆林、夏忠宪等译:《弗朗索瓦·拉伯雷的创作与中世纪和文艺复兴时期的民间文化》,钱中文主编:《巴赫金全集》(第6卷),石家庄:河北教育出版社1998年6月版,第164、169页。

第二节　世情、黑幕与社会

　　《金瓶梅》写了几个主人公乐极生悲，终至身死的故事，这不是一部写"美好"的小说。宁宗一论道："笑笑生敏锐的审丑力是独一无二的。""《金瓶梅》的作者，则在小说观上又有了一次巨大发现，即'丑'的主体意识越来越强，它清楚地表明，自己并非是美的一种陪衬，因而同样可以独立地吸引艺术的注意力。在《金瓶梅》的艺术世界里，没有理想的闪光，没有美的存在，更没有一切美文学中的和谐和诗意。它让人看到的是一个丑的世界，一个人欲横流的世界，一个令人绝望的世界。它集中写黑暗，这在古今中外也是独具风姿的。"①《金瓶梅》对现实的这种书写不但影响了晚清谴责小说和狭邪小说，也对民初黑幕小说多有触动。

　　鲁迅在论述谴责小说的最后提及了黑幕小说："其下者乃至丑诋私敌，等于谤书；又或嬻骂之志而无抒写之才，则遂堕落而为'黑幕小说'。"②鲁迅的小说史论述到清代为止，所以黑幕小说就只点出一笔，作为煞尾。民初黑幕小说确实与晚清谴责小说之间前后相承，在故事内容与写作章法上颇多类似。关于黑幕小说，范伯群《黑幕征答·黑幕小说·揭黑运动》一文给予了清晰阐释。首先是1916年9月1日《时事新报》上刊出一则"黑幕大悬赏"的征文启事，"这则征稿启事从9月1日首登，至1916年10月10日发表第一篇征答之前，一总重复刊登了18次，其声势之大为以前各类征文所未有"。此后，各种"黑幕长短篇"纷纷见诸报上，如《骨董之黑幕》《蟠桃之黑幕》《拆白党之黑幕》……令人目迷五色。至1917年10

---

① 宁宗一：《〈金瓶梅〉十二讲》，北京：北京出版社2016年2月版，第59—60页。
② 鲁迅：《中国小说史略》，《鲁迅全集》(第9卷)，北京：人民文学出版社2005年11月版，第301页。

月《〈时事新报〉上海黑幕一年汇编》出版,达到"黑幕"披露的高潮。① 1918年3月,由中华图书集成公司出版了路滨生编辑的《绘图中国黑幕大观》正续集四册,还有《上海妇女孽镜台》《中外黑幕丛编》《上海黑幕汇编》《民国十年官场怪现状》《民国十年新官场家庭百怪录》等,直到30年代《上海黑幕一千种》仍继续销行于世。面对铺天盖地的"黑幕",1918年9月《东方杂志》刊出《教育部通俗教育研究会劝告小说家勿再编写黑幕一类小说函稿》,在压力之下,《时事新报》于1918年11月7日公布《本报裁撤黑幕栏通告》,可《新闻报》《时报》、天津《大公报》等报刊依然刊有"黑幕"文章。"黑幕"在此后便成了一个常用词汇。

五四文学家挞伐"黑幕"十分着力。特别是在1919年,钱玄同、宋云彬《"黑幕"书》,罗家伦《今日中国之小说界》,周作人《论"黑幕"》及《再论"黑幕"》等文,声势较大。可注意的是,这些文章均把"黑幕"与"淫书"联系起来。如《"黑幕"书》论道:"'黑幕'书之类亦是一种复古,即所谓'淫书者'之嫡系。"②《今日中国之小说界》道:"第一派是罪恶最深的黑幕派。""那高等多占出身寒素,一旦得志,恣意荒淫。等到一下台,想起从前从事的淫乐,不胜感慨。于无聊之中。或是把从前'勾心斗角'的事情写出来做小说,来教会他人;(上海确有这一种人)或者专看这种小说,以味余甘,——所谓'虽不得肉过屠门而大嚼'的便是。"③《论"黑幕"》道:"同是一样淫书,本来分不出什么好歹,但这种实录的东西,(这单说所指的实有其人;描写的事,自然也是虚构。)比虚构的更为恶劣;因为中国人好谈人家闺阃的这个坏脾气,十足发露了。"④《再论"黑幕"》道:"如黑幕'满口总说万恶淫为首',试问中国那一部淫书不是的样说的?"

---

① 范伯群:《黑幕征答·黑幕小说·揭黑运动》,《文学评论》2005年第2期。
② 钱玄同、宋云彬:《"黑幕"书》,《新青年》第6卷第1号,1919年1月。
③ 志希:《今日中国之小说界》,《新潮》第1卷第1期,1919年1月。
④ 仲密:《论"黑幕"》,《每周评论》第4号,1919年1月。

"这正如将春画去比解剖图,还题上佳名,说这是'生命之起源'呢。"①"黑幕"是否就如五四文学家所言是淫书呢?首先要厘清两个问题:一是"黑幕"与"黑幕小说"的关系;二是五四作家在批判"黑幕"时具体指哪些作品。

《时事新报》发起的"黑幕大悬赏",刊登的各种"黑幕长短篇"不是黑幕小说。范伯群指出:在1916年开始的"黑幕"风潮中存在着"双错现象"。"黑幕征答"搜集到的那些文字对社会产生不良影响,当然是一个错误。另一方面,五四文学家"将'黑幕书'与黑幕小说混为一谈,进而将批判'黑幕征答'扩大化,要将黑幕小说连根拔掉,使'黑幕书'与黑幕小说变为过街老鼠。从此在文学史上凡与'黑幕'两个字相关联就造成'人人喊打'的局面,同样也是走向了错误的方向"。②《时事新报》征答的文字属于"黑幕书","黑幕小说是在《时事新报》发起'黑幕大悬赏'之前之后皆存在于文坛上的一种小说题材类别"。③ 范伯群认为这类小说具有一定价值,五四文学家把"黑幕"连同"黑幕小说"一起打压,犯了认知上的错误。五四文学家批判"黑幕"时提到的小说有:《孽海花》《官场现形记》《留东外史》(志希《今日中国之小说界》),《玉梨魂》《技击余闻》(仲密《论"黑幕"》),《官场现形记》(仲密《再论"黑幕"》)。《玉梨魂》之类是"鸳鸯蝴蝶派"小说,不属于"黑幕"类,周作人等把它们和黑幕小说合观,一方面是基于"鸳蝴"和"黑幕"同与五四立场相对,另一方面也是因处在当时的文学文化现场中易于产生含混理解。而《孽海花》、《官场现形记》等小说被归入"黑幕"却很有意味:"有几种书,虽然自称黑幕,其实却系《官场现形记》一流的小说,不过因黑幕的声名大了,便赶紧冒牌,希望多卖,当然不能归在一处。"④"《官场现形记》一流的小说"周作人没有明言还有哪几部,只是感觉它们与黑

---

① 仲密:《再论"黑幕"》,《新青年》第6卷第2期,1919年2月。
② 范伯群:《黑幕征答·黑幕小说·揭黑运动》,《文学评论》2005年第2期。
③ 同上。
④ 仲密:《再论"黑幕"》,《新青年》第6卷第2号,1919年2月。

幕小说之间存在差异。直到20年代鲁迅《中国小说史略》出版，才把其间的差异用"谴责"和"黑幕"标示出来。不过由此也可以看到《官场现形记》等晚清谴责小说与《留东外史》等民初黑幕小说的相通之处。《留东外史》即使描述了众多中国留学生和日本女子的情爱故事，但不是淫书。在后来研究者的视域范围中，"黑幕小说"还包括：《海上繁华梦》《九尾龟》《歇浦潮》《人海潮》[①]，《黑幕》《小说材料批发所》《黑幕中之黑幕》[②]，《二十年目睹之怪现状》《官场现形记》《黑狱》《政海》[③]，《广陵潮》[④]等。这些作品的刊行日期并不局限在民初黑幕书风起云涌的时段内，其中包括鲁迅所说的晚清"狭邪""谴责"两类小说，而《人海潮》等小说已是20年代中期的作品了。这些作品都非淫书。研究者把这些作品归入"黑幕小说"的理由是："凡是具有'曝光'性质的小说，就称'揭黑小说'或'黑幕小说'。"[⑤]"曝光"与"揭私"的意思相近，当五四文学家把黑幕小说看成"揭私"之作，那么便可以把它们作淫书来解。这在很大程度上，也是理解《金瓶梅》的尺度。

《金瓶梅》"直斥时事，真实地暴露了明代后期中上层社会的黑暗、腐朽和不可救药"[⑥]。这种暴露黑暗的写法，在黑幕小说处得到了强化。通俗教育研究会要求勿再编写黑幕书的理由之一是："暴扬社会之劣点"[⑦]，由此引起杨亦曾对这篇函文的反驳之辞，以及周

---

① 魏绍昌：《编者注》，魏绍昌编：《鸳鸯蝴蝶派研究资料》（上卷），上海：上海文艺出版社1984年7月版，第104页。
② 严家炎：《"五四"批"黑幕派"一解》，《中国现代文学研究丛刊》2001年第2期。
③ 范伯群：《黑幕征答·黑幕小说·揭黑运动》，《文学评论》2005年第2期。
④ 徐德明：《〈新青年〉斥"黑幕"辨》，《福建论坛》2005年第9期。
⑤ 范伯群：《黑幕征答·黑幕小说·揭黑运动》，《文学评论》2005年第2期。
⑥ 宁宗一：《〈金瓶梅〉十二讲》，北京：北京出版社2016年2月版，第14页。
⑦ 《教育部通俗教育研究会劝告小说家勿再编写黑幕一类小说函稿》，《东方杂志》第15卷第9号，1918年9月。

作人对杨亦曾的反驳文章。杨亦曾撰文从几个方面为黑幕小说辩护,其中之一是把黑幕小说归入"写实文学"的脉络中。杨文道:"写实派"即是用"客观的观念,描写人生的及社会上的实事。""我国这种小说,尚在萌芽时代。旧小说如《水浒》写梁中书及各狱吏的贪污暴虐,尚有一二分备写实派;如《儒林外史》用滑稽的笔法写老学究先生的怪状,也有几分象英国笛肯斯的写实小说;如《红楼梦》,写家庭的罪恶,半吞半吐,若隐若现,也可说是写实小说。到了《官场现形记》同《留东外史》出来,写实派遂进一步了。至黑幕小说出现,遂露出写实小说的'庐山真面目'呢。"杨亦曾例举出欧洲小说来作比较,认为"用消极方法,描写社会的恶劣事情,也是欧洲写实小说一种新潮流",①黑幕小说即是这种"新潮流"的顺应者与参与者。周作人的《再论"黑幕"》是直接针对杨亦曾的文章写就的,批驳了杨亦曾"黑幕小说是写实小说"的观点,但周作人终究还是把黑幕小说的出现归因于社会现实:"因为我想这黑幕的发生,是中国社会自然的趋势;社会上对于这黑幕的需要与供给,决非偶然的事。""中国社会的情状,正是如此,所以我说不必劝告;至于办法,则若无六〇六对症药将他医好,唯有候其以天年终而已。"②黑幕小说是现实社会的产物,虽然周作人等五四文学家否定了黑幕小说的现实主义性质。20年代吴宓《论写实小说之流弊》一文把当时的写实小说分为三派,其中一派为"上海风行之各种黑幕大观及《广陵潮》《留东外史》之类"③。茅盾极力批驳吴宓:"认定俄国的写实小说就等于中国的黑幕派和礼拜六派小说"是很荒谬的,因为两者根本没有可比性,把它们放在一起,是"唐突了西洋写实派",也就是唐突了新文学。④应该可以理解新文学家否认黑幕小说的现实性,联系到30年代末的"暴露与讽刺"之争,可以看出新文学家对"暴露"问题总有些忌

---

① 杨亦曾:《对于教育部通俗教育研究会劝告勿再编黑幕小说之意见》,《新青年》第6卷第2号,1919年2月。
② 仲密:《再论"黑幕"》,《新青年》第6卷第2号,1919年2月。
③ 吴宓:《论写实小说之流弊》,《中华新报》,1922年10月22日。
④ 沈雁冰:《"写实小说之流弊"?》,《文学旬刊》第54号,1922年11月。

讳，而以现在的眼光看，他们还是显得狭隘了。

蔡元培为《绘图中国黑幕大观》写的书牍中有"写实派小说一流"①的字样。尽管《绘图中国黑幕大观》不是小说，可也并不等于实录。尽可不必纠缠于黑幕书是否夸张了当时社会的丑恶面目，文字永远无法还原现实的本然，小说更可作如是观。安敏成认为：现实主义小说中存在着一种"非神秘的力量"，这种力量"有条不紊地抗拒着对虚构世界的沉迷，它的闯入揭示了无序、偶然和混乱。这种可以辨别的主题，大部分由那些不可消除的自然因素构成，它们挫败了想像力对世界的凌驾，可以看作是现实主义小说非神秘力量的根本所在。饥饿、暴力、疾病、性和死亡，所有这一切都粗暴地将主体俘获，并强烈地直接作用于他或她的物质存在之上"。②"非神秘"可以看成是黑幕小说所要达到的效果之一。当故事把黑幕揭开，一切便暴露出来，而当关于"饥饿、暴力、疾病、性和死亡"的故事被叙述出来时，触目惊心的效果不可抵挡。

1922年《文学旬刊·杂谭》刊有署名CP的文章《丑恶描写》。文章主要是批评黑幕小说的，其中道："'丑恶'的现象与背景描写，我们是不反对的。至于细细的描写'丑恶'动作，则不惟不必做，而且是有害的。中国的淫书，那一本不是说'劝贞惩淫'？而结果则造了多少的罪恶？"③依然是继续五四文学家的观点，把黑幕、丑恶、淫书联系起来。其时主编《文学旬刊》的是郑振铎，郑振铎确实不反对"'丑恶'的现象与背景描写"。30年代初，《金瓶梅词话》在山西被发现，古代小说研究专家郑振铎写了《谈〈金瓶梅词话〉》一文，影响颇大。文中道："表现真实的中国社会的形形色色者，舍《金瓶梅》恐怕找不到更重要的一部小说了。""它是一部最伟大的写实小说，赤裸裸的毫无忌惮的表现着中国社会的病态，表现着'世纪末'的最荒

---

① 路滨生编：《绘图中国黑幕大观》（上卷），上海：中华图书集成公司1918年3月版，第1页。
② 〔美〕安敏成著，姜涛译：《现实主义的限制》，南京：江苏人民出版社2001年8月版，第19页。
③ CP：《丑恶描写》，《文学旬刊》第38期，1922年。

唐的一个堕落的社会的景象。而这个充满了罪恶的畸形的社会,虽经过了好几次的血潮的洗荡,至今还是像陈年的肺病患者似的,在恹恹一息的挣扎着生存在那里呢。""于不断记载着拐、骗、奸、淫、掳、杀的日报上的社会新闻里,谁能不嗅出些《金瓶梅》的气息来。"①郑振铎认为《金瓶梅》"是一部最伟大的写实小说",对于新文学家来说,这一评价非常高,而《金瓶梅》的写实主要表现在描述"堕落的社会的景象"。晚清以后,谴责小说、黑幕小说及社会小说,均对"堕落的社会的景象"有生动描述,描述材料大量来自"拐、骗、奸、淫、掳、杀的日报上的社会新闻",正如郑振铎所言,在这些现代通俗小说中,依然能嗅出"《金瓶梅》的气息"。

  《金瓶梅词话》在30年代的被发现,不仅引发学界关注,也引起出版界的很大兴趣。在此之前有《绘图真本金瓶梅》②《古本金瓶梅》③等刊行,声称与"俗本"不同,实则均是篡改过的。30年代《金瓶梅》的出版、研究和评论形成一个热潮。1932年小说刊行会集资,北平图书馆影印100部,出版后分于集资诸人,用以研究。1935年郑振铎把《金瓶梅词话》列入"世界文库第一集"出版目录,④但未出全。同年施蛰存校点的《金瓶梅词话》五册由上海杂志公司初版。这部书列于施蛰存主编的"中国文学珍本丛书"第一辑第七种,张静庐发行。施蛰存在《跋》语中道:"或曰:然则《金瓶梅词话》好在何

---

① 郭源新:《谈〈金瓶梅词话〉》,《文学》第1卷第1期,1933年7月。

② 王元美:《绘图真本金瓶梅》上下册,一百回,书前《绘图真本金瓶梅提要》云:"此与列禁书之俗本全异,系扬州马氏小玲珑山馆藏本,秀水王仲瞿有考证四则……向列禁书以俗本之多秽语,今雅驯微妙,斯见元美之本来面目矣。特从吴兴藏书家某氏借抄付印,以公同好。"存宝斋1916年5月版。

③ 王元美原著,浪漫主人标点:《古本金瓶梅》平装四册,洋装二册,一百回,封面标有"海内孤本分段新式标点",书前《提要》称:"本书系翠微山房珍藏抄本,与俗本迥异,有秀水王仲瞿考证四则,其妻金云门有旁注(今删),简首有蒋剑人序……按诸正野各史,事事皆可指实。口诛笔伐,劝善惩恶,于是乎在。得此而知俗本之伪托,询无价值之可言矣。……兹特从藏书家蒋剑人后人,以重价得此抄本,详加校雠,并分段加以新式标点精印发行,以公世之有同好者。"上海:卿云图书公司1926年5月版。

④ 郑振铎:《世界文库第一集目录》,《太白》第2卷第4期,1935年5月。

处？曰：好在文笔细腻。凡说话行事，一切微小关节，《词话》比旧本均为详尽逼真……《词话》所载，处处都活现出一个明朝末年浇漓衰落的社会来……故以人情小说看《金瓶梅》，宜看此《词话》本。"①这一版本删除了淫色内容，书的扉页上标明"据明万历本排印""贝叶山房张氏藏版"，封面由沈尹默题写书名。

与此同时，中央书店出版有多种《金瓶梅》，颇可注意。首先是1935年11月初版了两种封面不同的《金瓶梅词话》六册，校订者为虞山沈亚公，印行者为襟霞阁主人，被列为"国学珍本文库"第一集。一种封面标有"新标点：社会长篇小说""明刻全图精印"；另一种封面只标有"明版全图"，且封面图案不一样，版权页则与前一种相同。1936年12月"明版全图"本《全图金瓶梅词话》出至三版，一回一幅图，共一百幅图。中央书店也出版过《古本金瓶梅》四册，重编者和校阅者都为襟霞阁主，出版时间不详，当不晚于1935年，版本与《金瓶梅词话》不同。1936年3月又有初版《古本全图金瓶梅》（一名《潘金莲全传》）四册，校阅者为襟霞阁主人，列入"通俗小说库"。这一版文字部分与之前的《古本金瓶梅》一样，只是多了100幅"写真"图。1937年第四版《全图古本金瓶梅》（一名《潘金莲全传》）署校订者为沈亚公，印行者襟霞阁主人，除了书前有袁枚《原本金瓶梅袁跋》、观海道人《原序》外，多了一篇吴门陈子京《校勘后书》。其中道："近代文学家动辄谓一时代之作品，即该时代之产物。今以当时社会雏形与《金瓶梅》一相对照，亦犹是夫。""平君襟亚于古今秘本，庋藏綦富。兹书所本，乃得诸木刻真版《金瓶梅词话》，于书中猥亵部分，均已删去，其为国内图书珍本无疑也。"②虽说是"真版《金瓶梅词话》"，实则这版还是《古本金瓶梅》的内容。不过《校勘后书》提到了"平君襟亚"，此人即为沈亚公，也即襟霞阁主人。中央书店出版的《金瓶梅词话》和《古本金瓶梅》均出自平襟亚之手。

---

① 施蛰存：《跋》，笑笑生著撰，施蛰存校点：《金瓶梅词话》第五册，上海：上海杂志公司1935年10月版，第1页。
② 陈子京：《校勘后书》，虞山沈亚公校订，襟霞阁主人印行：《全图古本金瓶梅》（一名《潘金莲全传》），上海：中央书店1937年5月第4版，第3页。

平襟亚是上海中央书店的创办者之一。中央书店版《金瓶梅词话》与上海杂志公司的《金瓶梅词话》存在一段渊源。据金晔《平襟亚传》所叙，平襟亚要在上海杂志公司之前赶印出版洁本《金瓶梅词话》，"张静庐要求襟亚，把中央书店排好的《金瓶梅词话》让上海杂志公司先印一版，然后将全副纸版送给中央书店去印行，所有排字工资都由上海杂志公司负担"①。这场交易是合算的，平襟亚答应了。后来施蛰存发现中央书店的《金瓶梅词话》校样有不少错误，于是上海杂志公司还是用了施蛰存的校点本，但依然送了纸版给中央书店，因此中央书店的《金瓶梅词话》晚出一个月，署校订者为沈亚公，版型和上海杂志公司是一样的。同时中央书店还印行了另一种《古本金瓶梅》，即非"词话本"，也非"绣像本"，而是篡改过的本子，有图，也很流行。另外，1936年上海新文化书社再版"抱恨轩秘本""长篇社会小说""标点古本"《金瓶梅》四册，重编者和校阅者都是襟霞阁主，这一版本与中央书店的《古本金瓶梅》相同。据研究，30年代卿云图书公司、中西书局、春明书店、世界书局、大众书局等都出版有各种《金瓶梅》，②形成了出版界的热潮，其中《金瓶梅词话》的出版当然是最具有价值的。

中央书店的平襟亚在出版《金瓶梅》方面下了功夫，不仅因为可以由此获利，还因为平襟亚对《金瓶梅》的喜爱和关注。作为文学家的平襟亚，其创作不无受到《金瓶梅》的影响。在民初的"黑幕"风潮中，平襟亚即以"襟霞"之名在《时事新报》上发表有若干篇文字，如《女学生之黑幕短篇》《拆白党之黑幕短篇》《某绸肆之新骗局》《保寿谋财党之黑幕短篇》等。这些写"黑幕"的文字是平襟亚初涉文坛的记录，也成为他认识社会的一种方式。1939年"襟霞"在《社会日报》发表《古艳钩沉》系列文言笔记，颇似"志异"文体，叙述一些艳丽奇异的故事。如《化铁》一则云：

---

① 金晔：《平襟亚传》，上海：东方出版中心2017年2月版，第110页。
② 赵兴勤、赵韡：《〈申报〉所载晚清民国〈金瓶梅〉的流播》，《社会科学论坛》2016年第3期。

> 昔有一商,美姿容,泊舟于四河下,而岸上高楼中,一美女相视月余,为十目十手所隔,弗得遂愿。迨后其商货尽而去,女思成疾而死。父焚之,独心中一物不毁,如铁,出而磨之,照见其中有舟楼相对,隐隐如有人形。其父以为奇,藏之。后商复来访,其女已死,痛甚。咨诹博询,备得其由,乃献金于父,求铁视之,不觉泪下成血,血滴于心上,其心即灰矣。①

这一相视生情的故事想必并不让人陌生,其死而不已之情,可见是万难抗拒的。40 年代初,平襟亚在其作为发行人的《万象》杂志上也以"襟霞"或"襟霞阁主"之名发表有《古趣集》《诙谐小简》等多篇文字。颇值得注意的是发表于《万象》创刊号上的《明人情简》,此文辑录晚明文人王百谷、屠赤水等人与名妓之往来书信若干通。文前平襟亚有一段说明:"晚明诸子,屠赤水,王百谷,袁中郎,陈眉公辈,擅小品文,尤多与妓流往来小简,虽寥寥百十字,情文相生,自饶风致。笔调追摹六朝,蕴厚不足,清隽有余,风华流利,情见乎词。后学讥为亡国之音,常非无因。兹从旧籍中搜得如干通,刊布于后,得见当时士大夫之闲情逸趣,好整以暇。至明社阽危,非所计及,倘亦吾辈钟情不讳痴之意欤?"②《金闺小牍》类似《明人情简》,辑录晚明马湘兰、吴扶阳等女子的信函。③ 平襟亚对晚明的特别关注,可见出一种独到趣味。袁中郎等晚明文人的思想与学说,正是《金瓶梅》产生的重要语境。《诙谐小简》辑录陈眉公、钟伯敬、袁中郎等人之短文,其中《钟伯敬:谑人纳宠》云:"足下纳新宠,询其姓,乃知出自'潘'氏,足下亦令其步步生莲花乎?抑将玩之于葡萄架下乎?一笑。"④这一"出自'潘'氏"当然就指潘金莲,她的一双金莲是她独傲西门庆众姬妾的一个资本。《金瓶梅》第二十七回"潘金莲醉闹葡萄架"是小说最情色的描写之一,这对于钟伯敬或平襟亚而言,都印象

---

① 襟霞编辑:《古艳钩沉·化铁》,《社会日报》1939 年 8 月 26 日。
② 襟霞辑:《明人情简》,《万象》第 1 年第 1 期,1941 年 7 月。
③ 襟霞辑:《金闺小牍》,《万象》第 1 年第 2 期,1941 年 8 月。
④ 襟霞辑:《诙谐小简》,《万象》第 1 年第 4 期,1941 年 10 月。

深刻。钟伯敬生活的时代正是《金瓶梅》产生的万历年间,他对佛学的大力提倡和影响所及在《金瓶梅》中有明显反映。平襟亚的这些辑录不注明出处,如果说钟伯敬读过《金瓶梅》,并不奇怪;但如果是出自平襟亚的改编乃至杜撰,那么也可见出平襟亚的高妙了。

平襟亚最著名的代表作是长篇小说《人海潮》。小说初版于1927年,是平襟亚为躲避吕碧城的官司隐居苏州而写成的。小说引起很大轰动,中央书店因此应运而生。《人海潮》主要叙述了苏州乡村青年沈衣云和他几位朋友闯荡上海的故事。袁寒云为《人海潮》作序道:"网蛛生长于稗官家言,尤长于社会写实。兹以新著《人海潮》见阅,叙述多近十年来海上事,凡艺林花丛以及社会种种秘幕,未经人道过者,搜辑靡不详尽。""如秦之镜,如温之犀,万怪毕集,洋洋乎大观哉。文笔尤多弦外音,能使人悟领于不觉间。余尝谓作小说不难,写实为难,写实而能成巨著,有弦外音好劝惩者尤难。"①袁寒云的这篇序概括出了《人海潮》的两个主要特点:一是这是一部写社会的小说;二是小说道出了"社会种种秘幕",可谓"万怪毕集"。小说扉页上注明是"绘图社会小说",小说初版五册五集,每集十回,共五十回。在每册的正文之前,为每一回配一幅绘图,每册十幅绘图,五册共五十幅绘图。这样的每回一图的编排和日后中央书店出版《全图金瓶梅词话》和《古本全图金瓶梅》是类似的。中央书店版的《金瓶梅词话》封面标有"新标点:社会长篇小说",把《金瓶梅》归为社会小说。在平襟亚的认识中,西门庆的故事无疑写出了晚明社会的真切情状,而作为社会小说的《人海潮》同样写出了民初社会的真实景象。《平襟亚传》的作者在叙述平襟亚生平事迹时,处处以《人海潮》中的人事来映照,实可谓袁寒云所说的"写实"之作。

《人海潮》叙述的"万怪毕集"的社会故事,继承了《金瓶梅》对丑恶世态的描写,同时也是民初黑幕小说写法的延续,或者正如平

---

① 袁寒云:《袁寒云先生序》,网蛛生:《人海潮》(第1集),上海:新村书社1927年1月版,第1页。

襟亚自述的"此篇体裁,略仿吴趼人所著《二十年目睹之怪现状》一书"①。《人海潮》叙写的"怪现状"可以联系到平襟亚在黑幕风潮中写过的黑幕故事。小说第三十二回对于这段黑幕风潮有一个回应:

> 书业潮流,便转移到黑幕上去。大家说黑幕不比武侠小说向壁虚构,这是揭破社会的秘密,实事求是,很有来历,因此坊间大家争出黑幕。说也奇怪,上海洋场十里,百千万言也揭他不尽,甚么《黑幕大观》《黑幕汇编》《黑幕里的黑幕》,这是笼统的,还分门别类,甚么《姨太太黑幕》《大小姐黑幕》。后来越出越多,便有甚么《和尚尼姑之黑幕》《乡下姑娘之黑幕》,作者差不多要把娘老子的黑幕都写出来了。从此不到几时,那张牢不可破的幕,也就揭穿。②

在这些丑态百出的黑幕书中,"襟霞"当年写的《女学生之黑幕短篇》《拆白党之黑幕短篇》当然也包括在内。大约十年之后,平襟亚在《人海潮》中回顾这些过往的社会经历,多了点客观的视角与批判的态度,而《人海潮》对"社会种种秘幕"的继续揭露,也可见平襟亚并不否定之前黑幕小说的写法。由黑幕小说到社会小说,是一条通路。

另值得关注的还有小说的风月故事。杨了公为《人海潮》题词道:"万人如海一身藏,十载消磨风月场。"③赵眠云题词道:"怪态谁探幕万重,更怜艳迹瞥惊鸿。分明羯鼓催花发,来看枝头朵朵红。"④

---

① 网蛛生:《著者赘言》,网蛛生:《人海潮》(第1集),上海:新村书社1927年1月版,第1页。
② 网蛛生:《人海潮》(第3集),上海:新村书社1927年1月版,第30页。
③ 杨了公:《题词一》,网蛛生:《人海潮》(第1集),上海:新村书社1927年1月版,第1页。
④ 赵眠云:《题词四》,网蛛生:《人海潮》(第1集),上海:新村书社1927年1月版,第1页。

郑逸梅题词道:"描来翠黛烟花海,此是人间记艳筹。"①小说主人公流连于上海风月场的故事,是20年代社会小说涵纳的重要题材,亦可看成是之前狭邪小说的流续。还是第三十二回,几位主人公谈诗:

> 一佛又问幼凤道:"你的诗兴近来怎样?"幼凤道:"我现在对于风怀之作,正在忏悔。清夜扪心,简实造成绮孽不少。前晚偶成自谶一首,实在不可为训。"凤梧道:"你快抄出,让我们拜读拜读。"幼凤秉笔疾书道:
>
> 起落春宵无限心,卧闻檐溜夜霓霓。黄柔想压真仙曲,藕合曾翻玉女衾。苦作文人科慧业,若为天子必荒淫。莫怜暮雨朝云外,亦有词章怨藁砧。
>
> 幼凤写出,授给一佛、凤梧等传观一遍。一佛道:"首句'起落春宵无限心',亏你想得出,淫靡万状,胜过一部《金瓶梅》。"一鹄插嘴道:"非过来人不能道。此诗淫虽淫,情味不弱,轻清侧艳,在次回、子潇之上。"②

在这段谈诗之前,小说叙述了幼凤和仪凤的一段缠绵之情。幼凤的诗确实"淫靡万状",一佛提到《金瓶梅》,也十分自然。须知,小说中的人物很多有现实原型,洪幼凤为青年文学家朱鸳雏,柳一佛为名士杨了公,平襟亚和这些文人多有交谊,他们和平襟亚一样对《金瓶梅》情有所钟。平襟亚把这些文人的风月故事写入小说,社会小说终究过不了情关。

作为世情小说的《金瓶梅》对民初以后的黑幕小说、社会小说都产生了影响。实际上,世情、黑幕、社会之间并不能作截然区分,世情是社会世态的情状,小说揭示的世情不无黑幕的色彩。范伯群在

---

① 郑逸梅:《题词六》,网蛛生:《人海潮》(第1集),上海:新村书社1927年1月版,第2页。
② 网蛛生:《人海潮》(第3集),上海:新村书社1927年1月版,第35—36页。

《中国现代通俗文学世情研究》一书中,对晚清以来的世情叙事作出了纵向梳理。在范伯群的研究中,世情更关乎国家命运,国家时事牵连社会变动,反映在小说中,便有张春帆《政海》、包天笑《留芳记》等作品。① 而此种世情,在《金瓶梅》关于"陆沉"的叙事中也已存在了。

第三节 "思无邪"

《人海潮》楔子起首是一诗,全诗道:"世路悠悠未可量,百千万劫走羊肠。射工伺影心弥毒,魑魅迎人计更狂。但许旁观浇白堕,未容沉溺恋黄粱。醒来拂拭云笺写,为觅闲生一晌忙。"② 人世之路前途莫测,随时都可能遇到各种危险,不要沉溺在功名利禄的美梦中,因为一觉醒来,烟云过眼,不如觅得一种闲适人生。这首诗是对小说所述各种"射工伺影""魑魅迎人"的世情故事的总体态度,警示读者不可"沉溺"。所以小说叙事存在最外层的"旁观"视角,旁观小说的主人公们在"世路"上悲欢生死,并给出警醒的意见。对于《人海潮》而言,这个旁观视角有一个具体形象,即楔子部分的第一人称"在下"。这位"在下""眼底阅尽万千骇怪","心头蕴着无限酸辛",③ 是一个勘破世情的过来人形象。赵眠云为《人海潮》题词,其中写道:"陆离光怪笔疑仙,五色晴霞灿九天。却有佛家普度意,要人裹足莫争前。"④ 赵眠云看出了小说的"佛家"意味,不是没有根据的。范烟桥的题词同样谈到了这点:"禅印潮音,机参话柄,笑看不胫而走。叹频年诡谲波澜,江山如旧。"⑤ 小说的旁观视角带有一层

---

① 范伯群、张蕾、黄诚:《中国现代通俗文学世情研究》,南京:江苏凤凰教育出版社2021年10月版。
② 网蛛生:《人海潮》(第1集),上海:新村社1927年1月版,第1页。
③ 同上。
④ 赵眠云:《题词四》,网蛛生:《人海潮》(第1集),上海:新村社1927年1月版,第1页。
⑤ 范烟桥:《题词七 调寄永遇乐》,网蛛生:《人海潮》(第1集),上海:新村社1927年1月版,第2页。

佛家的悲悯、悟空与劝世。这种叙事方式完全可以上溯至《金瓶梅》。

《金瓶梅》第一回道：

> 只有那《金刚经》上两句说得好，他说道："如梦幻泡影，如电复如露。"见得人生在世，一件也少不得，到了那结果时，一件也用不着。随着你举鼎荡舟的神力，到头来少不得骨软筋麻。由着你铜山金谷的奢华，正好时却又要冰消雪散。假饶你闭月羞花的容貌，一到了垂眉落眼，人皆掩鼻而过之。比如你陆贾、隋何的机锋，若遇着齿冷唇寒，吾末如之何也已。到不如削去六根清净，披上一领袈裟，参透了空色世界，打磨穿生灭机关，直超无上乘，不落是非窠，倒得个清闲自在，不向火坑中翻筋斗也。正是：
>
> 三寸气在千般用，一旦无常万事休。①

《金瓶梅》开首处用佛家的"参透"来看取人世间的酒色财气，可谓小说的寄寓所在。第一回西门庆、应伯爵等十兄弟在玉皇庙结拜，第一百回结尾吴月娘等投宿永福寺，孝哥儿被幻化，头尾相应，成为包容小说故事的框架。对于这一故事框架的意义，格非解释道："《金瓶梅》的立足点，在于对社会现实的全方位批判。这种批判过于严厉峻激，不留任何余地，使作品弥漫着强烈的相对主义和虚无主义气息，以至于作者不得不引入佛道，作为世人在绝望的现实社会中可能的超越性出路。"②这种写法对《红楼梦》有深刻影响，且及于后世的小说。晚清狭邪小说、谴责小说，民初以后的黑幕小说、社会小说等都受到了这种写法的影响。这些小说的故事框架未必就用佛道来统摄，但一般会在小说的开首或结尾处提出告诫，不要沉迷于

---

① 王汝梅、李昭恂、于凤树校点：《张竹坡批评第一奇书 金瓶梅》（上），济南：齐鲁书社1987年1月版，第12—13页。

② 格非：《雪隐鹭鸶——〈金瓶梅〉的声色与虚无》，南京：译林出版社2014年8月版，第115页。

酒色财气,一切最终会化为空幻。

韩邦庆《海上花列传》开首处便说:"花也怜侬具菩提心,运广长舌,写照传神,属辞比事,点缀渲染,跃跃如生,却绝无半个淫亵秽污字样,盖总不离警觉提撕之旨云。"①吴趼人《二十年目睹之怪现状》结尾诗道:"悲欢离合廿年事,隆替兴亡一梦中。"②朱瘦菊《歇浦潮》开篇交代:"那时有一位过江名士,目击这些怪怪奇奇的现象,引起他满腹牢骚,一腔热血,意欲发一个大大愿心,仗着一枝秃笔,唤醒痴迷,挽回末俗。"③毕倚虹、包天笑《人间地狱》第一回道:"在下发下一个愿心,将这些人间地狱中牛鬼蛇神、痴男怨女,狞狰狡猾的情形,憔悴悲哀的状态,一一详细的写他出来,做一幅实地写真。世人看了,果能有些觉悟,将世间一切眼前的贪瞋痴爱因此看淡了几分,遇着这班地狱魔鬼因此疏远了几分,或者亦是减少人生痛苦的一种简捷方法,在下著书便不为无功。"④这些现代通俗小说都采用了类似的叙事结构,主体故事叙述世道险恶,人情悲欢,开首或结尾处显露出的外层结构框架对主体故事作出概括甚而批判。虽然如此写法未免劝百讽一,但终究会给小说写作带来道德上的开脱,并由此引向"减少人生痛苦的"方法。小说故事的邪与恶在这样的叙事结构中便被无形化解了。

与"词话本"《金瓶梅》的道德说教不同,"绣像本"《金瓶梅》更能正视与反思小说中的世情故事,特别是对色欲的描写,在"绣像本"中是作为呈现真实的重要部分。鲁迅对《金瓶梅》产生的时代有一个具体说明:"瞬息显荣,世俗所企羡,侥幸者多竭智力以求奇方,世间乃渐不以纵谈闺帏方药之事为耻。风气既变,并及文林,故自

---

① 韩邦庆:《海上花列传》,北京:人民文学出版社 2006 年 12 月版,第 1 页。
② 吴趼人著,宋世嘉标点:《二十年目睹之怪现状》,上海:上海古籍出版社 1997 年 7 月版,第 631 页。
③ 海上说梦人:《歇浦潮》(卷一),上海:世界书局 1923 年 2 月版,第 1 页。
④ 婆婆生:《人间地狱》(第 1 集),上海:自由杂志社 1924 年 10 月版,第 1—2 页。

方士进用以来,方药盛,妖心兴,而小说亦多神魔之谈,且每叙床笫之事也。"①通过进献房中术或春药,可以获得官位和荣华。帝王荒淫,上行下效,坊间流行着情色小说和春宫画,如郑振铎所言,《金瓶梅》不能"独善其身"。"《金瓶梅》的作者是生活在不断的产生出《金主亮荒淫》《如意君传》《绣榻野史》等等'秽书'的时代的。连《水浒传》也被汙染上些不干净的描写;连戏曲上也往往都充满了龌龊的对话。""在这淫荡的'世纪末'的社会里,《金瓶梅》的作者,如何会自拔呢?随心而出,随笔而写;他又怎会有什么道德利害的观念在着呢?"②如果《金瓶梅》的写作不是道德说教,那么小说中的色欲就是颓靡之风浸淫下的结果,亦是对真实的写照。就此,格非认为《金瓶梅》体现出阳明心学和佛教义理中的"无善无恶"论,并进一步指出:"《金瓶梅》在价值和道德层面上,真正关注的与其说是善恶问题,还不如说是真伪问题。这固然是《金瓶梅》的局限所在,但'真妄'或真伪观的确立,也为中国的章回体小说开辟了一个全新的天地。"③"真"是看取《金瓶梅》的重要视角,这一视角会让读者对小说中的人物,特别是西门庆和潘金莲产生异样感受,他们的死去似乎并不是大快人心的事。宇文所安道:"这部小说以太多不同的话语诱惑我们,使得我们很难只采取一种道德判断的观点。只有迂腐的道学先生,在读到书中一些最精彩的性爱描写时,才会感到纯粹合乎道德的厌恶。在一个更深刻的层次,小说对人物的刻画是如此细致入微,使读者往往情不自禁地产生单纯的道德判断所无法容纳的同情。"④能够对小说人物和故事产生同情之感,在其中起到重要乃至关键作用的正是"真"。善恶还是一种传统的评价尺度,而真妄却

---

① 鲁迅:《中国小说史略》,《鲁迅全集》(第9卷),北京:人民文学出版社2005年11月版,第190页。

② 郭源新:《谈〈金瓶梅词话〉》,《文学》第1卷第1期,1933年7月。

③ 格非:《雪隐鹭鸶——〈金瓶梅〉的声色与虚无》,南京:译林出版社2014年8月版,第127页。

④ 宇文所安:《序》,田晓菲:《秋水堂论金瓶梅》,天津:天津人民出版社2014年1月版,第2页。

具有了现代意义。

如果删去《金瓶梅》中的色欲描写,那么《金瓶梅》也就不成为《金瓶梅》。色欲是谈论《金瓶梅》时必须正视的部分,以真妄观来看待这一部分,《金瓶梅》便可以从"禁书"中解脱出来。现代第一部研究《金瓶梅》的论著《瓶外卮言》便是以这一观念来正视《金瓶梅》的价值。《瓶外卮言》1940年由天津书局出版,姚灵犀编,依次收录吴晗《金瓶梅的著者时代及其社会背景》、郭源新《谈〈金瓶梅词话〉》、《金瓶梅版本之异同》(未署作者名)、痴云《金瓶梅与水浒传红楼梦之衍变》、阚铎霍《红楼梦抉微》、灵犀《金红脞语》《金瓶小札》《金瓶集谚》《金瓶词曲》。吴晗以史家方法详细论证了《金瓶梅》的作者并非流行观点所认为的是王世贞,并肯定《金瓶梅》"是一部写实小说,是一部社会小说,所写的是万历中年的社会情形"①。姚灵犀在此文之后附了一篇评价,道:"及见斯篇,遂为搁笔。爰取冠之卷首,而以鄙意附其后。"②姚灵犀十分欣赏吴晗的论文,把它置于第一篇,并认为有了吴晗此文,自己的《金瓶梅》论文便可不写了。吴晗和郑振铎的论文,都是因《金瓶梅词话》的发现而有的重要研究,《瓶外卮言》的收录是很具眼光的。另外几篇论文也很有学术价值。《金瓶梅版本之异同》论述了当时所见较普遍的三种版本:一为北平图书馆影印及之后中央书店等出版的"词话本",一种是张竹坡评本,还有一种为《古本金瓶梅》。论文较为详细地论述了三者的不同,有助于甄别选择和校勘。谈《水浒传》《金瓶梅》《红楼梦》三书之间的关系,也是日后研究者常会论及的议题。除了揭示《金瓶梅》《红楼梦》之间隐秘关联的《金红脞语》之外,姚灵犀《金瓶小札》《金瓶集谚》等也颇值得注意。特别是《金瓶小札》,罗列众多《金瓶梅》中的词汇做解释,可谓《金瓶梅》的详注。例如解释"咬虫":"詈人之词,施于

---

① 吴晗:《金瓶梅的著者时代及其社会背景》,姚灵犀编:《瓶外卮言》,天津:天津书局1940年8月版,第34页。

② 姚灵犀编:《瓶外卮言》,天津:天津书局1940年8月版,第38页。

妇女者,越谚,男女私为夫妇者,曰老咬口,是所本也。"①"老娘":"世谓稳婆曰老娘,见《辍耕录》,今俗呼之为姥姥,即收生婆也,词话有蔡老娘词,穷形尽相,俗本删。"②"钞关":"即征税收钞之关津,始于明宣德至嘉靖间,关内前后设钞关十二处,舟船受雇装载,计所载料多寡远近,纳钞谓之船料,每船百料,纳钞百贯。"③这些市井俗话、历史术语,是解读《金瓶梅》的重要入口,其中不乏淫词艳语的俗口,姚灵犀一一注出,并不避忌。就篇幅而言,《金瓶小札》在《瓶外卮言》中是最长的。另在《金瓶集谚》之后,姚灵犀有一段跋记,道:"此书方言俗谚,索解甚难。赏奇析疑,殊饶兴趣。先此抛砖引玉,初非贵椟轻珠也。俟有增补订正时,再将《金瓶梅》之批评、前人记述、西门庆潘金莲之纪事年表、书中人名表、书中时代宋明事故对照表,暨金瓶写春记、词话本删文补遗等,一并付刊,以成完璧。"④可见姚灵犀不满足于一本《瓶外卮言》,他对《金瓶梅》研究还有更多计划。从"金瓶写春记、词话本删文补遗"等可以看出,姚灵犀对《金瓶梅》中的"春色"描写不无兴趣。

姚灵犀是天津的文化人,研究者说他"虽非什么大人物,但却是一位奇人,也是一位趣人"⑤。他的"奇"和"趣"便在于对"色"之关注。姚灵犀在文坛上的声名主要得自他编辑的《采菲录》。天津《天风报》1931年5月开始刊出《采菲录》专栏,1933年天津书局出版《采菲录》,之后有续编、第三编、第四编出版,1936年1月天津时代公司再版《采菲录初编》,1941年天津书局印有《采菲精华录》。如此不断出版、增补,足见《采菲录》很受欢迎,但此书一度被查禁,姚灵犀也因此入狱。"据台湾性学研究专家柯基生医生披露,《采菲

---

① 灵犀:《金瓶小札》,姚灵犀编:《瓶外卮言》,天津:天津书局1940年8月版,第124页。
② 同上书,第177页。
③ 同上书,第201页。
④ 姚灵犀编:《瓶外卮言》,天津:天津书局1940年8月版,第248页。
⑤ 王振良:《走近姚灵犀》,张元卿、王振良编:《走近姚灵犀》,天津:天津古籍出版社2019年1月版,第260页。

录》出版后,姚氏先获骂名,继成'名教罪人',并以'风流罪'被关牢狱。出狱后作有五言诗《出狱后感言》。从诗中可见,其不但被拘监,且被罚'二百金',最后'焚笔毁砚',家道中落。对此柯基生医生感叹,'近代名儒姚灵犀因著《采菲录》,详述缠足助性生活获罪。西元1944年当金赛(美国性学研究开拓者)获得企业捐助,专研性学时,姚灵犀因风流罪罚二百金破产,从此东西方性学研究进入消长分水岭'。"①《采菲录》涉及"风流罪"与"性学",那么这部书到底所述为何?天津时代公司印行的《采菲录》标题冠以"中国妇女缠足史料"的副题,《采菲录》主要辑录的是关于缠足的各类文章、考证、琐记、韵语、丛钞等文字,是史料集。但是缠足关涉女性身体,是中国古代男子对女性的一种特殊癖好,因此绕不开"性"。《采菲录》发表和出版之时,缠足已成为历史,但"莲癖"并未烟消云散。《采菲录》的风行与这两者均有关。姚灵犀在《采菲精华录》的《编者附言》中说道:"此史隐秘,固有深长之说在也。今此事已成陈迹,然实为民俗史之一部分,设无著述,后且无闻。故不惜博采广征,以留爪印。"②姚灵犀编撰《采菲录》主要目的是保留史料,使这一"隐秘"史不至于湮没无闻。所以即便涉"性","真"是其价值所在。"述而不作,故宗旨不能纯。"③辑录史料,很少品评,《采菲录》到底对缠足持何态度,是较为含糊的。不过,姚灵犀毕竟编了这样一部书,其中多少能体现出兴趣所在。"呜呼!吴苑就荒,空怀响屧。窅娘已杳,难见凌云。此亦谈往于花村,何妨琐言夫北梦。爱莲有说,采菲名书。"④对于缠足已成历史,姚灵犀或抱有追怀之意。

《采菲录》记录种种缠足事迹,如"在古时有故将箸筷落地,暗中

---

① 倪斯霆:《〈采菲录〉引发的风波》,《今晚报》2016年6月20日,张元卿、王振良编:《走近姚灵犀》,天津:天津古籍出版社2019年1月版,第24页。
② 《编者附言》,姚灵犀编撰:《采菲精华录》,天津:天津书局1941年11月版,第368页。
③ 姚灵犀编辑:《采菲录初编》,天津:天津时代公司1936年1月版,第5页。
④ 姚灵犀:《弁言》,姚灵犀编撰:《采菲精华录》,天津:天津书局1941年11月版,第1页。

一捏之习惯。而所谓莲钩者,有女子在桌布之下,以纤足或钩或蹴,或互以膝相抵,以足相触者,男子亦有魂销真个时"①。关于"拂箸",熟悉《金瓶梅》或《水浒传》都知道,这是西门庆和潘金莲勾搭成事的主要道具。潘金莲的名字也隐指她有一双金莲纤足。宋蕙莲因炫耀她有一双比潘金莲还小的脚,招金莲愤恨而至身死,以及"潘金莲醉闹葡萄架"等情节,都是《金瓶梅》中有关小脚的重要段落。姚灵犀在《采菲录》中道:"明版《金瓶梅》词话、绣像,妇女皆缠足极小。缠足明代最盛也。"②并收录《金瓶梅》中关于小脚的一些片段,总结道:"可见纤趾之动人情处,可以追魂夺命矣。"③

《金瓶梅》或许是触动姚灵犀编撰《采菲录》的一点情由,不过《采菲录》与姚灵犀的另一部资料集《思无邪小记》相比,在"性"的呈现方面,可谓小巫见大巫。《思无邪小记》1926年开始连载于《北京画报》,在天津《天风报》《风月画报》上亦有刊载。1941年出版单行本时,副标题名为"姚灵犀秘笈之一又名艳海"④。书中所记,或为对古书的摘录转述,或为作者自己所见所编的各色性事,与《金瓶梅》所叙相比,有过之而无不及。书中也多次提及《金瓶梅》,引为"同道"。研究者称:"其记录有关性文化的资料一时罕有其匹,是难得的研究中国古典性文学、性风俗的专著。"⑤就此书价值而言,也在于存"真"。《采菲录》之名出自《诗经》:"采葑采菲,无以下体。"《思无邪小记》之名出自《论语》,同样说的是《诗经》:"诗三百,一言以蔽之,曰'思无邪'。"姚灵犀解释道:"意即郑卫之音不删,而以邪

---

① 姚灵犀:《知足谈》,姚灵犀编撰:《采菲精华录》,天津:天津书局1941年11月版,第176页。
② 同上书,第182页。
③ 犀:《纤语》,姚灵犀编撰:《采菲精华录》,天津:天津书局1941年11月版,第336页。
④ 姚灵犀编撰:《思无邪小记》,天津:天津书局1941年5月版。
⑤ 宛钺:《姚灵犀著述小考》,张元卿、王振良编:《走近姚灵犀》,天津:天津古籍出版社2019年1月版,第157页。

僻之思为戒也。"①《诗经》中的郑卫之音不用删去,只要思想没问题,就不会以郑卫之音为"邪僻"。这一解释和读《金瓶梅》一样:"然曲尽人间丑态,其亦先师不删郑卫之旨乎?"②"不删郑卫"即是存真,只要心思正,何能入于淫邪?这就是"思无邪"的取义。

无论是编辑《瓶外卮言》,还是《采菲录》《思无邪小记》抑或《未刻珍品丛传》,姚灵犀的旨趣都倾向于淫艳之文。他正视这类文字,不是假道学,更非真淫徒。他把男女的身体、欢爱细致呈现,尽显真实,这在现代中国社会也是需要勇气的。在《未刻珍品丛传》的《弁言》中,姚灵犀道:"宇宙之间,文人众矣。抑郁不自得,乃寄情于艳闻琐事,以冀其言之无罪,而闻之者好之之可传也。"③这是姚灵犀对其倾向于淫艳之文的另一种解释。文人抑郁不得志,才寄情于此,不是艳俗,而成雅癖。时人对姚灵犀评论道:"姚君灵犀,天才卓越,冠绝朋侪,文章风雅,迥异恒流,以是三津各报,群争聘为撰述,每一文出,茂雅缜密,细腻精微,邀人惊羡,由来久矣。"④情色,出自才气文人之手,便成"思无邪"的风雅。

姚灵犀的写作无疑受到《金瓶梅》的很大影响,他直言:"不佞酷爱金瓶梅一书,寝馈甚深。"⑤能如此坦言自己对《金瓶梅》"酷爱"的,恐怕首推姚灵犀。《金瓶梅》第一回开篇直接谈论"酒色财气",整部《金瓶梅》就是对此四字展开铺叙,并发出警戒。姚灵犀深受《金瓶梅》影响,主要在于"色"。如果说《采菲录》《思无邪小记》等是充分辑录"色"的文字,那么姚灵犀的小说虽延续此道进一步发挥,却更多抑郁之情。和资料辑录相比,姚灵犀的小说创作并不很

---

① 姚灵犀:《弁言》,姚灵犀编撰:《思无邪小记》,天津:天津书局1941年5月版,第1页。
② 廿公:《金瓶梅跋》,黄霖编:《金瓶梅资料汇编》,北京:中华书局1987年3月版,第3页。
③ 姚灵犀:《弁言》,姚灵犀编校:《未刻珍品丛传》,(出版地不详)1936年1月版,第2页。
④ 龙眠章六:《介绍姚灵犀先生校印未刻珍品丛传》,《风月画报》第7卷第6期,1936年。
⑤ 姚灵犀:《金瓶梅图》,《晶报》1936年7月22日。

出名，《莲缘记》《生香记》等今已不传，刊载于《北京画报》和《南金》上的《非花记》、发表于《南北》的《絮影花光录》等，都只有一个开头，没有完篇。较可注意的是他的长篇小说《瑶光秘记》。

《瑶光秘记》1927年连载于姚灵犀主持的《南金》杂志，叙女尼志昙故事。1935年《瑶光秘记》在魏病侠主编的《风月画报》上继续刊载，被冠以"长篇香艳小说"之属，主要叙述女尼玉清故事。两篇故事均未连载完。1938年《瑶光秘记》完整版由天津书局出版。单行本分上下两部分，上部七十页写志昙故事，下部共一百八十一页写玉清故事。据《风月画报》连载《瑶光秘记》开首处一段引言道："其本事共为三则，所记志昙尼事，已于前篇告一段落，今标题仍旧，而结构甚新，哀艳之处，或且过之。"①很可能姚灵犀原本计划写三位女尼的故事，最后只成两篇，仅此两篇，已足成"哀艳"。志昙父亲早逝，十岁入庵。及长，渐知庵中尼姑的各种淫秽之事。为同辈志梵、志洁、志朗等怂恿诱导，志昙与金公子相暱。金公子为志洁的相好所嫉，被勒索殴打，闹得满城风雨，金公子服毒自尽。金家和金公子的朋友因此仇恨尼庵，尼庵失火被封。志昙遂还俗，寄生烟花。后归人外室，贞静自新。志昙的故事是通过她的自述来呈现的，小说有一个"听与讲"的结构。"予"和友人绿绮请香姑为媒，介绍女子狎戏。香姑遂介绍志昙来见，志昙向"予"和绿绮讲述了她的生平故事。所以志昙故事是第一人称叙事，作为狎客的"我"和志昙自述的"我"构成小说故事的嵌套结构。狎客"我"被志昙所述之"我"深深吸引，这其中不仅有尼庵秽史，更有一个少年女尼的悲伤情爱经历。志昙自述道：

> 尔时余为贪瞋痴爱诸魔缠绕，如盲人堕井，懵懵然昏昏然听人簸弄，丝毫不自主，且穷于应对。世人往往笑士大夫临大事遇大难，不能泰然自处，或讥其恝事二主，失节可羞。以余视之，皆非过来人言也。身历其境，有不得不如此，况根器不厚，

---

① 灵犀：《瑶光秘记》，《风月画报》第6卷第28期，1935年。

> 志念不坚,偶逢挫折,脚根不稳,遂遭堕落者,比比皆是。不得已三字,固为文过之具,有时亦不脱三字之范围。多欲则不刚,谅哉斯言也。余稚气未除,取舍莫决,身同傀儡,任人牵弄,遂有此失。不图一念之差,便属终身之玷,夫复何言。①

志昙在自述往事时,多带议论。这些议论是自述时的志昙对过往经历的看法,颇似一部忏悔录。以这样的叙事态度来看尼庵秽史,小说便不能视为一部淫书。

和《金瓶梅》的情色描写相比,《瑶光秘记》虽也直露,却并不巨细无遗。小说主要写了淳朴天真的女主人公对男女两性的好奇、憧憬、幽怨之情。在玉清的故事中,玉清是个才色出众的年少女尼,她被尼庵优待,被檀越嘉赏。她和鞠生的恋爱是少年男女的自然吸引。鞠生舅父借尼庵作为家族孩童的读书之所,鞠生和玉清就此相识,渐生情愫。两人的苦恋颇多岁月,颇经周折。在玉虚、玉耶的促成下,玉清终和鞠生在尼庵私会。小说叙写了一次次私会的艰难和欢愉,玉清怀孕了。玉清堕胎不成,生下死胎,羞愤触柱而亡。鞠生悲痛万分,为玉清题写墓碣文。小说叙述玉清故事用的是第三人称,但同样用了"听与讲"的结构。故事开篇,蜕红生被请进尼庵,为玉清接生。之后玉洁向蜕红生叙述了玉清的故事,蜕红生把故事再转述出来。玉清故事不是自述,是他叙。蜕红生既是故事的听者,也是叙述者。故事最后,蜕红生为玉清之墓写了铭文。玉清故事整体采用倒叙结构,曲折婉转。小说写两位主人公第一次独处道:

> 鞠生调玉清久之,而玉清佯为不解,或以正语隐拒,游词直无法可入。察其状殊不以为忤,且颜色温而婉,可亲而不可狎。鞠生揣其意,谂为处子之常态。彼初与男儿晤对,设非素所憎厌者,词色多如是,盖半为娇羞,半为内怯,若即若离,实为摹拟美人入神之笔。鞠生既会斯意,复忆及顷所见呫呫之状,乃亟转其谈锋,故作同情之语,以挑逗之。虽赚得佳人下泪,但芳心

---

① 姚灵犀:《瑶光秘记》,天津:天津书局1938年10月版,第38—39页。

中翻引若人为知己,情幕立即除却一层,肝膈中所积蕴未宣者,亟欲向人倾吐。此时之玉清,正燃青春之火,腾焰飞辉,纯以制欲窒性工夫,遏之使不得逞。故今日相逢恨晚,藉此一通款曲焉。①

《瑶光秘记》对玉清、鞠生或志昙、金郎这两对男女主人公的描写多为儿女情态。他们彼此钟情,是书生与美人之配。特别是两位女主人公,颇有"之死矢靡它"的愿心。小说中的情色部分主要发生在其他女尼身上。姚灵犀在小说最后写道:"余作此两记,非同虚构,不辞猥鄙,据实书之。""此等笔墨,本欲毁弃,而嗜痂者众,怂恿授梓。""惟冀达人,即付祖龙之炬。"②所谓"此等笔墨"即指书中的情色故事、尼庵秽史,姚灵犀之所以没有把《瑶光秘记》烧掉,既在于小说所述的主人公情爱故事颇为动人,不全在"淫",也在于他想存"真",便"据实书之"。小说"听与讲"的结构正是交代了真实的来源。

小说开篇,解释了题名的由来。北魏时期洛阳有瑶光寺,是贵族女性出家的地方。后朱兆入洛阳,秀荣胡骑入尼寺奸淫,故小说借"瑶光"写"尼寺之淫行"。③佛门之地的这等秘事,当然能引起"嗜痂者"的趣味,小说用文言叙事,和《采菲录》《思无邪小记》一样,文言对情色故事多少有了一层遮掩。不仅于此,小说通过所叙的"真实"故事,对女尼表示出真切同情。她们是人,有七情六欲,爱欲是本性,如何窒之。姚灵犀专注情色,一定程度上是放大了《金瓶梅》"酒色财气"中的"色"。这一历代被禁的话题,在姚灵犀这里以"真"的面貌得到了正视。

第四节　北方的通俗小说

姚灵犀是江苏人,但他主要在天津等北方城市生活,也成名于

---

① 姚灵犀:《瑶光秘记》,天津:天津书局1938年10月版,第30—31页。
② 同上书,第180—181页。
③ 同上书,第1页。

北方。据张赣生的研究,现代通俗小说在北方的兴起要晚于南方。"所谓'晚清小说',主要就是晚清时在上海产生的小说。那时京津一带的通俗小说创作,旧貌未改,依然是《永庆升平》一类评书的天下。这种状况一直延续到民国初年。"①晚清《海上花列传》《二十年目睹之怪现状》等小说虽细描男女情事、谴责社会世态,但多少蕴含着写作者的一点情由,带有世纪末"陆沉"的忧患,并不仅仅以讲故事、取悦读者为目的。之后南方的通俗小说,诸如朱瘦菊、平襟亚等人的黑幕小说、社会小说等,大致沿袭了晚清小说的创作路向。比之于南方通俗小说,北方通俗小说较少婉转寄托的心绪,显得更为直白。由于以"评书"为重要的叙事传统,北方通俗小说以故事的曲折离奇取胜,缺少文人情愫,整体上"俗气"有余。

就南北方差异而言,《金瓶梅》大致属于北方的通俗小说。《金瓶梅》的故事发生在山东清河县,这是一个虚构的地名,但小说经常提到的临清确是历史上一个实在的地点。"在明朝的时候,临清'三十六条花柳巷,七十二座管弦楼',是有名繁华的大码头。"②这一大码头是连接南北商业往来的要道。《金瓶梅》的主人公西门庆是商人,他虽然没到南方去,但他的货物却在临清与南方各地不停经营往来,而他自己则几番北上东京疏通门路。小说对清河、临清及东京等地都是正面叙写,对南方只是由故事情节带出,没有直接叙述。所以,从小说故事来看,《金瓶梅》可归入北方小说。不过《金瓶梅》对后来南方晚清小说的深刻影响,说明它不仅具有北方特质。"虽然《金瓶梅》故事的主体部分发生于以临清为中心的北方地区,但作者的视线一刻也没有离开过南方。全书实写北方而暗写南方,主要写北方而次及南方,直接描述北方而间接勾画南方,终至于南北合一:这样的线索设计,既是当时商业、交通、经济及社会状况的真实反映,也体现出作者不拘泥于局部地域、全景式把握社会现实的宏

---

① 张赣生:《民国通俗小说论稿》,重庆:重庆出版社1991年5月版,第67页。

② 田晓菲:《后记》,田晓菲:《秋水堂论金瓶梅》,天津:天津人民出版社2014年1月版,第317页。

阔视野。"①这正是《金瓶梅》被称为"奇书"的一大原因。它具有"南北合一"的气质。俚俗而深含悲哀,色欲却充满怜悯,之后南北方的通俗小说在《金瓶梅》处汲取了各自的营养。

北方的通俗文学家主要活跃于民初以后的京津地区。姚灵犀外,董濯缨、陈慎言、刘云若、赵焕亭、宫白羽、还珠楼主等作家都有突出成绩,其中刘云若、赵焕亭的作品留下了《金瓶梅》较为明显的痕迹。张赣生认为:"能代表民初北方通俗小说之成就者,应首推《益世报》所刊董濯缨及赵焕亭之作品。""进入三十年代以后,天津《天风报》的创刊,是民国通俗小说史上的一件扭转局面的大事。""它的重要性在于推出了两位通俗小说新作家,而这两位新手的处女作发表后,均立即引起了广泛的重视,终于都成为民国通俗小说史上领袖群伦的巨匠,这便是刘云若的《春风回梦记》和还珠楼主的《蜀山剑侠传》。"②刘云若、赵焕亭在北方文坛均占有重要位置。赵焕亭代表了北方通俗文学的兴起,刘云若的出现则指示出现代通俗文学的中心由南向北的转移。

《春风回梦记》1930 年在《天风报》连载,引起较大反响,被改编成了电影和话剧。此后刘云若还有《红杏出墙记》《小扬州志》《情海归帆》《旧巷斜阳》《酒眼灯唇录》等作品,这些作品基本属于社会言情小说。辛绍兰在整理姨父刘云若的作品时说道:"这位民国时期享誉全国的现代言情小说作家得到了极大的关注和肯定,被称为民国通俗小说史上领袖群伦的巨匠。从那时起我才开始重新认识刘云若先生,因为有很长一段时间我自己莫名其妙地把他的小说加上了黄色的标签。"③为什么会有"黄色的标签"?也许并不是像辛绍兰感觉得那么"莫名其妙"。50 年代,文化部有《关于处理反动、

---

① 格非:《雪隐鹭鸶——〈金瓶梅〉的声色与虚无》,南京:译林出版社 2014 年 8 月版,第 16 页。
② 张赣生:《民国通俗小说论稿》,重庆:重庆出版社 1991 年 5 月版,第 69、70 页。
③ 辛绍兰:《往事如烟——为此书整理再版而记》,刘云若:《酒眼灯唇录》,北京:中国文史出版社 2017 年 1 月版,第 3 页。

淫秽、荒诞图书参考书目的通知》，一些省市颁发了"处理反动、淫秽、荒诞图书"的书目，刘云若被列入其中，因为他写了含有淫秽成分的言情小说。① 刘云若在现代文坛的声名可与张恨水相颉颃，被称为"天津张恨水"②。张恨水在1949年之后非但没有被归入反面作家之列，还受到优待，这固然与张恨水40年代的境遇有关，也与创作密切关联。同是社会言情小说家，张恨水作品虽也谈情说爱，但基本不卖弄"色相"。刘云若的小说则不然，例如评价很高的《红杏出墙记》一开篇就写主人公觑破妻子的奸情："再沉了一会儿，见仲膺和芷华都坐起来，下半身贴连，上半身却分开，直仿佛一个树根上分支出两条树干，又仿佛一株朝天长的人字柳，被风摆得动摇不定。须臾又见芷华倒入仲膺怀里，就半响没有声息。帘幙沉沉，小楼寂寂，灯光滟滟，人影双双，真是好一派的仙乡诗境！"③如此香艳的文字，难免媚俗。尽管刘云若的作品在50年代被列为淫秽是不当的，但其小说显露的"色"之诱惑，不能不说是受欢迎的重要原因。即便如引起关注社会问题的《旧巷斜阳》，也在叙述主人公璞玉一步步沉沦故事的时候，充分加上了这样的诱惑。

　　姚灵犀对刘云若的评价很高，认为其："今已执小说坛坫之牛耳，与往日南中李涵秋相伯仲，齐桓晋文，先后称霸。"④姚灵犀对两位小说家甚为佩服，一位是他年少时居于扬州拜识的李涵秋，一位便是移居天津后结交的刘云若。一南一北，也是得其因缘。不过姚灵犀对刘云若小说的推崇似更高一筹："然复再以《小扬州志》与他著较，与《广陵潮》相较，更与古人之一切小说相较，始识《小扬州志》实胜人一筹。盖《小扬州志》不独擅社会小说之胜场，更可称言

---

① 参见王秀涛：《重建城市文艺——论20世纪50年代对"反动、淫秽、荒诞"图书的处理》，《文学评论》2014年第6期。

② 范伯群：《中国现代通俗文学史（插图本）》，北京：北京大学出版社2007年1月版，第454—461页。

③ 刘云若：《红杏出墙记》（上册），北京：中国文史出版社2017年1月版，第5页。

④ 姚灵犀：《小扬州志序》，刘云若：《小扬州志》，天津：天津书局1941年4月版，第2页。

情小说之绝作。论组织有似《水浒》,论冶宕则似《金瓶》,论旖旎绝似《红楼》,兼各家之所长,一炉而融冶之,成此巨制,每一披读,或喜或怒,忽戚忽悲,其能移人性情也。"①无论是小说艺术成就,还是文学史位置,李涵秋《广陵潮》都要高于刘云若《小扬州志》。姚灵犀推崇《小扬州志》,与他的趣味多少有些关系。说《小扬州志》兼有《水浒传》《金瓶梅》《红楼梦》的特点,这是现代通俗小说家大多通熟传统小说使然,不过就《小扬州志》而言,更得《金瓶梅》的韵味。这也是偏好《金瓶梅》的姚灵犀看重《小扬州志》的一大原因。

长篇章回小说《小扬州志》是刘云若的代表作。据研究,小说1932年"连载于天津《中华画报》。1933年天津中华画报社出版了初集单行本。1935年至1937年间又连载于《哈尔滨五日画报》。1938年《续集》连载于天津《新都会画报》。1939年春明书局出版了第一、二集。1941年6月沈阳鸿兴书局出版了正续集"②。1941年天津书局也出版了《小扬州志》的前集和续集。前集或正集是小说的第一回至第四回,续集是第五回至第八回。小说没有写完,"续集"也不是一般意义上的"续",因为小说至第四回故事远没有结束。小说主要叙述主人公秦虎士落拓以后的故事。虎士本是富家子,因贪图享乐,败光了家财,以致穷困潦倒,流落贫民窟。遇见柳青青,二人相恋。青青却为生计,不得不到别处谋生,虎士只能与青青分别。虎士得遇恩人郭铁梅的帮助,有了一份职业。期间他遇见一位女子,得有一夕之欢,不料这位女子竟是郭铁梅新娶的夫人孟韵秋。虎士从此避开韵秋,可韵秋却对虎士十分钟情。韵秋卷逃离开郭家,郭铁梅被气死。虎士又结识了沦为娼女的杜雪蓉,虎士怜悯雪蓉的遭遇,和她成婚。而郭铁梅的死让虎士丢了职业,虎士只能与雪蓉贫困度日。另一方面,韵秋出逃,被镇守使黄国显发现,不得不嫁予黄国显为外室。韵秋找到虎士,把他引入宅中欢会,这时仆人

---

① 姚灵犀:《小扬州志序》,刘云若:《小扬州志》,天津:天津书局1941年4月版,第3页。
② 张元卿:《刘云若小说年表(初稿)》,张元卿:《望云谈屑》,天津:天津古籍出版社2014年8月版,第174—175页。

报告黄国显回来了。八回小说至此戛然而止,没有写完。

  显然,主人公虎士与三位女子的情爱故事是小说的主体。虎士与青青的相遇颇带清纯的恋爱味道,青青离开,她的结局小说没有直接交代,却已给出暗示。在与虎士分别时,青青说道:"我娘和我的干爹,还不定安着什么心,便不把我卖了,也得糟蹋我的身子给他们赚钱。莫说以后山远水遥,我不知飘到哪里,你也难定沦落何方,我们未必还能见面,即使再见着面,恐怕你那时所见的青青,绝不是现在这样的我了。"①可见青青此去,大约流落风尘。小说后文,虎士听说青青已死,青青的故事注定是个悲剧。青青的风尘遭际,小说没有直接叙述,但另两位女主人公杜雪蓉和孟韵秋的风尘故事,小说有详细叙写。两位女主人公都是识得风月的倡优,杜雪蓉是以私娼的身份和虎士相会,孟韵秋与虎士的遇合,则是所谓的"吊膀子"。刘云若小说中的女主人公大都有这样的风月身份,这颇似《金瓶梅》的嗜好,女主人公已不是女孩儿家。杜雪蓉温婉,小说的相关描写较为含蓄。孟韵秋直爽,小说对她的描述则风光旖旎。"这一切一切,已经够黄国显动心的了,及至再看到小腿下露着的那一双又薄又平、踵圆趾敛、瘦瘦尖尖、俏俏皮皮的自然脚儿,未经过缠裹,未加过修理,天然就这么好看,真是天足中的超品,穿着银灰色丝袜,伶伶俐俐,齐齐整整,隔着袜子,就似看见里面肌肤晶莹洁白,更好似十年不洗,也不会有什么气味。"②对女人脚的描写,在现代小说中是较为少见的。自放足之后,金莲的诱惑已成历史。可韵秋的这双"超品"天足,却具有十足的魅力。小说对之的各种形容,其实同样可用于小脚上,颇能显示出"莲癖"的痕迹。这也就很可以理解编撰《采菲录》的姚灵犀会把《小扬州志》和《金瓶梅》的"冶宕"联系起来。

  虎士与韵秋的故事,集中表现于他们的两场欢会,一场在南星饭店,一场在韵秋成为外室的豪宅。小说写这两场欢会,均以酒食

---

① 刘云若:《小扬州志》,北京:中国文史出版社2017年1月版,第69页。
② 同上书,第295页。

为先导。

> 恰巧西餐送来,只可都改容就座,相对进食。那女子酒量很宽,不特自己饮得很高兴,并且频向虎士劝进。虎士也因许久未得畅遂,如今坐对娇娆,自然频斟旨酒。在饮食中间,倒都是相敬如宾,只不过几杯下咽,烘暖心房,全从醉意中生出春意。那女子只吃了三四道菜,就说醉了,用冷茶漱了漱口,便倒在床上。①

> 虎士两杯酒下肚,那酒就好似钥匙,把他严扃深锁的心开放了,对着这娇闺中的绿酒红灯,怀抱中的温香软玉,觉得自己久已未享这旖旎风情,销魂况味,今天得遇故人,何必尽自拘泥。何况既已住下了,就开怀欢畅一夜……②

如此文字,已可见出刘云若小说的"色"味。而这种酒与色的欢会场景,在《金瓶梅》中多有出现,如西门庆私会李瓶儿,便常先进酒食。小说第十三回道:"妇人双手高擎玉斝,亲递与西门庆,深深道个万福……两个于是并肩叠股,交杯换盏,饮酒做一处。迎春旁边斟酒,绣春往来拿菜儿。吃得酒浓时,锦帐中香薰鸳被,设放珊瑚,两个丫鬟拾开酒桌,拽上门去了。"③参照《金瓶梅》,《小扬州志》可谓拾其遗风。

《小扬州志》撷取了《金瓶梅》的"酒色财气",特别是其中的前两者,作了发挥。酒色不仅出现在欢会场景中,也是小说故事的结构性所在。在《小扬州志》开头,虎士和帮闲他败光家财的谢度芝二人醉卧室中。虎士醒来,想起自己在烟花巷中整日花天酒地、"声名藉藉,各院中都有相好的旧人"④,正是酒色使虎士一无所有,成为一

---

① 刘云若:《小扬州志》,北京:中国文史出版社2017年1月版,第109页。
② 同上书,第336—337页。
③ 王汝梅、李昭恂、于凤树校点:《张竹坡批评第一奇书 金瓶梅》(上),济南:齐鲁书社1987年1月版,第205—206页。
④ 刘云若:《小扬州志》,北京:中国文史出版社2017年1月版,第8页。

个破落户。《小扬州志》实写了破落户西门庆的故事。故事中,这个破落户本性不改,依然混迹于妇人之中。福柯把色欲和堕落连在一起,认为:"色欲属于我们堕落的意志结构,而我们的意志结构只能以色欲形式欲求,各种色欲并不是像两个相互敌对并强迫并置在一起的不相关的要素相互冲突,而是联结成一种堕落的自然本性,如果神恩不介入,那么色欲决不能被克服。"①色欲是"堕落的自然本性",《小扬州志》就是关于堕落的一部小说。

小说开头即让主人公虎士陷于堕落的境地。色欲不仅描述了人物的命运,也形成一个隐喻。在主人公出场之前,小说叙述者先对天津有一段说辞,"小扬州志"讲述的就是天津的故事。叙述者十分感叹天津"世风日下"的现状,"天津固有的精神文明,都已消灭",然在天津生活的人都还做着繁华世界的迷梦,"繁华自昔谁醒梦",于是叙述者"只可还来描画这污浊世界"。② 作为社会言情小说,《小扬州志》叙述的男女主人公不仅是堕落的,他们所处的社会同样堕落。所以姚灵犀在序《小扬州志》时说道:"于是知世风愈下,而小说愈工。"③尽管《小扬州志》已是 20 世纪 30 年代的小说,但所反映的社会依然是"陆沉"景象,在这样的社会中,色欲成为一种迷醉自我的生活方式。

在另一位北方小说家赵焕亭的作品中,色欲同样联系着"陆沉"的现实。已有研究者注意到赵焕亭小说较为突出的色欲描写,认为他的代表作《奇侠精忠传》"在许多场合都以'淫邪'作为'卖点',随处写淫,又处处警告读者,凡淫邪者必得'淫报';他书中凡是反角、丑角,个个淫秽不堪;而正面人物,个个不近女色,且不受淫邪女子

---

① 〔法〕米歇尔·福柯著,佘碧平译:《性经验史(第 4 卷)——肉欲的忏悔》,上海:上海人民出版社 2021 年 8 月版,第 387 页。
② 刘云若:《小扬州志》,北京:中国文史出版社 2017 年 1 月版,第 3 页。
③ 姚灵犀:《小扬州志序》,刘云若:《小扬州志》,天津:天津书局 1941 年 4 月版,第 3 页。

的挑逗"①。"在性问题上,赵焕亭笔下的情形,既触犯了传统文化的大传统,也隐隐与自由民主这一外来文化系统相抗拒。旧式的大传统与外来的精英文化遂均以'淫秽'目之,《奇侠精忠传》终于因触犯禁制不得不删改后再版。"②1923年5月《奇侠精忠传》初集十六回由上海益新书社发行,署名"玉田赵绂章"。据研究,赵焕亭祖籍河北玉田,生于清光绪年间的济南,清末民初即开始发表小说,而《奇侠精忠传》是他写作武侠小说的开始。③《奇侠精忠传》多次再版,在二三十年代的文坛很受欢迎,北方通俗文学的兴起即以赵焕亭为代表。1926年赵焕亭在《改良重订奇侠精忠传之说明》一文中道:"既而思小说家言,虽无关大雅,然绮语之戒,昔贤所重。乃商之书社主人,改良再刊。悉取书中写艳趣处,一律删芟,既免读者瞠目,且志予率尔操觚,不审去取之过云尔。"④虽然有"删芟"《奇侠精忠传》的曲折,但在之后的武侠小说创作中,赵焕亭依然多穿插"艳趣"故事,乃至研究者认为"赵焕亭在这类事情上的笔墨也花得有点儿过多"⑤。

确实,赵焕亭小说中的反面人物大都为好色之徒,《奇侠精忠传》里的冷天禄、《双剑奇侠传》中的蒋璧城都十分淫恶。把反面人物写成淫色之徒,就很容易构成一种道德批判。在一般的认识中,淫色是不道德的。福柯在分析这一问题时说道:"性行为令人担忧的原因不在于它属于恶的一部分,而在于它困扰与威胁到个人与自身的关系和把他塑造成道德主体的活动。如果它不是有节制的,安

---

① 范伯群:《中国现代通俗文学史(插图本)》,北京:北京大学出版社2007年1月版,第309页。
② 范伯群主编:《中国近现代通俗文学史》(上卷),南京:江苏教育出版社2000年4月版,第604页。
③ 顾臻:《赵焕亭及其武侠小说(代序)》,《奇侠精忠传》(第一部),北京:中国文史出版社2019年3月版。
④ 赵焕亭:《改良重订奇侠精忠传之说明》,《奇侠精忠传》(续集第三),上海:益新书社1926年4月版。
⑤ 顾臻:《赵焕亭及其武侠小说(代序)》,《奇侠精忠传》(第一部),北京:中国文史出版社2019年3月版,第11页。

排也不恰当，那么它就会释放出各种不以人的意志为转移的力量，削弱人的精力，导致人在没有留下任何体面的后代的情况下就死去了。"①赵焕亭对其小说中淫色之徒的惩罚即是死亡，或者被正面人物所杀，或者淫乱而亡。在福柯的分析中，"性行为是与激烈的冲动、体力消耗和死亡联系在一起的"②。死亡是个体生命的终结，通过性活动来孕育后代，可以超越个体死亡带来的遗憾。然而无节制的淫乱所导致的死亡，便可被看成是不道德的后果。也正因此，赵焕亭武侠小说中淫色之徒的死亡，一方面是他们作为反面人物的恶报，另一方面却多少偏离了武侠故事的叙事结构，即正邪较量、恩仇相敌，而与社会时代产生了关联。

与其他现代武侠小说家相比，赵焕亭的作品可被称为"社会武侠小说"③。"虽名'武侠小说'，而满纸人世间的生活百态与人情勾当，使得赵焕亭小说表现出与大部分武侠小说颇为不同的特色。书中的侠客奇人们更多地表现出'世俗气息'或曰'世情味'，而缺乏'江湖气'。"④在构成赵焕亭小说"世情味"的成分中，"色"占了一个重要位置。赵焕亭写"色"，固然是吸引读者的一种手段。他在《姑妄言之》的开篇诗中道："疗饥煮字书生策，叹绝文章掷地时。"⑤为了招徕读者，获取稿费，"色诱"成为一种"谋生"手段。然赵焕亭小说中的"色"又确实是他描摹"世情"的必要构成。《双剑奇侠传》第四集第一回中一段道：

> 正说着，只见那穿堂后门帘儿一漾，二乐急望，早见一只尖

---

① 〔法〕米歇尔·福柯著，佘碧平译：《性经验史》（增订版），上海：上海人民出版社2005年9月版，第203页。
② 同上。
③ 张赣生：《民国通俗小说论稿》，重庆：重庆出版社1991年5月版，第198页。
④ 顾臻：《赵焕亭及其武侠小说（代序）》，《奇侠精忠传》（第一部），北京：中国文史出版社2019年3月版，第8页。
⑤ 赵焕亭：《姑妄言之》，《北洋画报》第15卷第738期，1932年2月11日。

瘦瘦小脚儿,向里一迈,却又缩回,随即娇嫩嫩地道:"喂,茶来咧!你快接过去吧。"二乐这里,眼官、耳官尽力子并用之间,怀绶一面就架上捡取雪梨,一面道:"俺不得闲,家里的,你送进来吧。二爷不属外客,你也见个礼儿,别只管像乡下婆儿似的,见人就红脸。"

二乐一听,方要站起,早见帘儿一启,先露出个绝俊的俏脸儿。眼风一瞥,二乐心窝内,登时扑扑乱跳,逡巡间,却又坐下。但见郎氏,光头净脸,身段儿不肥不瘦,不长不短。一张瓜子脸儿,微有几点俏白碎麻子,两道细弯弯的靥梢眉,一双水淋淋的重皮眼,衬着莲颊樱唇,堆满了风骚妖冶。只穿一身家常衣裤,下衬着一双水红小鞋儿,真个是水也似的人儿。一手托定茶盘,那一手拎着汗巾,只莲步微移,那一路俏摆春风,早将王二乐望得两眼眯齐,顺着口角儿,口涎拖下。①

小说对郎氏的描写,是极尽"色诱"之能事,特别是对她"小脚儿"与"水红小鞋儿"的提点,十足"风骚妖冶"。这样的描写自然能联系到《金瓶梅》,赵焕亭小说描写妇人多会提及"莲足",这也是从《金瓶梅》遗传来的嗜好。而郎氏、怀绶与二乐的故事又颇似《金瓶梅》中的王六儿、韩道国与西门庆。韩道国是西门庆的伙计,为了讨好主人,拱手奉出老婆王六儿。王六儿与西门庆维持了较久的钱色关系,直到西门庆死去。可以说,王六儿与西门庆的放纵交媾,很大程度上导致了西门庆的死亡。在《双剑奇侠传》中,怀绶为图谋二乐的财产,用自己的老婆郎氏色诱二乐,郎氏是一个妖媚妇人,与二乐一拍即合。于是二乐住进怀绶家中,日与郎氏淫乐,最后二乐因"虚阳鼓动"②之症一命呜呼,其死状与西门庆之死极为相似。怀绶夫妇遂吞没二乐资财,从此发家大富。在这个故事中,不存在"武侠"情节,只有世情风味。正是如此世情,使赵焕亭的小说与《金瓶梅》之间关

---

① 赵焕亭:《双剑奇侠传》(第1部),北京:中国文史出版社2019年3月版,第273页。

② 同上书,第299页。

联颇深。研究者把"赵焕亭的性事叙述"溯源至《金瓶梅》①,是有根据的。

《双剑奇侠传》1926年初版,在二三十年代刊行过多次。现谈论赵焕亭,多论及他的《奇侠精忠传》《英雄走国记》等书,较少谈到《双剑奇侠传》。这部小说共八集,前七集每集十二回,第八集十六回,共一百回,无论是长度体量,还是创作水准,均属上乘,值得关注。这部小说有多层叙事结构:最外层叙述光绪中叶山东登莱观察公遇彭七郎的故事;第二层叙述咸丰年间常州读书人梁森、邬明山拜道济和尚为师学武,后邬明山走入邪途,梁森大破黄崖的故事;第三层叙述道济圆寂后留下的《包村记略》一书,记述包村抵抗太平军的故事;第四层叙述邹玉林、诸一峰两位大侠的来历故事,邹玉林即为后来的道济;第五层为前四层故事之中所包含的故事,如叙述邹玉林师傅诸岱云的来历,邹玉林、诸一峰的邻居秦大圭的故事等;第六层为第五层之中所包含的故事,如秦大圭父母怀绶、郎氏夫妇的故事。小说篇幅最重的是包村故事,邹玉林、诸一峰等人汇聚包村,蒋璧城叛变,李秀成血洗包村。在这些叙事层中均包含有其他故事,所以《双剑奇侠传》是一部多叙事层的"故事集缀"型小说。小说外层故事设置在山东,颇含意味,而小说整体的世情风味便在于所叙的各色故事中。怀绶、郎氏夫妇的故事已表现出《金瓶梅》的情与色,小说对于其子秦大圭的描述更活脱是一个西门庆,"很以豪绅自命,不但渔色无厌,并且和官儿狼狈为奸"②。秦大圭和阴氏淫乐之际,被诸一峰手刃,"刳腹屠肠"③,以祭奠被他们所害的一峰亡友徐玖。这一情节类似武松杀嫂,潘金莲的五脏被武松供在武大郎灵前。阴氏颇类潘金莲,她丈夫死后,缠上小叔徐玖,徐玖屡拒阴氏,

---

① 范伯群主编:《中国近现代通俗文学史》(上卷),南京:江苏教育出版社2000年4月版,第604页。
② 赵焕亭:《双剑奇侠传》(第1部),北京:中国文史出版社2019年3月版,第332页。
③ 赵焕亭:《双剑奇侠传》(第2部),北京:中国文史出版社2019年3月版,第123页。

被阴氏忌恨。阴氏与秦大圭通奸,遂谋害了徐玖。《双剑奇侠传》写世情,不仅在于写了秦大圭、王二乐之徒,更在于写了很多郎氏、阴氏那样的冶艳妇人,她们都如同潘金莲那般爽利魅人。小说叙述邹玉林由南而北的游历故事中,所遇各色女子,几乎都是如此,这些故事让小说充满世俗情味,当然大侠邹玉林都能抵御她们。

《双剑奇侠传》还几次提点到《金瓶梅》。如叙述邹明山到慧泉庵找老董,见"西北旮旯上竟画了一出春宫儿,并一出《武松杀嫂》"①。在杜远故事中,人物克俭"自视居然又是个西门大官人"②。杜远故事是包村故事的一段插叙,发生于明朝。杜远好色却有异能,得徐某救济,帮助徐某发家。徐某两个儿子克勤、克俭纨绔败家,杜远飘然离开,最终落脚包村。这个故事也不涉及"武侠"。在梁森、邹明山的故事中,小说另叙到七先生的故事,这位七先生"绝圣弃智"③,宣扬"饮食男女,人之大欲"④,被人认为是"学李卓吾为人"⑤。明朝故事、晚明思想与小说主体的晚清故事相映照,晚明与晚清在同一部世情书中得到了衔接。小说写包村与太平军对抗阵战,颇似《金瓶梅》在其开首与结尾处回到了《水浒传》。"只见沿县城一带,一处处尘埃弥天,并远望各路上,纷纷人众,就如蚁儿一般","那逃难百姓,简直地漫山盖野,一片哭声,响震远近。"⑥战争、乱世,又一派陆沉景象。由情色写陆沉,这是《金瓶梅》的传统。盖世英雄的力挽狂澜,也无非是陆沉时代的产物。通俗小说可谓勘破其间隐秘,并由此展现出人世与历史的玄机。

---

① 赵焕亭:《双剑奇侠传》(第1部),北京:中国文史出版社2019年3月版,第74页。
② 同上书,第208页。
③ 同上书,第30页。
④ 同上书,第19页。
⑤ 同上书,第33页。
⑥ 赵焕亭:《双剑奇侠传》(第2部),北京:中国文史出版社2019年3月版,第300页。

第五章
《儒林外史》的波澜

《儒林外史》大约成书在1748年至1750年间(乾隆十三年至乾隆十五年),①在中国古典章回体小说中,是很特殊的一部。其特殊性不仅在于这是一部集中描写古代知识分子的小说,也不仅在于它对知识分子进行了前所未有的嘲讽,更在于这部小说的独特结构。如果说《三国演义》《水浒传》《西游记》《金瓶梅》等古典章回体小说有一个总体结构,可以把众多人物故事统一起来,或者演绎历史的分合定律,或者都上梁山聚义,或者历经艰险取到真经,或者会聚在大家庭中,那么《儒林外史》就没有类似的结构可以把它的故

---

① 这一看法首先是由胡适提出的,学术界一般认同此说。近来有学者认为《儒林外史》并未在1750年之前全部完稿,最后的成书时间当在1754年,吴敬梓逝世之前。(见谈凤梁:《〈儒林外史〉创作时间、过程新探》,《江汉学刊》1984年第1期)鲁迅在《中国小说史略》中说《儒林外史》成书于雍正末年,不确。

事统为一体,至少表面上没有。这样,《儒林外史》就与其他古典小说有了分别,却与"故事集缀"紧密关联。可以说,《儒林外史》就是故事集缀型小说的古典形态,现代的故事集缀型小说不只因报刊传媒才兴起,同时也是《儒林外史》的波澜所及。

用"故事集缀"来命名章回体小说的一类现代形态,是鉴于胡适、鲁迅等现代文学家的研究经验。这些著名的现代学者发现了中国小说中存在的特殊现象,并给出了评述。胡适说,清末民初很多小说是学《儒林外史》的,是"短篇"的"连缀"。① 把《儒林外史》看成这类小说形成的范式或先在基础,是当时学者的共见,也成为后人看待这类小说的一个视点。鲁迅说《儒林外史》"全书无主干,仅驱使各种人物,行列而来,事与其来俱起,亦与其去俱讫,虽云长篇,颇同短制;但如集诸碎锦,合为帖子,虽非巨幅,而时见珍异,因亦娱心,使人刮目矣"②。这是一个经典评述,"集诸碎锦"之说饱含了对《儒林外史》的赞誉。可就在同一部著作中,鲁迅对从《儒林外史》衍生而来的谴责小说评价不高,说它们"况所搜罗,又仅'话柄',联缀此等,以成类书"③,不具有多少艺术价值。章回体小说到晚清之后繁华已逝,虽然不乏佳作,却毕竟良莠不齐,当不上"锦"字之称。以"集缀"来命名这类小说,既是参照胡适、鲁迅等前辈学人的说法,也可使表意中性化。这一称谓或可追溯至郭绍虞。1928年郭绍虞推荐《歧路灯》时谈到《儒林外史》"似乎是由许多短篇小说集缀而成"④,仿佛是无意的提法,却可成为参照。

"故事集缀"型章回体小说是章回小说发展到现代所呈现出的一类形态。其基本特征是:一部小说由多个相对独立的故事构成,

---

① 胡适:《五十年来中国之文学》,《胡适全集》(第2卷),合肥:安徽教育出版社2003年9月版,第316页。
② 鲁迅:《中国小说史略》,《鲁迅全集》(第9卷),北京:人民文学出版社2005年11月版,第229页。
③ 同上书,第293页。
④ 郭绍虞:《介绍〈歧路灯〉》,《照隅室古典文学论集》(上编),上海:上海古籍出版社1983年9月版,第107页。

故事之间没有连贯情节和必然联系,叙事焦点的移换是故事各自成形的原因,而小说则为故事的涌现提供了存在空间。这里的"故事"和"小说"是两个既不同又相关的概念。"故事"突出的是事件的原生态性质,把一件事从头至尾按自然状态讲述出来,不作时间、角度、层次等方面的艺术加工。对于章回体小说而言,讲述故事是其自产生以来形成的一个传统,进而养成了中国读者的期待视野。"小说"能够对"故事"作各种加工转换,在西方,"小说"是一个现代概念,兴起于18世纪末。"故事集缀型小说"同样是一个现代概念,故事在这类小说中可以保持原生状态,然而它们一旦被聚集起来,也就脱离了原先单个故事的性质,成为现代小说。这类小说的生成受到《儒林外史》的极大影响。

关于《儒林外史》的结构,当代研究者已经作出了很好的解释说明。其中最具代表性的应推吴组缃发表于1954年的一篇长文:《〈儒林外史〉的思想与艺术》。文章最后一段集中阐述了结构问题:

> 《儒林外史》五十多回,约三十八万、不到四十万字,写出性格鲜明,令人不忘的人物近二百个,主要的人物有五六十个。每回以一个或多个人物作为中心,而以许多次要人物构成一个社会环境,从人与人的关系上,从种种日常生活活动中,来表现人的思想性格与内心世界。总是在这一回为主要人物,到另一回即退居次要地位,而以另一人居于主要:如此传递、转换,各有中心,各有起讫;而各个以某一人物为中心的生活片段,又互相勾连着,在空间上,时间上,连续推进;多少的社会生活面和人物活动面,好像后浪逐前浪,一一展开,彼此连贯,成为巨幅的画面。这种形式,显然受了《三言》《二拍》之类话本小说和《三国》《水浒》之类长篇的影响;同时也有些像《史记》的《列传》或《五宗》《外戚》诸篇形式的放大:总之,它综合了短篇与长篇的特点,创造为一种特殊的崭新形式。这种形式运用起来极其灵活自由,毫无拘束,恰好适合于表现书中这样的内容;正和绘画上《清明上河图》《千里江山图》或《长江万里图》之类

"长卷"形式相类。若要将它取个名目,可以叫做"连环短篇"。①

"连环短篇"的提法是比较合适的,基本能概括出《儒林外史》的结构特色。值得注意的是,吴组缃还指出了这种结构的小说史渊源,从史传文学的人物纪传体、话本小说集的故事编撰形态,到长篇章回体小说叙述故事的方法,这些都是产生《儒林外史》的资源背景,也就是说《儒林外史》的"特殊的崭新形式"并不完全是横空出世的,而是有积淀存在,只不过到《儒林外史》才终于突显出来。一旦明确了这点,也就不难理解晚清以降故事集缀型小说蜂拥而至的情形,因为时机已然成熟。

第一节 社会、讽刺与结构

《儒林外史》问世的那段时间,影响不大,因为流传不广。开始时是手抄本,刊刻本是后来才有的。胡适对此说道:"《儒林外史》初刻于乾隆时,后来虽有翻刻本,但太平天国乱后,这部书的传本渐渐少了。乱平以后,苏州有活字本;《申报》的初年有铅字排本,附有金和的跋语,及天目山樵评语。自此以后,《儒林外史》的通行遂多了。但这部书是一种讽刺小说,颇带一点写实主义的技术,既没有神怪的话,又很少英雄儿女的话;况且书里的人物又都是'儒林'中人,谈什么'举业''选政',都不是普通一般人能了解的,因此,第一流小说之中,《儒林外史》的流行最不广。"②流行不广,是《儒林外史》在先不为人看重的主要原因。可是到清末,随着刊印技术的发展,《儒林外史》的版次逐渐增多,特别是到1920年,上海亚东图书馆出版了"加新式标点符号分段的"《儒林外史》,成为现代普及本,至此流

---

① 吴组缃:《〈儒林外史〉的思想与艺术——纪念吴敬梓逝世二百周年》,《人民文学》1954年第8期。
② 胡适:《五十年来中国之文学》,《胡适全集》(第2卷),安徽教育出版社2003年9月版,第315页。

通不再成为问题。亚东版的《儒林外史》1922年出到四版,1932年十五版,1948年十六版,由此可以窥见这部小说在现代社会很受欢迎。另外这一版本的《儒林外史》还有一个特点,就是小说正文之前收入了胡适《吴敬梓传》《吴敬梓年谱》、钱玄同《〈儒林外史〉新叙》、陈独秀《〈儒林外史〉新叙》等文,引导了现代读者的阅读。

现代文学家对《儒林外史》的接受大致表现在三方面。第一,认定《儒林外史》是一部社会小说。这在晚清就已经提出来了。晚清文学家喜欢对小说进行分类,如社会小说、历史小说、科学小说、冒险小说、写情小说、侦探小说、家庭小说、警世小说等名目,不一而足。分类大致是以题材为依据,各种类型往往相互包含、混杂难分。"社会小说"作为其中的一个类型,主要是指叙写社会故事的那部分小说,与后来小说类型学研究所作的分类还算一致。当时《新小说》杂志上有"小说丛话"一栏,浴血生在其中有自己的《小说闲评录》专辑,内含对于《儒林外史》的评价:"社会小说,愈含蓄而愈有味。读《儒林外史》者,盖无不叹其用笔之妙,如神禹铸鼎,魑魅罔两,莫遁其形。然而作者固未尝落一字褒贬也。今之社会小说夥矣,有同病焉,病在于尽。"①评赏的是"社会小说"的艺术价值,而非其他。所谓的"今之社会小说"即指《二十年目睹之怪现状》②等故事集缀型小说,提这些小说,既在与《儒林外史》作比较,同时也表明它们属于一个类型。《儒林外史》的社会小说性质就这样被确定下来,后来的文学家一般都把《儒林外史》作社会小说看待。例如解弢说:"《儒林外史》为吾国社会小说之开山。近今之《二十年目睹之怪现状》《文明小史》及《官场现形记》等,皆传其衣钵。"③正因为社会故事取之不尽,所以写社会的小说容易成为故事的集缀。《儒林外史》虽然主要写的是颓败的儒林中人,但还涉及贩夫走卒、村妇野老、官人浪子……展现的几乎是整个社会的生活图景,所以把《儒林外史》归入

---

① 浴血生:《小说闲评录》,《新小说》第2年第5号,1905年6月。
② 这部故事集缀型章回体小说在《新小说》连载时,标明为"社会小说"。
③ 解弢:《小说话》,中华书局1919年1月版,第2页。

"社会小说"是适当的。

第二,以"讽刺"来评价《儒林外史》突出的艺术成就。这方面的代表首先是鲁迅。鲁迅在《中国小说史略》中对《儒林外史》的评价几乎成了定论。"迨吴敬梓《儒林外史》出,乃秉持公心,指摘时弊,机锋所向,尤在士林;其文又戚而能谐,婉而多讽:于是说部中乃始有足称讽刺之书。"①这是从文学史角度作出的评价,一锤定音,很见力度。此外,鲁迅在《中国小说的历史的变迁》《论讽刺》等文中,加强了《儒林外史》的这一艺术特征。于是,"讽刺"就成为一种重要的小说修辞法,鲁迅本人的小说以及张天翼等小说家的作品,都受到《儒林外史》的影响,带有明显的讽刺意味。而胡适说:"南方的讽刺小说都是学《儒林外史》的"②,也是首先肯定了《儒林外史》的讽刺艺术,然后才能有这样的论断。《儒林外史》俨然成了一个榜样,是优秀的讽刺文学的代表之作。

第三,指明《儒林外史》的结构特征是"集诸碎锦"式的。"《儒林外史》没有布局,全是一段一段的短篇小品连缀起来的;拆开来,每段自成一篇;斗拢来,可长至无穷。这个体裁最容易学,又最方便。"③《儒林外史》是一部典型的故事集缀型小说,它开启了后来众多通俗小说的结构法式。这是现代文学家的共识。不过,对于这种结构,现代文学家的态度并不一致。也可以分出三种来:一是贬抑的,以胡适为代表;一是不含褒贬的判断,以鲁迅为代表;另一是肯定的甚至是赏识的,以张天翼为代表。

胡适对《儒林外史》的评价其实很高,把它列为中国第一流的小说。其中的原因是多方面的:首先它是白话文学的代表;其次它的文学价值"全靠一副写人物的画工本领"④;再次"这部书所以能不

---

① 鲁迅:《中国小说史略》,《鲁迅全集》(第9卷),人民文学出版社1981年版,第220页。
② 胡适:《五十年来中国之文学》,《胡适全集》(第2卷),安徽教育出版社2003年9月版,第315页。
③ 同上书,第316页。
④ 胡适:《建设的文学革命论》,《新青年》第4卷第4号,1918年4月。

朽",在于作者吴敬梓"见识高超,技术高明"。① 然而提到小说结构,胡适表示出否定态度,"第一流"的光华无法掩盖这方面的缺陷。胡适说:"《儒林外史》的坏处在于体裁结构太不紧严,全篇是杂凑起来的。"②这个批评很严厉,几乎不留情面。他的另一个较为缓和的说法是"不为全德"。他说:"论文学者固当注重内容,然亦不当忽略其文学的结构。结构不能离内容而存在,然内容得美好的结构乃益可贵。"《儒林外史》属于内容美好而结构不当者。"其体裁皆为不连属的种种实事勉强牵合而成。合之可至无穷之长,分之可成无数短篇写实小说。此类之书,以体裁论之,实不为全德。"③作为文学研究家,胡适很注重小说结构,他把内容和结构并举,一方面是高度的评价,另一方面是严格的批评。胡适把这种结构命名为"没有结构的'儒林外史式'"④,足见他对《儒林外史》的结构实在耿耿于怀。比照当代学者的论述,胡适的看法确实带有某种程度的偏见,仿佛如此结构是小说创作中没有理由的失误。很大一部分现代文学家与胡适持有相同看法。例如张冥飞说:"《儒林外史》之布局,不免松懈。"⑤在现代文学家的眼中,结构成了《儒林外史》留下的遗憾。然而,这是从一种阅读习惯中,或者是在西方经典小说的参照之下得出的评判。他们没有给予这种新的小说结构以同情的理解与合理的分析,这也成为受到《儒林外史》影响产生的故事集缀型小说被批判的一个重要原因。

"集诸碎锦"是鲁迅的说法。由于《中国小说史略》是文学史著作,鲁迅的遣词造句很是客观,所以鲁迅对《儒林外史》的结构并不加褒贬。他说:"惟全书无主干,仅驱使各种人物,行列而来,事与其

---

① 胡适:《吴敬梓传》,《胡适全集》(第1卷),安徽教育出版社2003年9月版,第743页。
② 胡适:《建设的文学革命论》,《新青年》第4卷第4号,1918年4月。
③ 胡适:《再寄陈独秀答钱玄同》,《新青年》第3卷第4号,1917年6月。
④ 胡适:《五十年来中国之文学》,《胡适全集》(第2卷),安徽教育出版社2003年9月版,第325页。
⑤ 张冥飞等:《古今小说评林》,民权出版部1919年5月版,第50页。

来俱起,亦与其去俱讫,虽云长篇,颇同短制;但如集诸碎锦,合为帖子,虽非巨幅,而时见珍异,因亦娱心,使人刮目矣。"①这段话的表意态度是有起伏的,从连续的几个转折连词就可以看出来,鲁迅在褒贬之间的用心平衡。故事是出色的,一个"锦"字足以表示明白;而把这些故事集缀成的长篇就只能用"虽云"二字来引领了。如此看来,鲁迅虽不对《儒林外史》的结构施加褒贬,褒贬实自寓其中。总体说来,鲁迅十分赞赏《儒林外史》,说它是一部伟大的作品②,但由于写作文学史,鲁迅的赞赏是收敛着的,他的批评也同样是收敛的。相比于胡适,鲁迅的看法其实没有太大差别,只不过一个表述得激烈些,一个谨严些罢了。

真正对《儒林外史》的结构怀有理解态度与赏识之情的是小说家张天翼。在《读〈儒林外史〉》一文里,张天翼集中阐发了《儒林外史》结构的现代意义。他的阐发是散文式的:

> 像《儒林外史》这样自自然然的写法,倒似乎更切合那实在的人生些哩。
>
> 一个人活了一辈子,他的活动,作为,以及他所接触的种种一切——难道都也像一般小说里所写的一样,有一个完整的结构么?凡事都一定也有头有尾,必会有个交代的么?
>
> 也许一个人有这样的企图。他力求他的生命史有个完整的结构。他努力干了一辈子他所希求的种种事情。但他晚年写起自传来,这种种事情是不是就全都有了个交代,是不是就全都有了个团圆不团圆呢?
>
> 说不定某几项是有了一个结果的。说不定他终身所执著的一件事,是有了一个交代的。但要每一桩都有个尾可结,那却是不可能的事。

---

① 鲁迅:《中国小说史略》,《鲁迅全集》(第9卷),人民文学出版社1981年版,第221页。

② 鲁迅:《叶紫作〈丰收〉序》,《鲁迅全集》(第6卷),人民文学出版社1981年版,第220页。

> 至于他一生的遭遇,可更说不上有什么结构了。……
> 而《儒林外史》——正就是这样的。
>
> 我并不是硬说这里所写的人物,所写的事情,全都是实际上有过的,硬说作者一点也没有加进他的什么想象,那是事实上办不到的。我的意思只是说,这里的写法——全然是描写真人真事的那种写法。
>
> 所以《儒林外史》里虽然没有一个第一人称在那里穿线,但似乎有一个"我"在。这个我——把自己所历种种,老老实实地写了出来。只要是我所见所闻,于儒林有点关系的,我都把它罗进去。……
>
> 这个我——并不去打听那些下落,也不去着意安排什么。碰到我手边来的,就算数。碰不到,加拉倒。……
>
> 但我本无会心。于这人生也并无打算,也不必打算什么。一切遇合,都听其自然而已。
>
> 再呢,一切都会过去的。剩下来的只有空虚……
> 而人生就是如此的。①

人生本来如此。没有统一性可言,不能按照预先的构想行进,因为时代社会存在各种复杂的制约因素,许多的不可抵抗力,人生不能如想象的那样完整与完美。同时,人生际遇也表现出片断的、琐碎的、偶然的、无理的一面,不是"格式塔"那样可以用理性的思路来解释。张天翼充分体认到人生、生命的捉摸不定性,体认到一种虚无之感,"一切都会过去的。剩下来的只有空虚"。这仿佛是 40 年代特有的一种心态,也是中国现代文学发展到第三个十年才会有的一种更为成熟的生命哲学体验。以这样的心态和体验来阅读《儒林外史》,得到的认识也会比学术的、"科学"的解读更深入一层。在此,《儒林外史》的结构就是现实人生的隐喻,里面的众多人物故事就是人生际遇的各种图景。这样《儒林外史》的创格就非比寻常,具有了

---

① 张天翼:《读〈儒林外史〉》,《文艺杂志》第 2 卷第 1 期,1942 年 12 月。

现代意义。张天翼的解读,也可以为《儒林外史》以后故事集缀型小说的研究提示思路。

需要强调的是,《儒林外史》的地位在现代文学界被抬得很高。在现代文学家的心目中,《儒林外史》是一部十分优秀的章回体小说,是古代人留给现代人的宝贵遗产,这也是现代通俗小说纷纷模仿或参照《儒林外史》的一个不可忽视的原因。而一旦把《儒林外史》作为学习的榜样,那么连同它富有争议的结构在内,一并成为可模仿的对象,影响到后来的小说创作。

鲁迅评述晚清谴责小说,认为这些小说"其记事遂率与一人俱起,亦即与其人俱讫,若断若续,与《儒林外史》略同"①。胡适的论述比鲁迅推进一步,不仅认为晚清南方小说(即鲁迅定义的谴责小说)学了《儒林外史》,民初小说,如李涵秋的《广陵潮》,乃至"黑幕小说",也同样是"没有结构的'儒林外史式'"。② 吴文祺《〈儒林外史〉对于后来有怎样的影响》③、王瑛《与〈儒林外史〉有连续性的三部小说》④,也证明了晚清小说在叙事结构方面受到《儒林外史》的影响。现代文学家能认识到清末民初故事集缀型小说的结构由《儒林外史》而来,是难能可贵的。事实上,不仅清末民初的小说受《儒林外史》结构的影响,民初以后的通俗小说也受到同样的影响。虽然在评论单部小说时,也有研究者指出这一现象,如说包天笑的《上海春秋》:"在结构上较松散,节外生枝处颇多,首尾虽不乏呼应,情节却稍嫌芜杂。褒之者说它写法上很有点《儒林外史》的风味,贬之者则以为缺少设计,写到哪里算哪里。"⑤认识不错,可惜只是针对一部小说而言,未能扩展深入,令人不无遗憾。要证明故事集缀型小

---

① 鲁迅:《中国小说史略》,《鲁迅全集》(第9卷),人民文学出版社1981年版,第283页。
② 胡适:《五十年来中国之文学》,《胡适全集》(第2卷),安徽教育出版社2003年9月版,第325页。
③ 载郑振铎、傅东华编:《文学百题》,上海生活书店1935年版。
④ 刊《东方杂志》第42卷第5号,1946年3月。
⑤ 曹庆霖:《上海春秋·前言》,包天笑:《上海春秋》,上海古籍出版社1991年5月版,第2页。

说的结构与《儒林外史》有联系,小说家自己的言论是最具说服力的。从他们的言论中可以分明看出:现代章回体的故事集缀型小说是《儒林外史》的承续。

第二节 故事集缀型小说

晚清有两位小说家很明确地指出自己的作品和《儒林外史》有联系。一位是韩邦庆,一位是曾孟朴。"韩邦庆是自办个人文学期刊第一人"①,他写的《海上花列传》就连载于他在1892年开始办的刊物《海上奇书》上。在《海上花列传·例言》中,韩邦庆说道:

> 全书笔法自谓从《儒林外史》脱化出来,惟穿插藏闪之法则为从来说部所未有。一波未平,一波又起,或竟接连起十余波。忽东忽西,忽南忽北,随手叙来,并无一事完部,并无一丝挂漏。阅之觉其背面无文字处尚有许多文字,虽未明明叙出,而可以意会得之。此穿插之法也。劈空而来,使阅者茫然不解其如何缘故,急欲观后文,而后文又舍而叙他事矣;及他事叙毕,再叙明其缘故,而其缘故仍未尽明,直至全体尽露,乃知前文所叙并无半个闲字。此藏闪之法也。②

作为故事集缀型小说的《海上花列传》叙述了晚清时期众多妓女和妓院生活故事,结构上来源于《儒林外史》,作者韩邦庆承认了这点。不过一部具有创造力的小说是不甘于模仿的。韩邦庆在承认其作品与《儒林外史》的传承关系之后,随即声言《海上花列传》用了一种全新的叙事方法——穿插藏闪,这是一种独创,为《儒林外史》所无,是《海上花列传》不同于《儒林外史》之处。所谓"穿插藏闪",简单

---

① 范伯群:《中国现代通俗文学史(插图本)》,北京大学出版社2007年1月版,第15页。
② 花也怜侬:《海上花列传·例言》,人民文学出版社1982年2月版,第2页。

说就是同时叙述几个故事,各故事的发展齐头并进,及至小说结尾处才全部交待完结。显然这与《儒林外史》"连环短篇"式的结构不尽相同。可《海上花列传》里的故事并不全用穿插藏闪之法,也存在故事间先后发生的次第序列;《儒林外史》里的故事也有一个未完再叙另一个的情况,人物穿插藏闪,不完全是一个一个串联在一起的。只是就大体而言,《海上花列传》确实表现出了独到之处。

曾朴同样表述了他创作的《孽海花》与《儒林外史》间的关系,只不过他的态度更加明确,认为两者在结构方面不相同:

> 虽然同是联缀多数短篇成长篇的方式,然组织法彼此截然不同。譬如穿珠,《儒林外史》等是直穿的,拿着一根线,穿一颗算一颗,一直穿到底,是一根珠练;我是蟠曲回旋着穿的,时收时放,东交西错,不离中心,是一朵珠花。譬如植物学里说的花序,《儒林外史》等是上升花序或下降花序,从头开去,谢了一朵,再开一朵,开到末一朵为止;我是伞形花序,从中心干部一层一层的推展出各种形象来,互相连结,开成一朵球一般的大花。《儒林外史》等是谈话式,谈乙事不管甲事,就渡到丙事,又把乙事丢了,可以随便进止;我是波澜有起伏,前后有照应,有擒纵,有顺逆,不过不是整个不可分的组织,却不能说它没有复杂的结构。①

曾朴用了三个比喻来说明《孽海花》和《儒林外史》结构上的不同:珠花/珠练;伞形花序/上升或下降花序;组织/谈话。三个比喻说明同一观点:《孽海花》有中心,或者说具有一个主要故事;《儒林外史》没有中心,各故事是并列的,无主次之分。虽然很多学者都为《儒林外史》寻找中心支点,但从表面看,《儒林外史》的结构确如曾朴比喻的那样,是一串珠练、一束花序、一场随意的谈话。尽管曾朴极力想要把他的小说和《儒林外史》区别开来,甚至认为自己的作品胜《儒

---

① 曾朴:《修改后要说的几句话》,魏绍昌编:《孽海花资料》,上海古籍出版社1982年7月版,第130页。

林外史》一筹(从他的行文语气中可以感受到这点),但这段话还是隐现了《孽海花》和《儒林外史》的共同之处。一是"联缀多数短篇成长篇的方式",具体的联缀方法可以不同,但一部小说由许多故事构成却是同样的。二是整部小说"不是整个不可分的组织",每个故事具有相对独立性,即使缺少其中的一个或几个,也不会影响到其他故事的叙述与整部作品的表意系统。因为《儒林外史》是一个创举,《孽海花》与《儒林外史》的共同点也就说明它的出现实际上是对《儒林外史》的继承。曾朴提及《儒林外史》,并把他的小说和《儒林外史》作对比,这一行动本身即表明《儒林外史》是后来故事集缀型小说创作的不可忽视的参照。

须知,曾朴如此尽力去描述《孽海花》与《儒林外史》的不同,是为了反驳胡适对《孽海花》的评价。胡适在与钱玄同往来的书信中,不同意钱玄同把《孽海花》看得很高,认为此书"布局太牵强,材料太多","不得为佳小说"。① 曾朴说胡适的批评正搔着他的痒处,他的书确实"把数十年来所见所闻的零星掌故,集中了拉扯着穿在女主人公的一条线上","被胡先生瞥眼捉住,不容你躲闪,这足见他老人家读书和别人不同,焉得不佩服"!② 这既是在恭维胡适,也是一种自谦之词,因为紧接着,曾朴就反驳了胡适的看法,不承认自己的小说和《儒林外史》的结构一样,然后引出三个比喻,为《孽海花》辩护。的确,《孽海花》有不同于《儒林外史》之处,这个不同与《海上花列传》的不同还不一样,两者恰反映出《儒林外史》之后现代故事集缀小说的两种发展类型。换言之,《儒林外史》的结构并不是固定的和不可改变的,后来的小说家在继承它的同时,也在力图超越它而有所创新。韩邦庆、曾朴的话代表了新一代小说家的怀抱和信心,促进了作为新体式的故事集缀型小说的兴起。

民国以后的小说家在表述小说创作对《儒林外史》的承续性时,

---

① 胡适:《再寄陈独秀答钱玄同》,《新青年》第3卷第4号,1917年6月。
② 曾朴:《修改后要说的几句话》,魏绍昌编:《孽海花资料》,上海古籍出版社1982年7月版,第130页。

没有晚清作家那样极力表现创新的欲望,虽然他们的小说对《儒林外史》的结构同样有所发展,甚至变化得更多,但比起晚清作家来更强调继承的一面。这或许是因为晚清小说正处于中国小说史的转型期,突出新变才能更有效地完成现代转型;也或许是因为民国以后,特别是五四以后,通俗小说家强调对传统的继承不无是一种对抗新文学的姿态与策略,由此来奠定他们立足现代文坛的深厚根基,充分发挥出传统延续至今的力量。故事集缀型小说出于这个潜在原因,找出《儒林外史》作为传统提供给现代的参照,进而把它推至文坛的显眼位置。例如李铎说李涵秋的《广陵潮》"直可媲美吴敬梓之《儒林外史》,刻划社会人物,描摩诡异形状,无不绘影绘声,惟妙惟肖,使之毫发无遗"①。包天笑说《留芳记》的写人方法不是创始,"《儒林外史》中的人,不是都有来历吗"②?赵苕狂说张恨水的《别有天地》"笔墨老炼,描写逼真,大可与《儒林外史》后先媲美"③。《儒林外史》隐现在这些作家的稿纸背后,引导了他们作品的一种创作取向。

在此,还要提及姚民哀和张恨水。他们的小说不仅仅是承续了《儒林外史》的结构,还表现出更为开阔的路径。姚民哀在小说《箬帽山王》第一回"本书开场的重要报告"里说:

> 譬如《四海群龙记》,已有了个小结束,就算它完了吧,如今再来做这《箬帽山王》了。不过名称虽异,内容有许多地方,同《四海群龙记》,依旧遥相呼应,息息相关的。以后如其再做……仍依着草蛇灰线例子,彼此互有迹象可寻,直至说完这五十余众男女秘密党人轶史为止。这叫做连环格别裁小说。实在呢,乃是脱胎于《儒林外史》,它不是也若断若续,似联非联的

---

① 李铎:《序四》,李涵秋:《广陵潮》,湖南文艺出版社1998年1月版,第5页。
② 包天笑:《钏影楼回忆录续编·辛亥风云(一)》,香港大华出版社1973年9月版,第13页。
③ 赵苕狂:《花前小语》,《红玫瑰》第7卷第5期,1931年5月。

一段一段儒林佚闻，凑合成为一部外史的吗？并不是在下的创作，不过它是把许多生不同时的斗方名士，硬拉拢在一处，好歹融冶一炉的。在下却顺着年代，嬗递写来，分篁高供的。又类于程小青的霍桑探案性质，然也似同而实在不同的。因为他是许多说部，多是记着霍桑一人所侦破的案子，在下却说着许许多多人的作为，不过因有这部书的结局，倒安插在那一部书内，此时无关紧要一句谈话，将来却就为这句谈话，要发生出另一件重要事儿来哩。如此作法，庶读者自由一点，可以随时联续读下去，又可任意戛然中止着。①

"连环格别裁小说"是从《儒林外史》得来的一种新体制。概括地说，《儒林外史》是由多个故事组成一部长篇，"连环格别裁小说"则是把每部小说作为一个故事单位，各小说既是独立的又可连接起来成为高一层次的整体。《箬帽山王》就是衔接着《四海群龙记》同时又是一部具有自身完整性的小说。所谓"分得开，拼得拢"，"免得硬拉扯成了几百回一部头小说，反变淡而无味"，②姚民哀提出这一创作设计的初衷来自阅读经验，也来自他对同时代一些长篇故事集缀型小说的不满。"连环格别裁小说"宛如"连环短篇"的放大形态，相当于系列小说的性质，多少可以解决长篇巨制的问题。不过，姚民哀认为他的小说和程小青"霍桑探案"系列不同，因为他叙述的是很多人物的故事，也即是群体的故事。对这一点的强调正突出了故事集缀型小说的主要特征，也是《儒林外史》留给后来小说家的重要的可参照之处。能清楚认识到这点，对于章回小说家姚民哀来说是难能可贵的。

张恨水对《儒林外史》的继承体现出另一向度。1944年，在故事集缀型小说《斯人记》的《自序》中，张恨水叙述了他的作品受到《儒林外史》影响后的脉络特征：

---

① 姚民哀:《箬帽山王》(第一回),《红玫瑰》第6卷第1期,1930年3月。
② 同上。

> 这种社会章回小说,从最远说,应该是以《儒林外史》为始祖。满清末年,这类作品,风行一时,直到"五·四"前后,其风未戢,我必须承认,是受了这个影响,并承袭了这个作风。这种作风,最崇高的境界,是暴露黑暗,意义是消极的,若以近代评衡文字的目光来看,殊不能达到建设或革命的目的。我的《春明外史》,和这篇《斯人记》,以及《春明新史》《新斩鬼传》,甚至最近所作的《牛马走》等篇,都走的是这一条路。我并不是孜孜不倦,好走这一条路,就是上面所说的取巧与偷懒。①

张恨水把《儒林外史》看成社会小说的"始祖",这一观点延续了晚清文学家的看法,然是否真为"始祖"可以姑且不论。仅就张恨水所列举的他自己的几部小说来看(他的同类小说不只这些),都是章回体的故事集缀型小说,写的都是社会故事。可以说,故事集缀型小说在形式上是许多人物故事的集合体,内容上大都以社会生活为题材,两者之间并不矛盾的。所以张恨水说他受到了作为社会小说的《儒林外史》的影响,这个影响同时在小说结构上发生作用。另外,他说从晚清到五四前后,章回体社会小说风行一时,是指《官场现形记》《广陵潮》之类的小说,这些小说大都是故事的集缀。故事集缀的形式便于描述多样的社会生活,两者容易相互勾连,所以张恨水说他多写这类小说是"取巧与偷懒"的做法。当然,容易与否是小说家自己的事,对研究者来说,无如把这类创作看成一个重要现象,从中去把握小说和社会之间的关系,会更加顺理成章。

如果说小说家以言论、评说的方式,直接表达了他们的作品受到《儒林外史》的影响,那么还有一种间接方式同样表明了这一影响,那就是小说的标题命名。小说题名参照"儒林外史",不能看成是作家的无意行为。正是《儒林外史》在现代文坛具有一定的地位和影响力,小说家在为自己的小说取名时,才会借助于名著效应,使自己的作品也能受到人们关注。参照"儒林外史"命名的小说可以

---

① 张恨水:《斯人记·自序》,北岳文艺出版社1993年8月版,第1页。

分为两种,一种是《儒林别史》《新儒林外史》等,只是对"儒林外史"稍作变化而已;一种是《春明外史》《梨园外史》等,沿用"外史"二字,同样是模仿行为。

晚清有不少"新红楼""新水浒"之类的小说,借用古典小说的一点由头,演绎其中的人物在新时代里的故事。而如此写作的"新儒林"却很少见,恐怕是因为《儒林外史》里没有像贾宝玉、林黛玉那样突出的、深入人心的人物可以供小说家重新设计。《儒林别史》连载于1917年的《小说画报》,两部《新儒林外史》一部问世于1926年,一部则在抗战年间的北方沦陷区出现。可见,"新儒林小说"虽不集中于晚清,却因《儒林外史》的长久魅力而贯穿于中国现代文学的整个历史。这几部小说继承了《儒林外史》三方面的特点:其一当然是故事集缀的结构;其二是以儒林中人(文人、学生、报人等等)为主要人物;其三运用了讽刺手法。《儒林别史》叙述了几个文人穷途末路的故事,山林隐居是他们最终的归宿,这个意旨与《儒林外史》相同。顾佛影的《新儒林外史》径直在小说开首和结尾处明言此书是参照了吴敬梓的《儒林外史》,以记录下现代学界中人的光怪陆离故事。张金寿的《新儒林外史》主要反映了新闻出版界的种种丑行,据研究者认为,这部小说引发了40年代关于"小说的内容和形式问题"的那场重要讨论,①作用很大,具有文学史意义。这也可以看成《儒林外史》通过现代小说赋予文坛的影响力。

另一种小说,如《春明外史》《梨园外史》《留东外史》《新新外史》,题目取自"儒林外史"中的"外史"两字,也充分表明它们借鉴了《儒林外史》的成就。除《儒林外史》以外,古典小说中还有《女仙外史》《燕山外史》等小说有类似的题名,因它们的文学史地位远没有《儒林外史》那样突出,后世通俗小说如在命名上对前代小说有所参照的话,主要是从《儒林外史》而非其他小说中来。一方面,《春明外史》等小说在结构上和《儒林外史》一样都是故事的集缀;另一方

---

① 孔庆东:《超越雅俗——抗战时期的通俗小说》,北京大学出版社1998年8月版,第111页。

面,这些小说因使用"外史"命名而具有了历史性。"外史"是相对于"正史"而言的,虽然不能列入史书,却能补充史书所缺少的部分,这缺少的部分往往更能具体反映广阔的时代面貌,更能引发人的阅读兴味。《儒林外史》的研究者认为,《儒林外史》具有很强的时间观念,根据小说里众多时间状语的提示,可以看出时代历史的发展变迁。①《春明外史》等小说同样具有历史感,当一个又一个故事被接连着叙述时,历史的时间也就在不断的叙述中流逝了,直至小说行进到一定时刻,才突然意识到人物的离去,时代的走远。特别是像《新新外史》这种长篇制作,其本身就是历史小说,历史的观念也就分外强烈。故事集缀型小说的历史时间感,是由《儒林外史》传承下来的。如果说每个故事的出现还有一定次序的话,那么这个次序也就能让阅读者体验到人事的变迁。

《儒林外史》对于晚清以降故事集缀型小说的兴起所产生的影响是显而易见的。它多方面的艺术实践,启示了后来的创作,奠定了现代故事集缀型小说在形式与内质上的基础。虽然大多数研究者目力所及的只是《儒林外史》对晚清小说(至多延伸到民初)的影响力,不免于狭隘,却也突出了晚清小说的特殊地位。因为正是在晚清,那些著名的作品纷纷以故事集缀的形式亮相,才把《儒林外史》抬到了文学史的前沿位置,形成一股创作风尚,促使后来小说的效仿。

第三节 新小说的示范

鲁迅说,晚清谴责小说受到《儒林外史》的影响,是从结构角度着眼的。他还说到了谴责小说之后,中国小说的情形:

> 此外以抉摘社会弊恶自命,撰作此类小说者尚多,顾什九学步前数书,而甚不逮,徒作谯呵之文,转无感人之力,旋生旋灭,

---

① 参见章培恒:《〈儒林外史〉原貌初探》,《学术月刊》1982 年第 7 期。

亦多不完。其下者乃至丑诋私敌,等于谤书;又或有嫚骂之志而无抒写之才,则遂堕落而为"黑幕小说"。①

鲁迅以这段话来结束《中国小说史略》的写作,有些意犹未尽之感。一般研究者只关注这段话的最后部分,把"讽刺小说—谴责小说—黑幕小说"看成一个价值递减的过程,这是鲁迅为后来的小说史研究者指导的一个路向。可是这段话的前面部分依然十分重要,认为与谴责小说同类的或是学步谴责小说的作品还有很多。可能鲁迅所说的"同类"或者"学步"更倾向于小说思想内容方面,而从结构形式方面来看,也是如此。如果说"讽刺小说—谴责小说—黑幕小说"是一个过程,那么不妨可以这样说,谴责小说受到《儒林外史》的影响,后来的小说(不仅是"黑幕",也不仅是晚清小说)又受到了谴责小说的影响,这是一个影响传递的过程。当然《儒林外史》也直接影响到后来的小说创作,只是晚清时代突然兴起的大量小说中很大一部分是故事集缀型的,鲁迅所说的四部谴责小说也都是故事集缀型小说,由此形成一股创作风潮,起到为后来小说示范的作用。这也是从鲁迅的小说史叙述中得到的启示。

晚清小说是故事集缀型小说的范本,这不是空泛之论,同样可以从小说家的言论中看出。袁寒云为《人间地狱》写的序言里有:"其结构衍叙有《儒林外史》《品花宝鉴》《红楼梦》《花月痕》四书之长;一曰《黑暗上海》,则是上海近时之罪恶史也,可与李伯元之《官场现形记》、吴趼人之《二十年目睹之怪现状》并传。视之《十年回首》益精健矣。"②《十年回首》是毕倚虹先于《人间地狱》的作品,把《人间地狱》看得比《十年回首》出色,原因之一是它能与晚清小说并传,说明《官场现形记》等晚清小说在当时人眼中处于一个较高位置,至少它们可以为后来的小说提供效仿。平襟亚说他的《人海潮》

---

① 鲁迅:《中国小说史略》,《鲁迅全集》(第9卷),人民文学出版社1981年版,第292页。
② 袁寒云:《人间地狱序一》,娑婆生:《人间地狱》(第一集),自由杂志社1924年10月版,第1页。

"体裁,略仿吴趼人所著《二十年目睹之怪现状》一书,故随笔写来无多寄托,无甚结构。事实随意拼凑,人物随境穿插,拉拉杂杂,不免琐碎之讥"①。其中不乏作者的自谦之词。钱芥尘对此评论道:"做短篇小说难,做长篇小说尤难。长篇小说体例有二种:一为《官场现形记》派,合无数短篇小说而凑合一起,记一事,述一人,不必详其来历结果;一为《二十年目睹之怪现状》派,通篇以一人为主干,万汇归宗,脉络贯串。故论小说者,皆知前派易而后派难。……老友网蛛生以《人海潮》示愚,是兼《二十年目睹之怪现状》及《红楼梦》之长者也,欢喜赞叹,莫可名状!"②话语间也不乏朋友的嘉赏之词。说《人海潮》承续《二十年目睹之怪现状》一派,大致若此,虽然《人海潮》不仅"以一人为主干"。值得注意的是,钱芥尘把长篇小说的体例分成两种,以这样的归纳来看长篇小说还不太确切,但以此来为故事集缀型小说分类,倒不可谓不恰当。

谴责小说中,不仅《官场现形记》和《二十年目睹之怪现状》可以为后来的故事集缀型小说作示范,《孽海花》同样也有突出作用。包天笑的《留芳记》就是模仿《孽海花》的。《留芳记》第一回开首处说道:

> 吾友东亚病夫,撰了一部《孽海花》,借着一个老妓赛金花的轶事,贯串史事不少,要谈当时的情景就在它的范围以内了。虽只出了二十余回,以后就搁了笔,可是大家都希望他续成完璧。只是我这部书,却不免珠玉在前,自惭形秽了。

《留芳记》初版于1922年,此时《孽海花》出了二十五回,后来写到三十五回,还是没有结束,《留芳记》同样也是一部未尽之作,只写了计划的一小部分。可是包天笑在开始写小说时却有一个宏大设想,希

---

① 平襟亚:《著者自序》,《人海潮》,上海古籍出版社1991年5月版,第10页。
② 《钱芥尘序》,网蛛生:《人海潮》,上海古籍出版社1991年5月版,第4页。

望仿照《孽海花》的写法也创作一部辑录着各方逸闻的历史小说。《孽海花》选了赛金花为贯串史事逸闻的人物,《留芳记》则选了梅兰芳。一妓一伶,都是当时社会上引领时尚的人物。只是赛金花的力量不足以执掌历史的大风浪,《孽海花》里的不少故事逸出了赛金花的叙事限度,同样梅兰芳也只在《留芳记》中若隐若现,这当也可以算作一种模仿吧。《孽海花》在晚清小说中确有很高的艺术价值,仿照者也不止《留芳记》。和曾朴同为常熟人的雷珠生发表《海上活地狱》,似有追慕曾朴之意。魏绍昌评《海上活地狱》道:"此小说以花界名妓为中心,穿插周围各人物的种种活动,反映了20年代上海社会之怪现状。这与晚清小说《孽海花》以名妓赛金花为纬,辐射出19世纪末期官场的黑暗内幕,有异曲同工之妙。而且结构有紧有松,文笔张弛结合,这一点也充分继承了晚清章回小说的特点,并有所发展。"①

研究者在评论一些现代通俗小说时,常会自觉地把它们与晚清小说联系起来看。如说:"张恨水是继承了社会小说的优秀传统,从李宝嘉的《官场现形记》、吴趼人的《二十年目睹之怪现状》、李涵秋的《广陵潮》、刘铁云的《老残游记》、东亚病夫的《孽海花》等社会讽刺、社会风俗小说中,吸取了丰富的营养,进而又蕴蓄成自己艺术上特有的风格,他的作品成为三十年代最有号召力的警世社会小说。"②姚鹓雏《龙套人语》则"着重描写北洋军阀在江南的反动统治、官僚腐朽生活,以及苏省议会夺长风潮丑闻等等,与吴趼人《廿年目睹之怪现状》、曾朴《孽海花》殆相仿佛,皆品藻一时人物,批判当代社会现象,为现代史料的侧面记录"③。评论角度尽管不同,却都关注到了与晚清小说的一致处。

---

① 魏绍昌:《编余赘言》,雷珠生:《海上活地狱》,春风文艺出版社1997年5月版,第329页。
② 上官缨:《张恨水小说新考》,张占国编:《张恨水研究资料》,天津人民出版社1986年10月版,第331页。
③ 《常任侠序》,龙公:《江左十年目睹记》,文化艺术出版社1984年4月版,第4页。

晚清小说之所以会被当时小说家以及现在的研究者特别看待，是因为它们确实在文学史上起到承上启下的作用。上承《儒林外史》等古典小说传统，并且激发其中的新质素，使之扩展开来，加上采纳一些西洋小说技巧，从而形成一股有势力的创作潮流，开启了后来小说的写作思路。不管是当时人还是后来的研究者都把这些小说称为"新小说"。这个提法来源于梁启超在1902年创办的《新小说》杂志。"继有李伯元主编之《绣像小说》（一九〇三）半月刊，共行七十二期。李之《文明小史》《活地狱》，刘鹗《老残游记》，皆系发表于此。李伯元故后，吴趼人创《月月小说》（一九〇六），行二十四期，自著有《两晋演义》《劫余灰》等。《小说林》出最晚（一九〇七），行十二期，载有曾孟朴之《孽海花》。这是主要的几种，此外则有《新新小说》《小说月报》《小说时报》《小说世界》《小说图画报》《新世界小说社报》各种。"[1]这些小说杂志上刊载的小说都属于"新小说"，《文明小史》《老残游记》等章回体的故事集缀型小说当然也在"新小说"之列。据阿英称，《老残游记》"之最早印本，实为光绪三十三年（一九〇七）上海神州日报馆刊行之三十二开道令纸印本，全二册。封面为彩版，绘古树上立一老鹰。'老残游记'四字在左侧，空心，白底红边，上横印'新小说'三红字"[2]。也就是说，可作为"新小说"代表的是《老残游记》这些晚清著名小说，它们同时都是故事集缀型小说。陈平原把"新小说"的时段范围定为1898年至1916年，即从晚清到文学革命前夕。他把民初小说也纳入其中，认为它们是"新小说"的尾声部分，也是"'新小说'的合法继承人"[3]。这里还是把"新小说"限于晚清小说，把民初及更后来的小说作为得到"新小说"启示的继承者看待。这主要是考虑到《二十年目睹之怪现状》等晚清小说的文学史地位要比《留东外史》等民

---

[1] 阿英：《晚清小说史》，商务印书馆1937年5月版，第2页。
[2] 阿英：《关于〈老残游记〉二题》，《阿英全集》（第7卷），安徽教育出版社2003年7月版，第269页。
[3] 陈平原：《中国小说叙事模式的转变》，北京大学出版社2003年7月版，第6—7页。

初小说更为突出。

晚清的故事集缀型小说是新小说,那么晚清新小说到底为后来的故事集缀型小说作了哪些示范?能够肯定的是,它们比《儒林外史》提供了更多新的东西。阿英的看法可以作为一个参照。他说《儒林外史》的结构形式虽然是"晚清谴责小说最普遍采用的","但其原因,仅说是学《儒林外史》,实际上是不够"。

> 第一,还不能不把原因归到新闻事业上。那时固然还没有所谓适应于新闻纸连续发表的"新闻文学",而事实却已经开始有了这种要求。为着适应于时间间断的报纸杂志的读者,不得不采用或产生这一种形式,这是由于社会生活发展的必然。第二,是为众多的人物与繁复的事实所决定,不是少数的干线就可以把全内容容纳下的。第三,才是《儒林外史》的继续发展。因为在描写多样的事件,与繁复的人物一点上,《儒林外史》和谴责小说,是有着共通性的。谴责小说所以然普遍的采用这种形式,不是单纯的受了《儒林外史》的影响。因此,吴趼人在《二十年目睹之怪现状》里,虽煞费苦心,也只能用一根九死一生的线,把繁复的人物与事实稍稍串起。①

阿英提出了晚清新小说有三点是《儒林外史》所不具备的:一,小说发表的方式是报刊连载;二,内容繁复,这是时代社会的多故事所导致的;三,受到西洋小说影响,有一些新的尝试。阿英认为这三点使新小说在形式上必然采用故事集缀的体制,并且新小说的故事集缀比起《儒林外史》来有了新发展,不仅仅是把故事结集起来。

新小说中,就鲁迅所言的四大谴责小说来看,《官场现形记》最像《儒林外史》。有学者把其中的六十一个故事归纳成十个故事组,

---

① 阿英:《晚清小说史》,商务印书馆1937年5月版,第7—8页。

来分析这些故事和主题之间的关联。① 其实《儒林外史》中也存在类似的故事组,《官场现形记》不同于《儒林外史》之处是以梦境来讽喻现实,起到提领主题的作用。这种手法在新小说中开始较多采用,《孽海花》《老残游记》就是典型代表者。《二十年目睹之怪现状》和《孽海花》《老残游记》比之《儒林外史》有一条较清晰的串联故事的线索,这条线索就是小说的主人公。无论是九死一生、金雯青,还是老残,基本上贯穿了小说文本的始终,连接起各种故事。阿英认为这种结构故事的方法是受到了西洋小说的影响,有其理由。新小说中除了创作小说外,翻译小说占了很大比例,这为中国小说借鉴西洋手法提供了便利。在被翻译的小说中有《天方夜谭》《格列佛游记》《八十日环游记》《海底旅行》等,这些小说就是西方的故事集缀型小说,有一条贯穿线索或者外层叙事框架,连接或包容着许多故事。中国小说学了这些西洋翻译小说的做法,创造线索去结构文本,所以《二十年目睹之怪现状》等具有和《儒林外史》不同的形态,体现出新小说之新貌,成为后来故事集缀型小说的范本。民国以后的故事集缀型小说很大一部分都由主要人物和主体故事来集合其他故事构成,这得于晚清小说的传承而非《儒林外史》。

另一重要示范是故事内容的社会民众化倾向。胡适在评《官场现形记》时说道:"这部书未尝不可以成为一部有风趣的讽刺小说。但作者个人生计上的逼迫,浅人社会的要求,都不许作者如此做去。于是李宝嘉遂不得不牺牲他的艺术而迁就一时的社会心理,于是《官场现形记》遂不得不降作一部撷拾话柄的杂记小说了。"②这里用的"浅人社会"一词很特别。胡适是把它作为阅读环境来看的,实则,既然适应了"浅人社会"的要求,那么小说必定带有"浅人社会"的性质。所谓"浅人",不是与处于社会高级阶层的人相对立,而是

---

① 唐纳德·霍洛克:《环境小说:〈官场现形记〉》,米列娜编,伍晓明译:《从传统到现代——19 至 20 世纪转折时期的中国小说》,北京大学出版社 1991 年 10 月版。

② 胡适:《〈官场现形记〉序》,《胡适全集》(第 3 卷),安徽教育出版社 2003 年 9 月版,第 563 页。

与具有鲜明个体性质的个人站在互补位置上,它意指普通人,突出的是人的普通性、群体性,而不是个别与特殊。"浅人"与"社会"连用,更明示出一个群体的概念。所以,尽管《官场现形记》是写那些与民对立的官场故事,但作品突出的是官的平民性质,他们的佐杂出身,他们的急功好利,他们身负的所有缺陷,这些都消解了传统意义上的为民请命的"官"之形象,彻底摘除了"官"周身包围着的光环。无怪乎,阿英在《晚晴小说史》中,没有纳入《三侠五义》等同样写于晚清的小说,因为这些小说还在尽量为"清官"作粉饰,而刘鹗却在他的作品中痛斥"清官更可恶"。这是颠覆传统的一种努力,把所有的官,清官和贪官,一同清理。在《官场现形记》六十回末,作者借小说中的梦境故事,对文本的写作情况有个交待:

> 我心上正在稀奇,又听见那班人回来,围在一张公案上面,查点烧残的书籍。查了半天,道是:他们校对的那部书,只剩得上半部。原来这部教科书,前半部是专门指摘他们做官的坏处,好叫他们读了知过必改;后半部方是教导他们做官的法子。如今把这后半部烧了,只剩得前半部。光有这前半部,不像本教科书,倒像个《封神榜》《西游记》,妖魔鬼怪,一齐都有。他们那班人因此便在那里商议说:"总得把他补起来才好!"内中有一个人道:"我是一时记不清这些事情,就是要补,也非一二年之事。依我说:还是把这半部印出来,虽不能引之为善,却可以戒其为非。况且从前古人以半部《论语》治天下,就是半部亦何妨。倘若要续,等到空闲的时候再续。诸公以为何如?"众人踌躇了半天,也没有别的法子可想,只得依了他的说话……

《官场现形记》没有写完,这段文字应该是欧阳巨源补作的,为那没有写完的后半部作了一个交待。这部小说正像梦境故事中的那本教科书一样,只叙述了些琐碎的官场营生,没有教导该如何做官。事实上,关于如何做官这个问题,已经开始淡出当时的社会语境,当时关注的不是怎样为官,而是怎样变革,变革现有体制,也包括官的体制。所以传统的官之阶层消解了,代之以"浅人社会的要求"。

《官场现形记》是一个征兆,胡适的眼光可谓锐利。

"浅人社会"不仅可以概括《官场现形记》中众多故事的人物场景,也同样可以用来描画新小说的故事内容。对于"怪现状"的记录,对于旅途见闻的拾掇,对于民间生活的勾勒,在在都表现出纷繁缭乱的现实图景。连梦青在《邻女语》中,通过老尼姑、妓女、店婆子等一些最普通的,甚至是无名之人的叙述来道出事变人情。小说中有诗曰:"只可怜苍生路路穷,哭不尽的唐衢恸。"这其中蕴含着芸芸众生的悲怆之感,预示着以后故事集缀型章回体小说中许多人物的无奈收场。有学者认为:"晚清杂志发表了大量'新小说';这些作品的目的是提高大众的政治觉悟,促进'科学的'思维方式,以及暴露抨击社会弊端。"①从初衷来看,确乎如此。"新小说"的创建,带着很强的政治色彩,这合于社会转型时代的要求。到民国以后,提高"政治觉悟"的观念相对减弱,"暴露抨击社会弊端"的倾向依然持续。只是当社会和"浅人"相连之后,暴露抨击未尝不是一种反映表现。"浅人社会"的弊端,也是一个时代特有的生活方式,在其中生活着的人们自有其喜怒哀乐,在不知不觉间促生了社会的变化与历史的进程。这应该是晚清新小说为故事集缀型小说的兴起所提示的重要方面。

"新小说"的登台以1902年《新小说》杂志的创生为标示,值得注意的是,三十多年后,同样有一份名为"新小说"的杂志创刊。1935年2月15日至7月15日,良友图书公司推出发行《新小说》,共六期,主编郑君平。这份杂志虽然存在时间很短,且只有六期,却特色鲜明。因为这是一份通俗杂志,重点讨论小说通俗化问题。其中的文章有:乐游《通俗小说和民话》、华尚文《通俗小说的形式问题》、方均《通俗文学和读者趣味》等,另有任钧翻译了日本学者关于通俗小说的文章,集成《通俗小说论集》,包括片冈铁兵《通俗小说私

---

① 曹淑英:《"新小说"的兴起》,米列娜编,伍晓明译:《从传统到现代——19至20世纪转折时期的中国小说》,北京大学出版社1991年10月版,第23页。

见》、武田麟太郎《通俗小说问题》和森山启《关于通俗小说》三篇论文。这些文章在仅出六期的《新小说》上无疑占据着极为重要的位置,所提出的看法也很值得重视。例如认为大众读者对小说的要求是"一个故事,而且希望这故事是讲得有头有尾的","也是富于变动的"。① 而小说的叙事话语,"最适当的是说话体","只有说话体既有力,又容易为读者理解,是通俗小说顶适当的表现手法"。② 这类见解,都得自于对通俗小说的认真思考。

富有意味的是,这份号称"国内唯一通俗的文艺刊物",经常的执笔者有:叶圣陶、吴组缃、茅盾、张天翼、曹聚仁、谢六逸、老舍、王任叔、郑伯奇、巴金、阿英、沈从文、郑振铎、柯灵、沈起予等人,是一班新文艺作家,而主编郑君平,亦即当时的左翼文学家郑伯奇。因此由郑伯奇主编的这份刊物提倡通俗小说、通俗文学,实际上就是当时文艺大众化运动的一个组成部分,是新文学发展过程中的一个历史诉求。杂志取名"新小说",也就意味着通俗化、大众化的小说才是真正的新小说。

更富有意味的是,这份刊物很明显地表现出对晚清小说的呼应态度。虽然只发行到第二卷第一期,但二卷二期要目已经预告出来,即"晚清文学研究特辑"。其中包括郑振铎《晚清文学概观》、曹聚仁《启蒙文学》、陈子展《诗歌及弹词》、阿英《李伯元与吴趼人》、曾虚白《孽海花其作者》、赵景深《老残游记及其二集》、未定(作者未选定)《南社及清末之革命文学》、郑伯奇《翻译文学》等文。这个预告很能显示出 30 年代的"新小说"观念与晚清新小说之间的联系。

尽管特辑没有刊出,但在已刊出的几期上不乏关于晚清小说及小说家的文章。如署名寒峰(阿英)的著名论文《文明小史——名著研究之一》,赵景深的《老残游记及其二集》(先期刊出),郑君平的《悼孽海花的作者曾孟朴先生》等。阿英《文明小史——名著研究之

---

① 方均:《通俗文学和读者趣味》,《新小说》第 1 卷第 4 期,1935 年 5 月。
② 华尚文:《通俗小说的形式问题》,同上。

一》是一篇具有相当学术史意义的文章。文中说:"李伯元的《文明小史》,在维新运动期间,是一部最出色的小说。一般人谈起李伯元来,总会强调他的《官场现形记》,而我却不作如此想。《官场现形记》诚然是一部杰作,但就整然的反映一个变动的时代说,《文明小史》是应该给予更高的估价的。"①这个看法实际针对鲁迅在《中国小说史略》中所列的"四大谴责小说"而言。鲁迅把《官场现形记》与《二十年目睹之怪现状》《老残游记》和《孽海花》并列,这几乎成为后来人看待晚清小说的固定视点。但阿英偏推举《文明小史》,把它看得高于《官场现形记》。阿英的理由是:《文明小史》能全面反映出时代变化的图景,《官场现形记》只是反映了一个方面。在《晚清小说史》中,阿英同样强调了这一看法,与鲁迅的评判形成一种对话。然而,不论哪部小说应该成为代表作,阿英看重《文明小史》,对更好地认识晚清新小说都是有益的。

《文明小史》同样是一部故事集缀型小说,结构与《官场现形记》略同。阿英评论道:"《文明小史》这部书,是一脱过去一般小说的定式,不用固定的主人公,而是流动的,不断替换的许许多多的人物作了干线。可是,在读者方面,一点也不感到涣散,因为人物虽然换过,在人物内含的本质上,却没有多少差异,仍然是密切的具有着连系性。这种写作的方法,创始者不是李伯元,但他的发展的应用,是得了许多新的尝试的成功。事实上,由于众多的人物,复杂的事实,广泛的地域等等内容上的条件所决定,也是非产生这样适应着内容的形式不可的。"②所说的"许多新的尝试的成功"是指对《儒林外史》而言,《文明小史》等晚清新小说确然把故事集缀型小说牵引到了兴起的历史位置上。《老残游记》《孽海花》等,不仅是晚清小说的典范之作,其种种不同于传统的新实践也开启了现代章回体故事集缀型小说的帷幕,因此显得异常重要。《新小说》曾以整版广告宣传

---

① 寒峰:《文明小史——名著研究之一》,《新小说》第 1 卷第 5 期,1935 年 6 月。

② 同上。

《老残游记二集》的出版,称其"为小说界最近所发现之珍宝"①,从而有赵景深《老残游记及其二集》一文刊出。曾朴逝世后,主编郑伯奇又写了满含深意的悼念文章。凡此种种都说明晚清新小说在现代文坛一直保持着其重要价值。可以说,30年代的《新小说》不仅呼应了晚清,也表现出明显的观念认同,认同晚清新小说的历史价值、通俗倾向,以及它们的艺术探索。

晚清新小说标示着故事集缀型小说的兴起,也启了后来的创作。1924年,包天笑在为《上海春秋》写的出版《赘言》中说道:"上海为吾国第一都市,愚侨寓上海者将及二十年,得略识上海各社会之情状,随手掇拾,编辑成一小说,曰《上海春秋》,排日登诸报章。积之既久,卷帙遂富。友人劝印行单行本,乃为之分章编目,重印出书。"②先"排日登诸报章",销行好再成书出版,这是到现代社会才有的传播形式。晚清小说正是利用这一形式使文坛热闹起来,也使后来的小说在报刊、故事、连载等方面获得运转的经验。这些小说叙述新的时代故事,表达现代人触摸与认知社会、人生的方式,焕发出不同于传统小说的光彩,突现与突破了《儒林外史》带给文坛的影响力。

第四节　街谈巷议与现实主义

《儒林外史》之后的故事集缀型小说把长篇通俗小说引回了中国小说生成的原初状态。这是看取故事集缀型小说的一个重要视点。只要查阅为这些小说所写的序文、评论以及作家自述,便可清楚感觉到这种复归倾向。如《广陵潮》序文有言:"稗史何妨抒写,辄以里巷浮靡之状,抒彼沈吟闲顿之词。"③"其著《广陵潮》一书也,写

---

① 《新小说》第1卷第3期,1935年4月。
② 包天笑:《赘言》,《上海春秋》,上海:上海古籍出版社1991年5月版,第3页。
③ 庄纶仪:《序一》,李涵秋:《广陵潮》,长沙:湖南文艺出版社1998年1月版,第2页。

扬州之乡情,补甘泉之县志。……廿四桥吹箫赏月,集道听涂说之言;卅六陂秉笔采风,叙巷议街谈之事。"①"虽出于闾巷猥琐之谈,村野粗俗之语……乌可以闾巷猥琐之谈,村野粗俗之语而目之也耶。"②《歇浦潮》第一回云:"摭拾些野语村言,街谈巷议,当作小说资料。粗看似乎平常,细玩却有深意。"《人间地狱》序中有"虽讬稗史,实具深文"③之语。《人海潮》序云:"网蛛生长于稗官家言。"④《沪滨神探录》作者说:"虽曰道听途说之辞,仅供茶余酒后之资,而其离奇曲折亦足以启人智慧。"⑤雷珠生自序《海上活地狱》道:"随意写来,并无寄托,所采事实,身经目睹者半,道听涂说者亦半,拉杂成文,不免鸡零狗碎之嫌。刊印问世,聊供酒后茶余之助耳。"⑥吴梅序《梨园外史》有"出以稗官体裁,排次联缀"⑦语等。在这些引语中,最常见的词是"稗史""道听途说""街谈巷议"之类,这类词同时也是古典"小说序跋中使用频率最高的关键词"⑧。这就意味着,故事集缀型小说与古代小说——不仅仅是古代章回小说——具有相关性。《汉书·艺文志》里说的"小说家者流,盖出于稗官,街谈巷语,道听涂说者之所造也"是这类言词的生成来源。故事集缀型小说由此能够与汉代甚至汉以前的小说建立某种联系。一般认为,中国小说发生期的街谈巷议之说,与作为文学体裁的"小说"很不相同,但

---

① 宋祖保:《序二》,同上,第3页。
② 熊瑞:《序三》,同上,第5页。
③ 林屋山人:《人间地狱序三》,娑婆生:《人间地狱》(第一集),上海:自由杂志社1924年10月版,第1—2页。
④ 《袁寒云序》,网蛛生:《人海潮》,上海:上海古籍出版社1991年5月版,第3页。
⑤ 徐絮庐、绣虎生:《沪滨神探录》,上海:上海古籍出版社1991年5月版,第4页。
⑥ 雷珠生:《自序》,《海上活地狱》,沈阳:春风文艺出版社1997年5月版,第327页。
⑦ 吴梅:《〈梨园外史〉序》,潘镜芙、陈墨香:《梨园外史》,北京:宝文堂书店1989年6月版,第8页。
⑧ 刘勇强:《中国古代小说史叙论》,北京:北京大学出版社2007年10月版,第35页。

是街谈巷议毕竟为小说提供了基本素材。在这个意义上，故事集缀型通俗小说与中国初期小说就有了可以相互融通的地方。一是，两者都通过见闻得来；二是，因为小道，格局不大。故事集缀型小说是通过辑录各种小故事，或者掇拾"话柄"，以汇集成书的。所以，当关于这类小说的言谈中出现"道听途说""街谈巷议"之类的语词时，并不能以为是随意拈来的，它们确实表明现代故事集缀型小说与中国古代小说存在渊源联系。

故事集缀型小说声言"街谈巷议"不免含有自谦甚至自卑的成分，以示自己与那些心怀远大、"有所为"而作的小说之间的差异。"虽讬稗史，实具深文"的说法也只是退却状态之下的心迹表露。另外应看到，这类小说"街谈巷议"的来源要比古代小说多出一个渠道——报刊故事。报刊故事构成了现代人街谈巷议的重要话题，为一个时代"稗史"的形成积累了资源。所以，故事集缀型小说声言中的"街谈巷议"一定程度上可用"报刊故事"来替换。

尽管"街谈巷议"的内容可以从传闻变为时事，但基本构形没有多大改换，说的或者写的都是一些让人感到兴味的小故事。故事集缀型小说向中国小说初期状态的这种回归与照应，意义非同寻常。进入现代，中国小说史调整了它的叙述方向。传统小说的一脉由于融汇到新的创作机制中，逐渐消退了原来鲜明的表现特征。此时，故事集缀型小说的创作分外突显，以复归式的回环，实现了传统小说自身发展的完足性。此后的中国小说便可在一个更多样化的层面做着各种尝试、创造与实践，不必再把故事作为叙述的中心，虽然故事依然是小说文体得以存在的基础。其次，故事集缀型小说追溯小说创生期的姿态，把长篇通俗的整体构造形态拆散开来，通过集缀多个故事的方式，为通俗小说注入了现代色彩。拼贴、琐碎、日常……这些现代性的议题同样发生在故事集缀型小说身上，而被拼贴起来的故事又具有统一的意向，统一于现代的理性原则，显示出了现代性的力量。

20年代吴宓写了篇《论写实小说之流弊》的文章。文章把当时的写实小说分为三派，其中一派为"上海风行之各种黑幕大观及《广陵潮》《留东外史》之类"①。茅盾说：吴宓"认定俄国的写实小说就等于中国的黑幕派和礼拜六派小说"是很荒谬的，因为两者根本没有可比性，把它们放在一起，是"唐突了西洋写实派"，也就是唐突了新文学。② 吴宓所举的写实小说的例子中包含了故事集缀型小说《广陵潮》等，这类小说被以茅盾为代表的新文学家划为"黑幕派"或者"礼拜六派"，极受批判。而把这类小说和"写实"或者"现实"概念放在一起来谈，就更为新文学家所排拒。"现实主义"，无论是理论还是创作，都是"执新文学的'牛耳'"者，是"领导整个文坛发展的主流"。③ 所以现代文学家特别看重"现实主义"，几乎把它作为现代文学/新文学的专有问题，一旦有人把他们认为处于新文学对立面的通俗小说之流也归入"现实主义"，那就毫无商量地要予以批驳。不过以现在的眼光看，茅盾等人还是显得狭隘了。

"现实主义小说"是从手法和效果上的命名，这个命名很是含混，因为"现实主义"的内涵在不断发生变化，诚如中国现代文学家对"现实主义"的解释一样。西方理论家也把"现实主义"看成一个"令人尴尬"④的术语，彼此之间无法达成认同一致。例如安敏成认为：现实主义小说中存在着一种"非神秘的力量"，这种力量"有条不紊地抗拒着对虚构世界的沉迷，它的闯入揭示了无序、偶然和混乱。这种可以辨别的主题，大部分由那些不可消除的自然因素构成，它们挫败了想象力对世界的凌驾，可以看作是现实主义小说非神秘力量的根本所在。饥饿、暴力、疾病、性和死亡，所有这一切都粗暴地将主体俘获，并强烈地直接作用于他或她的物质存在之上"。⑤ "非神秘"可以看成是故事集缀型小说所要达到的效果之一。当故事把

---

① 吴宓：《论写实小说之流弊》，《中华新报》，1922年10月22日。
② 沈雁冰：《"写实小说之流弊"？》，《文学旬刊》第54号，1922年11月。
③ 温儒敏：《新文学现实主义的流变》，北京：北京大学出版社2007年1月版，第212页。
④ 〔美〕安敏成著，姜涛译：《现实主义的限制》，南京：江苏人民出版社2001年8月版，第4页。
⑤ 同上书，第19页。

人们的街谈巷议公开化,当关于"饥饿、暴力、疾病、性和死亡"等的报刊故事被看似"无序、偶然和混乱"地集合在一起,不断被重复叙述时,也就不再令人感到神秘。那么故事集缀型通俗小说是否能因此被归入"现实主义小说"呢?

王德威在讨论晚清《官场现形记》《二十年目睹之怪现状》等小说时,用了"丑怪的写实主义"或"中国牌的荒诞现实主义"的称谓。这类小说的特殊性使得没有一个现成术语可以用来直接形容它们,只得自造命名。另一方面,这两个自造的命名不脱"现实主义"的中心,这类小说尽管叙述的是些丑恶怪诞的故事,但依然属于现实主义的创作。王德威道:"中国牌的丑怪(grotesque)现(写)实主义""通过戏弄、反转、扭曲其主题来表述故事。所有晚清谴责小说家皆意在针砭瞬息万变的现实,但在选择特定叙事模式之际,他们不约而同地采用了吊诡的表述模式;他们似乎都认为只有借助夸张、贬损与变形,才能最有力地表达现实"。① 这个对"丑怪现(写)实主义"的解释表明,晚清小说中的故事并不真实,却表达了时人对现实社会的理解与态度。可以不论王德威对小说故事的真实性判断,他把晚清小说或者谴责小说包容到现实主义的范畴内,本身就体现出一种新的眼光。"在写实主义被'五四'文人钦点为不世出的叙事模式之前,晚清作家已经玩弄着一种不同的写实主义——丑怪的写实主义。'五四'作家假定他们的视野(vision)、声音和语言必得相互融通呼应,从而'体现'现实。晚清作家却大相径庭,他们的模式掺杂感观喻象,混合修辞语气,褫夺任何自以为是的真理,借此促使我们三思任何模拟、再现叙事的权宜性。"② "大相径庭"的说法尚可斟酌,但以一种宽容态度来思考现代小说内在的相通气质,多少可以超越五四文学家的观点局限。

在对故事集缀型小说的评价中,常常可以见到一类比喻。例如

---

① 〔美〕王德威著,宋伟杰译:《被压抑的现代性——晚清小说新论》,北京:北京大学出版社2005年5月版,第215—216页。
② 同上书,第218页。

颖川秋水序《黑幕中之黑幕》道:"将幕中魑魅魍魉,一齐揭破其假面。呜呼,此乃真当头棒,迷津筏,温家犀,秦庭镜矣。"①时人评《广陵潮》有言:"秦始皇悬镜照妖,魔怪遁形而敛迹;吴道子画图变相,屠沽改业而谋生。"②《广陵潮》原名《过渡镜》,可知小说的镜子作用是被自觉意识到的。袁寒云更把《人海潮》之镜与"写实"联系在一起,见识进了一步。"如秦之镜,如温之犀,万怪毕集,洋洋乎大观哉!文笔尤多弦外音,能使人悟领于不觉间。余尝谓作小说不难,写实为难;写实而能成巨著、有弦外音、好劝惩者尤难。网蛛生自谓'人海潮',余直谓'人海镜'耳。"③在此,丑怪、镜子、写实,三者几乎契合无间。小说是镜子,是写实,把人间一切丑怪现象都映照出来,如果这还不是小说家职责之所在,那么至少可以为后人存留一些怀想的空间。在此"现实主义小说的经典形象"正是"一面镜子"。④

  通俗小说的作者一面并不希望他的读者用小说来对应现实,一面又十分强调其作品的现实意义。韩邦庆为他的《海上花列传》写的《例言》中道:"此书为劝戒而作,其形容尽致处,如见其人,如闻其声。阅者深味其言,更返观风月场中,自当厌弃嫉恶之不暇矣。所载人名事实俱系凭空捏造,并无所指。如有强作解人,妄言某人隐某人,某事隐某事,此则不善读书,不足与谈者矣。"⑤前半段话强调的是小说的现实价值,后半段则提醒读者不应对小说作索隐式读解。两者之间仿佛存在似是而非的矛盾。其时不少通俗小说的作者都会明言不要把他们的作品当索隐读。例如陈辟邪说:《海外缤

---

① 颖川秋水:《序三》,海上漱石生:《黑幕中之黑幕》(一集),上海:文明书局1918年7月版。
② 宋祖保:《序二》,李涵秋:《广陵潮》,长沙:湖南文艺出版社1998年1月版,第4页。
③ 《袁寒云序》,网蛛生:《人海潮》,上海:上海古籍出版社1991年5月版,第3页。
④ 〔美〕安敏成著,姜涛译:《现实主义的限制》,南京:江苏人民出版社2001年8月版,第12页。
⑤ 韩邦庆:《海上花列传·例言》,北京:人民文学出版社1982年2月版,第1页。

纷录》"中的人名和事实,都是向壁构造,子虚乌有,读者幸勿猜测;若有相同的名,或吻合的事,也不要以为我有意宣布他人的秘密。因为天下之大,无奇不有,吻合的事,在所难免;我固不屑替他人暴露秘事,又何必自己宣扬刺人隐私的恶名呢"①。毕倚虹说:《人间地狱》"中有时引用朋旧轶闻断句,如指证某即某人,某即某人,使余因此开罪于友好,余之咎戾深矣。此余所引为惶悚者也。附赘一词,为读《人狱》者告。须知《人间地狱》,一小说而已。稗官家言,十九荒诞,未可认为纪实之文字也"②。张恨水说:"《春明外史》里的人物,后来有许多人索隐,也有人当面问我,某人是否射着某人。其实小说这东西,究竟不是历史,它不必以斧敲钉,以钉入木,那样实实在在。《春明外史》的人物,不可讳言的,是当时社会上一群人影。但只是一群人影,决不是原班人马。"③像这样的声明还有很多,几乎成了故事集缀型小说家对自己作品的惯例解说。可以从这类惯例文字中看出几点来:第一,故事集缀型小说的取材很大程度上来源于当时社会、作家自身和他周围的人们的故事;第二,作家因为担心会引起朋辈不满,极力宣称自己的作品是虚构的,并不像中国传统小说家那样做一部书来讥诮某人;第三,晚清以来的作家已经很能理解"小说"的现代含义,作为虚构叙事作品,小说的现实性并不等于必须具有实录功能;第四,有鉴于读者的认知习惯以及当时的阅读反应,小说家必须提出警戒,以尽自己的责任。

读者会对小说作索隐,一方面是出于他们阅读传统章回小说的习惯,另一方面也确实是因为故事集缀型小说里的故事与真实人事之间有着太明显的关联。《孽海花》《老残游记》这类例子不必再谈,直到今天,研究者还在不断计较着它们与真人真事之间的对应关

---

① 陈辟邪:《海外缤纷录·卷头语》,沈阳:春风文艺出版社1997年8月版,第2页。
② 娑婆生:《赘言》,《人间地狱》(第一集),上海:自由杂志社1924年10月版,第2页。
③ 张恨水:《写作生涯回忆》,张占国、魏守忠编:《张恨水研究资料》,天津:天津人民出版社1986年10月版,第38页。

系。20年代末《龙套人语》直接继承了《孽海花》等清代小说的写法,引发后人必要为书中人物故事求得现实索解。另一些小说则无需如此手续而表现得更加直接。《九尾龟》《海上繁华梦》中写到的陆兰芬、林黛玉、金小宝、张书玉等妓女,她们的故事即使因写入小说而增添不实的成分,但名姓俱与实际生活中的一般无二。把现实人物及其名字直接移入小说,在故事集缀型小说中当以《梨园外史》为最突出。《九尾龟》等书中人物还是真名实姓与虚名假姓相混合,《梨园外史》中的伶人几乎全是京剧界有名有姓的人物,完全不用读者费心索隐,评论者因此称这部小说"纪实性很强"①。有些故事人物即使不用真实姓名,也可从其他文本符号中看出端倪。《人海潮》第二十回"蛮貊投荒恨吞心影 华鬘历劫愁听鸡声"中有一段:

> 凤梧和复生两人商议妥贴,南走星加坡,预备年内即发。凤梧行囊羞涩,不得不借重不律,日就编辑室撰小说题名《恨海归舟记》,发愿十天内成十万言,获润三四百金,便能成行。从此连日挥毫,云烟落纸,飕飕如春蚕食叶,全书将杀青。亚白等知他意决,集合社员十余人,在公司屋顶合摄一影,以留纪念。

从《恨海归舟记》可以直接联系到《恨海孤舟记》。姚鹓雏的《恨海孤舟记》三十三回,1917年7月开始连载于《小说画报》。小说主要讲述的是主人公赵栖桐情海失意,勘破世事的故事。《人海潮》中的"凤梧"与"栖桐"是互文的,凤梧也因缠绵情场,想要遁出,才写小说以筹川资。由"凤梧"而"栖桐"而姚鹓雏,这样的人事关涉虽不算直接,却也能看得分明。此道中人只要阅读这类小说便能一眼识破。郑逸梅说:《人间地狱》"主人柯莲生(荪)为夫子自道,其他姚啸秋隐射包天笑,苏立曼隐射曼殊上人,华稚凤则叶小凤也,赵栖梧则姚鹓雏也……瘦鹃称之为是书之妙,妙在写实"②。此种索隐是自

---

① 师予:《关于〈梨园外史〉和陈墨香》,潘镜芙、陈墨香:《梨园外史》,北京:宝文堂书店1989年6月版,第524页。

② 郑逸梅:《谈谈民初之长篇小说》,《小说月报》第5期,1941年2月。

然而然的,即便作者担心"开罪于友好",却谁让他叙述了这许多同道人的故事呢?然而文人笔墨并不等于游戏文章。

故事集缀型小说的作者对于自己的写实之作不乏严肃态度。姚民哀就一再声称他为自己的小说用心搜集过实地资料。在作为"江湖秘闻之二"的《箬帽山王》开场部分,姚民哀道:

> 近几年来,在下因为要采取秘密党会珍秘的材料,所以不惜耗费精神和金钱,随时在江湖上,跟此中人物交结,留心探访各党秘史轶闻,摸明白里头的真正门槛,才敢拿来形之笔墨,以供同好谈资,冤枉铜钱,固丢去不少,但是被我探访得确实的密党历史,和过去与现在的人物的大略状况,也着实不少。除了已经说过的孙美瑶……倘经一位大小说家,联缀一气,著成一部洋洋洒洒的宏篇巨著,可以称为柔肠侠骨,可泣可歌,足有尽人一看的价值。如今出自在下笔头,可怜我学术荒落,少读少做,故此行文布局,多呆笨得很,只得有一句记一句,不会渲染烘托,引人入胜,使全国爱看小说诸君,尽皆注意一顾。清夜扪心,非常内疚,有负这许多大好材料的。

一方面是费心费力的实地取材,一方面却怕因笔头笨拙有负这些材料。所谓"有一句记一句",就是实实在在,不作虚饰的叙写。作者虽在自谦,却也能见出自炫。当然小说家言不可全信,不过这一番搜集材料的功夫,即使打一折扣,也已经很不容易了。所以知悉姚民哀的赵苕狂在编辑姚民哀的这些叙述党会秘闻的作品时言道:"确切地说一句:他的这步红运,并不是真在命运中应该注定如此,实是他在艺术上经过了相当的努力而方始获到的!因为他这几年来,无日不在努力的进行中:不但各种书看得很多,奇闻异史搜集了不少;还把群众的心理揣摩得很熟。所以,一出手便尔不凡,能博得群众热烈地欢迎呢!"与之相比,赵苕狂恨不得把和《箬帽山王》同时刊登的自己的"那篇《江湖怪侠》,一把火烧去"。[①] 如此狠赞,足见

[①] 赵苕狂:《花前小语》,《红玫瑰》第 6 卷第 5 期,1930 年 4 月。

出于本心。姚民哀创立的连环格式武侠会党小说能在文学史上占得一席之地,与他的材料搜集功夫不无关系。由此,武侠小说也不全是驰骋想象的结果。

读者热衷于武侠故事,很大程度上是把故事当成了现实。据当时新闻媒体报道,有不少人读了武侠小说就"弃家访道"去了。例如在"《时报》的本埠新闻上","前年记着法租界某成衣铺学徒三名入山学道之事;去年三月中,则有白克路之国华学校学生叶光源等五人欲到峨嵋山学道之事。同年五月四日的报上,又载着西门唐湾小学女生周霞珠等三人,联袂出门拟赴昆仑山访道事"。① 有这样的社会问题存在,于是引发出时人对武侠小说的不少批评。张恨水道:"武侠小说,除了一部分暴露的尚有可取而外,对于观众是有毒害的。"②这"暴露"的部分使得武侠与现实产生关联。会党秘闻无疑带有黑幕性质,而那些"江湖奇侠"又未尝不牵连出丑怪的故事。其时为国术家朱霞天《五岳奇侠传》所作的广告语"奇情怪事,一百四十四件,件件动人"③,是很容易牵动人心的。所以郑振铎会说:"当今之事,足为'人心世道之隐忧'者至多",其中最令人"痛心的,乃是,黑幕派的小说的流行,及武侠小说的层出不穷"。④ 茅盾在谈影片《火烧红莲寺》现象时,提到的一点很值得注意:

> 看客们……对红姑的飞降而喝采,并不是因为那红姑是女明星胡蝶所扮演,而是因为那红姑是一个女剑侠,是《火烧红莲寺》的中心人物;他们对于影片的批评从来不会是某某明星扮演某某角色的表情那样好那样坏,他们是批评昆仑派如何、崆

---

① 郑振铎:《论武侠小说》,《郑振铎全集》(第5卷),石家庄:花山文艺出版社1998年11月版,第346页。
② 张恨水:《论武侠小说》,张占国、魏守忠编:《张恨水研究资料》,天津:天津人民出版社1986年10月版,第270页。
③ 《红玫瑰》第6卷第12期,1930年7月。
④ 郑振铎:《论武侠小说》,《郑振铎全集》(第5卷),石家庄:花山文艺出版社1998年11月版,第344页。

峒派如何的！在他们，影戏不复是"戏"，而是真实！①

要达到茅盾所说的那种批评程度，当时的普通民众也就有资格成为批评家了。观众或者读者把影戏或者小说当成真实，有故事讲述者本身的原因。故事集缀型通俗小说的作者警戒读者不可索隐，不可把故事当真，一定程度上是鉴于"弃家访道"这类事件而作出的反应。警戒的话既然说明白了，以后再有类似事情发生，就不关作者的事，乃是读者的事了。对于读者来说，把故事当真的纯粹式阅读是难能可贵的。这既是故事集缀型小说转换街谈巷议和报刊故事的结果，同时也是现实主义所希望达成的理想效果。从这点看来，故事集缀型小说促成了通俗小说和其他现代小说在"现实主义"方面的融通与融合。

---

① 沈雁冰：《封建的小市民文艺》，《东方杂志》第30卷第3号，1933年2月。

第六章
《红楼梦》的伟大传统

《红楼梦》是中国古代小说中最杰出的作品。作者曹雪芹在北京西郊著成小说的前八十回。曹雪芹1763年(乾隆二十七年)或1764年(乾隆二十八年)去世,小说在他去世之前已传抄问世。高鹗著成小说后四十回,1791年(乾隆五十六年)或1792年(乾隆五十七年)面世。鲁迅说:"《石头记》结局,虽早隐现于宝玉幻梦中,而八十回仅露'悲音',殊难必其究竟。比乾隆五十七年(一七九二),乃有百二十回之排印本出,改名《红楼梦》,字句亦时有不同。"①从《石头记》到《红楼梦》,包含着时间、人事、文本、意涵的变幻。

《红楼梦》第一回对小说题名有一个交代:

> 空空道人听如此说,思忖半晌,将《石头记》再

---

① 鲁迅:《中国小说史略》,《鲁迅全集》(第9卷),北京:人民文学出版社2005年11月版,第240页。

检阅一遍,因见上面虽有些指奸责佞贬恶诛邪之语,亦非伤时骂世之旨;及至君仁臣良父慈子孝,凡伦常所关之处,皆是称功颂德,眷眷无穷,实非别书之可比。虽其中大旨谈情,亦不过实录其事,又非假拟妄称,一味淫邀艳约、私订偷盟之可比。因毫不干涉时世,方从头至尾抄录回来,问世传奇。从此空空道人因空见色,由色生情,传情入色,自色悟空,遂易名为情僧,改《石头记》为《情僧录》。东鲁孔梅溪则题曰《风月宝鉴》。后因曹雪芹于悼红轩中披阅十载,增删五次,纂成目录,分出章回,则题曰《金陵十二钗》。并题一绝云:

> 满纸荒唐言,一把辛酸泪!
> 都云作者痴,谁解其中味?①

这一交代不仅道出了小说几个别题的意义来源,也道出了小说的题旨内容,更道出了作者创作小说的深沉情感。"满纸荒唐言,一把辛酸泪"成就了一部伟大小说的内核。

冯其庸说:"自从《红楼梦》问世以后,中国的古典小说再也没有超越它的作品出现了。《红楼梦》是一部'前不见古人,后不见来者'的千古绝唱!"②吴组缃说:"古今中外的文学,还少见这样一部作品,它展开这样广阔的一个生活环境。"③夏志清说:"《红楼梦》是一部最伟大的中国小说","在这一部小说里,哲学和心理学是紧密相连不可分离的——在中国文学中,《红楼梦》不仅是一部最能体现悲剧经验的作品,同时也是一部重要的心理现实主义的作品"。④《红

---

① 曹雪芹、高鹗:《红楼梦》,北京:人民文学出版社1982年3月版,第6—7页。以下《红楼梦》引文均出自这一版本,不另加注。
② 冯其庸:《千古文章未尽才——为纪念曹雪芹逝世二百二十周年而作》,冯其庸:《敝帚集 冯其庸论红楼梦》,北京:文化艺术出版社2011年1月版,第409页。
③ 吴组缃:《论贾宝玉典型形象》,吴组缃:《中国小说研究论集》,北京:北京大学出版社1998年1月版,第205—206页。
④ 〔美〕夏志清著,胡益民等译:《中国古典小说史论》,南昌:江西人民出版社2001年9月版,第258页。

楼梦》在中国文学史、小说史上的地位是至高的,后世作家企慕者众多,企及者甚少。"从李汝珍的《镜花缘》到刘鹗的《老残游记》,晚清时期委实出现了许多著名小说,而民国期间,中国小说则接受了西方的影响,向着新的方向发展。但即便是最好的现代小说,在广度和深度上也难以与《红楼梦》相匹敌。"①这样的看法或许偏狭,但却出于对《红楼梦》至高地位的崇拜与守护。唯如此,《红楼梦》才会永葆魅力,其自身就能构成"伟大的传统"。

《红楼梦》流世的版本很多,著名的有脂砚斋评本的己卯本、庚辰本、甲戌本等,还有戚蓼生序本、程甲本等。现代学者胡适对《红楼梦》的版本问题做过细致的考证辨析,认为:"脂本是《红楼梦》的最古本,是一部最近于原稿的本子了。在文字上,脂本有无数地方远胜于一切本子。"②"乙本远胜于甲本,但我仔细审查,不能不承认'程甲本'为外间各种《红楼梦》的底本。各本的错误矛盾,都是根据于'程甲本'的。这是《红楼梦》版本史上一件最不幸的事。"③胡适的考证研究,基本理清了《红楼梦》各版本之间的关系与高下,对《红楼梦》的整理出版贡献极大。新式标点本《红楼梦》遂成为现代读者的普及读本,扩大了《红楼梦》的现代影响。

第一节 传统的生成

《红楼梦》对现代小说的影响首先在于现代文学家对《红楼梦》的阅读和理解。阿英把后人对《红楼梦》的接受分为四个阶段:"第一阶段,就是把《红楼梦》当作训谕的'善书'看,而加以研究,《梦痴说梦》一类的书可作为代表。第二阶段,是把《红楼梦》作为'史书'

---

① 〔美〕夏志清著,胡益民等译:《中国古典小说史论》,南昌:江西人民出版社2001年9月版,第258页。
② 胡适:《考证〈红楼梦〉的新材料》,《胡适文存》(三集),上海:亚东图书馆1930年10月版,第593页。
③ 胡适:《〈红楼梦〉考证》,《胡适文存》(一集),上海:亚东图书馆1921年12月版,第855页。

看,而加以索隐,《石头记索隐》一类的书可作代表。第三阶段才把《红楼梦》作为'文学'书看,王国维的《红楼梦评论》,胡适的《红楼梦考证》可作代表。现在应该是发展到第四阶段了,就是从科学的新观点,来对《红楼梦》加以新的考察,遗憾的是还没有其人。"①阿英在全面抗战之前对《红楼梦》研究作出了这一概括总结,"科学的新观点"在战后的《红楼梦》研究中继续发展,而在20年代初胡适的考证研究中已经显著体现了出来。"第一阶段"的梦痴学人的《梦痴说梦》代表了《红楼梦》问世后,清代文人的道学看法。"第二阶段"蔡元培《石头记索隐》认为:"《石头记》者,清康熙朝政治小说也。作者持民族主义甚挚。书中本事在吊明之亡,揭清之失,而尤于汉族名士仕清者寓痛惜之意。"②鲁迅后来否定了这种看法,认为此说虽"旁征博引,用力甚勤。然胡适既考得作者生平,而此说遂不立"③。对《红楼梦》的解读影响了现代人的思想观念并及于创作的是阿英所说的"第三阶段"。从王国维《红楼梦评论》至胡适《〈红楼梦〉考证》,发掘出了作为"文学"书的《红楼梦》的真正价值。

　　阿英评论道:"晚清数十年《红楼梦》研究,其最有卓识者,为曾受科学教养的王国维。所作《红楼梦评论》一书,可谓'前无古人'之作。他从文学、美学、伦理学各方面,把《红楼梦》作为一种社会的科学来研究,以论证其在文学上社会学上的价值。"④《红楼梦评论》发表于1904年的《教育世界》,共有五章。王国维运用哲学思辨、西方学说、理论话语,对《红楼梦》的意蕴作出了系统的深度研究,和传统的《红楼梦》评点阅读显示出极大差别,开启了阅读《红楼梦》及传统经典的现代性思路。王国维认为:"《红楼梦》一书,与一切喜剧相反,彻头彻尾之悲剧也。"《红楼梦》的悲剧不是因为恶人作祟或命运残酷,而是普通人处于普通境遇中所不得不承受的,没有人能承担

---

① 阿英:《红楼梦书话》,《青年界》第11卷第5期,1937年。
② 蔡元培:《石头记索隐》,《小说月报》第7卷第1期,1916年。
③ 鲁迅:《中国小说史略》,《鲁迅全集》(第9卷),北京:人民文学出版社2005年11月版,第243页。
④ 阿英:《红楼梦书话》,《青年界》第11卷第5期,1937年。

过失或罪责。这是不可避免的人生之悲剧,也是"悲剧中之悲剧",最感人至深。王国维用哲学眼光,寻找到《红楼梦》悲剧的题旨。他说:"所谓玉者,不过生活之欲之代表而已矣。"故"生活与痛苦之不能相离,由是求绝其生活之欲,而得解脱之道"。"《红楼梦》一书,实示此生活此苦痛之由于自造,又示其解脱之道不可不由自己求之者也。"①把《红楼梦》看成是一部大悲剧,并作出深度的哲学思考,这对现代文学观念和创作都产生了重大影响。作为悲剧的《红楼梦》遂成为现代作家写作悲剧爱情故事的传统模本。从文学美学的角度研究《红楼梦》的现代学者还有吴宓《红楼梦新谈》《石头记评赞》等,李长之发表于1933年的《红楼梦批判》也延续了王国维的美学思路,用德国哲学的资源来作文学的研究。李长之论道:《红楼梦》是"由着清晰的深刻的具体的印象,处之以从容的经济的音乐的节奏,表现出美丽的苦痛的心"。并指出"王国维作红楼梦评论,这是第一个会赏识红楼梦的人"。②

王国维在《红楼梦评论》的第五章"余论"中说:"苟知美术之大有造于人生,而《红楼梦》自足为我国美术上之唯一大著述,则其作者之姓名,与其著书之年月,固当为唯一考证之题目。"③王国维在充分论述了《红楼梦》的美学、文学、哲学价值之后留下了一个"考证之题目",启发了"新红学"的产生。"作者之姓名,与其著书之年月"成为后来研究者关注《红楼梦》的兴味所在。作为"新红学"的奠基者,胡适、俞平伯、顾颉刚等现代学者的研究,基本完成了王国维提出的"考证之题目"。胡适在《〈红楼梦〉考证》《考证〈红楼梦〉的新材料》《重印乾隆壬子本〈红楼梦〉序》等文中,系统考证了曹雪芹的

---

① 王国维:《红楼梦评论》,《教育世界》第76—78、80、81期,1904年,陈平原、夏晓虹编:《二十世纪中国小说理论资料(1897年—1916年)》(第1卷),北京:北京大学出版社1989年3月版,第104、106、101—102页。
② 李长之:《红楼梦批判》,《清华周刊》第39卷第1期,1933年,第72、64—65页。
③ 王国维:《红楼梦评论》,《教育世界》第81期,1904年。

家世和《红楼梦》的版本,提出"《红楼梦》这部书是曹雪芹的自叙传"①,推翻了之前的种种附会臆说。俞平伯《红楼梦辨》、顾颉刚《曹寅与洪昇》等论著均显示出了"新红学"的"科学性"。"1921年,顾颉刚与胡适、俞平伯为讨论《红楼梦》而频繁通信,从4月到9月期间,三人前后来往信件共计五十五封","这些通信最终成就了胡适的《红楼梦考证》改定稿和俞平伯的《红楼梦辨》,形成了考证派《红楼梦》研究的基本观点"。② 这种互通有无,相互讨论启发的学术研究,不仅促成了《红楼梦》的现代接受,也充分体现出现代学者之间的友谊及心胸气度。

俞平伯在《〈红楼梦辨〉引论》中说道:

> 其时胡适之先生正发布他底《红楼梦考证》,我友顾颉刚先生亦努力于《红楼梦》研究;于是研究底意兴方才感染到我。我在那年四月间给颉刚一信,开始作讨论文字。从四月到七月这个夏季,我们俩底来往信札不断,是兴会最好的时候。颉刚启发我的地方极多,这是不用说的了。这书有一半材料,大半是从那些信稿中采来的。换句话说,这不是我一人做的,是我和颉刚两人合做的。我给颉刚的信,都承他为我保存,使我草这书的时候,可以参看。他又在这书印行以前,且在万忙之际,分出工夫来做了一篇恳切的序。我对于颉刚,似乎不得仅仅说声感谢。因为说了感谢,心中的情感就被文字限制住了,使我感到一种彷徨着的不安。③

没有顾颉刚,也许就没有俞平伯的《红楼梦辨》。没有考证《红楼梦》的专深研究,也就没有在此基础上的文学史论。范烟桥在其《中国

---

① 胡适:《〈红楼梦〉考证》,《胡适文存》(一集),上海:亚东图书馆1921年12月版,第840页。着重号为原文所加。
② 石中琪:《顾颉刚〈红楼梦〉研究述论》,《红楼梦学刊》2009年第5辑。
③ 俞平伯:《〈红楼梦辨〉引论》,《红楼梦辨》,上海:亚东图书馆1923年4月版,孙玉蓉编:《俞平伯研究资料》,天津:天津人民出版社1986年7月版,第160—161页。

小说史》中就提到了俞平伯研究戚蓼生序本的所得,并以之作为小说史叙述文本故事的有力依据。①

鲁迅的小说史研究也是建立在当时学术界通行的考证方法之上。鲁迅在《中国小说史略》中常提及胡适等人的研究,并纳入到自己的小说史论述中,足见出当时文坛上互相交流切磋的良好学术风气,且由此生成一种"知识共同体",把学术成果散播为普遍的常识。"小说史"其实就是行使了这样的功能。就《红楼梦》而言,现代的小说史叙述构成了现代人理解、认识《红楼梦》的基础,《红楼梦》的文学史地位和艺术价值也被无可厚非地确定了下来。在《中国小说的历史的变迁》中,鲁迅论道:"至于说到《红楼梦》的价值,可是在中国底小说中实在是不可多得的。其要点在敢于如实描写,并无讳饰,和从前的小说叙好人完全是好,坏人完全是坏的,大不相同,所以其中所叙的人物,都是真的人物。总之自有《红楼梦》出来以后,传统的思想和写法都打破了。"②鲁迅认为《红楼梦》和之前的中国小说是不一样的,"如实描写"及王国维所言的悲剧艺术,都使《红楼梦》"打破"了"传统",而其自身也就能构成新的"传统"。《红楼梦》开辟的传统为现代作家所珍视。郑振铎在《中国古典文学中的小说传统》一文中,除了强调《红楼梦》"是一部未可厚非的现实主义的作品"外,还把它置于世界小说的背景中,认为:同样"产生于18世纪,这时西欧的大作家如萨克莱(Thackeray)、菲尔丁(Fielding)等才刚刚开始写长篇故事小说,而中国就产生了这样伟大的作品,它不仅在中国小说史上很重要,就是在世界上也是非常有价值的"。③ 在世界文学的图像中看《红楼梦》,正可以看出它的价值来。伊恩·P. 瓦特谈论18世纪的小说家道:"他们把'现实主义'视为具限定性的特征,使18世纪早期的小说家的作品与先前的虚构故事

---

① 范烟桥:《中国小说史》,苏州:苏州秋叶社1927年12月版,第196页。
② 鲁迅:《中国小说的历史的变迁》,《鲁迅全集》(第9卷),北京:人民文学出版社2005年11月版,第348页。
③ 郑振铎:《中国古典文学中的小说传统》,《郑振铎全集》(第6卷),石家庄:花山文艺出版社1998年11月版,第199页。

区别开来。按照他们的描述,这些作家在其他方面有所不同,但在'现实主义'这一特质上却大体相同。"①在瓦特的论述中,菲尔丁等作家正是用"现实主义"使18世纪的"小说"区别于之前的"传奇"。而在中国,18世纪的《红楼梦》更"是一部未可厚非的现实主义的作品",和之前《水浒传》等"英雄传奇"不同,"如实描写"、日常生活叙事成为新的传统,影响到后来的小说创作。

　　《红楼梦》无与伦比的魅力,使它在问世后就备受关注。不仅版本多,续作也多。《后红楼梦》《绮楼重梦》《红楼复梦》《红楼梦补》《红楼梦影》等,千姿百态。这些续书的写作一是企慕《红楼梦》的高品,但难免续貂之弊,二是不满足于《红楼梦》的悲剧,想为翻案之作。鲁迅论道:"大率承高鹗续书而更补其缺陷,结以'团圆';甚或谓作者本以为书中无一好人,因而钻刺吹求,大加笔伐。但据本书自说,则仅乃如实抒写,绝无讥弹,独于自身,深所忏悔。此固常情所嘉,故《红楼梦》至今为人爱重,然亦常情所怪,故复有人不满,奋起而补订圆满之。此足见人之度量相去之远,亦曹雪芹之所以不可及也。"②各种续书中,程伟元、高鹗的后四十回续本被认为是最好的续本,乃至与曹雪芹前八十回的《红楼梦》成为一个整体,合成一百二十回的"程甲本""程乙本"。《后红楼梦》等续书或从一百二十回续起,或从九十七回续起,均把程本《红楼梦》看成一个整体,续书改写《红楼梦》不仅有对曹雪芹的不满,也有对高鹗的不满。高鹗被鲁迅、胡适等学者考证为后四十回的作者。胡适说:"高鹗补的四十回,虽然比不上前八十回,也确然有不可埋没的好处。他写司棋之死,写鸳鸯之死,写妙玉的遭劫,写凤姐的死,写袭人的嫁,都是很有精采的小品文字。最可注意的是这些人都写作悲剧的下场。还有那最重要的'木石前盟'一件公案,高鹗居然忍心害理的教黛玉病死,教宝玉出家,作一个大悲剧的结束,打破中国小说的团圆迷信。

---

　　① 〔美〕伊恩·P.瓦特著,高原、董红钧译:《小说的兴起》,北京:生活·读书·新知三联书店1992年6月版,第2页。
　　② 鲁迅:《中国小说史略》,《鲁迅全集》(第9卷),北京:人民文学出版社2005年11月版,第246页。

这一点悲剧的眼光,不能不令人佩服。""我们不但佩服,还应该感谢他,因为他这部悲剧的补本,靠着那个'鼓担'的神话,居然打倒了后来无数的团圆《红楼梦》,居然替中国文学保存一部有悲剧下场的小说!"①高鹗的四十回,承袭了前八十回的文脉和意图,是曹雪芹《红楼梦》最好的续本。

尽管如此,续写《红楼梦》依然是件令人兴奋的事。清末民初,传统向现代转换,对《红楼梦》的接受理解不仅有王国维的悲剧哲学观,也有其他现代视角的观照。如认为:"吾国之小说,莫奇于《红楼梦》。可谓之政治小说,可谓之伦理小说,可谓之社会小说,可谓之哲学小说、道德小说。"②不同视角的解读,可以有不同的收获。作为传统文本,当被置于一种新变的时代语境,可能产生奇特的变化。晚清流行一种小说,阿英称之为"拟旧"③,当代学者称之为"翻新"。《新石头记》《新水浒》《新三国》《新西游记》等,这些被冠以"新"字的小说,"人物是旧的,环境则是新的"④,旧人物遭遇新环境便产生奇特效果。这或许代表了写作者乃至当时人对乱世更迭的震惊体验和疑惑态度。阿英说:"此类书印行时间,以一九〇九为最多。大约也是一时风气。"⑤就"翻新"《红楼梦》的作品来看,有《红楼梦逸编》《红楼残梦》《红楼余梦》《新石头记》《真假宝玉》等等,或者就《红楼梦》中的某一个情节延伸演绎,或者叙述某个局外人进入《红楼梦》的故事中,或者写《红楼梦》里的人物到新世界游历,都是杂糅错综的写法,显得光怪陆离、离奇恍惚。例如颖川秋水的《红楼残梦》写了一段《红楼梦》的"逸事"。宝玉悼念晴雯,梦见在警幻仙那里见到了晴雯,警幻仙说晴雯"前生原是一株罂粟花",于是宝玉照

---

① 胡适:《〈红楼梦〉考证》,《胡适文存》(一集),上海:亚东图书馆1921年12月版,第866—867页。着重号为原文所加。
② 侠人:《小说丛话》,《新小说》第12号,1904年11月。
③ 阿英:《晚清小说史》,上海:商务印书馆1937年5月版,第269页。
④ 欧阳健:《晚清"翻新"小说综论》,《社会科学研究》1997年第5期。
⑤ 阿英:《晚清小说史》,上海:商务印书馆1937年5月版,第270页。

"烟霞宝鉴"看见自己"面目黎黑,抗肩缩颈的不成人样"。① 毗陵绮缘的《红楼余梦》写"余"来到一处境地,遇见一向倾慕的林黛玉诸人,而袭人、宝钗等已被迫离开贾府。"余"的不速到来被发现后,问黛玉"'金钗十二,初以为曹生寓言,何意红楼缥缈,犹在人间也?'黛笑曰:'大千世界,无量众生,固无一而非真,又何一而非幻?故众生以红楼为幻,斯诚幻矣。子迷于红楼,意欲其真,则红楼固真也。'"②这篇小说发表时,冠以"别裁短篇"的类属,并被作者列为"反聊斋之七"。可见《红楼梦》在清末民初人的心中萦绕不去,乃至白日梦醒,别有一番现实的牵扯。研究者评论这些小说道:"它们采用的多为'旧瓶装新酒'的方式,就是说它们向原书借了题目或人名,进行的虽是另有寄托的别样的小说创作,但创作之所以得以实施确实脱胎于《红楼梦》,没有这灵感的源泉便不可能有这类作品的出现。"③

《红楼残梦》等小说不能称为严格意义上的"续书",并且大都是短篇,不能和之前《后红楼梦》等续书相提并论。晚清,体制较长,且接续了《红楼梦》一百二十回故事的小说当推吴趼人的《新石头记》。这部小说既是"拟旧""翻新"风潮中的产物,同时也是《红楼梦》最重要的一部现代续书。小说 1905 年 8 月开始连载于《南方报》,1908 年 10 月由上海改良小说社出版,共四十回,是吴趼人的创作中比较特殊的一部作品。在小说第一回开篇,吴趼人就明确指出了续写《红楼梦》的用意:

> 此时,我又凭空撰出这部《新石头记》,不又成了画蛇添足么?自曹雪芹先生撰的《红楼梦》出版以来,后人又撰了多少续《红楼梦》:《红楼后梦》、《红楼补梦》、《绮楼重梦》,……。种种

---

① 颖川秋水:《红楼残梦》,《小说新报》第 2 卷第 8 期,1916 年。
② 毗陵绮缘:《红楼余梦》,《小说丛报》第 3 卷第 9 期,1917 年。
③ 张云:《清末民初关涉〈红楼梦〉之小说要述》,《红楼梦学刊》2010 年第 4 辑。张云:《谁能炼石补苍天——清代〈红楼梦〉续书研究》,北京:中华书局 2013 年 6 月版,第 334—335 页。

荒诞不经之言,不胜枚举。看的人没有一个说好的。我这《新石头记》,岂不又犯了这个毛病吗?然而,据我想来,一个人提笔作文,总先有了一番意思。下笔的时候,他本来不是一定要人家赞赏的,不过自己随意所如,写写自家的怀抱罢了。至于后人的褒贬,本来与我无干。所以我也存了这个念头,就不避嫌疑,撰起这部《新石头记》来。看官们说他好也罢,丑也罢,左右我是听不见的。

闲话少提,言归正传。且说续撰《红楼梦》的人,每每托言林黛玉复生,写不尽的儿女私情。我何如只言贾宝玉不死,干了一番正经事业呢!虽然说的荒唐,未尝不可引人一笑。①

吴趼人续《红楼梦》和其他续书不同,其他续书不满意《红楼梦》的悲剧结局,要使"林黛玉复生",另结"大团圆"。《新石头记》里没有林黛玉,只有贾宝玉、焙茗、薛蟠三人为《红楼梦》中人物,其他都另起炉灶,且不写"儿女私情",只写"正经事业"。吴趼人的"一番意思"由此已基本显露出来。

《新石头记》的故事接续《红楼梦》,并对《红楼梦》的结局以贾宝玉为焦点作了简要概述。第一回叙道:"须知他已经悟彻前因,一朝摆脱,所以任凭家中人等闹到马仰人翻,都是弃而不顾的了。大士、真人先引着他赶到毘陵驿,叫他别过了父亲贾政,然后把他送到大荒山青埂峰下,结了一个茅庵,叫他苦修起来。"宝玉苦修了不知几世,动了回家的念头,但几世之后,已不再有从前的贾府。又因宝玉"悟彻前因",所以《新石头记》的故事可以和《红楼梦》脱离干系。宝玉来到的俗尘已是20世纪初的晚清社会,小说前半部分是社会小说的写法,也是吴趼人写《二十年目睹之怪现状》的擅长笔调,只不过"我"的视角换成了贾宝玉,都叙述了主人公对历经的世事感到陌生与好奇。这一部分对义和团的记述颇为详细,贾宝玉的视角可

---

① 吴趼人:《新石头记》,郑州:中州古籍出版社1986年3月版,第1—2页。以下《新石头记》引文均出自这一版本,不另加注。

以代表吴趼人的态度,可同吴趼人1906年出版的写情小说《恨海》对照来读。这两部小说记述义和团,均呈现出民间社会的世相。宝玉到上海、北京、武昌等地游历了一番,晚清"怪现状"纷至沓来,第二十二回开始,宝玉进入"文明境界",小说另换笔墨,另辟新象。"文明境界"科学昌明,秩序井然,飞车、透水镜、隧车、水靴、冬景公园等等,已不再是写实的,而用了科学小说或科幻小说的写法。这一部分叙述非洲猎大鹏、南极获冰貂十分精彩,小说笔触从中国社会展向世界地理。第三十一回叙道:

> 此时,谭瀛已经开了暖气管,却还是觉得冷。忽然游龙使人来报,说:"请到舵房里看奇景。"二人听说,忙到舵房里,对着透金镜看去。只见海当中另有一条水,从海底起一直竖上去,笔直的一条,四面的水回环流转。当下个个称奇,宝玉道:"停下船,就看见么?"游龙道:"不,此刻船又开行许久了,才望见的。"宝玉寻思了一会,又细细的看了那条水一会,忽然省悟道:"是了,那条水一定是南极的中心点。地球往东转的,你看那条水四边回旋的溜,却往西转,这是地球转的快了。这水在地球本体上,不得不西溜。本体往东转的越快,这往西溜的水也越快,溜急了,成了个漩涡。这正是漩涡底呢。"老少年点头道:"正合吾意。"大家也说这个议论极是。不一会走过了,舵房便看不见那条水。此时格外冷了,大家都不解是何故,都以为到了南极冷极了,这船的外壳障不住外面的冷气所致,并不在意。

吴趼人的地理知识、科学思想以及政治见解贯穿在了他讲述"文明境界"的故事里。"文明境界"寄寓着吴趼人对未来中国的想象。面对疮痍满目的现实,晚清人不由得想摆脱出来,重新建造新中国。梁启超《新中国未来记》、陆士谔《新中国》等都是类似的作品。《新中国未来记》写"大博览会",《新中国》里有"万国博览会",《新石头记》中也有"万国博览大会"。吴趼人的"文明境界"和陆士谔的"新中国"十分相像,陆士谔也写有一部《新石头记》,处在"翻新"小说的序列之中。在这个序列中,吴趼人的《新石头记》表达出了吴趼人的国家理想。小说中指引宝玉游历"文明境界"的是"老少年",他看上去四十岁左右,实则已经一百四十岁了,可谓老当益壮,名副其实。《新石头记》在《南方报》连载时,作者亦署名"老少年",虽然不等同于小说中的人物"老少年",但两者都流露出吴趼人对"少年中国"的一种希冀。吴趼人写有一部《茧呓外编》,收录了他的政治文章。王德威认为:在这部书中,"吴趼人展示出一个理想国的蓝图,而我以为《新石头记》中的文明境界正是建立在这个蓝图之上"①。

吴趼人写作《新石头记》的"一番意思"通过对"文明境界"描述展现无遗。但是小说并没有因为构建理想而完全脱离开《红楼梦》。不仅贾宝玉以及作为宝玉引导者的焙茗、薛蟠都是从《红楼梦》里走出来的人物,而且他们在言谈中会时不时触及过去生活的记忆。第二回"入尘寰初进石头城 怀往事闷看红楼梦"叙述贾宝玉看《红楼梦》的情景:

> 忽又想起在茶馆里,遇见那人,说什么"红楼梦",想是一部小说。他又说我看《红楼梦》看疯了,所以自称贾宝玉。我明明是贾宝玉,我何尝知道什么《红楼梦》! 想当年,我和甄宝玉同了名字,同了相貌,已是奇事,难道那《红楼梦》上,竟有和我同姓、同名的么? 倒不可不看看他内中是什么情形。想罢,便提笔写了"红楼梦"三个字,叫焙茗到书坊里去买。不多一会,买了回来。宝玉见有一尺来高的一部书,也不及细看全文,先取了第一本,要看个回目,谁知却是一本图画。见了那些人名,先就暗暗称奇,胡乱翻了一遍,翻到末后,才是回目。便逐回的细看,心中又是惊疑,又是纳闷。逐回看过了,才看正文。一心只想看贾宝玉的事,那不相干的闲文,便胡乱看过,只拣要紧的去看。越看越是心神不定。看了书上的事迹,回想起来,有如隔世;拿着书上的事迹,印证我今日的境遇,还似做梦。不觉越看

---

① 〔美〕王德威著,宋伟杰译:《被压抑的现代性——晚清小说新论》,北京:北京大学出版社 2005 年 5 月版,第 317 页。

越想,越想越看,那心神越觉惝恍。

贾宝玉读《红楼梦》,这看似荒唐的情节,能把《红楼梦》从小说的叙事背景中提取出来,和宝玉一起进入晚清的历史语境,成为小说叙事的一部分,也明示出小说的传统来源。第四回又写到宝玉读《红楼梦》:"不看犹可,一看了便心神彷佛,犹如做梦一般。自家也说不出那个情景来,闷闷昏昏的过了一天。"宝玉对《红楼梦》的迷惑就像对晚清社会的迷惑一样,是把自己当成局外人的结果,而他又确实是《红楼梦》中人。这种内外身份的不确定感,造成小说真实与虚幻界限的不分明。"文明境界"的存在也因此带有了亦真亦幻的色彩。

在游历"文明境界"的最后,贾宝玉见到了东方文明,东方文明自亮身份,原来就是《红楼梦》里的甄宝玉。《红楼梦》第五十六回是记述了一个梦,贾宝玉在梦里见到甄宝玉,梦中的甄宝玉也做了个梦见到贾宝玉。"真假"宝玉仿佛彼此的镜像,相互照见。第一百十五回,和贾宝玉相貌一样的甄宝玉到来,两个宝玉之间有一番对话,贾宝玉本想把甄宝玉引为知己,甄宝玉却大谈"文章经济",宝玉觉得他是个"禄蠹"。这次相见之后,宝玉又发呆犯病。第一百十六回叙写宝玉魂魄出窍,跟着一个和尚到了"真如福地",看到一副对联:"假去真来真胜假,无原有是有非无。"这和小说第一回写"太虚幻境"的对联相似:"假作真时真亦假,无为有处有还无。"这可看成是对"真假"宝玉的注解。《新石头记》中东方文明就是甄宝玉,他在"文明境界"中的功业正是贾宝玉希望的。小说第四十回宝玉心想:"我本来要酬我这补天之愿,方才出来,不料功名事业,一切都被他全占了,我又成了虚愿了。"《红楼梦》中甄宝玉谈"文章经济",恰成了宝玉的相反面。而东方文明经营的"文明境界"也恰是宝玉没达成的。宝玉由石头入凡尘,原本的"补天之愿"都由甄宝玉实现了,宝玉入凡尘也就成了"虚愿"。"文明境界"就在这种"真假""有无"之间消弭了其真实与虚幻的界限。这意味着吴趼人的国家理想虽非现实,但也并非完全虚妄。

小说结尾,贾宝玉把"通灵宝玉"赠送给了老少年。老少年把玩不慎,通灵宝玉掉到了"斜月三星洞"之前。"斜月三星洞"典出《西游记》第一回孙悟空拜师求道,寻得的正是"灵台方寸山,斜月三星洞"①。李卓吾评点"斜月三星洞"的意思是:"斜月象一勾,三星象三点也。是心。言学仙不必在远,只在此心。"②老少年看到"斜月三星洞"前的怪石上有许多字,还有一首歌,其中道:"方寸之间兮有台曰灵,方寸之形兮斜月三星。"这和李卓吾的评点解释是一个意思。所以《新石头记》中的"斜月三星洞"不是吴趼人的信手拈来,而是有所寄寓的。石头歌又言:"气郁郁而不得抒兮吾宁暗以死,付稗史兮以鸣其不平。"小说前半部写世道纷乱,亦非不虚,后半部写文明境界,亦非不实,都是"心"之所见,亦"心"之所念。小说用"斜月三星洞"的典故把真与幻用"心"连在一起,"付稗史"即暗示了从故事到小说的虚构行为。王德威说:"小说的尾声出现了一种无可不可的消极语气,在在使书中的乐观预言,大打折扣。吴趼人将古代的补天神话注入了一个相当现代化的想象,以曹雪芹的讽刺托喻阐明了维新改革的(不)可能。从这方面来说,《新石头记》称得上是晚清时期最复杂的国家寓言之一。"③"复杂"的原因是"无可不可""(不)可能",这种两端之间的模棱两可,正是小说用"心"牵出的虚实混同、虚实相生的语意境界。联系到《红楼梦》结尾诗:"说到辛酸处,荒唐愈可悲。由来同一梦,休笑世人痴!"及小说第一回开篇所言:"凡用'梦'用'幻'等字,是提醒阅者眼目,亦是此书立意本旨",这个关于"梦"的"立意本旨"被延纳到了吴趼人的《新石头记》中。

《红楼梦》结尾处,空空道人找到曹雪芹,托他传述石头上记录的故事。"曹雪芹"被胡适等现代学者考证出来是《红楼梦》的作者。《新石头记》结尾交代,这部小说是由老少年抄录,"改成演义体裁,

---

① 吴承恩:《西游记》(李卓吾评本),上海:上海古籍出版社1994年12月版,第12页。

② 李卓吾评点:"山中有座斜月三星洞",吴承恩:《西游记》(李卓吾评本),上海:上海古籍出版社1994年12月版,第11页。

③ 〔美〕王德威著,宋伟杰译:《被压抑的现代性——晚清小说新论》,北京:北京大学出版社2005年5月版,第322—323页。

纯用白话,以冀雅俗共赏,取名就叫《新石头记》"。小说中的老少年和小说作者的署名一致。这个故事来源虽然是小说的虚构,但"曹雪芹"和"老少年"都是作者有意进入小说的替身。因此《新石头记》的叙事结构也借鉴模仿了《红楼梦》。《新石头记》结尾还强调:这块女娲用剩的补天之石"必要热心血诚,爱种爱国之君子,萃精荟神,保全国粹之丈夫"才能看得见,而崇洋媚外之人是看不到的。"那吃粪媚外的奴隶、小人"只能看到石头上写的几行英文字,饱含愤怒的谴责之意。这个结尾明示出吴趼人的文化价值取向,其所倡言的"保全国粹"当然包含了小说效法的《红楼梦》。

署名"报癖"的论者在《月月小说》上评《新石头记》,全文道:

> 自曹雪芹《石头记》出现后,大受社会之欢迎,纸贵洛阳,名驰东岛,而吾国一般操觚之士,心焉羡之,不虑贻讥,亦靦然续貂而学步。后先迭出,名目渐繁(如《风月梦》、《红楼再梦》、《红楼重梦》、《红楼绮梦》、《红楼圆梦》、《续红楼梦》、《后红楼梦》、《疑红楼梦》、《疑疑红楼梦》之类)。试调查其内容,非纪潇湘馆主之返魂,即称怡红公子之还俗,况言词错杂,事迹荒唐,陈陈相因,毫无特色。较之曹著,不啻天渊。似俚似文,殊乖体例,有如此之好材料,而运用不得其当,良可惜已。前乙巳《鸠江日报》亦刊有《大红楼题解》一种,然原书未获一睹,仅于题解中求之,究不审其结构之若何。要之,以上诸作,其失曹本之真相,固无庸解决者也。南海吴趼人先生,近世小说界之泰斗也。灵心独具,异想天开,撰成《新石头记》,刊诸沪上《南方报》,其目的之正大,文笔之离奇,眼光之深宏,理想之高尚,殆绝无而仅有。全书凡四十回,以宝玉、焙茗、薛蟠三人为主脑,为涉及一薄命儿。且先生亦现身说法,为是书之主人翁(书中之老少年,即先生之化身也),而其所发明之新理,千奇百怪,花样翻新,大都与实际有密切之关系。循天演之公例,愈研愈进,愈阐愈精,为极文明极进化之二十世纪所未有。其描木無社会之状态,则假设名词,以隐刺中国之缺点,冷嘲热骂,酣畅淋漓。

试取曹本以比较之,而是作自占优胜之位置。盖旧《石头》艳丽,新《石头》庄严;旧《石头》安逸,新《石头》动劳;旧《石头》点染私情,新《石头》昌明公理;旧《石头》写腐败之现象,新《石头》扬文明之暗潮;旧《石头》为言情小说,亦家庭小说,新《石头》系科学小说,亦教育小说;旧《石头》儿女情长,新《石头》英雄任重;旧《石头》销磨志气,新《石头》鼓舞精神;旧《石头》令阅者痴,新《石头》令阅者智;旧《石头》令阅者入梦魔,新《石头》令阅者饶希望;旧《石头》使阅者泪承睫,新《石头》使阅者喜上眉;旧《石头》浪子欢迎,新《石头》国民崇拜;旧《石头》如昙花也,故富贵繁华,一现即杳,新《石头》如泰岳也,故经营作用,亘古长存。就种种比例以观,而二者之性质,之体裁,之损益,既已划若鸿沟,大相径庭。具见趼公之煞费苦思,大张炬眼,个中真趣,阅者其亦能领悟否乎?①

报癖否定了《红楼梦》以后的续书,而独推吴趼人《新石头记》,并把它和《红楼梦》作"新旧"比较,《新石头记》似乎处处"占优胜之位置",要高于《红楼梦》了。报癖高捧《新石头记》,和吴趼人是《月月小说》的主编者不无关系。报癖即陶佑曾,发表文字常见于《月月小说》上。刊印在陶佑曾评论《新石头记》前的一篇文章,是署名"文癖"者评论陶佑曾的小说《恨史》,之后就是陶佑曾评论吴趼人的两部小说《新石头记》和《恨海》。这些评论短文都列在《月月小说》的"说小说"栏目中,栏目署名为"社员"。不难理解"月月小说社""社员"之间相互推举的文坛酬酢,但《新石头记》的价值确也可在陶佑曾的赞捧中现出大概。这是《红楼梦》续书中特出的一部。

第二节 《红楼梦》的"重写"和"仿作"

后人耽于《红楼梦》,不仅可由续书表现出来。晚清以后的小说

---

① 报癖:《新石头记》,《月月小说》第1卷第6号,1907年3月。

还会特别叙到主人公对《红楼梦》的痴迷态度。王钝根《红楼劫》里的主人公"读《红楼梦》,如僧家诵经,晨起盥漱竟,必先焚香端坐,默诵数页,然后往省其母"。他把自己想象成宝玉,希望得个黛玉似的表妹。果然表妹到来,却是个学堂女学生。少年把表妹改造成了黛玉似的小姐,一个住"潇湘馆",一个住"怡红院",两人终成眷属。"少年亦念宝玉当日不急娶,遂致坐失黛玉。吾今早婚,可傲宝玉。惟宝玉有宝钗,我乃无之。使我他日更得宝钗者,其实不妨兼取。"少年的想入非非为革命兵火打破,少年和他的娇妻落拓潦倒,昔日的宝黛只能生于"红楼",一旦贫贱就相互埋怨、厌憎了。① 这篇小说被标以"滑稽言情小说"的属类,明显是讽刺了那些痴迷的读者。同样的讽刺还可见于严独鹤的《小说迷》。这个短篇的主人公嗜读古典小说,还模仿其中的人物行径,因此闹出很多笑话。他读《红楼梦》"咀嚼那太幻虚境的滋味",于是强行欺负小丫鬟,被父亲打得"皮开肉绽",哭道:"我的宝玉先生呵,我真万万不及你的艳福了。"② 这篇小说也被归于"滑稽小说"的名下,确实写得滑稽,但也显得悲哀,表露出了作者的态度。无论是王钝根还是严独鹤,对于现代读者沉迷《红楼梦》等古典小说,都不赞成。因为会造成一种时间的错置,影响现实人生。

《红楼劫》等小说叙述的故事有现实的针对性,清末民初人嗜读《红楼梦》以致神魂颠倒的并不少。师法小说人物行径的有之,直接把自己当成小说中人的也有之。作家也许是这样的读者中最典型的例子。于是"重写"和"仿作"《红楼梦》成为"续书"之外的另一种"影响的焦虑"。

杜威·佛克马(Douwe Fokkema)对"重写"问题有专深研究。他说:"所谓重写(rewriting)并不是什么新时尚。它与一种技巧有关,这就是复述与变更。它复述早期的某个传统典型或者主题(或故事),那都是以前的作家们处理过的题材,只不过其中也暗含着某些

---

① 钝根:《红楼劫》,《礼拜六》第38期,1915年2月。
② 独鹤:《小说迷》,《小说丛报》1914年第2期。

变化的因素——比如删削,添加,变更——这是使得新文本之为独立的创作,并区别于'前文本'(pretext)或潜文本(hypotext)的保证。重写一般比潜文本的复制要复杂一点,任何重写都必须在主题上具有创造性。"①晚清以后不乏有"重写"《红楼梦》的作品,如李太炎的《弹词:新黛玉悲秋开篇(红楼梦)》②、冷红的小说《新红楼梦》③、樵的《前后红楼梦传奇》和《后红楼梦传奇》④、郭小枫的《红楼梦传奇》⑤等。从小说到戏曲、弹词等不同文体的实践,再次梳理与重构了《红楼梦》的人物故事,使之在现代语境下以新的方式和趣味被流传和阅读。

"仿作"和"重写"不同,让·米利对"仿作"定义道:"仿作者从被模仿对象处提炼出后者的手法结构,然后加以诠释,并利用新的参照,根据自己所要给读者产生的效果,重新忠实地构造这一结构。"⑥仿作中没有《红楼梦》里的人物故事,但所叙人物故事又和《红楼梦》类似。对原著而言,仿作必须是"重新"构造,同时又是"忠实"的。天虚我生的《泪珠缘》是最典型的《红楼梦》仿作。姚鹓雏《絮影萍痕》⑦的主人公茜霞和璧如就仿佛黛玉和宝玉,小说中小姐公子们闲来无事要结诗社和《红楼梦》"秋爽斋偶结海棠社"(第三十七回回目)、"林黛玉重建桃花社"(第七十回回目)相似。喻血轮《悲红悼翠录》的提要叙道:"黄生与其表妹书斋共读,两小无猜。翠柳楼头,茜纱窗下,闺房谐剧,有甚画眉。好事多磨,乃父不谅,美

---

① 〔荷兰〕杜威·佛克马撰,范智红译:《中国与欧洲传统中的重写方式》,《文学评论》1999 年第 6 期。
② 李太炎:《弹词:新黛玉悲秋开篇(红楼梦)》,《咪咪集》第 2 卷第 1 期,1935 年。
③ 冷红:《新红楼梦》,《凌霄》1946 年连载。
④ 樵:《前后红楼梦传奇》《后红楼梦传奇》,《小说丛报》1915、1916、1917 年连载。樵即仲振奎(1749—1811),《前后红楼梦传奇》《后红楼梦传奇》当是仲振奎作于嘉庆年间的《红楼梦传奇》的再刊本。
⑤ 郭小枫:《红楼梦传奇》,《都会半月刊》1939 年连载。
⑥ 让·米利:《普鲁斯特的仿作,结构和对应》,〔法〕蒂费纳·萨莫瓦约著,邵炜译:《互文性研究》,天津:天津人民出版社 2003 年 1 月版,第 47 页。
⑦ 伯子:《絮影萍痕》,《民国日报》1916 年 3 月—8 月连载。

人黄土,赍恨穷泉,公子缁衣,委身古寺。以之方《石头》人物,差与宝黛同情,而文之缠绵悱恻,亦自不弱于雪芹。"①这类小说的人物故事是重新构造的,但意趣境界却明显从《红楼梦》里来。正如萨莫瓦约所言:"致力于仿作正是为了从抄袭中解脱出来。"②清末民初小说家深受《红楼梦》影响,在他们初涉笔墨时,模仿之迹在所难免,而"从抄袭中解脱",正是这些仿作的意义。

在重写《红楼梦》的诸种作品中,喻血轮《林黛玉笔记》是十分突出的一部。喻血轮(1892—1967),湖北黄梅人,是著名的报人,文学家,"浮沉政海亦二十年"③,晚年居住台湾写回忆性杂记。喻血轮的小说有《悲红悼翠录》(1915)、《生死情魔》(1917)、《双薄幸》(1917)、《西厢记演义》(1918)、《蕙芳秘密日记》(1918)、《芸兰泪史》(1918)、《井底痴魂》(1922)等,多是文言小说。《林黛玉笔记》1918年上海广文书局出版,并由上海世界书局于1919年、1923年、1931年、1932年等多次出版过。这部小说另名为《林黛玉日记》。据眉睫所编《喻血轮年表》,1938年6月奉天中央书店出版了《林黛玉日记》,是伪满洲国时期的出版物,"疑为盗版"。④ 另据石继昌、刘万朗点校《林黛玉笔记》所言:"1936年本书与《续红楼梦》合印,改名为《黛玉日记》。"⑤《续红楼梦 黛玉日记》1936年3月由文艺出版社出版,发行者和印刷者都是世界书局,世界书局对于《林黛玉笔记》还是《黛玉日记》并不较真。小说初名应是《林黛玉笔记》,《黛玉日记》或《林黛玉日记》是后来出版商的改名。眉睫在《喻血

---

① 喻血轮:《悲红悼翠录提要》,《悲红悼翠录》,上海:文明书局1915年8月版。

② 〔法〕蒂费纳·萨莫瓦约著,邵炜译:《互文性研究》,天津:天津人民出版社2003年1月版,第45页。

③ 喻血轮:《自序》,喻血轮著,眉睫整理:《绮情楼杂记(足本)》,北京:九州出版社2017年9月版,第9页。

④ 眉睫:《喻血轮年表》,《黄冈师范学院学报》2011年第1期。

⑤ 石继昌:《出版前言》,喻血轮著,石继昌、刘万朗点校:《林黛玉笔记》,北京:华文出版社1994年8月版,第5页。

轮和他的〈林黛玉日记〉》①一文中的认定并不确。喻血轮在《沈知方与世界书局》中叙道："予所著《芸兰日记》、《林黛玉笔记》、《蕙芳秘密日记》诸小说，即成于是时，一年中皆销至二十余版，其他各书，亦风行一时，当时系用广文书局名义出版，由大东书局代为发行。"②世界书局成立于1917年，但在1924年之前，世界书局常用广文书局之名出版读物，两者可视为一家。喻血轮的这段回忆中，《林黛玉笔记》被置于两部日记体小说中谈及，当不会是记忆之误。日记体小说是一种现代体式的小说，"日记"的"秘密"性质，更能吸引读者。但林黛玉是古代人，《红楼梦》也没有给出一些情节的确切日期，"笔记"更符合黛玉故事的书写。"笔记"改成"日记"，当是吸引读者的销售行为。后来出版社出版此书时，几种书名都使用过。如广州文化出版社1988年出版《黛玉日记》、时代文艺出版社1994年出版《林黛玉日记》、华文出版社1994年出版《林黛玉笔记》等，都是根据之前的不同版本刊印的，显出一种纷杂景象。但也说明这部小说受欢迎的程度。

　　1927年鲁迅在《怎么写》一文中说："我宁看《红楼梦》，却不愿看新出的《林黛玉日记》，它一页能够使我不舒服小半天。"③鲁迅的不舒服是因为"日记体"，并不只是针对《林黛玉日记》一书。在《怎么写》中他还谈到了读《板桥家书》《越缦堂日记》的"不舒服"，因为"幻灭之来，多不在假中见真，而在真中见假"④。日记、书信都是隐私之物，拿来出版给人看，不免有做作之嫌，就不真诚了。但《林黛玉日记》并不能和《越缦堂日记》相提并论，前者是小说，后者才真是日记。就已出版的《黛玉日记》《林黛玉日记》而言，并不合日记体例。广州文化出版社1988年出版的《黛玉日记》分出了四十章，标

---

　　① 眉睫：《喻血轮和他的〈林黛玉日记〉》，《书屋》2006年第12期。
　　② 喻血轮：《沈知方与世界书局》，喻血轮著，眉睫整理：《绮情楼杂记（足本）》，北京：九州出版社2017年9月版，第329页。
　　③ 鲁迅：《怎么写——夜记之一》，《莽原》1927年10月第18、19期合刊，《鲁迅全集》（第4卷）北京：人民文学出版社2005年11月版，第24页。
　　④ 同上。

序号并给每章加上两句各七字的标题,颇似章回体。中国国际广播出版社 1988 年出版的《林黛玉日记》只以空行表示分节,不加序号和标题。时代文艺出版社 1994 年出版的《林黛玉日记》分出上下两卷,各卷分出若干节,不标序号但加以字数不等的小标题。这些"日记"不管是否有标题,都不是日记体例。而上海广文书局和上海世界书局出版的《林黛玉笔记》是不分章节没有标题的。鲁迅看到的《林黛玉日记》当也不是日记体的小说,鲁迅此说含有对"鸳鸯蝴蝶派"的不以为然。但作为小说的《林黛玉日记》或《林黛玉笔记》却如鲁迅所言是"假中见真"的。尽管不能媲美《红楼梦》,却以一种现代叙事的角度重写了《红楼梦》。

上海广文书局版和世界书局版《林黛玉笔记》正文前都印有吴醒亚写的一篇《叙》。全文道:

> 忆余丙午识绮情君,亟慕其风度温雅,灿若春花。与之语,豪爽有侠气。然赋性多情,工愁善病。喜读《石头记》,每于无人处,辄自泪下。其一往情深,直欲为书中人担尽烦恼也。余戏谓之曰:"使子化身黛玉,宁有泪干时耶?"相与一粲。厥后伯劳春燕,各自东西。而绮情固无日不历是情场,受尽磨折矣。今夏始束装返里,避暑于遁园之西偏。余亦蛰居多暇,互相过从。见其案头草稿一束,题曰:《黛玉笔记》。余甚讶之。绮情知余意,笑向余曰:"子有疑乎?此殆余读《石头记》而不能忘情者也。子昔谓我化身黛玉,泪无干时,今其验否?为我遍告世人,幸无嗤为多事。"余曰:"嘻!"狂奴故态,雅自可怜。愿附片言,以晓读者。戊午仲夏黄梅吴醒亚识。①

吴醒亚是喻血轮同乡好友,担任过国民革命军政治部主任、安徽省民政厅长等职,喻血轮从政与吴醒亚关系较大,当过他的秘书。吴醒亚对喻血轮同道相惜,在《叙》中清晰道出喻血轮对《红楼梦》的沉

---

① 吴醒亚:《叙》,喻血轮著,吴醒亚批:《林黛玉笔记》,上海:广文书局 1918 年版,第 1 页。

迷。喻血轮写过小说《西厢记演义》,重写了元稹的《会真记》。但《西厢记演义》用的是全知叙事,和《林黛玉笔记》的"化身黛玉"完全不同。叙述者成为小说的主人公,黛玉的幽怨悲哀,化作感同身受的相思泪,作者的痴迷可想而知。

重写《红楼梦》,是痴迷的表现。《林黛玉笔记》用第一人称"余"叙事角度,撷取了《红楼梦》中的黛玉故事,非黛玉的所见所闻基本从略。小说从黛玉离父赴京写起,至黛玉身死,贾府生活与黛玉性情遵从了《红楼梦》的原旨,仅个别情节如黛玉回家探父理丧,是《红楼梦》里没有的。就"重写"而言,《林黛玉笔记》用第一人称限制视角把《红楼梦》故事再写了一遍。如书中叙"牡丹亭艳曲警芳心"一段道:

> 刚至梨香院外,忽听笛韵悠扬,歌喉婉转。余倾耳静听,内唱云:"原来是姹紫嫣红开遍,似这般都付与断井颓垣。良辰美景奈何天,赏心乐事谁家院。"听至此,愈觉感慨缠绵,不能自已。私念戏中有如此好文,可惜世人未能领会,徒知看排场听热闹耳。因止步再听,又唱云:"只为你如花美眷,似水流年。"此二语一入余耳,分外清澈,一时心动神摇,如痴如醉。默念余林黛玉自幼纤小温柔,娇羞婉转,虽不敢云西子、毛嫱,却也算女儿颜色艳如花矣。但愁多病剧,而遭逢又常不可人意,自怜薄命,恐不免流年似水耳。①

可与《红楼梦》此段叙写做一比较:

> 这里林黛玉见宝玉去了,又听见众姊妹也不在房,自己闷闷的。正欲回房,刚走到梨香院墙角上,只听墙内笛韵悠扬,歌声婉转。林黛玉便知是那十二个女孩子演习戏文呢。只是林黛玉素习不大喜看戏文,便不留心,只管往前走。偶然两句吹到耳

---

① 喻血轮:《林黛玉笔记》,北京:华文出版社1994年8月版,第78—79页。

内,明明白白,一字不落,唱道是:"原来姹紫嫣红开遍,似这般都付与断井颓垣。"林黛玉听了,倒也十分感慨缠绵,便止住步侧耳细听,又听唱道是:"良辰美景奈何天,赏心乐事谁家院。"听了这两句,不觉点头自叹,心下自思道:"原来戏上也有好文章。可惜世人只知看戏,未必能领略这其中的趣味。"想毕,又后悔不该胡想,耽误了听曲子。又侧耳时,只听唱道:"则为你如花美眷,似水流年……"林黛玉听了这两句,不觉心动神摇。又听道:"你在幽闺自怜"等句,亦发如醉如痴,站立不住,便一蹲身坐在一块山子石上,细嚼"如花美眷,似水流年"八个字的滋味。忽又想起前日见古人诗中有"水流花谢两无情"之句,再又有词中有"流水落花春去也,天上人间"之句,又兼方才所见《西厢记》中"花落水流红,闲愁万种"之句,都一时想起来,凑聚在一处。仔细忖度,不觉心痛神痴,眼中落泪。①

两段文字内容,重写的稍简,原著较详。黛玉和宝玉在桃花树下读《西厢记》,警辞丽句,情意相投。掩埋落花之际,宝玉被袭人唤走,留下黛玉,孤影自怜。由《西厢记》而《牡丹亭》,曲调优雅,文辞怅惘。"如花美眷,似水流年"深深打动了黛玉的心。这样一个美好的女孩,年华就如流水般无所着落的逝去。孤寂无依的黛玉,就像桃花落去,满怀身世飘零之感。原著中的黛玉是一个诗人,她想到了很多"流水落花春去"的诗,她的伤心是含混在这些诗句里的,并没有为小说所点明。而《林黛玉笔记》中黛玉的忧伤是直接叙说出来的:"默念余林黛玉自幼纤小温柔,娇羞婉转,虽不敢云西子、毛嫱,却也算女儿颜色艳如花矣。但愁多病剧,而遭逢又常不可人意,自怜薄命,恐不免流年似水耳。"重写之文道明了原著"心痛神痴,眼中落泪"的原由。所以《林黛玉笔记》中的黛玉是让人怜爱的,不会如《红楼梦》的读者会把黛玉的自怨自艾归于她的心窄。这就是第一

---

① 见《红楼梦》第二十三回"西厢记妙词通戏语 牡丹亭艳曲警芳心",曹雪芹、高鹗:《红楼梦》,北京:人民文学出版社1982年3月版,第327—328页。

人称叙事的好处,《林黛玉笔记》处处把"余"之心透析出来,黛玉的悲哀不仅是婚事无人做主,更是少失怙恃的可怜。《林黛玉笔记》重写《红楼梦》,由黛玉自身诉说出内心哀愁,更令人理解了黛玉的眼泪。

第一人称叙事的长篇小说在清末民初的作品中亦有所见,《禽海石》《雪鸿泪史》等都叙述了婚姻不自由的悲剧。《林黛玉笔记》以文言绎白话,是民初文言小说创作之风的产物。民初的文言哀情小说,故事情节都比较简单,日常生活的叙事导向男女主人公最后的悲剧。《红楼梦》的日常叙事影响了民初小说的创作,《林黛玉笔记》的重写可以汇入民初哀情小说的故事氛围中。主人公黛玉的悲哀,不仅驻足于《红楼梦》时代,也和民初小说的感伤气质相照应,透出《玉梨魂》等小说的叙事情调。民初小说用文言的婉转回环尽情描述了心理的曲折无着,引导了现代小说心理叙事的写法。《林黛玉笔记》的第一人称叙事更能自然深切地诉说心理感伤,表达青春的不幸。对于《红楼梦》而言,其意义也就不仅停留在简单的"重写"层面,而附着了后来人阅读《红楼梦》的时代感念。

相比于"重写","仿作"是另起炉灶的,不必遵循原著的人物故事。但模仿痕迹过重,易于沦为改头换面的抄袭。其中的分寸拿捏,决定着仿作的成败。在晚清以后的《红楼梦》仿作中,天虚我生的《泪珠缘》是突出的一部。天虚我生(1878—1940)原名陈寿嵩,后改名陈栩,号蝶仙。和喻血轮一样,陈蝶仙也是《红楼梦》的痴迷者。不仅《泪珠缘》模仿《红楼梦》,《桃花梦传奇》《潇湘影弹词》、新剧《风月宝鉴》《栩园丛稿》中的诗词等都与《红楼梦》相关。《潇湘影弹词》第一回交代主人公道:"这李古香早经去世,夫人薛氏便是《红楼梦》上薛蟠的女儿。""所以人家都说浣花是林颦儿再生,其实也没得凭据。"①如此续作,可见出《红楼梦》影响之深。《潇湘影弹词》的评点者是顾影怜,她是陈蝶仙的知己红颜,也是陈家的亲戚,在陈家

---

① 天虚我生:《潇湘影弹词》,上海:中华图书馆1916年10月版,第1、2页。

住过。二人情深,却没能结成眷属。陈蝶仙少富才名,对于这种缠绵哀怨的情事自然欲罢不能,于是十六岁写出四卷十六出的《桃花梦传奇》,十九岁写长篇小说《泪珠缘》,两部书,相似的人物故事,前者是悲剧,后者是大团圆,可以见出陈蝶仙思想情感的变迁。

《泪珠缘》1900 年由杭州大观报馆出版二集三十二回,1907 年由杭州萃利公司出版四集六十四回,1916 年由上海中华图书馆出版六集九十六回。据姜荣刚《陈蝶仙〈泪珠缘〉前六十四回创作时间辨》的论述,小说前六十四回在 1900 年之前已经完成,只是被分割出版。① 陈蝶仙出生于杭州,《大观报》和杭州萃利公司都是陈蝶仙办的,自家出版小说,如果不是资金的问题,当没有什么困难。为何前六十四回没有一起出版? 姜荣刚认为:"晚清'新小说'的兴起对'旧小说'的阅读市场产生了很大的冲击。《泪珠缘》初、二集与三、四集出版相隔的时间,恰是晚清新小说最为盛行的一个时期,再出版《泪珠缘》这样的'旧小说'显然不合时宜。从 1907 年始,晚清小说明显出现了向传统复归的趋势,这就为《泪珠缘》的再次出版创造了条件,故而三、四集能于此年得以出版。"② 这个解释并不充分。"新小说"的正式登场是以 1902 年梁启超创办《新小说》杂志为契机,1900 年出版《泪珠缘》还不受新小说潮流的影响。《泪珠缘》虽然和晚清谴责小说不同,但也不能完全归为"旧小说",其意趣正是清末民初"写情小说"的代表。阿英说:"由吴趼人这一类写情小说的产生,于是有天虚我生的《泪珠缘》……继续的发展下去,在几年之后,就形成了'鸳鸯蝴蝶派'的狂焰。这后来的一派小说的形成,固有政治与社会的原因,但确是承吴趼人这个体系而来,是毫无可疑的。"③ 吴趼人《恨海》1906 年由上海广智书局出版单行本,陈蝶仙 1907 年续刊《泪珠缘》,正汇入清末"写情小说"的流脉。陈蝶仙为

---

① 姜荣刚:《陈蝶仙〈泪珠缘〉前六十四回创作时间辨》,《忻州师范学院学报》2009 年第 6 期。
② 同上。
③ 阿英:《晚清小说史》,上海:商务印书馆 1937 年 5 月版,第 268—269 页。

何不在 1900 年就把写成的六十四回都刊印出来,或有时机的原因,还有待讨论。不妨先梳理一下各集之间的内容关系。

小说第一、二集,即前三十二回主要叙述秦府和叶府两家兴盛时期的故事,一粟园和栩园的精雅富丽中满载儿女之态与名士之情。第三十二回了结叶府杨小环故事,小环化鬼索命,并和宝珠订下来生之约。第三、四集,即第三十三回至第六十四回,从小环处接叙叶府丫鬟蒋圆圆的故事,叶府败落,宝珠乡试夺魁,宝珠和婉香婚事多磨,但最终美满。第五六集,即第六十五回至第九十六回,交代其他主人公结局,秦文去世,秦家败露经济危机。小说没有写完。第六十五回开首处道:

> 却说石时把那罗浮山人的《泪珠缘》六十四卷刊了出来,华梦庵早先要了一部去看,因见书尾说着原书是有一百二十回的,便想央盛蘧仙替他接续下去。……蘧仙道:"原来这书开篇的时候,便打的太嫌冗长,等到后半部,才打的紧凑起来。所以人家看这书的,看初二集时,总嫌乏味,及至看到后来,方才有点意思。如今我续这书,少不得要些实事,若是单写些柔情韵事,岂不是续如不续!"①

第六十三回交代,罗浮山人和骈盫是名噪一时的文家,已作古,原和石时是近邻,宝珠想刊印他们的著作。第六十四回叙石时找不到罗浮山人的著述,梦见罗浮山人留一书,醒来一看,是记述宝珠故事的小说《泪珠缘》。第六十四回回目"秦公子偿完风流债 石书生归结泪珠缘",已是小说的收尾。这一回石时还梦见了曹雪芹:"那人笑道:'你把《泪珠缘》行世,敢与我的《红楼梦》抗衡吗?'说着,一手又来夺书,石时连忙揿住,已被他抢了几本去,看原本和《红楼梦》一

---

① 天虚我生:《泪珠缘》(第 5 集),上海:广华图书馆 1932 年 8 月版,第 1、4 页。

样,是一百二十回的,却只剩了六十四回下来。"①这就显露出《泪珠缘》与《红楼梦》"抗衡"的关系。

小说前两集叙述一粟园中的儿女故事,与《红楼梦》极其相似。主人公宝珠和婉香是宝玉和黛玉之再生。小说第一回写婉香外貌道:"一张小圆脸儿,下庞略瘦小些,小小的嘴唇,点着些淡墨,直直的鼻子,一双似笑非笑的含情眼,两道似蹙非蹙的笼烟眉,额上覆着一批槛发,真觉另有一种风韵。"②《红楼梦》第三回写黛玉道:"两弯似蹙非蹙胃烟眉,一双似喜非喜含情目。态生两靥之愁,娇袭一身之病。泪光点点,娇喘微微。闲静时如姣花照水,行动处似弱柳扶风。心较比干多一窍,病如西子胜三分。"③《泪珠缘》第三回写宝珠道:"年不过十三四岁,穿一件粉花百蝶衣,罩着一件纬金堆花的箭袖;下面结着湖色排围须儿,仿佛霞佩的样儿;足下登着薄底粉靴儿,小的很觉好看;头上戴着束发紫金冠,嵌一颗极大的明珠,颤巍巍的一个绒球;颈上系着玉蝴蝶儿的项圈,越显得唇红齿白,目媚眉鬖。虽是正色,却带笑容。"④《红楼梦》第三回写宝玉道:"头上戴着束发嵌宝紫金冠,齐眉勒着二龙抢珠金抹额;穿一件二色金百蝶穿花大红箭袖,束着五彩丝攒花结长穗宫绦,外罩石青起花八团倭缎排穗褂;登着青缎粉底小朝靴。面若中秋之月,色如春晓之花,鬓若刀裁,眉如墨画,面如桃瓣,目若秋波。虽怒时而若笑,即瞋视而有情。项上金螭璎珞,又有一根五色丝绦,系着一块美玉。"⑤两相比照,《泪珠缘》的描写全从《红楼梦》模仿得来,虽不是完全抄袭,却

---

① 天虚我生:《泪珠缘》(第4集),上海:广华图书馆1932年8月版,第195页。
② 天虚我生:《泪珠缘》,南昌:百花洲文艺出版社2011年4月版,第13页。
③ 曹雪芹、高鹗:《红楼梦》,北京:人民文学出版社1982年3月版,第51页。
④ 天虚我生:《泪珠缘》,南昌:百花洲文艺出版社2011年4月版,第25页。
⑤ 曹雪芹、高鹗:《红楼梦》,北京:人民文学出版社1982年3月版,第49页。

称得上高度相似。《泪珠缘》里的婉香是宝珠姑母的女儿,姑母嫁给苏州殿撰花占春,生婉香。婉香是姑苏才女,父母去世,她就寄居秦家。这同宝、黛关系如出一辙。但《泪珠缘》写婉香、宝珠故事,字句行文和《红楼梦》相比,还是可见出高下的。

金振铎为《泪珠缘》作跋道:"《泪珠缘》一书,人谓全似《红楼》,谓宝珠如宝玉,婉香如黛玉,柳夫人如贾母,秦文如贾政,石漱芳如凤姐,美云如元春,丽云如探春,绮云如迎春,茜云如惜春,藕香如李纨……"①不仅如此,小说人物还自比《红楼梦》中人。第五回"婉香道:'你还问呢。他总不是拿我比黛玉,就拿我比……'说到这里,又缩住嘴,眼圈儿一红,向宝珠转了一眼"②。人物的自觉致使小说成为明确指涉《红楼梦》的文本。第十二回"集书句巧拈红楼令 夺酒盏笑涴碧罗襟"叙宝珠和众美聚会,用《红楼梦》人名行酒令,可以看作是小说对《红楼梦》的一次突出阐释。这一回收尾诗云:"纵无门下三千客,已胜金陵十二钗",颇能表露《泪珠缘》叙写《红楼梦》的心机。郑逸梅评道:"《泪珠缘》为其少年得意之作。运笔用意写情结构,均脱胎于《石头记》。是书中杂以诗词酒令,无一不隽雅可喜,而于音律一道,语之綦详,非多才多艺如君者,曷克臻此。"③陈蝶仙是杭州才子,与何公旦、华痴石并称"西泠三家",多有诗词行世。《泪珠缘》充斥大量"隽雅"诗词,堪比《红楼梦》。小说第二十八回"论宫商宝珠见实学",整回专论音律,是陈蝶仙逞才的表现。如此才华,加上早年风发之精神,诚可理解想要另做一部《红楼梦》的意气。

描画小儿女的音容情态,铺叙富贵之家的日常故事,乃至遣词运文、编排结构,《泪珠缘》处处模仿《红楼梦》。小说第一回金有声

---

① 金振铎:《泪珠缘书后一》,天虚我生:《泪珠缘》,南昌:百花洲文艺出版社 2011 年 4 月版,第 330 页。

② 天虚我生:《泪珠缘》,南昌:百花洲文艺出版社 2011 年 4 月版,第 36 页。

③ 严芙孙等:《民国旧派小说名家小史》,魏绍昌编:《鸳鸯蝴蝶派研究资料》,上海:上海文艺出版社 1984 年 7 月版,第 560 页。

历数秦府家世,模仿了《红楼梦》第二回"冷子兴演说荣国府",是结构的总纲。第六十四回交代《泪珠缘》一书的来历经过,模仿了《红楼梦》第一百二十回"贾雨村归结红楼梦",《泪珠缘》人物石时的功能和贾雨村类似。更不用论《泪珠缘》中的一粟园着实模仿了大观园。高度的相似,令《泪珠缘》的特色呈现出问题。无怪第五集第六十五回盛蘧仙会说"原来这书开篇的时候,便打的太嫌冗长","所以人家看这书的,看初二集时,总嫌乏味"。《泪珠缘》前两集的人物故事、叙述话语和《红楼梦》极其相似,而一些具体描述又不如《红楼梦》,可以想见,一、二集的出版并没获得多少叫好之声。"人家看这书""总嫌乏味",应该是当时阅读界的反应。写成的三、四集没有同一时期出版,恐怕有打头阵的一、二集"出师不利"的因素。

小说中的盛蘧仙和秦宝珠一样,是陈蝶仙的投影。《泪珠缘》也和《红楼梦》一样,一定程度上是作者的自叙传。陈蝶仙为小说写的自题诗道:"一半凭虚一半真,五年前事总伤神。旁人道似《红楼梦》,我本《红楼梦》里人。"[1]陈蝶仙觉得自己的小说之所以写得像《红楼梦》是因为他的人生故事和《红楼梦》相似。韩南论析道:"陈蝶仙本人在小说中还是化身为爱情故事的主人公,但不是化身为一个人,而是化身为两个人——秦宝珠和盛蘧仙。""他的好友华痴石与何颂花也是爱情故事的主人公,但披上了一层薄薄的伪装。他的表妹兼初恋情人顾影怜以本名出场。""这个爱情故事是作者为了自娱而创作的,他从《红楼梦》中汲取灵感,套入自己的经历,并安上了一个理想的结局。"[2]《红楼梦》故事和曹雪芹人生经历极大相关,《泪珠缘》在这方面也是模仿了《红楼梦》。陈蝶仙字栩园,20年代编辑有《栩园杂志》,设立栩园编译社,小说对栩园、对一粟园的描述,带有陈蝶仙及其家庭生活的印迹。他和顾影怜的情事则成为小说的叙事中心。而小说主人公秦宝珠及他的好友盛蘧仙和陈蝶仙

---

[1] 《写情小说泪珠缘初集题词》,天虚我生:《泪珠缘》,南昌:百花洲文艺出版社2011年4月版,第7页。

[2] 〔美〕韩南著,徐侠译:《中国近代小说的兴起》(增订本),上海:上海教育出版社2010年12月版,第196—197页。

的关系正如贾宝玉和曹雪芹的关系。盛蓬仙在第六十五回对小说的评论,可以看成是陈蝶仙对前六十四回《泪珠缘》的看法。

陈蝶仙在《泪珠缘自跋》中写道:"作者自己看来,觉得这里面的缺陷,也尚多着,要是如今打起一部六十四回的大书,便断不肯琐琐屑屑,专叙这些儿女痴情、家常闲话。""如今的写情小说,性质已是不同,笔法也是两路。若教作者现在再做这样一部琐琐屑屑儿女痴情家常闲话的书,也是万万再做不出。金圣叹说的好,文字要立时捉住,方是本色。那过去的和将来的,又是别项一种文字。我这《泪珠缘》便是当时捉住的文字。倘使现在再做一部《泪珠缘》,不要说字句情节另是不同,便是依样葫芦的画了出来,也只算得别项一种文字。"① 这篇《自跋》相当于第六十五回之前的"楔子",交代多年以后作者对前六十四回的看法和接续写《泪珠缘》的情由。"琐琐屑屑儿女痴情家常闲话",是陈蝶仙对前六十四回的评价,是褒是贬,恐难以辨清,陈蝶仙说"再做不出"这样的文字来。世易时移,"任你写得怎般入情入理,便是《红楼梦》、《金瓶梅》出在现今世界,那书里又没得什么新思想、什么新名词,也就算不得什么新小说了"②。极像《红楼梦》的《泪珠缘》在当时也遇到这种状况。但陈蝶仙续写五六集,依旧延续前四集的思路,"吾行吾素",并没有"装腔作调的做新小说"。③ 一方面是"别项一种文字",另一方面是接续前四集,在变与不变之间,可以看出陈蝶仙的矛盾纠结。

《泪珠缘》前六十四回,已显示出和《红楼梦》的不同。"惜红轩"是一个重要的标志。小说第十五回叙道:

> 软玉道:"惜红轩不是在园里么,怎么走这里?"宝珠道:"我这楼上本来和惜红轩贴着壁的,现在开了一重门出来,走的通了。"……说着,已走上楼梯去。却是宝珠住的前楼厢,便向正

---

① 《泪珠缘自跋》,天虚我生:《泪珠缘》(第4册),上海:广华图书馆1932年8月版,第1—2页。
② 同上书,第3—4页。
③ 同上书,第4页。

面走马楼廊上走去。便望见对面婉香住的楼窗,却好是对面对的,中间只隔着一座花墙儿,隐约露出泥金横匾,写着"海棠春睡楼"五字。再回看宝珠楼檐上榜的,也是泥金匾额,写着"小红楼"三字,映着日光,两边的玻璃金碧辉煌,光彩互相激射,真是好看。①

《红楼梦》里是"悼红轩",《泪珠缘》改成"惜红轩",含有对《红楼梦》的珍惜之意,《泪珠缘》也宛如一部"《小红楼》"。但由"悼"而"惜",也表明《泪珠缘》的不同。小说"楔子"道:"作者先看《红楼梦》,便被他害了一辈子,险些儿也搅得和宝、黛差不多。原来红楼上的情,也不是好学得的。""如今却有几个人,形迹绝似宝、黛,只他两个能够不把个'情'字做了孽种,居然从千愁万苦中博得一场大欢喜大快乐,且讲给列位听听,倒是一段极美满的风流佳话呢。"②宝珠和婉香终成眷属,反转了《红楼梦》的悲剧性。所以金振铎评论说:"终觉《泪珠缘》是《泪珠缘》,《红楼梦》是《红楼梦》,各写各事,两不干涉。"③

宝珠和婉香,在小说前半部相互偿还"泪珠债"。第五十回,婉香一梦,梦见一个老叟翻着记"泪珠"的账簿,提点了小说的几段情事。因此《泪珠缘》前半部的故事和《红楼梦》极为相似,到后半部则破涕为笑成姻缘,不是悲剧而是大团圆。这和陈蝶仙的经历相反,是作者的美好想往。有意思的是,不仅宝珠和婉香成婚,宝珠还娶了软玉、蕊珠等其他几位女子,并还有收房的丫头。宝玉多情,但弱水三千,只钟情黛玉;宝珠也多情,却是多情而滥情,要好女子都成妻才愉快。而婉香、软玉等人,非但不嫉妒,反而促成宝珠与其他女子的姻事,也是非常情可解。陈蝶仙的现实遗憾可谓在小说中得到

---

① 天虚我生:《泪珠缘》,南昌:百花洲文艺出版社 2011 年 4 月版,第 91—92 页。
② 同上书,第 11 页。
③ 金振铎:《泪珠缘书后一》,天虚我生:《泪珠缘》,南昌:百花洲文艺出版社 2011 年 4 月版,第 330 页。

了过分的补偿。《泪珠缘》的好处也因宝珠欲望的满足而大打折扣。

正如很多《红楼梦》续书一样,陈蝶仙想要弥补遗憾,翻转结局,却不免流俗。以这样的不同来超越《红楼梦》是不可得的。而于"仿红"方面,陈蝶仙尽管才气横溢,《泪珠缘》终因像极《红楼梦》以致特色不显,解脱抄袭之嫌,不是易事。"对于少年的陈蝶仙来说,要想将世情写得如《红楼梦》般力透纸背,需要的是笔力,还有胸襟与眼光,更有人生经历与旨趣的磨洗。"①不过仅就"仿作"而言,无论是话语、故事还是篇幅、结构,《泪珠缘》是现代小说中仿写《红楼梦》最像的一部。

第三节 "邻有幼女"的往事

《红楼梦》不仅是《泪珠缘》模仿的前文本,更是作为一个显在的符号出现在小说中。第三回赛儿"一手托着腮,靠在炕桌上念《石头记》"。"宝珠也便屈一膝儿,伏在炕桌上看那《石头记》。"②第六十一回宝珠说道:"我头里把这些《红楼》《西厢》看坏了心术,后来也猛悟过来,那些事,都不是人干的,所以早心定了。此刻更参入三昧,不但没味,并且自觉丑呢。"③主人公的生活、言谈、体悟都不离《红楼梦》,《红楼梦》作为《泪珠缘》文本内部的显在符号,明示出一种密不可分的互文关系。

《红楼梦》出现在现代通俗小说文本中,《泪珠缘》是一个极端的例子。因为魅力太大,《红楼梦》不仅构成了晚清以后现代小说家的阅读经验,且成为一种文化常识。现代小说不乏在叙事过程中提到

---

① 胡淳艳:《我本红楼梦里人——陈蝶仙与〈红楼梦〉之一》,《红楼梦学刊》2012 年第 3 辑。
② 天虚我生:《泪珠缘》,南昌:百花洲文艺出版社 2011 年 4 月版,第 25—26 页。
③ 天虚我生:《泪珠缘》(第 4 册),上海:广华图书馆 1932 年 8 月版,第 157 页。

《红楼梦》。1906 年被誉为"区区十回,独能压倒一切情书,允推杰构"①的《恨海》出版。小说第八回"论用情正言砭恶俗"中论《红楼梦》的一段文字,十分惹眼:

> 众人有了钱,又有那班商人应酬,那花柳地方,自然不免要涉足。到了那些地方,少不免要迷恋。仲蔼虽然也随众同往,却只淡然漠然。有人佩服他少年老成,也有人笑他迂腐。仲蔼道:"少年老成,我也不敢自信;迂腐,我也不肯认。我自信是一个迷恋女色极多情之人,却笑诸君都是绝顶聪明之辈,无奈被一部《红楼梦》卖了去。"众人都问:"此话怎讲?"仲蔼道:"世人每每看了《红楼》,便自命为宝玉。世人都做了宝玉,世上却没有许多蘅芜君、潇湘妃子。他却把秦楼楚馆中人看得人人黛玉、个个宝钗,拿着宝玉的情对他们施展起来。岂不是被《红楼梦》卖了去?须知钗、黛诸人,都是闺女,轻易不见一个男子;宝玉混在里面用情,那些闺女自然感他的情。此刻世人个个自命为宝玉,跑到妓家去用情,不知那当妓女的,这一个宝玉才走,那一个宝玉又来,络绎不绝的都是宝玉,他不知感那一个的情才好呢!那做宝玉的,才向这一家的钗、黛用了情,又到那一家的钗、黛去用情,也不知要多少钗、黛才够他用,岂可笑!"众人道:"照这样说,你是无情的了?"仲蔼道:"我何尝无情?但是务求施得其当罢了。"众人又道:"若必要像宝玉那等才算施得其当,也就难了。"仲蔼道:"宝玉何尝施得其当?不过是个非礼越分罢了。若要施得其当,只除非施之于妻妾之间。所以我常说,幸而世人不善学宝玉,不过用情不当,交了痴魔;若是善学宝玉,那非礼越分之事,便要充塞天地了。后人每每指称《红楼》是诲淫导淫之书,其实,一个'淫'字,何足以尽红楼之罪!"众人笑道:"如此说,尊夫人是享尽阁下之情的了。"仲蔼笑道:

---

① 寅半生:《小说闲评》,《游戏世界》1906 年,魏绍昌编:《吴趼人研究资料》,上海古籍出版社 1980 年版,第 134 页。

"不敢说。内人虽已聘定,却还不曾迎娶,又从何享起?"内中一个说道:"阁下在外不肯滥用其情,留以有待,这便是享了。"说得大众一笑。①

仲蔼是小说主人公。遭逢庚子之乱,父母惨死,兄长南行,未婚妻也不知去向。他一人在外谋生,和同僚应酬时有了这段关于《红楼梦》的对话。仲蔼认为世人沉迷青楼,是想学宝玉坐拥钗黛之间。这是"红楼之罪"。仲蔼心念未婚妻王娟娟,不愿与这些人为伍,又谋他途。后来在一次聚会中,发现娟娟已堕入青楼。仲蔼的这段议论和小说结尾适成反讽,是小说构思之妙,是"允推杰构"的一个所在。

时人对第八回的这段文字评论道:"《红楼梦》自是绝世妙文,谓为诲淫导淫,真冬烘学究耳。夫冬烘学究,何能读绝世妙文者?"②对仲蔼的议论颇不认同。晚清人对《红楼梦》的评价很高,特别是用"西律"来衡量中国小说,似是而非地发现了中国古典小说的"现代"价值。仲蔼把世人沉迷青楼归为《红楼梦》的罪过,当然会引起不满,可以见出吴趼人相对保守的思想。但另一方面,小说对《红楼梦》的评论也可以纳入到"写情"的观点中。小说开篇叙道:"我提起笔来,要叙一段故事。未下笔之先,先把这件事从头至尾想了一遍。这段故事叙将出来,可以叫得作写情小说。我素常立过一个议论,说人之有情,系与生俱来,未解人事以前,便有了情。……俗人但知儿女之情是情,未免把这个'情'字看得太轻了,并且有许多写情小说,竟然不是写情,是在那里写魔;写了魔还要说是写情,真是笔端罪过。"③仲蔼谈及的青楼世态是"写魔",无怪他表示出反感,吴趼人写《恨海》有矫时弊的意思在。

---

① 吴趼人:《恨海·劫余灰·情变》,南昌:百花洲文艺出版社 2011 年 4 月版,第 44—45 页。
② 《觚庵漫笔》,《小说林》1908 年第 10 期,魏绍昌编:《吴趼人研究资料》,上海古籍出版社 1980 年版,第 133 页。
③ 吴趼人:《恨海·劫余灰·情变》,南昌:百花洲文艺出版社 2011 年 4 月版,第 3 页。

晚清小说家对《红楼梦》的喜好，不仅是在叙事过程中抑制不住地提及，也会在构思运文上有所借鉴。《泪珠缘》是极端的例子，其他小说也会留下踪迹。鲁迅说："《红楼梦》方板行，续作及翻案者即奋起，各竭智巧，使之团圆，久之，乃渐兴尽，盖至道光末而始不甚作此等书。然其余波，则所被尚广远，惟常人之家，人数鲜少，事故无多，纵有波澜，亦不适于《红楼梦》笔意，故遂一变，即由叙男女杂沓之狭邪以发泄之。……特以谈钗黛而生厌，因改求佳人于倡优，知大观园者已多，则别辟情场于北里而已。然自《海上花列传》出，乃始实写妓家，暴其奸谲"，"开宗明义，已异前人，而《红楼梦》在狭邪小说之泽，亦自此而斩也"。① 受《红楼梦》影响的狭邪小说至《海上花列传》是一条显在脉络。《海上花列传》被认为是"现代通俗小说开山之作"②，鲁迅认为《红楼梦》对狭邪小说的影响到《海上花列传》为止。之后的狭邪小说在《海上花列传》的引领下，有其自身的叙事理路。而《海上花列传》受《红楼梦》的影响，除了鲁迅所说"改求佳人于倡优""别辟情场于北里"外，小说第三十八回至第四十回叙述众男女欢聚"一笠园"，颇得大观园生活的情态。第三十八回叙道：

> 四人沿着溪岸穿入月牙式的十二回廊。廊之两头并嵌着草书石刻，其文曰"横波槛"。过了这廊，则珠帘画栋，碧瓦文疏，耸翠凌云，流丹映日。不过上下三十二槛，而游于其中者一若对雷连薨，千门万户，伥伥乎不知所之：故名之曰"大观楼"。楼前嵬岁嵾巄，奇峰突起，是为"蜿蜒岭"。岭上有八角亭，是为"天心亭"。自堂距岭，新盖一座棕榈凉棚，以补其隙。棚下排列茉莉花三百余盆，宛然是"香雪海"。
>
> 四人各摘半开花蕊，簪于髻端。忽闻高处有人声唤，仰面看

---

① 鲁迅：《中国小说史略》，《鲁迅全集》（第9卷），北京：人民文学出版社2005年11月版，第271—272页。
② 范伯群：《〈海上花列传〉：现代通俗小说开山之作》，《中国现代文学研究丛刊》2006年第3期。

时,却系苏冠香的大姐,叫做小青,手执一枝荷花,独立亭中,笑而招手。苏冠香喊他下来。小青渺若罔闻,招手不止。姚文君如何耐得,飞身而上,直造其巅,不知为了甚么,张着两手,招得更急。林翠芬道:"倪也去看哩。"说着,纵步撩衣,愿为先导。苏冠香只得挈赵二宝从其后,遵循磴道,且止且行,娇喘微微,不胜困惫。①

一笠园中的男女还是妓女与狎客,但他们在园中品酒赏花,听曲吟令,十分风雅,和小说其他部分的狭邪故事不甚协调。这三回关于一笠园的文字寄寓着作者韩邦庆的特殊笔意。一笠园的情节不仅是摹写《红楼梦》,也有争胜的用意。无论《海上花列传》是否比《红楼梦》多才,突破《红楼梦》在内的传统小说的影响,是以韩邦庆为代表的晚清小说家的自觉追求。所以"《红楼梦》在狭邪小说之泽,亦自此而斩"不是没有因由的。

作为"人情小说",《红楼梦》的影响还在继续。民初小说家的作品中《红楼梦》的踪迹依然显见。徐枕亚评姚鹓雏《燕蹴筝弦录》道:"《石头记》为千古言情之祖,其佳处即在于能辨明情欲二字。然卷帙既多,寓意不少,统阅全书,显有影射。言情二字,决非著者主旨。盖无意言情,而自得言情之正者也。姚子此作,芳馨悱恻,真欲托影《红楼》,而纯粹处深刻处似又过之。寿姑为潇湘影子,同其幽挚之情,不同其尖酸之性。嫦姑为蘅芜化身,同其大方之范,不同其阴狠之心。宝玉与鸳机,同为千古情种,而其结果,一则恋情不遂,遁入虚无缥缈之乡;一则以义为归,自得名教伦常之乐,其立品均高出一层。诸母之于史太君,于母之于薛姨妈,亦同此例。其余诸人,各具一体,有相似者,有不相似者,固不必尽求其人以实之。要之,姚子之为是书,盖亦无意言情而自得言情之正者,其胸中不必先有一部《红楼》在,亦不必竟无一部《红楼》在。能善读《红楼》,而不为《红

---

① 韩邦庆:《海上花列传》,北京:人民文学出版社 2006 年 12 月版,第 322—323 页。

楼》所囿,其思想乃能突过之,亦由其认得情字十分真切,中怀所蕴,无非活泼之天机,故外宣而为文章,亦不着一分滞态也。"①《燕蹴筝弦录》初版于 1915 年,此书奠定了姚鹓雏小说创作的声名基础。徐枕亚从"言情"着眼来评论《燕蹴筝弦录》和《红楼梦》之间的密切联系,这是《红楼梦》作用于民初小说的重要方面。

徐枕亚对《红楼梦》钟爱万分,他的小说如《玉梨魂》,也体现出《红楼梦》的影响。《玉梨魂》第一章"葬花"叙述主人公何梦霞怜花怜己的悲伤情怀,和黛玉一般无二。小说叙何梦霞"忽猛省曰:'林颦卿葬花,为千秋佳话。埋香冢下畔一块土,即我今日之模型矣。前事不忘后事之师,多情人用情,固当如是。我何靳此一举手一投足之劳,不负完全责任,而为颦卿所笑乎?'语毕复自喜曰:'我有以慰知己矣。'遂欣然收泪,臂挽花锄,背负花囊,抖擞精神,移步近假山石畔。"②男主公自比林黛玉,还吟诵《红楼梦》第二十七回里的《葬花吟》。小说开首这一章明显脱胎于《红楼梦》第二十三回"西厢记妙词通戏语 牡丹亭艳曲警芳心"和第二十七回"滴翠亭杨妃戏彩蝶 埋香冢飞燕泣残红",奠定了小说感伤哀绝的基调,也指示出《红楼梦》对于小说的巨大垂青力。正因为浸淫于《红楼梦》,所以当徐枕亚读到姚鹓雏小说时,自然就惺惺相惜起来。

《红楼梦》对民初小说的影响,一是见于《玉梨魂》为代表的文言哀情小说,宝黛的爱情悲剧让民初小说家的写作有了直接参照。共和制度的建立,并没有改变社会状况,各种问题依然存在。读书人在寻求安身立命的途径,他们把人生的失意以婚姻的不自由为宣泄口,《红楼梦》多愁善感的才气正投合了民初才子的心态。另一方面的影响可见于民初白话小说,李涵秋的《广陵潮》共一百回,构架堪与《红楼梦》争胜。《红楼梦》的家族叙事传统,在《广陵潮》中得到进一步发挥。

---

① 徐枕亚:《跋》,姚鹓雏:《燕蹴筝弦录》,上海:小说丛报社 1915 年 5 月版,第 1—2 页。

② 徐枕亚:《玉梨魂》,上海:民权出版部 1913 年 9 月版,第 4 页。

李涵秋因《广陵潮》赢得了"海内第一流大小说家"[①]的声誉。据贡少芹《李涵秋》的记述,《广陵潮》的出版破费周折。《广陵潮》原名《过渡镜》,是李涵秋游幕武汉期间开始创作的,1909 年初刊于汉口《公论新报》。1911 年辛亥革命,武昌首义,《公论新报》被封,《过渡镜》连载至第五十二回。李涵秋回到扬州,经济拮据,《震旦民报》要重刊《过渡镜》但不给稿费,李涵秋不允,《过渡镜》在《震旦民报》只刊登了一星期就终止了。友人张仲丹去上海,李涵秋托他售稿。张仲丹找到商务印书馆的王蓴农,王蓴农先压低稿费价格,后又拒绝接受,理由是"白话体例殊不合格"[②]。时上海《大共和日报》经理钱芥尘"征求社会长篇白话说部,虽投稿者纷至沓来,辄不当芥尘意"[③]。经叶德争推荐,李涵秋遂把旧作《双鹃血》和《过渡镜》的十回寄出,钱芥尘十分欣赏,《过渡镜》遂改名《广陵潮》,在《大共和日报》刊出。1915 年夏,《大共和日报》停刊,钱芥尘供职《神州日报》,《广陵潮》在《神州日报》继续刊载至 1919 年。小说单行本由上海国学书室印行,后又由上海震亚图书局刊印。1946 年 6 月和 1947 年 4 月上海百新书店有限公司出版了两版"改版"的《广陵潮》,正文前有严独鹤、陈慎言、顾明道、张恨水等名家写的序言。其中顾明道序道:《广陵潮》"用笔深刻,行文自然,极讽刺之能事。是以此书为涵秋成功之作,不胫而走,妇孺皆知焉。顾涵秋体弱,甫过中年,即谢人世!其后新文艺既兴,鲁迅茅盾诸子出,握文坛之霸权,骎骎乎不可一世,海内读文艺而嗜新奇者咸宗之,而涵秋之徒似已为过去人物。然而其所作小说迄今仍流行于民间,而为一般人所爱读,而涵秋之名终得在小说界中占一地位矣"。"时代虽有新旧,而斯文之佳者因不以年月而湮没也。"[④]顾明道的序文写于 1941 年 12 月,离《广陵潮》问世已三十多年。世事变迁,经典留存。《广陵

[①] 贡少芹:《李涵秋》,上海:天憪室出版部 1923 年 11 月版,第 26 页。
[②] 同上书,第 27 页。
[③] 同上书,第 25 页。
[④] 顾明道:《顾明道先生序》,李涵秋:《广陵潮》(第 1 册),上海百新书店 1947 年 4 月版,第 4 页。

潮》虽然不能像《红楼梦》一样成为"伟大的传统",但它开启了现代小说"以社会为经,言情为纬"①的写法,代表了民初小说的成就。

《广陵潮》主要叙述了云、伍、田、柳四个家庭的人物故事。云家和其他三个家庭之间都有姻亲关系。小说以云麟为主人公,云麟的姨妈嫁给伍家当太太,云麟的姐姐嫁给田家作媳妇,云麟娶了柳家的女儿。小说讲述了云麟从出生到成家的生活经历。正如《红楼梦》以贾宝玉为中心叙述了贾、王、史、薛四个家族的故事一样。然而,《红楼梦》写的是贵族之家,《广陵潮》则把视线投向市井人家;《红楼梦》记述荣宁二府的贾家故事最为着力,《广陵潮》则铺张笔力,几个家庭的人事都能细细道来;宝玉离去让《红楼梦》成为一部悲剧,云麟妻妾和美让《广陵潮》终得圆满结局。这些是两部小说家庭叙事的不同处,可以见出李涵秋对于《广陵潮》别有怀抱。《广陵潮弁言》云:"《广陵潮》一书,为李君涵秋所著,结构穿插,固能尽小说之能事,而于扬州社会情状,曲曲传来,矫正习俗,庄谐杂见,洵有功社会之作,非寻常小说比也。"②《广陵潮》藉家族故事写"社会情状",而市井人家更切近日常世态。不仅如此,小说故事常游离家庭叙事,如第十六回"老梅克除夕渡慈航 恶顾三中秋劫喜轿",写传教士在中国的情形,写市井无赖的行径,都与主人公的家庭故事无关。所以胡适说:"这时代的小说只有李涵秋的《广陵潮》还可读;但他的体裁仍旧是那没有结构的'《儒林外史》式'。"③《广陵潮》是故事集缀型小说,叙述了鸦片战争至五四前夕的社会时代变迁。以云麟为中心的家族故事是映照社会时代的"镜子",社会时代也经由家族故事扩散开来,呈现出历史变幻的征象。所以《广陵潮》的构架视野要大于《红楼梦》,家族叙事的空间也不仅限于扬州,南京、武昌、上海

---

① 恨水:《总答谢——并自我检讨》,重庆《新民报》1944年5月20日—22日,张占国、魏守忠:《张恨水研究资料》,天津:天津人民出版社1986年10月版,第280页。
② 老谈:《广陵潮弁言》,《大共和日报》1914年9月27日,农历八月初八。
③ 胡适:《五十年来中国之文学》,《胡适文存》(二集卷二),上海:亚东图书馆1924年11月版,第187页。

都成为书写时代风云的境地。《广陵潮》被称为"社会小说"是合适的。

有研究者论道:"李涵秋之前的《红楼梦》虽然开创了言情小说的新高度,但在直接描写社会的方面显然不足。""鸳鸯蝴蝶派的哀情小说中,言情成分是非常大的,但大部分只限于青年男女之间的哭哭啼啼,为了不幸婚姻生生死死,为了爱可以牺牲一切,其外部世界就更狭小了。""而社会、讽刺、谴责等小说则太重于道德说教,揭露社会有余而写情不足,到了李涵秋才开创了社会加言情的先河。"①可以说,《广陵潮》把晚清谴责小说的写作方法和民初哀情小说的言情叙事合为一体,既增添了《二十年目睹之怪现状》等小说的情味,又拓展了《玉梨魂》等小说的时空,在现代小说史上占有重要位置。

以家族故事结构社会变迁,社会变迁就具有了叙事的线索。而社会变迁影响到家族人事,家族人事在社会变迁的过程中同样经历着生老病死的人生过程。云麟是《广陵潮》家族人事的中心。范伯群评论道:"按照'人情派'小说的格局,在大千世界的种种怪现状中,再融入《红楼梦》式的情意绵绵。李涵秋将主人公云麟,写成贾宝玉式的人物,但云麟毕竟不是贾府的宝玉,而是鸳鸯蝴蝶派作家笔下的'情滥而不专'的'情种'。除了青梅竹马的恋人伍淑仪之外,还有端庄明礼的发妻柳氏,而更能使情节波澜迭起的,当然莫过于'冰姿侠骨'的青楼红妓了。"②伍淑仪是云麟同年同日生的表妹,从小青梅竹马一起长大,但云家衰落,伍家嫌门第不配,把淑仪嫁给富玉鸾,结婚不久淑仪成了寡妇,最后悲郁而终。云家在淑仪嫁后,赌气和柳家结了亲。柳氏虽然贤德,但不得云麟的欢心。云麟在外还有位红颜知己红珠,红珠身堕青楼,却对云麟一往情深,两人几番蹉跎,终于结成连理。这是主人公云麟主要的情感经历,也是小说的

---

① 刘明坤:《李涵秋小说论稿》,北京:人民出版社 2010 年 6 月版,第 145 页。
② 范伯群:《维扬社会小说泰斗——李涵秋评传》,芮和师编校:《维扬社会小说泰斗 李涵秋》,南京:南京出版社 1994 年 10 月版,第 17 页。

主体故事。

云麟和伍淑仪青梅竹马的爱情不脱民初小说的悲剧模式。"云麟与伍淑仪,宛似《红楼梦》中之宝黛"①,两小无猜地长大,相互心许,却成不了眷属。小说第九十九回"贤淑仪历劫归太虚 呆云麟忏情入幻境"写淑仪的死状极似黛玉:

> 到了晚上,三姑娘正拿了一碗莲心煮的薄粥给他吃。淑仪喝了两瓢,觉得心头作恶,连忙停止,已觉容留不住,"哇"的一声吐将出来。三姑娘看了,叫声:"阿呀!"原来吐出来的连方才吃下去的两口粥,都变红了。口里当着淑仪的面不好说什么,但觉心头突突的跳个不住。淑仪听了三姑娘"阿呀"一声,知道又吐血了。但觉得这一次和从前吐血不同,心里却凉了半截,又觉胸口只是涌上来,接连又吐了好几口,顿时头脑子昏沉沉的,似睡非睡,耳中还听得娘的喊声,不过远远的,但是口里要想答应,竟说不出话来了。②

《红楼梦》第九十七回和第九十八回写黛玉之死,极尽凄苦之能事。第九十八回宝玉恍惚间遇到一人,那人道:"汝寻黛玉,是无故自陷也。且黛玉已归太虚幻境,汝若有心寻访,潜心修养,自然有时相见。"③联系到《广陵潮》第九十九回的回目,很可以见出对淑仪之死的描述是脱胎于《红楼梦》的。《广陵潮》写伍淑仪和林黛玉有很多相似处,黛玉之死是民初哀情小说主人公结局的一个模型,《广陵潮》也不例外。

李涵秋耽溺《红楼梦》。《李涵秋》一书记道:

---

① 贡少芹撰述,贡芹孙编校:《李涵秋》(第4编),上海:天憁室出版部1923年11月版,第5页。
② 李涵秋:《广陵潮》(下),南京:江苏古籍出版社1985年12月版,第1215页。
③ 曹雪芹、高鹗:《红楼梦》(下),北京:人民文学出版社1982年3月版,第1381页。

> 涵秋当十二三龄时,即爱读《红楼梦》。读至宝黛情史,觉宝玉性情,与己甚合,自况宝玉是我前身。会邻有幼女,年与涵秋相等,面目亦娟秀,心爱之。藉比邻名义,时至其室,因与女近,互相过从。暇时述宝黛事以告女,且曰:"今而后子呼我为宝哥哥,我呼子为林妹妹可乎?"女应之。一日,涵秋与女嬉,故以手撩其胁,女哀之曰:"宝哥哥饶我!"涵秋亦戏之曰:"林妹妹,我真爱你!"女父母闻之,诘女何忽有此称谓。女具以告,其父母恐涵秋导女不义也,诫女与绝。①

这段往事,不仅说明李涵秋痴迷《红楼梦》,也和《广陵潮》的写作息息相关。"邻有幼女"成为《广陵潮》的重要情感线索。小说第二回叙述云麟的姨夫伍晋芳在未娶妻之前和邻家之女小翠子难舍难分。小翠子"刚刚才得十五岁,出落得有十分人材。晋芳起先看在眼里,很爱他,便常常在自家门口,你看我,我看你,始而望着笑,继则搭腔说话"②。之后历经蹉跎,小翠子终于以妾的名分被晋芳娶进家门。晋芳最宠爱小翠子,遭到大姨太太朱二小姐的嫉妒,朱二小姐阴谋害死了小翠子。这是一个悲剧的爱情故事,现实中的邻女和李涵秋也是悲剧结局。

朱春莺撰《李涵秋三十年前之情史》一文,详细记述了李涵秋与邻家之女的爱情悲剧。文中道:"吾邻有小家女玲香者,及笄之年,貌虽不如王嫱西子,而绛唇一点,莲痕三寸,已尽够檀奴魂销矣。余见而爱之,情乃于是乎种。余虽不知玲香之爱余否,顾伊每相睹,辄以秋水作烟视,若不能自已者。余嗜小说,至此几疑其为红楼中人,深以不通款曲为恨事。"③玲香是现实中李涵秋的邻家之女,及笄之年,和《红楼梦》中宝黛初见的年龄相仿佛,小儿女之情"于是乎

---

① 贡少芹撰述,贡芹孙编校:《李涵秋》(第3编),上海:天憨室出版部1923年11月版,第3—4页。
② 李涵秋:《广陵潮》(上),南京:江苏古籍出版社1985年12月版,第13页。
③ 朱春莺:《李涵秋三十年前之情史》,《红玫瑰》第2卷第40期,1926年。

种",这是一辈子的情感。玲香父母嫌李涵秋家境贫寒,不同意他们往来。初恋被打断了。不幸的是,玲香失去父母堕入青楼,后被一前清官员纳为小妾。官员死,玲香贫病飘零,找到李涵秋,不日而卒。李涵秋在《小沧桑志》中记道:"会合之奇,酬咏之乐,离别之惨,思慕之苦,载在《媚香列传》《蝴蝶梦》《珠玉姻缘》。其他又散见于诸词章,如《桃花曲》《陌上花》《香闺纪梦》种种。"①《小沧桑志》称的"媚香"即为玲香。李涵秋写的第一部小说《双花记》叙述井生与媚香的情事,即是李涵秋对这段初恋的刻骨不忘。因为思念之苦,李涵秋把这段故事写进了他最著名的小说《广陵潮》中。《广陵潮》中不仅有邻家之女小翠子,还有主人公云麟朝思暮想的红珠。《李涵秋三十年前之情史》中叙道:"思之莫遏,乃著《广陵潮》八集,后又续出二集,书中之红珠,盖即玲香之幻影。写与红珠相爱数节,虽不免太露色相,然亦情之所钟,有不能自已者。"②红珠是《广陵潮》的女主人公,她和云麟之间的遇合,映现出玲香和李涵秋之间生离死别的故事。

小说第三十三回红珠出场,出场时的红珠十四岁,已是雏妓,在筵席上和云麟结识,从此两人情牵一处,相思两地,直到小说结尾,历经周折之后红珠终于嫁给云麟,得到圆满结局。《李涵秋》书中评道:

> 综计涵秋生平所遇,一为陆女,二为媚香。然其爱媚香者,乃尤甚于爱陆女,盖未尝一日、一时、一刻、一秒能去于怀也。乃思之极,忆之深,至望断气绝时。忽然作一快心之论,于是乎有与红珠一番奇遇矣。甫合又离,甫离又晤面,彼姝者子,深情密意,属诸己身,更拯之于患难之中,周之于衣食之外,然后三番五次,百转千回,若而人者,方得为己所有。表面上说的是红珠,实际上指的是媚香。至媚香为己媵妾,并坐同卧,密字低

---

① 李涵秋:《小沧桑志》,贡少芹撰述,贡芹孙编校:《李涵秋》(第 2 编),上海:天忾室出版部 1923 年 11 月版,第 6 页。

② 朱春莺:《李涵秋三十年前之情史》,《红玫瑰》第 2 卷第 40 期,1926 年。

声,必如此,方得赎己之始乱终弃之罪戾,而藉偿若干年岁之思忆。虽不必有是事,然而何妨作是想……且涵秋达人,其设想既若是,安知不作实事观,或可稍杀其思忆媚香之苦趣耳。①

"陆女"在小说中指伍淑仪,贡少芹认为李涵秋更爱媚香。现实中,李涵秋对玲香或媚香有"始乱终弃之罪戾",否则玲香可能不会堕入青楼,于是小说最终让红珠嫁给云麟,以补现实之憾。如果说《广陵潮》的结局很圆满,不似《红楼梦》是悲剧,那么这只是李涵秋的"苦趣",是内心深藏悲哀寻求排遣的写法。《广陵潮》既写现实,也写了作者弥补现实的想象。

贡少芹著《李涵秋》,其中第四编为"广陵潮索隐",列举了小说人物和现实人物之间的对应关系。不仅是红珠、伍淑仪,《广陵潮》中其他人物,也是李涵秋生活中交往或所闻所见之人。郑逸梅说:"书中人物,都属真人真事,反映当时社会情景足资参考。"②而小说主人公"云麟为涵秋的影子"③。李涵秋的家庭出身、情感经历、性格趣味都和云麟"大同而小异"④。李涵秋对贡少芹言道:"吾书虽曰社会小说,实则为吾家庭写照。盖吾作此书,隐寓无穷身世之感。即书中人物,确有其人,吾隐其名者,恐触忌耳。"⑤云麟的家庭映照出李涵秋的家庭,李涵秋把自己的身世经历托注在云麟身上,由云麟来抒发"无穷身世之感"。李涵秋生于1874年,1923年去世,写《广陵潮》的时候正是他35岁至45岁之间,人到中年,历经世事,《广陵潮》的成功与李涵秋的切身体验紧密相关。如果联系到《广陵潮》与《红楼梦》之间的联系,作家的自叙传无疑是两部小说最重要

---

① 贡少芹撰述,贡芹孙编校:《李涵秋》(第4编),上海:天悯室出版部1923年11月版,第28—29页。
② 郑逸梅:《〈广陵潮〉与李涵秋》,《艺海一勺》,天津:天津古籍出版社1994年3月版,第62页。
③ 贡少芹撰述,贡芹孙编校:《李涵秋》(第4编),上海:天悯室出版部1923年11月版,第3页。
④ 同上。
⑤ 同上书,第2页。

的共同点。对于这点，胡适考证《红楼梦》得出的结论影响重大："《红楼梦》是一部隐去真事的自叙：里面的甄、贾两宝玉，即是曹雪芹自己的化身；甄、贾两府即是当日曹家的影子。"①《广陵潮》借重《红楼梦》的构思，作家自己及其家庭故事成为了小说的主体。不仅如此，云麟读书的见识与碌碌无为的公子情调和宝玉十分相似。李涵秋虽非出身名门，但读书人的才子性情古今相通。

从"人情小说"到"社会小说"，表面上看，《广陵潮》宏大的历史视野、纷繁的世相描述，突破了《红楼梦》大家庭叙事的格局，但小说的内在情感却依然是自叙传式的"无穷身世之感"。这就是"影响的焦虑"。正如利维斯所言："最为深刻的一种影响——不是体现在相似相像上的影响。一个大作家可以从另一个那里得大恩受大惠，其中之一就是要实现与之不似也不像。"②"不似也不像"是作为"社会小说"的《广陵潮》所取得的成就，但它从《红楼梦》处受到的"大恩"与"大惠"却情不自禁由内里生出。

第四节 "民国《红楼梦》"

留下《红楼梦》明显印迹的现代通俗小说首当《金粉世家》。《金粉世家》的作者张恨水对《红楼梦》的了然于心也从年少时的阅读经验中来。他谈自己的阅读经历道："我家里，又有上半部《红楼梦》，和一部《野叟曝言》，我一股脑儿，全给它看完了。这样，使我作文减少了别字，并把虚字用得更灵活。""我用小铜炉焚好一炉香，就作起斗方小名士来。这个毒，是《聊斋》和《红楼梦》给我的。《野叟曝言》，也给了我一些影响。""我收拾了一间书房，把所有的钱，全买了小说读。第一件事，我就是把《红楼梦》读完。此外，我什么小说

---

① 胡适：《〈红楼梦〉考证》，《胡适文存》（卷三），上海：亚东图书馆1922年11月版，第854页。
② 〔英〕F. R. 利维斯著，袁伟译：《伟大的传统》，北京：生活·读书·新知三联书店2002年1月版，第17页。

都读。不但读本文,而且读批注。"①张恨水是个小说迷,他不仅熟读《红楼梦》,也评论《红楼梦》。

《红楼梦中三侍儿》(1926)、《红学之点滴》(1927)、《曹雪芹 高兰墅》(1930)、《刘姥姥眼睛里》(1940)、《〈红楼〉作者之八股》(1946)等都是张恨水专谈《红楼梦》的文章。张恨水论《红楼梦》,有研究的眼光,有赏鉴的眼光,也有现实的眼光。《红学之点滴》肯定了胡适的考证之功,并对高鹗续写后四十回十分钦佩。"上八十回的文笔,和下四十回的文笔,溶化得没一点痕迹,我们若不是知道这书是两个人作的,决不会疑心是两种笔墨,这也是自古有续书者以来不常见的事,这些好处,都不必去细说。而第一件,就是高氏能猜得曹雪芹的意思,打破中国小说团圆的旧套,用悲剧来做终局。因为这样,惹了天下痴心儿女不少的眼泪,抬高《红楼梦》不少的价值。"②在《曹雪芹 高兰墅》《〈红楼〉作者之八股》等文中,张恨水都表达了对高鹗续后四十回的赞赏。《〈红楼〉作者之八股》文首说道:"续完《红楼梦》后四十回的高兰墅,大家虽考证出来这个人,可没有看到他其他的著作。新近买到一部《梓理文存》,全是旗人八股,其中有高先生八股几篇,倒是一种意外收获。他是镶黄旗汉军旗中的乾隆乙卯科举人(所以他写贾宝玉也中了举)。"③这样一种研究的眼光,是张恨水阅读古典小说的过程中逐渐养成的。1931年张恨水撰写的《小说考微》系列文字刊载于北平《晨报》,其中有两则谈《红楼梦》的续书和评点者,显示出"考微"的成绩。

作家谈经典,自有一番特殊眼光,张恨水评赏《红楼梦》也如此。

---

① 张恨水:《写作生涯回忆》,北平《新民报》1949年1月1日至2月15日,张占国、魏守忠编:《张恨水研究资料》,天津:天津人民出版社1986年10月版,第14、15页。

② 张恨水:《红学之点滴》,《世界日报》1927年9月3日—4日,张恨水:《张恨水散文全集·明珠》,长春:时代文艺出版社2015年8月版,第177页。

③ 张恨水:《〈红楼〉作者之八股》,北平《新民报》1946年5月2日,张恨水:《张恨水散文全集·山窗小品》,长春:时代文艺出版社2015年8月版,第127页。

他评刘姥姥道:"我们可以想到刘姥姥也就是曹雪芹自己。他在前半部里,觉得主观的叙述之不足,又客观地描写一下。""世上做贾宝玉的人,原不会有刘姥姥的眼光,像曹雪芹也是自己家里查抄之后,才会觉悟而写出刘姥姥的。刘姥姥见一样东西念一声佛,那些昏天黑地的富贵闲人怎会懂得?故事告诉我们,总有一人,他们觉得刘姥姥的态度是正义感!"①能体贴出曹雪芹以何心境塑造刘姥姥,甚至把刘姥姥看成曹雪芹,或许只有张恨水。他评林黛玉道:"惜乎林姑娘之未尝登泰山一视此松耳。夫潇湘馆栽竹甚多,林择而居之,似其娘为人,乃深能爱竹而知之矣。然竹虚心能受风雨,竟终年观之而不悟。谓其才如木高于林,未也!"②这是对黛玉性情的叹息。论平儿道:"士君子怀才不遇,辄发浩叹。殊不知怀才遇人,而不知所以处之,尤能令全局皆非。""故持身涉世,杜渐防微,正不必以瓜田李下之嫌为拘泥。世有读红楼梦者可起平儿而师之矣。"③狠辣之凤姐对平儿无比亲信,这是平儿的处世之道,张恨水十分欣赏。这种欣赏里,既体现出阅读作品的独到眼光,也流露出感受现实的经验体认。张恨水说:"《红楼梦》写的宝玉黛玉虽有爱情却不能配合婚姻,两人都饮恨千古。这样的事,现在少了,将来可能没有。但是前四五十年,几乎青年男女都会碰到这样的事。所以《红楼梦》一书,当时青年男女最爱读。我们生在现时代,要读古典文学的书,就得先明白古今风俗有所不同。"④《红楼梦》的爱情故事深深打动古

---

① 张恨水:《刘姥姥眼睛里》,重庆《新民报·最后关头》1940 年 1 月 20 日,张恨水:《张恨水散文全集·最后关头》,长春:时代文艺出版社 2015 年 8 月版,第 295 页。

② 张恨水:《小说人物论·林黛玉》,上海《立报》1935 年 10 月 1 日,张恨水:《张恨水散文全集·写作生涯回忆》,长春:时代文艺出版社 2015 年 8 月版,第 164 页。

③ 张恨水:《红楼梦中三侍儿》,《世界晚报·夜光·小月旦》1926 年 6 月 3 日,张恨水:《张恨水散文全集·小月旦》,长春:时代文艺出版社 2015 年 8 月版,第 14 页。

④ 张恨水:《关于读小说》,《山窗小品及其他》,香港:通俗文艺出版社 1975 年 6 月版,张恨水:《张恨水散文全集·写作生涯回忆》,长春:时代文艺出版社 2015 年 8 月版,第 121 页。

今读者之心,《红楼梦》影响后世小说,主要在于对"儿女"故事的叙述。但张恨水仿照《红楼梦》之初写的小说却另有章法。

1918年,23岁的张恨水到芜湖《皖江日报》任编辑,开始了他的报人生涯,他的创作也在这期间发表了。在《写作生涯回忆》中,张恨水叙道:"我先写了一个短篇,叫《真假宝玉》,是讽刺当年演《红楼梦》老戏的,试寄到上海《民国日报》去。去后数日,编者很快来信,表示欢迎。因之,我又写了一个中篇章回,叫《小说迷魂游地府记》。""后来这两篇小说,被姚民哀收到《小说之霸王》的集子里去了。把我的写作,印在书本子里,这是第二次。"①《真假宝玉》发表于1919年上海《民国日报》,收入《小说之霸王》,标明类属为"滑稽短篇"。小说叙写了宝玉入梦的一段梦中见闻。袭人回家,宝玉无聊,拿着一本工尺谱躺床上看,被晴雯数落一番,于是入梦。梦中去找黛玉,谁知竟遇上几个宝玉几个黛玉,都非真的自己,也非真的黛玉,十分荒诞可笑。文中叙道:

> 走过亭子,只见树上花上亭子上,统统札了五彩电灯,黛玉捐个小锄子,又在葬花。宝玉道:"哎哟,大姐姐又要回来吗?你瞧,上上下下又札花灯了。"黛玉道:"你不知道呢,现在凡是我出来的地方,总有灯彩的,这有什么稀罕呢?况且我也不是黛玉,麻姑呀,嫦娥呀,我喜欢那个,就做那个。"宝玉仔细一看,果然不是黛玉,心里想道:要像这家伙充妹妹,还勉强对付过去,头里那位就太不自量了。宝玉是见一个爱一个的人,便想同这人说几句话,这个当儿,谁知又跑出一个宝玉来,那人生得冬瓜也似的一个大脑袋,那肚子挺出来有一尺多高,宝玉笑了一笑,想道:这是那来的宝玉?比那位薛大哥还要呆十倍呢。②

---

① 张恨水:《写作生涯回忆》,北平《新民报》1949年1月1日至2月15日,张占国、魏守忠编:《张恨水研究资料》,天津:天津人民出版社1986年10月版,第28—29页。

② 恨水:《真假宝玉》,姚民哀编:《小说之霸王》,上海:静香书屋1919年9月版,第3—4页。

梦中所见自然荒诞,但如此笔调意趣在民国初年是少见的,所以"编者很快来信,表示欢迎"。张恨水说,《真假宝玉》"是讽刺当年演《红楼梦》老戏的",引文中的"黛玉"应该是指梅兰芳的演戏。小说后半部分宝玉遇到芳官,这位会唱戏的丫鬟解释了宝玉的奇遇:"这都是蒋玉函一班朋友,你不认识吗?先那个勾鼻子的小子姓查,名字叫天影,那近视眼林妹妹是欧阳予倩,他扮林妹妹是因为有点儿学问,好在夜晚,姿色就不论了。后头葬花的那个是梅兰芳,人家还称他是旦角儿大王哩。""一个是姜妙香,一个是陈嘉祥,他太不要脸了,明儿叫柳湘莲把他杀了罢。(我浮一大白)那个破喉咙的是麒麟童,做戏评的那个不骂他,无如他不闻不问,也就没法了。最后的那个你,是个女孩子,叫小月红。虽然不如你,总是女孩儿的身段,也有些相近了。至于那个妹妹是小桂红,本来男女合演惯的,那里能像的林姑娘幽娴贞静哩。"①芳官的一席话点醒梦中人宝玉,解释了宝玉梦中遇见的几个宝玉几个黛玉的扮演者,同时点评了当时的"红楼戏"。从芳官的戏评中,可以见出张恨水对"红楼戏"的批评意见。

有研究者认为,把《真假宝玉》"看成是'对旧戏的讽刺'是毫无道理的","从这个阶段的张恨水本人的思想认识水平来说,他恐怕是不可能去批判旧戏的",张恨水对戏曲"是很有感情的"。② 张恨水喜好看戏,但他写作《真假宝玉》时已是报人,应熟悉当时报纸上的戏评,也在养成一种批判眼光。《真假宝玉》中宝玉眼中所见的"红楼戏"演员,未尝不是张恨水看戏所得的印象。张恨水写过《〈红楼梦〉戏》《由俊袭人谈到旧剧改良与梅兰芳渡美》《两〈黛玉葬花〉剧本》等文,谈他的看戏感受。《两〈黛玉葬花〉剧本》比较了梅兰芳和欧阳予倩的两个剧本。"梅本"虽"盛行南北",但"宝玉下场,黛玉闻《牡丹亭》艳曲,唱反二簧一段,甚长,观剧者,以剧将完,每不待

---

① 恨水:《真假宝玉》,姚民哀编:《小说之霸王》,上海:静香书屋1919年9月版,第6—7页。
② 陈广士:《关于张恨水早期作品〈真假宝玉〉的几点看法》,《艺术探索》2007年第1期。

唱完即去,应当欧阳本置之中段,较易讨好耳"。① 可见《真假宝玉》中描画的欧阳予倩和梅兰芳扮演的两个林妹妹不是张恨水的臆想。张恨水谈梅兰芳演袭人,"虽不能十分完善,然而场面移至幕内,戏台上去了上下场门,不摔垫,不用饮场,场上不断人,这都是旧戏极不堪的事,而能免除了"②。能说这些内行话的张恨水,是十足的戏迷。如此观戏品味来谈"红楼戏"自有一番独到见解。张恨水说道:"《红楼梦》的情节,不像旁的小说,有段落可分的。也不像旁的小说,除了主人翁之外,正正经经,还特为旁人作小传的。他这一部书,只是宝、黛、钗三个人是正角。此外影子和陪客,很少自成局面的一段故事。我们要想在长江大河,源源不绝的中间,勉强割裂一部分下来,很费剪裁的。若说替三个主人翁编一部有始有终的戏,那非连台五十本不可。但是《红楼梦》写一个大家庭,只是琐碎的白描,又不是拿许多曲折的事情来铺叙。真个演成连台五十本,恐怕也要成为催眠戏了。""女伶清秀些的,扮演林黛玉,那还罢了(我反对男伶饰此角)。这个贾宝玉,无论男伶、女伶饰,总不免现出他的呆笨、浮滑、伧俗、浅陋出来。至于年龄不合,这还是小事呢,所以红楼戏不好演,不宜演。"③ 无论编剧还是演员,要把《红楼梦》改成一出出的戏,是不容易的。张恨水认为《红楼梦》"不宜演",所以那些戏曲《红楼梦》张恨水并不看好。《真假宝玉》中写男伶扮演黛玉,也是张恨水所"反对"的。宝玉更无人能演好,《真假宝玉》以宝玉为叙述视角,写他遇见的一个又一个自己的扮演者,都觉得很糟糕。张恨水藉小说来谈他对"《红楼梦》老戏"的看法,这点创作因由十分明

---

① 张恨水:《两〈黛玉葬花〉剧本》,《世界晚报》1926 年 9 月 8 日,张恨水:《张恨水散文全集·明珠》,长春:时代文艺出版社 2015 年 8 月版,第 202 页。
② 张恨水:《由俊袭人谈到旧剧改良与梅兰芳渡美》,《世界日报》1929 年 10 月 20 日,张恨水:《张恨水散文全集·明珠》,长春:时代文艺出版社 2015 年 8 月版,第 189 页。
③ 张恨水:《〈红楼梦〉戏》,《世界日报》1927 年 3 月 23 日,张恨水:《张恨水散文全集·明珠》,长春:时代文艺出版社 2015 年 8 月版,第 173—174 页。张恨水对于"红楼戏"的评论虽出自《真假宝玉》发表之后,但他对"红楼戏"的看法,在《真假宝玉》中已经了然,后来的戏评并无改变。

显。正因为对《红楼梦》的熟读于心和深切理解,才会对"红楼戏"感到不满。贾宝玉在梦中的荒诞体验是现实情景的一种聚合反应。

不仅如此,《真假宝玉》还从另一方面写了现实。小说中宝玉梦见刘姥姥,刘姥姥一开口就是"贾度少",满口苏州白,令宝玉很无奈。刘姥姥的言语可以联系到清末民初的狭邪小说,狭邪小说里人物的吴语方言可以作为一个时代的文学印记,《真假宝玉》由此体现出"戏仿"时下小说的修辞趣味。刘姥姥之后,宝玉接着看到省亲别墅牌坊上的对联换成:"欧风美雨销专制 妙舞清歌视共和","省亲别墅"也改成了"平权世界"四个字。"管园子的婆子"说:"这是去年双十节日里贴的纪念品。"联系到宝玉梦中见到的伶人演员,他的梦境是时代的错置,他带着身家故事置身民初社会,自有一种荒唐稀奇感受。《真假宝玉》的写作一定程度上照应了吴趼人《新石头记》的写法,都是过去小说中的人物与现实社会相碰撞,但不是展示现实的新异,而是表现荒诞经验。《真假宝玉》更具现代意味,在民初"鸳鸯蝴蝶派"文学的氛围中,显得十分特别。张恨水初出文坛,就身手不凡。作为现代通俗小说大家,他的"化古"与"出新",都呈现出大才气。

让张恨水的才名家喻户晓的是他发表于1930年的代表作《啼笑因缘》。《啼笑因缘》用男主人公樊家树牵连起市井人生和上流社会,与《红楼梦》完全不同,但张恨水却对《红楼梦》念念不忘,在小说的一些重要段落中《红楼梦》成了小说意义的构成部分。小说第一回"哀音动弦索满座悲秋"就出现了《红楼梦》。女主人公沈凤喜出场,唱了一段《黛玉悲秋》。小说叙道:

> 那姑娘垂下了她的目光,慢慢的向下唱。其中有两句是:"清清冷冷的潇湘院,一阵阵的西风吹动了绿纱窗。孤孤单单的林姑娘,她在窗下暗心想,有谁知道女儿家这时候的心肠?"她唱到末了一句,拖了很长的尾音,目光却在那深深的睫毛里又向家树一转。家树先还不曾料到这姑娘对自己有什么意思,

现在由她这一句唱上看来,好像对自己说话一般,不由得心里一动。①

凤喜唱的是大鼓书,《黛玉悲秋》是经典的鼓书曲目。《红楼梦》第四十五回"风雨夕闷制风雨词"叙述黛玉生病,宝钗、宝玉探病,黛玉写成《秋窗风雨夕》一词,词曰:"寒烟小院转萧条,疏竹虚窗时滴沥。不知风雨几时休,已教泪洒窗纱湿。"②《黛玉悲秋》虽不尽来自这一回故事,但意境大体相承。凤喜在天桥唱大鼓,不曾看到过家树这样的青年来此光顾,因此特别着意。"女儿家这时候的心肠"便落在了家树身上。一曲《黛玉悲秋》从此牵动男女主人公的情缘,也暗示了两人的悲哀结局。

《啼笑因缘》第四回"相思成断梦把卷凝眸"叙述家树借《红楼梦》给秀姑看,种下秀姑心中的相思情。小说叙道:"走廊下那挂钟的摆声,滴答滴答,一下一下,听得清清楚楚。同时《红楼梦》上的事情,好像在目前一幕一幕,演了过去。由《红楼梦》又想到了送书的樊家树,便觉得这人只是心上用事,不肯说出来的。"③《红楼梦》的爱情故事吸引了秀姑,让青春年少的她心动不已,从此家树成了秀姑的念想。这是《红楼梦》对另一位女主人公的影响。凤喜、秀姑都是市井平民,小说叙述《红楼梦》对她们人生施加的作用,一定程度上可以见出民国年间《红楼梦》在市民社会的接受情况,当然更可以见出《红楼梦》在张恨水心目中的重要位置。

张恨水在小说叙事过程中常提到《红楼梦》。成名作《春明外史》也是一个明显的例子。小说第二十回叙道:

> 杨杏园无意的将茶杯子里的冷茶,倒在花盘里,望着梅花痴立许久。忽然坐到桌子边去,仍旧把《疑雨集》翻开,重新把相

---

① 张恨水:《啼笑因缘》,南京:江苏文艺出版社 2008 年 4 月版,第 11—12 页。
② 曹雪芹、高鹗:《红楼梦》(中),北京:人民文学出版社 1982 年 3 月版,第 627 页。
③ 张恨水:《啼笑因缘》,南京:江苏文艺出版社 2008 年 4 月版,第 46 页。

片翻出来看了一看。这张相片,是梨云摄的一个半身像,侧着身子,露出一节辫发,辫发上插了一大朵绸结子。一只手按着一本书,上面有"红楼梦"三个字,一只手靠在椅子背上,把一个食指比着嘴唇,回过头来眼珠凝视在一边,好像在想什么。像的旁边有杨杏园自己题的几行字:

> 尝见美女画一张,双手支颐凝想,案上摊《红楼梦》数本,字仿佛可睹。意窃好之,谓当题为"索梦图"。某夕,过梨云,因告之。梨曰:是何难? 侬亦能之。越七日,以此见示,传神阿堵,令人惊喜,只此足够相如一秋病也。

杨杏园看看相片,又看看题的跋语,叹道:"咳! 当时经过浑无赖,事后相思尽可怜。"①

这是一个文人眼中的《红楼梦》,他希望自己喜欢的女子梨云能和它相衬。可是梨云是青楼女子,不得自由,终不能与杨杏园结成眷属,只留下"事后相思尽可怜"的惆怅。第五十一回,杨杏园和李冬青在中央公园赏菊,由景致联想到《红楼梦》中的故事,由故事评论起贾宝玉,李冬青说她有一本《读〈红楼梦〉杂记》要给杨杏园看。两个读书人谈《红楼梦》,可以相互引为知己,但杨杏园、李冬青终究不能成婚。杨杏园饮恨而亡。这是《春明外史》的主体故事。

就《春明外史》的结构,张恨水说:"这种主角出台,我总加倍的烘托,这才把书中一、二百人都写成了附带的东西,使读者不至于感到累赘,把这法子说破,就是用作《红楼梦》的办法,来作《儒林外史》。"②《春明外史》叙述的是 20 年代的北京故事,小说 1924 年开始连载,其时张恨水在北京已经住了五年,作为报人记者,他想把他的见闻以小说体式记录下来。《儒林外史》的结构自然是记录见闻

---

① 张恨水:《春明外史》(上),北京:中国新闻出版社 1985 年 10 月版,第 304—305 页。
② 张恨水:《我的小说过程》,《上海画报》1931 年 1 月 27 日至 2 月 12 日,张占国、魏守忠编:《张恨水研究资料》,天津:天津人民出版社 1986 年 10 月版,第 274 页。

的一种方便法门,晚清小说如《二十年目睹之怪现状》多有运用,但张恨水不满意。于是还用了"作《红楼梦》的办法",这个办法就是为小说设置了男女主人公,一位男主人公和两位女主人公贯穿小说,却又和宝、黛、钗不同。客居文人和北里女子、清高才女的悲情故事只在现代社会情境中才能发生。《春明外史》连载期间,张恨水写过一篇名为《穿插》的文章谈小说结构。文中道:"因为长篇小说,无论是一个主人翁和许多陪客,如《红楼梦》似的;或者聚合许多人的小传,如《水浒传》似的,这都要会穿插,才能把他们有时分开,有时聚拢,指挥自如,不现痕迹。""我们若不放下主人,去谈陪客,这书简直作不下去。不过写了陪客,怎样又回到主人身上,这就看作者的本领了。像《红楼梦》这部书,反正是一个贾府,写来写去,总不会远,那倒不要紧。像《水浒传》的主人,有一百零八,这要不留心安排,就会成了一盘散沙。看来固然不好,就是写的人,也感到收不住。《儒林外史》就是一个例子。"①张恨水不满意《儒林外史》的写法,但长篇小说叙事不免要脱离主人公故事,所以要借鉴《红楼梦》,学会"穿插"。张恨水提供了几种方法,既可以叙述很多故事,也不会使小说"成了一盘散沙"。《穿插》一文应该是张恨水写作《春明外史》的心得体会,是张恨水关于小说结构的专门思考。

如果说《红楼梦》启发了《春明外史》的叙事结构,那么《红楼梦》写贾府,即使不写宝、黛、钗,"写来写去,总不会远"的结构更影响了张恨水的另一部传世之作《金粉世家》。《金粉世家》1927年2月至1932年5月连载于《世界日报》上,1933年2月世界书局出版单行本,共一百十二回,另有"楔子"和"尾声"。它晚于《春明外史》发表,但有两年时间和《春明外史》同时连载,《穿插》也刊载于《世界日报》副刊《明珠》,未尝不是对《金粉世家》的一种示意。对《红楼梦》颇有研究的现代学人徐文滢说道:"说张恨水的《春明外史》是黑幕小说则更欠公允。这部以北平人情世故为背景的书,和《广陵

---

① 张恨水:《穿插》,《世界日报·明珠》1928年10月4日,张恨水:《张恨水散文全集·明珠》,长春:时代文艺出版社2015年8月版,第58页。

潮》一样是《红楼梦》和《二十年目睹怪现状》的化合物"。"继承着《红楼梦》的人情恋爱小说,在小说史上我们看见《绘芳园》《青楼梦》……等等的名字,则我们应该高兴地说,我们的民国红楼梦《金粉世家》成熟的程度其实远在它的这些前辈以上。《金粉世家》有一个近于贾府的金总理大宅,一个摩登林黛玉冷清秋,一个时装贾宝玉金燕西,其他贾母,贾政,贾琏,王熙凤,迎春,探春,惜春诸人,可以说应有尽有。这些人物被穿上了时代的新装,我们却并不觉得有勉强之处,原因是他写着世家子弟的庸俗,自私,放荡,奢华,种种特点,和一个大家庭的树倒猢狲散而趋于崩溃,无一不是当前现实的题材,当前真正的紧要的问题。作者张恨水,在描写人物个性的细腻及布局的精密上是做得绰绰有余的,作者所有作品中也惟有这部是用了心血的精心杰构。作者对于大家庭内幕的熟悉和社会人物的口语之各合其分,使这书处理得很自然而真实。既没有谩骂小说的谩骂,也没有鸳鸯蝴蝶的肉麻,故事的发展也了无偶然性和夸大之处,使我们明白'齐大非偶'和世家之没落有他必然的地方。这种种都是以大家庭为题材的许多新文艺作家们所还未能做到的好处。""其他摹拟《红楼梦》的小说,大概全堕落在《玉梨魂》之类的深坑里,不再有可看之作了。其实除了《红楼梦》自己以外,那一部摹拟作品是可看之作呢?"①徐文滢十分推崇《金粉世家》,他论"民国以来的章回小说",惟有《金粉世家》当得上《红楼梦》的继承者,其他小说几乎不在讨论之列了。《金粉世家》被徐文滢誉为"民国红楼梦"。

以"民国红楼梦"谓《金粉世家》非常相称。《红楼梦》叙写封建大官僚的家庭故事,《金粉世家》则讲述民国年间国务总理的家庭,都是贵族之家,叙事体制宏大,且都是章回小说,《金粉世家》的叙述话语明显带有《红楼梦》的韵味。小说第十二回叙道:

> 清秋留心一看,在这大门口,一片四方的敞地,四柱落地,一

---

① 徐文滢:《民国以来的章回小说》,《万象》第 1 年第 6 期,1941 年 12 月。

字架楼,朱漆大门。门楼下对峙着两个号房。到了这里,又是一个敞大院落,迎面首立一排西式高楼,楼底又有一个门房。门房里外的听差,都含笑站立起来。进了这重门,两面抄手游廊,绕着一幢楼房。燕西且不进这楼,顺着游廊,绕了过去。那后面一个大厅,门窗一律是朱漆的,鲜红夺目。大厅上一座平台,平台之后,一座四角飞檐的红楼。这所屋子周围,栽着一半柏树,一半杨柳,红绿相映,十分灿烂。到了这里,才看见女性的仆役,看见人来都是早早地闪让在一边。就在这里,杨柳荫中,东西闪出两扇月亮门。进了东边的月亮门,堆山也似的一架葡萄,掩着上面一个白墙绿漆的船厅,船厅外面小走廊,围着大小盆景,环肥燕瘦,深红浅紫,把一所船厅,簇拥作万花丛。……燕西又引着她转过两重门,绕了几曲回廊,花明柳暗,清秋都要分不出东西南北了。①

冷清秋初进金府,小说用清秋的视角叙述了金府鼎食之家的排场。这和《红楼梦》第三回"林黛玉抛父进京都"所写黛玉眼中的贾府类似。《金粉世家》第五十四回快过年了,大少爷凤举和商家接洽金家账目,这和《红楼梦》第五十三回"宁国府除夕祭宗祠"写贾珍和乌庄头年节清账的事也是相承的。可以说,张恨水创作《金粉世家》时,心中怀着一部《红楼梦》。小说第七回佩芳对燕西说要让小怜伺候他,燕西答道:"大嫂,是这样说笑话,真成了《红楼梦》的宝二爷,没结婚的人要丫头伺候着。"②第四十四回,清秋和燕西的姐姐们见面,燕西对清秋说道:"可是你又对我说,《红楼梦》上的对联'世事通明皆学问,人情练达亦文章',那是很对的。贾宝玉反对这十四个字很无理由。"③"时装宝玉金燕西"虽不学无术,但对《红楼梦》很熟悉,这应该是熟悉《红楼梦》的张恨水有意无意间赋予主人公的。研究者谈论《金粉世家》也会着眼于与《红楼梦》的相似与相承关系,认

---

① 张恨水:《金粉世家》,武汉:长江文艺出版社2008年8月版,第70页。
② 同上书,第45页。
③ 同上书,第278页。

为:"《金粉世家》对《红楼梦》人物自觉不自觉地进行了整体而系统的模仿,作品中几乎每个人物都可找到他(她)们的原型,这在20世纪中国文学史上是少见的。"①《金粉世家》是张恨水最著名的作品之一,它的销行"始终是列于一级的","它始终在那生活稳定的人家,为男女老少所传看"②。相比于那些"重写""仿作"《红楼梦》的小说,《金粉世家》不仅得《红楼梦》神韵,更是一种现代性的创造,被誉为"民国红楼梦"当之无愧。

张恨水谈《金粉世家》道:"有人说,《金粉世家》是当时的《红楼梦》,这自是估价太高。我也没有那样狂妄,去拟这不朽之作。而取径也各有不同。《红楼梦》虽和许多人作传,而作者的重点,却是在几个主角。而我写《金粉世家》,却是把重点放在这个家上,主角只是作个全文贯穿的人物而已。"③《红楼梦》是曹雪芹的自叙传,曹雪芹当然对其中的人物怀有深切情感。《金粉世家》里的人物故事和张恨水的切身经历没有关系,他写《金粉世家》要比《红楼梦》多了几分旁观者的思考。"重点放在这个家上",关于"家"的思考才是《金粉世家》的叙事中心。张恨水说:"以我的生活环境不同,和我思想的变迁,加上笔路的修检,以后大概不会再写这样一部书。而这样的题材,自今以后的社会,也不会再有。国家虽灾乱连年,而社会倒是进步的。"④为什么大家庭题材"自今以后的社会""不会再有"?因为这样的家庭结构不再有了,如果小说叙写现实,那么现实不存,何来小说题材。《金粉世家》是一部叙写大家庭由聚而散的小说。在这个意义上,把它和《红楼梦》相比,不算抬高了这部小说的价值。然而《金粉世家》和《红楼梦》对于大家庭兴衰叙事的着眼点不太一样。《红楼梦》在回顾往昔的繁华岁月时带有浓重的释道意味,过往

---

① 王兆胜:《〈金粉世家〉与〈红楼梦〉》,《东北师大学报》2003年第3期。
② 张恨水:《写作生涯回忆》,北平《新民报》1949年1月1日至2月15日,张占国、魏守忠编:《张恨水研究资料》,天津:天津人民出版社1986年10月版,第42页。
③ 同上书,第40页。
④ 同上书,第42页。

的富贵世家生活只是一"梦"而已。《金粉世家》不乏含有这层意味,这与张恨水对佛学的偏爱有很大关系,但张恨水写《金粉世家》更着眼于现实社会。张恨水说:"受着故事的限制,我没法写那种超现实的事。""小说有两个境界,一种是叙述人生,一种是幻想人生,大概我的写作,总是取径于叙述人生的。""写社会小说,偏重幻想,就会让人不相信,尤其是写眼前的社会。《金粉世家》,我是由蜃楼海市上写得它象真的,我就努力向这点发展。"①张恨水看重现实,作为社会小说的《金粉世家》也就力图描摹出现实情态,小说写出的大家庭由聚而散的故事,不能用"人生如梦"感叹过去,这个故事正是民国社会家庭变迁的特别写照。

民国社会的家庭结构发生了很大变化,核心家庭的比例日益上升。所谓"核心家庭"是指"由父母及未婚子女组成的家庭"②。这是一种新型的家庭结构,在20世纪世界范围内呈现出显著发展的趋势,而不仅仅是中国。核心家庭之外,还有主干家庭、联合家庭的区分。主干家庭是指:"由两代或两代以上夫妻组成,每代最多不超过一对夫妻,且中间无断代的家庭,如父母和已婚子女组成的家庭"。联合家庭是指:"父母和两对或两对以上已婚子女组成的家庭,或是兄弟姐妹婚后不分家的家庭。"③金家在分家之前是典型的联合家庭,这也是中国传统的大家庭结构,父母和孩子们住在一起。可这样的居住形态在民国年间发生了变化,青年人开始感觉到大家庭的束缚,想要离开家庭,各种各样的离家故事遂出现在文学革命之后的小说中。然而大家庭被拆散的情况并非如此简单。据潘光旦1926年进行的调查,在"317名城市居民中,有266人不赞成大家族制度,占总数的71%,但反过来又只有126人赞成采取欧美的小

---

① 张恨水:《写作生涯回忆》,北平《新民报》1949年1月1日至2月15日,张占国、魏守忠编:《张恨水研究资料》,天津:天津人民出版社1986年10月版,第40页。

② 邓伟志、徐新:《家庭社会学导论》,上海:上海大学出版社2006年12月版,第43页。

③ 同上。

家庭制,占 40.5%,59.5% 的人反对。64.7% 的人认为欧美小家庭制可以采用,但祖父母与父母宜由子孙轮流同居共养"①。不赞成大家庭生活方式不等于就赞成小家庭(核心家庭)结构。赡养父母作为中国社会的传统道德观念不会因家庭生活方式的改变而消失。核心家庭不能体现出赡养父母的义务,《金粉世家》第七十七回金铨去世,金家儿女虽然都希望能够分家独立,却不敢把自己的想法直说出来,担心会让金太太产生子女要弃她而去的误解。所幸金太太自己提出要分家,她搬到西山依靠自己的积蓄解决养老问题。金家儿女就纷纷独立出那个大家庭,其中凤举夫妇和鹤荪夫妇的家庭是典型的核心家庭,因为这两对夫妇都拥有了自己的孩子。小说没有具体叙述小家庭生活的情景,只留下了令人想象的空间,这个空间需要更多的社会生活与家庭生活实践去填充。

  小说的"楔子"和"尾声"与一百十二回的正文既相联系又能独立开来。正文部分叙述大家庭的聚散故事已很完整,加上的"楔子"和"尾声"主要做了两件事:一是交代正文故事的来历,二是提示主人公后来的生活情况。"楔子"和"尾声"比正文多出一个重要人物"我"。"我"偶然遇见了一位知书识文的中年妇人,"我"的一位朋友告诉了"我"她的故事。"我"把故事写了出来成为一部小说,也就是《金粉世家》的正文。这一叙事套路在《红楼梦》中是可以见到的,即在具体故事开头及结尾交代故事来源。正文的主人公冷清秋离开金家以后的生活虽然贫寒,却自食其力。"楔子"中,她卖字为生,向"我"介绍她自己时,仍以"姓金"自谓。几年以后的"尾声"中,清秋的儿子已经长大,"我"在电影院里和他们邂逅。电影没有终场,清秋他们便离开了。走时,清秋还流着泪。原来电影里的主角正是金燕西扮演的。燕西去德国留学,学习电影,回国成了演员,所演的电影故事和燕西过往的生活经历十分相似。"我"于是有了一番感慨。因为演电影在当时看来并不是一个体面的职业,富家公子出身

---

① 彭明主编,朱汉国等著:《20 世纪的中国——走向现代化的历程》(社会生活卷 1900—1949),北京:人民出版社 2010 年 8 月版,第 344 页。

的金燕西成了电影演员终究是要让人叹息的。"再说,大家庭制度,固然是不好,可以养成人的依赖性。然而小家庭制度,也很可以淡薄感情,减少互助,弟兄们都分开了,谁又肯全力救谁的穷呢？我的思想是如此的,究竟错误了没有,我也不能够知道。"①燕西当演员,是否由于他的哥哥姐姐们都没有帮助到他,他只能自谋生路。联系到家庭结构的变迁,"我"不认同大家庭的生活方式,也对小家庭生活不很赞赏,因为独立门户容易淡薄手足亲情。清秋依然承认自己姓金,是金家的人,对燕西和过去的婚姻生活心怀感伤,这不由得说明大家庭生活仍有其令人温暖的一面。然而时代变迁,社会生活发生变化,留下的只能是感伤而已。

相比于《泪珠缘》《广陵潮》,《金粉世家》是一部悲剧性的作品,与《红楼梦》的气韵一脉相承。王国维称《红楼梦》为"彻头彻尾之悲剧",这一观念奠定了现代人对《红楼梦》的认知。张恨水对《红楼梦》的悲剧价值就十分在意。他说:"长篇小说团圆结局,此为中国人通病。《红楼梦》一打破此例,弥觉隽永,于是近来作长篇者,又多趋于不团圆主义。"②"从来中国小说,十之八九以喜剧收场。其能破此习惯者,不能不首数《红楼梦》。说者对于此事,一半归功曹雪芹,一半归功续后四十回之高兰墅,吾以为《红楼》之得传,初固毋待于后四十回之绩,然真正赚得天下后世儿女一副眼泪者,一大半在后四十回。"③张恨水认为《红楼梦》是引领中国小说悲剧创作的开始,他的作品如成名作《春明外史》,传世之作《金粉世家》《啼笑因缘》等,都写的是悲剧故事。张恨水年少时也经历了从小康之家坠入困顿的境遇,求学之不成、乡人之不理解、无奈之初婚、谋生之艰难,写作《金粉世家》时的张恨水早已经受了世事的磨砺。在小说的

---

① 张恨水:《金粉世家》,武汉:长江文艺出版社2008年8月版,第721页。
② 张恨水:《长篇与短篇》,《世界日报·明珠》1928年6月5日—6日,张恨水:《张恨水散文全集·写作生涯回忆》,长春:时代文艺出版社2015年8月版,第101页。
③ 张恨水:《曹雪芹 高兰墅》,《世界晚报》1930年2月12日,张恨水:《张恨水散文全集·小月旦》,长春:时代文艺出版社2015年8月版,第230页。

"尾声"中,张恨水写道:

> 当我写到《金粉世家》最后一页的时候,家里遭了一件不幸的事件,我最小偏怜岁半女孩子康儿,她害猩红热死了。我虽二十分的负责任,在这样大结束的时候,实在不能按住悲恸,和书中人去收场。没有法子,只好让发表的报纸,停登一天。过了二十四小时以后,究竟为责任的关系,把最后一页作完了。把笔一丢,自己长叹了一口气说:"算完了一件事。把这件事告诉我的朋友。"他在前两个月,忽然大彻大悟,把家庭解散了,随身带了小小包裹,作步行西南的旅行去了。这个时候,大概是入了剑阁,走上栈道,快到成都了。我就再想写些金家的事情,也是不可能。金家走的走了,散的散了,不必写得太凄惨,太累赘了,适可而止罢。①

《金粉世家》写到最后,张恨水经历丧女之痛,而他的朋友已经"大彻大悟",这些对于张恨水都是大震动,影响到他的写作。

在为《金粉世家》单行本写序言的时候,张恨水对于悲剧的体验更深了一层。"吾书作尾声之时,吾幼女康儿方夭亡,悲未能自已,不觉随笔插入文中,自以为足纪念吾儿也。乃不及二十日,而长女慰儿,亦随其妹于地下。吾作尾声之时,自觉悲痛,不料作序文之时,又更悲痛也。今慰儿亦夭亡,十余日矣。料此书出版,儿墓草深当尺许也。""今吾作序,同此明窗,同此书案,掉首而顾,吾儿何在?嗟夫!人生事之不可捉摸,大抵如是也。忆吾十六七岁时,读名人书,深慕徐霞客之为人,誓游名山大川。至二十五六岁时,酷好词章,便又欲读书种菜,但得富如袁枚之筑园小仓,或贫如陶潜之门种五柳。至三十岁以来,则饱受社会人士之教训,但愿一杖一盂作一游方和尚而已。顾有时儿女情重,辄又忘之。今吾儿死,吾深感人生不过如是,富贵何为?名利何为?作和尚之念,又滋深也。此以

---

① 张恨水:《金粉世家》,武汉:长江文艺出版社2008年8月版,第719页。

吾思想而作小说,所以然,《金粉世家》之如此开篇,如此终场者矣。"①张恨水痛丧二女,由此回顾自己的人生,"深感人生不过如是"。《金粉世家》的写作不仅留下了现代家庭结构变迁的轨迹,也渗透着张恨水深切的人生体悟。在《〈金粉世家〉自序》的开篇第一句和结尾最后一句,张恨水写下了同样的话:"嗟夫!人生宇宙间,岂非一玄妙不可捉摸之悲剧乎?"也许,只有这样的悲剧体验,才能创造出旷世之作。

"明夫此,《金粉世家》之有无其事,《金粉世家》之是何命意,都可不问矣。有人曰:此类似取径《红楼梦》,可曰新红楼梦。吾曰:唯唯。又有人曰:此颇似溶合近代无数朱门状况,而为之缩写一照。吾又曰:唯唯。仁者见仁,智者见智,孰能必其一律,听之而已,吾又何必辨哉?"②《金粉世家》是否"取径《红楼梦》",张恨水无意辩解。"人生不过如是",何况一部小说。这部小说饱含了张恨水的人生感念,已超越了"取径"的命意,这是《金粉世家》不同于《红楼梦》的所在,也是其成为经典的真正原因。

---

① 张恨水:《〈金粉世家〉自序》,张占国、魏守忠编:《张恨水研究资料》,天津:天津人民出版社 1986 年 10 月版,第 234—235 页。
② 同上书,第 234 页。

第七章
《花月痕》之"痕"

在《红楼梦》影响的后世小说中,《花月痕》的地位比较特殊。鲁迅说:"然其余波,则所被尚广远,惟常人之家,人数鲜少,事故无多,纵有波澜,亦不适于《红楼梦》笔意,故遂一变,即由叙男女杂沓之狭邪以发泄之。如上述三书,虽意度有高下,文笔有妍媸,而皆摹绘柔情,敷陈艳迹,精神所在,实无不同,特以谈钗黛而生厌,因改求佳人于倡优,知大观园者已多,则别辟情场于北里而已。"① "上述三书"指的是《品花宝鉴》《花月痕》和《青楼梦》。这三部小说都是清代中后期的作品,叙述狭邪故事,笔法上均受到《红楼梦》明显影响。例如《花月痕》第二十五回"影中影快谈红楼梦 恨里恨高咏绮怀诗"叙述主人公杜采秋、韦痴珠、韩荷生闲

---

① 鲁迅:《中国小说史略》,《鲁迅全集》(第9卷),北京:人民文学出版社2005年11月版,第271页。

谈《红楼梦》,见解与众不同,十分得趣。这是《红楼梦》对小说的直接介入。《花月痕》虽不及《红楼梦》的成就,但也有其独到地位。研究者论《花月痕》道:"在中国近代小说中,几乎没有其他作品像《花月痕》那样,曾经在中国小说界产生过如此巨大的影响,它一度是小说家创作的楷模,开创了一种小说创作的风气,在当时的小说界占据了统治地位。"①深受《红楼梦》影响的《花月痕》也深深影响了晚清以后的小说创作。这就是传统的承续。

魏秀仁(1818—1873,字子安,福建人)写作《花月痕》是在咸丰、同治年间,小说初刊于1888年,共五十二回。小说主人公韦痴珠困顿他乡,和名妓刘秋痕感情日笃,痴珠无力为秋痕赎身,病郁而终,秋痕即自尽殉情。他们的好友韩荷生和另一才妓杜采秋十分相得,荷生立功封侯,采秋嫁与荷生封一品夫人。小说两对主人公,两条线索,一者是潦倒凄惶,记录了现实人生;一者是功名富贵,寄托了古代士人的理想。"春镜楼"和"秋心院"就鲜明体现出一种"对位"叙事的技巧。但小说的情感笔力偏向于痴珠和秋痕,由此冲破了古代小说才子佳人的理想模式,开启了士人对自身的伤痛叙事。蒋瑞藻引《雷颠随笔》道:"《花月痕》小说,笔墨哀艳凄婉,为近代说部中之上乘禅。"②

魏秀仁把对身世的感慨寄之于小说主人公韦痴珠身上,小说的其他主要人物刘秋痕、韩荷生、杜采秋等都有现实所本。"《花月痕》基本上是乔装改扮的自传体小说。书前特列刘栩凤小传,小说家为其小说主人公特写一小传置于正文前,此甚罕见。由此看出先生思恋情侣之诚,亦足见其所写事之真。"③另据学者研究,"当魏秀仁于咸丰八年(1858)三月开始酝酿创作《花月痕》时,小说的最终结局实际尚未确定,作者乃是随着生活中自己与秋痕故事的不断演进,才

---

① 袁进:《浮沉在社会历史大潮中——论〈花月痕〉的影响》,《社会科学》2005年第4期。
② 蒋瑞藻:《小说考证》,上海:古典文学出版社1957年7月版,第217页。
③ 尚达翔:《魏秀仁和他的哀艳小说〈花月痕〉》,《明清小说研究》1988年第4期。

逐渐完成对小说人物、特别是'痴珠'与'秋痕'的命运安排。《花月痕》的这种创作形态,在整个古代通俗小说的编撰史上,是非常独特、罕见的,按照魏秀仁自己的话来说,即所谓'知己文章关性命,当前花月证姻缘'"①。《花月痕》记录了作者真实的情感经历,写作方式虽在古代小说中"独特、罕见",却启示了现代小说写"情"的传统。

  小说开篇第一回就谈"情","三生冤债,虽授首于橐街;一段痴情,早销魂于蓬颗"(第一回),交代了故事梗概与《花月痕》小说的来源。结尾第五十二回,用一出戏文再叙主人公的情感故事。《花月痕》的叙事充分借鉴了古代戏曲的表述方式,主人公的悲欢与戎马征战相交错,故事的俗与叙事的雅相糅合。《花月痕》主人公的爱情故事并不复杂,但叙事却极为雅化,才子与诗妓之间相互酬唱,大量的诗词安插与《红楼梦》相比,有过之而无不及。蒋瑞藻引《小奢摩馆脞录》道:"唯时念及早岁所为诗词,不忍割弃,乃托名眠鹤主人,成《花月痕》说部十六卷,以前所作诗词,尽行填入,流传世间,即今所传本也。"②不论魏秀仁是为了保存他的诗词而作小说,还是写小说时对过去所作诗词信手拈来,小说中的大量诗词确实显示出作者不凡的才华。这些诗词能表露出主人公的情感思想,却不能推动故事情节的进展。它们安放在小说中,不显得突兀,主要是因为小说叙事语言不是历来章回小说惯用的白话,而是文人白话,这种语言不是平民读者可以顺畅接受的。雅化的叙事语言和小说中的诗词相应和,构成了《花月痕》典丽的气韵。有学者论道:"《花月痕》在晚清开了章回小说'雅化'的风气,体现了士大夫趣味与市民趣味的结合,适应了那个时代的需要,对中国文学在近代文言与白话结合的语言转换,做了有益的尝试。"③于是,从故事、情感至语言,在现代通俗小说的创作传统中,《花月痕》的踪迹显而易见。

---

  ① 潘建国:《魏秀仁〈花月痕〉小说引诗及本事新探》,《文学评论》2005年第5期。
  ② 蒋瑞藻:《小说考证》,上海:古典文学出版社1957年7月版,第218页。
  ③ 袁进:《浮沉在社会历史大潮中——论〈花月痕〉的影响》,《社会科学》2005年第4期。

第一节　考证文章与近事小说

《花月痕》1888年初刊时,名为"花月痕全传"。上海国光书局1920年10月亦出版《花月痕全传》,署"眠鹤主人编次","栖霞居士评阅",十六卷,五十二回。正文前录有眠鹤主人的《花月痕前序》《后序》,栖霞居士、谢枚如等人的《题词》,符雪樵的《评语》及定香主人的《栖梧花史小传》。书中印有眉批、回评,基本遵循初刊本格式。另有上海会文书局1920年5月出版《花月痕》,署"石山人著",与《花月痕全传》刊行格式类似。商务印书馆出版的《花月痕》也有眉批和回评,上海新文化书社1934年11月出版的《花月痕》未刊眉批和回评。

现代学界对《花月痕》有较深入的研究。鲁迅把《花月痕》放置在"清之狭邪小说"的序列中,论道:"其布局盖在使升沉相形,行文亦惟以缠绵为主,但时复有悲凉哀怨之笔,交错其间,欲于欢笑之时,并见黯然之色,而诗词简启,充塞书中,文饰既繁,情致转晦。"①这是对《花月痕》比较著名的整体评价。赵景深在《花月痕跋》一文中赞同鲁迅的看法,并说《花月痕》"是用写文章的方法来写小说","率性改成全部文言,或者更相称一些"。② 这是对小说语言行文的总体印象。

《花月痕》史料被现代学者发掘引述较多的是《小奢摩馆脞录》《雷颠随笔》《课馀续录》和魏子安《墓志铭》。《东方杂志》1916年连载蒋瑞藻、孟洁《小说考证卷一》,1918年连载的《小说考证卷八》有《花月痕弟一百七十七》,录有《雷颠随笔》和《小奢摩馆脞录》两则。③ 前者主要记述了《花月痕》成书的经过,后者主要记述魏子安生平和《花月痕》著书原因。《小说考证》中的这两种史料成为现代

---

① 鲁迅:《中国小说史略》,《鲁迅全集》(第9卷),北京:人民文学出版社2005年11月版,第266—267页。
② 赵景深:《花月痕跋》,《红茶:文艺半月刊》第4期,1938年。
③ 蒋瑞藻、孟洁:《小说考证卷八》,《东方杂志》第15卷第11号,1918年。

人谈论《花月痕》的基础,但其中所述颇有不确,为研究者所校订。容肇祖在《花月痕的作者魏秀仁传》①中就指出《雷颠随笔》所记魏秀仁的籍贯是错误的,《小奢摩馆脞录》中说魏秀仁"折节学道,治程朱学最邃"是没有根据的。容肇祖编订了魏秀仁的生平年谱,并辑录罗列了其著述,这是学界较早的对魏秀仁生平的详细研究。

容肇祖考订魏秀仁生平,参照了《墓志铭》。万里《花月痕小说的作者》引录了谢章铤《赌棋山庄集》卷五中魏子安的《墓志铭》全文。铭文道:"君见时事多可危,手无尺寸,言不见异,而亢脏抑郁之气无所发舒,因遁为稗官小说,托于儿女子之私,名其书曰《花月痕》,其言绝沉痛,阅者讶之,而君初不以自明,益与为愲悦诙谲,而人终莫之测。"②写作《花月痕》,是为"发舒""亢脏抑郁之气",这是对小说创作的一种切实解释。《墓志铭》作为史料,当较可信。现代学者研究《花月痕》也多以《墓志铭》为依据。《花月痕小说的作者》一文在提供史料方面是有功的。同样,李陵《花月痕著作经过》③中引录了谢章铤《课馀续录》的原文。此文记述魏子安在山西太守家任西席,课暇时作《花月痕》,太守见之喜,督促《花月痕》成书。这比《雷颠随笔》所记稍详。对这些史料的发掘、刊印和校订,使《花月痕》成为一部人多知之的作品。

由史料写成的长篇论文,如刘欧波《花月痕作者之思想》、振镛《花月痕考证》、田剑光《花月痕考证》、杨万选《花月痕及其作者》等,都对《花月痕》作了进一步研究。《花月痕作者之思想》中说道:"《花月痕》是血和泪结晶,是著者痛哭流涕的呼叫;书中的主人固然是作者的自叙,就是那不关紧要的人物,又何尝不是写其言所欲言呢。所以在这一部书中,作者的思想性格处处都表现着,阴森的气

---

① 容肇祖:《花月痕的作者魏秀仁传》,《国立中央研究院历史语言研究所集刊》第4卷第2期,1933年。
② 万里:《花月痕小说的作者》,《国立北平图书馆月刊》第3卷第5号,1929年。
③ 《花月痕著作经过》,《华安》第2卷第7期(未署名),1934年,《青岛画报》1936年第21期(署名:李陵)。

象遮满了全篇。诸君啊！却不要疑到《花月痕》的作者他是无病呻吟啊！他实在是把人间的悲哀,世上的冷酷,深深的感到心上压在胸中,真所谓若有鲠之在喉,不能不吐了！"①颇含深受感动的阅读情绪。田剑光《花月痕考证》对振镛《花月痕考证》②等文章不甚满意,认为之前的研究对魏子安的生平家世尚无清楚认识,并且有些结论是错误的,于是根据所辑资料对《花月痕》及其作者作了详细考证。③ 杨万选《花月痕及其作者》在考证基础上,论述评价了小说故事、人物、思想、时代等方面的内容。文中道:"《花月痕》一书的结构,是儿女柔情贯穿时代:作者的布局是很可取的。可是一下笔或许便计议到君主压力的利害上去。通篇写时代的背景,都处处怕陨越致祸。所以不失之隐晦,便失之故意规避,弄到许多地方简直不能驾驭材料而有上下文不接气之感。又如写韦韩刘杜四个主角,虽用了若干扭扭捏捏的架子,却翻来覆去,不免千篇一律:要说荷生显达,却先说痴珠落魄;要说韩杜要好,却先说韦刘失恋;写韦刘暂合,却以韩杜暂离作衬:每回都是这样布局。"④这和鲁迅对《花月痕》的褒贬之意相似。所以符雪樵评《花月痕》道:"词赋名家,却非说部当行"⑤,作为一部讲究辞章的小说,《花月痕》的动人之处与不足所在均为现代学人慧眼识出。而这些又都波及清末以后小说的创作。

杨万选《花月痕及其作者》发表于《南明》创刊号上。《南明》是贵州南明地区四所学校的同学会创办的一个刊物。创刊号的《卷头语》说明了办刊的宗旨。文中道:"集中同学意志于三民主义之下,各就现有的立场,从学术文化方面,努力为社会国家谋贡献","并以文化推阐学术,增加个人对于社会国家贡献的效程。换句话说,即

---

① 刘欧波:《花月痕作者之思想》,《小说世界》第 12 卷第 13 期,1925 年。
② 振镛:《花月痕考证》,《新闻报》1929 年 7 月 27 日—8 月 1 日。
③ 田剑光:《花月痕考证》,《青年学术研究会季刊》第 1 卷第 2 期,1935 年。
④ 杨万选:《花月痕及其作者》,《南明》创刊号,1937 年 7 月。
⑤ 符雪樵:《评语》,《花月痕全传》,上海:国光书局 1920 年 10 月版,第 4 页。

是工作要学术化,学术要大众化"。① 可能因战时影响,现所见《南明》仅一期创刊号,但办刊宗旨十分明确。"社会国家"是目的,"学术文化"是方法。贵州历来不是中国的文化中心,但《花月痕》作者魏秀仁是福州人,《花月痕及其作者》在《南明》创刊号发表,多少体现出战时中国南方地区在"学术文化"方向上的努力。《花月痕》一方面写儿女柔情,一方面也谈铁马金戈。《花月痕及其作者》突出了《花月痕》的写作时代:"那时的中国,真是百孔千疮,无一省不受蹂躏遍!在那样分崩离析的时代,虽是苦了人民,却造成了许多大官……作者幼年既很有文名,生当乱世,见着别人轰轰烈烈的做了一番事业,不免有些眼热,也'大丈夫不当如是耶'底羡慕得可怜!"②这种时代心境可以映照出1937年《南明》创刊的语境。在《花月痕及其作者》一文开首处,作者引录了他二十年前写的四首《读花月痕》的诗,其中第二首道:"狐兔狩园寓意深,西戎振旅讶成擒!洪杨虽靖疮痍在,珍重纱笼秋蟪吟!"③战乱频仍,感昔伤时,《花月痕》在30年代仍有被阅读和研究的意义。

四首《读花月痕》的诗写于民国初年,《花月痕》是一部"以诗为文"的小说,其对清末以后文坛的影响首先也通过诗歌来回应。由《花月痕》引发古体诗创作是古典小说及于现代文坛的独特景观。碧湘馆主《花月痕说部题词与内人共作》④、伴僧《愍哀表阮将游沪上爱拾花月痕句以勖之》⑤、一得山房《花月痕题词》⑥、忏盦《癫词集

---

① 《卷头语》,《南明》创刊号,1937年7月。
② 杨万选:《花月痕及其作者》,《南明》创刊号,1937年7月。
③ 同上。
④ 碧湘馆主:《花月痕说部题词与内人共作》,《著作林》第20期,1908年。
⑤ 伴僧:《愍哀表阮将游沪上爱拾花月痕句以勖之》,《小说丛报》第17期,1915年。
⑥ 一得山房:《花月痕题词》,陈无我编:《老上海三十年见闻录》,上海:大东书局1928年4月版,第135页。

花月痕句》①、仲先《题花月痕诗二首》②等诗作或表达"同是风流同作客,此中成败太凄凉"③的感慨或抒发"自问飘蓬成底事,年年春梦幻西楼"④的心境,都是由《花月痕》生发出来的。

寄吾《绿窗絮语》⑤用《花月痕》之诗来引发自身的情感故事。此文开首道:"《花月痕》诗云:'絮絮几多心上事,一声无赖汝南鸡。'缠绵香窟阅历情场,似水年华,如花美眷,有无限感慨系之焉。嗟嗟欲海波生,爱河风恶,啼残鹃血,缚到蚕丝,离恨之天难补,销魂之事重提。"《花月痕》第三回韦痴珠和友人漱玉叙旧,提到过去所写的两首诗,其中有一句是"絮絮几多心上语,一声无赖汝南鸡。"⑥诗歌记述了痴珠和娟娘之间的眷眷情意。这段情意在第三回的故事中已成过去,"似水年华,如花美眷,有无限感慨系之焉"。由《花月痕》诗情引发,《绿窗絮语》叙述了几段"销魂"旧事,记忆中的两情相悦无法忘却。其中一段道:"春夜薄寒,花阴月午,赴画廊西畔,瞥见倚关俏立,对月沉吟,翠袖翻风,柳腰纤削,伊何人斯?盖雏环玉鹦偷向悄无人处,领略幽静趣味。余潜步于后,低声唤之,玉鹦惊觉,脸晕绯霞,急以手牵余袖嘱勿声,恐阿母之见责也。余温语慰藉,始回惊作喜态,携手阶前,踏碎扶疏花影。絮絮言情,乐而忘倦,及至露湿绣鞋,苍苔径冷,乃各归寝。"⑦情感往事虽不刻骨铭心,却因其美好而成为一种温暖的记忆。对"情"的记忆,是《花月痕》感动后世文坛的关键所在。"絮絮几多心上语,一声无赖汝南鸡。"情意缠绵,却因现实所迫得不到成全,这也是《绿窗絮语》所记情事与《花月痕》的一份牵扯。

---

① 忏盦:《癫词集花月痕句》,《民强》第19期,1933年。
② 仲先:《题花月痕诗二首》,《诗林双月刊》第1卷第1期,1936年。
③ 一得山房:《花月痕题词》,陈无我编:《老上海三十年见闻录》,上海:大东书局1928年4月版,第135页。
④ 忏盦:《癫词集花月痕句》,《民强》第19期,1933年。
⑤ 寄吾:《绿窗絮语》,《销魂语》第1期,1914年。
⑥ 魏秀仁:《花月痕》,北京:中华书局1996年7月版,第11页。
⑦ 寄吾:《绿窗絮语》,《销魂语》第1期,1914年。

《绿窗絮语》是作者对往事的回忆,是《花月痕》带来的情感触动,而《花月痕》及于现代文坛的还有另一个重要方面。1908 年《中外小说林》杂志刊载了一篇"近事小说"《花月痕》[1],作者署名"凿"。这是一篇文言小说,叙述了一个名叫"饶于情"的女子在父亲死后堕入青楼。一次看戏时,结识洪生。饶于情请洪生到福建,探查一个姓蔡的客人之虚实,据说此人将娶她。洪生果然到福建,但探查不果回到上海。此时饶于情已离开青楼专候洪生归来,原来这是饶于情在考验洪生。两人遂结白首。这篇小说和魏秀仁的《花月痕》几乎没有关系,只是题目一样。魏秀仁谈过"花月痕"三字的命意。他说:

> 至若是花非花,是月非月,色香俱足,光艳照人者,则是余意中之花月也。然而谓之花月可也,谓之痕不可也。即或谓如花照镜,镜空花失;如月映水,水动月散,是亦痕之说也。其说尚浅也。夫所谓痕者,花有之,花不得而有之;月有之,月不得而有之者也。何谓不得而有之也?开而必落者,花之质固然也,自人有不欲落之之心,而花之痕遂长在矣;圆而必缺者,月之体亦固然也,自人有不欲缺之之心,而月之痕遂长在矣。故无情者,虽花妍月满,不殊寂寞之场;有情者,即月缺花残,仍是团圆之界。此就理而言之也。若就是书之事而言,则韩、杜何必非离,而其痕则固俨然合也;韦、刘何必非合,而其痕则固俨然离也。虽然,人海之因缘未了,浮生之踪迹无凭,异日者剑合延津,珠还合浦,返魂香爇,重泉有再见之期;却老丹成,天末回长征之驾。[2]

"花月痕"是花月在人心中被想望的印象。即使现实中"月缺花残",但念想中依然可以"团圆"美满。所以《花月痕》中四位主人公的离

---

[1] 凿:《花月痕》,《中外小说林》第 2 卷第 7 期,1908 年。
[2] 眠鹤道人:《花月痕后序》,魏秀仁:《花月痕》,北京:中华书局 1996 年 7 月版,第 363 页。

合,并不一定对应着悲欢。"人海之因缘未了",总有异日"剑合延津"的时候。所以在《花月痕》的结尾,死去的痴珠和秋痕安葬在一处,弥合了未了之因缘。

"花月痕"不是花月之"伤痕",而是过去存在的或可能存在的一种美好状态,是用念想来平衡人生之悲哀。以此来看"近事小说"《花月痕》,便可理解作者"凿"为何用一个美满的故事来映照小说的标题。不过,这篇小说还是在题材方面追随了魏秀仁的《花月痕》。作为"狭邪小说",《花月痕》似乎成了后世青楼故事的领衔范作。作为"近事小说",《花月痕》叙述的青楼艳迹又是晚清以降街头巷尾的重要话题之一。事关"花月"便可成"痕"。《花月痕》留给现代小说的既是诗意的抒情叙事,也是一种题材的浓厚兴味。

第二节 "鸳鸯蝴蝶派"的缘起

墨泪词人编写的《花月痕传奇》[①]是对《花月痕》的戏曲改编。《花月痕》第五十一回叙道:"荷生低徊往事,追忆旧游,恍惚如烟,迷离似梦,编出十二出传奇,名为《花月痕》。第二出是个《菊宴》,赶着重阳节,令家伶开场演唱。"[②]第五十二回写梦中之戏,正演的是《菊宴》一出。《花月痕》不但在结构、辞令、情意上对传统戏曲有所借鉴,还以戏入小说,明示出小说《花月痕》与戏曲《花月痕》之间的密切关系。主人公韩荷生编出戏曲《花月痕》,让痴珠和秋痕的故事得以更广泛、久远地流传。墨泪词人的《花月痕传奇》实现了小说戏曲化的这一希求,第二出《评花》叙述韩荷生初见秋痕的情景,虽和《菊宴》不同,却是按小说情节故事来编排的。由《花月痕传奇》也可见出《花月痕》在晚清以后的流播方式。

袁进谈《花月痕》的影响,认为:"它影响最大的时期,大约是在

---

① 墨泪词人:《花月痕传奇》,《妇女杂志》1915 年第 1 卷第 10 号开始连载,至 1916 年第 2 卷第 7 期,未完。

② 魏秀仁:《花月痕》,北京:中华书局 1996 年 7 月版,第 354 页。

清末民初,影响了当时一代作家。"①袁进举出张春帆、杨尘因、郑逸梅、叶楚伧、李定夷、徐枕亚等人的例子,这些作家都谈论过《花月痕》。袁进的研究主要关注两方面,一是梳理清末民初文坛对《花月痕》的认识,二是讨论《花月痕》在民初产生重要影响的原因。就前者他认为小说人物和语言具有一种"前现代"特点,并且"《花月痕》可以算作'鸳鸯蝴蝶'小说的鼻祖"。对于后者则认为《花月痕》与时代情感诉求相呼应,小说的雅化和现实化趋向也呈现出新的创作样态。② 与《红楼梦》相似,作为传统小说的《花月痕》表现出自身独特的品质,启示了后来的文坛。但袁进的研究视野仅限于清末民初文坛,相关的论述也没有得到充分展开。特别是关于"'鸳鸯蝴蝶'小说的鼻祖"问题,还可以作更深入的探讨。

首先还是来看小说的一个突出的文体特点,即对传统戏曲的借鉴。《花月痕》小说渗透了戏曲文体,这不仅是《花月痕》的重要特征,也关系到传统章回小说的渊源流脉。章回小说的成型来自多方面因素,"文备众体"可以看成是各种渊源在小说本文中留下的痕迹。已有研究充分证明了传统小说和戏曲之间的交互关系,并认为:"在白话小说回目形成的历史上,最为关键的是最早产生回目的几部章回小说,如《三国志通俗演义》《水浒传》等。元杂剧中大量的情节成为这些作品产生的故事原型,在输出情节的同时,题目正名作为一种遗传信息也会相应地沉积在章回小说的回目中。"③这是戏曲对回目制成型的重要影响。至清末民初,章回小说在体式上有了新变,《玉梨魂》等哀情小说表现出章回小说现代化的一种形态。有学者对此论道:"在回目的字数上,这一时期出现的《风月鉴》曾作了大胆的革新。作者不再用七字或八字对,而是改用两字对,如第一回'投胎,解笑',第二回'幻梦,刁宴'等。这种联对方式很可能与

---

① 袁进:《浮沉在社会历史大潮中——论〈花月痕〉的影响》,《社会科学》2005年第4期。
② 同上。
③ 李小龙:《中国古典小说回目研究》,北京:北京大学出版社2012年8月版,第102页。

受明清传奇的影响相关,因为传奇作品每一出的标题大多数是两个字,如《牡丹亭》的'训女''寻梦',《桃花扇》的'寄扇''骂筵',《长生殿》的'密誓''私祭'等。《风月鉴》的作者将这种两个字的题目与章回小说的联对回目形式相结合,采用了二字对的形式,这还是有一定创新意义的。因此,民国章回小说中颇有一些作品继承了这样的方式,用两个字作回目,如江蝶庐的《金如意》《换空箱》《双珠凤》……民国章回小说的代表作之一——徐枕亚的《玉梨魂》,也用二字作回目,更可见这种回目形式的影响。"①《风月鉴》成书早于《花月痕》,晚于《红楼梦》,是清代的一部白话言情小说。这部小说的章回标题是二字对的四个字,在成熟期之后的章回小说中确是标新立异。民初小说更进一步,舍弃对偶,只用二字标题,徐枕亚《玉梨魂》、吴双热《孽冤镜》均可为代表。如果说元杂剧的题目助成了章回小说的回目,那么民初小说的标目则是有意借鉴了明清传奇。

  《长生殿》《桃花扇》等明清传奇融言情于时事之中,充满寄托与哀怨。《花月痕》的故事构架明显受到《长生殿》等传奇影响。这种影响也可见于《玉梨魂》等民初小说中。《玉梨魂》中的主人公何梦霞与寡妇梨娘的恋爱只能在一种隐秘的状态下进行。小说不仅叙写爱情悲剧,也由悲剧来批判时代观念,寡妇不能再嫁、婚姻必须由父母做主,这些习俗规约是导致主人公爱情悲剧的主要原因,而悲剧的呈现正是一种反抗。有研究者论道:"鸳派的兴起反映了都市青年普遍关注的社会问题。民国的建立,在一定程度上促进了都市青年思想的解放和观念的更新,因而在爱情上追求自由成为部分都市青年的一种时尚。但民初的政治环境、文化环境均不能为这些青年提供宽松的自由发展的空间,于是或者殉情,或者屈服。鸳派小说所写之种种哀情、惨情,既是当时一种具有普遍意义和时代印痕的社会热点问题,也是刚刚开始觉醒的都市青年读者最为关注的社

---

① 陈美林、冯保善、李忠明:《章回小说史》,杭州:浙江古籍出版社1998年12月版,第187页。

会热点问题。"①民国初年正是新旧社会规范转型的时期,思想业已进步,但社会规范、习俗规约依然滞后,对婚姻自由的向往与不能自主的现实之间产生抵牾,于是悲剧产生。这是"融言情于时事"的一种表述方式。民初的哀情小说叙述的不仅是个人之悲欢,也表现出变革时代观念的欲求。

不仅如此,《玉梨魂》等小说在极尽爱情之悲伤与惨烈的同时,还直接剖析了爱情与时代的关系。《玉梨魂》第二十九章"日记"叙述了何梦霞参加辛亥革命的情景:"越一年,义师起武汉间,海内外爱国青年,云集影从,以文弱书生,荷枪挟弹,从容赴义者,不知凡几。"在叙述何梦霞参加武昌起义,以身殉国之后,叙述者有一番感慨:

> 今乃知梦霞固磊落丈夫,梨娘尤非寻常女子。无儿女情,必非真英雄,有英雄气,斯为好儿女。梨娘初遇梦霞之后,即力劝东行,以图事业,彼固深爱梦霞,不忍其为终穷。天下之志士,心事何等光明,识见何其高卓,柔肠侠骨,兼而有之。梦霞不能于生前从其言,而于死后从其言,暂忍一死,卒成其志,此一年中之卧薪尝胆,苦心孤诣,盖有较一死为难者。夫殉情而死,与殉国而死,其轻重之相去为何如?曩令梦霞竟死殉梨娘,作韩凭第二,不过为茫茫情海,添一个鬼魄,莽莽乾坤,留一桩恨事而已。此固非梦霞之所以报梨娘,而亦非梨娘之所望于梦霞者也。天下惟至情人,乃能一时忽然若忘情。梦霞不死于埋香之日,非惜死也,不死正所以慰梨娘也。卒死于革命之役,死于战,仍死于情也。梦霞有此一死,可以润吾枯笔矣。②

"儿女情"是小说的叙事主体,"英雄气"则联系着时代精神。叙述者

---

① 张俊才:《叩问现代的消息——中国近代文学专题研究》,北京:中国社会科学出版社2006年12月版,第174页。

② 徐枕亚:《玉梨魂》,栾梅健编:《海上文学百家文库28 徐枕亚 吴双热卷》,上海:上海文艺出版社2010年6月版,第166页。

的这一番感慨,充分发挥了"融言情于时事"的可能之意。"死于战,仍死于情也",这是小说的结局构设,反写了《花月痕》中韩荷生和杜采秋的故事。但由《桃花扇》等明清传奇而来的"情"与"时"的关联叙事,却一以贯之。

明清传奇的标目、结构影响了《花月痕》以后的写情小说,词曲之雅正也可在《花月痕》之后的小说中得到映现。文人写曲,俗曲雅化,这是明清传奇的一种趋向。《桃花扇》第一出"恋芳春"云:"孙楚楼边,莫愁湖上,又添几树垂杨。偏是江山胜处,酒卖斜阳。勾引游人醉赏,学金粉南朝模样。暗思想,那些莺颠燕狂,关甚兴亡!"①作为文学作品的明清传奇可以纳入文人写作的传统中。作为古代章回小说后期代表作的《花月痕》,文人写作的印迹更为明显。和元末明初《水浒传》等章回小说起自民间说话不同,《花月痕》饱含了作者魏秀仁浓郁的文人情调,小说语言的雅化在章回小说发展史上占有突出位置。例如第十五回道:"碧血招魂,近有鲍参军之痛;青衫落魄,原无杜记室之狂。真个絮已沾泥,不逐东风上下;花空散雨,任随流水东西。不想秋痕三生夙业,一见倾心。秋月娟娟,送出销魂桥畔;春云冉冉,吹来离恨天边。"②这样典丽的四六文,出自叙述者对故事人物的感慨,也是作者魏秀仁文人才情的涌现。这种文人才情在民初《玉梨魂》等小说中得到了明显的回应。

《玉梨魂》等民初哀情小说以文言叙事,间以四六韵文,逞才之笔随处可见。

> 一缄多事,两字可怜。香闺联翰墨之缘,红袖结金兰之契。自是以后,管城即墨,时为两人效奔走,虽少见面之时,不断相思之路。有句则彼此鹤和,有书则来往蝉联。而密函之交递,皆藉鹏郎为青鸟使。金刀虽快,剖不开茧是同功;玉尺虽长,量不完才如缀锦。叠韵双声,此中多少情趣?擘笺搦管,决旬费

---

① 孔尚任:《桃花扇》,《桃花扇·琵琶记·窦娥冤》,北京:文化艺术出版社2004年1月版,第5页。
② 魏秀仁:《花月痕》,北京:中华书局1996年7月版,第93页。

尽吟神。愁里光阴,变作忙中岁月;无穷恨事,化为绝妙诗情。绮思难杀,节序易更,一转瞬间,已是清和天气矣。①

这是小说第六章的一段文字,兼容叙事、描写和抒情,男女主人公传书通信,缔结知己的情形被充满诗意与典丽的文字娓娓叙出。和《花月痕》一样,《玉梨魂》的叙述文字间充斥着主人公的书信和诗词,情感浓艳,才气直露。作者徐枕亚处在清末民初时代转型期,具有这一时代文人从传统到现代的气质。袁进认为:清末民初"大量士大夫加入小说作者与读者的队伍,从而造成小说市场的急剧膨胀"②。这里的"士大夫"也就是"文人"。晚清科举仕途之路堵塞后,文人地位发生很大变化,原本孜孜于功名的寒士转而成为报人小说家。文言是传统文人驾轻就熟的语言,借助于文言写作风尚,文人在小说中施展自己的辞章才华,宣泄心中积蓄的悲伤情绪,弥补不能经世致用的缺憾。在新的言情故事背后埋藏的是时代感念和自身创痛。

民初小说以诗化文言写长篇,在中国小说传统中是少见的。传统文言小说中,清代乾、嘉年间的两部小说值得关注。一部是屠绅所撰的《蟫史》,是古代长篇文言小说稀有的代表。今所见《蟫史》共二十卷,每卷首有一单行标题,字数不一致。相邻两卷标题似能合成一对句,同于传统章回小说的双行回目。这部小说在神魔外衣下讲述平定战乱的故事,语言十分古奥,就文言来说地道已极。鲁迅对之的评价是:"惟以其文体为他人所未试,足称独步而已。"③另一部是陈球所撰八卷本的《燕山外史》,小说用骈俪四六文来敷衍窦生和爱姑的悲欢离合故事,证明了骈文作小说的可能性。然而骈文小

---

① 徐枕亚:《玉梨魂》,栾梅健编:《海上文学百家文库 28 徐枕亚 吴双热卷》,上海:上海文艺出版社 2010 年 6 月版,第 36 页。
② 袁进:《中国文学的近代变革》,桂林:广西师范大学出版社 2006 年 6 月版,第 37 页。
③ 鲁迅:《中国小说史略》,《鲁迅全集》(第 9 卷),北京:人民文学出版社 2005 年 11 月版,第 255 页。

说在古代除了一部《燕山外史》,尚无可与之媲美的其他作品。到民国初年,骈文小说大放异彩,不能说与《燕山外史》的尝试之功没有关系。《燕山外史》的才子佳人故事正为民初的言情小说提供了参照。但《燕山外史》在晚清以后的影响远不及《花月痕》。李定夷在回忆民初小说的风貌时谈道:"民初继社会小说而起的排偶小说,词华典赡,文采斐然,与其说是脱胎于《燕山外史》,毋宁说是拾《花月痕》的牙慧。《燕山外史》句句排偶,通体骈词,有时失诸滞笨,不及《花月痕》的生动流畅。《玉梨魂》羼入许多诗词,也可说是学步《花月痕》,不过笔墨有与文言语体的不同。当时一般文艺作品,多数夹杂诗词,但不如《玉梨魂》为多,故举《玉梨魂》为代表作,此为排偶小说的第一种起因。"①李定夷和徐枕亚在《民权报》编辑部是"一案相对"的同事,见徐枕亚写《玉梨魂》"案头置酒一壶,干果两色,边写边喝,信笔拈来","天天写上八九百字","谁料及后来一纸风行,为人侧目呢?"②同为民初言情小说家,李定夷对《玉梨魂》及《花月痕》之评论,可见出民初文坛之状况。

从《燕山外史》《花月痕》到《玉梨魂》,中国才子佳人的故事逐渐从喜剧向悲剧转换。其间林纾用文言译长篇,《巴黎茶花女遗事》让中国读者领略到悲剧的魅力,对民初哀情小说的兴盛影响很大。现代学者概括出了这样一条脉络:"才子佳人小说之含义极为单纯,仅限于才子书之一部,即描写才子佳人者是。其外形皆为章回体之中篇小说。每部都为十六回至二十回。其内容为喜剧的才子佳人之恋爱史而点缀以文雅风流、功名遇合。这种小说起源于明末及清顺治间,极盛于雍正、乾隆,终清之世不绝;到民国初元才一变而为鸳鸯蝴蝶派之香艳小说。"③民初小说被称为"鸳鸯蝴蝶派",这在学界已然是一个被写定的命名。袁进描述民初"鸳鸯蝴蝶派"小说与传统之关系道:"士大夫文化在'鸳鸯蝴蝶派'身上依然留有痕迹,它

---

① 李健青(李定夷):《民初上海文坛》,《上海地方史资料》(四),上海:上海社会科学院出版社 1986 年版,第 204 页。
② 同上书,第 208 页。
③ 郭昌鹤:《佳人才子小说研究》(上),《文学季刊》创刊号,1934 年 1 月。

表现在章回小说的回目设置上,也表现在章回小说夹杂的诗词中,更表现在章回小说那凝练的语句、细致的描写上。假如有人写一部章回小说史,他会发现与古代的章回小说相比,不是就某一部作品而论,而是从一个时代来看,'鸳鸯蝴蝶派'的章回小说很可能是最成熟的、最精致的,最能体现章回小说的特点,也最富于士大夫文化的气息。而一个时代的章回小说竟然在这时能取得新的突破,恐怕还得归功于民初文言小说在市民中造成的阅读氛围。"①民初"鸳鸯蝴蝶派"小说写的是才子佳人故事,而写才子佳人故事的也是文人才子。作者与小说故事的这种密切关系,正是"鸳鸯蝴蝶派"的一种特色。

"鸳鸯蝴蝶派"是什么意思?鲁迅说民初小说:"佳人已是良家女子了,和才子相悦相恋,分拆不开,柳阴花下,像一对胡蝶,一双鸳鸯一样,但有时因为严亲,或者因为薄命,也竟至于偶见悲剧的结局,不再都成神仙了,——这实在不能不说是一个大进步。"②民初小说叙写现实的爱情故事,"一对胡蝶""一双鸳鸯"指的就是"分拆不开"的有情男女。范伯群在解释这一概念时,借用了鲁迅的说法:"就鸳鸯蝴蝶派而言,顾名思义,是指才子与佳人相悦相恋,似一对蝴蝶,一双鸳鸯。以这命名来指《玉梨魂》作者徐枕亚、《霣玉怨》作者李定夷是非常合宜的。鸳鸯蝴蝶派就狭义而言当然是指的才子佳人言情小说的作者们。但是这一流派的作品从言情起家而几经繁衍,后来竟大大超出了言情小说的范围。"③言情之外,社会、武侠、侦探等小说都被纳入"鸳鸯蝴蝶派"范畴,和新文学创作相对。

文学革命时期的新文学家基本把民初言情小说称为"鸳鸯蝴蝶派",并给予否定性评价。如周作人说:"《玉梨魂》派的鸳鸯胡蝶

---

① 袁进:《中国文学的近代变革》,桂林:广西师范大学出版社2006年6月版,第44页。
② 鲁迅:《上海文艺之一瞥——八月十二日在社会科学研究会讲》,《鲁迅全集》(第4卷),北京:人民文学出版社2005年11月版,第301页。
③ 范伯群:《再论鸳鸯蝴蝶派》,《礼拜六的蝴蝶梦——论鸳鸯蝴蝶派》,北京:人民文学出版社1989年6月版,第45—46页。

体,《聊斋》派的某生者体,那可更古旧得利害,好像跳出在现代的空气以外,且可不必论也。"①钱玄同说:"然人人皆知'黑幕'书为一种不正当之书籍,其实与'黑幕'同类之书籍正复不少。如:《艳情尺牍》,《香闺韵语》,及'鸳鸯蝴蝶派的小说'等等,皆是。"②通俗文学家平襟亚撰文回忆"鸳鸯蝴蝶派"的命名经过。1920年某日,杨了公、平襟亚、姚鹓雏、朱鸳雏、成舍我等人在上海小有天酒店聚餐。刘半农由上海去欧洲留学,恰逢这次聚会。大家以"鸳鸯蝴蝶"入诗侑酒,十分热闹。

> 又有人说:"最要不得的是言之无物,好为无病呻吟,如'卅六鸳鸯同命鸟,一双蝴蝶可怜虫。'说明什么呢?"刘半侬认为骈文小说《玉梨魂》就犯了空泛、肉麻、无病呻吟的毛病,该列入"鸳鸯蝴蝶小说"。朱鸳雏反对道:"'鸳鸯蝴蝶'本身是美丽的,不该辱没它。《玉梨魂》使人看了哭哭啼啼,我们应当叫它'眼泪鼻涕小说'。"一座又笑。刘半侬又说:"我不懂何以民初以来,小说家爱以鸳蝶等字作笔名?自陈蝶仙开了头,有许瘦蝶、姚鹓雏、朱鸳雏、闻野鹤、周瘦鹃等继之,总在禽鸟昆虫中打滚,也是一时风尚所趋吧。"其实,何止于此,如陈蝶仙创制的"无敌牌"牙粉用一双蝴蝶作商标;徐枕亚与状元小姐的结婚书上有"福禄鸳鸯"一语,简直可以说是在在都是。③

在平襟亚的回忆中,刘半农"鸳鸯蝴蝶小说"的戏言,引出了一个现代文学的派别。这一事件确实与否,很难考证。范伯群认为:"鸳鸯蝴蝶派"这一"命名并非在五四后一年,而是起于五四运动以前。当时为徐枕亚的四六骈俪小说《玉梨魂》的出版,新旧文学进行了一场遭遇战,那时就将徐枕亚等作者,类似《玉梨魂》之类的小说,命名为

---

① 周作人:《日本近三十年小说之发达》,《新青年》第5卷第1号,1918年。
② 宋云彬、钱玄同:《"黑幕"书》,《新青年》第6卷第1号,1919年。
③ 平襟亚:《"鸳鸯蝴蝶派"命名的故事》,魏绍昌编:《鸳鸯蝴蝶派研究资料》,上海:上海文艺出版社1984年7月版,第180—181页。

'鸳鸯蝴蝶派'"①。文学革命期间,周作人、钱玄同等人的批判文章已经对"鸳鸯蝴蝶派"定了性,周作人并且十分明确地说:"近时流行的《玉梨魂》,虽文章很是肉麻,为鸳鸯胡蝶派小说的祖师,所记的事,却可算是一个问题。"②不管"鸳鸯蝴蝶派"的命名之功应归于周作人还是刘半农,《玉梨魂》作为"鸳鸯蝴蝶派"的典型代表乃至"祖师"的文学史地位在五四前后就被认定了。

在平襟亚叙述的那场聚会故事中,"鸳鸯蝴蝶"是叙述中心。其中提到两句诗:"卅六鸳鸯同命鸟,一双蝴蝶可怜虫"不是没有出典的。《花月痕》第三十一回,正是腊月二十三日,痴珠、秋痕二人谈论乐府诗,不免伤感伤情。第三日,痴珠收到荷生的一封信,信里荷生诉说他和采秋的离情别绪,并请痴珠和诗。痴珠念荷生诗,不禁感叹道:"卅六鸳鸯同命鸟,一双蝴蝶可怜虫"③,不仅叹荷生和采秋,也叹自己和秋痕。"鸳鸯""蝴蝶"就此意指带有无限哀怨的有情男女。《花月痕》谈及"鸳鸯""蝴蝶"的不止这一处。第十六回有"化为蝴蝶,窃比鸳鸯"④,第二十六回有"散为蝴蝶,五花八门;团作鸳鸯,春云秋月"⑤。第十六回提到《鸳鸯楼记》⑥,第十七回用"鸳鸯飞舫"⑦,第十九回提到《鸳鸯镜》⑧……《花月痕》中的"鸳鸯""蝴蝶"比比皆是,民初小说又受到《花月痕》影响很深,把《花月痕》作为"鸳鸯蝴蝶派"小说的源头有据可循。

吴小如说:"顾名思义,属于鸳鸯蝴蝶派的作品主要是指爱情小说。如果我们不上溯志怪、传奇和话本,只从清代章回小说算起,那么《花月痕》可以说是这一派作品的老祖宗至少也是属于这一范畴

---

① 范伯群:《礼拜六的蝴蝶梦》,北京:人民文学出版社1989年6月版,第42页。
② 仲密:《中国小说里的男女问题》,《每周评论》第7号,1919年2月。
③ 魏秀仁:《花月痕》,北京:中华书局1996年7月版,第223页。
④ 同上书,第98页。
⑤ 同上书,第183页。
⑥ 同上书,第99页。
⑦ 同上书,第106页。
⑧ 同上书,第124页。

里面的一部代表作。到了清末民初,亦即'鸳鸯蝴蝶派'这一名称或概念形成之际,比较典型的作品应推徐枕亚的《玉梨魂》。"①作为继《花月痕》之后又一部大量穿插诗文的爱情小说,《玉梨魂》中也多有"鸳鸯""蝴蝶"的文句。如第五章云"可怜身世,从今怕对鸳鸯;大好因缘,讵料竟成木石"②,第十五章云"梦为蝴蝶身何在,魂傍鸳鸯死亦痴"③,第二十六章云"茫茫后果,鸳鸯空祝长生,负负前缘,蝴蝶遽醒短梦,吁可痛已"④……这些"鸳鸯""蝴蝶"和小说男女主人公的情感命运相映衬,可以见出《花月痕》的痕迹十分明显。

徐枕亚把自己的爱情故事写成小说,这和《花月痕》的自叙写法十分类似。因为是亲身经历,所以写来情感深切,直入人心。《玉梨魂》发表于1912年《民权报》的副刊上,甫一刊出,便风行一时。作为民初最早的产生很大影响的小说,《玉梨魂》被看成是"鸳鸯胡蝶派小说的祖师"是有理由的,尽管这一由新文学家作出的评价带有贬义色彩。郑逸梅在40年代谈徐枕亚时还说:"徐枕亚著《玉梨魂》《雪鸿泪史》,新文坛诸子以鸳鸯蝴蝶派诋之,实则作品随风尚而变迁,要亦不失为民初之代表物也。"⑤1924年上海明星影片公司把小说拍成电影上映,一位署名为"冰心"的观众写有影评《〈玉梨魂〉之评论观》,认为:"此片虽没有直接说出'寡妇再嫁之可能',但在寡妇不得再醮惨状的描写内,及旧礼教的吃人力量的暗示内,已把'寡妇不得再醮'的恶制度攻击,间接的提倡与鼓吹'寡妇再嫁'的可能了……此种主义,合于新伦理,合于新潮流,合于人道的。"⑥这位"冰心"虽不是五四青年女作家谢冰心,但能够把《玉梨魂》的故事诉诸一个"五四"式的话题,恰可以解释郑逸梅说的"作品随风尚而变

---

① 吴小如:《"鸳鸯蝴蝶派"今昔》,《文学自由谈》1992年第1期。
② 徐枕亚:《玉梨魂》,栾梅健编:《海上文学百家文库28 徐枕亚 吴双热卷》,上海:上海文艺出版社2010年6月版,第33页。
③ 同上书,第91页。
④ 徐枕亚:《玉梨魂》,栾梅健编:《海上文学百家文库28 徐枕亚 吴双热卷》,上海:上海文艺出版社2010年6月版,第148页。
⑤ 郑逸梅:《徐枕亚之诗》,《读者文摘》第1期,1941年。
⑥ 冰心:《〈玉梨魂〉之评论观》,《电影杂志》第2期,1924年。

迁"之意。

《〈玉梨魂〉之评论观》中说道:"此剧为哀情,故多内心的动点。内心表演的感动力最大,感动力即为影片生命的生活素,故现今电影界,多从事于'情的影片'的制造,而爱情影片的受热烈欢迎者,在上海一埠即可察出其魔力,故我以《玉梨魂》一片,宜于摄制,不过以成绩而论,关于情的表演,未能全部彻底表出罢了。"①"冰心"并不否定"'情的影片'的制造"现象,并认为《玉梨魂》适宜被拍摄成"情的影片",但影片《玉梨魂》"未能全部彻底表出"情。这是观影的感受,也是阅读小说的感受,电影未能"彻底表出"小说的情感。小说《玉梨魂》通篇抒情,主人公的浓情哀怨是被周作人等新文学家诟病的主因,但文章作者反而认为"情"需"彻底表出"。这种见解与20年代以后文学的发展有关。"情"也融入进了新文学的肌理之中,民初"鸳鸯蝴蝶派"小说的哀情叙事可以看成是中国现代文学抒情传统的开端。

第三节 抒情叙事传统的现代显现

《玉梨魂》是一部抒情小说,对它的评价也以"情"为中心。吴双热为《玉梨魂》写《序》道:"嗟嗟!情种都成眷属,问阿谁如愿以偿?""未许文君志夺,调红粉而重整恩情;宁教司马魂销,抚青衫以徒捐涕泪。"②作为徐枕亚的同乡、同事和好友,吴双热对《玉梨魂》的感叹也可用于他情动于衷的小说创作上。吴双热的代表作《孽冤镜》和《玉梨魂》在《民权报》上隔日连载,引发了民初小说"哀情"的潮流。《孽冤镜》"楔子"开首处吴双热写道:"情天苍苍,情海茫茫,几多情种,以戴以航。嗟嗟!情也者,杀人之魔也。而人媚之,而人惑之,为所驱策,为所牵制,为所颠倒,为所残杀,至死而不悟。往古

---

① 冰心:《〈玉梨魂〉之评论观》,《电影杂志》第 2 期,1924 年。
② 双热:《序》,徐枕亚:《玉梨魂》,上海:民权出版部 1913 年 9 月版,第 1 页。

来今,痴儿女千百辈,醉于情,宿于情,陷情魔之窟,而断送其寿命者,比比然矣。呜呼!情耶魔耶!爱力耶!魔力耶!何入人者深,而中人者厉耶?予亦情网中人也,予乃情网中之过来人也。为情所网,屈指十年,情丝万丈,欸缚一身,方寸茫迷,如痴如醉。"①开篇就写"情",感叹"情"之力,为情牵系之人深陷其中,一往情深,却无限伤怀。第一人称叙事使小说的"抒情"色彩更为浓郁深切。

这种开篇写"情"的模式奠定了小说的语调,渲染了小说的氛围,于民初小说十分常见。和徐枕亚、吴双热鼎足而三的民初鸳鸯蝴蝶派小说家李定夷,其代表作《霣玉怨》的开篇同样在"抒情":

> 桃花流水,多情毕竟无情,玉陨珠沉,好梦转成噩梦。敢支不文,爰纪其实,多情之士,盍乘春风秋月之余闲,而卒读吾书。
>
> 诸君,予笔未及正文之先,有言欲先为诸君告。夫人非木石,谁能无情。情也者,固吾人天赋之特点也。然而运用之方,每因人而异。大凡人格愈高者,其用情亦愈挚。试观古来英雄豪杰,临之以刀锯鼎镬,不能动其毫末,诱之以富贵利禄,不能淫其心志。惟于情之一字,终鲜超然解脱者。以喑呜叱咤雄霸西楚之项王,而溺情一虞妃,以光明磊落庙食千秋之韩王,而倾心一梁姬,莫或使之,若或使之。兰因絮果,佳话流传,然造物弄人,未必尽如人愿。情因恨果,演成悲剧,则或赍恨终身,抑且甘以七尺肉躯,牺牲于是,多情如此,转不如太上忘情。读吾书者,其感观为何如耶?②

开篇议论是对读者而发。人虽有情,但多情会"演成悲剧","不如太上忘情"以获解脱。小说正文故事便是现身说法,"情因恨果",需读者尽早彻悟。这是叙述者也是作者的一种"抒情"方式,于篇首直接向读者表明心迹,小说的写作意图即是以"情"为中心的。

开篇抒"情"即便成为一种写作模式,也依然能让读者感受到作

---

① 吴双热:《孽冤镜》,上海:民权出版部1915年12月再版,第1页。
② 李定夷:《霣玉怨》,上海:国华书局1914年7月版,第2页。

者的真诚,只有经历切身之痛才会选择这样一种表述方式。如果追溯这种写法的来源,中国古典小说于开篇处发议论、明宗旨的比比皆是,但在开篇对"情"有专门言说的,还推《花月痕》。《花月痕》第一回开首道:

> 情之所钟,端在我辈。君臣、父子、兄弟、夫妇、朋友,性也,情字不足以尽之。然自古忠孝节义,有漠然寡情之人乎?自习俗浇薄,用情不能专一,君臣、父子、兄弟、夫妇、朋友之间,且相率而为伪,何况其他!乾坤清气,间留一二情种,上既不能策名于朝,下又不获食力于家,徒抱一往情深之致,奔走天涯。所闻之事,皆非其心所愿闻,而又不能不闻;所见之人,皆非其心所愿见,而又不能不见,恶乎用其情!
>
> 请问看官:渠是情种,耄然坠地时便带有此一点情根,如今要向何处发泄呢? 吟风啸月,好景难常;玩水游山,劳人易倦。万不得已而寄其情于名花,万不得已而寄其情于时鸟。窗明几净,得一适情之物而情注之;酒阑灯灺,见一多情之人而情更注之。这段话从那里说起?①

《花月痕》开篇描述了何谓"情种",以对抗"自习俗浇薄,用情不能专一"的世风。这是魏秀仁心目中的理想形象,虽然"上既不能策名于朝,下又不获食力于家",却"抱一往情深之致,奔走天涯",以寻找"适情之物"。小说主人公韦痴珠正是这样的"情种",魏秀仁把自己的生世情感投注在韦痴珠身上,开篇第一句"情之所钟,端在我辈",内涵之意深长,抒情之味浓厚。

关于"抒情",海外汉学家已有引起学界关注的重要论述。陈世骧主要在古典诗学的脉络中发明抒情传统,普实克则把这一传统引向现代文学。普实克在他著名的《中国现代文学中的主观主义和个人主义》一文中说道:"中国现代文学在新的形式和主题层面,在不同的背景下继承和发扬了清代文人文学的传统,即受过教育的中国

---

① 魏秀仁:《花月痕》,北京:中华书局1996年7月版,第1页。

统治阶层的文学传统。"这种传统"强调文学创作的抒情性和主观性","抒情性在旧文人的文学作品都占据了首要的位置"。① 普实克还认为现代文学继承发扬抒情传统,表现为"对自我及其存在与意义的觉醒","对生活悲剧性的感受"。"对存在的这种悲剧性感受——在旧文学中发展很不充分,甚至完全没有——实际上是现代艺术的一个显著特征。"②主观、自我、悲剧于是成为抒情传统的现代显现。

王德威梳理了海外汉学家对抒情传统的论述,并对"抒情"下了一个定义。他说:"抒情的定义可以从一个文类开始,作为我们看待诗歌,尤其是西方定义下的,以发挥个人主体情性是尚的诗歌这种文类的特别指称,但是它可以推而广之,成为一种言谈论述的方式;一种审美愿景的呈现;一种日常生活方式的实践;乃至于最重要也最具有争议性的,一种政治想象或政治对话的可能。"③就此视点,王德威论述了沈从文、瞿秋白、白先勇等作家不同的抒情表述,并认为从晚清开始,对抒情的论述已经得到充分展开。王国维、鲁迅有学理的探讨,刘鹗、吴趼人则用作品来呈现。吴趼人《恨海》的开篇对"写情小说"有一个著名解释:"要知俗人说的情,单知道儿女私情是情;我说那与生俱来的情,是说先天种在心里,将来长大没有一处用不着这个情字,但看它如何施展罢了。""俗人但知儿女之情是情,未免把这个情字看得太轻了。并且有许多写情小说,竟然不是写情,是在那里写魔;写了魔还要说是写情,真是笔端罪过。"④吴趼人看待的"情"之范畴十分宽泛,这和王德威"推而广之"的"抒情"正相合。

王德威认为:"在以《恨海》为坐标的抒情的叙述里面,我们也可以往回看晚清魏子安写作的《花月痕》(1858)。这部小说标榜'才

---

① 〔捷克〕亚罗斯拉夫·普实克著,李欧梵编,郭建玲译:《抒情与史诗——中国现代文学论集》,上海:上海三联书店 2010 年 12 月版,第 9 页。
② 同上书,第 2 页。
③ 王德威:《抒情传统与中国现代性:在北大的八堂课》,北京:生活·读书·新知三联书店 2018 年 1 月版,第 72 页。
④ 我佛山人:《恨海》,广州:花城出版社 1988 年 8 月版,第 7 页。

子落魄,佳人蒙尘',反省或解构才子佳人的神话,也因此凸显晚清作家处理情和史的方法。我们不曾忘记《花月痕》的背景是太平天国时代。或者我们以《恨海》作为坐标点再往后看,像是在1910年代曾轰动一时的《玉梨魂》。这个作品是以晚清覆亡、辛亥革命为背景,讲寡妇恋爱的问题,再一次写出情的多重条件性,还有情面对史时的无从实践。但是这部小说提供了想象可能,作为晚清到民初社会从无情到滥情的对照,因此点出一个时代迫切的对情重新定位的需要。所以'情'或者'抒情'的问题——还有它在文类和社会文化机制里的诗意表征——从来不曾在近现代的文学里面消失过。"① 由《恨海》,王德威提到了《花月痕》及以后的民初小说《玉梨魂》,这是抒情传统的重要线索。就《花月痕》,王德威在研究晚清小说时有过专门论述。他说:"魏子安由是暗示出一种情的愿景,不再循回再生,而是空虚寂灭:情之为物,不在(像《牡丹亭》那样)自我完成,而在其余恨悠悠(residue)。这是'衍生的美学'的极致了。"② 确实道出了《花月痕》动人的原由。在《玉梨魂》等民初小说中,"余恨悠悠"的"衍生的美学"有更为集中和突出的表现。王德威引用夏志清的观点,同样强调了"《花月痕》对中国现代的浪漫叙事传统,从徐枕亚(1889—1937)的畅销之作《玉梨魂》(1912)一直到20世纪二三十年代鸳鸯蝴蝶派小说的浪漫风格,形成巨大影响"③。但是在王德威具体论述的抒情叙事传统中,鸳鸯蝴蝶派小说的位置并不显著,他的论述从晚清直达"五四",跳过了民初"哀情"的时代。

"情之所钟,端在我辈"语出《世说新语》。《世说新语》"伤逝"篇第四则道:"王戎丧儿万子,山简往省之,王悲不自胜。简曰:'孩抱中物,何至于此?'王曰:'圣人忘情,最下不及情。情之所钟,正在

---

① 王德威:《抒情传统与中国现代性:在北大的八堂课》,北京:生活·读书·新知三联书店2018年1月版,第86—87页。
② 〔美〕王德威著,宋伟杰译:《被压抑的现代性——晚清小说新论》,北京:北京大学出版社2005年5月版,第90页。
③ 同上书,第86页。

我辈.'简服其言,更为之恸。"①这则故事所言之"情"是父子之情,属于吴趼人和王德威所说的广义之情,王德威引用"情之所钟,正在我辈"之语来阐述晚清及新文学家对"情"的关注。② 但魏子安运用此语有其针对性。小说第一回述一学究和叙述者"小子"有一场对话,"小子"确信:"大抵人之良心,其发见最真者,莫如男女分上。"③因此《花月痕》所言"情之所钟,端在我辈"有特定指意,情之"最真者"才是小说叙事的中心。这比王德威论述的"情"的范围要窄,但却是他不曾具体述及的民初鸳鸯蝴蝶派小说最动情之处。

吴趼人《恨海》的主体故事其实叙述的还是悲欢离合的男女之情,虽然《恨海》开篇所言之"情"十分宽泛,这就使得小说的意向和情感之间产生差歧。所以阿英会说:"他的初意,固非写魔,如《恨海》,如《劫馀灰》,但影响所及,是终竟成了一个写魔的局面。""由吴趼人这一类写情小说的产生,于是有天虚我生的《泪珠缘》(《月月小说》),李涵秋的《瑶瑟夫人》(小说林社,一九〇六)……继续的发展下去,在几年之后,就形成了'鸳鸯蝴蝶派'的狂焰。这后来的一派小说的形成,固有政治与社会的原因,但确是承吴趼人这个体系而来,是毫无可疑的。"④由晚清吴趼人至民初鸳鸯蝴蝶派,是现代言情创作发生的一条线索。而之前倾心于男女爱情故事的《花月痕》对现代言情小说具有更显著的影响,"情之所钟,端在我辈"可以成为一代鸳鸯蝴蝶派小说家的注脚。

民初鸳蝴派作家李定夷就特别维护言情小说的写作。针对时人批评言情小说,李定夷写了《论小说》一文进行反驳:"教育家某君之言曰:学校十年培养学子之功,不敌一部言情小说之害。其于言情

---

① (南朝宋)刘义庆撰,(南朝梁)刘孝标注,朱碧莲详解:《世说新语详解》(下),上海:上海古籍出版社2013年6月版,第424页。
② 王德威:《抒情传统与中国现代性:在北大的八堂课》,北京:生活·读书·新知三联书店2018年1月版,第27页。
③ 魏秀仁:《花月痕》,北京:中华书局1996年7月版,第2页。
④ 阿英:《晚晴小说史》,上海:商务印书馆1937年5月版,第265、268—269页。

小说,可谓深恶而痛绝矣。鄙人亦尝从事于斯,骤聆此言,悚然而惧,以为造得恶孽,当入泥犁狱也。然而不然。情之为情,为人生之特性,自呱呱堕地时,即随之而来,长而好色,则慕少艾,乃自然之趋势,即不阅言情小说,亦未必不然。夫情既天赋,苟欲禁其用情,非泯灭其性灵,使之蠢若鹿豕不可。使性灵不能泯灭,则用情亦无从禁。既用情矣,则当绳之以专,毋使之滥。言情小说中之主人翁,什九专而勿滥,一言之诺,至死不渝。此正足为青年用情者之好模范,乌得遽加贬辞于言情小说乎!"①和吴趼人的思路类似,李定夷也从与生俱来之情入手,认为青年喜读言情小说是性灵使然。民初言情小说热衷于叙述"至死不渝"的专情故事,正可以引导一种道德情感规范。《论小说》刊于《中华编译社社刊》上,李定夷和中华编译社有较多往来,他的《小说学讲义》就是为中华编译社办的函授班所撰②。这份讲义可以代表民初小说家对小说的理论认识。今所见《小说学讲义》只有第一编"总论"的六章,第二编"作法"的三章,似乎没有刊载完。李定夷受到梁启超为代表的晚清小说观念的影响,推崇小说的社会政治功能,他对小说理论的阐述十分系统。第二编第三章谈历史、政治、神怪、滑稽等不同题材类型的小说,其中一类是言情。李定夷特别强调言情小说的"狭义"所指,他说:"言情小说之所谓情者,乃狭义的情,而非广义的情。所谓狭义的情者,只就男女之情言之。男女之情,即夫妇之情所由生也。故一切言情小说,所记都为男女悲欢离合之事,惟言情小说最易着手,亦惟言情小说最难求工。""言情小说之种类极多,简括言之,不外乎悲欢两字。""二三年前,哀情小说尝执小说界之牛耳,欢娱之词难好,穷苦之音易工,实为断然之理。"③李定夷自己创作的小说大都为叙述"男女悲欢离合之事"的言情小说,以"哀情"居多,也有写欢情的,例如《伉俪福》。

---

① 李定夷:《论小说》,《中华编译社社刊》第7期,1917年。
② 函授班的发起人携招生学费潜逃,陷作为函授部主任的李定夷于无望之境。详见李文倩:《李定夷传略》,《新文学史料》2009年第4期。
③ 李定夷:《小说学讲义》,《文学讲义》第3期,1918年,第27、28页。

《伉俪福》叙述朱蓉华和江济和的美满婚姻。小说开篇之前有李定夷写的一篇小文《伉俪福旨趣》，表明写作宗旨："自由之化行，夫妇之道苦。离婚之说行，夫妇之道尤苦。青年男女偶被欧风，动言恋爱，濮上之歌，终风之赋，视为当然。始乱之，终弃之，行固可诛。即不然，乱之于初，成之于后，鸳鸯之禧甫结，仳离之怨旋生，亦属比比皆是。……因有是书之作，虽属闺房细语，实为苦口婆心。窃愿世间伉俪，尽如吾书之主人翁，宜家宜室，亦唱亦随，则吾书不虚作矣。"①言情小说"欢娱之词难好"，但李定夷写来却声色俱佳。一是因为他希图以美好情感来匡正世风，且不论其中包含的鸳蝴派小说家维护旧道德的努力，小说是有所为而作的，可以见出作者的用心。二是因为小说独到的叙事手法。小说从女主人公朱蓉华的角度用第一人称"余"来叙事，绮丽故事遂笼罩上了委婉抒情的格调。第一人称叙事在清末民初的白话小说中不多见，但运用于文言小说却显得十分自然，这是传统散文渗透至小说的一种表现。第一人称叙事的文言小说仿佛写个人故事的长篇散文，主人公把自己的细腻心思和盘托出，避免了"欢娱之词"表面文章，小说因此具有十分情致。

因为叙写的是伉俪情深的故事，小说中多见"鸳鸯""蝴蝶"的语句。如最后一章总结道："世间竟有此快活夫妻耶。翠鸟文鸳，无其婉娈；灵鹣仙蝶，无其柔媚。"②《伉俪福》销量很好，李定夷到底不满足于这样美好的人生，还是续写了《伉俪福》，重名《同命鸟》，让丈夫染病死去，妻子殉情而终。面对丈夫的死，朱蓉华哀怨万千："自遭和哥之丧，回忆从前种种预征，乃不能无所动心。鸳鸯之双死，甲辰之噩梦，芙蓉之春发，如是种种，皆似天公申其警告者。……嗟乎，往事已矣，思亦徒劳。凡余所引为疑者，将终其身成为疑案矣。"③家中饲养的鸳鸯死了，这似乎是一个征兆，女主人公悲极神

---

① 李定夷：《伉俪福旨趣》，《伉俪福》，上海：国华书局1921年9月版，第1页。
② 李定夷：《伉俪福》，上海：国华书局1921年9月版，第138页。
③ 李定夷：《同命鸟》，上海：国华书局，出版日期不详，第146页。

伤,第一人称的抒情叙事在伤悲中有了更酣畅的表达。小说第十章对鸳鸯之死有一番感慨:"嗟乎,鸳鸯双死矣。池犹是也,园犹是也,畜之者亦犹是也。惟彼一双同命鸟,乃不复游泳余前以博余之欢。余坐此间,方寸又不觉怦然而动,目注池水,嘿然无言。"①"同命鸟"之死是小说的一个重要隐喻,暗示了主人公的命运。与"鸳鸯"有关的记述,在小说中还有重要的一处。蓉华坐船回乡奔母丧,途中阅读小说《鸳湖潮》,"窃念用情之不幸,至《鸳湖潮》中人而极矣"。"嗟乎,多情眷属,如愿以偿,诚世间难得之事也。"②《鸳湖潮》也是李定夷创作的一部哀情小说。1915 年上海国华书局为《鸳湖潮》做广告说:"是书为定夷先生杰作,结构纯用倒提法,一洗平铺直叙之窠臼。所述名士佳人凡六七人,人人结局各异,尤特色者,书中主人疑死复生,将圆忽蚀,出神入鬼,一面缘悭。洋洋洒洒,七万余言,尽从空处盘旋,而缠绵悱恻又无异相对凄楚,妙事也,亦妙文也。业已四版,销数之广,近日出版界无出其右,足以见社会欢迎之意矣。"③李定夷在《同命鸟》中借主人公来谈论《鸳湖潮》,既是互文,也是"广告"。不过,李定夷不挑其他小说单选《鸳湖潮》,有其特别用意,因为只有"鸳湖潮"才和"同命鸟"相合。在哀情中论哀情,倍加小说之哀。"穷苦之音易工",李定夷不是避难就易,哀情之作更适宜表现时代情绪,也更与"卅六鸳鸯同命鸟,一双蝴蝶可怜虫"的情感传统相承续。《同命鸟》一书的命名就注定了小说的情感命运。

　　1915 年 3 月《小说新报》创刊,国华书局邀请李定夷担任《小说新报》主编。李定夷写了一篇《发刊词》,其中说道:"辞则传情,可醒酣梦。纵豆棚瓜架,小儿女闲话之资,实警世觉民,有心人寄情之作也。嗟嗟,文章未老,竹素有情,逞笔端之褒贬,作皮里之阳秋;借乐府之新声,写古人之面目。……重翻趣史,吹皱春池。画蝴蝶于罗裙,认鸳鸯于坠瓦。使竹林游歇,尚识黄公之炉,山阳室空,犹听

---

① 李定夷:《同命鸟》,上海:国华书局,出版日期不详,第 54 页。
② 同上书,第 115 页。
③ 《李定夷著哀情小说鸳湖潮》,见《昙花影》,上海:国华书局 1915 年 12 月版,书尾广告。

邻家之笛。"①虽是一篇辞章小文,却也有不小影响。李定夷回忆说,《发刊词》中有"画蝴蝶于罗裙,认鸳鸯于坠瓦""等语,后来这些人被称为'鸳鸯蝴蝶派'可能与此有关"②。"鸳鸯蝴蝶派"的命名当然不只是一小篇《发刊词》所能促成,但作为"鸳鸯蝴蝶派"代表作家,李定夷在他的文章中常用"鸳鸯""蝴蝶"取譬,可以见出文化的积累。

在民初鸳鸯蝴蝶派作家中,李定夷受《花月痕》的影响颇深。他撰有《花月痕考》,其中说道:"余生平极爱读《花月痕》,以其事则缠绵尽致,文则哀感顽艳,而人物之吐属名隽,尤为他书所不及,不愧名人手笔。今人之作,往往附丽古籍,其实去古远矣。此书向无作者姓名,仅署眠鹤主人一外号耳。"③李定夷引用了谢章铤《课馀续录》原文,来说明《花月痕》成书的缘起。《课馀续录》明示出《花月痕》的作者是魏子安。所以李定夷的引述也是为"此书向无作者姓名"作一考证。《花月痕》的考证研究如从1918年蒋瑞藻、孟洁连载于《东方杂志》上的《小说考证卷八》之《花月痕弟一百七十七》算起,那么李定夷对《花月痕》的研究关注也是较早的。李定夷出生于1892年,《花月痕》初刊于1888年,《花月痕》的阅读与民初作家的成长几乎同步相连。李定夷"极爱读《花月痕》",并认为"今人之作""去古远矣"。"今人"当指民初小说家,"古"尤指《花月痕》。民初小说学习《花月痕》也"哀感顽艳",但李定夷觉得"往往附丽古籍",是不及《花月痕》的。李定夷没有谈到自己的小说是否可能达到《花月痕》的境界,但仿照的痕迹与影响的焦虑还是表现得比较明显。

李定夷把自己的代表作归为"李十种"。"这十种是《賈玉怨》《鸳湖潮》《红粉劫》《茜窗泪影》《千金骨》《昙花影》《辽西梦》《伉俪

---

① 李定夷:《发刊词三》,《小说新报》第1期,1915年。
② 李健青(李定夷):《民初上海文坛》,《上海地方史资料》(四),上海:上海社会科学院出版社1986年版,第217页。
③ 李定夷:《花月痕考》,《定夷说集后编》,上海:国华书局1919年1月版,第78页。

福》《同命鸟》《双缢记》。"①仅以其中的《千金骨》《昙花影》为例,来看李定夷小说和《花月痕》的影响关联。《昙花影》初名《潘郎怨》,《小说丛报》1914年第1期开始连载,标明"哀情小说"。上海国华书局1915年12月初版,文字方面较连载版有改动,增添了刘裴村的回评,并改题名为《昙花影》,共二十回。小说用白话写成,叙述吴英仲和江筠秋从相识、相恋、成婚到死别的故事。小说对相恋的部分着墨较多。筠秋遭遇母丧,又被大母虐待,与英仲失去联系,几乎投湖自尽。后被人救助,终成姻缘。可结婚才两个月,筠秋得病不治身亡,留下英仲黯然神伤。小说故事无多可述,可以见出为哀情而哀情的局面,但小说留有《花月痕》的印迹,却值得注意。且不论第二回回末诗有"愿学庄生化蝴蝶"之句,也不论第十五回回目有"卜良辰共证鸳鸯梦"的句子,单看小说对古代文句的直接引用。第一回末刘裴村的回评道:"故太上忘情,次则莫如下焉者之不及情。情多恨多,无情无恨,如是或可不至蹈入恨海,便见是书功效。若徒看其正面,慕其爱情,不亦辜负作者一片苦心哉。"②第一回的回评担负了申发小说题旨的责任,"情"是"恨"的根源,用情之深无异自苦尔。"太上忘情"之句出自《世说新语》,回评虽然未言"情之所钟,正在我辈",但"情多恨多"正是对此句的注解。妙的是,小说结尾处第十九回开首云:"情之所钟,端在我辈。从来才子佳人,莫不富于爱情,又莫有圆满结果,真令人大惑不解。像吴江两人的故事,真是天长地久有时尽,此恨绵绵无尽期。读者设身处地,替英仲想来,那得不悲伤呢?"③此处没有用《世说新语》中的原句,而是直接引用了《花月痕》的第一句话。"情之所钟,端在我辈。"同样是小说叙述者的感慨,这个叙述者也直接对读者发话,提出他的困惑,为主人公的命运悲伤。一前一后,《昙花影》对"情"的讨论和《花月痕》都有极

---

① 李健青(李定夷):《民初上海文坛》,《上海地方史资料》(四),上海:上海社会科学院出版社1986年版,第216页。
② 李定夷:《昙花影》,上海:国华书局1915年12月版,第12页。
③ 同上书,第127页。

大关系,或者说《昙花影》所谈之"情"源自《花月痕》。

　　《花月痕》在《昙花影》中留下的痕迹不止于此。《昙花影》是白话小说,男女主人公都上新式学堂,他们互通的书信、写的诗文却都是文言。第六回筠秋写成《四季歌》,是四首古体诗,请英仲看,并说英仲"素擅长"此道,英仲评论"读之令人凄然"。① 第十九回,筠秋死后,英仲写了一篇祭文,其中道:"然事可了而情不了,吾之思子,虽地老天荒而不已也。"②英仲写的碑文也用文言,情深意切。第二十回录有英仲写的十四首悼亡诗,记录了他和筠秋的故事。叙述者"在下"读了这些诗叹道:"情生文耶,文生情耶!"③文言诗文的抒情功能在一定程度上要高于白话,而把文言诗文穿插在小说的白话叙事中,是《花月痕》典型的文体特征。《昙花影》对这一文体特征有直接承袭,尽管主人公已变成新式读书人,但在吐露衷肠时却依然吟诗作赋。《昙花影》因而显得不伦不类,小说的缺陷也正在此。不过从另一方面也可以见出《花月痕》对李定夷的深刻影响,"昙花影"之意不无对"花月痕"的仿照,花月不圆而痕长在,昙花易谢而影留心。

　　白话擅长叙事,文言更宜抒情。明清白话小说的兴盛,和语体本身的功能是相关的。民初哀情小说构成一种潮流,也和语体有关。民初小说家擅于用文言写哀情小说,不仅是因为这一代作家所受的教养使然,还因为文言具有白话所不能替代的抒情功能。哀情小说家并不太看重叙事,他们的哀情故事基本不离一定的模式,所以鲁迅有"因为严亲,或者因为薄命,也竟至于偶见悲剧的结局"这样的概括。哀情小说人物不多,情节不复杂,所重者只在一"情"字。与白话的世俗相比较,文言的雅致更能抒发缠绵哀伤的情味。普实克把"悲剧"看成是"抒情"的重要构成部分,王德威把"政治"理解为"抒情"的用途之一,这些都能呈现民初哀情小说的品貌特征,而文言则是民初小说更独具的形态,能以更直接的方式来抒发情动于

---

① 李定夷:《昙花影》,上海:国华书局1915年12月版,第38、39页。
② 同上书,第130页。
③ 同上书,第136页。

衷的无限感伤。李定夷创作的多数哀情小说都是文言作品,《千金骨》第四回开首道:

> 情之所钟,端在我辈。人类不绝,情根不灭。佛说钝根众生,堕落尘界,便尔迷惘,毋宁牺牲肉欲,希望净土。夫曰希望,即具情根,真大解脱,世有几人。以故锦衣公子,绿鬓佳人,偶一着念,即动情根。情之为情,如洪水然,不动则已,及其动也,大荡横决,靡所底止。甚矣,情之魔力也。①

这是叙述者在谈"情",既是议论,也是抒情。此处又是直接引用《花月痕》原句,"情之所钟,端在我辈",下文所言,均是有情之"我辈"的抒情感慨,都是四言文句。因此《花月痕》这两句四言,用在此处,甚为切合。

文言小说《千金骨》1916 年由上海国华书局出版单行本,1936 年第 9 版,1947 年又版,共二十回。小说叙述了狄青和碧英少小同窗,情深意笃,后颠沛流离,阻隔种种,终不能聚首。碧英身死,狄青饮恨。小说大体从碧英的角度叙述她惨痛的经历。小说单行本归之为"惨情小说",严酷之不幸一桩又一桩施加于主人公,比"哀情"程度更深。第十一回碧英被家人卖进青楼,碧英以死相抗,终于在青楼生活中保存了贞洁。她希望通过一个徐姓客人脱身,终于出席欢场,奏曲而唱。碧英之歌,即是一种抒情表述:"难道是福薄命低,注定要茹苦含悲。生生的拆散鸳鸯,两下分飞。既然红丝难系,便该早自东西,何必同心合意,相聚多年,乍悲别离。"声声悲怨,叹不尽身世伤感。歌停,"众皆叫好。徐曰:'未免有情,谁能遣此?玉如,汝诚有难言之痛欤?昔人评刘梧仙曰:"善为宛转凄楚之音。尝于酒酣耳热,笑语襟衿之际,听梧仙一奏,令人悄然。"今可移赠玉如矣。虽然,以玉如之一尘不染,又恐非梧仙所及。'言次,浮一大白。"②玉如是碧英入妓籍的名字,刘梧仙就是《花月痕》中的刘秋

---

① 李定夷:《千金骨》,上海:国华书局 1936 年 7 月 9 版,第 25 页。
② 同上书,第 78 页。

痕。所引"昔人评刘梧仙"的话出自《花月痕》第七回"翻花案刘梧仙及第",韩荷生《重订并门花谱》把秋痕放在第一位,并写了一篇小传:"梧仙姓刘氏,字秋痕,年十八岁,河南人。秋波流慧,弱态生姿。工昆曲,尤善为宛转凄楚之音。尝于酒酣耳热笑语杂沓之际,听梧仙一奏,令人悄然。盖其志趣与境遇,有难言者矣! 知之者鲜,无足责焉。"诗曰:"生来娇小困风尘,未解欢娱但解颦。记否采春江上住,懊侬能唱是前身。"①小说第六回,秋痕登场,落落寡欢,一曲《长生殿·补恨》禁不住泪光盈盈,赢得韩荷生青眼,荷生评道:"未免有情,谁能遣此?""我要浮一大白了!"②文字互照,明示出《千金骨》写碧英青楼唱曲的一节文字,沿袭了《花月痕》对秋痕的描述。可以说,小说藉《花月痕》点评了人物,也藉《花月痕》抒发了感情。

  狄青的形象也如《花月痕》中的韦痴珠,才华满腹,却怀才不遇,乱世飘零。狄青和碧英的故事是由隐红发掘出来的,隐红把这个故事告诉了"余",才有了小说的写作。这是《千金骨》在叙事过程中对其本身成书的交代。且不论这一交代是清末民初小说惯常的格式手段,单看隐红在小说"楔子"部分的悲叹:"天地生人,必予以几多缺陷。悲欢之追随,得失之衔接,若形影之相从者然。予也,别无所忧,惟是历落他乡,寒暑几经,上有老亲,下有弱息,显扬既不能,事蓄又不足。每念身世,辄为忧形于色耳。"③隐红的悲叹不仅可以观照小说主人公狄青的遭遇,更于《花月痕》开首处"上既不能策名于朝,下又不获食力于家,徒抱一往情深之致,奔走天涯"已经表明。韦痴珠如此、隐红如此、狄青如此,李定夷未尝不如此。这是自古读书人的一种悲哀。王德威说:"韦痴珠这样的人物形象,构成了零余人(superfluous man)的本土版本。中国现代浪漫主义先驱如郁达夫(1896—1945),也许并不只是从西方模式中,习得其颓唐姿态。批评家们已然注意到郁达夫的男主人公造型,不乏古典的'才子'与

---

① 魏秀仁:《花月痕》,北京:中华书局1996年7月版,第38页。
② 同上书,第32页。
③ 李定夷:《千金骨》,上海:国华书局1936年7月版,第2页。

'名士'身影。他们所忽略的是,晚清小说家如何调弄古典成规,变本加厉,以致创造出新的、不同的面貌。这正是《花月痕》一类小说的重要所在。"①王德威只看到了晚清小说和五四小说人物形象的关联,实则在民初小说、鸳鸯蝴蝶派小说、现代通俗小说中,韦痴珠式的形象有更加正统的继承者,因为在这些小说中,主人公的"情之所钟"正由《花月痕》的抒情传统引发而来。

第四节 文人的狭邪游

《花月痕》主要叙述的是落拓文人与青楼校书之间悲伤的爱情故事。"描写恩客与妓女间公然往还并不自《花月痕》始,但对两者之间'知己之情'的强调,《花月痕》是开风气之先的。"②所以李定夷《千金骨》写女主人公青楼唱曲的情节会联系到《花月痕》。鲁迅把《花月痕》归为"狭邪小说",即是从题材类型角度作出的划分。

民初受《花月痕》影响较深的代表作家还有姚鹓雏。他的《春荼艳影》初版于1916年,共十一章。小说男主人公"余"是上海一家书局的编辑,女主人公艳秋是青楼女子,小说叙述了二人从相识、相恋、同居到最后艳秋病逝的故事。这是一部典型的狭邪小说。小说中穿插的大量酒令诗文基本不是小说情节的必要构成。那些醒目的饮酒酬酢之作可以单纯看成是作者的逞才表现和游戏笔墨,或者也如《花月痕》的作者一样,把之前的唱和感怀诗作填进了小说。这部用第一人称叙事的文言小说同样记述了作者姚鹓雏的情感经历和同道交游故事。《春荼艳影》的文言叙事和《花月痕》的文人白话一脉相承。小说第二章中道:"天笑举目视艳秋,复视余作微笑,旋微吟曰:'卅六鸳鸯同命鸟,一双蝴蝶可怜虫。'则举葡萄酒微饮。余

---

① 〔美〕王德威著,宋伟杰译:《被压抑的现代性——晚清小说新论》,北京:北京大学出版社2005年5月版,第93页。
② 刘红林:《试论晚清小说〈花月痕〉的现代属性》,《明清小说研究》2008年第3期。

无以答。"①这是《花月痕》的印迹,也暗示了主人公悲哀的结局。

姚鹓雏另一部更著名的小说《恨海孤舟记》所叙故事与《春奁艳影》极为相似,只是《恨海孤舟记》是一部白话小说。相比于文言小说,晚清民国年间的白话小说中,文士狎妓的故事实在不少,这些故事虽然大同小异,写来却真挚可感,《恨海孤舟记》是其中的代表。小说于1917年至1919年连载于《小说画报》,主要叙述了主人公赵栖桐和两位青楼女子云仙、灵芝的爱恋故事。云仙和栖桐若即若离,后来嫁给官宦贵少陈彦华为妾。彦华虽待她一往情深,但云仙却为陈家不容,忧病而死。小说共三十三回,云仙在第十九回过世,小说主要叙述的还是栖桐和灵芝的故事。他们两人也是一见钟情,佳人恋才子,和痴珠、秋痕一样。灵芝和栖桐赁屋独居,本该美满的生活却为多方阻扰,栖桐无奈外出任事,回来后灵芝已重堕风尘,栖桐弃家访道。这是一个记录才子狭邪游的悲哀故事,继承了《花月痕》的题材。姚鹓雏对《花月痕》情有独钟。他说:"余自视,则长篇未离《花月痕》。"②《恨海孤舟记》是姚鹓雏长篇小说中最像《花月痕》的一部。《花月痕》不仅写儿女情事,也写对太平天国的袭剿和抗争西方的胜利,叙述了帝国末期烽烟战乱中的个人悲哀。《恨海孤舟记》同样叙述了革命年代的故事。小说开始于辛亥革命,除了主人公赵栖桐的故事外,另一条重要线索是东社中人王子丹等人的革命活动。革命故事在《恨海孤舟记》中基本是独立的,这和战场杀敌情节在《花月痕》中独立于风月故事一样。因此《恨海孤舟记》在题材和结构方面都取法于《花月痕》。

小说用"东社"来集结主要故事人物。对照小说叙事的时代,"东社"影指南社。主人公赵栖桐就是作者姚鹓雏的投影。小说第一回介绍主人公道:"赵栖桐是江苏通州人,家世经商,颇称富有。栖桐十岁能文,下笔千言,且是流览捷疾,一目十行,经史百家,略能

---

① 姚鹓雏:《春奁艳影》,《姚鹓雏文集》(小说卷上),上海:上海古籍出版社2008年4月版,第411页。

② 姚鹓雏:《说部摭谈》,《晶报》1919年11月27日。

闱记。十七岁上,考入北京大学。那校中文科教员凌敬斋先生,最赏识他,说是江南独秀呢。"①因为辛亥革命,学校停课,栖桐便也南下回家,到得上海,被友人邀为报馆编辑,开始了他在上海的感情生涯。除了籍贯不一样,主人公的生平经历和作者姚鹓雏基本一致。赵栖桐的故事大体记录了姚鹓雏1911年至1918年的生活经历。小说最后几回叙述栖桐到政界任事即和姚鹓雏在1918年的经历相关。所以和《花月痕》一样,《恨海孤舟记》也有自况意味。赵栖桐是个才子,他身上有着韦痴珠那种倜傥不羁的神气。小说第三回栖桐说道:"只觉得我这个身子虚飘飘地没个着落,前途渺茫,不晓是走那一条路的好。看着这种世界,也没我赵栖桐厕足之所,大约要效虬髯横海去找那扶余国的了",并叹道:"四海风尘诸弟隔,天涯涕泪一身遥。"②这种才子落拓、时不我与的情态和韦痴珠是一脉相承的。姚鹓雏明确说道:"写栖桐微近韦痴珠,写彦华有似韩荷生,不难于写栖桐之成痴珠也,实难于写彦华之如荷生也。此如泰岱崇高,万峰竞秀,有非丘壑中所得窥见者矣。"③人物相近与作者间的心绪相通不无关系。从士人到文人,魏秀仁功名不成,坐馆为生;姚鹓雏求学不成,编报谋生。在世事混乱与时代更迭中,失意才子只有在诗酒文章中才能暂得安身立命的可能。所以姚鹓雏师法魏秀仁,是心灵的感召与互通。

《恨海孤舟记》参照《花月痕》,在行文中也穿插了不少诗词。姚鹓雏对《花月痕》中穿插诗词并不以为然。他说:"以文字言,《花月痕》似较隽上,特文气太重。每当酒酣拔剑,拍案诵诗,累累不休。不特无此事,亦且无此理也。"④这和鲁迅的看法相似。诗词文赋的过量罗列,造成了小说的叙事停顿,成了一种"累累不休"的装饰。

---

① 姚鹓雏:《恨海孤舟记》,《姚鹓雏文集》(小说卷上),上海:上海古籍出版社2008年4月版,第460页。
② 同上书,第470页。
③ 姚鹓雏:《著余杂缀》,《姚鹓雏文集》(小说卷上),上海:上海古籍出版社2008年4月版,第640页。
④ 姚鹓雏:《稗乘谭隽》,《春声》第1期,1916年1月。

但看法如此,做起来却会不由自主。《恨海孤舟记》的主人公是才子,吟诗弄文是他日常生活的重要部分。东社雅集,文人们诗酒风流,吟出的诗篇既是快意之章也是情愁之词。这类文人小说大致有一共同的叙事节奏:诗酒风流是小说前半部分,节奏较缓,主人公的缠绵情事和友朋欢聚是没有多少波折的常态生活;有情人劳燕分飞和众友人分途各命则构成了小说后半部分的主要情节,叙事节奏明显增快。如果说前半部分是文人之文,那么后半部分才彰显出了小说通俗化的吸引力。《花月痕》结尾处,韦痴珠之子韦小珠奉得高位、华丽完婚,成就了父亲没有得到的幸福。所以《花月痕》依然不脱传统小说的理想模式。而《恨海孤舟记》主人公的结局却是涕泪飘零,人生大抵是不尽意的。这是民初小说的新境界。

作为一部现代小说,《恨海孤舟记》从题材、结构、人物、情感乃至行文完成了对《花月痕》的完美承袭。文人狭邪游的故事在《恨海孤舟记》中有了更为现实的展示。在其之前和之后,这类故事都在不同程度上演绎了诗酒风流的传统。鲁迅谈狭邪小说时追溯了过往的一种风习:"唐人登科之后,多作冶游,习俗相沿,以为佳话,故伎家故事,文人间亦著之篇章,今尚存者有崔令钦《教坊记》及孙棨《北里志》。"[①]文人冶游,自唐而盛。后来学者对此也有描述:"举人们一心希望金榜题名,从此跻身仕途,光宗耀祖。来到长安,烟花柳巷就是必游之地,来客无论贫富,都会去享受一下京城的艳福。"[②]冶游成了文人的一种生活样态,他们不但与青楼女子相识相恋,还写下诗文记录自己的经历情感。唐人传奇就有这样的故事记载,到清代,文人小说中,狭邪小说成为醒目的一类,鲁迅列出《花月痕》《青楼梦》《海上花列传》等书作例子。《青楼梦》中加了"游仙"成分,故事圆满,不关悲情。《海上花列传》中的恩客多为商人,"它率先打破了该类题材'才子佳人'的定式,才子在这部小说中不过是扮演'清

---

① 鲁迅:《中国小说史略》,《鲁迅全集》(第9卷),北京:人民文学出版社2005年11月版,第264页。
② 〔法〕埃迪特·于热著,马源菖译:《青楼小史》,南昌:江西教育出版社2016年12月版,第124页。

客'的陪衬角色",《海上花列传》于是成为现代小说的开端。① 文人写作的文人狭邪游故事,在古代还当《花月痕》最典型。文人落拓不羁,在青楼中寻得知己,却以悲哀了局,这种情意绵长的故事不无切合后来文人的心绪。

　　清末文人仕途不济,不得不走出书斋,在公共空间寻找安身立命之地。《花月痕》描述的"上既不能策名于朝,下又不获食力于家,徒抱一往情深之致,奔走天涯"的情形在清末以后的文人身上更为普遍。而一旦进入公共空间,歌楼楚馆又是社交谋生的一种功能性存在。由此形成的文人和妓女的关系可由当时常见的"花榜"来说明。研究者述道:"冶游者和读者还通过另一种方式创造并认可了他们所共处的社会,那就是选拔最成功的高等妓女上'花榜'的活动。名妓竞选于19世纪60年代至1920年间不定期举行。类似的选拔在苏州地区自17世纪中叶就有了。花界的选拔也有一整套描述和评判的复杂仪式,其中一些方面常有意攀比选拔文官的科举考试制度。但是学子(男性)经十年寒窗后参加了选拔的笔试,而妓女则不同,并不是自己想参加评选就能参加的。先是妓院的常客们应邀提名,将他们爱宠的妓女开个'花名单',受到举荐最多的妓女获得与科甲第一名同样的品级,即'状元',然后也同科甲一样,依次颁发'榜眼'、'探花'等品级。妓女上花榜头几十名的机会大约是百分之一,这比男人的机会多多了:乡试中举而参加殿试者,能考上进士的三千人中仅一人。有几年,美貌者与技艺精良者分列'花榜'和'艺榜',后者从科举武科品级。""冶客利用投票保荐的机会,滔滔不绝,盛赞意中人的美德,同时也向其他文人学士展示了自己的文采。""公众对高等妓女的讨论在这些推荐品评的引导下进行,而讨论又锻造了一个妙语连珠、说话机敏的群体,其中的文人个个都在

---

　　① 范伯群:《〈海上花列传〉:现代通俗小说开山之作》,《中国现代文学研究丛刊》2006年第3期。

炫耀自己的辞章。"①花榜评选弥补了文人的官场失意。他们的"状元梦"可以通过自身的努力在他们喜爱的女子身上得到实现。在某种程度上,文人对妓女的钟情,也是寻找自我的一种方式。怜我怜卿,他们把自身投射到异性身上,希望由此得到回报,以证实自身的存在。

在晚清以后的诸多写文人冶游故事的小说中,也常会述及开花榜的事。但是现代通俗小说写开花榜,要现实得多。花界不再是文人理想的乐园,而充满尔虞我诈的心机。评花榜的文人也不再如《花月痕》中韩荷生的《重订并门花谱》,全从性情中来,而是有了实利的较量。文人和妓女的关系变得不再纯情。鲁迅说:"《青楼梦》全书都讲妓女,但情形并非写实的,而是作者的理想。他以为只有妓女是才子的知己,经过若干周折,便即团圆,也仍脱不了明末的佳人才子这一派。到光绪中年,又有《海上花列传》出现,虽然也写妓女,但不像《青楼梦》那样的理想,却以为妓女有好,有坏,较近于写实了。一到光绪末年,《九尾龟》之类出,则所写的妓女都是坏人,狎客也像了无赖,与《海上花列传》又不同。这样,作者对于妓家的写法凡三变,先是溢美,中是近真,临末又溢恶,并且故意夸张,谩骂起来。"②写法的变化与作者或文人社会身份、地位的变化有关,也与时代观念、历史的变迁有关。但大变化并不等于全然的改变,文人诗酒风流的传统,对于"一往情深"本身的迷恋,使他们在与妓女的关系中,总有浪漫存在。如果说处于"溢美"阶段的《花月痕》因融入了作者的身世经历而显得"近真",那么处于"溢恶"阶段的《九尾龟》也因叙述了作者的经验而几近于写实了。

《九尾龟》在鲁迅、胡适等现代学者的眼中是被否定的一部作品。胡适说:"《海上繁华梦》与《九尾龟》所以能风行一时,正因为

---

① 〔美〕贺萧著,韩敏中、盛宁译:《危险的愉悦:20世纪上海的娼妓问题与现代性》,南京:江苏人民出版社2003年6月版,第155、156页。

② 鲁迅:《中国小说的历史的变迁》,《鲁迅全集》(第9卷),北京:人民文学出版社2005年11月版,第348—349页。

他们都只刚刚够得上'嫖界指南'的资格,而都没有文学的价值,都没有深沉的见解与深刻的描写。这些书都只是供一般读者消遣的书,读时无所用心,读过毫无余味。"①如果搁置小说的"价值",仅看小说写了什么,"嫖界指南"的批评是有些苛刻的。《海上繁华梦》叙写两个读书人谢幼安和他的好友杜少牧在上海游历的故事。幼安结识青楼女子桂天香,小说第九回叙述他们坐船去龙华寺的一段对话很有意思:

> 幼安道:"旱路去的风景,比着水路如何?"天香道:"旱路上若是清明节在二月天气,近龙华一带人家,多是种桃为生,到了这个时候,一路上桃翻红浪,柳映绿波,流水小桥,闲云野舍,那种天然的画景,真是观之不尽,玩之有余。若是三月清明,桃花已经开过,那就无甚景致,不过夕阳塔影,幽径钟声,可以扑去尘俗,避些叫嚣嘈杂罢了。还比不得水面上去,波光一片,极目澄清,令人心旷神怡,觉得别有风趣的好。"这一片话,吐属幽雅。幼安听了暗想:"此人举止行为,看他甚是清高绝俗,因何落在烟花队中?我知不遇见他也罢,既经与他相识,缓日须把些言语打动,叫他早出火坑,勿在风尘久涸。"②

小说把天香写得如此风雅,自认会得到读书人幼安的垂青。幼安娶了天香,天香为护理幼安,自己染上喉痧时疫,不治身亡。这依然是一个悲剧的故事。孙玉声写幼安和天香的故事,寄托了自身的情感经历。孙玉声名之为"退醒庐伤心史",他说:"至苏氏为余侍疾,及祷天代死事实,余适著《海上繁华梦》说部,为之详细采入。即书中之桂天香是。"③如此感伤的文人情事,不当以"指南书"简单论之。

---

① 胡适:《〈海上花列传〉序》,《胡适文存》(三集),合肥:黄山书社1996年12月版,第367页。
② 警梦痴仙:《绣像海上繁华梦初集》,上海:商务印书馆1915年10月版,第67页。
③ 孙玉声:《退醒庐笔记》,沈云龙主编:《近代中国史料丛刊》(第80辑),台北:文海出版社有限公司1972年8月版,第146页。

第七章 《花月痕》之"痕"

　　《九尾龟》对青楼的描述要比《海上繁华梦》更为"溢恶",但小说还是叙写了一位对主人公章秋谷体贴万分的妓女陈文仙。陈文仙既美丽又贤惠,秋谷娶了文仙,文仙依旧放任他徜徉青楼。《九尾龟》写一桩桩妓女和狎客间相互算计的故事倒还在其次,作为在欢场无往不利的主人公章秋谷却十分引人注目。《九尾龟》写章秋谷能文能武,"生得白皙丰颐,长身玉立。论他的才调,便是胸罗星斗,倚马万言;论他的胸襟,便是海阔天空,山高月朗;论他的意气,便是蛟龙得雨,鹰隼盘空。这章秋谷有如此的才华意气,却又谈词爽朗,举止从容。真个是美玉良金,随珠和璧,一望而知他日必为大器的了。只是秋谷时运不济,十分偃蹇",娶的夫人很是平庸,"秋谷倚着自家万斛清才,一身侠骨,准备着要娶一个才貌双全的绝代名姝","便动了个寻花问柳的念头"。① 这便是小说里所有故事的由头。秋谷才貌双全,因此可以赢得所有妓女的欢心;他怀才不济,因此留恋青楼忘乎所以。范伯群评章秋谷道:"章秋谷的才子气和流氓味是融汇一体的。在流氓生涯中显示出他的才气,在才华横溢中到底又露出油头滑脑的流气。他已跳出明清才子佳人的架构框范,带有清末民初十里洋场的时代和地域的烙印,但我们却不想以有时代气息的'当代英雄'誉之,只能说《九尾龟》塑造了一个很时髦的才子流氓或流氓才子。"②"才子气"接续传统,"流氓味"反映时代。郑逸梅说:"书中主人章秋谷,即作者影子也。"③更确切说,章秋谷是作者张春帆理想自我的投影。

　　因为是才子,章秋谷自然能把自己和同是才子的韦痴珠联系起来。《九尾龟》第七回叙道:

又听见那人高吟道:"华夷相混合,宇宙一膻腥。"接着说

---

① 漱六山房:《九尾龟初集》,上海:尚友山房1917年6月版,第1、2页。
② 范伯群:《清末狭邪小说"溢恶"代表作——〈九尾龟〉》,《苏州大学学报》1989年第2、3期合刊。
③ 郑逸梅:《张春帆》,魏绍昌编:《鸳鸯蝴蝶派研究资料》,上海:上海文艺出版社1984年7月版,第563页。

道:"这是《花月痕》中韦痴珠的牢骚气派,我年纪虽不逮痴珠,然而天壤茫茫,置身荆棘,其遇合也就相等的了。"又听一人说道:"你是喝了几杯酒,故态复作,何物狂奴,悲歌击节。"却不听见那人回答。幼恽便静静的听他。停了一会,又听见高吟道:

"回首当年万事休,元龙豪气尽销磨。关山跃马秋横塞,风雨闻鸡夜渡河。前路苍茫愁日暮,唾壶击缺任悲歌。何须更忆繁华梦,搔首沉吟唤奈何。"

念到末句,那声音就低了好些。只听一人大叫道:"好诗,好诗!沉郁苍凉,读之令人有身世悲凉之感,我当浮一大白,请窥全豹。"①

这位高吟诗歌,又谈论《花月痕》的人正是章秋谷。他吟的诗"沉郁苍凉",含有无尽悲哀,和韦痴珠潦倒的才子气一脉相通。"华夷相混合,宇宙一膻腥。"出自《花月痕》第十九回,痴珠听荷生谈军务,听得十分丧气,便吟出这两句诗,抒发对时事的悲愤之情。秋谷引用此诗,认为自己的境遇和痴珠是一样的。如果从秋谷浪迹北里的经历来看,这样的感慨抒情,似乎不太相衬。但小说要突出秋谷才气,熟知《花月痕》、同情韦痴珠便是重要表征。小说第十二回回末诗道:"一双蝴蝶,可怜同命之虫;卅六鸳鸯,妒煞双飞之鸟。"②可以见出对《花月痕》的自然化用。

《九尾龟》是狭邪小说,《神州画报》(1916年)连载本、尚友山房(1917年)单行本、三友书社(1925年)单行本,都标"醒世小说",但从其与《花月痕》的关系来看,归之为"鸳鸯蝴蝶派"小说亦未为不可。陈平原说:"小说写的是苦涩的青楼生活,却给人过分甜腻的感觉。说到底,这不过是翻转过来的鸳蝴小说。就其伦理观念乃至艺术趣味,张春帆与同时代专写哀情小说的徐枕亚、李定夷并没多大差别,只不过把多愁多病的才子佳人,翻转成无情无义的妓女嫖客。

---

① 漱六山房:《九尾龟初集》,上海:尚友山房1917年6月版,第47页。
② 同上书,第80页。

表面上截然对立,骨子里却颇有相通之处。还不只是作者也十分偏爱'鸳鸯'、'蝴蝶'这一带象征意味的特殊意象……更重要的是作者对青楼中唯一一对才子佳人章秋谷、陈文仙的爱情描写,便是道地的鸳蝴笔法。"①所以,用"嫖界指南"来概括晚清《九尾龟》之类的小说过显粗率,如果考虑到冶游者的身份和他们的情感取向,那么从《花月痕》引发出的失意文人的爱情故事,或许可以成为追踪传统文人如何应对现代生活的一条线索。

从《花月痕》到《九尾龟》《恨海孤舟记》,再至二三十年代的通俗小说,文人狎妓的故事在反复叙述,只不过具体到不同文本,狎妓故事呈现出的现实价值、主体观念、情感程度都会有所差别。这与作为文人的作者是有关系的。毕倚虹、包天笑合著的《人间地狱》②是一部专写文人狭邪游的小说。小说叙述了"柯莲荪与姚啸秋等名士在青楼中竟对妓女动了真情;而妓女也以这些'恩客'为日后从良的终身依托。柯莲荪与秋波之恋,就不是企望肉欲的欢宴,而是纯精神之恋"。"这些名士派雅客在秦楼楚馆中风流倜傥,妙语连珠。文人名士加上恬静派的倌人,使整部小说格调显得极其高雅。"③因此《人间地狱》承续了《花月痕》的传统。袁寒云说:"《人间地狱》,多述其经行事,间及交游嘉话,其结构衍叙有《儒林外史》《品花宝鉴》《红楼梦》《花月痕》四书之长。"④但柯莲荪和秋波的爱恋,毕竟不像痴珠和秋痕那样可以舍身忘死。因为青楼的规章、莲荪的清贫,也因为身份的成见,在有意无意的疏远中,两位主人公的爱情逐渐暗淡。小说最后,莲荪纳娶另一位妓女楚馆老五,他和秋波终成遗憾。比起《花月痕》的悲剧,《人间地狱》是在日常现实中沉淀了人

---

① 陈平原:《说〈九尾龟〉》,《读书》1989年第2期。
② 娑婆生、包天笑:《人间地狱》,共八十回,前六十回毕倚虹(娑婆生)著,包天笑续成后二十回。小说1922年1月5日开始连载于《申报·自由谈》,1924年由上海自由杂志社出版单行本。
③ 范伯群:《中国现代通俗文学史(插图本)》,北京:北京大学出版社2007年1月版,第276页。
④ 寒云:《人间地狱序一》,娑婆生:《人间地狱》(第一集),上海:自由杂志社1924年10月版,第1页。

生。毕倚虹说:"余撰人狱之旨,自信无多寄托,特以年来所闻见者,笔之于篇,留一少年时代梦痕而已。"①这一"梦痕"是过去人生经历的印迹,和"花月痕"的意思是一样的。

《人间地狱》中的人物柯莲荪、姚啸秋等映照出了作者毕倚虹、包天笑及他们的朋友如姚鹓雏等人的一段岁月故事。姚鹓雏在小说中名为赵栖梧,《恨海孤舟记》中的主人公名为赵栖桐,两部小说的人物故事可对照来读,能够见出20年代左右文人在上海的情感生活。包天笑在《钏影楼回忆录续编》中详谈了毕倚虹的往事:"乐第诚如曼殊所说的,有娇憨活泼之致……既而我问倚虹道:'这一本荐卷如何,能中主试之目否?'他不置可否,实则心已好之。当时自曼殊以及在座诸君,以为此不过一打样堂差,如惊鸿一瞥而已,谁知这一个娃娃,竟支配了倚虹半生的命运,这真是佛家所谓孽了。""倚虹在《人间地狱》中,名之曰'秋波'。《西厢记》曰:'临去秋波那一转',意在爱赏其一双妙目吗?"②这段所记的正是《人间地狱》第二十回秋波出场的情景。包天笑和毕倚虹是上海《时报》馆的同事,时常相邀吃酒,出入花丛。《人间地狱》所记人事,包天笑十分熟悉,因为他也是此间重要人物。包天笑给《人间地狱》作序道:"欢天狂海之中,情障愁罗之里,又何一日无我。处己以昏昏,而引人于惘惘,流转回旋,徒多局地蹐天之岁月,是岂二三语言所能忏悔者耶!灵山无分,相迟为地狱中人,则我之跟跄于前,而娑婆生颠顿于后也。""抑知哀乐中年,不堪回首。我心之衰,惟自知耳。"③包天笑认为是自己引导毕倚虹步入文坛、涉足花丛,由此陷入"地狱",爱恨重重,难以超拔。包天笑写这些话时,他48岁,此时的毕倚虹32岁,正是"哀乐中年"的时候。两年之后,即1926年,毕倚虹去世,可谓"人间

---

① 娑婆生:《著者赘言》,娑婆生:《人间地狱》(第一集),上海:自由杂志社1924年10月版,第1页。

② 包天笑:《钏影楼回忆录续编》,香港:大华出版社1973年9月版,第48、49页。

③ 天笑:《人间地狱序二》,娑婆生:《人间地狱》(第一集),上海:自由杂志社1924年10月版,第1页。

地狱"戕害了他的生命。《时报》《紫罗兰》《上海画报》等刊物纷纷发文纪念他,包天笑则为好友续写出《人间地狱》的后二十回。第六十一回开篇,包天笑写道:"即就娑婆生自身而言,也可算得饱经忧患,历尽悲哀,深悟地狱即在人间了。在下尽后死者之责,承娑婆生之志,虽然有时兴酣落笔,回首思量,无非一把辛酸眼泪而已。"①包天笑把毕倚虹情感家庭颠沛的故事写进小说,而毕倚虹已死,包天笑到底只能为好友留下一段"梦痕"。

毕倚虹的结局投射在《人间地狱》主人公柯莲荪的身上,显现出人情之中的悲哀和无奈,也代表了现代文人的一种归宿。这种归宿同样表现在张恨水的成名作《春明外史》里。当《人间地狱》在上海引起反响的时候,《春明外史》在北京一炮打红。1926年毕倚虹去世,张恨水写了《哀海上小说家毕倚虹》一文。文中道:"海上小说家,汗牛充栋,予恒少许可。其文始终如一,令予心折者,仅二三人,毕倚虹其一也。""《人间地狱》一书,予尤悦之。""予读《人间地狱》叙曼殊和尚客死事,以为文人末路,乃复如此,为之咨嗟不置。使今有人为倚虹写死况,殆尤不堪卒读矣。"②这是优秀作家之间的惺惺相惜,《春明外史》在写法上也有借鉴《人间地狱》之处。《春明外史》连载于1924年4月至1929年1月的《世界晚报》上,上海世界书局1931年出版单行本。1919年,张恨水来到北京,1924年,成舍我创办《世界晚报》,请张恨水协助,《春明外史》于是随着《世界晚报》的出刊而连载。小说主人公杨杏园和柯莲荪、姚啸秋、赵栖桐等人一样,也是报馆文人。张恨水回忆说:"主角杨杏园这人,人家都说是我自写。可是书中的杨杏园死了,到现在我还健在。"③虽说如此,杨杏园还是带有张恨水的影子。小说开篇交代杨杏园在北京已经住了五年,他是安徽人,报馆编辑,这些都和张恨水写《春明外史》

---

① 包天笑:《人间地狱》(第七集),上海:自由杂志社1928年6月版,第1页。
② 恨水:《哀海上小说家毕倚虹》,《世界晚报·夜光》1926年5月29日。
③ 张恨水:《写作生涯回忆》,张占国、魏守忠编:《张恨水研究资料》,天津:天津人民出版社1986年10月版,第38页。

时的情况一致。小说的主体故事是杨杏园的两段悲剧的爱情经历，张恨水虽不必就有这样的经历，但还是留下了"梦痕"的意味。

第二段爱情经历是杨杏园和才女李冬青的心心相印，暂可不论，第一段经历则完全符合文人狎邪游的题材。杨杏园被朋友带到青楼，认识了雏妓梨云。和柯莲荪迷恋秋波一样，故事模式都是文人初涉花丛，一见倾心，难分难舍。惟其如此，才能显出情有独钟、哀感顽艳的效果。杨杏园无力为梨云赎身，梨云郁郁病亡。杨杏园市骨埋葬梨云。小说最后，杨杏园弃世，李冬青把他和梨云埋葬在一起。如果联系到民初哀情小说，"梨云"和李定夷《千金骨》中的主人公"梨云"同名。徐枕亚《玉梨魂》结尾词道："老去秋娘还在，总是一般沦落，薄命同看。怜我怜卿，相见太无端。痴情此日浑难忏，恐一枕梨云梦易残。算眼前无恙，夕阳楼阁，明月阑干。"①"梨云"的名字即使与这首词无关，但《春明外史》中梨云的故事和这首词的意境却十分贴合。张恨水十分关注《玉梨魂》，他写过《〈玉梨魂〉价值坠落之原因》分析《玉梨魂》轰动的盛况为何会烟消云散。"十年前，二十岁以下之青年"无人不读《玉梨魂》，而"今日新出刊物，如鲁迅、张资平诸人所作，均不能望其项背"。② 非身历其境者，当不能有此感慨；非受其影响者，也当不能有此挂念。

张恨水是在民初哀情小说的氛围中初试笔墨的，他早期的小说《青衫泪》《紫玉成烟》③等不脱鸳鸯蝴蝶派的味道。他说："这个阶段，我是两重人格。由学校和新书给予我的启发，我是个革命青年，我已剪了辫子。由于我所读的小说和词曲，引我成了个才子的崇拜者。这两种人格的溶化，可说是民国初年礼拜六派文人的典型，不过那时礼拜六派没有发生，我也没有写作。后来二十多岁到三十岁

---

① 徐枕亚：《玉梨魂》，上海：民权出版部1913年9月版，第169页。
② 水：《〈玉梨魂〉价值坠落之原因》，《世界日报·明珠》1929年7月9日。
③ 李定夷在《千金骨》第十七回中写道："即果紫玉成烟者，亦当上穷碧落，下及黄泉以求之。"(李定夷：《千金骨》，上海：国华书局1936年7月版，第117页)"紫玉成烟"亦是鸳蝴作家常用的一个成语，满含悲剧的情感故事。

的时候,我的思想,不会脱离这个范畴,那完全是我自己拴的牛鼻子。虽然我没有正式作过礼拜六派的文章,也没有赶上那个集团,可是后来人家说我是礼拜六派文人,也并不算十分冤枉。因为我没有开始写作以前,我已造成了这样一个胚子。"①这就是"少年时代梦痕",可以影响后来的人生和创作。

张恨水谈《青衫泪》说:"除了苦闷的叙述和幻想的故事,却不少诗词小品,我简直模仿《花月痕》的套子,每回里都插些词章。"②作为受到鸳蝴作家影响并由此起步的作家,《花月痕》的背景自然会十分清晰地映现出来。"模仿《花月痕》"正是民初鸳蝴小说的共同特征。在张恨水的阅读经验中《花月痕》占了重要位置:"我另赏识了一部词章小说《花月痕》。《花月痕》的故事,对我没有什么影响,而它上面的诗词小品,以至于小说回目,我却被陶醉了。""十九岁的青年,又没经过名师指点,懂得什么词章?那个时候,我爱看《随园诗话》。诗重性灵,又讲率易。我幼稚万分,偶用几个典,也无非是填海补天,耳熟能详的字句,把这种诗去学《花月痕》作者魏子安,可说初生犊儿不怕虎。"③《花月痕》的词章之美,吸引了张恨水,成了他学习的范本。作为"才子的崇拜者",吟诗弄词,是必要的本领。在创作《春明外史》的阶段,张恨水的才子气被有意彰显出来。《春明外史》不但注重回目的设计,叙事间也随处安插诗词。第二十回叙道:

> 一别三天,吴碧波为了一点小事,又来找他。走到院子里,只听见杨杏园的屋内,一阵吟哦之声,却不是杨杏园的声音。走进去一看,杨杏园不在,那里却是何剑尘。吴碧波便说道:"怎么你在这里吟起诗来了,主人翁呢?"何剑尘道:"这门也没有关,我一进来,主人翁就不在这里。我因为看见他和清人张

---

① 张恨水:《写作生涯回忆》,张占国、魏守忠编:《张恨水研究资料》,天津:天津人民出版社1986年10月版,第17页。
② 同上书,第23页。
③ 同上书,第17、23页。

问陶八首梅花诗的本事诗,很有点意思,我就念起来了。"吴碧波一看桌上,果然有张诗稿,那上头写道:"读花月痕,见韦痴珠本事诗,和张问陶梅花诗原韵,心窃好之,亦次其韵。"这下面就是诗。吴碧波看了一看,也就念起来:

> 辜负鸥盟怅落霞,量珠无计愿终赊。
> 却疑眉黛春前瘦,记得腰肢醉后斜。

吴碧波道:"押斜字韵,颇有所指呢。"又大声念道:

> 经过情场增阅历,换来愁绪益词华。
> 金铃愿化浑多事,桃李生成薄命花。①

此后又是七首诗,都是杨杏园所作。《花月痕》第三十一回"离恨羁愁诗成本事"叙述韩荷生作《春镜楼本事诗》八首,和《梅花》诗原韵,寄给韦痴珠,请他评阅和诗。"卅六鸳鸯同命鸟,一双蝴蝶可怜虫"就出自这一回,这是《花月痕》中较著名的篇章。杨杏园写的"读花月痕,见韦痴珠本事诗,和张问陶梅花诗原韵"就指此事。不过本事诗是韩荷生写自己和杜采秋的,而非"韦痴珠本事诗"。杨杏园读《花月痕》引发他的诗兴,这就是"才子气"。《春明外史》第二十回主要叙述杨杏园和梨云闹矛盾,杨杏园觉得梨云另投别抱,于是回家读《花月痕》,写了八首诗,抒发惆怅阑珊的情绪。

《春明外史》第二十九回又提到了《花月痕》和本事诗。杨杏园吟道:"七千里纪鼓邮程,家山何处?一百六禁烟时节,野祭堪怜。"他对何剑尘说:"《花月痕》上双鸳祠的碑文,你怎样不记得?说起《花月痕》我又想起来了,我那和张船山梅花诗的八首本事诗,我完全是仿《花月痕》的意思,你为什么告诉密斯李?她要我送给她看,我怎么拿得出手?"②《花月痕》第五回叙痴珠梦见来到双鸳祠,醒来

---

① 张恨水:《春明外史》(上),北京:中国新闻出版社1985年10月版,第310—311页。
② 张恨水:《春明外史》(中),北京:中国新闻出版社1985年10月版,第454—455页。

后把梦中的碑文记了出来,其中几句即是"七千里记鼓邮程,家山何处;一百六禁烟时节,野祭堪怜。"①第十九回又提到双鸳祠碑文,第五十一回韦公祠碑记中也有"双鸳祠",所以《花月痕》中"双鸳祠"是一个重要关目。杨杏园提及双鸳祠及其碑文,也是《春明外史》借《花月痕》表达出的暗示。因为梨云已经去世,杨杏园才吟出碑文,一段情缘就此了结。而此时李冬青已经出场,和张船山的本事诗又指向了李冬青。小说于此提到《花月痕》也是一个关目,才子佳人的故事从《花月痕》得到了接续绵延。同时还可见出,写《春明外史》时张恨水对《花月痕》的倚重。

张友鸾谈《春明外史》道:"小说中旧诗太多,也是承袭封建时期作家表露才情的旧习;当然,我们还记得,他最初写小说是走的《花月痕》的路子,这部小说,是他蜕变过程中必然会留下的一些痕迹。"②至30年代《啼笑因缘》,小说吟诗弄词的才子趣味几乎不再显露了。《春明外史》之后,张恨水小说中才子佳人式的文人狎妓故事越来越少,他甚至写了《公园驱娼运动》③、《废娼不在表面》④等文,表达他对娼妓现象的抵制。现实的忧虑使普通人日常的艰难生活成为小说故事的心中。这是张恨水创作的转变,也意味着《花月痕》的影响在30年代以后渐趋消散。

可是在1939年,当张恨水在战时的重庆继续他的编报生涯和小说写作的时候,他又想起了《花月痕》。他写了一篇小文《哀〈花月痕〉作者》,发表在他编辑的《新民报》上。全文道:

> 魏秀仁以满怀忧国忧时之志,无由发泄,愤而作《花月痕》。人徒见书中韦痴珠诗酒风流,陶情声色,而不知其所谓义山学社,固别有寄托也。试观魏以举人身份,而有"消磨一代英雄尽,官样文章殿体书"之句,则其痛恶科举,乃可概见。故其书

---

① 魏秀仁:《花月痕》,北京:中华书局1996年7月版,第27页。
② 张友鸾:《章回小说大家张恨水》,《新文学史料》1982年第1期。
③ 小记者:《公园驱娼运动》,《世界晚报·夜光》1927年5月15日。
④ 水:《废娼不在表面》,《世界晚报·夜光》1928年8月26日。

> 开宗明义,即云:"不愿闻者闻之,不愿见者见之。"千古来屈子沉江,长沙痛哭,何莫由此。窃以为人生不患耳目蔽塞,所患乃有敏捷之嗅觉,而不得不入鲍鱼之肆。吾真不暇为魏先生哀矣。
>
> 　读书人无耻无聊,求一官之荣,有如阮大铖拜魏阉为父者,则天女向狗子散花,王嫱遭粪帚涂脸,亦可以曲蠖求伸,自相解嘲,虽斯文扫地,百喙莫辞,却不妨道个自古已然也。①

张恨水认为魏秀仁写《花月痕》"别有寄托"。《花月痕》开首言:"所闻之事,皆非其心所愿闻,而又不能不闻;所见之人,皆非其心所愿见,而又不能不见,恶乎用其情",被张恨水概括为"不愿闻者闻之,不愿见者见之",这是文人身处乱世的悲哀。同流合污,便"斯文扫地","读书人无耻无聊"之行,是张恨水鄙夷的。战乱时期的社会,40年代和清咸丰、同治年间或可相互体察。张恨水辗转重庆,忆及他早年欣赏的作家、熟稔的作品,才子气节、人生感慨,不妄有恍若隔世、今夕何年之叹。

---

① 水:《哀〈花月痕〉作者》,《新民报·最后关头》1939年2月17日。

第八章
《儿女英雄传》的新传统

《儿女英雄传》是清代人文康撰写的一部长篇章回体小说,大约道光至咸丰年间成书,光绪初年刊行于世,存四十回。孙楷第称这部小说为"清代小说的后劲"①。虽是清末的作品,《儿女英雄传》可谓集中国传统章回小说之旨要,对现代通俗小说创作影响重大。

《儿女英雄传》的故事可以借引鲁迅的概括:"所谓'京都一桩公案'者,为有侠女曰何玉凤,本出名门,而智慧骁勇绝世,其父先为人所害,因奉母避居山林,欲伺间报仇。其怨家曰纪献唐,有大勋劳于国,势甚盛。何玉凤急切不得当,变姓名曰十三妹,往来市井间,颇拓弛玩世;偶于旅次见孝子安骥困厄,救之,以是相识,后渐稔。已而纪献唐为朝廷所诛,何虽未手刃其

---

① 孙楷第:《关于儿女英雄传》,《国立北平图书馆馆刊》第4卷第6号,1930年。

仇而父仇则已报，欲出家，然卒为劝沮者所动，嫁安骥。骥又有妻曰张金凤，亦尝为玉凤所拯，乃相睦如姊妹，后各有孕，故此书初名《金玉缘》。"①鲁迅理顺了故事发生的时间，对小说内容作了重新概括。而小说则是从安老爷做官罹罪，安公子长途救父开始叙述，再引出十三妹的故事。所以这部小说的倒叙、插叙部分占有重要位置，并非像其他传统章回小说那样由说书人按故事发生的时间顺序依次道来。

说书人在《儿女英雄传》中行使了前所未有的功能。有研究者论道："说书人和作书人两个角色叙事层次的颠倒，是传统小说在叙事方式上的新探索。""这个说书人将小说的创作、评点和传播等功能形象化地整合起来，使作者对小说文本的介入更为从容自然。"②《儿女英雄传》不但有说书人，还比其他章回小说多了个作书人燕北闲人，说书人在讲述过程中不但对故事内容加以评论，还对作书人如何作书以及为什么要那样写进行解释交代，使小说章法也成为叙述内容的一部分。这确实是前所未有的写法，可以看成是现代元叙事小说的先声。但《儿女英雄传》对后来小说的影响主要在于其"儿女英雄"的观念手法，而这正是小说的核心。

第一节　"儿女"和"英雄"同体

文康《儿女英雄传》得到了众多现代文学家的赏识。鲁迅论清代小说时说："时势屡更，人情日异于昔，久亦稍厌，渐生别流，虽故发源于前数书，而精神或至正反，大旨在揄扬勇侠，赞美粗豪，然又必不背于忠义。其所以然者，即一缘文人或有憾于《红楼》，其代

---

① 鲁迅：《中国小说史略》，《鲁迅全集》（第9卷），北京：人民文学出版社2005年11月版，第279页。
② 王昕：《论清代文人小说叙事的演进——以〈儿女英雄传〉为例》，《求是学刊》2008年第4期。

为《儿女英雄传》;一缘民心已不通于《水浒》,其代表为《三侠五义》。"①鲁迅擅长从世态人情来论小说,《儿女英雄传》被他放到"揄扬勇侠"又"不背于忠义"的序列中,可谓十分妥帖。周作人也喜欢这部书。他说:"《儿女英雄传》作者的昼梦只是想点翰林,那时候恐怕正是常情,在小说里不见得是顶腐败,又喜讲道学,而安老爷这个脚色在全书中差不多写得最好,我曾玩笑着说,像安学海那样的道学家,我也不怕见见面,虽然我平常所最不喜欢的东西道学家就是其一。""此书作者自称恕道,觉得有几分对,大抵他通达人情物理,所以处处显得大方,就是其陈旧迂谬处也总不使人怎么生厌,这是许多作者都不易及的地方。"②文康作《儿女英雄传》是站在安学海的角度来写的,道学色彩十分明显。周作人非但没有像他平常认为的那样排斥这位道学先生,反而觉得他有可爱之处,并且还驳斥了不少论者认为小说"思想陈腐"的观点。与其兄鲁迅才学精当的评价相比,周作人对《儿女英雄传》的赞赏足以见出真性情来。

对《儿女英雄传》作了考证研究的蒋瑞藻评此书道:"满人小说,《儿女英雄传》最有名,结构新奇,文笔瑰丽,不愧为一时杰作。"③范烟桥《中国小说史》等书均采用了蒋瑞藻的考证结论,认为小说中的人物隐射了现实。赵苕狂在三十年代也写了篇《〈儿女英雄传〉考》的文章,从小说作者、写作动机、人物索隐、版本续集等方面对小说花了一番研究功夫。更著名的考证文字当推胡适的《〈儿女英雄传〉序》。这篇长文不但对文康生平家世作了细致考证,还对小说的艺术价值作了全面考察。胡适特别欣赏这部小说的语言。他说:

> 这书里的谈话的漂亮生动,也是别的小说不容易做到的。……做小说的人要使他书中人物的谈话生动漂亮,没有别

---

① 鲁迅:《中国小说史略》,《鲁迅全集》(第9卷),北京:人民文学出版社2005年11月版,第278页。
② 药堂:《儿女英雄传》,《实报》1939年5月30日。
③ 蒋瑞藻:《花朝生笔记》,孔另境编辑:《中国小说史料》,上海:上海古籍出版社1982年12月版,第218页。

的法子,只有随时随地细心学习各种人的口气,学习各地人的方言,学习各地方言中的熟语和特别语。简单说来,只有活的方言可用作小说戏剧中人物的谈话;只有活的方言能传神写生。所以中国小说之中,只有几部用方言土语做谈话的小说能够在谈话的方面特别见长。《金瓶梅》用山东方言,《红楼梦》用北京话,《海上花列传》用苏州话:这些都是最有成绩的例。《儿女英雄传》也用北京话;但《儿女英雄传》出世在《红楼梦》出世之后一百二三十年,风气更开了,凡曹雪芹时代不敢采用的土语,于今都敢用了。所以《儿女英雄传》里的谈话有许多地方比《红楼梦》还更生动。①

作为《红楼梦》研究大家的胡适能说出如此赞许的话,可见《儿女英雄传》语言确实出彩。作为成功运用方言的典范,在三四十年代文学大众化运动中,《儿女英雄传》得到了关注,并成为文学创作的潜在文本。

胡适的研究文章刊印在 1925 年上海亚东图书馆出版的汪原放标点本《儿女英雄传》上。这一版本的古典小说名著在民国年间十分流行和畅销,《儿女英雄传》随这一版本得到了有益普及。1923 年梁溪图书馆已出版有标点本的《儿女英雄传》,陶乐勤的这个标点本尽管错误百出,但是黄济惠却靠了这本书开办了梁溪图书馆这家著名书店。二十年代初,"新文学社"编辑了一本《白话小说文范》,收录有《水浒传》《红楼梦》等九种小说的经典段落,《儿女英雄传》则收录了"茌平店""能仁寺"两段情节文字,是全书精彩关要的所在。原文后附有评论道:"《儿女英雄传》一书,以十三妹为主人翁,亦儿女,亦英雄。惊天动地的举动,出以生龙活虎的手笔。茌平店、能仁寺两回,读者如闻其声,如见其人,聚精会神,异常出色。"②这些

---

① 胡适:《〈儿女英雄传〉序》,《胡适文存》(三集),上海:亚东图书馆 1924 年 11 月版,第 759—760 页。着重号为原文所加。

② 新文学社:《白话小说文范》,上海:中华书局 1921 年 7 月版,第 150—151 页。

标点本、节选本使得《儿女英雄传》广为流播,以致现代小说也会借鉴它的故事和手法来创作新作品。

鲁迅、胡适等学者在谈《儿女英雄传》时,都把它和《红楼梦》作比较。鲁迅说:"荣华已落,怆然有怀,命笔留辞,其情况盖与曹雪芹颇类。惟彼为写实,为自叙,此为理想,为叙他,加以经历复殊,而成就遂迥异矣。"①曹雪芹和文康都是在荣华过后著书立说的,《红楼梦》是写实之作,而《儿女英雄传》则寄托了作者子贵妻荣的理想。大部分研究者认为,《儿女英雄传》是模仿乃至反写《红楼梦》的。如赵苕狂说:"《红楼梦》其时正在风行,一般人都以为这书是在指斥着旗人,一时颇引为话柄,这在一般旗人很是觉得有些不堪的。所以,他在本书中却竭力的为旗人抬高身分,显然的和《红楼梦》取着对垒的形势。"②文康是旗人,他在小说中写了旗人子弟安骥中探花的事,这在科举历史中是少有的,说书人对此作了解释。小说还写了很多满族礼仪,并在叙事过程中时不时提及《红楼梦》。如第二十六回评论主人公的"弓砚缘",就自然联系到《红楼梦》:

> 这却合那薛宝钗心里的"通灵宝玉",史湘云手里的"金麒麟",小红口里的"相思帕",甚至袭人的"茜香罗",尤二姐的"九龙佩",司棋的"绣春囊",并那椿龄笔下的"蔷"字,茗烟身边的"万儿",迥乎是两桩事。
> 况且诸家小说大半是费笔墨谈淫欲,这《儿女英雄传评话》却是借题目写性情。从通部以至一回,乃至一句一字,都是从龙门笔法来的,安得有此败笔?便是我说书的说来说去,也只看得个热闹,到今日还不曾看出他的意旨在那里呢。③

---

① 鲁迅:《中国小说史略》,《鲁迅全集》(第9卷),北京:人民文学出版社2005年11月版,第278页。
② 赵苕狂:《〈儿女英雄传〉考》,文康:《侠女奇缘》,南宁:广西人民出版社1980年12月版,第6页。
③ (清)文康著,何草点校:《儿女英雄传》(下),北京:中华书局2001年10月版,第355页。

所谓"龙门笔法",就是史传笔法,不谈"淫欲",只写"性情",所以和《红楼梦》相比,"迥乎是两桩事"。但即便处处与《红楼梦》相对,《儿女英雄传》的身后总有《红楼梦》在。小说写到第二十八回,何玉凤嫁给安骥,"第三番结束"(第二十八回),之后主要叙述包括安骥中探花在内的安府的各种生活故事。无论是故事内容还是叙事笔法、声口,《儿女英雄传》的后半部分都极似《红楼梦》。"十三妹"变身为"何玉凤",不再是行侠仗义的女侠,而是相夫持家的贤妻,这后半部分正合于"儿女"故事。

鲁迅没有像归类《红楼梦》那样,把《儿女英雄传》归为"人情小说",而是把它放在"侠义公案"小说的范畴中,原因是小说前半部分记述了"京都一桩公案"。何玉凤的父亲被陷害身亡,何玉凤隐姓埋名期间大闹能仁寺,救出安骥和张金凤,也造成一桩公案。这前半部分写得声色俱佳,多数研究者认为无论是人物塑造还是故事情节,都要比小说后半部分写得成功。后人谈及《儿女英雄传》主要讲的也是能仁寺锄奸的侠女十三妹,而非双凤奇缘的何玉凤。董恂评点《儿女英雄传》第六回"雷轰电掣弹毙凶僧 冷月昏灯刀歼馀寇",认为这一回和《水浒传》相似之处甚多,例如凶僧杀安公子、十三妹的武功本领等均出于《水浒传》。[①] 第六回叙道:

> 那女子回过头来,见东墙边那五个死了三个,两个扎挣起来,在那里把头碰的山响,口中不住讨饶。那女子道:"委屈你们几个,算填了馅了,只是饶你不得!"随手一棍一个,也结果了性命。那女子片刻之间,弹打了一个当家的和尚,一个三儿;刀劈了一个瘦和尚,一个秃和尚;打倒了五个作工的僧人;结果了一个虎面行者。一共整十个人。他这才抬头望着那一轮冷森森的月儿,长啸了一声,说:"这才杀得爽快!只不知屋里这位小爷吓得是死是活?"说着,提了那禅杖走到窗前,只见那窗棂儿

[①] 具体比较详见李永泉:《〈儿女英雄传〉考论》,哈尔滨师范大学 2011 年博士学位论文,第三章第二节。

上果然的通了一个小窟窿。他把着往里一望,原来安公子还方寸不离坐在那个地方,两个大拇指堵住了耳门,那八个指头捂着眼睛,在那里藏猫儿呢!①

手起刀落、杀人如草芥,这是《水浒传》的写法。能仁寺杀僧的十三妹没有一点女儿性,和《水浒传》里的英雄好汉并不两样。如果说《儿女英雄传》后半部分讲述的是"儿女"故事,那么前半部分就是"英雄"传奇。

梁启超概括中国小说道:"中土小说,虽列之于九流,然自《虞初》以来,佳制盖鲜,述英雄则规画《水浒》,道男女则步武《红楼》,综其大较,不出诲盗诲淫两端。"②梁启超把中国小说分为"述英雄"和"道男女"两类,并以《水浒传》和《红楼梦》为代表。虽然他对中国历来的小说持批判态度,但他的分类不失为"综其大较"。《水浒传》"述英雄"不涉男女之情,《水浒传》里的英雄基本不近女色,女色是淫邪的化身,是英雄的禁忌。《红楼梦》"道男女"也不涉武功,闺阁情事不掺侠义斗勇。古代小说中的英雄、儿女故事大体分属于不同文本的叙述题材,很少被融合进同一文本中。有学者指出:明末清初"言情小说思潮也渗透到武侠小说中,致使武侠小说冲破了'情'的禁区,英雄豪杰也开始跳出'侠不近色'的框子,本来以写英雄好汉、神勇任侠为主的刚性文学,一变而为刚柔相济,'侠''情'兼备,却又具有浓厚的封建名教气息的'儿女英雄'小说。儿女英雄小说的出现,打破了武侠小说以往那种单调题材的格局,更有利于武侠小说描写人情世态、阐发人性,为武侠小说的发展开辟了宽广的道路"③。《侠义风月传》《三门街》属于这类小说,但都不如《儿女英雄传》著名。《儿女英雄传》把两大传统小说题材囊括在一部书

---

① (清)文康著,何草点校:《儿女英雄传》(上),北京:中华书局2001年10月版,第73页。

② 任公:《译印政治小说序》,《清议报》第1册,1989年。

③ 罗立群:《中国武侠小说史》,沈阳:辽宁人民出版社1990年10月版,第173—174页。

中,分量相当,可谓"集大成"。这是《儿女英雄传》最应被关注的文学史价值。

作为一个类型,"儿女英雄"已纳入现代学者的研究视野。谭正璧在总结章回小说分类的时候,列出"英雄儿女"一类,并解释道:"此类小说略异上述'才子佳人'故事,但'才子'必兼文武之才,或佳人亦娴武艺。"①安骥和何玉凤、张金凤是才子佳人的姻缘,而何玉凤的高超本领则属于"佳人亦娴武艺"者。可以说,《儿女英雄传》是"英雄儿女"类小说的典型代表。孙楷第《中国通俗小说书目》把《儿女英雄传》和《野叟曝言》《岭南逸史》等小说归入"烟粉"类中的"英雄儿女"一类。在《关于儿女英雄传》一文中,孙楷第对"英雄儿女"的解释更体现出一种识见。他说:"自从明季以来,才子佳人的小说,随着才子佳人的戏曲而发达。如《玉娇梨》《好逑传》一类的东西,作了又作,千篇一致,男为状元,女为才女。后又稍变,改才子为英雄,而才女或照旧又或为女将。如薛丁山等俱以能征惯战之人,临阵结亲,实在好笑。此《儿女英雄传》所说,远之则师才子佳人之遗意,近之则亦英雄儿女之气习,而稍稍变其格范,以英雄属之女人,闺阁而有侠烈心肠,公子却似女儿柔弱;只这一点稍微有点不同。至于先忧患,后满意,加官进爵,其用意则一般无二。所以就《儿女英雄传》的格局看起来,是陈腐的旧套了,然而他毕竟是文人之作,若从文笔上讲,则摹绘尽改,远非过去一切才子佳人儿女英雄一派的小说所及。在陈陈相因的格范之下,居然能翻筋斗,这实在因为文康有创造的天才的缘故。"②"儿女英雄"的写法也可在清人小说《说唐三传》等书中找到踪影,但这些书一般被归入历史小说,且在艺术上,孙楷第认为这类薛丁山的故事"实在好笑"。《儿女英雄传》的渊源,孙楷第追溯到了才子佳人小说,从《侠义风月传》或《好逑传》演变到《说唐三传》《野叟曝言》等小说。至《儿女英

---

① 谭正璧:《古本稀见小说汇考》,杭州:浙江文艺出版社1984年11月版,第177页。

② 孙楷第:《关于儿女英雄传》,《国立北平图书馆馆刊》第4卷第6号,1930年。

传》,虽然观念陈腐,但"摹绘尽改",超出"过去一切才子佳人儿女英雄一派的小说",有其特殊的成就,受到了现代学者的分外关注。

关于"儿女英雄"的释义,文康在小说中有详细解说。小说开篇引诗道:"侠烈英雄本色,温柔儿女家风。两般若说不相同,除是痴人说梦。儿女无非天性,英雄不外人情。最怜儿女最英雄,才是人中龙凤。"这首诗是全书的题眼,把"儿女英雄"看成是"人情天理"的演绎。小说"缘起首回"叙述了一个奇异的梦境。梦中燕北闲人来到天界,遇见天尊,天尊具体解释了"儿女英雄"的涵义。天尊道:"这'儿女英雄'四个字,如今世上人大半把他看成两种人、两桩事,误把些使气角力、好勇斗狠的认作英雄,又把些调脂弄粉、断袖馀桃的认作儿女。""殊不知有了英雄至性,才成就得儿女心肠;有了儿女真情,才作得出英雄事业。譬如世上的人,立志要作个忠臣,这就是个英雄心,忠臣断无不爱君的,爱君这便是个儿女心;立志要作个孝子,这就是个英雄心,孝子断无不爱亲的,爱亲这便是个儿女心。""浅言之,不过英雄儿女常谈;细按去,便是大圣大贤身份。"①"儿女英雄"不是两种人,而是统一在优秀人物身上的。"孝子忠臣"就是"儿女英雄"的体现。"儿女英雄"的意思超出了男女之情与仗义行侠,而被赋予了"人情天理"的宽泛解释。就文康看来,"人情天理"的内涵就是传统伦理道德,"儿女英雄"其实就是传统伦理道德的一种概括表述,而不是梁启超所谓的"海淫海盗"。小说对"儿女英雄"的解释在叙事过程中常常以人物对话、说书人议论等各种方式被提及,作者的观念被一再强调。如第二十六回张金凤劝说何玉凤道:"再要讲到日后,实指望娶你过去,将来抱个娃娃,子再生孙,孙又生子,绵绵瓜瓞,世代相传,奉祀这座祠堂,才是我公婆的心思,才算姐姐你的孝顺,成全你作个儿女英雄。"这是把"儿女英雄"冠以家庭伦理的名义。第三十四回说书人比较《儿女英雄传》和《红楼梦》道:"何况安公子比起那个贾公子来,本就独得性情之正,再结了这等一

---

① (清)文康著,何草点校:《儿女英雄传》(上),北京:中华书局2001年10月版,第1、3—4页。

家天亲人眷,到头来,安得不作成个儿女英雄?"文康对人生的看法和曹雪芹大不一样。贾宝玉倜傥不羁、厌弃功名之心和安龙媒读书进仕、位高荣显之态形成对比。文康认为安公子更"得性情之正",他家庭美满、仕途顺达,正是成就了"儿女英雄"十全十美的人生。这里的"儿女英雄"寄托了文康世家子弟的人生理想。所以《儿女英雄传》中"儿女英雄"的涵义突破了男女、行侠的范畴,被赋予了传统伦理道德的宽泛意义。这种宽泛意义到了晚清小说如吴趼人的《恨海》那里有直接承续。

  文康观念中的"儿女英雄"和作为一种小说类型的"儿女英雄"不太一样。文康的"儿女英雄"观念逐渐为后来新的时代观念所替换,而作为一种叙事类型,"儿女英雄"的写法因《儿女英雄传》的被关注影响到了后来的创作。李永泉在他的博士论文中就谈到了这个问题。他说:"《儿女英雄传》对近现代小说产生了巨大影响,是近现代小说家学习的典范。模仿《儿女英雄传》进行创作,成为一时的风气。"①李永泉提到《闽都别记》《负曝闲谈》《玉梨魂》《啼笑因缘》、刘云若小说、赵焕亭小说、王度庐小说等,都或多或少受到《儿女英雄传》的影响。②但李永泉的论述十分简略,提到即止,没有展开讨论。就叙事类型而言,在言情故事中掺入侠义武功,或在武侠故事中融入儿女情长,是《儿女英雄传》影响后来小说最主要的所在。现代通俗小说的新变与特色,也因为言情和武侠两大题材的相互渗透而显出令人瞩目的成绩。

  除了引领"儿女英雄"的叙事类型之外,《儿女英雄传》在叙事方面的另一个显著特点是叙事停顿占了小说的相当篇幅。安老爷上青云山劝说何玉凤不要徒劳报仇,张金凤劝说何玉凤嫁给安骥等,都是大快人心的说理文章,且没有造成小说的情节动作。这是文人小说逞才使气的表现。到了清代中后期,章回小说逐步显示出雅化

---

① 李永泉:《〈儿女英雄传〉考论》,哈尔滨师范大学 2011 年博士学位论文,第 9 页。
② 参见李永泉:《〈儿女英雄传〉考论》第一章绪论第四部分,哈尔滨师范大学 2011 年博士学位论文。

倾向,这是各种文学体式从民间走向文人书案的必由之路。陈平原说:"小说要进入文学圈,就必须努力向高雅的文学传统靠拢。雅化的途径多种多样","吴敬梓、曹雪芹等文化修养很高的文人出而创作章回小说,更是加强了小说的雅化倾向"。①《儿女英雄传》中大篇幅的叙事停顿是章回小说雅化倾向的一种表现。到梁启超《新中国未来记》中两位主人公四十四个回合的辩论,可谓把《儿女英雄传》中说理文章的作用发挥到了极致。至民初文言长篇小说涌起,则从文体方面使章回小说完全雅化。这是《儿女英雄传》演变至现代的另一条理路,由俗入雅,乃至雅俗同赏,通俗小说才臻于一种理想状态。对于《儿女英雄传》,"钱玄同先生尤爱好之,曾在《京报》冒充青年,列为爱读书之一,他对于此书能成诵,谈话之际,动不动征引,几乎成了他的类书,可以想见他的狂颠的趣味了"②。这种趣味,应该是现代通俗小说心向往之的。

第二节 "女侠"之诞生

《儿女英雄传》留给读者印象最深的人物不是何玉凤而是十三妹。十三妹以"女侠"形象在《儿女英雄传》中亮相。小说第四回"末路穷途幸逢侠女"叙道:

> 只听得那牲口蹄儿的声儿越走越近,一直的骑进穿堂门来,看了看,才知不是骡夫。只见一个人骑着匹乌云盖雪的小黑驴儿,走到当院里,把扯手一拢,那牲口站住,他就弃镫离鞍下来。这一下牲口,正是正西面东,恰恰的合安公子打了一个照面,公子重新留神一看,原来是一个绝色的轻年女子。只见他生得两条春山含翠的柳叶眉,一双秋水无尘的杏子眼,鼻如悬胆,唇似

---

① 陈平原:《中国现代小说的起点——清末民初小说研究》,北京:北京大学出版社2005年9月版,第99、100页。
② 孙楷第:《关于儿女英雄传》,《国立北平图书馆馆刊》第4卷第6号,1930年。

> 丹朱,莲脸生波,桃腮带靥,耳边厢带着两个硬红坠子,越显得红白分明。正是不笑不说话,一笑两酒窝儿。说甚么出水洛神,还疑作散花天女。只是他那艳如桃李之中,却又凛如霜雪。对了光儿,好一似照着了那秦宫宝镜一般,恍得人胆气生寒,眼光不定。……
>
> 且说那女子把那石头撂倒在平地上,用右手推着一转,找着那个关眼儿,伸进两个指头去勾住了,往上只一悠,就把那二百多斤的石头碌碡单撒手儿提了起来,向着张三、李四说道:"你们两个也别闲着,把这石头上的土给我拂落净了。"两个人屁滚尿流答应了一声,连忙用手拂落了一阵,说:"得了。"那女子才回过头来,满面含春的向安公子道:"尊客,这石头放在那里?"那安公子羞得面红过耳,眼观鼻、鼻观心的答应了一声,说:"有劳!就放在屋里罢。"那女子听了,便一手提着石头,款动一双小脚儿,上了台阶儿,那只手撩起了布帘,跨进门去,轻轻的把那块石头放在屋里南墙根儿底下,回转头来,气不喘,面不红,心不跳。众人伸头探脑的向屋里看了,无不诧异。①

十三妹出场,是安公子眼中看到的绝色佳人。安公子有些怕她,想用石头顶住客店房门。众人挪不动石头,十三妹却有千斤之力,轻轻巧巧地提着石头进了安公子的房间。这段叙写十分有意思,十三妹的勇力因一块石头得到充分展示,颇似《水浒传》第七回"花和尚倒拔垂杨柳"的写法,而两位主人公的形象也在这场对手戏中纤毫毕现。小说第六回能仁寺锄奸,作为"女侠"的十三妹可谓大显身手。小说后半部分,十三妹嫁给安公子,她就回到了"女儿性"的何玉凤,女侠成了贤妻,小说叙述她的笔力明显弱化。这是多数研究者不满意《儿女英雄传》的地方。

十三妹是古代小说中典型的女侠,十三妹的形象也渊源有自。

---

① (清)文康著,何草点校:《儿女英雄传》(上),北京:中华书局 2001 年 10 月版,第 46、50 页。

唐传奇叙写女侠已经十分突出和著名。《聂隐娘》《谢小娥传》《红线》《贾人妻》《车中女子》等都以女侠为故事主人公。这些传奇中的女侠都身怀绝技或异能,并在故事最后功成身退,不知所踪。例如谢小娥"归牛头山,扁舟泛淮,云游南国,不复再过"①。唐传奇中的女侠不会归宿于家庭,这是自古任侠之气使然,但这样的女侠多少失去了女性的柔情。《贾人妻》的主人公为了报仇,抛夫杀子,断然离弃已有的美满家庭,这在常人是不可想象的。所以唐传奇中的女侠只是一心报仇的十三妹的前身,和成为贤妻的何玉凤没有关系。十三妹骑着毛驴出场不乏承袭了聂隐娘的骑驴,二十年代的武侠小说《荒江女侠》,对女侠骑驴更有一番原由描述,可以说是上承古人了。

孙楷第说:"小说中之十三妹,前半则剑气侠骨,简直是红线隐娘一流。""这样奇怪突兀女子,并非文老先生创造的,在前此说部中却早已见过。"孙楷第举了两个例子,一个是《初刻拍案惊奇》中《程元玉店肆代偿钱 十一娘云冈纵谭侠》所述韦十一娘的故事,还有一个是王世贞《剑侠传》中奇怪妇人的故事。两者都是主人公萍水相逢的骑驴女子。《程元玉店肆代偿钱 十一娘云冈纵谭侠》开首提到了《剑侠传》、红线和聂隐娘。韦十一娘是由之前这些女侠或女侠故事而来,她又"是十三妹前身"。于是孙楷第得出结论道:"原来小说前半部的十三妹的人格,是从说部中抄袭而来;后半部的十三妹,才是作者理想与经验的人物。这无怪其不调和了。"②"前半部的十三妹"除了来源于唐传奇外,罗贯中《三遂平妖传》、王士禛《女侠》、蒲松龄《侠女》、沈起凤《恶钱》、二如亭主人《绿牡丹》等都叙述了女侠故事,这些女侠武艺高超,快意恩仇,均可以看作"是十三妹前身"。作为女侠的十三妹是有传统渊源的。

受古代说部中女侠形象的影响,十三妹也是一个武艺超群,以

---

① 《谢小娥传》,鲁迅编:《唐宋传奇集》,长沙:岳麓书社1995年1月版,第61页。
② 孙楷第:《关于儿女英雄传》,《国立北平图书馆馆刊》第4卷第6号,1930年。

复仇为人生的女子,并不在意自己的女子身份,男女之情不著己身。而至《儿女英雄传》后半部,十三妹被动嫁给安公子,回到女儿身的何玉凤时,"侠"的品质就失落了。所以《儿女英雄传》中"女侠"之"女"和"侠"是分裂的,前半部有"侠"无"女",后半部有"女"无"侠"。这种分裂是古来女侠的叙事传统,从《聂隐娘》到《儿女英雄传》,女侠基本隐藏了女儿性的一面。陈平原就此说道:古代女侠"能否杀人复仇或仗剑行侠"是关键,"不只是'性'在女侠身上不起作用,似乎'情'也是多余的"。"女侠根本不把成婚当一回事,只不过是生活或行侠的需要。""故意渲染女侠在男女关系上的'不近人情',更容易突出其'神秘感',与其奇异的本领和隐晦的身份相吻合。"①《三侠五义》《小五义》等书中叙述到女侠成婚之事,基本是"生活或行侠的需要",是被动的,"情"的部分并不突出,而且这些成婚的女侠只是男侠的陪衬,不是小说的主要人物。

《儿女英雄传》以女侠十三妹为主人公,既写她的"侠"也写她的"情",只不过"侠"与"情"是被分开叙述的。她的对手方不是男侠,而是软弱书生安骥,这是《儿女英雄传》相比于之前写女侠或涉及女侠成婚的小说不同的地方。清末民初也有以女侠为主人公的作品,《侠女奇男》(1907年)、《南阳女侠》(1913年)、《女侠传》(1915年)等政治意味都比较浓,是变革时代"新小说"的产物。现代小说中的女侠故事,基本归属于武侠小说类型。现代武侠小说中,女侠形象十分突出。《罗刹夫人》中的女罗刹、《十二金钱镖》中的柳叶青、《宝剑金钗》中的俞秀莲……都是著名的女侠,她们不仅武艺高超,而且情意绵长,"侠"与"情"在她们身上被融合在一起,真正显示出"女侠"特质。处在这些女侠和十三妹之间的,是荒江女侠方玉琴。

《荒江女侠》1929年连载于《新闻报》副刊《快活林》,是顾明道的代表作,也是现代武侠小说中较早以"女侠"为主人公的作品。郑

---

① 陈平原:《千古文人侠客梦》(增订本),北京:北京大学出版社2010年1月版,第49—50页。

逸梅谈小说发表情形道:"当初独鹤是请明道撰写中篇小说,岂料一发表,获得很高的评价,因此独鹤便通知明道,把中篇扩为长篇。这一下,颇使明道为难,原来中篇的排场,和长篇不同,用了九牛二虎之力,逐步展开,如春云的卷舒,成为自然迹象。《女侠》的一、二、三、四集,是在吴中涉笔,第五第六集,那是避日寇侵略,来到上海,寄居八仙桥某戚家续写完成,共八十七回,既刊单行本,倾销一时。友联影片公司摄了影片拍成十三集,映诸银幕,由陈铿然导演,徐琴芳为主角,琴芳演来剑影刀光,有声有色。"①《荒江女侠》一、二集由大益图书局出版,三、四集由上海三星书局出版,五、六集由上海文业书局出版,直到1940年出版完毕。据巴蜀书社1988年重印《荒江女侠》,共六集九十回。小说故事发生在清末,主人公方玉琴是昆仑派弟子,武艺超群,和同门师兄岳剑秋仗剑江湖,图谋经国大业,小说最后二人喜结连理,重返昆仑。

　　小说以"荒江女侠"命名,从女侠方玉琴出生到最后归宿,历历叙来。其中穿插了众多人物情节,涉及昆仑派和峨眉派、白莲教的恩怨,叙述了韩家庄、宝林寺、乌龙山、天王寺、邓家堡的探险争斗,以及龙骧寨、螺蛳谷聚义等事。方玉琴虽是小说主人公,但因人物情节繁复,小说叙事常常游离了主人公行踪。方玉琴和岳剑秋的姻缘是小说的贯穿线索,但两人的成婚却被不断延宕。第八十四回方玉琴对友人说道:"连我自己也不知道那一天会实现。我们东飘西泊,舍死忘生,只想为人间多多除去些害人妖魔,扫除一切不平,精神上便觉快乐,其他的事都不萦怀了。"②除恶扬善,不及私情,这是"侠"的风范。和之后《罗刹夫人》等武侠小说相比,《荒江女侠》叙述主人公的爱恋之情是比较收敛的,并不动人心魄。和古代小说中临阵结亲也不同,《荒江女侠》把主人公的婚姻延宕至小说结尾,之

---

① 郑逸梅:《〈荒江女侠〉作者顾明道》,《江苏文史资料 第53辑 苏州文史资料 第20辑 吴中耆旧集:苏州文化人物传》,江苏文史出版社1991年12月版,第211页。

② 顾明道:《荒江女侠》,成都:巴蜀书社1988年7月版,第1257—1258页。

前主要叙述琴剑携手闯江湖的故事,这种结构对后来的武侠小说影响颇大。

如果说《儿女英雄传》是《水浒传》和《红楼梦》的拼合,那么《荒江女侠》对《水浒传》的承袭也同样明显。龙骧寨、螺蛳谷类似梁山泊,小说叙述龙骧寨、螺蛳谷众英雄和清军对垒交战之事,与梁山英雄和官兵阵战十分相似。小说也一再提及水浒故事,如第八十六回叙道:"原来沟帮子这件事情早已闹大了,省里一向对于螺蛳谷一群豪杰装聋作哑,不闻不问。后来听得袁彪在沟帮子被人设计擒住,当然十分欢喜,即令罗知县就地正法,以防生变。不料公文没有到沟帮子,而袁彪、陆翔早已兔脱,不但逃走了要犯,袁彪等反领着部下去攻打沟帮子,杀了官吏。居然攻城放火,好象古时梁山泊好汉一样。这般情况再也不能掩蔽过去了,于是奉天巡抚勃然大怒,立即派遣一员总兵,从省会里抽调一千名兵去剿螺蛳谷。"①这种类比显然不是随意的,小说写聚义英雄和官兵对垒,处处模仿《水浒传》笔法。而与水浒英雄受招安不同,《荒江女侠》里的英雄是要图谋革命事业的。小说第八十八回叙道:"袁彪是明代袁崇焕名将的后裔,螺蛳谷中都是忧时之志士,他们不情愿做异族的奴隶,坐视中国给那些满奴弄坏了,以致沦陷于外邦。所以他们联络各地志士,图谋革命事业,以冀推翻满清,为汉人解放争取自由。他们的志向不小,事之成功与否,当然还要看各地革命志士的如何努力呢。他们既然抱定这个志愿,如何肯受官兵的招安,以求功名富贵?"②在这样的时代英雄氛围中来写女侠方玉琴叱咤江湖的事业,便具有了民族国家的高度。

但女侠最终没有投身革命,而是归隐山林,这就和小说的"儿女"一面相关。一旦牵扯到儿女情长,英雄事业便要受到影响。不像《儿女英雄传》那样,写"英雄"时割裂"儿女",荒江女侠方玉琴在行侠仗义之时,伴有同门师兄的心神相通。小说第十四回男女主人

---

① 顾明道:《荒江女侠》,成都:巴蜀书社1988年7月版,第1282页。
② 同上书,第1320页。

公初生情愫,叙事者有一段议论:"本来爱情这个东西是奇妙不可思议的,随时可以发生的,好似磁石吸铁,琥珀拾芥,自会接近而恋慕,百炼钢也能化为绕指柔。茫茫宇宙充满着的便是情,任你英雄豪杰,侠女贤媛,却难逃出这个情的范围呵!"①"情"的话题在小说中也处在显眼位置,融合在女侠方玉琴行侠的历险中。其中不仅有琴剑姻缘,还有方玉琴和书生曾毓麟的情感纠葛,其他女侠的情事原委。第七十七回叙述韩小香故事道:"武侠之徒当为大勇而莫为小勇,所做的能要求有益于国家,有利于社会,纯而无私,公而不偏,方才能使后人欢喜赞叹,馨香顶礼。所以我书中的荒江女侠和韩小香辈,虽同擅越女之术,而她们的人格却不可同日而语。"②方玉琴是"大勇"之侠,所以她的恋情故事不能违背大侠之风,也因此缺少了动人心弦之处。韩小香辈的"小勇"倒能让她们的"儿女"故事更贴合人心。

韩小香因嫉妒友朋婚姻,负气出走,遇见强盗,身陷匪窟,竟嫁给匪人,没多久就被荒江女侠杀死。韩小香虽心性不正,但荒江女侠却不免太过义不容情。另一位是龙骧寨里的莲姑。她也因看到姐姐婚姻美满,赌气出走,结识飞贼杨乃光。莲姑怀孕骑马,坠地身亡,杨乃光心术不正,使龙骧寨基业毁于一旦。莲姑的故事在顾明道早期的一部小说笔记《明道丛刊》中可见端倪。《明道丛刊》中有一则故事《莲姑》,全文道:

  玉山郎有姊曰莲姑,亦擅拳术,嫁一士人,夫妇间颇友好。某日,士人以事外出,须数月而还,家仅一老母,已龙钟不堪矣。里有偷儿名夜来燕者,善飞行术,辄出行窃,悬案莫捕。觊士人家虚,夜往窃之。时莲姑正侍其姑寝,忽微闻屋上有声,知为贼,仍坦然若无事。俟姑睡后,即挟长剑,潜自窗中跃登屋檐,则见一黑影在东厢上,即飞身舞剑刺之。贼不防其一女子而能

---

① 顾明道:《荒江女侠》,成都:巴蜀书社1988年7月版,第86页。
② 同上书,第1127页。

武也。欲御已不可及，为莲姑削去一臂，翻落屋下。莲姑乃缚之，弃于堂隅，已则解衣安寝。迨天明，往请邻人送之官，审问时，始知此即积案累累之窃贼夜来燕也。乃置之法，于是莲姑之名大著。①

《荒江女侠》中莲姑的故事是对《莲姑》的反写。一个是自愿嫁与飞贼，一个是擒住飞贼绳之以法。两位莲姑都武功高强，在她们的故事里，飞贼都承担重要的角色功能。

类似莲姑故事，《荒江女侠》中有的故事也有出典。第八十五回螺蛳谷头领陆翔到富绅东方宝林家中游说，宝林设计陷害陆翔，宝林家的歌女翩鸿爱慕陆翔，潜奔至螺蛳谷报信，终和陆翔结为眷属。这个故事中，翩鸿虽不会武功，但同样侠骨柔情。她的故事和唐传奇《虬髯客传》中红拂夜奔的故事十分相似，是顾明道的有意借用。小说第十九回在龙骧寨主宇文亮出场时，也称他为"虬髯客"，便不是偶然。《荒江女侠》还直接提到唐传奇中的女侠人物。第六回方玉琴说道："你们不要轻视我是个女子，以为没有本领的。在昔聂隐、红线之流，不也是女子么？数百里内取人首级，如探囊取物，容易得很。你们试看后来罢。"②方玉琴把"聂隐、红线之流"作为自己的标榜，她的风范，乃至她的坐骑都是模仿她们的。

小说第二十回详述了方玉琴得到坐骑花驴的经过。她骑着花驴遇见了书生曾毓麟：

> 那雨是突然而来的，如奇兵袭击，猝不及防，狂风急雨，使伊无处躲避，淋得满身尽湿，只好纵驴疾驰。那花驴也急于避雨，拼命向前飞跑，早望见远远有一村落。玉琴自思有避雨的地方了，加紧催着驴儿跑去，到了那边，见有一个很大的庄院。门前正立着一个少年，在那里观赏雨景。那少年生得面目美好，态

---

① 正谊斋：《明道丛刊》，上海：国华书局1911年1月版，第24页。
② 顾明道：《荒江女侠》，成都：巴蜀书社1988年7月版，第32页。

度温文。背负着了手,宛如瑶林琼树,自是风尘外物。①

和《儿女英雄传》中十三妹遇见书生安骥相比,《荒江女侠》的叙事角度是相反的。一个是书生眼中的侠女,一个是侠女眼中的书生,但都是因为前者一直是小说的叙事焦点,后者是新上场的人物,所以后者成了前者的被看者。十三妹在安公子面前大显武艺,令安公子害怕;玉琴则因淋雨病倒在曾府,毓麟尽心照料,侠女柔肠,令书生满怀眷恋。同样是侠女和书生的故事,《荒江女侠》写来情意绵绵,和《儿女英雄传》强弱对比的调笑式写作相比,情态不同。这是顾明道的特色。

有学者指出:"作者确实只是一个言情圣手,而不是一个武侠高手。他只能扬长避短,以情补'武'。"②顾明道不懂武术,因此不能像平江不肖生《近代侠义英雄传》那样细致描摹武功的一招一式。《荒江女侠》写武功基本不写招式,剑光、银丸可以代替打斗过程。张赣生以小说第八回宝林禅院的一场打斗为例,评论道:"这一段情节和《儿女英雄传》中写能仁寺的那一段类似,读者如果有兴趣对照一看,就能感到顾氏笔下的武术实在乏味得很,这里还是选了全书中较好的一段为例,其余就更不必提了。不仅顾氏写武术的笔法无可称道,他笔下的侠男侠女也缺少武侠的气质,像是娇生惯养的少爷小姐们的儿戏,我以为这就是作者本人性格的表露。"③顾明道写武功完全是外行,"以情补武"可以说是一种写作策略。顾明道以哀情小说起家,写武侠小说是迎合市场之需,是二十年代兴起的武侠小说热潮中的产物。《荒江女侠》结尾处叙道:"琴剑姻缘,终告圆满。刀光血影,都成梦痕。徜徉青山绿水间,度其一生。""正是:云

---

① 顾明道:《荒江女侠》,成都:巴蜀书社1988年7月版,第150页。
② 范伯群主编:《中国近现代通俗文学史》(上卷),南京:江苏教育出版社2000年4月版,第574页。
③ 张赣生:《民国通俗小说论稿》,重庆:重庆出版社1991年5月版,第149页。

垂海立,虎啸龙吟。良缘天缔,剑胆琴心。"①"剑胆琴心"就是"侠"与"情"合一。顾明道虽不懂武,但擅长写情,作为武侠小说的《荒江女侠》虽有诸种不足乃至幼稚处,但确实引领了现代武侠小说写情的传统。小说中女侠男侠闯荡江湖的结构模式,携手退隐江湖的结尾,"首先尝试以新文艺笔法创作武侠小说"②等都对后来的新派武侠产生了影响。

"剑胆琴心"的写作方式及于了《荒江女侠》同时及之后的小说创作。张恨水的长篇小说《剑胆琴心》叙述书生李云鹤和女侠朱振华的因缘际会,把"剑胆琴心"四字作了另一番演绎。如果说《荒江女侠》中的"剑胆琴心"是化用了主人公方玉琴和岳剑秋的名字,那么《剑胆琴心》的书名标题,既能概括小说故事内容,又切合女侠朱振华的行为心性。《剑胆琴心》1928年连载于北平《新晨报》,1930年由北平新晨报营业部出版单行本,是在北方问世的武侠兼写情的小说。同一时期,张恨水在上海连载让他名声大噪的小说《啼笑因缘》,这是一部融入了武侠因素的社会言情小说。和《剑胆琴心》乃至《荒江女侠》一样,小说叙写了女侠和书生的情感故事。值得注意的是,《啼笑因缘》1930年3月至11月,连载于《新闻报》副刊《快活林》(1930年12月上海三友书社出版单行本),和《荒江女侠》发表于同一报刊,且前后相继,都经由《快活林》编辑严独鹤发表。

张恨水谈《啼笑因缘》的发表情况道:"稿子拿去了,并预付了一部分稿费。不过《新闻报》上正登着另一个长篇,还没有结束。直等了五个月,《啼笑因缘》才开始在上海发表。在那几年间,上海洋场章回小说,走着两条路子,一条是肉感的,一条是武侠而神怪的,《啼笑因缘》,完全和这两种不同。……载过两回之后,所有读《新闻报》的人,都感到了兴趣,独鹤先生特意写信告诉我,请我加油。不过报社方面根据一贯的作风,怕我这里面没有豪侠人物,会对读者减少

---

① 顾明道:《荒江女侠》,成都:巴蜀书社1988年7月版,第1368页。
② 叶洪生:《论剑:武侠小说谈艺录》,上海:学林出版社1997年1月版,第29页。

吸引力,再三的请我写两位侠客。我对于技击这类事,本来也有祖传的家话(我祖父和父亲,都有极高明的技击能力),但我自己不懂,而且也觉得是当时一种滥调,我只是勉强的将关寿峰、关秀姑两人,写了一些近乎传说的武侠行动。我觉得这并不过分神奇。但后来批评《啼笑因缘》的,就指着这些描写不现实,并认为我决不会和关寿峰这类人接触。当然,我不会和这类人接触。但若根据传说,我已经极力减少技击家的神奇性了。"[1]张恨水说"《新闻报》上正登着另一个长篇,还没有结束"指的就是《荒江女侠》。《啼笑因缘》应《新闻报》要求加入豪侠人物关氏父女,不仅吸引读者,也构建了小说"一男三女"的叙事结构。

关氏父女在《啼笑因缘》第一回就出场了,可见张恨水把武侠放在小说中十分重要的位置。秀姑是第一位出场的女主人公,接着是沈凤喜,然后是何丽娜,秀姑比后两者要年长些,性格也沉稳得多,她对男主人公樊家树的爱始终是收敛的。小说第四回,关寿峰生病,樊家树仗义相助。小说叙道:

> 当下秀姑将东西收拾妥当,送了一床被褥到汽车上去,然后替寿峰穿好衣服。她伸开两手,轻轻便便的将寿峰一托,横抱在胳膊上,面不改色的,从从容容将寿峰送上汽车。家树却不料秀姑清清秀秀的一位姑娘,竟有这大的力量。寿峰不但是个病人,而且身材高大,很不容易抱起来的。据这样看来,秀姑的力气,也不在小处了。当时把这事搁在心里,也不曾说什么。[2]

秀姑的力气虽然不及十三妹提石头碌碡的力气那样奇骇,但"轻轻便便""面不改色""从从容容"这些词汇,已经让书生樊家树十分吃惊了。这段文字也是从书生的视角写女侠,不是故意显示武力,而

---

[1] 张恨水:《写作生涯回忆》,北平《新民报》1949年1月1日至2月15日,张占国、魏守忠编:《张恨水研究资料》,天津:天津人民出版社1986年10月版,第42—43页。

[2] 张恨水:《啼笑因缘》,南京:江苏文艺出版社2008年4月版,第42页。

是自然渗透在生活的行动中,这是张恨水现实写法的高明处。

秀姑的形象与十三妹不无关联。小说第十九回"模糊留血影山寺锄奸"叙述樊家树与何丽娜一起看戏,是全本《能仁寺》。

> 家树道:"天下事哪能十全！这个十三妹,在《能仁寺》这一幕,实在是个生龙活虎。可惜作《儿女英雄传》的人,硬把她嫁给了安龙媒,结果是作了一个当家二奶奶。"何丽娜道:"其实天下哪有像十三妹这种人？中国人说武侠,总会流入神话的。前两天我在这里看了一出红线盗盒。那个红线,简直是个飞仙,未免有点形容过甚。"家树道:"那是当然。无论什么事,到了文人的笔尖,伶人的舞台上,都要烘染一番的。若说是侠义之流,倒不是没有。"……
>
> 这时,台上的十三妹,正是举着刀和安公子张金凤作媒,家树看了只是出神,一直等戏完,却叹了一口气。何丽娜笑道:"你叹什么气?"家树道:"何小姐这个人,有点傻。"何丽娜脸一红,笑道:"我什么傻?"家树道:"我不是说你,我是说台上那个十三妹何玉凤何小姐有点傻。自己是闲云野鹤,偏偏要给人家作媒;结果,还是把自己也卷入了旋涡,这不是傻吗?"何丽娜自己误会了,也就不好意思再说,一同出门。……
>
> 家树到家一看手表,已是一点钟,马上脱衣就寝。在床上想到人生如梦,是不错的。过去一点钟,锣鼓声中,正看到十三妹大杀黑风岗强梁的和尚,何等热闹！现时便睡在床上,一切等诸泡影。当年真有个《能仁寺》,也不过如此,一瞬即过。可是人生为七情所蔽,谁能看得破呢？关氏父女,说是什么都看得破,其实像他这种爱打抱不平的人,正是十二分看不破。今天这一别,不知他父女干什么去了？这个时候,是否也安歇了呢？秀姑的立场,固然不像十三妹,可是她一番热心,胜于十三妹待

安公子、张姑娘了。自己就这样胡思乱想,整夜不曾睡好。①

从看《能仁寺》到谈论《儿女英雄传》,再到樊家树的浮想联翩,把秀姑和十三妹作比较。樊家树对《能仁寺》或《儿女英雄传》的看法颇能代表张恨水的想法,张恨水在"模糊留血影山寺锄奸"这一回安插这段看戏的文字,意图很明显。秀姑在西山极乐寺刺杀刘将军,想成全樊家树和沈凤喜,就像十三妹能仁寺锄奸一样,成全了安公子和张金凤。张恨水没有正面叙写秀姑的侠义行为,而是通过一则事后的新闻和看《能仁寺》这本戏来表现,用笔十分巧妙。

有研究者谈《啼笑因缘》和《儿女英雄传》之间的关联道:"樊家树大体相当于安公子,关秀姑像十三妹,而何丽娜干脆与何玉凤同姓;关秀姑也像十三妹一样是为樊家树与何小姐做媒;安公子中了状元,樊家树则是考上了大学……由此可见张恨水小说的母题与原型。"②同为女侠,同为女侠和书生之间的情感因缘,秀姑比十三妹更委婉动人。小说第四回关寿峰生病住院,秀姑陪护,家树给秀姑带来《儿女英雄传》和《红楼梦》二书,秀姑看罢,感慨万千。作品间互文的写法可谓直透人心。第十五回谈到秀姑读《金刚经》《莲华经》,这是女侠收藏情感的隐忍姿态,而家树生病,秀姑又雨夜潜来留下字条"风雨欺人,劝君珍重",深挚情意得到恳切表达。这种克制至深而又抑制不住的情感在十三妹身上是不可能有的,在方玉琴身上也无从说起,只有秀姑才能担负起如此沉重的感伤,因为她是名副其实的"女侠"。"侠"与"情"在秀姑身上已无法区分开。

《啼笑因缘》结尾处,秀姑骑着毛驴翩然而去,留给家树一缕青丝和一张照片,照片上有一段话:"何小姐说,你不赞成后半截的十三妹。你的良心好,眼光也好,留此作个纪念吧!"③十三妹、方玉琴

---

① 张恨水:《啼笑因缘》,南京:江苏文艺出版社2008年4月版,第218—219页。

② 李钧:《生态文化学与30年代小说主题研究》,青岛:中国海洋大学出版社2006年10月版,第203页。

③ 张恨水:《啼笑因缘》,南京:江苏文艺出版社2008年4月版,第265页。

最终都有了归宿,而秀姑却离开了。这不仅是家树批评《儿女英雄传》的结果,也是张恨水的有意安排。张恨水说:"关秀姑的下落,是从此隐去。倘若您愿意她再回来的话,随便想她何时回来都可。但是千万莫玷污了侠女的清白。"①"侠女的清白"应该是不为世俗牵绊的。秀姑骑驴远去,就像骑着驴的聂隐娘不知所踪一样。女侠的风姿豪爽磊落,但秀姑的风姿中还压抑着儿女情长的感伤,这是现代女侠更令人念念不忘的地方。

第三节 "英雄肝胆·儿女心肠"

自《儿女英雄传》,女侠成为现代武侠小说中鲜明的存在。女侠不仅是侠,也给武侠小说带来了儿女情调,使得通俗小说"英雄"与"儿女"或"武侠"与"言情"两大题材得到了融汇。这是通俗小说现代进程中的重要现象,以《荒江女侠》为显在标志。之后,朱贞木、王度庐等人的小说也在"儿女英雄"的格局中施展各自所能。

《儿女英雄传》对"儿女英雄"的解说在朱贞木的作品中得到了明确回应。《七杀碑》第二十八回的回目是"英雄肝胆·儿女心肠"②,充分表达出小说的观念蕴含。小说主人公杨展在塔儿冈大显身手,在大厅横梁上留下八个大字"英雄肝胆,儿女心肠"。老道涵虚感慨道:

> 你们要知道,有了英雄肝胆,没有儿女心肠,无非是一个杀人不眨眼的混世魔王,算不得真英雄。有英雄肝胆,还得有儿女心肠,亦英雄,亦儿女,才是性情中人,才能够爱己惜人,救人

---

① 张恨水:《作完〈啼笑因缘〉后的说话》,《啼笑因缘》,上海:三友书社1930年12月版,张占国、魏守忠编:《张恨水研究资料》,天津:天津人民出版社1986年10月版,第245—246页。

② 《七杀碑》1949年至1951年由正气书局出版单行本,共七集三十四章。"英雄肝胆·儿女心肠"为第六集第二章标题。本节论《七杀碑》根据北岳文艺出版社2013年6月版。

民于水火，开拓极大基业。这里面的道理，便是英雄肝胆，占着一个义字，儿女心肠，占着一个仁字，仁义双全，才是真英雄。我们凭着一个义字，聚在塔儿冈内，隐迹待时，将来机会到来，义旗所指，崛起草莽，如果心中没有一个仁字打底，杀戮任意，闹得天怒人怨，不得人心，结果还是一败涂地，所以杨相公留下这八个字，真是金玉良言。杨相公瞧得起我们，没有把我们当做草寇一流，才肯留下这情重意长的八个字，杨相公方是我们塔儿冈的真正好朋友。①

这个解释和文康对"儿女英雄"的解释可以互通。文康把"儿女英雄"解释为"人情天理"，也就是传统伦理道德。"儿女英雄"不是被分割开的，而是集于一人，是一个人的伦理道德观及言行气度。《儿女英雄传》是一部说教意味很浓的作品，安学海的学究气统筹了小说的基本观念。《七杀碑》的基本观念也由主人公杨展写下的"英雄肝胆，儿女心肠"八个字来统筹。这八个字还可以简约为"仁义"二字，是传统儒家道德观的核心。所以《七杀碑》中的"儿女英雄"明显承袭了《儿女英雄传》的主旨。

研究者在评《七杀碑》时联系到了《儿女英雄传》。"将一个立身于善的英雄置身于几种历史政治力量之间，是有可能写出崭新的英雄故事的。这一点对于朱贞木来说并不自觉。武侠小说总是要不断更新英雄含意的。尤其是清代的文康在《儿女英雄传》中曾经大大发过一番议论。"②文康的议论在《七杀碑》主人公杨展身上得到映现。《七杀碑》的叙事背景是明末川南七侠抗击张献忠入川屠蜀之事。杨展是川南七侠之首。朱贞木在小说《序》中谈到写作缘起：1936年他在北京琉璃厂书摊上看到一部署名"花溪渔隐"的诗册，其中有一则名为"七杀碑"。张献忠入蜀，屡挫于川南七侠。遂

---

① 朱贞木：《七杀碑》，太原：北岳文艺出版社2013年6月版，第381—382页。
② 范伯群主编：《中国近现代通俗文学史》（上卷），南京：江苏教育出版社2000年4月版，第728页。

立一碑,上有七个"杀"字,意欲斩杀七侠。"余撷拾'花溪渔隐'所述,兼采各家笔乘,故老传闻,综合七雄事迹,演为说部,而删其怪诞不经者,并据'花溪渔隐'之说,以《七杀碑》名书,志其所由起,此七雄当明末之世,联袂奋臂,纵横川南,保全至众,而卒扼于阃冗大僚,自剪羽翼,身为国殇,全蜀因而糜烂,事至壮烈,可泣可风,作者余生烽火,冻墨磨人,文字游戏,聊遣岁月而已。"①小说《七杀碑》写的是明末故事,作者朱贞木也处在一个时代的倾颓之时,"余生烽火,冻墨磨人",小说的写作是有一种现实身世之慨的。

《七杀碑》1949年至1951年由上海正气书局出版,写到第三十四回②,似乎没有写完,也没有再续。这是朱贞木小说中的上乘之作,且不是向壁虚构的产物。小说多次明确指示出历史大事件。如第二十四回叙道:"这时纵横晋陕的李自成、张献忠等各大股兵马,屡败官军,逼近潼关,而且分股进展,似已由商洛分向荆紫关蜀河口蔓延及豫楚两省边境、伊洛陨襄等地,业已风声鹤唳,一夕数惊。另一股从陕南侵入汉中,大有趋褒斜,侵入西蜀之势,如果荆襄不守,溯江面上,川省亦危。"第三十一回叙道:"张献忠和曹操罗汝才两大股乱军,从房、竹窜出来,蚁聚蜂屯,各路并进,官军方面,也逐步设防,实在没法过去。""从谷城到歇马河这一带已被张献忠屠城洗村,杀得鸡犬不留,鬼哭神嚎。必须过了兴山,到了秭归入川江口,大约还没有遭到煞星光顾,路上才比较好一点,但是富厚一点的,也早逃光了。"③朱贞木是浙江绍兴人,长期居住于天津,小说对地理局势的细致叙写,足见出朱贞木对明末史实的熟悉。从叙事语气看,朱贞木对于张献忠入蜀是持否定态度的,没有把他看作明末农民起义的领袖,而是站在"八大王剿四川"的民间立场来演述历史的传奇故

---

① 朱贞木:《序》,《七杀碑》,太原:北岳文艺出版社2013年6月版,第2页。

② 《七杀碑》原以"章"来划分段落,北岳文艺出版社2013年出版的《七杀碑》将"章"改成"回"。本书《七杀碑》引文出自这一版本,故也用"回"来指称。

③ 朱贞木:《七杀碑》,太原:北岳文艺出版社2013年6月版,第313、418页。

事。第三十一回,小说离开主人公杨展的故事线索,借着丐侠铁脚板途径的"雷音古刹",特地正面叙写了张献忠残酷血腥的行径。

> 张献忠大批人马,离开雷音古刹时,还把关在一间屋内几十个本寺僧人,都牵出来,在大殿外一个个砍下脑袋,这许多无头和尚的尸体,和许多砍下小脚半死不活的女子,因为张献忠要在大殿外空地上,学了官军的排场,举行一次出师典礼,嫌这地上许多血淋淋尸体,碍手碍脚,命人一齐都丢入山涧里去,还有地上乱滚的几颗光头脑袋,和殿内一座小脚山,不甚碍事,也没工夫清除它,便没人理会,留作了荒山古刹的纪念品了。在张献忠人马离开这座寺时,以为寺内绝没留着一个活人,谁知道还留下一个白发龙钟的老太婆。因为寺内留着这个老太婆,非但砍去小脚,凑成小脚山尖的那位宠妾,还留着一线生机,连扣在钟下的那位小情郎,过了十余天,也还没有饿死,还能有气无力的从里面敲几下哑钟。①

当不知就里的丐侠闯入古刹,尽管艺高胆大,但所见惨绝人寰、鬼气遮天的景象还是让他毛骨悚然。小说特辟"雷音古刹"一段情节,以描述时代乱象。

这种描述不无历史根据。除了史书、传闻以及"花溪渔隐"的诗册外,小说所"兼采各家笔乘"中还有吴梅村《鹿樵纪闻》、彭遵泗《蜀碧》等。《鹿樵纪闻》"川中诸将"条目中有关于杨展等人的记述。鲁迅说:"《蜀碧》一类的书,记张献忠杀人的事颇详细,但也颇散漫,令人看去仿佛他是像'为艺术而艺术'的一样,专在'为杀人而杀人'了。他其实是别有目的的。"②朱贞木没有鲁迅的识见,但《蜀碧》确实给朱贞木的写作颇多参考。《蜀碧》书末附有杨展、刘道贞、铁脚板、余飞等人事迹,较详。这些人抗击张献忠入川有突出作为,

---

① 朱贞木:《七杀碑》,太原:北岳文艺出版社2013年6月版,第428页。
② 孺牛:《晨凉漫记》,《申报·自由谈》,1933年8月1日,《鲁迅全集》(第5卷),北京:人民文学出版社2005年11月版,第248页。

被称为川南七侠。包括:"华阳伯杨展、雪衣娘陈瑶霜、女飞卫虞锦雯、僧侠七宝和尚晞容、丐侠铁脚板陈登皥、贾侠余飞、赛伯温刘道贞。"①杨展是七侠之首,也是小说《七杀碑》的主人公。

小说第二十一回杨展进京考武科,叙述者有一段议论:

> 在杨展进京当口,正值明季怀宗当国,崇祯十年以后的时期,内忧外患,已把大明江山,弄得风雨飘摇,危乎其危;可是北京城内,还是文酣武嬉,有家无国,有己无人,处处是漆黑一团。有几个志行高洁,器识远大的人,在这一泻如崩的浊流狂澜中,也没法做个砥柱中流,只可做个消极的忠臣义士,拼作牺牲;再不然,在明哲保身的个人主义下,做了鸿飞冥冥,弋人何慕的逃世之流。这样趋势之下,小人益众,君子更危,时局一发不可收拾,这原是封建之世,"家天下"没落时代的应有现象。可是那时北京城内,依然被一般昏天黑地的人们,维持着粉饰的生平,纸糊的尊严,便是四方有志之士,也还把它当做扬名显才的唯一中枢,这是封建时代为少年造成的一条锁链,像杨展这样人物,也无法挣断这条锁链,总得观光京都。②

杨展就是这样一个时代的青年俊杰。所谓"时势造英雄""乱世出英雄",《七杀碑》对英雄的描述是和历史勾连在一起的。但《七杀碑》不是历史小说,因为它在写到杨展离开塔尔冈回川便终止了,没有写主人公抗击张献忠这一重要历史事件,第三十一回开始基本以丐侠铁脚板行踪为线索,替代了杨展回川的行程叙述。所以《七杀碑》只是杨展的"前传"。这种"前传"正是武侠小说的用武之地。朱贞木写过《虎啸龙吟》《闯王外传》《翼王传》等小说,"善于对历史人物和虚构人物进行点染穿插,于写实中寓诡奇,情节曲折"③。《七杀

---

① 朱贞木:《序》,《七杀碑》,太原:北岳文艺出版社2013年6月版,第1页。
② 朱贞木:《七杀碑》,太原:北岳文艺出版社2013年6月版,第272—273页。
③ 张元卿:《论朱贞木及其武侠小说》,《西南大学学报》2009年第5期。

碑》在历史中寄寓英雄事业的写法是朱贞木驾驭娴熟的。

杨展进京考武科是小说的核心情节,叙述者的议论把这一情节置于明季政治昏聩、危机四起的时代。科考,固然是"封建时代为少年造成的一条锁链",但杨展借此"扬名显才",在科场上空手发箭、降服烈马,成为国家认可的英雄。小说对于"英雄肝胆"的叙述,不仅在于杨展科考为国效力,还在于科考前的江湖恩怨和科考过后的身陷乱局之中。科考前的故事以杨展婚事为中心,围绕"玉三星"的得失来由,牵动出川南七侠的联络情谊和邛崃派、华山派之间的矛盾纠葛。这一部分的英雄叙事是江湖性的,小说用层层叠叠的倒叙、回叙剥离出江湖恩怨的复杂因果。"英雄肝胆"在此表现为江湖正义,邪不压正,是杨展这类英雄的存在价值。科考过后杨展回川,以塔尔冈为叙事中心,描画出"乱世出英雄"的景象。塔尔冈是李自成麾下的一股势力,聚义山寨,颇像《水浒传》中的梁山。杨展被携入山,虽然是官方的武进士,和塔尔冈众人处于政治上对立的地位,却英雄相惜。这一部分的"英雄肝胆"是政治大业的励精图治。小说对李自成、张献忠、明季朝廷几种政治力量的表述没有明确的倾向,尽管是以官家身份回川,杨展对明季朝廷的强烈批判和不满也是显而易见的。所以"英雄肝胆"在杨展身上表现为救民于水火的大志大勇,超越了一般政治的权利和眼光,更超越了江湖恩怨,这才是真正的"英雄本色"。

"英雄肝胆"被小说解释为"义","儿女心肠"被解释为"仁"。"仁"的观念是儒家道德的核心,但在小说里依然是用儿女之情来演绎的。在杨展科考的前后故事中,陈瑶霜、虞锦雯、三姑娘、毛红萼先后牵动了杨展的"儿女心肠"。这四位女子都是女侠,并对杨展情意深挚。小说第十二回叙道:

> 杨展话刚说完,瑶霜娇喊一声:"玉哥!"立时纵体入怀,紧紧抱住杨展,玉体乱颤,呜咽有声,再也说不出什么来了。两人这样互相拥抱,心神交融,似悲还喜,似梦却真,只觉大千世界,刹时无踪,只有一团精气,紧紧裹住两颗火热的心,越裹越紧,

浑成一片,连这浑成的一片,也异常模糊,好像化为清气,荡入高空。①

这种"此时无声胜有声"的描写,是小说的浓艳之笔,把"儿女心肠"演绎得十分到位。另一种笔调则是发自肺腑的倾诉。第二十八回,塔尔冈主人毛红萼对杨展诉说衷肠:

> "世上最可贵的,是一个'情'字,惟不滥用情的人,才是真真懂得情的人,此刻我们两情相契,深宵相对,此情此景,谁能谴此。但是我毛红萼是绿林之英雌,非淫奔之荡妇,使君且有妇,妾是未亡人,南北遥阻,相逢何日,何必添此一层绮障。相公,只要你心头上,常常有一天涯知己,毛红萼其人,妾愿已足,并无他求!"②

情深意切,却因各自的英雄事业,不能厮守。这种只能记在心头的深情,最令人动容。小说对塔尔冈的叙述,不仅形似《水浒传》,更包含了一段风流艳事。塔尔冈大厅横梁上留下的"英雄肝胆,儿女心肠"八个字,极贴合这一情节叙事。

所可讨论的是,杨展和几个女子之间的情感纠缠不免损伤了"儿女心肠"的纯洁与专一。《七杀碑》虽然没有写完,但就叙事倾向上看,雪衣娘陈瑶霜、女飞卫虞锦雯已呈"娥皇女英"之势。小说的"多妻"观念很使研究者感发微词:"众女追男""模式的使用无疑削弱了小说的思想性,使小说中潜含的借晚明史事而感怀失天下乃是缘于'家天下'的深沉思绪,被脂香粉腻所淹没,实在可惜"。③ 对于通俗小说,其实不必深究"思想性","趣味性"是通俗小说的主要诉求。《七杀碑》的趣味在于述英雄而及男女,讲历史并谈武侠,在层层叙事中设悬念,在解疑过程中话传奇。"众女追男"的模式是"趣味"的一种表现,既含有作者朱贞木对男女情爱的一种憧憬,也是引

---

① 朱贞木:《七杀碑》,太原:北岳文艺出版社 2013 年 6 月版,第 147 页。
② 同上书,第 389 页。
③ 张元卿:《论朱贞木及其武侠小说》,《西南大学学报》2009 年第 5 期。

起阅读兴味的有效方法。在朱贞木的另一部代表作品《罗刹夫人》中,男主人公沐天澜和两位女主人公罗幽兰、罗刹夫人的情爱纠葛,同样实现了"娥英并侍"的结局。小说对罗幽兰心理的描述细腻委婉,作为沐天澜之妻,她的爱与嫉、迎与拒,极尽矛盾与曲折,笔法要高出《七杀碑》对杨展之妻陈瑶霜的描述。这些都为小说增添了"儿女心肠",尽管现代人对这样的情爱模式多有批判,却开了后来新派武侠小说儿女故事的常用套路,可以说这是朱贞木武侠小说的重要特色。

如果上溯到《儿女英雄传》,《七杀碑》叙述的儿女故事也就有了来源依据。十三妹何玉凤嫁给安骥时,张金凤已经和安骥成婚一年多,但何家与安家是世交,何家门第显贵,何玉凤又是安、张二人的救命恩人和媒人,因此她仍然以妻而非妾的身份嫁给安骥。安骥拥有两位美妻,后来这两位妻子又给安骥娶了个小妾,一夫三妇,相敬如宾,其乐融融,充分体现出作者文康以及封建时代男性的婚姻理想。《儿女英雄传》影响后世小说,不仅在于"儿女英雄"的叙事,也有"一男多女"的关系模式。在文康的时代,"一夫多妻"是常见的婚姻形态,可是到现代,却成了"封建"的理想。好在武侠小说中出现这样的关系模式,可以用历史作掩护。《七杀碑》写的是明季之事,《罗刹夫人》写的也不是现代故事。武侠小说通常把故事推至历史背景中,既使英雄有用武之地,也能成就儿女之情的传统念想。当然这和武侠小说家的识见是分不开的。

朱贞木的小说被称为"奇情武侠"①。张赣生对此论述道:"朱氏中期以后的作品,走了顾明道的路子,这就是说要把武侠、爱情、冒险三合一,也许是朱氏与顾氏在气质上有相近之处,所以这条路走得挺顺,在朱氏到达创作的成熟期后,他的文字工夫和结构故事的技巧已大大超过顾氏,使我们不易看出模仿的痕迹,但如果我们把顾明道和王度庐分别作为言情武侠小说南派和北派的标准,把朱

---

① 范伯群主编:《中国近现代通俗文学史》(上卷),南京:江苏教育出版社2000年4月版,第717页。

贞木放在他们两者间加以比较，就容易看出朱氏那南派的风格了。"① 朱贞木成名于天津，但他是绍兴人，1949 年后很可能到了上海，所以虽然是北派作家，他和南方文坛多少有所牵连。顾明道是苏州人，在上海成就其文学事业。《荒江女侠》不仅叙述了"儿女英雄"故事，并处处把主人公置于险境，《七杀碑》中的塔尔冈、《罗刹夫人》中的铁瓮谷也都是险境，主人公到此终能峰回路转。朱贞木小说确实借鉴了顾明道的手法，但在艺术水准上超出了顾明道。如果说《荒江女侠》开始了通俗小说武侠与言情合流的趋势，那么到四十年代末，朱贞木已经把这种趋势固定了，写法不仅游刃有余，增添了历史的忧患，弥散着边地的绮诡，更重要的是在行文方面不再满足于"通俗"的需要。如果不以题材限定文类归属，那么《七杀碑》这样的作品的艺术性已不让于当时的新文学。

小说第二十六回叙道：

> 这样流着汗，又走了一程，一轮血红的太阳，已落在西面的山口。落山的太阳虽然又红又大，却已不觉得可怕了，头上已失去火伞似的阳光，一阵阵的轻风，从两面山脚卷上身来，顿时觉得凉飕飕的体爽神清，腰脚也觉轻了许多。赶车的脚夫，袭着长鞭，嘴上直喊着："嘘……嘘……"想乘晚凉多赶几程。一路轮声蹄声，震得两面山冈里起了回音，可是走的山道，虽不是峻险的山道，有时过一道土冈子，上坡的道，非常吃力，下坡时却非常的轻快，跨辕的脚夫，手上只要勒紧了缰绳，兜着风顺坡而下，一气便可赴出一箭里路去，脚夫们这时最得意，嘴上还哼着有腔无调的野曲子。②

这样的文字在《儿女英雄传》等传统小说中是绝难见到的，倒像是新

---

① 张赣生：《民国通俗小说论稿》，重庆：重庆出版社 1991 年 5 月版，第 305—306 页。
② 朱贞木：《七杀碑》，太原：北岳文艺出版社 2013 年 6 月版，第 346—347 页。

文学小说中的典型段落,自然顺畅,气息十足。即使沿用了"儿女英雄"的结构,即使好尚"一男多女"的俗套,但文字的上乘已让《七杀碑》成了现代通俗小说的"压卷之作"①。

第四节 "儿女情长,英雄气短"

时人对朱贞木小说评价很高,如说:"著武侠小说《铁板铜琶录》,文笔清新,气魄宏伟,为近代罕见之武侠小说。其续集易名为《虎啸龙吟》,记武侠故事,不落通常蹊径,询为难得之作品也。"②"这些武侠小说可以分为两派,甲派是吐飞剑的","乙派所写的都是各种武技","朱贞木先生,他是一位乙派的人","在写武侠小说的作家说,朱贞木先生是一位杰出人材,独树一帜,另辟蹊径,所以将来的成功,殊不可限量。"③朱贞木的小说中没有剑仙,主人公并不完全超乎现实,即如《罗刹夫人》之类的作品,因为故事发生在蛮荒边地,人物的境遇纵使诡诞,也具有某种合理性。所以朱贞木笔下的儿女英雄故事相比于还珠楼主小说中的各式恋情更加动人,到底可以落到实处的"人情天理"更易令人感同身受。

而能充分演绎儿女英雄故事的现实样态的还当首推王度庐。有学者比较王度庐和朱贞木小说的异同道:"朱贞木的艺术功力、语言修养或在王度庐之上;作为武侠小说,其作品中的奇诡色彩、江湖气息也比王氏诸作更为浓烈;然而在写情方面,他却总是摆脱不掉'娥英兼美''一床三好'之类陈腐观念和平庸趣味,因此,极大地削弱了他的侠情作品本来可能具有的悲剧美。而且朱贞木作品的叙述结构,基本仍以情节为结构中心而非完全以性格即人物心理为结构中

---

① 张赣生:《民国通俗小说论稿》,重庆:重庆出版社 1991 年 5 月版,第 307 页。
② 芷:《沽人文人小介绍 古越朱贞木》,《新天津画报》1940 年 12 月 10 日。
③ 毅弘:《天津武侠小说作家 朱贞木》,《三六九画报》第 23 卷第 1 期,1943 年。

心,所以'侠情'则有之,但还不是纯粹的'侠情小说'。""朱贞木的弱点,正是王度庐的长处。"①王度庐武侠小说的长处是能把侠士侠女自身的情感经历作为叙事重点。儿女之情不是在行使英雄事业过程中的遇合,而是行侠时背负着的不能承受之重,甚乃是行走江湖的因由。儿女情僭越了英雄气,小说主人公常常都会感叹自己的"儿女情长,英雄气短"。这样的话李慕白就不只说过一次。《宝剑金钗》第十三回结尾处道:"李慕白虽有依恋之意,但又狠着心想道:我李慕白真是这样儿女情长,英雄气短吗?遂就略一点头,出了屋子,连头也不回,一直下楼去了。到了楼下,几个毛伙就说:'李爷你走呀?'他略点了点头,便出了宝华班的门首。"②这是李慕白与谢纤娘分别时的情景。紧接着第十四回李慕白又禁不住思绪万千:

> 由俞秀莲姑娘不免又想到了谢纤娘,他深深地知道,这是自己的两层情障,并且相互还有些关系,因为若没有俞秀莲姑娘的那件事,使自己伤心失意,自己也不至于就颓废得去与妓女相恋慕。如今俞秀莲姑娘那方面,自己算是死了心,可是纤娘的事,将来又怎么办呢?以自己的景况说,虽然有心怜悯纤娘,但实无力救她脱出苦海,而且看纤娘的样子也不像真心要嫁自己,预想将来,此事怕也不会有什么好的收场吧!
>
> 这样辗转地思来想去,不觉已交过了三更,烛台上那只洋油烛都快烧净了,豆子大的光焰不住突突地跳。李慕白扬首看了看壁间悬挂着的那口宝剑,不禁又壮志勃发,暗想:自己何必要儿女情长,英雄气短?明天且与那直隶省出名的好汉金刀冯茂斗一斗,若是败在他的手里,自己当日就回转家乡,从此帮助叔父务农,不再谈文论武;若是胜了他,那自己索性就去江湖上闯一闯或许往塞北去游一游,到处访一访孟思昭;或许到江南去

---

① 范伯群主编:《中国近现代通俗文学史》(上卷),南京:江苏教育出版社2000年4月版,第684页。
② 王度庐:《宝剑金钗》(上),太原:北岳文艺出版社2015年7月版,第158页。

一趟,探问探问盟叔江南鹤老侠是否还在人世……当下他便把灯吹灭,门关严,倒在榻上,摒去一切思虑,沉沉地睡去。①

儿女之事是永远也想不清楚的,李慕白沉浸在俞秀莲和谢纤娘的情事中,如何不"儿女情长,英雄气短"。尽管他不住地告诫自己,并清醒认识到自己的处境,极力想超脱,但终究还是困厄于情,难以排解。小说主人公的心理描写即如上引段落,随处即是,自然浑成。人物情思因这样无处不在的心理描写而显得十分突出,这就在很大程度上造成王度庐小说"儿女情长,英雄气短"的局面。主人公的悲剧爱情故事实际上和爱情题材小说没有太大区别,只不过那些经受爱情折磨的主人公会武艺而已。

"儿女情长"是王度庐武侠小说的主要特色。徐斯年追溯了王度庐之前小说叙写"侠情"的渊源:唐人传奇中侠士帮助了主人公终成眷属,但侠士本身没有情爱经历。这种"古押衙模式""和后世侠情小说之间,存在着很大的区别"。"1914 年 6 月,《礼拜六》创刊号刊载孙剑秋仿《李娃传》而作的《朝霞小传》,即标为'侠情小说',可见后世一直保留着这种'侠情小说观';王度庐型的侠情小说与之既有联系,又有差异。""侠情小说的真正滥觞,当推清文康《儿女英雄传》","奠定了后来侠情小说的基本模式。然而,《儿女英雄传》即使在形式上,也不是一部完整的侠情小说"。"王度庐之前,通俗文学作家中尝试撰写'侠情'倾向作品的,有叶小凤(如《古戍寒笳记》)、李定夷(如《賈玉怨》)、顾明道(如《荒江女侠》)等;短篇小说方面,仅前百期《礼拜六》,就曾先后刊出标为'侠情小说'的创作十余篇,这些作品,或有'爱情'而缺'武侠',或有'武侠'而缺'爱情',二者结合得水乳交融者甚罕。它们在写情方面,和早期言情小说一样,很少能够突破'发乎情止乎礼'的思想框架。"②"顾明道的《荒江

---

① 王度庐:《宝剑金钗》(上),太原:北岳文艺出版社 2015 年 7 月版,第 162—163 页。

② 徐斯年:《侠的踪迹——中国武侠小说史论》,北京:人民文学出版社 1995 年 12 月版,第 138—139 页。

女侠》虽曾于三十年代轰动一时,然而'武侠'与'爱情'游离、写'爱情'流于肤浅,仍是该书的致命弱点。历史证明,惟有王度庐,才是结束上述'困境'、开创侠情小说全新局面的第一人。"①从唐传奇到《儿女英雄传》再到民初小说、《荒江女侠》,这些小说中的"武侠"与"爱情"基本是"游离"的,即便如《荒江女侠》,叙述女侠的爱情故事,然只是故事表层的行动,未能深入肌理。王度庐是"开创侠情小说全新局面的第一人",这一定位和评价是很高的。

徐斯年用"侠情小说"来概括王度庐小说的类型归属,更早的是叶洪生,他的《"悲剧侠情"之祖——王度庐》(刊载于台北《民生报》1982年6月28日至7月7日)"是王度庐小说研究的第一篇重要文献"②。叶洪生说:王度庐"打破了既往'江湖传奇'(如不肖生)、'奇幻仙侠'(如还珠楼主)乃至'武打综艺'(如白羽)各派武侠的外在茧衣,而潜入英雄儿女的灵魂深处活动;以近乎白描的'新文艺'笔法来描写侠骨、柔肠、英雄泪,乃自成'悲剧侠情'一大家数。爱恨交织,扣人心弦!"③"悲剧侠情"是叶洪生的概括,他突出"悲剧",正是王度庐小说荡气回肠的所在。范伯群主编的《中国近现代通俗文学史》也沿用"悲剧侠情"这一概念。④ 范伯群著作的《中国现代通俗文学史(插图本)》则用"情侠悲剧"来概括。⑤ "侠情"二字可以分别解释,而"情侠"强调了"侠"的性质,是小说主人公的主要特点。张赣生用"言情武侠小说"来归类,他说:"从中国文学史的全局

---

① 徐斯年:《王度庐评传》,苏州:苏州大学出版社2005年12月版,第37—38页。
② 韩云波、宋文婕:《生命力的突进:王度庐研究三十年》,《西南农业大学学报》2011年第6期。
③ 叶洪生:《论剑:武侠小说谈艺录》,上海:学林出版社1997年1月版,第217页。
④ 参见范伯群主编:《中国近现代通俗文学史》(上卷),南京:江苏教育出版社2000年4月版,第十章"悲剧侠情小说类型的完成者王度庐",第670—697页。
⑤ 参见范伯群:《中国现代通俗文学史(插图本)》,北京:北京大学出版社2007年1月版,第十七章第二节"善写情侠悲剧的王度庐",第483—492页。

来看,王度庐的言情武侠小说大大超越了前人所达到的水平,是他创造了言情武侠小说的完善形态,在这方面,他是开山立派的一代宗师。王度庐在民国通俗小说史上的地位,乃至他在整个中国文学史上的地位,毕竟是由他的言情武侠小说奠定的。"①"言情武侠小说"和"侠情小说"意思一致,"言情武侠"是把通俗文学的两大题材合并在一起,成为一种新的类型,王度庐是这种类型"开山立派的一代宗师"。

无论如何称谓,王度庐武侠小说长于写情,以情为主,这是区别于其他现代武侠小说的明显特色。"儿女情长"在王度庐的小说中既是主人公形象塑造和故事进展的内驱力,也使得小说在一定程度上远江湖而近社会。居于"鹤—铁"五部曲之首的《宝剑金钗》叙写出的并非是江湖世界的门派争斗,而是充满情意与嫉恨的社会现实。读书习武青年李慕白向美貌艺高的俞秀莲求婚不成,抑郁进京。他与京城名妓谢纤娘缔结出的不是武侠故事而是狭邪小说。《宝剑金钗》共三十四回②,李慕白与谢纤娘的故事从第九回德啸峰向李慕白推荐"侠妓"翠纤到第三十一回李慕白凭吊翠纤的坟墓,基本横亘了《宝剑金钗》的主体部分。李慕白和俞秀莲之情只是在小说的开端和结尾部分交集在一起,构成了李慕白抑郁心绪的根源,中间部分是俞秀莲寻夫孟思昭、孟思昭和李慕白互酬知己的故事。如果单独把李慕白与谢纤娘的故事提取出来,从李慕白冶游结识纤娘,到两人日笃情深,再到李慕白被陷害,纤娘被迫他嫁,直至纤娘落魄自尽,李慕白伤心凭吊,整个故事与《人间地狱》那样的狭邪小说没有多大区别。纤娘惨死,第三十一回小说借一个小人物之口谈论了妓女的命运:

---

① 张赣生:《民国通俗小说论稿》,重庆:重庆出版社1991年5月版,第301页。
② 本书采用北岳文艺出版社2015年7月出版的《宝剑金钗》,此版本以1948年上海励力出版社印行的单行本为底本,并参照1938年至1939年《青岛新民报》连载本审定。

> 这儿说是义地,其实就叫乱葬岗子,在这儿埋的全都是在窑子里混事的姐儿们。在她们活着的时候,穿绸着缎,搽脂抹粉,金银随手来随手去。熟客这几天来了,过两日又走了,她们陪着人吃酒席,给人家弹唱,还有比翠纤更标致的红姑娘儿呢!可是一死了,唉,有谁管呢?不过是由着领家儿的买一个四块板的棺材,雇两个人抬到这儿,挖个一尺来深的坑儿,埋了也就完了。过些日子,坟头儿也给风刮平啦,死尸也叫狗给刨出来了,没亲人,没骨肉,谁还照顾她们那把干骨头呢!①

这段对妓女命运的概述在其他狭邪小说中都有具体演绎,在谢纤娘身上也得到了具体印证。这个在《宝剑金钗》中占据了主体位置的悲惨故事,使得小说的武侠成分并不瞩目,而现实色彩却分外突出。那条名叫"粉房琉璃街"的胡同记录了纤娘潦倒凄惨绝望的死,也记录了北京下层社会的残破景象,和德啸峰居住的东四牌楼三条胡同形成截然对照。

面对纤娘的坟,李慕白伤心至极。小说叙道:

> 李慕白的铁骨侠心抑制不住多情的眼泪,因就不禁凄然泪下。他并不是在专哭谢纤娘,却是在哭普天下的不幸女子。他自己年近三十未娶,就是想要物色一个聪慧秀丽的女子,然而,他理想中的那些女子,都被人世给摧残了!被黄土给埋没了!……
>
> 唉!这些事情到底该怨谁呢?不能怨她,因为她并非薄情;也不能怨我,因为我对她并非毫无真情实意,只怨命运,只怨事情纠缠错误,只怨人世坎坷。我们都是命苦,都是受人伤害的人,才至彼此反倒不能了解。唉!这都是前生孽债,情海浩劫!②

---

① 王度庐:《宝剑金钗》(下),太原:北岳文艺出版社2015年7月版,第453页。

② 同上书,第453、454页。

这种惨痛之情在其他现代武侠小说中基本是见不到的,只有社会言情小说可以承载这样的情感负荷。在《宝剑金钗》中,李慕白的儿女情明显压制了他的英雄气,英雄有泪不轻弹,可李慕白却是一个善哭之人。他哭纤娘、哭秀莲、哭友朋、哭自己。在纤娘墓前他想到的是自己难以成就的婚姻,这和荒江女侠方玉琴不谈婚姻的"侠"之风也完全不同。"英雄气短"是王度庐武侠小说的另一个重要特点。

有学者认为:"'鹤—铁'系列具有非武侠小说意味。""主人公由英雄豪杰向普通人转化,悲剧由命运悲剧向性格悲剧、日常悲剧转化,正是小说现代性的一大特点。"①江小鹤、李慕白、俞秀莲、玉娇龙这些王度庐笔下突出的"侠",他们行侠的目的不是为国为民,不是"路见不平拔刀相助",而是失意无奈游走天涯。李慕白考虑自己的前程,或者"从此帮助叔父务农,不再谈文论武",或者"索性就去江湖上闯一闯或许往塞北去游一游,到处访一访孟思昭;或许到江南去一趟,探问探问盟叔江南鹤老侠是否还在人世"。这样的"闯"江湖不包含行侠仗义的意思。玉娇龙去新疆,想从此"在马群中在蒙古包里隐居一世"②,也是蜕却锐气的。"侠"的品格在王度庐的小说中并不崇高,与其说王度庐叙写了英雄故事,不如说是叙写了习武之人的人生故事。王度庐是自学成才的,他去图书馆看书,到北京大学旁听,自觉吸收了新文学的熏养。他把英雄当普通人来写,写他们的爱恨,他们的无奈,他们安身的艰辛。他们不因武功高强而无所不能、恣肆无忌,他们会顾念家庭、亲人、情人、友人,因为这些顾念,他们的行为处处掣肘,于是伤心失意,落魄无为,悲剧人生由此酿成。王度庐笔下的英雄无法超脱普通人生活的悲欢离合,虽然显得英雄气短,却因此更能深入人心。

写到武功打斗场面,王度庐不会像平江不肖生或郑证因那样,能够精细描画出举手投足间的一招一式,往往是几句话便交代出胜

---

① 刘大先:《写在武侠边上——论王度庐"鹤—铁"系列小说》,《民族文学研究》2005年第4期。
② 王度庐:《铁骑银瓶》(上),太原:北岳文艺出版社2015年7月版,第20页。

负结果。如《宝剑金钗》第三十三回写李慕白战魏凤翔："魏凤翔这时也拼出死命,把他那一支画戟向李慕白乱斗乱刺。但李慕白势极凶猛,一剑磕开魏凤翔的画戟,他飞身上前,宝剑挥起。那赛吕布魏凤翔招架不及,当时右臂遭了李慕白一剑,他就惨叫一声,立时撒手扔戟,摔倒在地,翻了一个身就死了。"①虽然没有剑仙飞剑,而是实打实的兵刃相接,但魏凤翔被写得太不堪一击,既可反衬出李慕白武功高超,也不免表现出王度庐拙于写"武"。王度庐夫人李丹荃回忆王度庐写武侠小说的开始:"那时我们寄居在亲戚家中,他很希望能找到一个谋生的工作。一次他去街上闲走,回来后对我说遇见了一个北平的熟人,说有一个刊登连载小说的机会,条件是要写武侠小说。我问他:'你能写吗?'因为他是个手无缚鸡之力的人,我从未见过他拿刀弄棍,可是他说能写。不久就有了他的第一部武侠小说《河岳游侠传》。当时这部小说颇受好评,于是一发不可收拾,就以写小说为主要生活来源,'混'了十余年。"②李丹荃之所以会问"你能写吗?"是因为王度庐不像平江不肖生或郑证因那样会武功懂武艺,但王度庐说"能写",因为他的武侠小说不靠"武"取胜,而走的是另一条路。

在王度庐写《河岳游侠传》之前,他写过侦探小说、社会小说、言情小说,篇幅不长,主要刊载于北平《小小日报》,当时的王度庐还没因写作小说博得声誉。1937 年春,王度庐夫妇到青岛,1938 年 1 月青岛沦陷,1949 年王度庐全家离开青岛,王度庐的主要创作生涯集中在青岛时期。在《河岳游侠传》之前,王度庐在《平报》连载过武侠小说《黄河游侠传》《燕赵悲歌传》《八侠夺珠记》,影响不大。《河岳游侠传》是第一次用"王度庐"的笔名发表作品,这部小说刊载于 1938 年的《青岛新民报》。李丹荃说王度庐在街上遇见的"北平的熟人"是关松海,时任《青岛新民报》副刊《新声》编辑。《青岛新民

---

① 王度庐:《宝剑金钗》(下),太原:北岳文艺出版社 2015 年 7 月版,第 481—482 页。
② 李丹荃:《往事如烟(代序)》,徐斯年:《王度庐评传》,苏州:苏州大学出版社 2005 年 12 月版,第 1—2 页。

报》创刊于1938年1月18日,是日伪办的报纸。王度庐在《青岛新民报》上连载武侠小说和言情小说,不涉政治,聊以糊口。在《青岛新民报》上,他以"王度庐"笔名,发表了《宝剑金钗记》(1938—1939)、《剑气珠光录》(1939—1940)、《舞鹤鸣鸾记》(1940—1941)、《卧虎藏龙传》(1941—1942)、《铁骑银瓶传》(1942—1944)等武侠小说,用"霄羽"(王度庐原名王葆祥,字霄羽)之名发表《落絮飘香》(1939—1940)、《古城新月》(1940—1941)、《海上虹霞》(1941)、《虞美人》(1941—1943)、《寒梅曲》(1943)等言情小说。一边写武侠,一边写言情,《青岛新民报》上王度庐的两种小说常常同刊一期,可谓沦陷区的一种景观。由此也不奇怪,以社会言情小说起家的王度庐在写作武侠小说时会把"情"写入侠者之心。言情,王度庐本已写得顺手,而应市场需求写武侠,对于"手无缚鸡之力"的王度庐来说,用言情补武侠之不足,未尝不是一个好方法。这种方法竟促成了王度庐武侠小说的创作成就,成就了他的文学地位。

王度庐为《宝剑金钗记》(上海励力出版社1948年出版改名为《宝剑金钗》)初版本作序道:

> 昔人不愿得千金,惟愿得季布一诺,侠者感人之力可谓大矣。春秋战国秦汉之际,一时豪俊,如重交之管鲍,仗义之杵臼程婴,好客之四公子,纾人急难之郭解朱家,莫不烈烈有侠士风范,为世人之所倾慕。迫于后世,古道渐衰,人情险诈,奸猾并起,才智之士又争赴仕途,遂使一脉侠风荡然寡存,惟于江湖间里之间,有时尚可求到,然亦微矣!余谓任侠为中国旧有之精神,正如日本之武士道,欧洲中世纪之骑士。倘能拾摭旧闻,不涉神怪,不诲盗淫,著成一书,虽未必便挽颓风,然寒窗苦寂,持卷快谈,亦足以浮一大白也。频年饥驱远游,秦楚燕赵之间,跋涉殆遍,屡经坎坷,备尝世味,益感人间侠士之不可无。兼以情场爱迹,所见亦多,大都财色相欺,优柔自误。因是,又拟以任侠与爱情相并言之,庶使英雄肝胆亦有旖旎之思,儿女痴情不

尽娇柔之态。此《宝剑金钗》之所由作也。①

有感于"侠风"式微,情场"相欺",王度庐写作《宝剑金钗》有"挽颓风"之意。"宝剑金钗"之名,恰好对应了"英雄肝胆亦有旖旎之思,儿女痴情不尽娇柔之态"的写作初衷。所可注意的是,王度庐例举的侠士,包括了季布、管仲、鲍叔牙、公孙杵臼、程婴、战国四公子、郭解、朱家等古人,这些"豪俊"并不都是会武艺的侠士,但王度庐认为他们都具有"侠士风范"。这是一种"古道",是"中国旧有之精神",不是咄咄武夫所可承当的。所以王度庐笔下显得"英雄气短"之江小鹤、李慕白、罗小虎等人,并非不是英雄,而都是有情有义、重情重义之人,他们身上遗留了"中国旧有之""侠风"。但他们也因此为情所困,构成悲剧。英雄本就具有悲剧精神,王度庐不是要否定李慕白这些悲剧英雄,而是要在那样一个沦陷的时代,启人忧思。传统文化中的"侠士风范"在他的作品中弥散开来,不能为外来侵略所淹埋。

《宝剑金钗》发表后备受青睐,于是一部又一部,有了"鹤—铁"五部曲。接着《宝剑金钗》写的是《剑气珠光》(初名《剑气珠光录》),是"鹤—铁"五部曲的第三部,也是五部曲中相对写得最弱的一部。叶洪生说:"王度庐一向擅长的'侠骨柔情',竟全无影踪。这只有一个较合理的解释:即作者前此撰写武侠说部,可能遭受'侠'而不'武'之讥;在出版商和读者的双重压力下,不得已而勉强步武,遂有此'买椟还珠'不伦不类的表现。""王度庐原本拙于描写武技,而一贯长于'侠情'之发挥;然本书为了迎合世俗口味,致章法大乱,不成格局。最显著的例证,即是李慕白的人格、行为乃至整个英雄形象之扭曲。"②《剑气珠光》没有发挥出王度庐的擅长,弃情步武,一定程度上偏离了传统"侠士风范",乃至"章法大乱"。于是王度庐

---

① 王度庐:《宝剑金钗记》序言,青岛新民报社1939年版,徐斯年:《王度庐评传》,苏州:苏州大学出版社2005年12月版,第25—26页。
② 叶洪生:《论剑:武侠小说谈艺录》,上海:学林出版社1997年1月版,第235页。

基本是重起炉灶,写了《舞鹤鸣鸾记》(后由上海励力出版社出版时改名为《鹤惊昆仑》)作为"鹤—铁"五部曲的第一部,叙述李慕白父执辈的爱恨情仇,回到了"儿女情长,英雄气短"的作风。

"儿女情长,英雄气短"也可以用来形容《儿女英雄传》的叙事结构。十三妹成为贤惠相夫的何玉凤未尝不是"儿女情长,英雄气短"的表现。王度庐在他的小说中就提到了《儿女英雄传》。《宝剑金钗》第九回,叙述德啸峰和李慕白看戏。

> 这时台上的《宇宙锋》下去,换的是《浣纱记》《鱼肠剑》,这出戏完了,就是大轴子的《悦来店能仁寺》。李慕白看见戏台上的那个十三妹,不由又想起了远在天涯的那位芳容绝技兼备的秀莲姑娘,一阵惆怅又扑在心头。德啸峰一面抽着水烟,一面向李慕白问说:"你这样的青年侠士,应当配一位像十三妹这样的女侠才对,只不知家里那位嫂夫人武艺如何?"
>
> 李慕白一听这话,就仿佛用刀子扎了他的心一般,便微叹了口气。德啸峰说:"你不要烦恼。今天我打了一个架,也很高兴,回头散了戏,我们到正阳楼去吃饭。吃完了饭,我领你到一个地方去,会会现时一位有名的侠妓。这位侠妓虽然不会刀剑拳腿,但性情却是慷慨侠爽,而且论起容貌来,可以称得起是倾国倾城。只有你这样的人,才配与她交好。"①

李慕白看戏,悦来店、能仁寺的段落是十三妹大显女侠身手的所在,但李慕白想到的不是女侠风姿,而是自己情事的怅惘。由十三妹想到俞秀莲,再联系到"侠妓"谢翠纤,《儿女英雄传》给王度庐小说带来的不是英雄飒爽,而是儿女情长。虽然俞秀莲、谢翠纤都称得上"侠",但李慕白的世界里终究没有听话的十三妹,也就享受不到宜室宜家的生活。

《儿女英雄传》在王度庐小说中留下的痕迹不仅于此。考虑到

---

① 王度庐:《宝剑金钗》(上),太原:北岳文艺出版社2015年7月版,第103页。

王度庐和文康一样,都是旗人,尽管前者出生于下层旗人,后者是世家子弟,但旗人小说有其传承一脉的特色,非其他"儿女英雄"小说可比。关纪新道:"满人的尚'侠'之风,在满族作家的作品中间还是相当多的。例如清中期和邦额的短篇文言小说《三官保》(收入小说集《夜谭随录》)、清晚期文康的长篇白话小说《儿女英雄传》(又名《侠女奇缘》)、清晚期石玉昆的长篇评话小说《三侠五义》、清末民初徐剑胆的短篇小说《妓中侠》等等,都留下了这个民族好侠、尚侠、慕侠、效侠的心理印记。连老舍,在其写作生涯的某个阶段,也曾想要写一部武侠题材的长篇作品"。"由此看来,满族作家王度庐在中国现代文坛上以武侠小说大家著称,是挺自然的一件事。"①满人尚侠尚武,"满族及其先民""善造弓矢","精于骑射"②,这种血液精神滋养下的满族作家中文康和王度庐应是最突出的两位。张菊玲道:"其创作构思,是对旗籍前辈作家作品,如曹雪芹的《红楼梦》、文康的《儿女英雄传》的传承与发展,他独创性地写出悲剧侠情小说,蕴含着极为深沉的满族文化底蕴。""当他也写儿女英雄故事的通俗小说时,甚至给书中女主人公取名'玉娇龙',与《儿女英雄传》中女主人公十三妹的名字'何玉凤'相配,均含'人中龙凤'之意。"③写儿女情之悲,又可追溯到《红楼梦》。玉娇龙的性情不无《红楼梦》中众多"女儿性"的影子,而玉娇龙与何玉凤的关联,在张菊玲的论述中亦颇显合理。

张菊玲论道:"《红楼梦》以迥然不同的妇女观,完成了自己在中华民族多元文化中独特的民族性。而清代末年的《儿女英雄传》塑造的为报父仇,身怀绝技,闯荡江湖,行侠仗义的十三妹,是由旗人作家,继续创作出自唐传奇后小说领域中断已久的女侠形象。"王度庐"凭着血浓于水的生命本能感受,得以传承着满族文化的神韵,创

---

① 关纪新:《关于京旗作家王度庐》,《民族文学研究》2010 年第 1 期。
② 孙辑六主编:《满族风情录》,成都:四川民族出版社 1994 年 8 月版,第 197 页。
③ 张菊玲:《侠女玉娇龙说:"我是旗人"——论王度庐"鹤—铁"系列小说的清代旗人形象》,《中央民族大学学报》2011 年第 1 期。

造出更具北方民族女子特殊魅力的侠女玉娇龙"①。女性形象在旗人小说中十分突出,从《红楼梦》《儿女英雄传》到《卧虎藏龙》,尽管叙事宗旨不同,女儿性在这些小说中都鲜明动人。玉娇龙是王度庐塑造得最成功的女性形象,俞秀莲都不如她。《宝剑金钗》中风雪独骑追赶李慕白的俞秀莲有些像《卧虎藏龙》中新婚出逃独自闯荡的玉娇龙,但《宝剑金钗》中俞秀莲的娇女性情不如玉娇龙那样让人既爱又恨、极致又哀伤。玉娇龙是旗人小姐,王度庐小说对旗人的描画是十分在意的。《卧虎藏龙》第四回俞秀莲看玉娇龙道:"她穿的是浅红色的绫袜、花盆底的平金嵌玉的旗人女鞋,脚很瘦,可是要穿上一双靴子,也跟男子无异。"②旗人女子不裹脚,小说描写玉娇龙便也描写了旗人的生活样态。这样的描写在《儿女英雄传》中也常常可见。第二十七回写何玉凤出嫁:"原来安老爷不喜时尚,又憋着一肚子的书,办了个'参议旗汉,斟酌古今'。就拿姑娘上头讲,便不是照国初旧风,或编辫子,或扎丫髻,也不是照前朝古制,用那凤冠霞帔。当下张姑娘便尊着公婆的指示,给他梳了个蟠龙宝髻,髻顶上带上朵云宝盖,髻尾后安上璎络莲地。"③旗妆旗服,旗人旗事,无论是文康还是王度庐,作为旗人小说家,都会把民族身份的印记留在作品里,显出独到的韵味儿来。

旗人小说的韵味在于日常生活的叙述,服饰装束,礼仪风习只是其中的一部分。《儿女英雄传》受到《红楼梦》很大影响,《红楼梦》在近乎无事的日常生活叙述中流露出人事变幻的悲哀。王度庐小说受到《儿女英雄传》的影响,同样对日常生活有着富有情致的叙述,参与到旗人小说"京味儿"的传统中。茶馆、胡同、戏园、庙会、街上混混,卖艺把式,还有北京城各处的方位景致,都被自然融入到王度庐小说的叙事中。《卧虎藏龙》第一回叙道:

---

① 张菊玲:《侠女玉娇龙说:"我是旗人"——论王度庐"鹤—铁"系列小说的清代旗人形象》,《中央民族大学学报》2011年第1期。
② 王度庐:《卧虎藏龙》(上),太原:北岳文艺出版社2015年7月版,第110页。
③ 文康:《儿女英雄传》(下),北京:中华书局2001年10月版,第376页。

> 这西大院是北城的一个著名茶馆。这种茶馆不是单卖清茶,还卖炒菜、卤面、烙饼等等。地面极宽,与大戏院差不多,足可以容下四五百人。每天早晨,北京城的一般游手好闲的人,都要来此消遣、聚谈。如今一朵莲花刘泰保一进了这茶馆,就觉得热气腾腾,脸跟耳朵全都十分舒服。他把老羊皮袄一脱,搭在左臂上,两眼东瞧西望。栏杆上挂着许多鸟笼,全是各茶客携来的,叽叽喳喳叫着,声音很是杂乱。有许多人都站起身来,带笑招呼他说:"刘爷!请这里坐!今天来得早啊!"刘泰保也笑着向招呼他的人点头,并说:"还早?快七点钟了!"①

小说开端的这种描述打开了日常生活的情境,远江湖而近社会。如果说"儿女情长"让王度庐小说切近社会现实,那么旗人作家的身份也使小说的现实韵味儿十足。"英雄气短"消磨在日常叙事中,显得十分自然真诚。

就此,由《红楼梦》和《水浒传》引领的言情、武侠两大传统小说题材,在王度庐等现代作家的作品中得到了融通。直面现实所获得的复杂人情,超越了一般的小说类型原则,体现出不同于传统的现代价值。

---

① 王度庐:《卧虎藏龙》(上),太原:北岳文艺出版社2015年7月版,第17页。

结　语

　　《水浒传》和《红楼梦》所代表的中国传统小说的两大题材,在现代通俗小说中得到了延续和发挥。由此追溯传统小说文本,《三国演义》《西游记》《金瓶梅》《儒林外史》《花月痕》《儿女英雄传》等作品都在现代通俗小说中留下了印迹。范烟桥把现代通俗小说分为言情、社会、历史、传奇、武侠等类型①,这些类型可以说是渊源有自。以往研究只是承认现代通俗小说是从传统衍化而来,却没有给出论证与阐释。本书意在弥补这方面的研究缺失,呈现出现代与传统之间具体而微的联系。

　　题材关联只是一个初步的视点,一种小说文本与之后小说的联系不是单向度的。克里斯蒂娃(Julia Kristeva)认为:"在一个文本的空间里,取自其他文本的若干陈述相互交会和中和",这就是"互文性"

---

① 范烟桥:《民国旧派小说史略》,魏绍昌编:《鸳鸯蝴蝶派研究资料》,上海:上海文艺出版社1984年7月版,第268页。

(intertextualitè)。"在小说外部(extra-romanesque)文本整体(Te)基础上形成的性能在小说自身文本整体(Tr)中发生作用。小说意素正是这个来自小说外部文本并在小说自身文本中发生作用的互文性功能。"①一部小说的完成,是"外部"和"内部"交互作用的结果。传统文本、时代语境、作家观念、小说自身的能力等,均构成了创作小说的力量。传统文本在构建新的小说时会和其他因素交会碰撞,一部现代小说在吸纳传统时,也不仅只限于一种文本。由一部传统小说引发的现代影响,只是出于本书在设计论述结构时力图清晰化和条理化的考虑,具体论述希望呈现出传统与现代之间更为复杂的关联。这不是承认了现代通俗小说是从传统衍化而来就可以解决的。而这种努力正是本书写作的方向。

一、传统的踪迹

20世纪上半叶,中国社会经历巨变,中国文化发生重大变革。对西方文化的汲取使传统文化日渐衰颓,然而这只是表面现象。现代性并不意味着传统的湮灭,而是传统以何种形态参与到不同的时空领域中。传统不为"旧",现代也不为"新",两者不是非此即彼的对抗关系。现代文学并不意味着拒斥传统,事实上,"新文学"所受传统的影响清晰可见。方锡德说:"由反思与消化异域营养而产生的继承文学传统的探索是全面的。它在不同倾向、不同流派作家身上都有鲜明表现,涉及到小说、诗歌、散文、戏剧等几乎所有的文学部门。更重要的是,这种主动探索已经包容了传统的两个主要方面,即民间文学传统和文人文学传统。"②传统的影响无处不在,只是以不同的方式融入进现代机体中。对于小说而言,"民间文学传统和文人文学传统"正是传统小说在形成过程中化合的两种力量,对现代小说的构型影响重大。

---

① 〔法〕朱莉娅·克里斯蒂娃著,史忠义等译:《符号学:符义分析探索集》,上海:复旦大学出版社2015年8月版,第51、53页。
② 方锡德:《中国现代小说与文学传统》,北京:北京大学出版社1992年6月版,第15—16页。

"现代小说创作中的'发愤'精神,'史传'意识,抒情写意风貌,'说话'情趣,创造意境的美学追求,白话文体等等方面,都直接或间接地受到古典文学传统的启发和影响。仅就古典小说高峰《红楼梦》来说,'五四'时期对于古代文学的价值重估和重新选择,确立了它在中国小说史上的典范地位。由此,《红楼梦》启发和影响了一批现代小说家。"①巴金《家》、路翎《财主底儿女们》、老舍《四世同堂》等都或多或少带有《红楼梦》影响的痕迹,而胡适、鲁迅、林语堂等人对《红楼梦》的研究正表明新文学家对传统小说的浓厚兴趣。王瑶论鲁迅小说的手法时说:"他自述他用的语言是'采说书而去其油滑,听闲谈而去其散漫,博取民众的口语而存其比较的大家能懂的字句,成为四不像的白话'。在这当中,所谓'采说书'就是指的采自旧日的章回小说。不只语言如此,表现手法上也一样有传统的影响,不过采取之间有所取舍,有所发展罢了。"②《阿Q正传》的通俗性就和它借鉴章回小说的写法密切相关。《阿Q正传》是边写边刊的,每一章故事都相对独立,这种可长可短的结构正是晚清以来"故事集缀"型章回小说创作的重要形态。鲁迅对这种写法了然于心,他在《中国小说史略》中对《儒林外史》及晚清谴责小说"杂集'话柄'"③的论述使得他在写《阿Q正传》时仿佛顺笔拈来,从而造就了一部家喻户晓的伟大作品。

利维斯说"英国文学史上的一条重大脉络"是:"理查逊—范妮·伯尼—简·奥斯丁。说其重大乃是因为简·奥斯丁在真正大家之列,自身亦是其他大作家身后背景里的要员。""传统所以能有一点真正的意义,正是就主要的小说家们——那些如我们前面所说

---

① 方锡德:《文学变革与文学传统》,北京:北京大学出版社2003年5月版,第434页。
② 王瑶:《鲁迅对于中国文学遗产的态度和他所受中国古典文学的影响》,王瑶:《中国文学:古代与现代》,北京:北京大学出版社2008年5月版,第340页。
③ 鲁迅《中国小说史略》,《鲁迅全集》(第9卷),北京:人民文学出版社2005年11月版,第295页。

那样意义重大的小说家们——而言的。"①古典章回小说之所以构成文学史的传统,是因为其对现代重要小说家,鲁迅、茅盾、巴金、老舍等等都产生了影响,对现代通俗小说家而言更是如此。张恨水、包天笑、李涵秋、向恺然、王度庐等现代通俗小说大家对古典章回小说的借鉴吸收在他们的作品中留下了明显印迹。张恨水在十二三岁的时候,"两个月之内,看完了《西游》《封神》《水浒》《列国》《五虎平西南》"及上半部《红楼梦》和一部《野叟曝言》。②"就这样读了不少章回小说,无形中对章回小说的形式和特点有了一些体会。"③这就是传统承续的过程。古典章回小说对这些"主要的小说家们"产生影响,小说家们延续了传统,并通过他们的才能做出新的创造和发挥,由此构成后来者们的"伟大的传统"。

本书仅对现代通俗小说家承续传统章回小说的情形进行论述,相比于新文学家,通俗小说家与传统章回小说的关系更为显著。如果说新文学作品中流露出的传统是潜移默化的,那么现代通俗小说与古典通俗小说之间可谓一脉相承。现代通俗小说家身上体现出更多传统文人的气质,他们煮字疗饥,诗酒风流,同时又忧怀时世,悲嗟自叹。在《金粉世家》《江湖奇侠传》《宝剑金钗》等优秀作品中即可见到《红楼梦》《水浒传》《儿女英雄传》的身影,也可清晰感受到这些文人作家对传统的会心和对现代的细察。

需要指出的是,一部现代通俗小说所受传统文本的影响并不是单一的。《江湖奇侠传》受惠于《水浒传》,但未尝不映现出《西游记》《封神演义》等神魔小说的影子,因为通俗小说家对传统的阅读经验是多方面的。本书的写作是择其大者而言之。《歧路灯》《醒世姻缘传》《品花宝鉴》等小说,都在之后的通俗小说创作中留下"踪

---

① 〔英〕F. R. 利维斯著,袁伟译:《伟大的传统》,北京:生活・读书・新知三联书店 2002 年 1 月版,第 8、4—5 页。

② 张恨水:《写作生涯回忆》,《新民报》1949 年,张占国、魏守忠编:《张恨水研究资料》,天津:天津人民出版社 1986 年 10 月版,第 14 页。

③ 张恨水:《我的创作与生活》,《写作生涯回忆》,南京:江苏文艺出版社 2012 年 1 月版,第 139 页。

迹",只因《红楼梦》等小说更具有代表性,故本书便不事无巨细地一并揽入。另在讨论古今通俗小说时,尚有一话题需要补充说明,即古典章回小说的文体如何延展到现代文本之中。文体也是现代小说形态的重要构成部分。

二、小说文体的衍变

从古典章回小说到现代通俗小说,一个显在的印迹便是章回文体的沿用。现代通俗小说的优秀作品在于长篇小说的创作。20 年代,新文学的短篇小说虽取得很好的成绩,但尚未有像样的长篇问世,而此时《春明外史》《江湖奇侠传》等长篇章回小说已风行于世。现代通俗小说的文体直接承袭传统章回小说,笔记、传奇等古代中短篇作品虽然也影响了现代小说的创作,但毕竟没有《红楼梦》《水浒传》那样显著。正如利维斯所言,传统首要在于伟大作品之间的承传。

章回小说在元末明初正式产生。"清初《三国演义》毛宗岗评本、《西游记》汪象旭评本的问世,代表明代章回小说最高艺术水平的'四大奇书'完成了各自的文体流变,标志着章回小说文体的成熟定型。"[1]累积成书的章回小说,经由文人改订,需要一个过程。分回标目、说书话语、白话为主的文备众体、通俗化的叙事艺术等,是毛宗岗等评本出现以后,文人创作的章回小说的基本特征。这些特征构成了后人对章回小说的印象,也是章回小说延续至现代的重要表征。

清末小说界革命提倡"新小说","新小说"革新的并非是小说的文体形式。章回小说早已成为中国读者习以为常的小说体式,似乎小说演为长篇就应是章回体。梁启超的《新中国未来记》"似说部非说部,似稗史非稗史,似论著非论著,不知成何种文体"[2],但究竟还

---

[1] 刘晓军:《章回小说文体研究》,上海:华东师范大学出版社 2011 年 9 月版,第 114 页。

[2] 梁启超:《新中国未来记·绪言》,《新小说》1902 年 11 月第 1 号。

是一部有五回格局的章回小说。民初哀情小说尽管用文言叙事,但李定夷《千金骨》等作品依然是严格的章回体式。直到文学革命时期批判"旧文学",章回小说的写作观念才发生重大变革,从习以为常变成有意为之。

通俗小说家坚持章回小说写作既是趣味所向,也是一种写作姿态。张恨水的成名作《春明外史》就是一部十分讲究回目的小说。他为小说的回目设计订下五条原则:"一,两个回目,要能包括本回小说的最高潮。二,尽量求其词华藻丽。三,取的字句和典故,一定要是浑成的,如以'夕阳无限好'对'高处不胜寒'之类。四,每回的回目,字数一样多,求其一律。五,下联必定以平声落韵。这样,每个回目的写出,倒是能博得读者推敲的。"①《春明外史》用九字对偶回目,这成为张恨水章回小说创作的一大特色。1930年世界书局发行《春明外史》单行本前,"在上海《申报》《新闻报》两大报上刊出巨幅广告,并将全书的八十六回目全文,用大字刊载,先声夺人,这在上海是罕见的,轰动了上海滩。"②这在新文学小说兴起之后,是值得关注的重要现象。张恨水回忆道:"在'五四'的时候,几个知己的朋友,曾以我写章回小说感到不快劝我改写新体,我未加深辩。自《春明外史》发行,略引起了新兴文艺家的注意。《啼笑因缘》出,简直认为是个奇迹,大家有这样一个感想:丢进了茅厕的章回小说,还有这样问世的可能吗?这时,有些前辈,颇认为我对文化运动起反动作用。"③这就是一种写作姿态,以张恨水为代表的通俗小说家坚持章回体写作,是一种有意的行为。张恨水说道:"我觉得章回小说,不尽是可遗弃的东西,不然,红楼水浒,何以成为世界名著呢?……而

---

① 张恨水:《写作生涯回忆》,《新民报》1949年1月至2月,张占国、魏守忠编:《张恨水研究资料》,天津:天津人民出版社1986年10月版,第34—35页。

② 张伍:《忆父亲张恨水先生》,北京:北京十月文艺出版社1995年8月版,第113页。

③ 恨水:《总答谢——并自我检讨》,《新民报》1944年5月,张占国、魏守忠编:《张恨水研究资料》,天津:天津人民出版社1986年10月版,第279页。

新派小说,虽一切前进,而文法上的组织,非习惯读中国书,说中国话的普通民众所能接受。正如雅颂之诗,高则高矣,美则美矣,而匹夫匹妇对之莫名其妙。我们没有理由遗弃这一班人,也无法把西洋文法组织的文字,硬灌入这一班人的脑袋,窃不自量,我愿为这班人工作。"①《红楼梦》《水浒传》在张恨水的时代已成为经典,是中国小说的传统,应该延续这一传统,为"习惯读中国书"的大众读者写作。这就是现代通俗小说家的历史职责。

  一方面是承续传统,另一方面是作出变革。现代通俗小说家毕竟是生活于现代的作家,他们的生活经验、阅读视野包括所受的文学影响,已迥异于传统作家。他们既不固守旧有,也不抵触新潮。张恨水说:"我仔细研究翻译小说,吸取人家的长处,取人之有,补我所无。我觉得在写景方面,旧小说中往往不太注意,其实这和故事发展是很有关的。其次,关于写人物的外在动作和内在思想过程一方面,旧小说也是写得太差。"②通俗作家对章回小说的叙事手法非常熟稔,对其不足也了然于心。而分章标目也渐趋成为一种套式,被"改良"。从张恨水四十年代创作的不少作品如《八十一梦》《纸醉金迷》等,可以看出"去回目"的有效实践。

  就回目而言,30年代,一向对章回小说很关注的郑逸梅写了一篇《章回小说之回目》的文章,对清末民初以来通俗小说的回目作了大致的扫描与品评。其中一段道:"章回小说,大都称第一回第二回,而王小逸君为《钻报》撰《天外奇峰》,则称第一峰、第二峰,洵属生面别开。《东方日报》香艳长篇《夜来香》,称第一夜、第二夜,作者署名捉刀人,实则亦出于小逸君之手笔也。"③王小逸在20年代写

---

 ① 恨水:《总答谢——并自我检讨》,《新民报》1944年5月,张占国、魏守忠编:《张恨水研究资料》,天津:天津人民出版社1986年10月版,第279—280页。

 ② 张恨水:《我的创作与生活》,《写作生涯回忆》,南京:江苏文艺出版社2012年1月版,第139页。

 ③ 郑逸梅:《章回小说之回目》,郑逸梅:《逸梅小品续集》,上海:中孚书局1934年12月版,第108页。

有《春水微波》三十二回,连载于《紫罗兰》上,此书为他赢得了声名,《天外奇峰》等小说是对他先前章回体创作的一种发展。到 40 年代,王小逸刊登在《万象》上的《石榴红》则更连"第一回""第一峰"也干脆省略了,只留有用于分段以标示内容的小标题。郑逸梅把这些变化了的格式都归入章回体,表现出时人看待章回小说的开放态度。由回目而章题,中国传统章回小说受西洋小说和新文学小说影响,完成了自我修整。其间所经历的转变既表现在实际创作中,也表现在观念认识上。

三、"影响的焦虑"

章回小说文体的变化明示出现代通俗小说在承继传统时亦有所创造。所谓"踪迹",是在涂抹之上的再写作、再涂抹。《春明外史》《金粉世家》《啼笑因缘》等张恨水的代表作尽管都是回目典丽的章回小说,但毕竟不是对传统文本的复制和模仿。张恨水说:"《春明外史》,本走的是《儒林外史》《官场现形记》这条路子。但我觉得这一类社会小说犯了个共同的毛病,说完一事,又递入一事,缺乏骨干的组织。因之我写《春明外史》的起初,我就先安排下一个主角,并安排下几个陪客。这样,说些社会现象,又归到主角的故事,同时,也把主角的故事,发展到社会的现象上去。这样的写法,自然是比较吃力,不过这对读者,还有一个主角故事去摸索,趣味是浓厚些的。"①即便参照《儒林外史》,但结构方面已作出较大改进,更不论故事内容切合于现代人的生活心理。

利维斯在论述"伟大的传统"时,关注到了传统发生影响的"最为深刻"之处"不是体现在相似相像上的影响。一个大作家可以从另一个那里得大恩受大惠,其中之一就是要实现与之不似也不

---

① 张恨水:《写作生涯回忆》,《新民报》1949 年 1 月至 2 月,张占国、魏守忠编:《张恨水研究资料》,天津:天津人民出版社 1986 年 10 月版,第 33—34 页。

像"。① 一味仰仗传统,作家个人的创作就失去了价值,但个体作品的价值又必须纳入传统中才能得到衡量。这就是 T.S 艾略特所说的传统与个人才能之间的复杂关系,哈罗德·布鲁姆称之为"影响的焦虑"。布鲁姆说:"再现永远不会是简单的模仿,而是继承者中才赋最佳者对前驱巨擘实施的竞争性的误释"。"影响的焦虑却牢牢地扎根于一切文学想象的基础。竞争"是"争夺审美制高点的比赛",是追随者与大师之间"戏仿式对抗"。② 这种"对抗"是有意的挣脱影响的努力,但从另一角度看,正是影响在发生作用。"影响的焦虑"成为后代优秀作家必须承受的创作经验。

不少现代通俗作家写过"小说迷"的故事,可以放到"影响的焦虑"中来看待。严独鹤《小说迷》③、郑逸梅《小说迷传》④、程瞻庐《夫妻小说迷》⑤等,叙述了主人公沉迷于小说而悖谬于现实。这似乎是一种隐喻,"小说迷"体现出对传统的态度,过分执着,对生活是不利的。很显然,写这些故事的作者心怀焦虑,他们明白"小说迷"的危险。在有关"小说迷"的故事中,张恨水早期的作品《小说迷魂游地府记》较为著名。这篇小说1919年4月至5月连载于《民国日报》,叙述一个叫"小说迷"的人在看《小说丛考》的时候恍惚睡去,梦中游历地府,遇见很多关于小说的奇怪人事。故事的核心是"小说迷"观摩了一场热闹的"小说会",会场上齐集了中国传统小说的著名作家。金圣叹主持会议,施耐庵当了会长,罗贯中当副会长,曹雪芹、魏秀仁、文康等纷纷在会上发言。他们谈自己的作品,相互评论写作得失,讥讽今人对自己创作的模仿,此呼彼应,充满了喧嚣与骚动。第五回中一段道:

---

① 〔英〕F.R.利维斯著,袁伟译:《伟大的传统》,北京:生活·读书·新知三联书店2002年1月版,第17页。
② 〔美〕哈罗德·布鲁姆著,徐文博译:《影响的焦虑——一种诗歌理论》,南京:江苏教育出版社2006年2月版,第15,16页。
③ 独鹤:《小说迷》,《小说丛报》第2期,1914年。
④ 逸梅:《小说迷传》,《小说丛报》第8期,1917年。
⑤ 程瞻庐:《夫妻小说迷》,《快活》第17期,1922年。

忽然曹雪芹又提起议案,却道的不是提什么,是单为《红楼梦》一书版权名誉而言。早有太平闲人出席发言道:"本席对于《红楼》一书,有三项问题。其一,现在出的《红楼梦》与那原本秘本是否一个手笔。其二,什么《红楼后梦》《红楼圆梦》《红楼重梦》《红楼梦传奇》和那《林黛玉笔记》是否点金成铁,连累事主。其三,最不要脸的就是袁子才,他却硬把着大观园算他随园,和近来一班新出的考据家割裂原书,断章取义,是否合曹君初衷?本席有这三样问题,不知道可能同附审查?"当时会场里一致赞成,附带审查。①

地府中,那些过去的小说家争相出场,曹雪芹们在维护自己的"版权名誉",后来人对《红楼梦》的重写、续作、仿照以及研究附会,让原著作者极为不满。仿照成了侵犯,重写又是一种歪曲。"点金成铁"是后来者取索于传统的一种失败。地府经历把过去和现在糅合起来,似乎让"小说迷"有所醒悟。

张恨水在创作这篇小说时尚未成名,但他已具有丰富的阅读经验,对民初文坛的种种体会使他用一种光怪陆离的手法笔之于书。《小说迷魂游地府记》中传统的代表者们纷纷现身抗议,既表明了传统的活力,也警示出沿袭传统需要审慎的态度。由此来看,这篇小说提供了一种象征:现代小说产生之初,"伟大的传统"成为现代小说家的心理重压,如何处理好传统和现代的关系,是创作的焦虑所在。作为现代最著名的通俗小说家,张恨水的作品留下了《红楼梦》《水浒传》《儒林外史》《花月痕》《儿女英雄传》等多种古典小说的踪迹,但《春明外史》《金粉世家》《啼笑因缘》等都成了文学史的经典。传统的影响不会阻碍优秀作家的出现,影响的焦虑可以促成后世伟大作品的产生。

本书意在具体描绘出现代通俗小说如何在传统章回小说的强大

---

① 张恨水:《小说迷魂游地府记》,姚民哀:《小说之霸王》,上海:静香书屋1919年9月版,第18—19页。

背景中获得存在价值。传统小说之外,其他传统文化也参与到了现代通俗小说的创作中。而西方文学、新文学、现实生活与人生体验等,亦复交织在一部现代小说文本的机体内。可以借用布鲁姆的话来结束本书:"所有的文学影响都犹如迷宫。迟到的作家在迷宫中徜徉,以为可以找到一个出口,但他们中间强悍的那群会意识到蜿蜒的迷宫通道其实就在他们的内心。不论一个批评家如何心地慷慨,都不可能帮读者脱离影响的迷宫。我已经明白自己的职责就是帮助你们迷路。"①

---

① 〔美〕哈罗德·布鲁姆著,金雯译:《影响的剖析:文学作为生活方式》,南京:译林出版社 2016 年 10 月版,第 36 页。

参考文献

一、基本文献

《新小说》(1902)

《东方杂志》(1904)

《国粹学报》(1905)

《月月小说》(1906)

《小说林》(1907)

《中外小说林》(1907)

《小说月报》(1910)

《礼拜六》(1914、1921)

《小说丛报》(1914)

《中华小说界》(1914)

《妇女杂志》(1915)

《小说新报》(1915)

《新青年》(1915)

《春声》(1916)

《民国日报》(1916)

《红玫瑰》(1922)

《小说世界》(1923)

《世界晚报》(1924)

《世界日报》(1925)

《社会日报》(1929)

《新民报》(1929)

《风月画报》(1933)

《文学》(1933)

《南明》(1937)

《万象》(1941)

《阿英全集》,安徽教育出版社 2003 年 7 月版。

阿英:《晚清小说史》,上海:商务印书馆 1937 年 5 月版。

包天笑:《钏影楼回忆录》,香港:大华出版社 1971 年 6 月版。

包天笑:《钏影楼回忆录续编》,香港:大华出版社 1973 年 9 月版。

陈平原、夏晓虹编:《二十世纪中国小说理论资料(1897 年—1916 年)》(第一卷),北京:北京大学出版社 1989 年 3 月版。

陈无我编:《老上海三十年见闻录》,上海:大东书局 1928 年 4 月版。

范伯群主编:《中国近现代通俗作家评传丛书》,南京:南京出版社 1994 年 10 月版。

范烟桥:《中国小说史》,苏州:苏州秋叶社 1927 年 12 月版。

方志强编著:《小说家黄世仲大传:生平·作品·研究集》,香港:夏菲尔国际出版公司 1993 年 3 月版。

贡少芹撰述,贡芹孙编校:《李涵秋》,上海:天憪室出版部 1923 年 11 月版。

汉公(刘成禺)编著:《太平天国战史》,日本东京:祖国杂志社初版,中华书局黄帝纪元 4609 年 9 月印刷,明治 44 年 12 月(公元 1911 年)版。

胡怀琛:《中国小说的起源及其演变》,南京:正中书局 1934 年 8 月版。

《胡适文存》,上海:亚东图书馆 1921 年 12 月版,1924 年 11 月版,1930 年 10 月版。

《胡适文集》,北京:北京大学出版社 1998 年 11 月版。

《胡适全集》,合肥:安徽教育出版社 2003 年 9 月版。

黄霖编:《金瓶梅资料汇编》,北京:中华书局 1987 年 3 月版。

黄霖、韩同文选注:《中国历代小说论著选》,南昌:江西人民出版社 1985 年 5 月版。

蒋瑞藻:《小说考证》,上海:古典文学出版社1957年7月版。
孔另境编辑:《中国小说史料》,上海:上海古籍出版社1982年12月版。
李定夷:《定夷说集》,上海:国华书局1919年1月版。
泠风编:《武侠丛谈》,商务印书馆1916年10月版。
刘成禺:《世载堂杂忆》,吉林:辽宁教育出版社1997年3月版。
路滨生编:《绘图中国黑幕大观》(上卷),上海:中华图书集成公司1918年3月版。
《鲁迅全集》,北京:人民文学出版社2005年11月版。
马蹄疾编:《水浒资料汇编》,北京:中华书局出版社1980年11月版,2005年3月印。
扪虱谈虎客辑:《近世中国秘史》,太原:山西古籍出版社1999年9月版。
苗怀明主编:《曾朴全集》,扬州:广陵书社2018年11月版。
冥飞、箸超、玄父、海鸣、太冷生:《古今小说评林》,上海:民权出版部1919年5月版。
芮和师、范伯群等编:《鸳鸯蝴蝶派文学资料》,福州:福建人民出版社1984年8月版。
《上海地方史资料》(四),上海:上海社会科学院出版社1986年版。
司马迁著,张大可辑评:《百家汇评本〈史记〉》,武汉:长江出版社2007年10月版。
孙玉蓉编:《俞平伯研究资料》,天津:天津人民出版社1986年7月版。
孙玉声:《退醒庐笔记》,沈云龙主编:《近代中国史料丛刊》,台北:文海出版社有限公司1972年8月版。
司马迁著,张大可辑评:《百家汇评本〈史记〉》,武汉:长江出版社2007年10月版。
司马朝军编:《四库全书总目精华》,武汉:武汉大学出版社2008年5月版。
谭正璧:《古本稀见小说汇考》,杭州:浙江文艺出版社1984年11月版。
魏绍昌编:《孽海花资料》,上海古籍出版社1982年7月版。
魏绍昌编:《吴趼人研究资料》,上海古籍出版社1980年版。
魏绍昌编:《鸳鸯蝴蝶派研究资料》,上海:上海文艺出版社1984年7月版。
《我佛山人文集》,广州:花城出版社1988年8月版。
《吴中耆旧集:苏州文化人物传》(苏州文史资料第20辑),江苏文史出版社1991年12月版。

解弢:《小说话》,上海:中华书局 1919 年 1 月版。

新文学社:《白话小说文范》,上海:中华书局 1921 年 7 月版。

徐国桢:《还珠楼主论》,上海:正气书局 1949 年 2 月版。

姚灵犀编:《瓶外卮言》,天津:天津书局 1940 年 8 月版。

姚灵犀编辑:《采菲录初编》,天津:天津时代公司 1936 年 1 月版。

姚灵犀编校:《未刻珍品丛传》,(出版地不详)1936 年 1 月版。

姚灵犀编撰:《采菲精华录》,天津:天津书局 1941 年 11 月版。

姚灵犀编撰:《思无邪小记》,天津:天津书局 1941 年 5 月版。

一粟编:《红楼梦资料汇编》,北京:中华书局出版社 1964 年 1 月版,2008 年 6 月印。

俞平伯:《红楼梦辨》,上海:亚东图书馆 1923 年 4 月版。

喻血轮著,眉睫整理:《绮情楼杂记(足本)》,北京:九州出版社 2017 年 9 月版。

张恨水:《写作生涯回忆》,南京:江苏文艺出版社 2012 年 1 月版。

张冥飞、蒋箸超等:《古今小说评林》,上海:民权出版部 1919 年 5 月版。

张元卿、王振良编:《走近姚灵犀》,天津:天津古籍出版社 2019 年 1 月版。

张占国、魏守忠编:《张恨水研究资料》,天津:天津人民出版社 1986 年 10 月版。

赵景深:《中国小说丛考》,济南:齐鲁书社 1980 年 10 月版。

郑逸梅:《清末民初文坛故事》,上海:学林出版社 1987 年 2 月版。

郑逸梅:《艺海一勺》,天津:天津古籍出版社 1994 年 3 月版。

郑振铎:《海燕》,石家庄:新中国书局 1932 年 7 月版。

《郑振铎全集》,石家庄:花山文艺出版社 1998 年 11 月版。

《中国近代小说大系》,南昌:江西人民出版社 1988 年 10 月版。

钟兆华:《元刊全相平话五种校注》,成都:巴蜀书社 1990 年版。

周作人讲校,邓恭三记录:《中国新文学的源流》,北平:人文书店 1932 年 9 月版。

朱一玄编:《明清小说资料选编》,天津:南开大学出版社 2012 年 5 月版

朱一玄编:《西游记资料汇编》,天津:南开大学出版社 2002 年 12 月版。

朱一玄、刘毓忱编:《三国演义资料汇编》,天津:百花文艺出版社 1983 年 10 月版。

二、国内研究著述

陈美林、冯保善、李忠明:《章回小说史》,杭州:浙江古籍出版社1998年12月版。

陈平原:《千古文人侠客梦》(增订本),北京:北京大学出版社2010年1月版。

陈平原:《中国现代小说的起点——清末民初小说研究》,北京:北京大学出版社2005年9月版。

陈平原:《中国小说叙事模式的转变》,北京:北京大学出版社2003年7月版。

陈平原、王德威、商伟编:《晚明与晚清:历史传承与文化创新》,武汉:湖北教育出版社2002年3月版。

陈颖:《中国英雄侠义小说通史》,南京:江苏教育出版社1998年10月版。

邓伟志、徐新:《家庭社会学导论》,上海:上海大学出版社2006年12月版。

范伯群:《多元共生的中国文学的现代化历程》,上海:复旦大学出版社2009年8月版。

范伯群:《礼拜六的蝴蝶梦——论鸳鸯蝴蝶派》,北京:人民文学出版社1989年6月版。

范伯群:《填平雅俗鸿沟——范伯群学术论著自选集》,南京:江苏教育出版社2013年4月版。

范伯群:《中国现代通俗文学史(插图本)》,北京:北京大学出版社2007年1月版。

范伯群主编:《中国近现代通俗文学史》,南京:江苏教育出版社2000年4月版。

范伯群、徐斯年、刘祥安:《中国现代通俗小说史略》,南京:江苏凤凰教育出版社2020年12月版。

范伯群、张蕾、黄诚:《中国现代通俗文学世情研究》,南京:江苏凤凰教育出版社2021年10月版。

方锡德:《文学变革与文学传统》,北京:北京大学出版社2003年5月版。

方锡德:《中国现代小说与文学传统》,北京:北京大学出版社1992年6月版。

方志强编著:《小说家黄世仲大传:生平·作品·研究集》,香港:夏菲尔国际出版公司 1993 年 3 月版。

冯其庸:《敝帚集 冯其庸论红楼梦》,北京:文化艺术出版社 2011 年 1 月版。

冯自由:《革命逸史》,北京:金城出版社 2014 年 9 月版。

高建平:《张恨水的生活和创作》,北京:文津出版社 2002 年 4 月版。

格非:《雪隐鹭鸶——〈金瓶梅〉的声色与虚无》,南京:译林出版社 2014 年 8 月版。

郭绍虞:《照隅室古典文学论集》,上海:上海古籍出版社 1983 年 9 月版。

黄霖:《黄霖讲〈金瓶梅〉》,上海:东方出版中心 2017 年 6 月版。

金晔:《平襟亚传》,上海:东方出版中心 2017 年 2 月版。

孔庆东:《超越雅俗——抗战时期的通俗小说》,北京大学出版社 1998 年 8 月版。

李钧主编:《传统文化与现代中国文学名家》,济南:山东大学出版社 2014 年 11 月版。

李小龙:《中国古典小说回目研究》,北京:北京大学出版社 2012 年 8 月版。

林庚:《〈西游记〉漫话》,北京:北京出版社 2011 年 2 月版。

刘保昌:《汹涌的潜流——传统文化与现代文学》,武汉:湖北人民出版社 2010 年 12 月版。

刘明坤:《李涵秋小说论稿》,北京:人民出版社 2010 年 6 月版。

刘祥安:《话语的真实与现实》,南京:江苏人民出版社 2005 年 8 月版。

刘晓军:《章回小说文体研究》,上海:华东师范大学出版社 2011 年 9 月版。

刘勇强:《中国古代小说史叙论》,北京:北京大学出版社 2007 年 10 月版。

鲁小俊:《〈三国演义〉的现代误读》,北京:中国社会科学出版社 2015 年 3 月版。

罗立群:《中国武侠小说史》,沈阳:辽宁人民出版社 1990 年 10 月版。

倪斯霆:《旧人旧事旧小说》,上海:上海远东出版社 2010 年 3 月版。

宁宗一:《〈金瓶梅〉十二讲》,北京:北京出版社 2016 年 2 月版。

彭明主编,朱汉国等著:《20 世纪的中国——走向现代化的历程》(社会生活卷 1900—1949),北京:人民出版社 2010 年 8 月版。

齐裕焜、陈惠琴:《中国讽刺小说史》,沈阳:辽宁人民出版社 1993 年 5 月版。

钱钟书:《谈艺录(补订本)》,北京:中华书局 1999 年 10 月版。

秦燕春:《清末民初的晚明想象》,北京:北京大学出版社 2008 年 12 月版。
萨孟武:《水浒传与中国社会》,北京:北京出版社 2005 年 4 月版。
商伟著,严蓓雯译:《礼与十八世纪的文化转折:〈儒林外史〉研究》,北京:生活·读书·新知三联书店 2012 年 9 月版。
石昌渝:《中国小说源流论》,北京:生活·读书·新知三联书店 1994 年 2 月版。
石麟:《章回小说通论》,郑州:中州古籍出版社 1994 年 9 月版。
王宏志:《翻译与文学之间》,南京:南京大学出版社 2011 年 2 月版。
王学泰:《中国游民》,上海:上海远东出版社 2012 年 6 月版。
王瑶著,孙玉石编选:《王瑶文选》,北京:北京大学出版社 2010 年 8 月版。
王瑶:《中国文学:古代与现代》,北京:北京大学出版社 2008 年 5 月版。
温儒敏:《新文学现实主义的流变》,北京:北京大学出版社 2007 年 1 月版。
吴宓:《红楼梦新谈:吴宓红学论集》,北京:人民文学出版社 2021 年 9 月版。
吴组缃:《说稗集》,北京:北京大学出版社 1987 年 8 月版。
吴组缃:《中国小说研究论集》,北京:北京大学出版社 1998 年 1 月版。
夏晓虹:《觉世与传世——梁启超的文学道路》,北京:中华书局 2006 年 1 月版。
解志熙:《考文叙事录——中国现代文学文献校读论丛》,北京:中华书局 2009 年 4 月版。
解志熙:《文本的隐与显:中国现代文学文献校读论稿》,北京:北京大学出版社 2016 年 6 月版。
解志熙:《文学史的"诗与真":中国现代文学文献校读论集》,北京:北京大学出版社 2013 年 11 月版。
徐斯年:《王度庐评传》,苏州:苏州大学出版社 2005 年 12 月版。
徐斯年:《侠的踪迹——中国武侠小说史论》,北京:人民文学出版社 1995 年 12 月版。
杨星映主编:《中西小说文体比较》,北京:中国社会科学出版社 2008 年 1 月版。
叶洪生:《论剑:武侠小说谈艺录》,上海:学林出版社 1997 年 1 月版。
游友基:《中国社会小说通史》,南京:江苏教育出版社 1999 年 12 月版。
易剑东:《武侠》,广州:南方日报出版社 2002 年 2 月版。

于天池:《明清小说研究》,北京:北京师范大学出版社1992年7月版。

袁进:《中国文学的近代变革》,桂林:广西师范大学出版社2006年6月版。

张赣生:《民国通俗小说论稿》,重庆:重庆出版社1991年5月版。

张纪:《我所知道的张恨水》,北京:金城出版社2007年11月版。

张俊才:《叩问现代的消息——中国近代文学专题研究》,北京:中国社会科学出版社2006年12月版。

张蕾:《"故事集缀"型章回体小说研究》,北京:北京大学出版社2012年1月版。

张蕾:《章回体小说的现代历程》,北京:北京大学出版社2016年10月版。

张蕾:《出入于虚构和现实之间——现代通俗小说的社会情态》,新北:花木兰文化事业有限公司2017年9月版。

张元卿:《望云谈屑》,天津:天津古籍出版社2014年8月版。

张云:《谁能炼石补苍天——清代〈红楼梦〉续书研究》,北京:中华书局2013年6月版。

张伍:《雪泥印痕:我的父亲张恨水》,北京:团结出版社2006年9月版。

张伍:《忆父亲张恨水先生》,北京:北京十月文艺出版社1995年8月版。

竺洪波:《四百年〈西游记〉学术史》,上海:复旦大学出版社2006年12月版。

三、国外研究著述

〔英〕阿诺德·汤因比著,〔英〕D.C.萨默维尔编,郭小凌等译:《历史研究》,上海:上海人民出版社2010年1月版。

〔法〕埃迪特·于热著,马源菖译:《青楼小史》,南昌:江西教育出版社2016年12月版。

〔美〕安敏成著,姜涛译:《现实主义的限制》,南京:江苏人民出版社2001年8月版。

〔德〕奥斯瓦尔德·斯宾格勒著,吴琼译:《西方的没落》,上海:上海三联书店2006年10月版。

〔苏联〕巴赫金著,钱中文主编:《巴赫金全集》,石家庄:河北教育出版社1998年6月版。

〔法〕蒂费纳·萨莫瓦约著,邵炜译:《互文性研究》,天津:天津人民出版社2003年1月版。

〔英〕F.R.利维斯著,袁伟译:《伟大的传统》,北京:生活·读书·新知三联书店 2002 年 1 月版。

〔俄〕弗·雅·普罗普著,贾放译:《故事形态学》,北京:中华书局 2006 年 11 月版。

〔美〕哈罗德·布鲁姆著,徐文博译:《影响的焦虑——一种诗歌理论》,南京:江苏教育出版社 2006 年 2 月版。

〔美〕哈罗德·布鲁姆著,金雯译:《影响的剖析:文学作为生活方式》,南京:译林出版社 2016 年 10 月版,。

〔美〕韩南著,徐侠译:《中国近代小说的兴起(增订本)》,上海:上海教育出版社 2010 年 12 月版。

〔美〕韩南著,尹慧珉译:《中国白话小说史》,杭州:浙江古籍出版社 1989 年 11 月版。

〔美〕贺萧著,韩敏中、盛宁译:《危险的愉悦:20 世纪上海的娼妓问题与现代性》,南京:江苏人民出版社 2003 年 6 月版。

〔美〕J.希利斯·米勒著,申丹译:《解读叙事》,北京:北京大学出版社 2002 年 5 月版。

〔法〕吕西安·戈尔德曼著,吴岳添译:《论小说的社会学》,北京:中国社会科学出版社 1988 年 6 月版。

〔捷克〕米列娜编,伍晓明译:《从传统到现代——19 至 20 世纪转折时期的中国小说》,北京:北京大学出版社 1991 年 10 月版。

〔法〕米歇尔·福柯著,佘碧平译:《性经验史》(增订版),上海:上海人民出版社 2005 年 9 月版。

〔法〕米歇尔·福柯著,佘碧平译:《性经验史(第四卷)——肉欲的忏悔》,上海:上海人民出版社 2021 年 8 月版。

〔美〕浦安迪著,陈珏整理:《中国叙事学》,北京:北京大学出版社 2018 年 8 月版。

〔美〕田晓菲:《秋水堂论金瓶梅》,天津:天津人民出版社 2014 年 1 月版。

〔英〕托·斯·艾略特著,卞之琳、李赋宁等译:《传统与个人才能:艾略特文集·论文》,上海:上海译文出版社 2012 年 6 月版。

〔英〕托马斯·卡莱尔著,周祖达译:《论英雄、英雄崇拜和历史上的英雄业绩》,北京:商务印书馆 2005 年 3 月版。

〔美〕王德威:《抒情传统与中国现代性:在北大的八堂课》,北京:生活·读书·新知三联书店 2018 年 1 月版。

〔美〕王德威著,宋伟杰译:《被压抑的现代性——晚清小说新论》,北京:北京大学出版社 2005 年 5 月版。

〔美〕王德威主编:《哈佛新编中国现代文学史》,台北:麦田出版 2021 年 2 月版。

〔美〕夏志清著、胡益民等译:《中国古典小说史论》,南昌:江西人民出版社 2001 年 9 月版。

〔法〕雅克·德里达著,张宁译:《书写与差异》,北京:生活·读书·新知三联书店 2001 年 9 月版。

〔捷克〕亚罗斯拉夫·普实克著,李欧梵编,郭建玲译:《抒情与史诗——中国现代文学论集》,上海:上海三联书店 2010 年 12 月版。

〔美〕伊恩·P. 瓦特著,高原、董红钧译:《小说的兴起》,北京:生活·读书·新知三联书店 1992 年 6 月版。

〔法〕朱莉娅·克里斯蒂娃著,史忠义等译:《符号学:符义分析探索集》,上海:复旦大学出版社 2015 年 8 月版。

Chow Rey. *Mandarin Ducks and Butterflies:Toward A Rewriting of Modern Chinese Literary History*. Stanford University. 1986

David Der-Wei Wang. *A New Literary History of Modern China*. The Belknap Press of Harvard University Press. 2017

Hsiao-wei Wang Rupprecht:*Departure and Return:Chang Hen-shui and the Chinese Narrative Tradition*. Joint Publishing Co. in 1987

Perry Link. *Mandarin Ducks and Butterflies:Popular Fiction in Early Twentieth Century Chinese Cities*. University of California Press. 1981

Ranajit Guha and Gayatri C. Spivak:*Selected Subaltern studies*. Oxford University in 1988

Walter Benjamin. *Walter Benjamin:Selected Writings Volume 1 1913—1926*. ed. by Marcus Bullock, and Michael W. Jennings. Cambridge, Massachusetts:The Belknap Press of Harvard University Press. 1996

Wong, Timothy C. *Stories for Saturday:twentieth-century Chinese popular fiction*. University of Hawaii Press. 2003

后　记

这本书从课题申请到完稿付梓,前后九年。虽然间有停顿,但终究是这些年来萦绕于心的重要事情。现在交付出版社,总算松口气,可以安心着手其他事了。

本书写作缘由还要追溯到十几年前的博士论文。我的博士论文《"故事集缀"型章回体小说研究》主要是从《儒林外史》生发出来的,着眼于《儒林外史》之后现代章回小说的结构问题。接着的一本《章回体小说的现代历程》对章回文体在晚清至二十世纪四十年代的现代际遇作了历时性论述。这本书是在之前研究的基础上进一步讨论古典章回小说如何演化为现代通俗小说,既是对《儒林外史》之外其他古典小说与现代小说之关系的扩展研究,也对现代章回小说、现代通俗小说或现代小说的传统来源、传统去向问题作具体细致考察。可以说,这三本书构成了我研究章回小说的"三部曲",完成本书,这一课题对我而言也算告了段落。

写作本书,最先着手的是《水浒传》一章。因为武侠小说是我之前研究相对薄弱之处,先要把这块"硬骨头"给"啃"了。和以往学界对武侠小说研究的着眼点不太相同,我讨论的是作为现代概念的"武侠小说"与作为"英雄传奇"的《水浒传》之间的关联。我不太赞同把《水浒传》看成是"武侠小说",虽然很多研究都是这样来看待《水浒传》的。因此我的研究对这些著名的古典章回小说也有特别看法,这是由"现代"反观"传统"得来的,不仅仅是"传统"及于"现代"的单向度认识。所以本书的写作,虽然在各章标题上呈现的是从传统到现代的转变,但具体论述视点则是双向互动的,以在一个"长时段"中能够揭示出这些古典小说的意涵与历史价值。

2018年我提交了结项书稿,虽然结项评定成绩不错,可书不能马上出版,因为尚缺很重要的《金瓶梅》一章。当时阅读到的《金瓶梅》都是所谓"洁本",当然无法着笔。2019年我到香港中文大学访学,在钱穆图书馆看到了很多版本的"词话本""绣像本",大都是"足本",且能够借出,实在令人欢喜之至。可以想象,在香江之畔静读《金瓶梅》的感受。今夕何夕,物我两忘。直觉告诉我,《金瓶梅》绝不是淫书。鲁迅、郑振铎等前辈学者也这么认为,这实在是一部伟大的书。然而《金瓶梅》这一章,我还是迟迟没有动笔,一是因为回苏州之后,接到了其他研究任务,二是因为一定得酝酿出一个很好的切入点方不致辱没了这部书。在准备过程中,格非老师的《雪隐鹭鸶》给了我特别多的感动与感触。作为学者的阅历、学识,作为作家的情感、经验,融入了对《金瓶梅》细致深邃的解读中。《雪隐鹭鸶》不仅深入阐释了《金瓶梅》,更是以一种当下关怀重新审视了传统经典的价值。我写《金瓶梅》一章的思路经此有所启悟。《金瓶梅》是最晚写成的一章,写作感受分外深刻。

我自己并不认为这本书如何完美,其中的不足和薄弱还得依靠个人学识的不断积累和增进来弥补。只是,伴随着这些年写作过程的很多人生经历深入内心,喜悦、哀伤、收获、失去也都交融进这本书的写作之中。2017年尊敬的范伯群先生逝世,2019年亲爱的外婆离开,对我来说都是万分悲痛。外婆的离开意味着祖辈一代在我生命中落幕,维系一个大家庭的精神支柱被抽离了,只留下许多故事。亲属们不会分散,但总是各自在奔着人生的路,聚少离多了。父母已老,我辈也已不惑。

范伯群先生离世六年多了,他的未完成之作《中国现代通俗小说史略》已出版。范先生生前让我和师弟黄诚一起参与写作的《中国现代通俗文学世情研究》一书也出版了。这两部书是先生最后的著作,凝聚了他对通俗文学的基本认识和拓展通俗文学研究可能性的思考。可惜,这两部书的出版他都没有看到。先生之后,通俗文学研究向何处去,是应该认真思考的问题。范先生的主要学术贡献是为现代通俗文学正名,肯定其在现代文学史上的价值和地位。通俗文学是中国现代文学史重要的不可或缺的构成部分,这已不容置疑。那么,接下来的工作是什么?当然不用再去证明其价值了。先生提出"填平雅俗鸿沟""多元共生"的观点,他后来的研究也在向这个方向努力,但是尚未完成。先生建构"大文学史"的设想需要今后更多着实的研究来筑成。我的博士论文得到先生很多指点,之所以着眼于小说文体和结构,也是想由此消解人为划分的雅俗之界,从一个相通的层面来进行更为客观的历史研究。这本《传统的踪迹》同样受到先生多方面指导,我也希望能够从一个传统与现代的宏大视角去看文学,而非仅仅局限于"通俗文学"本身。况且,"通俗文学"并不只是通俗的。

感谢为本书写作提供帮助的各位师友。感谢我的导师北京大学方锡德教授,没有方老师的耳提面命,我也许不会涉足于章回小说研究,而我的研究也是沿着恩师现代文学的传统这一论题在行走。感谢清华大学解志熙教授看了书稿后提出的细致意见,使我免于犯错。感谢南京大学丁帆教授对本书论题的肯定和鼓励,感谢苏州大学刘祥安教授对一些章节的具体指导。感谢苏州大学王尧教授、季进教授、汤哲声教授、房伟教授以及香港中文大学王宏志教授提供的可贵帮助。感谢文学院院长曹炜教授对本书出版的支持。感谢我的父母、先生和孩子对我的照顾和包容。

本书八章和绪论部分的相关内容均已发表和刊录。感谢《文学评论》《文艺研究》《中国现代文学研究丛刊》《学术月刊》《社会科学》等杂志和编辑老师们对本书内容的肯定和给予的莫大鼓励。感谢本书责编冬峰师姐为我章回小说研究"三部曲"的出版所付出的时间和辛劳,感谢北京大学出版社帮助与见证了我的成长。

  岁月悠悠,逝者如斯。

  往者留踪,来者可追。

2022 年 10 月 3 日 于苏州相门 大热
2024 年 1 月 22 日 改定